源氏物語の表現と史実

藤本勝義
Fujimoto Katsuyoshi

笠間書院

源氏物語の表現と史実●目次

凡例

本書中の古典作品の本文引用は、以下のテキストに拠った。また、史書、古記録、有職故実書、源氏物語の古注釈書等の使用テキストも掲げた。ただし、以下に掲げないものや先行研究などの引用は、それらの箇所で出典を注記した。

○「源氏物語」「万葉集」「宇津保物語」「大和物語」「栄花物語」「和漢朗詠集」―新編日本古典文学全集
○「蜻蛉日記」「紫式部日記」「紫式部集」「更級日記」「大鏡」―新潮日本古典集成
○「古今和歌集」「後撰和歌集」「拾遺和歌集」「後拾遺和歌集」「新古今和歌集」―新日本古典文学大系
○「日本書紀」「篁物語」―日本古典文学大系
○「伊勢物語」「今鏡」―講談社学術文庫
○「枕草子」―角川文庫
○「御堂関白記」「小右記」「貞信公記」「九暦」―大日本古記録
○「権記」「吏部王記」―史料纂集
○「文徳天皇実録」「日本三代実録」「日本紀略」「本朝世紀」「公卿補任」「尊卑文脈」「扶桑略記」「帝王編年記」「令集解」（「後宮職員令」を含む）―新訂増補国史大系

○「一代要記」─改定史籍集覧
○「弁官補任」─続群書類従完成会
○「西宮記」「北山抄」「拾芥抄」─新訂増補故実叢書
○「新儀式」─群書類従

○「河海抄」─角川書店版（玉上琢彌編）
○「花鳥余情」「細流抄」─源氏物語古注集成
○「奥入」「明星抄」「岷江入楚」─源氏物語古註釈叢刊
○「湖月抄」─増註源氏物語湖月抄

総序

主に源氏物語という作品をよりよく理解するために、さらには、得てして主観的になりがちな文学研究に、できる限り客観性を持たせるために何が必要かが、私にとって重要な課題であった。過去に『源氏物語の想像力』(平成六年)、『源氏物語の〈物の怪〉』(平成六年)、『源氏物語の人ことば文化』(平成十一年)といった研究書を出させていただいたが、それらを通して、特に史書・記録類を資料として使うことにより、如上の課題を克服しようとした。しかし、未熟さにより、それぞれ不満足な考察も少なくなかった。

その後、主に源氏物語の重要な物語展開における問題を解決して、納得できる作品理解に到達するため、いかに資料を柔軟に駆使して普遍性のある分析や結果を導き出すかを志向してきた。それには作品展開と資料の的確な融合が必要なことも分かっていたが、そう容易いものではなかった。

今回、書き溜めてきた論文をまとめ上げるに当たって、その前提として、一つ一つの論文を丁寧に読み直し、手直しをし、論文によっては当然、大幅に書き改めるといった作業を行ってきた。その結果、何とか、第一編「源氏物語の表現と準拠」、第二編「王朝文学の夢・霊・陰陽道」を通して、作品研究への一貫した私の姿勢を示すことができたように思われる。

もともと、作品内部だけを弄繰り回すことは、主観的な結果しか生み出さない場合が少なくないと考えていたので、源氏物語の夢の問題を扱うなら、当然、平安朝の夢の実態や王朝人の考え方を調査、分析し把握して、物語がそれらをいかに生かしているか、物語展開がどんな裏付けによってなされているのかを考えなければならないわけで、それらを念頭に置いて研究してきたつもりである。

例えば第一編第一章「桐壺帝の弔問と贈答歌」では、桐壺帝の亡き桐壺更衣の母への弔問場面が、桐壺帝に準拠される醍醐天皇と、光源氏のモデルの一人・源高明の母・近江更衣の贈答歌を媒介に成り立っていることを、詠まれた贈答歌の状況や人物関係等を具に分析して結論付けた。また、第二章「藤壺と先帝をめぐって」では、藤壺の冷泉帝出産の場面などに関して、為子内親王との共通性と相違点を分析し、源氏物語の重要な筋立てには、史実を材料にしつつも、それを逆転する展開を作りだす源氏物語の独自性にも目を向けている。第四章「斎宮女御と皇妃の年齢」では、十三歳の冷泉帝へ入内した斎宮女御が九歳年長なのを、不自然と見る向きがあるが、史実からは決してそういうことはなく、十二歳年長の皇妃も存在している。しかし歴史上の後宮政策とは違う源氏物語の独自な意味を考察した。第五章「源氏物語と五節の舞姫」では、「少女」巻で描かれる五節儀で惟光女が舞姫として貢進されること等の意味を、舞姫献上の史実を徹底的に調査・分析して、源氏物語での意義を考究した。第九章「幻の舞台をめぐって」では、紫の上死後、光源氏の居住するのが二条院か六条院か判然としないが、古記録の事例から、喪に籠る邸を喪家といい、故人の馴染のある邸を喪家とする慣例が分かり、光源氏も当然、紫の上の私邸たる二条院に籠居したことを析出する。第十章「女二の宮を娶る薫」では、中の君の出産と産養、薫への女二宮降嫁と藤花の宴等々、「宿木」巻に連続して華やかな儀式が描かれるが、これは、天暦年間の実際の儀式に準拠しており、皇女の婿となった藤原師輔に直接関わるものであった。その師輔が見え隠れすることから、ポスト夕霧が間違いなく薫であることを結論付けた。

このようにどの論考も、史実を検討し、準拠の問題を検討しつつも、物語展開の本質を見据える方途を辿ることを共通項とするものと言える。

第二編に至ると、総タイトルのように、主に平安朝文学やその背景となる古記録類の夢告・霊告、それらと深く関わる陰陽道信仰をめぐって考察を進める。それらの資料は、物語展開の重要な要素となり、物語の欠くべからざる背景として物語の真実味を支えることになる。第二章「平安朝の陰陽思想」や第六章「平安朝の解夢法」などは、できる限り、時代背景となる思想的事象の実態を把握し、源氏物語などの思想的基盤を明らかにするものである。それらが、物語展開に深く関わるものとして、例えば、第三章「御霊信仰と源氏物語」では、最後の御霊である道真霊の伝承が須磨・明石巻などの展開に重ねられるとともに、道真霊に取り殺されたと考えられた東宮保明の未亡人等の愛憎のドラマが、六条御息所の物語の基盤となっていた可能性を探る。第七章「源氏物語の夢想」や第八章「霊による夢告の特性」などもそのような性格のものである。

第十章「源氏物語の物の怪」は、死霊とは違った六条御息所の生霊の物語の特性を見据えようとするものである。一つには、物の怪調伏のために焚かれた芥子の香がどうしても取れないとする場面を、具に分析し、御息所の一種の幻覚作用であること等を考究した。

このように、文学作品と古記録等の資料との往還を通して、主に源氏物語の本質を見つめることに研究の主眼があり、どれだけの成果が上げられたのかは心もとないが、現時点での私の研究の到達点を示そうとしたものである。

第一編　源氏物語の表現と準拠

第一章　桐壺帝の弔問と贈答歌——醍醐帝と源高明母の贈答歌の媒介

はじめに

桐壺更衣の死後、帝は残された母北の方を靫負命婦に弔問させた。「桐壺」巻の多くが、描写と言うより説明的な文章あるいは文脈で構成されている中で、その場面は、「野分だちて、にはかに肌寒き夕暮れのほど」（桐壺巻二六頁）で始まるよく知られた叙情的な描写から成り立っている。このような、いわゆる源氏物語らしい表現を通して語られていくものを、十分汲み取っていく必要があろう。母北の方は、逆縁の悲嘆に閉ざされている。亡き更衣の追想の中で、命婦に託された桐壺帝の歌「宮城野の露吹きむすぶ風の音に小萩がもとを思ひこそやれ」に対して、母北の方は、「あらき風ふせぎしかげの枯れしより小萩がうへぞ静心なき」と返歌した。残された光源氏の身の上を気遣う贈答歌である。このような場面は、光源氏の現在の動静というより、物語の進展上、今後の主人公の台頭に向けてのステップの意味はあろう。しかし無論、母北の方にとって、帝の弔問を待つ心境ではなく、ただ若くして逝った娘への追慕の情に深く沈んでいる。だからその帝の歌とは別に、命婦の帰参の折、命婦の歌があり母北の方が返歌している場面は、更衣の死を見つめる上で重要である。命婦は、草むらの虫の声々に亡き更衣を思い、涙を誘われることを詠み込んでいる。母北の方は、命婦の訪れによって一層悲しみが募るといったことを詠む。本章では、主にこの場面と引歌表現に焦点を当て、形式的な段階を超えていると思われる準拠・モデル等の問題を扱いたい。

一　靫負命婦と母北の方の贈答歌

その場面は次のように描かれている。

月は入り方の、空清う澄みわたれるに、風いと涼しくなりて、草むらの虫の声々もよほし顔なるも、いと立ち離れにくき草のもとなり。

鈴虫の声のかぎりを尽くしても長き夜あかずふる涙かな

えも乗りやらず。

いとどしく虫の音しげき浅茅生に露おきそふる雲の上人

かごとも聞こえつべくなむ」と言はせたまふ。（桐壺三二）

この「鈴虫の」の歌は、勅使としての立場を離れた命婦自身の、更衣に寄せる追慕の情を表したものと捉えることは可能である。しかし、母北の方は必ずしもそのような受け取り方をしてはいない。確かに命婦は、牛車に乗る気になれないほどこの場を立ち去りがたく思っているので、命婦の気持ちはよく表れていよう。ただ母北の方は返歌の中で、命婦を「雲の上人」と言う言葉で表している。これは宮中に仕える人、大宮人などという口語訳がなされる。しかし母北の方が命婦を、勅使の立場を離れた人として見たならば、「雲の上人」なる言い方はしなかったとも考えられる。命婦がいかに私人として和歌を詠もうが、母君からすれば、命婦の後ろに帝を意識しないわけにはいかなかった。

「雲の上人」という言葉は、源氏物語中にこの一例だけであるが、「雲の上」は六例ある。そのうち四例が和歌の中で使われている。その一つが、後にこの母君の和歌に和した帝の歌の中にあるのだが、これは後述する。「賢木」巻で、雲林院参籠後、朱雀帝と親しく語った光源氏は、さらに藤壺の方へ参上した折、次の藤壺の歌がある。

ここのへに霧やへだつる雲の上の月をはるかに思ひやるかな　（賢木一二六）

宮中に隔てる者がいるためか、「雲の上の月」すなわち帝（朱雀）にお目にかかれないとし、桐壺院亡き後の変貌した宮中を嘆いている。一方、後々、桂の院での光源氏の饗応の折、左大弁が次の歌を詠んだ。

雲の上のすみかをすてて夜はの月いづれの谷にかげ隠しけむ　（松風四二一）

「雲の上」すなわち宮中の住まいを捨てて桐壺院はどこの谷間にお姿を隠されたのかというものだが、やはり「雲の上」は九重の手の届きそうにない高貴さを含みもつ。又「鈴虫」巻での中秋十五夜の折、冷泉院の光源氏への歌が、

雲の上をかけはなれたる住みかにももの忘れせぬ秋の夜の月　（鈴虫三八四）

とあるが、この「雲の上をかけはなれたる」は、単に宮中を離れたということに留まらず、帝位を退いた意味があり、上記同様のまさに雲の上の存在なのである。

和歌の中でなくても同じことが言える。「蜻蛉」巻での、女一宮を慕う薫の明石の中宮への言葉の中に、

この里にものしたまふ皇女の、雲の上離れて思ひ屈したまへるこそ、いとほしう見たまふれ。　（蜻蛉二五四）

とある。女一宮の文面に接したいために、自分の妻として降嫁した女二宮を「雲の上」の身分から離れて思い屈していると言うところである。

すなわち、これらの例から分かるように、「雲の上」は、帝の居住空間、もしくはそこに限りなく近い高貴な場所、普通の人間の手の届かない空間などを意味する言葉と言えよう。和歌で命婦を「雲の上人」と詠み込んだ時、母北の方は、命婦を勅使とした桐壺帝を強く意識していたと見ることができる。「湖月抄」はここを、師(如菴)の説として「さらでも、露けきに、命婦の御使として御出ありて、いとど涙をそへたると也」と記し、命婦の後ろに更衣の夫君の帝を見ていると思われる。

二　引歌——近江更衣の歌をめぐって

この母北の方の歌を、論の展開上もう一度ここに記す。

A　いとどしく虫の音しげき浅茅生に露おきそふる雲の上人

この歌は当然のように、命婦によって桐壺帝に伝えられ、帝の次の歌を導いている。

B　雲のうへも涙にくるる秋の月いかにすむらん浅茅生の宿

これは母北の方の歌に和しており、返歌という内容となっていて、先に触れた「雲の上」が詠み込まれている。帝自身の悲しみを滲ませている。母北の方の歌と共通する歌語「浅茅生」「雲の上」だけでなく、更衣の死に悲嘆の涙を流す母に対して、帝も自分自身涙にくれているので、母親の方はどんなに悲しみにかきくれていることかとする内容が、更衣を失った悲痛さを共有する者同士の一体感を表している。帝は自分以上に悲嘆に沈む母北の方を思いやっている。ここにはむろん光源氏の存在はない。遺児の存在によって両者の悲しみが癒されるといった方向性を、決してとってはいない。

このA、Bの歌は実は、次に示す「後撰和歌集」（巻六　秋中）の以下の贈答歌と深く関わっていた。詞書に、

母の服にて、里に侍りけるに、先帝の御文たまへりける御返りごとに

（新古典文学大系「後撰和歌集」により、表記を一部改めた）

とあり、それに引き続いて次の歌がある。

C　五月雨に濡れにし袖にいとどしく露おきそふる秋のわびしさ

この歌は、醍醐天皇（この時点では先帝）の更衣（近江更衣）が母の服喪で里にある時、醍醐の弔問の手紙に感謝してのものである。詠歌の時点は秋なので、「五月雨に濡れにし」とあるところから母親の死は五月頃と考えられる。このCは、Aの母北の方の歌の本歌となっている。歌意の共通性と相俟って、Aの傍線部「いとどしく」「露置きそふる」が、Cの「いとどしく露置きそふる」から成り立っているのは歴然としている。娘を失った母北の方の場合と違って、逆に、近江更衣は母を失ったわけだが、ともに娘の夫君の帝が慰めるという、身内の死の悲しみを前提に、帝が深く関わって成り立っているのである。

しかも次のような、Cへの醍醐先帝の返歌がある。

D　おほかたも秋はわびしき時なれど露けかるらん袖をしぞ思ふ

醍醐は、更衣の母の死ということで自身の嘆きは出さないが、その替わりに「おほかたも秋は…」として秋の一般的なわびしさ辛さを言い、下の句で相手の立場・悲しみに立って思いやっている。つまりC・Dは、A・Bの母北の方の歌とそれに追和する桐壺帝の歌に、形だけでなく季節・状況・内容まできわめて似通ったものとなっているのである。このA・BとC・Dの酷似は、決して偶然とは考えられず看過できないものと言えよう。

季節については、桐壺更衣の死は「その年の夏、御息所、はかなき心地にわづらひて、…」（桐壺二一）として語られていくように夏であり、「後のわざなどにもこまかにとぶらはせたまふ」（二六）とあるように、桐壺帝は四十九日までの節目の法要にねんごろな弔問をする。そして、

ただ涙にひちて明かし暮らさせたまへば、見たてまつる人さへ露けき秋なり。（桐壺二六）

とあり、亡き人を追慕する愁嘆の季節にふさわしい秋を迎える。さらに「野分だちて、にはかに肌寒き夕暮れのほど」という、一層限定された秋の季節感の中で、靫負命婦の弔問が語られた。

近江更衣と醍醐との贈答も同様であった。近江更衣の歌に「五月雨に濡れにし袖」「秋のわびしき」とあるように、母の死は夏で今は秋である。つまり、桐壺更衣の死も近江更衣の母のそれも夏であり、それぞれの帝の弔問も秋であり、ともに更衣の里邸への弔問であった。

秋に人の死を描くこと自体は類型的である。夕顔の死は八月十六日であり、そのまま光源氏は一ヶ月も病に伏し、秋の季節感を伴う哀悼場面はほとんどない。葵上の死は秋であり、葬送が八月二十余日というほぼ晩秋に行われており、追慕の場面は引き続くが、それは冬に及んでいる。紫の上の死も八月十四日であり、引き続き秋の追悼場面があるが、周知のように光源氏による紫の上追慕は「幻」巻の一年間を通して行われる。

このように秋の人の死の設定は、その季節感と相俟って、悲しみを一層喚起するので、文学作品として珍しいことではない。しかし、桐壺更衣の場合のように、夏に死去して秋に弔問するという形は、源氏物語の中には他に例がないのである。なぜ夏に死去させたのかは不明と言うしかない。最初から秋の死を設定すれば、そのまま長々と愁嘆の場面を連ねられたはずである。

使者・靫負命婦の後ろに帝の存在を強く意識して答えた母北の方の和歌へ、帝が実質的な返歌を詠んだのは、

醍醐先帝の見舞いに答えた近江更衣の歌へ、醍醐が返歌したことを踏まえて成り立つものであった。桐壺帝に醍醐帝を重ねる準拠を今さらあれこれ持ち出すつもりもないが、近江更衣については、意外にあまり触れられることがない。彼女は光源氏の重要なモデルの一人・源高明の実母であることにここでは注目したい。夏の死と里への秋の弔問という叙情的な物語に於いて、引歌とした源高明の母・近江更衣の歌と、醍醐の返歌の形や内容が、弔問の場面の核となっていた可能性がある。

三　醍醐帝と近江更衣の贈答歌

醍醐と近江更衣の贈答歌は、他に二組見ることができる。先ず「新古今和歌集」（巻十三　恋歌三）に次のようにある。

近江更衣にたまはせける　　延喜御歌
はかなくも明けにけるかな朝露のおきての後ぞ消えまさりける
御返し　　更衣源周子
朝露のおきつる空も思ほえず消えかへりつる心まどひに

清涼殿に夜伽に呼ばれた翌朝、自分の部屋に帰る更衣への醍醐の後朝の歌と思われる。更衣の返歌も、「朝露のおきての」に「朝露のおきつる」、「消えまさりける」に「消えかへりつる」と言葉を共有して帝の愛に答え、しかも帝以上に暁の別れを悲しむ思いを表している。いわば相思相愛を示す贈答歌と言えよう。源周子は醍醐の寵愛する更衣であったことが十分想像される。

さらに「玉葉和歌集」（巻九　恋歌一）に次の贈答歌がある。

近江更衣に給はせる　　延喜御歌

うきてこそながれいづれど涙川恋しき瀬々にあはずもあるかな

御返し

思ひ出ぬ時はなけれど下紐のなど解けずのみ結ぼほるらん　（新編国歌大観「玉葉和歌集」による）

この歌のやり取りの前提に、帝が更衣に会いたくても会えない状況がある。更衣も帝を常に思っているが、下紐がぜんぜん解けず、すなわち恋しい帝に会える兆しもないとする。それはなぜなのかと問う趣きである。当分会えそうにないことを互いに認識しているようである。あるいは先に引いた後撰集にあった更衣の服喪中なのかと思いもするが、やはり不謹慎なことでもあり考えにくい。何らかの事情で、しばらく両者に空間的に隔たりができているのであろう。だからなおさら、互いの情愛の深さが感じられるのである。後述するが、二人の間には源高明を含め三男四女があった。近江更衣は長い年月、醍醐帝の寵を受けていたことが知られる。

一方、近江更衣は「近江御息所歌合」の主催者としても知られている。これは「平安朝歌合大成[1]」によれば、二十番から成る前栽歌合で、歌題は梅、柳、花桜、樺桜などで、歌数も物名を中心に二十首しかなく、歌合史上、さして後世に大きな影響を与えるものではないと見られる。醍醐帝崩御の延長八年（九三〇）以前、近江更衣が後宮にあったある年の春に行われたものと言えよう。これらの中で拾遺和歌集に三首とられており、特に七番歌が、次のように記されていることに留意したい。

延喜御時、藤壺の女御歌合の歌に

朝ごとに我がはく宿の庭桜花散るほどは手もふれで見む

問題は歌にあるのではなく、詞書に「藤壺の女御」と示されていることにある。近江更衣を藤壺の女御としているのはなぜか。更衣ではなく女御となって藤壺（飛香舎）に住んでいたのであろうか。このことを明らかにする他の資料はない。実際は女御でなくとも、帝の寵幸が厚いために女御と仮称される場合もあった[2]。また、近江更衣が歌合を催した場所が、通常女御が居住する藤壺であったとも思われる。多くの親王・内親王・一世源氏を生んでいる帝の愛妃であるので、女御となっていた可能性も考えられるが、次に述べる彼女の境遇などからも、それはなかったと言うべきであろう。

四　近江更衣・源周子をめぐって

「公卿補任」の源高明の項に、「醍醐天皇第一源氏。母右大弁従四位上源唱女（更衣従四位下周子）」と記されており、また「尊卑分脈」の系図では、源唱の娘として「女子周子」「新古今玉葉作者」「近江更衣左大臣高明母」とある。延喜二年（九〇二）二月二九日の殿上賭弓の折、「北御息所懸女装束、大臣中料、源更衣献物」（「西宮記」巻二　殿上賭弓）と記されており、この物を献じている源更衣を周子と見ることができる。また延喜三年正月二二日の仁寿殿での内宴（「日本紀略」）の折、

従五位上源封子无位源周子藤原潔姫等聴禁色［周子今日陪膳也］大臣以下互立行酒、…

（「北山抄」巻三　内宴事）

とあり、周子が陪膳に奉仕して禁色を許されている。周子はこの時はまだ、帝の子を生んでおらず無位であった。最初の子は勤子内親王であり、

延喜八年四月五日内親王と為る。年五歳。承平六年正月四品に叙す。天慶元年十一月五日薨ず。年三十四。天慶元年中納言師輔に配す。

（「一代要記」私に書き下した）

とあるところから逆算すると、上記の内宴の翌延喜四年に生まれたことが知られる。その後、延喜五年に都子内親王が生まれ(3)、延喜九年に雅子内親王が生まれている(4)。さらに、延喜十年に時明親王が生まれ(5)、延喜十四年に高明が生まれた（「公卿補任」）。また延喜十五年に源兼子が生まれ(6)、延長六年（九二八）に盛明親王が生まれている(7)。

近江更衣周子の死に関しては、「貞信公記逸文」(8)の承平五年（九三五）十二月二二日に、「今日可卜定伊勢斎王之由、陰陽寮勘申畢」とあり、この時の伊勢斎宮（雅子）の交代が示され、翌承平六年三月七日条（「日本紀略」私に書き下した）に、

使ひを伊勢大神宮に奉り、斎内親王雅子の退出の由を告ぐ。是則ち母の喪に遭ふなり。

と記されており、雅子内親王が母・周子の服喪ゆえ伊勢斎宮を退下したことが分かる。この五月三日には、「伊世斎内親王還京、蓋因母喪也」(9)として、雅子が伊勢から帰京したことが示されている。つまり近江更衣は承平五年に死んでいる。年齢は分からないが、延喜四年には最初の子を生んでいるところから、五十歳前後であったと思われる。

「尊卑文脈」によれば、周子の祖父は嵯峨源氏の大納言・源定、父は従四位下・右大弁の源唱である。右大弁については異文もあり、「弁官補任」には、唱の任弁官についてはいっさい記されていないが、後記で「寛平九年右中弁」と補っている。これは、「小右記」長和元年（一〇一二）八月十四日条の、大嘗祭で右弁を悠紀行事、左弁を主基行事にした例としての次の記事による。

悠紀所、右中弁菅原朝臣資忠、寛和二年、右中弁源朝臣唱、寛平九年、…

その寛平九年（八九七）を「弁官補任」で見ると、「左大弁菅原道真」に替わって右大弁だった「源希」が「五月二五日」に転任していて、その右大弁の座に左中弁の「平季長」が就いた。しかし平季長は七月二三日に卒去

している。この右大弁のポストは、引き続き翌年も空位のままである。また、左中弁には右中弁だった「源当時」がやはり「五月二五日」に転任した。しかし左大弁と右大弁の二つのポストが急に空いたため、そのしわ寄せで「右中弁」が埋められていないようである。三年後の延喜元年まで人名が記されていない。ここに源唱が就いていたと見ることは可能である。

しかし肝心の「右大弁」位は翌昌泰元年が空位で、昌泰二年には「紀長谷雄」が「二月十一日」に任じている。その間の右大弁に、あるいは源唱が着任していた可能性もある。「尊卑分脈」に「従四位下右大弁」とあったわけだが、右大弁はずっと「従四位下」の者が就いている。唱の父の源定は貞観五年（八六三）正月、四九歳で薨じた時は正三位大納言兼右大将であり、唱の任右大弁はいずれあってもおかしくない。しかし、唱の兄・至は従四位上・右京大夫、精は従五位下の受領止まりであることから、この時点での唱の任右大弁は出世が早いようにも思われる。この昌泰二年（八九九）は、娘・周子の入内前と考えられ、周子が醍醐帝の寵を得るのはまだ何年かは先のことと言うべきであり、父がその恩恵を受け、ある程度出世するとしても、やはりまだ早いと思われる。

さらに近江更衣の所生の皇子・皇女たちは、時明親王が無品（「日本紀略」延長五年九月二十日条）、盛明親王は四品（「日本紀略」寛和二年四月二八日条）、勤子内親王も四品（「一代要記」）、都子内親王は無品（「日本紀略」天元四年十月二一日条」）という具合に、母の出自や頼りない後見を反映して、無品かせいぜい四品止まりなのである。もう一人雅子内親王は不明だが、唯一伊勢斎宮になっているので、もう少し良いかもしれない。例えば、光孝帝第四皇女の繁子内親王は、「日本紀略」延喜十六年五月二六日条に「三品繁子内親王薨」とあり、三品であったことが分かる。繁子の斎宮卜定は元慶八年（八八四）三月二二日（「日本紀略」）であり、三年後の仁和三年十月には父帝崩御により退下している。その死まで三十年も経っており、どの時点で三品となったのかは不明だが、おそらく短いといえど斎宮の任を果たしたことにより、品位が昇ったものと思われる。ただし、母が誰であるのかも不明であり、出自などたいしたことはなさそうである。雅子の場合も退下後に、同様に三品あたりに昇っていたかもしれない。しかしその退下は、母・近江更衣の死によるので、あまり意味はないのである。

五　桐壺更衣と近江更衣

このように見てくると、更衣・源周子の境遇は、さして恵まれていたとは考えられないのである。入内時にはおそらく、父はせいぜい正五位上の右中弁程度であったと思われる。女御になったという形跡はないが、多くの子女を儲けてもおり、長い年月、帝の寵愛を受けてきたと考えるべきであろう。桐壺更衣の父は大納言ではあったが、入内時には既に他界していた。帝寵厚く、皇子を儲けたが女御となることはなかった。桐壺帝は「女御とだに言はせずなりぬるが、あかず口惜しう思さるれば、…」(桐壺二五)として、正四位上だった桐壺更衣に、死後、従三位を追贈した。

近江更衣と桐壺更衣に共通するのは、帝から寵愛されたということ以外に、はかばかしい後見がなかったので、帝の子を生んでも更衣のまま終わったことである。近江更衣は、光源氏のモデルの重要な一人とされる源高明の実母であり、桐壺更衣に準えることが考えられてもおかしくないのに、そのようなモデル論はほとんどなかった。それは、前述した母北の方の歌とそれへ追和した桐壺帝の歌の、引歌として取り上げた近江更衣の歌と醍醐帝の返歌が、形式的に少々問題であったことにもよると思われる。それは、近江更衣が母の喪に服することが、桐壺更衣自身の死と、母親の方が服喪しているという立場の逆転で、肝心の中心人物にずれが生じているということでもある。源氏物語では言うまでもなく、物語展開上、桐壺更衣の悲劇的な死は大前提である。しかし、近江更衣は比較的長生きして、醍醐帝に寵愛され七人の子を生んでいる。悲劇のヒロインにはなれないのである。

しかしまた、この一点を除けば、なによりも引歌の状況・形式・季節感を含めた内容がきわめて似通っていた。源氏物語の作者は、靫負命婦による弔問の場面を、源高明の実母を寵愛した醍醐帝との関わり合いを念頭に置いて、築きあげたと見ることができるのである。

先の立場の逆転に関しては、六条御息所のモデルについて似たようなことが言える。御息所の亡き夫・前坊には醍醐帝皇子の保明親王を重ねるのが普通である。六条御息所には当然、その妻であった貞信公女で、六条御息所と呼ばれた前坊の御息所を準えるわけである。(10) 延喜十八年四月にこの貞信公女が東宮保明へ入内した時（『日本紀略』）には、貞信公忠平は右大臣にして台閣の首班であった。しかもこの後、長い間最高権力者として君臨した。だから保明が二一歳で夭折しなければ、貞信公女は中宮位に確実に就いたはずである。これはまさに六条御息所の人生に重なるのである。と同時にしかし、保明と貞信公女の間の娘・徽子女王を、そのまた娘・規子内親王とともに伊勢に下ったことから、六条御息所に重ねることもなされているのである。野宮の段では、「浅茅が原も、かれがれなる虫の音に、松風すごく吹きあはせて、…」（賢木八五）に徽子女王の歌が引かれていることも周知の通りである。

かように、準拠において母子にずれが生じたり重複しても、十分源氏物語の準拠として成り立っていると言える。源氏物語の準拠において、史実にそのまま則っているようなことは、まずほとんどないと言ってよい。むしろ諸々の事例を部分的に利用したり、ずらしたりすることによって、源氏物語の中で独自の意味づけがなされるところに特徴があったと言える。(11) だから、桐壺更衣に近江更衣を重ねても決して不自然とは言えないのである。

おわりに

六条御息所の場合は、父が大臣であり後見も確かで、中宮への道を確実に歩んでいたはずが、不慮の東宮夭折という不幸のため、大きく人生を狂わされたのである。そんな女の、残酷だがしかし稀な事とは決して言えない現実的な生を描くことに、一つの大きな眼目があったと思われる。醍醐帝と近江更衣に関しては、帝に寵愛され、多くの皇子・皇女を生んでも、出自がさほど尊くなく後見もはかばかしくないと、中宮は言うに及ばず、女御にさえなれずに生涯を終わるという、後宮での女の酷薄な、しかしこれも珍しい事とは言えない人生が着目されたと言えるかもしれない。近江更衣のかような生が、桐壺更衣の不幸な物語として、源氏物語の始発に生かされたのではなかろうか。

(1) 萩谷朴『平安朝歌合大成』第一巻(昭五七)二五四頁以下。
(2) 和田英松『新訂官職要解』(昭五九)二二一頁。
(3)「一代要記」や「日本紀略」の天元四年十月の七七歳という薨年などから逆算。
(4)「一代要記」による延喜十一年十一月の三歳での内親王宣下からの逆算。ただし薨年からの逆算では延喜十年生れ。
(5)「日本紀略」延長五年九月の薨年からの逆算。ただし「一代要記」親王宣下の年からの逆算なら延喜十二年生れ。
(6)「一代要記」による薨年からの逆算。
(7)「日本紀略」寛和二年四月の出家の年齢からの逆算。
(8) 新訂増補故実叢書「北山抄」巻六(備忘略記　卜定斎王事)による。

（9）史料纂集本「吏部王記」による。
（10）早く「紫明抄」があげ、以下「河海抄」「孟津抄」「湖月抄」等が指摘していく。
（11）このような事例に関して、次章や、第十章「女二の宮を娶る薫」、第二編第三章「御霊信仰と源氏物語」などでも扱っている。

第二章　藤壺と先帝をめぐって——逆転する史実と準拠

はじめに

本章では、源氏物語の準拠の問題に関わって、藤壺とその父・先帝を取り上げる。藤壺の準拠として古注で、光孝帝の子である為子内親王の名があげられもするが、むろん藤壺の物語の展開に大きく関連するわけではない。次の一で詳述するが、むしろ藤壺側には、為子内親王の短い生涯とは対照的とも言える、いくつもの具体的で重要な要素が指摘できるのである。にもかかわらず両者には少なからぬ共通点があると同時に、お産前後の事項に関して一々対照的であるから、なおさら深い関連を読み取ることが必要かとも思われるのである。一方、藤壺さらには藤壺女御の父・先帝については、桐壺帝に醍醐帝を準え、桐壺帝の父・一院に宇多帝を重ねる関係で、醍醐帝の祖父の光孝帝に準拠する説がある。しかし、はたしてそれは妥当なことと言えるであろうか。本章ではこれらを扱いつつ、史実・準拠の問題を考えていくものである。

一　藤壺出産と為子内親王

不義・密通により光源氏の子を宿した藤壺の出産については、紅葉賀巻にて次のように語られていた。

この御事の十二月も過ぎにしが心もとなきに、この月はさりともと宮人も待ちきこえ、内裏にもさる御心まうけどもある、つれなくてたちぬ。御物の怪にやと世人も聞こえ騒ぐを、宮いとわびしう、このことにより身のいたづらになりぬべきことと思し嘆くに、御心地もいと苦しくてなやみたまふ。中将の君は、いとど思ひあはせて、御修法など、さとはなくて所どころにせさせたまふ。世の中の定めなきにつけても、かくはかなくてややみなむと、とり集めて嘆きたまふに、二月十余日のほどに、男皇子生まれたまひぬれば、なごりなく内裏にも宮人も喜び聞こえたまふ。命長くもと思ほすは心憂けれど、弘徽殿などのうけはしげにのたまふと聞きしを、空しく聞きなしたまはましかば人笑はれにや、と思しつよりてなむ、やうやうすこしづつさはやいたまひける。（紅葉賀三二四～五頁）

この文章は次の①～⑥によって構成されている。①出産予定月の十二月が過ぎ、正月さえその気配もなく過ぎてしまった。②それは物の怪の妨害によるという噂が出る。③藤壺は不義による出産の露顕を恐れ、身の破滅を危惧する。④出産の遅れから、光源氏は一層自分の子であることを確信する。⑤月遅れでも皇子が生まれ喜びに沸き返る。⑥藤壺は、呪詛的な言葉を吐くと聞く弘徽殿女御への対抗意識もあって、気強く思い快方に向かう。この中の①～④は出産の遅れに関しての語りであり、光源氏と藤壺ともに、二人の子であるのを認識することを核としている。そもそも二人の密事は、藤壺の里下がりの折であった。出産が遅れれば遅れるほど、光源氏との子であることがはっきりする。逆に言えば、不義の子であるのを明確にするために、四月以降の里下がりでの密事が設定されたと言うべきなのである。宮中での懐妊では帝の子か光源氏の子かがわからなくなる。出産の遅れは密通発覚の危機感を生じさせる。しかし最も大事なのは、密通の当事者に、自分たちの子だと確信させることである。これがはっきりしていないと物語は進展しない。発覚の危機感は、今とは違って、物の怪の実在する（と信じられた）時代によって解消される。高級貴族の出産時に、それを妨害する怨霊が憑依するのは当たり前という時代である。まして愛憎渦巻く後宮や、彼女らの後見の権力争いも絡んでくるし、代々の政治的敗者の死霊も出現する。藤壺出産が本当に遅れれば、母子ともに生きてはおれない。その時は確実に、物の怪により取り殺されたと見られることになろう。

ここには弘徽殿女御の呪詛も暗示されている。生きている人間が権勢的対抗者を陥れるため、陰陽師らを使って呪詛することはよくあった。この時代その具体的動静の語られることのない生霊ではなく、呪詛こそがそのための、権謀術数などを除く最も重要な、かつ唯一の手段であった。長徳二年（九九六）の内大臣・藤原伊周失脚と配流の理由の一つが、東三条院詮子への呪詛にあったし、長和元年（一〇一二）の道長女・中宮妍子への呪詛が記され、また寛仁二年（一〇一八）の道長自身の胸病も小一条院女御・延子の呪詛によるとされた。(1)

弘徽殿女御の呪詛は、藤壺に後宮での対抗意識を喚起させ、生きる意欲を起こさせている。生まれた皇子が東宮・帝への道を歩むかも知れぬという予感からの、敵対勢力への対抗意識や、母としての使命感もあったかも知れない。ともあれこの藤壺出産時は、弘徽殿女御の呪詛とともに物の怪が噂されており、「紫式部日記」での彰子出産時の荒ぶる憑霊現象を持ち出すまでもなく、高貴な女性の出産時の記述と類型的であると言える。

次に示すのは、光孝帝皇女・為子内親王の醍醐帝への入内と、出産・死に関する天暦四年（九五〇）六月十五日条（「九暦」逸文）の記事である。(2) 為子内親王は藤壺の原型の一人とも思われる。

延喜天皇（醍醐）始めて元服を加ふるの夜、東院后（斑子女王）御女・妃内親王（為子）並びに今太皇大后（藤原穏子）共に参入せんと欲す。而るに法皇（宇多）、母后（斑子女王）の命を承け、中宮の参入を停めらるるなり。其の後、彼の妃内親王幾ばくならずして産によりて薨ず。其の時、彼の東院后宮浮説を聞きて云はく、中宮母氏の冤魂により、此の妖有りと云々。之によりて重ねて中宮の参入を停めらると云々。

内容は、①醍醐帝の元服の折に、為子と穏子（基経女）の二人の入内が図られたが、②為子の実兄・宇多は、母・斑子女王の命により穏子の入内を停めた。③しかしその後いくばくもなく、為子はお産により薨去した。④その折に斑子女王は風説を聞き、為子の死は穏子の母（基経室）の怨霊の憑依によると考えたとある。ここでは後宮を舞台とした妻争いによる愛憎のドラマが、権勢を得る勝者と、お産により若くして他界する悲劇的な敗者を際立たせている。蔑ろにされた娘のために、母が寵を争う相手を取り殺すという構図は、六条御息所の生霊の物語にも、その背景として関連しているのではないかと考えた（第二編第三章で扱っている）。

この史実は、藤壺の物語ではもっと直截的に、準拠というより物語を展開するための材料として、史実通りではなく、いわば史実を逆転させて利用していると思われるのである。

為子内親王について、「一代要記」は次のように記す（私に書き下す）。

光孝天皇女、宇多と同産なり。寛平九年七月三日太子元服し、受禪す。其夕新帝に納り、皇后と為る。同廿五日三品に叙し、妃と為る。同二年三月十四日薨ず。廿一日一品を贈る。

先の「九暦」の①や②にあるように、為子内親王は醍醐の即位と同時に入内した。しかし③にもあるように、その時より二年足らずの昌泰二年（八九九）三月に薨じた。②のように藤原摂関家からの穏子の入内を阻止するのは、藤原基経の死後、皇権強化を図り、親政を推し進めた宇多帝の寛平の治の流れの上にある。醍醐を皇嗣としたのも、その母が摂関家ではない傍流の藤原高藤女であったからである。(3) 宇多は醍醐帝に、為子の他に源和子をも入内させている。これは後に触れるが、源氏物語では朱雀院への藤壺女御入内の準拠となっている。しかし宇多らの思惑は外れ、為子はお産により夭折した。そのお産には④のように、穏子側の怨霊が憑依し、為子を取り殺したと考えられたのである。

そもそも藤壺の入内は、亡き桐壺更衣に生き写しという浪漫的な物語要素によりなされた。藤壺の父・先帝は既に亡く、そこには宇多らが図った皇権強化などといった政略的な要素は見られない。しかし入内後は、桐壺更衣が弘徽殿女御らから蔑ろにされたという、後宮の争いと無縁のはずはなかった。辛うじて、母が后の宮であるという最高貴の内親王であったため、桐壺更衣とは違って、表向きは侮られたり軽んじられたりすることはなかった。しかし妻争い、后争いは隠微な状態では常に行われており、藤壺も光源氏の懸想とは別に、気の休まる時はあまりなかったはずである。

藤壺と弘徽殿女御には、為子と穏子の関係に似通った点があり、当然相違点もある。共通点としては、藤壺、為子は内親王であり、弘徽殿女御・穏子はともに、藤原摂関家の氏の長者の娘と言ってよい。為子、藤壺ともに先帝と后の間に生まれていた。弘徽殿女御の父は右大臣から太政大臣となるが、穏子の父・基経が摂政右大臣から関白太政大臣となったのに似ている。弘徽殿女御の父も朱雀帝の外戚として権力を持ち、光源氏や頭中将ら敵対勢力を押さえ付けた。いわば関白的な位置にあった。

重要な違いは、為子はお産により死ぬが、藤壺は生きるということである。ともに物の怪の憑依が噂され、為子はそのための死と思われるが、藤壺は弘徽殿女御の呪詛を意識し、それに反発して生き抜く体である。為子の敵対勢力側の憑霊に対して、藤壺には実質的には、やはり敵対する弘徽殿女御の呪詛という構図となろう。為子の死により、皇権強化を考えた宇多上皇らの目論みは挫折した。しかし藤壺の場合これを逆転し、無事出産、彼女は中宮となり皇子は帝への道を進む。

そもそも源氏物語は、光源氏の須磨流謫後の復権と、極限的な栄華掌握が象徴しているように、歴史を逆転させた世界が展開される物語でもある。言うまでもなく失脚した場合、菅原道真のように現地で死んだり、源高明や藤原伊周のように帰洛できても二度と権勢を得ることはない。源氏物語での藤壺・秋好中宮・明石中宮と、（中宮のいない朱雀御代を除く）三代続けての王族の中宮就任自体、平安時代には見られないものであった。光源氏の栄華に関わる重要事項は、史実を逆転させることによって成り立っているのである。これらは皇族ら反藤原氏勢力の理想とするところであったが、現実には、為子内親王の例のようにお産とともに夭折したり、村上帝が、摂関家の皇統への介入を阻止せんとして入内させた昌子内親王（冷泉帝中宮、父は朱雀帝）のように、比較的長命であっても皇子の誕生がなかったりで、結局、藤原摂関政治の全盛期を迎えるのである。

二　先帝をめぐって

宇多上皇が皇権強化のため、為子内親王以外に、やはり同じ光孝帝皇女の源和子を醍醐帝に入内させた。これは若菜上巻で初めて示されたことだが、朱雀院への藤壺女御入内の準拠となっていた。若菜上巻冒頭で、六条院御幸後の朱雀院ご不例と出家志向を語り出し、それに次のように続けた。

御子たちは、春宮をおきたてまつりて、女宮たちなむ四ところおはしましける、その中に藤壺と聞こえしは、先帝の源氏にぞおはしましける、まだ坊と聞こえさせしとき参りたまひて、高き位にも定まりたまふべかりし人の、とりたてたる御後見もおはせず、母方もその筋となくものはかなき更衣腹にてものしたまひければ、御まじらひのほども心細げにて、大后の、尚侍を参らせたてまつりたまひて、かたはらに並ぶ人なくもてなしきこえたまひなどせしほどに、気おされて、帝も御心の中にいとほしきものには思ひきこえさせたまひながら、おりさせたまひにしかば、かひなく口惜しくて、世の中を恨みたるやうにて亡せたまひにし、その御腹の女三の宮を、あまたの御中にすぐれてかなしきものに思ひかしづききこえたまふ。そのほど御年十三四ばかりにおはす。（若菜上十七〜十八）

「藤壺と聞こえし」「先帝の源氏」は、藤壺の宮の腹違いの妹に当たる。ここは「花鳥余情」が、

延喜御時承香殿女御正三位源和子は光孝天皇の源氏也此女御の御腹に慶子韶子齋子内親王ありいま女三宮はこれになすらふるにや

と注するように、藤壺女御・女三の宮に源和子母娘を重ねて読むところであろう。朱雀院の東宮時代の入内ということは、しかも宇多が源和子を醍醐に入内させた例に準えるならば、桐壺帝が皇権を強めるべく、先帝の皇女・藤壺女御を朱雀に入内させたとも考えられる。桐壺帝は、右大臣女・弘徽殿女御の生んだ朱雀より、光源氏を東宮にしたかった。むろん最愛の桐壺更衣との間の光り輝く御子であるという、源氏物語独自の浪漫性によるものではある。

だが、朱雀に先帝の皇女を入内させるのはそのような性格とは無縁と言うべきであろう。皇女の女御の男子出産を期待したと考えるのが自然である。右大臣一派が将来の中宮と考えた朧月夜に圧倒されたとはいえ、朱雀との間にも皇子は生まれず、右大臣一派の権勢は朱雀の代で終わる。藤壺女御は、紫のゆかり・女三の宮降嫁の物語との関係で登場させられたわけで、その入内時の状況まで詮索する必要はないかも知れない。しかし、聖代と目され、親政でもある桐壺帝在位中の皇女降嫁、しかも東宮への入内であれば、その主体者は桐壺帝自身と考え

るのが普通であろう。右大臣側が望むとは考えられない。

そもそも先帝とは桐壺帝にとって何に当たるのか。源氏物語の「一院」を宇多に準える関係で、先帝を宇多の父・光孝帝に重ねる向きもあるが、そうするとかなり不自然な事態が生じる。先帝が桐壺帝の祖父なら、藤壺が桐壺帝へ入内することでさえ、時間的な無理が考えられた。もしそうなら桐壺帝の父・一院は、藤壺や兵部卿宮の兄となる。まして先帝を光孝帝に、為子内親王を藤壺に準えるなら、為子と宇多とは同母兄妹であるから、一院は兵部卿宮や藤壺の実の兄ということになる。そうすると藤壺入内への後見としての一院の存在は確固たるはずである。しかしこの入内の後見としての一院の存在は無に等しい。むしろ藤壺にはせいぜい若い兄がいる程度の、きわめて心細いものであった。一院が藤壺らの義兄だとしても、桐壺の父として桐壺が切望する藤壺入内に、便宜を図ったり後見したりするのは当然であろう。しかし桐壺巻などからはそのような読み方もまったくできないのである。(4)


なによりも、先帝が桐壺の祖父なら、先帝の娘を三代も下の朱雀に嫁がせる、つまり娘をひ孫の妻にするという、当時でも常識では考えられないことになるのである。若菜上巻で、藤壺女御を朱雀に入内させたとした時、先帝は少なくとも桐壺帝の祖父という設定はされていないと考えるべきであろう。日向一雅氏はこれらについて検討し、先帝を桐壺帝の祖父とすることに疑問を呈し、先帝を一院の弟とする考えには格別難点がないとしている。(5)ただし氏は先帝に、光孝帝ではなく陽成帝に比定する独自の検討を加えている。

既に考察したが、(6)「先帝」なる語義は元来「先代の帝」であり、そこに崩御しているニュアンスが加わっていると考えられる。源氏物語の「先帝」は「前帝」のニュアンスが強く、桐壺巻の描き方から、桐壺帝の直前の帝ととるのが自然である。先帝は桐壺帝の一代前の帝で、一院の弟であり、桐壺帝の叔父と想定されていると見るべきであろう。源氏物語の本文を通して、光源氏以外に兵部卿宮、藤壺、朱雀院など年齢がある程度はっきりしている人物を軸に、関係者の年齢を考えると、桐壺巻での藤壺入内を十五歳とすると光源氏は十歳、兵部卿宮は二十五歳、朱雀院十三歳、一院四十二歳（紅葉賀巻を五十賀とする）、桐壺帝二十七歳位、先帝四十歳位となる。想定するこの先帝の年齢は、人物関係や年回りの関係からきわめて妥当と思われるのである。

この先帝は、在位中か退位後程なく崩御したと考えるべきである。光源氏が生まれた時藤壺は六歳であり、妹の藤壺女御は四、五歳としても、先帝は少なくとも、光源氏誕生の時点の四、五年前までは生存していなければならない。しかし桐壺帝は、光源氏誕生の二、三年以上前からは帝位に就いていたと思われる。もし先帝が桐壺帝の祖父ならば、桐壺帝の前に一院が在位していたことになるわけだから、四、五年前まで先帝が生存していたとは考えられなくなる。なぜなら一院の在位期間がほんのわずか、せいぜい二年前後になってしまうからである。平安朝の歴代天皇で、冷泉や花山など特殊な例を除いて、わずか二、三年で退位した帝はいない。なによりも、繰り返すが、先帝の娘がひ孫の嫁になるという不自然さは説明がつかない。先帝が一院の弟で桐壺帝の叔父である時、物語は不自然なく展開するのである。

この自然な設定に対して、人物の年齢のイメージなどは、その巻によってどのようにも読めるように読み取ればよいとし、新しい物語の冒頭（若菜上巻）に登場させられた「先帝」を、桐壺巻の時と同じ系譜を意識して読む必要は、まったくないとする向きもある。(7) しかし、他の人物の親子で年齢が離れていることと、この先帝の場合を同一に論じられるのであろうか。朱雀院の曾祖父と設定した先帝の娘を、いかに巻が隔たったとはいえ、ひ孫に入内したという事実を持ち出すであろうか。不自然なのはむしろ、一院に宇多を準え、その関連で先帝に宇多の父・光孝を準える図式に拘るところに発する。先帝を準拠説にあることだけを根拠に、つまり実質的にはほとんど根拠なく桐壺帝の祖父だとすることであり、それに拘るところから、無理な設定を合理化しようとすることによって生じている。これらの根拠として問題となるのは、次の三で取り上げる本文の解釈にかかわる一点のみであろう。しかし述べていくように、結局は根拠とするに足らないものなのである。

三　先帝の御時の人

桐壺更衣を忘れられぬ帝が、藤壺を入内させるに至る展開の中で、次のように語られている。

年月にそへて、御息所の御事を思し忘るるをりなし。慰むやと、さるべき人々参らせたまへど、なずらひに思さるるだにいとかたき世かなと、疎ましうのみよろづに思しなりぬるに、先帝の四の宮の、御容貌すぐれたまへる聞こえ高くおはします、母后世になくかしづききこえたまふを、上にさぶらふ典侍は、先帝の御時の人にて、かの宮にも親しう参り馴れたりければ、いはけなくおはしましし時より見たてまつり、今もほの見たてまつり、「亡せたまひにし御息所の御容貌に似たまへる人を、三代の宮仕に伝はりぬるに、え見たてまつりつけぬを、后の宮の姫君こそいとやうおぼえて生ひ出でさせたまへりけれ。ありがたき御容貌人になん」と奏しけるに、まことにやと御心とまりて、ねんごろに聞こえさせたまひけり。（桐壺四一～四二）

ここで問題となるのは、傍線部「上にさぶらふ典侍は、先帝の御時の人にて」の「御時の人」の意味である。これはこの典侍の、同じく傍線部の「三代の宮仕に伝はりぬるに」と相俟って、先帝が桐壺帝の一代前か二代前の帝かを窺う時のキーワードになるというわけである。

しかしその前に、この典侍が先帝に仕え、后の宮方にも親しく出入りをしていて、藤壺の幼少の時から知っていて、今でもちらっと見かけることがあるという点に留意したい。いったいこれは何年前のことなのか。この時点で藤壺はいくつなのか。この後、入内に反対していた后の宮が亡くなり、入内が可能となった。しかし、喪葬令が父母の死に一年の服喪を規定しているとともに、先帝の中宮崩御であり、当然、母宮の死後一年以上は、藤壺の入内は見合わせられたはずである。入内は十五歳位と考えられるので、典侍がこの話を持ち出したのは母宮生前であり、藤壺はせいぜい十三、四歳の時であろう。光源氏は八、九歳となる。すると、典侍が知っている藤壺の幼少期とは、この十年以内と考えるべきである。十年前の光源氏は、生まれる一、二年前となる。つまり先にも触れたように、桐壺帝が帝位に就いて少なくとも一、二年経った頃と見るべきであろう。すると桐壺帝の直前の帝は、当然先帝とならざるをえまい。先帝が桐壺帝の祖父なら、その間に一院が在位していることになり、先帝はさらにそれよりだいぶ前に在位したことになる。すると在位中か、退位後程なく死んだ先帝の子として、藤壺さらには妹の藤壺女御が生まれる何年も前に、先帝は薨去したということで、彼女たちが生まれることはなかったことになるのである。すなわちこの点からも、先帝は桐壺帝の直前の天皇でなければならないのである。

そして典侍の「先帝の御時の人にて」の意味だが、これを「先帝の御代に任命された人で」と読まなければならないとする考えがあるが、(8)その語義上の根拠は何も記されていないのである。なぜ「御時の人にて」が「御代に任命された人で」になるのであろうか。そういう訳にすれば、その後にある「三代の宮仕へ」を続けて来た典侍が、桐壺更衣に似ている姫は見かけなかったということが、先帝から現在の桐壺帝までとなり、間にもう一人帝がいたことになる。これは、先帝が桐壺帝の祖父と見る向きには都合のよいことになろう。事実、新潮古典集成「源氏物語」は頭注にもこのことを明記しているし、近代の注釈書としてはこの書だけが、先帝の子に一院、その子に桐壺帝であることを系図にはっきり書き記している。逆に、先帝を光孝帝に準拠すると見るためには、「御時の人」を「…に任命された人」と訳すのが好都合なのである。

しかし現在最も信頼できる注釈書の一つである新編日本古典文学全集本「源氏物語」では、新潮古典集成を参看した上でも、ここを「先帝の御時にお仕えしていた人で」と訳している（岩波の新日本古典文学大系ではこの部分は訳出されていない）。新編全集は以前の全集本を改定しているわけだが、全集本では「先帝の御時に奉仕していた人で」とあり、これを和文調にしただけで意味自体は変えていない。

では、「御時の人にて」はどう読むべきなのか。「御代に任命された人で」などと口語訳するためには、原文中にそう限定する助詞などがあってしかるべきである。例えば源氏物語の中に、

院（＝故桐壺院）の御時よりさぶらひて、老いしらへるどもは、悲しくて、いまさらに泣き騒ぎめできこゆ。（明石二七三）

として、須磨・明石から召還され、参内した光源氏の姿を拝する老女房たちが泣き騒ぐ。ここには「御時よりさぶらひて」とあり、桐壺院在世中より宮中に仕えていることが明示されている。また、

大臣の君、父帝の御時より、そこらの女御、后、それより下は残るなく見たてまつりあつめたまへる御目にも、…（玉鬘一一三）

として、右近が玉鬘の美貌を誉める折、光源氏が、桐壺帝の御代より大勢の女御・后をはじめ、更衣以下残りなく見慣れていることなどに触れるところに、「父帝の御時より」とある。ここも「より」によって、ある時点から現在までの過程を明示している。ただ「先帝の御時の人にて」だけで「先帝の御代に（初めて）お仕えした人で」「先帝の御代からの人で」とか「先帝以来の人とて」などといった解釈をするのは曲解に近い。そのためには原文が「先帝の御時よりの人にて」となければなるまい。

では「御時の人にて」に、

中将なりける人の、いみじう時の人にて、心などもかしこかりけるが、…（「枕草子」二二九段「社は」）

とある「時の人」（帝のおぼえめでたい人）、あるいは、

時の人のかやうなるわざ（仏事）に劣らずなむありける。（夕霧四五九）

の「時の人」（今を時めく人）といった意味はないのであろうか。また、似たような表現として、

三世の帝につかうまつりて、時にあひけれど、…（「伊勢物語」十六段）

の「時にあふ」（時めく、栄える）などもある。「御時」自体が「御代」の意味なので、「時の人」は無関係のように思われる。しかし、管見によれば、「時の人」は何例もあるが、「御時の人」の例は見当たらないのである。

中納言に昇進した柏木のことを、

今の御世にはいと親しく思されて、いと時の人なり。（若菜下二一七）

として、「現在の帝の信任厚い、今を時めく人」と評されている。これは簡単に言えば、柏木は「今上帝の御世の時の人」ということである。また、

深草の帝と申しける御時、良少将といふ人、いみじき時にてありける。（「大和物語」一六八段）

として、良岑宗貞が、仁明帝の御代にたいそう時めいていたとしているが、これもわかりやすく言えば、「深草の帝の御時の時の人」ということになる。

つまり、「先帝の御時の人」に「先帝の御時の時の人」といったニュアンスがあると言えないだろうか。桐壺巻の典侍は、特に先帝の御代に時めいていたという意味合いである。

四　「御時の人」と典侍

一方、次のような言い方も参考になる。尚、（　）内は筆者の注である。

むかしより後の世までのいはゆる（＝評判の）嵯峨の御時の女御ぞかし。（「うつほ物語」内侍のかみ一八三）

この御時の蔵人（＝女蔵人）は、やんごとなき人の娘ども、あるは五節の蔵人当つ。（内侍のかみ一九三）

また先帝の御時の御息所にてものしたまひし、…（「栄花物語」さまざまのよろこび一四〇）

特に「嵯峨の御時の女御ぞかし」、「先帝の御時の御息所にて」の「女御」、「御息所」をそれぞれ「人」に変えれば、桐壺巻の「先帝の御時の人にて」と同じ表現となる。すなわち、桐壺巻では、「先帝の御代の典侍で」というこ とになろう。「要職の」典侍に就いたのが先帝の御代だというのである。先帝の御代になって典侍に取り立てられたわけである。だから桐壺巻では、先に引いたように、

先帝の御時の人にて、かの宮にも親しう参り馴れたりければ、いはけなくおはしましし時より見たてまつりて、

と言う具合に、藤壺の母后の御殿にも親しく出向き、まだ幼かった藤壺をも見かけていたのである。

「先帝の御時の人」を先帝の御代に初めて仕えた人などと口語訳するのは、女官になると同時に要職である「典侍」に任じられたと考えているのだろうが、果たしてそんなことがままあるのだろうか。典侍に任官する者はほとんどの例が、掌侍を経てからであることを見落としていると言えよう。それも典侍になるまで、女官としてかなり長い年月を宮仕えしなければならないのである。典侍は内侍司で尚侍に次ぐが、源氏物語の成立する前後には、尚侍が女御とほとんど変わらない性格をもつようになり、実質的には典侍が極官の位置につくことにな

る。その職掌は、常侍・奏請・宣伝・女孺の検校・禁内の礼式への供奉など（「後宮職員令」）で、尚侍とほとんど同じである。しかし掌侍とは違って上臈であり、掌侍以下とは一線が画されている。

平安時代初期から中期（後一条朝まで）に典侍に任じられた者を、三十人以上は確認することができる。[9] その中に女房としての出仕がなくて、いきなり典侍に任官した者を見出すことはまずほとんどできない。大半は当然、掌侍経験者である。しかも、典侍に昇任した者の掌侍であった期間がやたらに長い。

例えば春澄高子（後に洽子と改名）は、典侍任官の年月は分からないが、少なくとも承平元年（九三一）二月一日までは典侍として在任している（「貞信公記」）。それより前、貞観十五年（八七三）九月九日には「掌侍従五位上春澄朝臣高子」（「三代実録」）と出ており、また仁和三年（八八七）正月八日にも「掌侍」として出てくる。だから少なく見ても十五年前後は掌侍に就いていたことが分かる。彼女は、清和・陽成・光孝・宇多・醍醐・朱雀の実に六代の帝に仕えていたのである。掌侍・典侍の期間が約六十年にも及ぶのである。

また、藤原因香も任典侍の年月は不明だが、元慶二年（八七八）九月十六日に権掌侍になったことが記され（「三代実録」）、寛平九年（八九七）十一月には「掌侍」になっており、これも少なくとも二十年前後は権掌侍か掌侍であったことが分かるのである。彼女も陽成・光孝・宇多・醍醐の四代には仕えていたのである。

さらに橘平子の場合、応和元年（九六一）八月二十日に典侍に昇任（「西宮記」巻二）しているが、天慶元（九三八）十一月十四日に権掌侍から掌侍に昇格（「本朝世紀」）しており、典侍の前に二十三年間も掌侍を務めており、しかもその前に権掌侍であったわけである。

このような例からも分かるように、典侍任官の前にかなり長期間、掌侍として務めているのが普通であり当たり前のことであった。だから桐壺巻で典侍が「三代の宮仕え」をしたといっても、典侍をずっと三代続けてきたとは決めつけられないのである。この場合は、一代目は掌侍で、二代目（先帝）に実質的女官筆頭である典侍に昇任し、三代目（桐壺帝）も、史実によくあるように、典侍を続けていると考えられるのである。

結局、この典侍は、女官としては三代の帝に仕えて来たが、二代目の先帝の御代に、おそらく掌侍から上臈である典侍に昇格して、華やぎ時めいた人で、宿老の今もその豊富な経験で、引き続き典侍を務めていると見るべきであろう。「先帝の御時の人」が「御時の時の人」と同じでないとしても、「御時の人」には、時めき華やいだニュアンスがあると思われる。

おわりに

藤壺と為子内親王には、出産に関わり共通性と相違点があった。為子はお産により夭折するが、藤壺は皇子出産とともに生き延びる。為子に託した宇多ら皇族側の夢は頓挫するが、藤壺に関してはこれを逆転し、皇子は帝王となり、皇族・源氏は栄華を極めるのである。光源氏が須磨流謫から政界に復帰し、栄光への道を歩むなどといった例同様、源氏物語の重要な筋立てに、歴史的事実を材料にしつつもそれを逆転する、史実逆転の展開を創り出しているのである。そのことによって、挫折して適えられなかった夢を物語上で実現していくという、源氏物語創作の一つの特性が窺われるのである。一方、若菜上巻で示された先帝のもう一人の娘・藤壺女御の朱雀院への入内は、桐壺帝在世中のことであり、史上宇多らが目論んだ、やはり皇権強化のための醍醐帝への源和子の入内に擬していよう。それは、桐壺帝自体の皇権強化という思惑もあったことが想定される。いかに紫のゆかり・女三の宮の光源氏への降嫁のためとはいえ、千年前の享受者が、右大臣一派が望むとは思えない皇族出身の女御入内に、桐壺帝らの思惑を読み取らないとも思われない。これは親政から摂関政治への移行期の時代性を、物語の底流に取り込んだものとも言えよう。

藤壺・藤壺女御の父・先帝は、光孝帝に準えることから桐壺帝の祖父と考える向きもあるが、本章ではいくつかの点から、それが妥当とは言えないことを述べた。特に「上にさぶらふ典侍は、先帝の御時の人にて」の解釈について問題とし、この典侍は先帝の御代に、掌侍から上臈である典侍に昇格することによって、時めき華やいだものとすべきことを述べた。そして先帝は、彼女が仕えた三代の帝の、二代目に位置づけるべきことを結論付けた。

（1）藤本勝義『源氏物語の〈物の怪〉』（平六）第二章「物の怪の史実・記録と源氏物語」四一・四三頁。
（2）大日本古記録本『九暦』により、私に読み下した。（ ）の注は本文では傍注として施されている。
（3）藤本勝義『源氏物語の想像力』（平六）第六章「源氏物語の女官」九七頁。
（4）藤本勝義 注三の著書の第一章「源氏物語における先帝」九頁。
（5）日向一雅「桐壺帝の物語の方法―源氏物語の準拠をめぐって―」（『国語と国文学』平十・一）
（6）藤本勝義 注四に同じ（八頁）。
（7）濱橋顕一『源氏物語論考』（平九）第一章の五「源氏物語の『先帝』について」一〇七頁。
（8）注七や新潮古典集成の訳。また袴田光康「『源氏物語』における式部卿任官の論理―先帝と一院の皇統に関する一視点―」（『国語と国文学』平十二・九）
（9）本多伊平編『平安時代補任及び女人総覧』（平四）、角田文衛『日本の後宮』（昭四七）を参照した。

第三章　光源氏の元服と薫の出家志向——紫式部時代の準拠

はじめに

平安朝で常日頃起きている様々な社会現象が、言うまでもなく、源氏物語に皆反映されているわけではない。むしろその大半は影さえ落としていないのである。第二編第三章「御霊信仰と源氏物語」などで具体的に触れるが、日常茶飯事と言っていいほど頻繁に起きていた天変地異、地震、疫病、洪水、日照り、飢饉、火災、強盗、殺人、怨霊跳梁といった、貴族や庶民を恐怖のどん底に突き落とすような事象の大半は、源氏物語の世界や精神と相容れない性格のものであるゆえ、切り捨てられるのは当然であろう。しかし、これらと違って、政治性があり、男女間の愛憎の問題とも関わる出来事は、源氏物語の題材となってしかるべきかと思われるが、なかなか現実の事件通りに描かれることはない。本章では、そのような事例をあげながらも、紫式部の生きた時代の事件等が準拠となっている可能性を探っていくものである。

一　源氏物語の題材としての史実

源氏物語の世界では相容れないような出来事として、例えば、長徳四年（九九八）二月十一日に、故関白右大臣・道兼女の尊子が女官として宮中に入っている（「日本紀略」）。当時、内覧の宣旨を受けている左大臣・道長の兄である関白道兼の娘の入内とあって、話題性のある出来事であったと思われる。紫式部はこの前年秋に、下向していた越前から帰京しており、(1)この時は、宣孝との結婚前後の時期であり、彼女自身の身の振り方と関わって、この出来事に関心を抱いたかもしれない。しかも尊子は、宮仕えから二年後の長保二年八月二十日、「従五位上」（「日本紀略」）の女官から女御となったのである。これは尊子の母・繁子が、一条帝の乳母であることを利用したかなり強引な入内だったと考えられ、この時、蔵人頭であった藤原行成は、「権記」の記事によれば、繁子からの被け物を突っ返すほどに不快感を抱いている。むしろこの行成の行動は、世間から賞賛されたことさえ窺えるのである。繁子は道兼の妾であり、また尊子は生前の道兼の関心の対象外であって、尊子の入内、女御宣下は、行成を含む宮廷社会で正当なものと見做されてはいなかったと考えられる。(2)

この件は見方を変えれば、父亡き後はかばかしい後見なき入内として、なにやら桐壺更衣を、あるいは、八の宮から認知されなかった中将の君・浮舟母子を思い起こすところだが、似て非なるものと言うべきであろう。繁子は関白道兼の死後、平惟仲と再婚しその後に娘を入内させるので、八の宮の死後、常陸介に嫁いだ中将の君が、当代一、二を争う貴公子・薫との婚姻を進めることと関連するかもしれない。一方尊子は、女御宣下から約十年後の一条帝崩御まで、御子を出産することなく終わった。中宮彰子の影で、さしたる寵愛も受けず消えていく尊子は、あるいは同様の女の人生を語る「白氏文集」の新楽府「上陽白髪人」を重ねる六条御息所、つまり前坊夭折後、大きく人生を狂わす彼女の造形などに、なにがしかの影響を与えたかもしれない。

しかし、入内により名利を追い求める、どろどろした卑俗で陰鬱な印象を与える尊子の入内は、そのままでは源氏物語の世界に取り込まれにくい出来事であったと言うべきであろう。内大臣（もとの頭中将）が、娘の雲居雁と夕霧の仲を裂いたり、娘の少なさから入内させる者に事欠き、落胤の近江の君を探し出し、かえって自身も笑いものになるなど、その俗物性が批判的に描写されてはいる。あるいは「竹河」巻で、鬚黒亡き後の玉鬘一家の衰退ぶりや、出世の道から外れた息子たちの繰り言等もあるが、源氏物語のこの方面の表現や展開は、実社会の実情に比すれば赤裸々なものとはほとんど言えないのである。

もう一例、この類の出来事を点描したい。尊子が女御となった翌長保三年八月二十五日の除目で、藤原斉信が権中納言となったが、斉信の実兄・誠信は自分を超えての昇進を恨み、「大鏡」（為光伝）によれば、兄に謀られたと思い、除目の翌朝から手を強く握り、斉信・道長に昇進を阻止されたと言い、食事もとらず病気となって七日目に死去した。握った指があまりに強くて、手の甲まで突き抜けたと語られている。この七日目に当たる「権記」の同年九月三日条に「此暁入滅」とあり、確かに誠信の死が語られているし、「除目以後不過七日、己叶盟言」ともあり、誠信が恨み言を吐き続けて、死んで恨みを晴らすというようなことを言って、結局その通りになったと捉えられるのである。この後、「小右記」万寿二年（一〇二五）八月二十七日条に、誠信の死霊が斉信女に連日取り憑いていることが記され、ついに彼女が死去したことが示されている。このように政治絡みのおぞましい題材は、（源氏物語成立後でもあるが）源氏物語には相容れない政治的敗者の物の怪であることは別としても、物語展開に生かされることはない。源氏物語はリアルだが、拮抗する後宮の権勢争いを、物語絵合で決着をつけることが象徴するように、あくまで浪漫的な世界であり、暗澹とした理不尽な物語展開や結果を導くものではなかった。

二　光源氏の元服の準拠

男女の恋物語も、源氏物語は言うまでもなく、平安朝の世相をそのまま映しているものではなかった。しかし、紫式部の生きた時代に話題となった、密通のような特殊な恋愛沙汰でも、世間に拒否されない性格のものは、準拠となっているものがあった。

光源氏と朧月夜尚侍の密事が発覚して、朧月夜の謹慎が記された箇所を「河海抄」が注しているが、そこでは、源頼定と麗景殿尚侍・綏子の密通を重ねて読んでいる。彼女は三条帝の東宮時代に入内しており、この密通は長徳年間のこととされている。彼女への三条院の寵愛がほとんどなかったため、世間からさほど批判されることはなかったと言えよう。つまり源氏物語成立時より百年ほど前の、延喜・天暦時代前後の史実を準拠とすることが多い中、これは紫式部の二十代と思われる時期の出来事を準拠としているわけである。

この事件は実は、柏木・女三宮事件にも重ねられており、準拠が重層しているところでもある。(3) 事件が光源氏に知られた後、光源氏の思いの中に「帝の御妻をも過つたぐひ」(若菜下巻二五四頁)とあるが、昔から伝承されてきた二条后高子と業平の関係という古い事例だけでなく、花山帝女御・婉子女王への藤原実資や道信の懸想などもあげられているのである。婉子は、帝位に就く可能性の強かった為平親王女であり、それに懸想して失敗し正暦五年(九九四)に夭折した道信は、柏木を思わせるものがある。

このように、源氏物語成立時に近接した史実を準拠とする事柄の存在は、従来通説化されてきた古い時代の書物や伝承による事例準拠が、照らし直される意味を感じさせるのである。むろん延喜・天暦期などの準拠が間違いというわけではなく、それらに、作者が見聞した新しい時代の事例が重ねられてくるという、いわば準拠が重層するという意味で看過できないのである。例えば「藤裏葉」巻での冷泉帝・朱雀院の六条院行幸・御幸の準拠として、「河海抄」は、康保二年（九六五）十月二十三日の村上帝の朱雀院行幸をあげている。類似点は少なくないし、これは朝覲の行幸であるが、光源氏を帝の父として冷泉帝が密かに崇めたとも考えられよう。しかし一方、光源氏との関係は噂に出ることさえ避けられなければならないわけで、朝覲に擬するというのも問題がないわけではない。だから臣下邸への行幸の事例も検討する必要はあろう。既にそのような考察があり[(4)]、寛弘五年（一〇〇八）十月十六日の、一条帝の道長邸への行幸が準拠とされてもいる。つまり六条院行幸は、この行幸を目の当たりにした紫式部自身の体験に基づくものとされる。源氏物語の成立時期が明確でない以上、この考えも否定し切れないように思われる。

ここで同様の見地から「桐壺」巻の光源氏の元服を問題にしたい。「この君の御童姿、いと変へまうく思せど、十二にて御元服したまふ」（桐壺四五）で始まるこの元服の儀は、定家の「奥入」により、延長七年（九二九）二月十六日の源氏二人の元服が準拠としてあげられている。二人は醍醐帝の皇子の高明と兼明であり、光源氏のモデルの有力な一人である源高明は、この事例を持ち出す意味でも特に重要である。紫式部は光源氏元服の儀を描く時に、実際には「西宮記」や「新儀式」に記されている一世源氏の元服の儀を、資料として仰いだとされる。このことを含めて既に、清水好子氏に具体的な考察があるので[(5)]、ここでの詳述は避ける。確かに「桐壺」巻とこれらの資料とを突き合わせると、類似の箇所が多い。ただ「奥入」は、一世源氏ひいてはモデル・源高明のためか、延長七年の儀式に拘り過ぎていると思われる。これは清水氏も同様である。特に源高明著である「西宮記」の記事は簡略である。光源氏の元服の儀で描かれていて、一世源氏の元服の事例では記されていないところがいくつ

かあるが、むしろそれは、親王元服の儀式の方に記事があるのだが、その指摘がされていないのである。例えば、

御前より、内侍、宣旨うけたまはり伝へて、大臣参りたまふべき召しあれば、参りたまふ。御禄の物、上の命婦取りて賜ふ。白き大袿に御衣一領、例のことなり。（桐壺四六―四七）

とあり、大臣を宣旨により召す「内侍」や「上の命婦」は、「西宮記」にはないが、「新儀式」の「源氏皇子元服を加へる事」の中には記されている。ところが禄についてはどちらの書にもなく、親王の元服の儀の方に「白褂一重、御衣一襲」と出ているのである。また、光源氏の元服では、この後、帝の歌と光源氏の舅となった左大臣の返歌が示され、左大臣は「長橋より下りて舞踏したまふ」（桐壺四七）として拝舞する。この「長橋…」も一世源氏の元服の方にはなく、親王元服の方に記されている。

だからむしろ、一世源氏の元服といっても光源氏の場合、「一年の春宮の御元服、南殿にてありし儀式のよそほしかりし御ひびきにおとさせたまはず」（桐壺四五）と明記されているように、春宮の場合にも匹敵するほどの桐壺帝の意が払われていたわけで、作者が簡略な一世源氏元服の儀だけを懸命に参看しているなどとは考えられないのである。だから光源氏の元服に関して、一世源氏のそれだけに拘泥するのは、光源氏のモデルを源高明一人に限定することにも繋がり、準拠論・モデル論からみて不自然と言うべきであろう。

三　敦康親王の元服の儀

一条帝の御代には絶えて久しい一世賜姓源氏ゆえ、紫式部には、実際的にはかような元服の見聞の経験はなかったわけだが、親王などの元服については書物だけに頼らなくても知る機会はあったはずである。居貞親王（後の三条帝）の元服は寛和二年（九八六）七月十六日（「日本紀略」）であり、一条帝の元服（既に七歳にして即位）は正暦

元年（九九〇）正月五日であり、ともに紫式部の十代半ばから終わりの頃であったと思われる。特に帝王の元服は盛大で、百官が供奉するのが普通であり、紫式部の父・為時も一条帝元服の儀式に参列していたと思われる。文章生出身の為時は、その当時、朝廷行事等に通暁している式部大丞になっており、この儀式の後、その模様を息子の惟規に語った可能性がある。それを紫式部も、間接的にしろ知る機会はあったかもしれない。

そしてなによりも、敦康親王の元服の儀は看過できないのである。一条帝第一皇子の敦康は、関白道隆亡き後、伊周らの失脚、母・定子の死で後見なき状態が続いたが、長保三年八月三日、初めて中宮彰子の御所に渡り（「権記」）、彰子が母親代わりとなった。まだ彰子に皇子出産はなく、道長としても、一条帝鍾愛の敦康を遇する必要もあったのであろう。寛弘二年三月二十七日には、内裏で、一条帝と七歳の敦康の対面の儀と脩子内親王の着裳が行われている（特に「小右記」が詳述）。道長は脩子の腰結という最も重要な役に就いている。また敦康らの外舅・伊周が昇殿を許され、都へ召還後初めて公卿の座に着いた（「御堂関白記」）。その後、敦康を厚遇する道長の様子はいろいろ記されており、敦康の次期東宮はかなり現実味を帯びていたと言えよう。[6] しかし周知のごとく、彰子が敦成を出産することにより状況は大きく変わった。花山に矢を射かけるという不祥事に発する長徳の変以降の、中関白家の衰退は、歴史的にもかなり劇的であり、道長が君臨したとはいえ、未だ外戚政治の基盤ができていない状況での敦康厚遇は、当然、近い将来の政治状況の推測も交え、巷間に知れ渡っていたことと言ってよい。その敦成が東宮となり、敦康の帝王への道が閉ざされた後に、敦康の元服は行われた。紫式部は、長徳二年夏に越前へ下向したが、実はそのわずか一、二か月前に伊周・隆家兄弟が配流に処せられていた。当初、春に越前へ赴任するはずの為時一行は、この件によって、暑い盛りに越前への七日に及ぶ長旅を余儀なくされたと考えられる。[7] そんなことからも、紫式部自身にとって敦康親王の行く末は、関心を引く大きな問題であったと思われるのである。

敦康の元服は、寛弘七年七月十七日のことであり、源氏物語の成立時期の上限ぎりぎりと思われる時に催されていた。なによりも光源氏の元服は、首巻桐壺に描かれているので、源氏物語が巻順に書かれているならば、常識的に源氏物語には、敦康親王元服の儀式が踏まえられている可能性はほとんどなかろう。しかし「御堂関白記」に具に記述されている敦康元服の儀式を見ると、親王元服の儀式が長い年月を経てきたにもかかわらず、ほぼ同じ内容・方法・順序の踏襲されていることが分かるのである。だから当然、先に触れた居貞親王や一条帝の元服の儀も、ほとんど同様であったと考えるべきである。紫式部は書物に拠らずとも、元服の儀を描ける可能性はあったのである。


余進加冠、自座下復座、道方又理髪退出、…親王入自仙華門、於庭中拝舞、退出、次内侍出殿上戸日、召余、進着御前座、女蔵人取禄給之、立座下自長橋内方、懸頸執笏、出自道、至庭中拝舞、此間引御馬二疋、…

（「御堂関白記」寛弘七年七月十七日条）


敦康親王の元服の「加冠（引入れ）の大臣」は左大臣道長である（光源氏の場合も左大臣）。敦康の拝舞やその段取り、また内侍が加冠の大臣を召し、女蔵人が禄を給したり、大臣が長橋より下りて庭中で拝舞するのも、「西宮記」「新儀式」にあった従来の元服の儀とほぼ同じなのである。しかも光源氏の元服の儀と同じでもある。敦康親王の元服は内裏ではなく里内裏（ここは道長の枇杷殿）で行われており、例えば「長橋」は、内裏では清涼殿からその東庭へ下りるところにあるのだが、枇杷殿ではそれに見立てて、長橋と称するものを設けていると考えられるのである。あくまで故実に則った儀式を遂行するためであろう。

ここでの理髪の役は、当時四十二歳の宮内卿・右大弁・源道方である。光源氏の元服の折は、理髪担当は「大蔵卿」とある。大蔵卿といえば、「紫式部日記」の消息文の後にある御堂詣での中で、舟遊びに興じる若い公達に交じって、紫式部に「舟のうちにや老いをばかこつらむ」（『紫式部日記』一〇一）と言われた、あの大蔵卿が想起されるが、彼は五十歳を過ぎている参議・藤原正光であった。正光は長徳四年十月二十二日に大蔵卿に任じられて（『公卿補任』）以降、長和三年（一〇一四）二月二十九日に五十八歳で死ぬ（『小右記』）まで、実に十六年間この任にあった。つまり、紫式部がちょうど結婚した二十代半ばから、夫に死なれ寡婦生活の中、源氏物語を執筆し、中宮彰子付きの女房として出仕、彰子が敦成さらに敦良親王を出産し、その敦成が三条即位に東宮に立った後までの長い期間である。だから源氏物語が成立する前から、それが読まれ評判となった時期すべてに亘って、大蔵卿は源正光が務めていたわけである。光源氏の元服の理髪役に「大蔵卿」とある時、醍醐天皇の御代の大蔵卿と読むところであっても、百年も前の醍醐朝を知らぬ読者はすぐ、一条朝の大蔵卿・藤原正光を思い浮かべても不思議はないのである。

大蔵卿は位階としては、源道方の宮内卿と同じである。道方の任参議は、長和元年十二月十六日（『御堂関白記』）なので、敦康元服より少し後になるが、理髪の役にふさわしい階層・年齢の者が選ばれていると言ってよい。

四　「栄花物語」の敦康親王

「栄花物語」の方から、敦康親王に関して考えてみると、光源氏との共通項がかなり鮮明になってくる。光源氏の誕生後の桐壺帝の寵愛ぶりは、

この君をば私物に思ほしかしづきたまふこと限りなし。（桐壺十九）

と記されており、秘蔵子の意の「私物」という言葉が使われているが、光源氏のすばらしさから、大切に思うのは一通りである兄の朱雀院に比して、私人として寵愛するということである。源氏物語では、これは他にはもう一例あるだけである。それは「東屋」巻で、浮舟の夫と考えた左近少将に対して、「私ものに思ひかしづかましをなど思ひしことはやみにたり」（東屋七九）として、秘蔵の婿殿として仕えようといった中将の君の考えが、吹っ飛んでしまったことを語っている。これより少し前に、常陸介との間の娘の結婚のことが記されているので、その娘ではなく、大事な浮舟の婿殿として内々に、というニュアンスがあろう。「私物」の意味は同じであると言えよう。これは「栄花物語」でも、やはりわずか三例しかなく、そのうち二例が敦康親王について使われているのである。

御才深う、心深うおはしますにつけても、上はあはれに人知れぬ私物に思ひきこえさせたまて、よろづに、飽かずあはれなるわざかな、……。（「栄花物語」巻八「はつはな」四六〇）

学才の豊かさや思慮深さから、帝はいとしく思い、人知れず秘蔵子と思ったという書き方は、光源氏への桐壺帝の姿勢と同じである。もう一例は、敦康薨去の折の彰子の思いの中で、次のように示されている。

異事ならず故院の御事をおろかならず思ひきこえさせたまふにより、この宮々の御事をもかく思さるるなるべし。故院の私物に思ひきこえさせたまへりしものを、あはれと、思ひ出できこえさせたまふも、……。（巻十四「あさみどり」一六二～一六三）

故一条院が敦康を東宮にしたかったというお気持ちや、秘蔵の皇子と思っておられたことを考え、彰子は不運のまま死んだ敦康に思いを馳せるのである。

「栄花物語」でのもう一例は、村上帝の大切に思う女御について、宣耀殿女御は、いみじううつくしげにおはしましければ、帝も、わが御私物にぞいみじう思ひきこえたまへりける。（巻一「月の宴」二九）

と記されており、宣耀殿女御である芳子は、たいそうかわいらしく、後文にあるが、帝の好きな箏の琴を習わせたら、大変上達したこともあり、彼女を秘蔵物として寵愛したとされる。ここでは、師輔女安子の生んだ憲平親王（後の冷泉帝）が東宮となっており、帝の安子厚遇は当然である状況が前提となっている。一方「大鏡」でも、村上帝の芳子寵愛ぶりは記されているが、「帝も、この女御殿には、いみじう怖ぢ申させたまひ、…」（「師輔」伝）とあるように、村上帝は安子をひどく恐れていたとある。後宮での安子の地位は歴然としており、つまり帝が芳子を寵愛するに、余りおおっぴらにはできなかったことが窺い知れる。

このように「私物」は、公にはしにくいが、心内では、これ以上ないほどに大切なものとして寵愛している場合を表す、むしろ特殊な言葉といってよい。これが、「源氏物語」と「栄花物語」のどちらにもわずかしかない用例で、光源氏と敦康親王に共通しているのである。これは「栄花物語」が、敦康を光源氏の美質や境遇と重ね合わせて描いていると見るべきであろう。

このことは実は、最高の美を表す「きよらなり」の使用に関しても言えるのである。光源氏は周知のごとく、「世になくきよらなる玉の男御子さへ生まれたまひぬ」（桐壺一八）と表現されてこの世に登場した。さらに「いとどこの世のものならずきよらにおよすけたまへれば、いとゆゆしう思したり」（桐壺三七）とも記され、際立った美しさ「きよらなり」にて絶賛された。この言葉が人物に使われるのは、「栄花物語」では数例に過ぎないが、例えば元方の物の怪に祟られた憲平親王は、「きよらにおはしますことかぎりなきに」（巻一「月の宴」三四）と容貌の美しさが言われる反面、錯乱状態になることが示されている。狂気の天皇と言われた冷泉帝の大きな欠点を

合わせ晒しているのである。また、

大宮、東宮をこそきよらにおはしますと思しめしけるに、これはいとこまかにうつくしう、明暮わがものにて見たてまつらまほしう思されけり。（巻十九「御裳ぎ」三三七）

として、彰子が自分の子である敦良親王をとても美しいと思うものの、妻となる禎子内親王のかわいらしくすばらしい姿に感銘を受けているところがある。「きよらなり」は源氏物語では、用例の大半が光源氏の美しさを形容するのに使われているように、絶対性のある際立った美質を表していた。しかし栄花物語では、やや相対的な使われ方がされているのである。その中で、次の敦康親王を形容する「きよらなり」は、光源氏の場合と同様であると言ってよい。

式部卿宮も、同じき宮たちと聞えさすれど、御心も御かたちもいみじうきょらに、御才なども深くて、やむごとなうめでたうおはしませば、御宿世のわろくおはしましけるを、世に口惜しきことに申し思へり。（巻十二「たまのむらぎく」七二）

後一条帝の即位後に、改めて敦康のすばらしさが語られており、同じ皇子たちといっても、この敦康の内面・外見両面の際立った美しさ、さらに学問にも秀でていることが記されている。だから立坊できなかったことの宿縁の拙さを、世をあげて残念なこととしている。帝への道を歩んでしかるべき人物の、あらゆる面からの賛美は、まさに光源氏の場合に等しい。ここからも、「栄花物語」の語り手は、明らかに敦康に光源氏を重ねて描いていると言えるのである。

立坊への道が断たれたのは、結局は、はかばかしい後見がなかったからであり、まさに光源氏と同じである。「桐壺」巻に、明くる年の春、坊定まりたまふにも、いとひき越さまほしう思せど、御後見すべき人もなく、また世のうけひくまじきことなりければ、なかなかあやふく思し憚りて、色にも出ださせたまはずなりぬるを、……。

（桐壺三七）

とあり、後見なきまま光源氏の立坊を図るのは、かえって危険だと考える桐壺帝の判断は、当然のことである。「栄花物語」でも、一条帝によって同様の思いが示されている。

かかる筋にはただ頼もしう思ふ人のあらんこそ、かひがひしうあるべかめれ、いみじき国王の位なりとも、後見もてはやす人なからんは、わりなかるべきわざかなと、思さるるよりも、……。

（巻八「はつはな」四一五）

敦成が生まれた後、その若宮との対面のために道長の土御門邸へ行幸があり、一条帝はその折、帝の男子という血筋には、引き立てる頼みになる外戚があつてこそと考え、敦康を不憫に思っている。さらにまた、先に引いた敦康元服の折にも、一条帝は次のように考えていた。

はかばかしき御後見もなければ、その方にもむげに思し絶えはてぬるにつけて、かへすがへす、口惜しき御宿世にもありけるかなとのみぞ悲しう思しめしける。

（巻八「はつはな」四六二）

しっかりした後見がないために、敦康の立坊をすっかり断念したが、帝は無念の思いを嚙み締めている。これはまさに、光源氏を東宮にできなかった桐壺帝の無念さと同じなのである。周知のように、「はつはな」は「紫式部日記」に基づいて描かれているわけだが、この後見に関わる部分は、「紫式部日記」に全く存在せず、後見なき親王が帝位に就こうとしてもどうにもならないという「栄花物語」の史観によるものと言えよう。(8)と同時に、光源氏の立太子を断念した桐壺帝の思いを重ねていると読むことができる。

すなわち、帝に寵愛された母との幼い頃での死別、逆境の中でも容姿、内面ともに魅力的に成育し、東宮に立ってもおかしくなかった皇子が、後見のなさによつて帝への道を歩めないまま終わるという不運など、光源氏と敦康の境涯はきわめて似通っていた。「栄花物語」が源氏物語を重ねることはままあるので、むろんこのことも、当然そう捉えてしかるべきである。ただし、先に触れたように、敦康親王元服の儀は、平安朝の皇子のそれをほぼそのまま踏襲しており、それらの実際的な見聞をも参照して、光源氏の元服の模様が描かれた可能性を念頭に置くべきであろう。いかに延喜の御代を彿彿とさせる意図があったにせよ、書物だけに頼って書く必要はないのである。このことはさらに、次の薫の出家志向とも関連する。

五　薫の道心

薫は既に元服前から、自らの出生の秘事に薄々気付くところがあり、周囲から光源氏の内親王腹の御子として崇められ、栄達していこうとする前途に、背を向けようとする気持ちが生じていた。そんなことが、「元服はものうがりたまひけれど」（匂兵部卿二四〜二五）として薫に元服をも嫌がらせる。このような薫の姿勢に、「本朝皇胤紹運録」が醍醐帝の皇子として記した「白髪童形」の「嵯峨隠君子」とする「童子」が、隠遁以前に、元服の儀式さえ受けず、王にも列せられず、終生を「童子」で押し通したと思われることなどの伝承を、重ねて読むことが可能である。このことについて益田勝実氏[9]は、「皇子の厭世主義は、仏の御手にすがることによっては解消できない、解消してはならないものとして意識されていたに違いない」「みずからを一刻で清算する死や出家によってではない形の自己否定を、老いの坂を越えるまで持続しつづける執念さ」と述べる。今後の彷徨する薫の人生に、なにがしかの関わりがあるようにも思われる。

一方、薫についての次のような文脈も注意を要する。

中将は、世の中を深くあぢきなきものに思ひすましたる心なれば、なかなか心とどめて、行き離れがたき思ひや残らむなど思ふに、わづらはしき思ひあらむあたりにかかづらはんはつつましくなど思ひ棄てたまふ。さしあたりて、心にしむべきことのなきほど、さかしだつにやありけむ。（匂兵部卿二九）

ここには先ず、薫の厭世的な気持ちが示され、続いて、現世離脱のためには女人への執着をタブー視する心の動きが描かれている。しかし最後に語り手の、心を強く惹かれるような女がいないうちだから、悟ったようなことを考えているのか、といった混ぜっ返しがある。もっともこの時点では、将来の薫の大君への執着までを読む必要はあるまい。この語り手の評によって、若年での薫の出家志向とのバランスが取られているのであろうが、不義の子なる宿命を背負った主人公、という特殊な核（コア）を設定するわけで、どうしても現実離れのニュアンスが生じることは否めない。しかし、不義の子という特殊性にさして意を払わなければ、若公達ゆえに、恋愛感情と現世離脱志向という相容れない二面性を備えていても、それほど不自然ではない状況が存在したとも言えるのである。

「橋姫」巻で、仏道に帰依する八の宮の話を、初めて阿闍梨から聞いた時、薫は次のように思っている。

我こそ、世の中をばいとすさまじく思ひ知りながら、行ひなど人に目とどめらるばかりは勤めず、口惜しくて過ぐし来れ、と人知れず思ひつつ、俗ながら聖になりたまふ心の掟やいかに、と耳とどめて聞きたまふ。（橋姫一二八）

ここには、世の中を厭い離れたいという薫の思いが、ずっと続いてきたことが示されている。この時、薫は二十歳になっていた。この思いを聞いた八の宮は、次のようなことを阿闍梨に言う。

世の中をかりそめのことと思ひとり、厭はしき心のつきそむることも、わが身に愁へある時、なべての世も恨めしう思ひ知るはじめありてなん道心も起こるわざなめるを、年若く、世の中思ふにかなひ、何ごとも飽かぬことはあらじとおぼゆる身のほどに、さ、はた、後の世をさへたどり知りたまふらんがありがたさ。（橋姫一三二）

現世離脱の気持ちが生じるのも、自分自身への不満が、世の中を恨めしく思うきっかけになるものだとして、八の宮自身の不遇な半生に根差した考えが示され、薫のように年若く、世の中も意のままで、万事に不足のない境遇での深い道心は、ただ殊勝なことと考えるしかないのである。薫の厭世観の内的契機を知らぬ者として当然の、常識的な考え方である。

実はこのことは、以下に述べる貴公子の出家という史実によって、支えられたものでもあったと考えられるのである。

六　成信・重家の出家

若年での唐突とも言える出家は、紫式部の時代に現実に起きていた。

紫式部が三十歳前後の長保三（一〇〇一）年二月四日、「日本紀略」は次のように記している（私に書き下した）。

今日、左大臣養子・右近権中将源成信、右大臣顕光息男・右近少将藤原重家と、相伴に、三井寺に向かひ出家す。依りて両大臣驚きて彼の寺に向かふ。

左大臣道長の養子・成信と右大臣顕光息の重家が、ともに三井寺で出家したとある。両大臣が驚いてすぐ寺へ向かったわけだから、いかに唐突な出家であったか想像できる。この時、源成信は二十三歳、藤原重家二十五歳

（『権記』）という若さであった。この成信が出家を志した理由は、『権記』によると、道長の病の折、成信は朝夕看病したが、病が長引き、「近侍」の者の看病も「緩怠疎略」となっていくような「人心之変改」を見た。道長ほどの者でも、重病にあっては人心の頼みがたきことを感じ、成信の発心が兆したとする。また、重家の方は、出家は年来の本意であり、前月末に成信と出家の約束をしていたと記されている。

成信に関しては、『枕草子』が次のように記している。

成信の中将は、入道兵部卿の宮の御子にて、容貌いとをかしげに、心ばへもをかしうおはす。伊予の守兼資が女、忘れで、親の伊予へ率て下りしほど、いかにあはれなりけんとこそおぼえしか。暁に行くとて、今宵おはして、有明の月に帰り給ひけん直衣姿などよ。（『枕草子』成信の中将は）

先ず、成信は村上帝の皇子・致平親王と左大臣となった源雅信女との間に生まれている。雅信は宇多帝の皇孫で、道長正妻・倫子の父でもある。つまり成信の氏素性はかなり尊いと言える。さらに、容貌も美しく人柄もすばらしいとされている。貴公子としての誉れが高かったと言えよう。さすがに不義の臭いはないが、これに現世離脱の思いが加われば、まさに薫を彷彿とさせるのである。薫も、同じ右近中将の時には、出家の思いを抱いていたのである。

しかもこの文章の中で、成信の伊予の守・源兼資の娘への愛と別れが示されているのである。前夜その娘を訪ね、有明の月の中を帰る直衣姿が思いやられている。まさに悲恋のヒーローの姿と言ってよい。

成信については次のような記録もある。長保元年十一月七日、一条帝に第一皇子（敦康）が誕生した日、帝はこの成信を使者として、中宮定子に御剣を奉っている（『小右記』）。また長保二年四月七日、彰子入内に伴い蔵人頭・藤原行成は、彰子の近親者として成信を特別に、加階されるよう奏上している。その結果、成信は「従四位上」となっている。このところは「権記」によると、成信は「入道親王（致平）息男」で、「故入道左大臣（源雅信）愛孫」、さらに「今左大臣（道長）猶子」であり、「皇后（彰子）」の「近親」で「傍親」でもあるとして、行成によって強く推挙されているのである。行成が成信と親しかったという点は割り引いても、成信は人望があり、その前途が嘱望されていることを端的に証していると言えよう。

尚、この兼資の娘については、「栄花物語」でも次のように示されている。

兼資朝臣の家に中納言上りたまへれど、大殿の源中将おはすとて、…源中将と聞ゆるは、村上帝の三の宮に、…今一所は殿の上の、御子にしたてまつらせたまふなりけり、それこの兼資が婿にておはしけり。

（「浦々の別れ」二八七）

中納言は、長徳の変によって左遷された藤原隆家のことで、以前、兼資の娘に通っていたことが記されており、召還後、兼資の邸に身を寄せょうとした。しかしそこには、道長室倫子が（甥に当たる関係で）養子とさせた成信が、兼資のもう一人の娘の婿となっていたとある。「栄花物語」のこの辺りも、史実をずらして描いているので、正確には言えないが、およそ成信二十歳前後のことが語られていると見てよい。すなわち、出家するほんの数年前のことである。若くして出家した成信も、普通に恋愛し婿となっていたわけで、彼の出家が、決して特殊な状況の中から生じた特殊なケースではなかったことが窺われるのである。

一方、藤原重家も、出家時「権記」に「従四位下行左近衛少将兼美作守」「右大臣唯一子也、母天暦第五内親王也」と記されているように、右大臣顕光を父、村上帝の第五内親王（盛子）を母とする血筋の尊い貴公子であった。長保元年十月十八日には「蔵人少将」、十一月四日には「（春日の）使左少将重家」（「小右記」）と見える。何よりも看過できないのは、重家が、「本朝美人」とされ「光少将」と号されている（「尊卑分脈」）ことである。成信同様、彼もまた氏素性の尊い美貌の貴公子であったと考えられるのである。

七　貴公子の出家と宣孝の死

薫の現世離脱の思いは、源氏物語独自の特殊なものとは言えるが、薫自身も、少しずつ現実世界の柵や恋愛沙汰に絡み取られていくわけで、成信ら二十代半ばまでの貴公子の出家は、一方で、薫の現世離脱志向を支える基盤になっていたとも考えられる。薫は、初めて宇治の八の宮を訪れた時、

女君たち、何心地して過したまふらん、世の常の女しくなよびたる方は遠くや、と推しはからるる御ありさまなり。…(中略)…さすがにいかがとゆかしうもある御けはひなり。されど、さる方を思ひ離るる願ひに山深く尋ねきこえたる本意なく、すきずきしきなほざり言をうち出であざればまんも事に違ひてや、など思ひ返して、……。（橋姫一三三）

とあり、女君への関心が全くないわけでもなかった。確かにこの後、女君と関わり合うようになるのは、三年後のことである。しかしここではそのような感情、現世執着の気持ちを振り捨てたいと思って、こんな山深い所まで来たのだからと、理屈で抑制しているかのようである。恋とかけ離れた思いあるいは場所にありながら、薫の恋の道筋は既にこの時点で引かれていたと言ってよい。さらに、初めて姫君たちを垣間見した後、大君と歌の贈答をして帰京した薫は、姫君のことを匂宮に語る。その折、薫は、

しばし世の中に心とどめじと思うたまふるやうある身にて、なほざりごともつつましうはべるを、心ながらかなはぬ心つきそめなば、おほきに思ひに違ふべきことなんはべるべき。（橋姫一五五）

として、現世執着に否定的な考えを示し、女人への関心を抑えようとする言い方をする。しかしすぐに、次のよ

うな匂宮の冷やかしにあう。

いで、あなことごとし。例のおどろおどろしき聖詞見はててしがな。

「例の」とあることから、現世から遠ざかろうという薫の言葉は、習慣化したものであったと言えよう。色好みの匂宮の言辞であるにしても、大げさな聖詞、と言って揶揄されるここでの薫は、もう既に、恋の道に踏み迷っていると言ってよい。

成信・重家のように、外的には何不自由ない美貌の若い貴紳が、世俗を厭い出家するということは、薫の生き方に似ていて、その実むしろ逆であり、薫の場合、幼少の時から出家の思いの強い者が、どのような生き方をするのかという物語であろう。最後には、尼となった女君（浮舟）まで捨て切れず追い求めるという姿は、若年で出家の思いを遂げた貴公子に比すると、確かにいかにも人間的であり、現実的であるとは言えよう。なによりも、薫が若くして道心を抱くことは、当代の成信・重信の出家によって許容される性質のものであったと考えられる。

実はこの事件の直後、紫式部の夫・宣孝が死去したのである。すなわち、この事件からわずか二、三か月後の長保三年四月二十五日（『尊卑分脈』）のことである。この年正月二日、右衛門権佐・宣孝は、宮中での新年の行事に参り、一条帝へ御薬を供することに奉仕しており、また二月五日、つまり成信らが出家した翌日、春日祭の使いの代官となったが、「痔病発動」ということで断っている（以上『権記』）。この年は、前年からの疫病流行が収まらず、三月十日「疾疫祈」、二十八日「天下疾疫」（以上『日本紀略』）、「疫病夭死之怖」（『権記』）、四月十二日、疫病を払うための「大祓」（『日本紀略』）などと記され、二十日の葵祭の日は「疫癘」蔓延で、「夭亡之者多」（『権記』）として、見物の牛車の少なさが記されていた。

つまり、宣孝はおそらくこの疫病により急死したものと考えられよう。前年の冬は「疫死甚盛」（『日本紀略』）

であり、「権記」には、その冬からこの年の七月までに、「天下疫死大盛」とあり、続けて、「道路死骸」は多くてその数がわからないし、まして葬った者の数は幾万人か数え切れないと記されている有様である。疫病流行はそのまま生死の問題であり、貴族、庶民にかかわりなく強い恐怖心を抱いていたはずである。そんな中、唐突に名門出の若く前途ある貴公子が出家したのである。かような成信らの突然の出家は、当時としてもかなりセンセーショナルな事件であつたと想像される。場合によっては、疫病の蔓延により、一層、無常感を抱き、出家への歩みを早めたと受け取る向きもあつたであろう。

では紫式部は、この出家をどう思ったであろうか。この時、宣孝との間に生まれた賢子は、まだ二、三歳でしかなかった。紫式部自身は、この時代のニュアンスでは決して若くない、既に三十歳前後と言ってよい年齢になっていた。出家した状態でも、宣孝が生存していてくれた方がずっとよかった、と考えたとしても不思議はない。だから、予期せぬ夫・宣孝との死別を体験した後には、若者の出家を否定的に見ることはできなかったかもしれない。つまり、時の左大臣と右大臣の若き子息の現世離脱も、このような社会状況と、紫式部の個人的な体験を踏まえれば、特異な現象とは言えない出来事であったと考えられるのである。前途有望な名門出身の、何不自由ない境遇の若公達の出家は、驚きとともに、親兄弟や一部の友人などを除き、どちらかと言えば賞賛された可能性が高い。

宇治の物語の主人公・薫を、生まれながらにして芳香を帯し、出家志向を抱く貴公子と設定する時、そこに、紫式部の夫の死直前の、かような成信・重家の事件が、なにがしか関わっていた可能性は小さくないと思われる。いかに出生の秘事を負っていたにしても、薫の若年からの現世離脱志向への享受者の受けとめ方を想像するに、成信・重家の出家時に、世間の者たちが抱いた思いと同じように、さして違和感を覚えなかったのではなかろうか。

おわりに

このように見てくると、源氏物語の準拠には、書物や伝承に拠るものだけでなく、紫式部の生きた時代の史実の見聞が生かされていると考えられるのである。

光源氏の元服の儀には、「西宮記」などに出ている「一世源氏」の元服だけでなく、「親王」などのそれが参照されている。さらに、「栄花物語」で光源氏に重ねられた敦康親王については、その元服に平安初期の元服の儀が踏襲されており、光源氏の元服には、紫式部の見聞した親王らの元服の儀が生かされていると考えられる。

また、薫の出家志向に関しては、長保三年二月四日に起きた、源成信と藤原重家の突然の出家が、何がしかの関わりをもっていると思われる。この事件は、現実の世を見据えた結果のものと言ってよく、疫病流行、人の死、無常の世といった、当時の世相に関わって理解された面があったと思われる。疫病などの否定的な要素は、源氏物語には相容れない性格のものであり、現世離脱を志向した薫の厭世観は、源氏物語の世界での特殊なものではあった。しかし、権門出の、若く前途ある美貌の貴公子の現世離脱という、薫との際立った共通性があり、紫式部の夫の死の直前に起きたこの事件は、若年での薫の出家志向を支える基盤の一つになっていたと考えられるのである。

(1) 藤本勝義『源氏物語の人ことば文化』(平十一)「紫式部の越路」四四五頁。

（2）黒板伸夫『藤原行成』（平六）第五「世尊寺供養」一一二頁。
（3）藤本勝義『源氏物語の想像力』（平六）「柏木・女三宮密通と光源氏の論理」一八二頁。
（4）山中裕『歴史物語成立序説』（昭三七）第二章第二節「源氏物語の成立年代」五五頁以下。
（5）清水好子『源氏物語論』（昭四一）第二章の十「一世源氏元服の準拠」に詳しい。
（6）山中裕『藤原道長』（昭六三）４「道長と敦康親王」に詳しい。
（7）注一の拙著の第四編第二章「紫式部の越前下向の日―長徳二年六月五日出発―」四一七〜八頁。
（8）注六の山中氏著書の６「道長と外戚の拡充」一三六頁など。
（9）益田勝実『火山列島の思想』（昭四三）「心の極北――尋ねびと皇子・童子のこと――」一七一頁。

第四章　斎宮女御と皇妃の年齢

はじめに

　薄雲巻は内容的に大きく三つに分けられる。それらは①明石母子の離別、②藤壺の死と冷泉帝への密奏、③源氏と斎宮女御の交渉であり、一見かなり異なった物語が集められたようにも見える。しかし実は、底流するものに密接に絡んだ共通項があると考えられる。それは一言で表せば、光源氏の政治的な栄華に直接連なるものである。①は将来の明石中宮冊立への道、②は准太上天皇への道、③は秋好中宮冊立への道を、それぞれ確かにするための重要な楔が打ち込まれたということである。いずれも近い将来はむろん、遠い将来まで源氏一族を支える核をなすものと言ってよい。斎宮に関しては、既に女御となっているし、絵合巻で弘徽殿女御より優位に立ったことが示されているが、源氏の斎宮への懸想の問題が残されていた。もし源氏と斎宮女御との間に不義の関係が生じたら、物語展開は全く違ったものになったであろうから、懸想心を越えて、源氏が斎宮を真剣に後見するに至る重要な契機が、薄雲巻で示されたものと言えよう。

この三つは言うまでもないが、いずれも長編的な性格を持ち、新たな栄華の物語の発展性を定着させたものであった。しかも①は、その裏にある紫の上という養母と娘の関わりをも含め、実母から引き離される娘という、親と子の柵の問題が突き付けられるものであった。②では、実父を初めて知らされる子（冷泉帝）の苦悩と、実父（源氏）との一筋縄では行かない関わりが描かれた。③でも、母の愛人であった養父から懸想される娘、という複雑な関係が晒された。

薄雲巻は、かような親と子の情愛と柵の問題が、そのまま源氏の盤石な政治的基盤の形成に絡んでいることが示されるのである。そして、この三つを貫くのに看過できないのは、明石姫君や冷泉帝、ひいては斎宮女御の年齢意識であると考えられる。

本章では、この年齢の問題を念頭に置きながら、薄雲巻の物語の構造を把握していきたい。

一　明石姫君と斎宮女御の年齢

薄雲巻での主要な人物の年齢は、源氏三十一～三十二、冷泉帝十三～十四、斎宮女御二十二～二十三、東宮五～六、明石姫君三～四歳である。先ず、東宮と明石姫君の年齢の釣り合いの良さが知られる。明石姫君がもし、冷泉帝に見合う年齢なら問題が発生する。姫君は冷泉帝と血を分けた兄妹ゆえ結婚はまずできない。むろんそれを全く知らない世間は、源氏がなぜ姫君を冷泉帝に入内させないのか不審に思おう。(1)だからそういう意味でも姫君は、東宮に見合う年齢の必要があった。

しかも姫君を二条院に引き取り、袴着の儀式を行うには、この三歳という年齢は重要であった。姫君を将来の后と考えている源氏は、当然、袴着を公的な場で催し、お披露目をしたいと考えていた。この袴着は、冬の姫君引き取りに引き続いて、年内に慌ただしく行われた。これは、三歳の内に袴着を済ませたいという、源氏の強い意志を表すものでもあった。この時代、多くの帝や内親王など、高貴なものほど三歳に袴着の儀式がとり行われており、(2)源氏もこのことが念頭にあったと言うべきであろう。いかに紫の上の養女として格上げしても、姫君は受領階層出身であり、なおさら源氏は、三歳着袴に拘ったと考えられるのである。しかもこの時、東宮は五歳であり、藤裏葉巻の十三歳での東宮元服後、やはり十一歳での姫君裳着後の入内への道が、目論まれていたのであろう。冷泉帝より十歳年下で、さらに東宮より二歳年下という明石姫君の年齢は、冷泉帝へより、東宮（今上帝）入内がふさわしいことを示してもいる。これが、東宮よりいくつも年長となると、冷泉帝への入内という選択肢も残されることになるので、この辺のことも考えられていたと見るべきであろう。

では、冷泉帝と斎宮女御の年齢差の問題はどう捉えればよいのか。絵合巻で、十三歳の冷泉帝に入内した時の斎宮は二十二歳であった。この斎宮の九歳年上については、朱雀院の要請にもかかわらず、冷泉帝への入内を志向する源氏に相談された藤壺が、次のように語っていた。

宮の中の君も同じほどにおはすれば、うたて雛遊びの心地すべきを、おとなしき御後見はいとうれしかべいこと。（澪標巻三二二頁）

この時点での冷泉帝は十一歳、斎宮は二十歳であり、ここで触れられた式部卿宮の姫君（王女御）は、弘徽殿女御（権中納言女）の十二歳とほぼ同じ年齢ということだから、斎宮だけ図抜けて年長であることがはっきりする。それを藤壺は、子どもっぽく頼りない女御たちの中に、大人びた彼女が入ることをむしろ喜んでいる。

このように藤壺に語らせて合理化を図っているが、やはり多分に苦しい説明とし、六条御息所が源氏よりも年上であることをどれほど気に病んでいたかを併せ考え、この斎宮の年齢を不自然とする見方もある。(3)なぜもう少し穏当な年齢にしなかったのかという疑問もあろう。

そもそも斎宮の年齢は、賢木巻の六条御息所の年齢を表記する「十六にて故宮に参りたまひて、二十にて後れたてまつりたまふ。三十にてぞ、今日また九重を見たまひける」の直後に、次のように記されていた。

斎宮は十四にぞなりたまひける。いとうつくしうおはするさまを、うるはしうしたてたてまつりたまへるぞ、いとゆゆしきまで見えたまふを、帝御心動きて、別れの櫛奉りたまふほど、いとあはれにてしほたれさせたまひぬ。（賢木九三）

伊勢下向する斎宮に、朱雀帝が、上京を禁止する別れの櫛を挿す儀式の折、「いとゆゆしきまで…」として、「ゆゆし」を使って絶賛される斎宮のあまりの美しさに、帝は感極まって落涙するところに、「十四」歳と記されている。

御息所は二十歳で前坊と死別しているので、斎宮は十歳を越えていなければならないが、朱雀帝が斎宮の魅力に心を惑わすほどだから、十一や十二歳では現実味がない。十三歳よりは、源氏がその魅力に自己抑制できなくなり、新枕を交わした時の紫の上の、十四歳という年齢が意識されていた可能性がある。

「前坊」設定における年齢上の矛盾は、再三指摘されてきたことなので、ここで詳しく扱うことはしない。ただ、前坊は朱雀院の前の東宮である以外は考えられないと同時に、桐壺巻で朱雀院立坊以前に、他の東宮は立っていなかったと考えられた。要するに、「前坊」は、桐壺巻ではまったく入る余地のない存在であり、葵巻あたりで初めて考え出されたものと言えた。だから、矛盾が生じても不思議はないし、またそれを承知で、前坊は作り出された人物と言えよう(4)。

なによりも六条御息所は、前坊の未亡人である必要があった、ということであろう。前坊が夭折しなければ、大臣女である御息所の将来はかなり明るかったと言えよう。彼女の突き詰めた悲劇を描くためには、単なる親王の婦人などでは、たかが知れていたと思われる。と同時に、中宮への道を歩んでいた御息所に代わって、その娘が中宮への道を歩む物語のためにも、「前坊」は必要だったと考えられる。

別れの櫛の儀式での斎宮の美しさのクローズアップは、朱雀院の執着とともに、冷泉帝への入内や源氏の懸想という、今後の物語展開と絡んでいたはずである。

二　帝と皇妃の年齢差

では、斎宮の年齢が冷泉帝より九歳年長であるのは、六条御息所の物語により規制されたために、やはり不自然で違和感を抱かざるを得ないことなのだろうか。ここで、歴代の皇妃の、帝との年齢差を見てみたい。平安朝の桓武帝より後一条帝まで十八代、二百年以上に亘る御代の皇妃で、生没年等から帝との年齢差が分かる者[5]は四十人ほどである。以下それらをごく簡略な表にしてみる（表1）。

ここであげた四十人の中で、帝より年上の皇妃は十三人で約三割に過ぎない。しかし、冷泉帝の御代以降では八人を数え、年下は八人なので、半々となるのである。つまり表からも分かるように、時代が下がり、平安朝の中期になるにつれ、年上の皇妃の増える傾向がある。この中で皇妃が、特に四歳以上年長の例で、入内年月や年齢等が分かるものを具体化して表示したい。

左の表2の①藤原高子の場合は、入内時が二十五歳であり、この時代の女子の結婚年齢としてはかなり遅いと言えよう。在原業平との不義密通により、この入内は遅れたといった見方もあるが、なによりも、清和帝は天安二年（八五八）十一月にわずか九歳で即位しており、元服は貞観六年（八六四）正月（「三代実録」）の十五歳の時で

表1

帝	皇妃	年齢差
桓武	藤原乙牟漏	十五下
	藤原旅人	二二下
	酒人内親王	十七下
	多治比真人真宗	三二下
	橘　常子	五一下
平城	朝原内親王	五下
	伊勢継子	二上
嵯峨	橘　嘉賀子	○
	多治比真人高子	二下
淳和	正子内親王	二三下
	高志内親王	三下
	緒継女王	一下
仁明	藤原順子	二上
文徳	藤原明子	二下
	紀　静子	十九下
清和	藤原高子	八上
光孝	班子女王	二三下
宇多	藤原温子	五下
醍醐	藤原穏子	一上
	為子内親王	六上

帝	皇妃	年齢差
村上	藤原安子	一下
	藤原述子	七下
	徽子女王	三上
	荘子女王	四下
冷泉	昌子内親王	五上
	藤原懐子	四上
円融	藤原媓子	十二上
	藤原遵子	二上
	藤原詮子	三下
	尊子内親王	七下
花山	婉子女王	四下
一条	藤原定子	三上
	藤原彰子	八下
	藤原義子	六上
	藤原尊子	四下
三条	藤原綏子	二上
	藤原原子	七下
	藤原娍子	四下
	藤原姸子	十八下
後一条	藤原威子	九上

（年齢差は例えば、二上は帝より二歳年長、三下は三歳年下ということ）

あって、誰が入内するにしてもここまでは待たざるをえなかった。外戚政治を志向する藤原氏が、帝の成長を待って女子を入内させたということであろう。

表2

皇妃	入内年月	年齢	帝の年齢	年齢差
①藤原高子	貞観八年（八六六）十二月	二五	清和　十七	＋八
②為子内親王	寛平九年（八九七）七月	十九	醍醐　十三	＋六
③昌子内親王	応和三年（九六三）二月	十九	冷泉　十四	＋五
④藤原懐子	康保四年（九六七）九月	二二	冷泉　十八	＋四
⑤藤原媓子	天延元年（九七三）二月	二七	円融　十五	＋十二
⑥藤原義子	長徳二年（九九六）七月	二二	一条　十六	＋六
⑦藤原威子	寛仁二年（一〇一八）三月	二十	後一条十一	＋九

②光孝帝皇女の為子内親王は、醍醐帝より六歳年長であるが、寛平九（八九七）年七月三日の醍醐の元服（即位は十三日）と同時に入内している（『日本紀略』）。この時、醍醐十三歳、為子十九歳であり、年上の添い臥しは不自然ではなく、まず普通の入内に近い。ただし、為子の実兄でもある宇多上皇は、皇権を強めるべく内親王入内を考えたとも言われるので、裏に政権上の思惑があったかもしれない。

③朱雀帝皇女の昌子内親王も、応和三年（九六三）二月二十八日の冷泉の元服と同時に東宮妃として入内している（『日本紀略』）。この時、冷泉十四歳、昌子十九歳であり、五歳年上といっても、②の為子同様、まず普通の

入内と言ってよかろう。

④藤原懐子は、冷泉が践祚した時に女御として入内している。この時、懐子は既に二十二歳となっているので、冷泉の元服時になぜ入内しなかったのかが問題となろう。しかし、元服時の応和三年では、後には摂政太政大臣となる懐子の父・藤原伊尹でも、まだ従四位上・参議でしかなかった。これでは懐子は入内しても更衣にしかなれまい。娘を入内させるには、父親の官位が低すぎたということであろう。ちなみに、懐子の入内時は権中納言になっており、この年のうちに権大納言に昇任している。

⑤藤原媓子の入内は、円融帝より十二も年上の二十七歳という年齢で、特に際立っている。円融の即位は十一歳の安和二年（九六九）九月だが、元服は天禄三年（九七二）正月である。だから円融に入内させるなら、ここまで待たざるをえない。媓子は早くとも二十六歳にはなってしまうのである。年齢的にはむしろ、一代前の冷泉帝への入内がふさわしい。しかし、冷泉の元服時はおろか、十八歳での即位時ですら、後に関白となる媓子の父・藤原兼通は、まだ参議にさえなっていなかったのである。しかも冷泉御代はわずか二年で終わっている。将来の外戚政治を志向すれば、円融帝への入内を考えるほかなく、媓子の年齢はいやでも高くならざるをえなかったのである。

⑥藤原義子の入内も二十二歳と遅い。一条帝の元服は、正暦元年（九九〇）正月の十一歳であり、それに引き続いて藤原定子が入内している。この時、義子の父・藤原公季は正三位権中納言になっていたので、娘を入内させてもよかったはずである。しかしこの時は、定子の父・藤原道隆は正三位内大臣、道隆の父・兼家は摂政・太政大臣として、この一族が権勢を振るっていたのである。しかもこの正暦元年に兼家が死ぬと、すぐに道隆が関白となり、以後絶大な権力を握ったことは周知の通りである。公季は義子の入内を見合わせていたと見るべきで

あろう。明石姫君の入内を延期して、他の公卿の娘の入内を促した光源氏の配慮は、後宮の充実と帝の御代の繁栄を図って理想的だが、現実の政治社会では絵空事となろう。

義子の入内する前年の長徳元年には、道隆が急逝し、疫病で中納言以上が八人も没するという、政治の空白期間が出現した。長徳二年には、道隆男の内大臣・伊周が長徳の変で失脚した。この数か月後に、義子は入内したのである。この時、まだ九歳であった道長の長女・彰子の入内は、あと三年待たねばならなかった。

⑦藤原威子の入内に関しては、源氏物語の成立後と考えられるので、ここでは参考として取り上げるのだが、これもいままでの例と同様、藤原摂関家などの政治的な思惑がはっきり感じられる事例である。威子は道長と倫子の間に、長保元年（九九九）十二月に生まれ（『権記』『小右記』）、寛仁二年に二十歳で入内した。その時、後一条帝は十一歳なので、威子は九歳年長である。この年齢差は、入内時期こそ二年後だが、源氏物語の冷泉帝と斎宮女御の場合と同じである。後一条も即位は長和五年（一〇一六）二月の九歳と早く、元服は寛仁二年正月であり、その三月に威子は入内したわけである。さらにこの十月に威子は中宮となったのである。初め威子は、長和元年に十四歳で尚侍として出仕した。後一条の元服を待つための所作で、最高権力者・道長の政治的配慮にほかならない。

このように分析してみると、年上の皇妃の存在は、主に外戚政治など権勢掌握上の思惑を背景に成立したものと考えられるのである。二、三歳年長の場合も含めると、それは摂関政治が確立するにつれ目立ってくることになる。年齢差を見ると、源氏物語の冷泉帝と斎宮女御の例に近いケースも珍しくはなく、現代人が抱く違和感を、そのまま源氏物語の享受者が抱いたとは考えにくい。

ただ、如上の歴史上の事例が、権力闘争と密接に関連していたのに対し、源氏物語では、かなり趣を異にしていたとは言えよう。将来の権勢獲得を図り、何としても入内させようと、帝の成長・元服を待つあまり、娘の年齢が、当時の婚姻年齢を大幅に上回るという現象を、権力の中枢から外れている多くの貴族は、内心、冷ややかに見ていたことが想像される。

三　斎宮入内をめぐって

斎宮女御の場合は、名前が示すように、十四歳から二十歳まで斎宮として伊勢に下っていたので、いやでも結婚時期は遅くなる。歴代皇妃の中に前斎宮は何人かいるが、六条御息所の場合の準拠となっている、娘の斎宮とともに伊勢下向した徽子女王の場合、承平六年（九三六）九月に、自身も八歳で卜定され下向し（『日本紀略』）、天慶八年（九四五）正月に母の死去により十七歳で退下、天暦二（九四八）年十二月に二十歳で、村上帝に入内している。表示したが、この時、帝は十七歳なので徽子は三歳年上である。斎宮の期間があったので、二十歳での入内に違和感はない。

源氏物語の場合もこれと同様である。冷泉帝より九歳年長なのも、歴史上の事例とは違って、帝の成長を待っていて年増になったという印象は全くない。あくまでも、斎宮が入内する時に帝がだいぶ年下であったといった趣である。

では、源氏が斎宮の入内を考えた真意はどこにあるのか。歴史上の事例のような権力志向はないのか。むろん、自分や源氏一族の繁栄を期してはいるだろう。しかし、源氏物語では、明石姫君を引き取る時にも、姫君を紫の上の養女にするかどうかの判断は、明石の君に委ねたように（明石の君が引き渡しを拒むこともなかったとは言えない）

源氏の俗物性は弱い。その時も源氏は、姫君を渡した後の明石の君の辛い心情を思いやっていた。

斎宮の扱いに関しては、先ず六条御息所の遺言に発している。御息所は見舞った源氏に、「かけてさやうの世づいたる筋に思しよるな」（澪標三一二）として、決して懸想の相手としないよう釘をさす。色好みの源氏に苦しみ通した御息所の遺言の文句として、かなり重みがあろう。とともに、「いかでさる方をもて離れて見たてまつらむと思うたまふる」と言う。御息所は、斎宮が色恋とは離れた生活を送ることを願っている。これはできれば独身のままの一生ということになるのであろうが、それを源氏が後見していくとは、具体的にはどういうことなのか。現実的には考えにくい。清い状態で、血の繋がらない二十歳の娘の世話をしていくなどということは、光源氏でなくとも難しかろう。おそらく御息所は、自分が光源氏の妻妾の一人として嫉妬に苦しんだように、普通の貴族の妻として苦労をさせたくはないという気持ちなのであろう。御息所は、見舞った源氏に、真っ先に示した遺言は、「心細くてとまりたまはむを、かならず事にふれて数まへきこえたまへ」（三一〇）であった。すなわち「数まふ」とは、この場合へりくだった言い方であり、むろん人並みに扱うといったレベルを意味はしない。相手は帝の後見者として権勢をほしいままにしていこうという光源氏である。普通、内親王が選ばれるはずの斎宮を経験した、前坊の息女でもある。この身分を決して汚さぬ処遇を要求していると見るべきであろう。源氏の選択は、御息所自身は果たせなかったが、内心は望んでいたと思われる中宮への道であつた。御息所の思いとして、当然、娘が最高貴の中宮になることは夢の夢であったろう。もし前坊が帝位に就くまで生存していたら、自分が中宮になることは夢ではなかつた、という思いはあったはずである。それによって、一族は一時にしろ栄華を極めたであろう。しかし、この無常の時代、何が起こるかわからない。中宮への道が険しければ、自分の失敗に照らしても、娘はこれは諦めるしかない、最も無難な道は、娘が生涯独身を貫くことだ。かような考えを巡らしたと想像される。しかし、光源氏はこの時点で、帝を後見する内大臣となっており、若いときから、あらゆる能力の備わった逸材でもある。御息所が心の中で、この光源氏の近い将来に期待を寄せたとしても不思議はない。

源氏の斎宮へ真っ先に抱く思いは、中宮への道などではなかった。むろん何よりも美女・斎宮への懸想である。源氏の斎宮への思いを見透かした御息所の厳しい遺言の直後でさえ、斎宮を透き見できるかと思い、几帳のほころびから覗くほどである。しかし、さすがに二十九歳になっている源氏は、もう奔放な青年ではなかった。御息所の死後、斎宮を慰める源氏は、斎宮への抑えがたい感情は残るものの、潔白な心で世話をすることを考える。

上のいますこしもの思し知る齢にならせたまひなば、内裏住みせさせたてまつりて、さうざうしきに、かしづきぐさにこそ、と思しなる。（澪標三一六）

として、現在十一歳の冷泉帝が、もう少し分別のつく年齢になったら入内させ、自分には子が少なく物足りないので、大切なものとして後見しようと考えている。

この時にはまだ、朱雀院の斎宮への執心は語られてはおらず、したがって源氏の頭には、このことはなかったと読むべきであろう。後に、朱雀院が斎宮に参院を促す意向を、御息所に伝えていたことが記される。これを知って源氏は、次のように思い、行動する。

院より御気色あらむを、ひき違へ横取りたまはむをかたじけなきことと思すに、人の御ありさまのいとらうたげに、見放たむはまた口惜しうて、入道の宮にぞ聞こえたまひける。（澪標三一九）

朱雀院の意向に背いて横取りするのは恐れ多いと思いつつも、魅力的な斎宮を手放すのも残念に思い、藤壺に相談をする。冷泉帝の母・藤壺に話をもつていくのは、帝への入内を考えているからに他ならない。しかし、文脈はあくまでも、斎宮への源氏の懸想が根底にある。これは、光源氏の物語の浪漫性の特徴をよく表していよう。内大臣（昔の頭中将、この時点では権中納言）のもつ俗物性を、光源氏にはできるだけ付与しないようにしているのは明らかである。むしろ、内大臣の俗物性と対照させて、光源氏の雅やかな理想性を強調しているとは、よく言われることである。

藤壺への源氏の言葉は、先ず過去の御息所との関係を反省的に持ち出し、斎宮の後見を依頼する彼女の遺言を、なんとしても遵守したい、草葉の陰からでも見直されたいとして、入内を後見する方向へ、ごく自然に流れていく。

いかで亡き蔭にてもかの恨み忘るばかりと思ひたまふるを、内裏にもさこそおとなびさせたまへど、いときなき御齢におはしますを、すこしものの心知る人はさぶらはれてもよくやと思ひたまふるを、御定めに。（澪標三二〇）

「いかで亡き蔭にても」として、御息所の魂の慰撫と連動するかたちで、入内のことが持ち出されている点に注意したい。御息所のためにも、願わくば娘を最高の地位に就けてあげたい、それが自分の罪滅ぼしになるといったニュアンスが感じ取れるのである。斎宮を持ち駒として源氏自身の権勢を極める、といった印象は決して与えない表現に終始していると言えよう。そして、まだ幼い冷泉帝の後宮に、斎宮のような年長で分別のある皇妃が入ることの良さが言われるが、幼帝の母としての藤壺には、むしろ望ましいことでもあろう。それを受け藤壺は、「かの御遺言をかこちて知らず顔に参らせたてまつりたまへかし」として、御息所の遺言（により入内させるということ）を口実にして、朱雀院の望みには気づかぬふりをすることを勧める。これも、藤壺の政治的な人間性にスポットを当てるよりは、源氏の巧みな物言いに促されたかたちで、藤壺が答えたという方がより本質的であるように思われる。藤壺の答えは、光源氏にとって計算されたものであったとも言えるのである。

この藤壺の答えに源氏は次のように言う。

さらば、御気色ありて数まへさせたまはば、もよほしばかりの言を添ふるになしはべらむ。（三二一）

これは、帝側から（実際には藤壺が帝に促す）の入内の要請で、斎宮が人数に加えていただけるなら、源氏としては斎宮に口添えだけしようと言っている。つまり入内に当たって、実際的に前面に立つのは藤壺で、源氏はあくまで裏で口添えをするに過ぎないということである。この入内を源氏の主導にはすまい、ということを源氏は考えているのである。これは、源氏の権勢獲得のための後宮政策、という俗物的な印象を薄める効果があろう。

源氏のここでの考え方は、あくまで御息所や斎宮のためを第一にし、入内に関しては幼帝にとってもよいし、母・藤壺も安心できる道を選んでいるという印象を与えているのである。自己の栄華への道ということは決して表すことがない。源氏の思惑は、ここの巧妙な言葉からも感じられはするが、なによりも源氏の言動は慎重であり、理屈が通っているので、俗物性が表面化されることはないのである。これは光源氏を、摂関政治全盛期の現実の政治家たちとは対極的な、反俗的でみやびの権化に祭り上げることによって、享受者の心を摑む語りの方法だと言ってもよい。

だから、斎宮女御が帝より九歳年長であることが、物語展開上ほぼ抵抗なく享受されたことは疑いないのである。

四　光源氏と斎宮女御の交渉

薄雲巻で源氏は、斎宮女御に近づき懸想するのだが、斎宮に相手にされないことから、話を他のことに紛らわ

し、懸想心を表したそばから出家志向を告げるなど、中年男の照れ隠しのような物言いがなされた。そして続けて、

数ならぬ幼き人のはべる、生ひ先いと待ち遠なりや。かたじけなくとも、なほこの門ひろげさせたまひて、はべらずなりなむ後にも数まへさせたまへ。（薄雲四六一）

と言う。明石姫君の成人が待ち遠しいとし、斎宮が源氏一門を繁栄させ、自分が死んだ後も姫君の後見を頼むとする。これらの言葉の裏には、斎宮女御の中宮冊立と、明石姫君の入内さらに中宮への道という、源氏一族の栄華の道筋が、源氏の心の一部を占めていることが分かるのである。むろん明石姫君が中宮になるまで源氏は生きてはいるのだが。当初は、源氏の心の中で、斎宮への懸想と立后とが共存していたはずが、薄雲巻の斎宮との関わりの場面を経て、かなり違った形をなしていくのである。

かうあながちなることに胸ふたがる癖のなほありけるよ、とわが身ながら思し知らる。これはいと似げなきことなり、恐ろしう罪深き方は多うまさりけめど、いにしへのすきは、思ひやり少なきほどの過ちに仏神もゆるしたまひけん、と思しさますも、……（薄雲四六四）

三十二歳の源氏は、昔の藤壺との不義の罪深さを認識しつつも、それは思慮の浅い若年期の過ちとして、仏神も大目に見てくれたものと想像し、今回の斎宮への懸想は決してあってはならないことと反省する。これは、この巻で大々的に描かれた「物のさとし」と、冷泉帝への源氏・藤壺秘事の密奏の問題に引き続くものであり、新たな不義密通が物語に入り込むのは、もうありえぬことを示唆するものでもあったと考えられる(6)。つまり、懸想心を抑え、斎宮へのエネルギーを立后のために費やすという、源氏の分別のある姿勢が認められるのである。これは、色好み・光源氏が、斎宮との関係で経験しなければならない、重要な通過儀礼でもあったと言えよう。

薄雲巻で描かれる藤壺の死と夜居の密奏は、どちらも物語展開上なくてはならぬ要素であるが、どちらかというと後者にウエイトが置かれているかのようである。冷泉帝が自分の実の父が光源氏であるのを知ることは、なによりも重要な物語要素であった。このためにも、藤壺は死ななければならなかった。これは、藤壺生前には明かされぬ秘事であったと言ってよい。源氏の極限的な栄華と准太上天皇への道が完結するためには、この冷泉帝への密奏なくしてはありえなかった。つまりそれは、源氏物語の長編性と今後の新たな展開を導くものにほかならなかった。しかし藤壺の死それ自体は、新たな物語の長編的な発展性をもつものではなかった。

実の父が源氏であることを知った帝の驚愕と衝撃の大きさは、帝位を源氏に譲ろうとまでするところに端的に表れている。源氏・帝いずれも、父子を名告れぬまま苦悩する姿に、この巻の描こうとする重要なポイントがある。帝にとってのその苦悩は、十四年間隠され続けた父母の秘事によるわけだが、何の疑いもなく桐壺帝の子と思ってきたことが、突然崩壊したことと一体化し、なす術のないほどのものとなっているのである。源氏にとっては、藤壺ともども、最も知られたくない人間に秘事が明かされたという驚きからも、苦衷が滲み出ているのである。

薄雲巻は、娘の将来の幸せを願い、養女として差し出すしかない明石の君・姫君母子の別離の悲哀に始まり、突然明かされ突き付けられた秘密に、対処の仕方も分からず苦悩し、困惑する実父と息子の重大な問題が引き続き、過去の愛人の娘に思いを寄せつつも、自制せざるをえぬ養父と養女の複雑な関わりを晒しつつ収まりを見せていく。しかも、いずれも根底に、栄華の達成とその維持ということが密接に絡んでいた。この巻には、一筋縄では行かない親子の、重々しく複雑な柵の問題が横たわっていたのである。

例えば、明石母子の別れの物語は、いかに母親が嘆き苦しんだかに焦点が合わされている。明石の君の内心は、娘が中宮になるよりも、母子が一緒に暮らせた方がどれほどよいか、というところにあったはずである。しかし、この時代の階級制度等に鑑みて、権門の貴族の娘を生んだ受領の女には、初めから選択肢はほとんどなかったと言ってよい。さらに、明石の君の悲劇は、娘を手放すだけに留まらないのである。当然、姫君のそばを離れるわけにはいかない乳母との別れも必然化される。

この乳母はなによりも、澪標巻で示されたように、宮内卿兼任の参議の娘であった。母は桐壺院の上﨟の宣旨であり、父母どちらの素姓からも、貴族の教養を身につけた誇り高い娘であったことが知られる。参議の娘が乳母として出仕するのは、普通考えられないことでもあり、父母が亡くなっているという設定がされていた。光源氏の依頼ということで、姫君の乳母になることを承諾するが、それにしても明石へ下向するのは、乳母には都落ちの感が強く、躊躇するところもあった。

乳母の父母や家柄・官職などを具体的に記すのは、文学作品の中では、源氏物語の執筆時までに見当たらず、何人もの乳母を登場させている源氏物語の中でさえ、この例だけである。ここから、明石へ乳母を派遣する源氏の意気込みの強さと、乳母自身の確かな存在感が伝わってくるのである(7)。

乳母が明石へ出向き、源氏の期待に違わず、姫君の養育はむろん明石の君のよき相談相手ともなり、結果的には、源氏を支えるといった役割を果たしたことが分かるのである。むろん乳母は端役でしかないので、明石の君との別れの場面は、都落ちをして受領階層の女に仕えざるをえなかった参議の娘である乳母、その彼女からも敬愛される明石の君自身の魅力を訴えることになろう。

姫君だけでなく、乳母にも去られ、一人取り残される明石の君のぎりぎりの心情を、余すところなく描いているのである。このような面を見失うと、光源氏の栄華の物語の本質を見誤ることにもなろう。

おわりに

薄雲巻を構成する三つの大きな物語は、いずれもが、確実に光源氏の権勢掌握に連なるものであったが、それらはいずれも、光源氏の俗物的な権勢志向を表面化させることがなく、複雑な親と子の情愛や柵などが掘り下げられ、丹念に描かれることを通して、微妙に絡んでくるという構造をなしていた。

入内した斎宮には、当初から源氏の色好みの対象となる可能性が強く、養父の後見と懸想という対立する問題が残されていたが、この巻で、今後新たに源氏・斎宮密通が惹起されない蓋然性の高さが示され、それと相俟って後見者・源氏の位置が明確になり、中宮冊立の可能性が強固なものになったと言えよう。

斎宮女御が冷泉帝より九歳年長であることは、歴代皇妃の帝との年齢差に鑑みても、決して不自然なものではなかったし、当時の享受者が違和感を抱くことはなかったと言えよう。それは年上の歴代皇妃の事例が、権勢掌握のための後宮政策によるものであることに比べ、源氏物語ではむしろ、それらの俗物性を表面化させないような配慮がされていたことにもよろう。源氏の巧みだが理屈に合った言動により、斎宮入内は、源氏の色好みと絡むとともに、帝ひいては藤壺にとって好ましいものとして位置づけられていたのである。

(1) 清水好子「藤壺の死」(『講座　源氏物語の世界〈四集〉』昭五五)
(2) 藤本勝義「袴着・元服・裳着」(『平安時代の儀礼と歳事』平三)
(3) 大朝雄二「冷泉院の後宮」(『講座　源氏物語の世界〈四集〉』昭五五)ほか。
(4) 藤本勝義『源氏物語の想像力』(平六)「源氏物語における前坊」十九頁。

（5）年齢差は、一々注しなかったが、主に「三代実録」「日本紀略」「一代要記」の皇妃の薨卒年や入内時の年齢をもとにし、「帝王編年記」「扶桑略記」「御堂関白記」「権記」「小右記」等を参照した。また角田文衛『日本の後宮』（昭四八）の「歴代皇妃表」も参照した。

（6）藤本勝義『源氏物語の人ことば文化』（平一一）「栄華と悲傷の文学―『薄雲』巻―」五五頁。

（7）注四の拙著の「明石姫君の乳母と夕顔の乳母」一一七頁。

第五章　源氏物語と五節舞姫——惟光女の舞姫設定

はじめに

「少女」巻で、養女の斎宮女御が立后した後、光源氏は太政大臣となった。いままでの内大臣位は右大将（昔の頭中将）に譲り、政界の第一線を退いたかのようで、実質的には最高権力者として君臨していたと言ってよい。その年の十一月、藤壺の服喪により昨年は停止された五節の儀が、かえって華やかに催された。光源氏自身も舞姫を出すという。

按察大納言、左衛門督、上の五節には、良清、今は近江守にて左中弁なるなん奉りける。みなとどめさせたまひて、宮仕すべく、仰せ言ことなる年なれば、むすめをおのおの奉りたまふ。殿の舞姫は、惟光朝臣の、津の守にて左京大夫かけたるむすめ、容貌などいとをかしげなる聞こえあるを召す。（少女巻五九頁）

五節舞姫は、十一月の中の丑の日の新嘗祭に帳台の試み、寅の日に御前の試み、卯の日に童女御覧、辰の日の豊明節会に五節舞の催されるのが普通である。新嘗祭はむろん新帝の時は大嘗祭となる。その折は、五人の舞姫が皆叙位に与るが、新嘗祭の時は、それがないとされ、前者では高級貴族が競って舞姫を貢進するが、後者では辞退するという。(1) 事実、新嘗祭の時に位階を得ている舞姫の例を、史料類からは見出せない。

ここでの源氏物語の例は、献上された舞姫を全て宮仕えさせるという特別の綸言があったとする。それもあって、舞姫を出す貴族たちは競って善美を尽くしたとある。大嘗祭でもないのに、かような特別の計らいがなされることや、舞姫を出す貴族たちの顔ぶれ、特に惟光の娘が舞姫となること、あるいは権勢争いなどとの関係があるのか、何よりも源氏物語での五節舞姫記述の意義などを、史料による事実を踏まえつつ、源氏物語独自の意味を探りたい。

一　光源氏貢進の舞姫

舞姫は、公卿分二人と受領分二人が基本であるが、後に提示する事例でも明らかなように、意外にまちまちである。例えば、「貞信公記」天慶二年(九三九)十月二日条は、舞姫献上は「新任宰相四人」という朱雀天皇の仰せ言が記されており、それを四人とも承諾している。

光源氏は、公卿分として舞姫を出すことになる。太政大臣の貢進も史実として例はある。「本朝世紀」天慶元年十一月二二日条に、「太政大臣家舞妓、故伊予介源朝臣相国息女」と記されており、藤原忠平が太政大臣家の舞姫として、故伊予介女を献上している。受領の娘ではあるが、太政大臣が出すので、当然、公卿分としての一人となる。このことは、例えば、「小右記」正暦元年(九九〇)九月一五日条が、

殿上惟仲朝臣、左大弁、近江守、時明、和泉守、左大臣、大蔵卿時光、

と記すように、最初に殿上受領分が二人(近江守・平惟仲と和泉守・藤原時明)、次に公卿分の二人(左大臣・源雅信と

参議・藤原時光）が示されている。この左大臣もむろん、自分の娘を舞姫に出すわけではない。このことは、「小右記」長保元年（九九九）十月二日条の「五節定」の人選を見ても明白である。そこには、

昨定五節、殿上生昌・済家・右大将道綱・余、

と記されていて、殿上受領分は平生昌と藤原済家、公卿分は大納言兼右大将の藤原道綱と「余」つまり中納言・藤原実資の二人ずつである。この実資は実は受領の娘を舞姫として貢進しているのである。十一月二二日（辛丑）の舞姫参入の折、「遣余車令迎舞姫、称備前守相近女者也、」とあるように、舞姫である備前守源相近の娘のもとへ牛車を差し向け、迎えにやらせている。上流貴族が舞姫を出す時に、実子ではない場合が常識である。

しかし、「少女」巻では、それぞれが実子を舞姫としていた。源氏物語の描き方は、舞姫を務め上げた後もそのまま、宮仕えすべしとの勅命によるものとする。これは何を意味するのか。先にも触れたが、大嘗祭と新嘗祭の折の違いと関係しよう。前者では舞姫は叙位に与り、後者はそれがないというだけの違いではなかった。叙位は宮中に入るとともに、御寝に侍することをも意味した。

では、「少女」巻でもそう考えられるのか。なによりも新嘗祭に叙位の例はない、つまり宮仕えする慣習がないのを、冷泉帝の仰せ言だからといって作り出す意味は、問われなければなるまい。これは光源氏が推進したこととして、この宮仕えが帝との共寝を意味し、冷泉帝の血脈が広がることが、光源氏自身の願いでもあるといった考え方もあるが、(2) 果たしてどうであろうか。舞姫献上は最高権力者が決めることなのか。そんな例は史実としては捉えにくい。五節舞姫を誰が出すのかを決めているのは、代々、左大臣や陣の座などではなく、帝自らが決めていると考えられるのである。このことは後述する。なによりも、ここでの宮仕えがそのまま、帝の御寝に侍することを意味すると捉えていいのであろうか。舞姫を出す者たちが、そのように受け取っていると読めるので

あろうか。

惟光を例に挙げると、まず、娘を舞姫とすることが次のように描かれていた。

からいことに思ひたれど、「大納言の、外腹のむすめを奉らるなるに、朝臣のいつきむすめ出だしたてたらむ、何の恥かあるべき」とさいなめば、わびて、同じくは宮仕やがてせさすべく思ひおきてたり。

（少女五九〜六〇）

娘を舞姫とすることを嫌がる惟光に対して、按察大納言でさえ外腹であっても実の娘を出すのだから、惟光が秘蔵娘を舞姫としても恥とはならないと責められ、ようやく決心している。どうせならそのまま宮仕えをさせようとも思っている。「紫式部日記」の寛弘五年（一〇〇八）十一月の五節舞姫関連の記事で、人前に顔を晒す舞姫の気の毒さが表現されているように、特に高級貴族の子女が舞姫となるのは、決して名誉ではないことがはっきりしている。惟光の逡巡も、時代背景を考えれば当然のことと言えよう。醍醐天皇前後の時代に遡っても、「寛平御遺誡」[3]が五節舞姫を選ぶにあたっての苦衷を記しているし、「意見十二箇条」[4]が示しているように、大嘗祭以外の時には「人皆辞遁して、神事を闕いつべし」として、舞姫献上を皆が辞退するといった有様であった。

と言いながらも一方では、「少女」巻に「所どころいどみて、いといみじくよろづを尽くしたまふ聞こえあり」（五九）とあるような、競い合い張り合って、だいぶ華美になることは、史実に照らしてもあった。「紫式部日記」の先の記事にも、次のように記されている。

にはかにいとなむつねの年よりも、いどみましたる聞こえあれば、…

（六〇頁）

この時は、敦成親王誕生と、中宮彰子と若宮を内裏に迎えてのことだから準備万端の経営に意気込みの違いがあり[5]、お祭り気分の華やぎは例年にないものとなった。では、「少女」巻では、なぜ、競い合い華やいだのか。

昨年の諒闇の反動のような書き方がされてはいるが、それだけとは思われない。新嘗祭や五節舞など、元来、華やかなものではない。昨年が暗い年であり、新嘗祭が行われなかったからといった理由は、表面的なものでしかないように思われる。大事なのは、この年に光源氏の養女が立后したことである。光源氏の実子が帝というのは、世間に知られていないので置くとしても、冷泉帝の全盛期に、それを支える光源氏一族の輝かしい栄華が示されている。しかも、将来の后がねの明石姫君の存在や、元服して程ない夕霧の成長など、さらなる極限的な栄華が、近い将来保証されるだろうと誰もが思うような年なのである。そのような華やぎの延長上に五節舞姫はある。しかも光源氏自身も舞姫を貢進したのである。その源氏の栄華に彩りを添えるように、競い合いはあったと考えられる。

舞姫献上など何ほどの名誉にもならないことは、史実が明示している。むしろ、献上する者に選ばれることは、有難迷惑の感が強いのである。勅命によるものなので、命じられたものは舞姫を献上しなければならない。いくら、誰それの舞姫の評価が高くても、そのことが貢進した高級貴族の権威付けになり、権勢争いと結びつく、などといった類のものではないのである。光源氏の絶大な権勢・栄華は世間周知のことであり、五節舞姫ごときので、その優位性の誇示などといった意味はほとんどない。惟光も嫌がっていた。これは、光源氏担当の公卿分としての舞姫であり、惟光も光源氏から言われたわけで、舞姫献上を拒否することは許されないのは自明のことであった。にもかかわらず、出し渋る理由には既に触れた。

惟光はさらに、それならいっそのこと、娘をそのまま宮仕えさせようと考えている。これは後に、「典侍」を所望することに繫がる。というより、既にこの時点で、娘を舞姫に出す代わりに典侍に任じられることを、内々では望んでいたと考えられよう。いわば典侍は、舞姫に出す交換条件のようなものだったと言えよう。いかに光源氏の乳母子で、腹心の家司として信頼されてきたとはいえ、まだ国司程度に過ぎぬ惟光にとって、娘を高級貴族の正妻格にすることの難しさは、重々承知のことであったろう。ならばむしろ、高級女官として出仕する方がましと考えるのも頷けるのである。

この典侍は内侍司に属するわけで、奏請等を行う尚侍ほどではないにしても、帝との接触は当然あろう。しかし、帝との共寝を前提にするものではない。尚侍は帝の寝所に伺候し、女御と同等になっていくが、むしろ典侍は、尚侍の代わりに実質的に女官筆頭として、職務に従事するようになる。源氏物語の書かれた時代がそのような時期であった。もっとも、玉鬘は尚侍であったが御寝に侍ることはなく、鬚黒の妻となった。というより、むしろその逆で、鬚黒との結婚がなければ、冷泉帝の寵愛を受けることになり、実質的な女御となったのは、まず間違いない。惟光の娘は藤典侍として出仕するが、夕霧の思い人となり、側室となった。帝と共寝があったとはまず考えられない。なによりも、典侍は歴とした内侍司の次官であり、当然、他の貴族と結婚する例はある。例えば、寛弘元年時点で左中弁に摂津守を兼任している藤原説孝の妻は源典侍と呼ばれている(6)。

惟光は、夕霧が娘に消息をしたことを知り大変喜んでいる。もし夕霧と結婚すれば、宮仕え以上に幸運なことと思っている。陰に、ずっと光源氏の恋の局面に立ち会ってきて、見染めた女への光源氏の末長い処遇を熟知していることから、惟光は、明石の君の幸運な例まで出して、源氏息の夕霧の懸想に相好を崩すのである。

二　五節舞姫と任女官

では、惟光の娘が典侍となる、つまり、受領の娘の五節舞姫がそのまま典侍に就くといった事例が、果たして史実としてあるのだろうか。実は、舞姫が女官として出仕した具体的な例は、記録類からなかなか見出すことができない。
例えば、長保二年（一〇〇〇）以後の出生かと言われる五節の命婦と呼ばれる女性について、「五節の命婦のもとに高定忍びて通ふと聞きて、誰とも知られで、かの命婦のもとにさしおかせ侍ける」[8]という詞書で、六条斎院宣旨が歌を詠んでいる。いつ命婦に任官したかは不明だが、呼び名からすれば、舞姫の後すぐに着任したと考えられる。また、「今鏡」の序で、紫式部の側で宮仕えをしていたという老女の娘に「五節命婦」という名前が出てくる。もっとも後者はフィクションの可能性が高い。[7]
「紫式部日記」寛弘五年九月一六日の舟遊びの折に、「五節の弁」の呼び名が出てくる。これは、消息文の中で、「五節の弁といふ人はべり。平中納言の、むすめにしてかしづくと聞きはべりし人」（八〇頁）と記されているように、平惟仲の養女とされる。とすれば、近江守で右大弁を兼ねていた平惟仲が、正暦元年（九九〇）に献上した舞姫であったと考えられる。惟仲が大弁であったことから五節の弁と称されたものと言えようが、舞姫の後に相応の女官になったとは思われない。寛弘五年の時点で、中宮彰子付きの女房として出ていて、掌侍や命婦といった公の官職に就いているとも考えられないのである。例えば命婦なら「五節命婦」などと呼ばれていたであろう。
また、「栄花物語」で、治安三年（一〇二三）十二月に、内大臣・教通室が男子を出産した時、

若君の御乳母は、かねてより申ししかば、五節の君、故参河守方隆が女、衛門大夫致方が妻ぞ参りたる。
（「後くゐの大将」三七八頁）

とあり、五節の君が乳母となるわけだが、衛門大夫・平致方の妻とあることから、宮仕えはせずに五位の衛門尉の妻となったことが知られる。もっとも、仮に宮仕え経験があったとしても、衛門大夫程度の妻になるわけで、

中級以上の女官になっていたとは考えられない。一方、「宇津保物語」の「内侍のかみ」巻の中で、相撲の節会当日の盛儀が描かれるが、その折に伺候する女官たちについて次のように記されている。

蔵人もみな今の帝の盛りにものしたまへば、この御時の蔵人は、やむごとなき人の娘ども、あるは五節の蔵人当つ。…十四人の蔵人、七人五節の召し蔵人、七人は雑役の蔵人なり。(9)（「内侍のかみ」一九三〜四）

ここには、五節舞姫から女蔵人となった者が何人もいることが示されている。十四人のうち七人が、五節舞姫から召しだされた女蔵人とある。このことは現実に即するとどうであろうか。先にあげた「意見十二箇条」の「五節の妓の員を減ぜむと請ふこと」の中に、次のように記されている。

伏して望まくは、良家の女子の嫁せざる者二人を択び置きて五節の妓とせむ。その時服・月料、稍に饒に給はしめよ。節日の衣装は、また公物を給へ。もし貞節にして嫁せずして、十箇年を経ば、女叙に預り、出し嫁せしむることを聴せ。もし留りて侍へむことを願はば、これを蔵人の列に預けよ。その替の人を択び置くこと、また前の年のごとくせよ。

大嘗祭以外の五節舞姫貢上は、叙位がない上に経済的な負担も大きく、貴族たちから敬遠されてきたことを前提に、ここでは舞姫を二人に絞り、負担を軽くすべく公務として優遇し、結婚せず十年務め上げたものは叙位に与り、さらに宮中にそのまま留まり伺候することを望むなら、女蔵人とすることなどが記されている。むろんこれは、醍醐天皇の求めに応じて出された意見書なので、そのまま実行されたかは不明である。その後の舞姫献上の状況から、実現されていない可能性が強い。記録類から舞姫が女蔵人になった事例は見出せないのである。しかし一方、「意見十二箇条」が出されてから五十年以上経っての成立と考えられる「宇津保物語」だけに、まったくの創作とも考えにくい。少なくとも、大嘗祭の折の叙位に与った舞姫たちが、女蔵人などの女官になっていたことは考えられよう。

このことは、清和天皇の中宮で陽成天皇の母となった藤原高子が、五節舞姫であったことからも窺える。「古今和歌集目録」(10)に、

貞観元(八五九)年十一月二十日叙 従五位下。五節舞姫。

とあり、「日本三代実録」の同日条では、

無位源朝臣高子。橘朝臣常子。藤原朝臣継子。藤原朝臣高子。藤原朝臣栄善子。百済王香春。笠朝臣遠子並従五位下。

と記されている。この日は大嘗祭後の叙位に当り、後者では、藤原高子を含む「無位」七人が「従五位下」に叙せられている。他の者は「従四位下」が「従四位上」、「従五位上」が「正五位下」などに位階を上げており、既に女官として勤務してきたことが知られる。大嘗祭では、五人の舞姫が貢進され叙位に与るので、この「無位」の彼女らのうち五人は、五節舞姫を務めた者と考えられるのである。その藤原高子が、これより七年後の貞観八年十二月廿七日に、「以従五位下藤原朝臣高子為女御」(「日本三代実録」)とあるように、従五位下のまま女御となっている。そして貞明親王(後の陽成天皇)を生み、親王が東宮となった二年後の貞観十三年には「従三位」となる。しかし、この高子が舞姫として出て、そのまま御寝に侍ったとは考えられない。この時、清和天皇は元服前の十歳に過ぎなかった。高子は、従五位下の女官として宮仕えをしたと考えられる。

大嘗祭の折、叙位に与り宮仕えをしたと思われる例は他にも見出せる。高子の例より少し前だが、「文徳天皇実録」の仁寿元年(八五一)十一月廿七日条に、女叙位の記事があり、

無位定子女王正五位下。伴宿禰友子。無位橘朝臣忠子。並叙二従四位下一。…無位藤原朝臣香子。藤原朝臣貳

子。…並叙㆓従五位下㆒。

と記されている。ここの「無位」と思われる四、五人がそのまま宮仕えした可能性がある。ただし、具体的な官職名などは不明である。これら舞姫が天皇の寝所に伺候したとすれば、天皇のキサキ数は増加すると言えよう。既に、桓武天皇の後宮に関して、無位から従五位上に直叙された女性等をキサキと推定する考えが出されている[11]。元来、尚蔵、尚侍といった高級女官だけでなく、中・下級女官と天皇との個人的な関係が生じることはあり、命婦や女孺などが天皇の皇子女を儲けている[12]ことからも知られる。

だから、五節舞姫がそのまま宮仕えすることは、帝の御寝に侍るという可能性があろう。しかし、宮仕えがそのまま帝との共寝を意味するわけではない。叙位に与り女官となることは、大嘗祭だけに許された特権であったわけで、源氏物語が新嘗祭なのに、大嘗祭に倣ったとしても、帝との共寝をも意味したとするのは早計であろう。冷泉帝の血脈が広がることを光源氏が望むのはあってもよいが、大納言の外腹の娘などでも大した血脈とは言えないのに、惟光や良清の娘が仮に帝の子を生んだとしても、何ほどの意味があろう。惟光が娘を舞姫に出すことを嫌がったのも、帝との共寝を忌避したからではなかろう。むしろ帝の子を生む蓋然性の高さを認識していれば、あれほど躊躇はしなかったであろう。帝との共寝などをほとんど考えていなかった、つまり、舞姫をそのまま宮仕えさせるということが、それ以上の意味合いを抱かせなかったことを示しているのである。

服藤早苗氏は、王権と固定的ミウチ関係が確立した藤原摂関家一族により、王権との性関係を結びうるキサキ家の血統独占が図られ、王権と他の氏族の女たちとの性関係は厳禁されたとし、十世紀以降、舞姫はかつてのような王権と性関係を結ぶために選ばれた特別の女たちではなくなる、しかも、公卿層の実女が舞うこともなくなるとしている[13]。惟光も、人前に晒した娘では良縁に恵まれないという思いがあったはずで、それならむしろ女官として出仕した方がよいと考えたところであろう。そのような否定的な思いがあるから、夕霧の、舞姫である娘への懸想に、光源氏の明石の君ひいては后がねの姫君の誕生といった慶事を、夢想するに至るのである。

三　五節舞姫の身分

平安時代の醍醐朝前後以降の五節舞姫の実態や、源氏物語への投影に関する先人の論考は、いずれも実態の精緻な調査や分析が欠落していると言わざるを得ない。だから、論の展開も推測に推測を重ねているようなものとなっていると言えよう。次の四に表示したのは古記録類などをもとにして、舞姫の献上者をわかる限り提示したものである。表示して見ると、いくつかの特徴が浮かび上がってくる。すぐに目立つのは備考欄で示したように、舞姫貢進者に蔵人頭や蔵人経験者がかなり多いということである。これが何を意味するかは後述する。貢上者が、必ずしも公卿分二人、殿上受領二人というわけではないこともわかる。朱雀天皇の承平五年、天慶二年や、一条天皇の永延二年、永祚元年などは、貢進者すべてが公卿であるし、公卿分が三人と受領分一人というのは何度もある。きっちり二人ずつに分けたとしても、公卿分でも舞姫となるのは受領の娘がほとんどと思われ、実質的にはあまり変わらないという理由もあろう。例えば、一条天皇の永祚元年、参議・藤原実資の出した舞姫は、中務少輔・良峯遠高の娘であるし、同じく実資が中納言である長保元年の時の舞姫も、備前守相近の娘と思われる。また、正暦四年に中宮定子が出したのは、正四位下・右馬頭・藤原相尹の娘である。さらに、長保五年に参議・藤原行成の出したのは、相模守・清重（姓不詳）の娘である。

これらからも、公卿たちは自分の娘を舞姫として、ほとんど献上していないことがわかる。だから、源氏物語「少女」巻で、光源氏を除く三人、特に按察大納言と左衛門督が実の娘を貢上したことは、尋常のことではないとは言える。もっとも大納言の娘は外腹、つまりは劣り腹であり、左衛門督は公卿といっても従四位下程度の者である。所詮、人目に晒される五節舞姫などに、高級貴族の正妻腹の子女を出すはずもないのである。あくまで、絶対者・光源氏の支える冷泉王朝の華やかさのなせる業と言ってよい。光源氏自身が、彩りを添えるべく、自ら舞姫献上を担当しているくらいである。舞姫献上は華やかさを競う催し物なのである。確かに、どこの舞姫が美しかった、舞がすばらしかったなどと評されるが、それまでの話であり、一種のお祭り騒ぎでしかない。ここに権力争いが絡むことなどあるとは思われない。

この左衛門督の娘は弘徽殿女御が奉仕した女御分とする見方[14]を前提に、梅壺女御対弘徽殿女御の対立として、弘徽殿が奉仕した舞姫が高い評価を得て、そのまま宮中に入っては、梅壺の立場が以後弱体化しかねない恐れを含む[15]といった考え方があるが、そんな大げさなものではない。たかが舞姫一人が宮仕えしたからといって、既に立后している梅壺（秋好中宮）の立場が弱体化するなどといったことはあるはずがないのである。梅壺が光源氏の舞姫（惟光女）に特別の下賜物を与えることが、結果的に自分の後宮での立場の弱体化を恐れるためなどといったことがあろうか。なによりも、左衛門督の娘という歴とした公卿分の舞姫を、女御分などとすることがあるのだろうか。史料類からも、そんな形のものを見出すことはできない。舞姫を出すことの負担はかなりのもので、あちこちから装束、絹、薫物など送るのは、常のことなのである。

例えば「御堂関白記」によれば、寛弘元年十一月十五日、中宮彰子は、舞姫を献上した参議・藤原正光、参議・藤原有国の室、摂津守・藤原説孝の室等に舞姫の装束を贈っている。また道長も十月から十一月にかけ、有国に絹、正光、伊予守・高階明順に童女装束を贈り、道長室・倫子も有国室のもとに童女装束を届けている。要するに、中宮たちは、舞姫貢進者のほぼすべてに装束などを贈っているのである。また、「権記」によれば、長保五年十一月十五日に、舞姫を献上した藤原行成のもとに、斎院・選子内親王より扇と薫物、為尊親王室より薫物、春宮大夫・藤原道綱より女装束と褂、中宮彰子より薫物が贈られている。この年の記事は「御堂関白記」や「小右記」ではすべて欠落して見ることができないが、中宮ほか道長など、舞姫献上者それぞれに物品を贈っているはずである。舞姫献上には、人手とそれに見合う衣装や牛車の手配など、かなりの経済的負担が課せられる。だからあちこちから贈り物が届けられるのである。それは慣習であり一種のしきたりと言える。日頃から昵懇の間柄なら、なおさら装束等を贈ることになる。

「少女」巻での光源氏の場合には、経済的支援などの必要はないのだが、秋好中宮は、養父であり自分を支える光源氏のために、ささやかな感謝の気持ちを表したといったところである。

四　舞姫貢進者と蔵人頭

では、五節舞姫の貢進者は、どのような人物がどのように選ばれるのであろうか。表3からわかることは、何よりも、蔵人頭経験者が大半を占めているという事実である。特に一条朝になるとその率が極めて高くなる。延べの献上者四七人のうち、女性四人と辞退者一人を除いた計四三人がいる。そのうち蔵人頭・蔵人経験者は三四人、すなわち約七九%に上る。公卿二八人を見ると、蔵人頭・蔵人のどちらかの経験者は二三人おり、約八二%に上る。蔵人頭だけでも十八人おり、約六四%となる。蔵人頭経験者は、まずほぼ確実に参議に昇進するので、当然、受領の方には蔵人頭経験者は一人しかいない。しかし蔵人経験者が十人おり、受領十五人のうち、蔵人（蔵人頭一人を含む）経験者も約七三%に上るのである。

一条朝での蔵人頭は、「職事補任」によれば全部で二十人いる。そのうち十四人が、舞姫を献上している（た

表3　五節舞姫の貢進者

帝	年	官職	氏名	年齢	出典	備考
醍醐	延喜十九（九一九）	参議	源悦	五六	貞信公記	
	延長二（九二四）	左大臣	藤原忠平	四五	〃	
朱雀	承平五（九三五）	中納言	平伊望	五五	江家次第	蔵人頭
		参議	源是茂	五一	〃	
		参議	藤原伊衡	六〇	〃	蔵人
		参議	藤原師輔	二八	〃	蔵人頭
	天慶元（九三八）	中宮	穏子		〃	
		中納言	藤原実頼	三九	〃	蔵人頭
		（中納言	藤原師輔	三一	本朝世紀	蔵人頭）
		太政大臣	藤原忠平	五九	〃	
		前美濃権守	平随時		〃	
	天慶二（九三九）	参議	藤原元方	五二	貞信公記	
		参議	源高明	二六	〃	
		参議	伴保平	七三	〃	
		参議	藤原敦忠	三四	〃	蔵人頭
	天慶五（九四二）		（　）忠幹		江家次第	
	天慶八（九四五）	太政大臣	藤原忠平	六六	貞信公記	
村上	応和元（九六一）	中納言	藤原師氏	四九	西宮記	蔵人頭

	康保三（九六六）	参議	小野好古	八三	〃	
円融	天元元（九七八）	内親王	資子		日本紀略	
		参議	源忠清	四八	〃	
		参議	源惟正	五〇	〃	蔵人頭
		左少弁	平季明		〃	
	永観二（九八四）	権大納言	藤原朝光	三四	小右記	蔵人頭
		参議	藤原（　）		〃	
		加賀守	藤原景舒		〃	
一条	永延二（九八八）	皇太后	詮子		〃	
		非参議	源泰清		〃	
		参議	藤原安親	六七	〃	蔵人頭
		参議	藤原誠信	二五	〃	蔵人頭
	永祚元（九八九）	太皇太后	昌子		〃	
		権中納言	藤原道長	二四	〃	蔵人
		参議	藤原懐忠	五五	〃	蔵人頭
		参議	藤原実質	三三	〃	蔵人頭
	正暦元（九九〇）	左大臣	藤原雅信	七一	〃	蔵人頭
		参議	藤原時光	四二	〃	蔵人頭
		近江守	平惟仲	四七	〃	蔵人頭
		和泉守	藤原時明		〃	蔵人
	正暦四（九九三）	中宮	定子		枕草子	

長徳　元（九九五）	右大臣	藤原道長	三〇	権記	蔵人
	大納言	藤原公季	三九	〃	
	参議	源俊賢	三七	〃	蔵人頭
	越後守	藤原理兼		〃	蔵人
長保　元（九九九）	大納言	藤原道綱	四五	小右記	蔵人
	中納言	藤原実資	四三	〃	蔵人頭
	前但馬守	平生昌		〃	蔵人
	前駿河守	藤原済家		〃	蔵人
長保　二（一〇〇〇）	中宮	彰子		権記	
	中納言	藤原時光		〃	蔵人頭
	参議	藤原懐平	四八	〃	蔵人
長保　三（一〇〇一）	中納言	藤原公任	三六	小右記	蔵人頭
	参議	藤原有国	五九	〃	蔵人頭
	参議	藤原行成	三〇	〃	蔵人頭
	但馬守	高階道順		〃	蔵人
長保　五（一〇〇三）	権中納言	藤原隆家	二五	権記	
	参議	藤原行成	三二	〃	蔵人頭
	前甲斐守	源高雅		〃	
	但馬守	高階道順		〃	蔵人
寛弘　元（一〇〇四）	参議	藤原有国	六二	関白記	蔵人頭
	参議	藤原正光	四八	〃	蔵人頭
	伊予守	高階明順		〃	

		（近江守	藤原知章		〃	蔵人）
		摂津守	藤原説孝	五八	〃	蔵人
	寛弘 四（一〇〇七）	近江守	藤原知章		権記	蔵人
	寛弘 五（一〇〇八）	参議	藤原兼隆	二四	〃	
		参議	藤原実成	三四	〃	蔵人頭
		尾張守	藤原中清		〃	
		丹波守	高階業遠		〃	
	寛弘 七（一〇一〇）	権中納言	藤原頼通	一九	関白記	
	寛弘 八（一〇一一）	左大臣	藤原道長	四六	小右記	蔵人
		右大臣	藤原顕光	六八	〃	蔵人頭
		大納言	藤原実質	五五	〃	蔵人頭
		大和守	藤原輔尹		〃	蔵人
		摂津守	橘為義		〃	蔵人
三条	長和 元（一〇一二）	参議	藤原通任	四〇	関白記	蔵人頭
	長和 二（一〇一三）	右大臣	藤原顕光	七〇	小右記	蔵人頭
		権中納言	藤原教通	一八	〃	
		参議	源道方	四六	〃	蔵人頭
		備中守	橘儀懐		〃	
	長和 三（一〇一四）	権中納言	藤原懐平	六二	〃	蔵人
		権中納言	藤原頼宗	二二	〃	
		参議	藤原公信	三八	〃	蔵人頭

	長和　四（一〇一五）	権中納言	源経房	四七	〃	蔵人頭
		（参議	藤原朝経	四三	〃	蔵人頭）
		左大臣	藤原道長	五〇	関白記	蔵人
		備前守	大江景理		〃	蔵人
		備後守	藤原師長		〃	蔵人
後一条	長和　五（一〇一六）	（権中納言	藤原実成	四二	〃	蔵人頭）
		非参議	藤原能信	二一	〃	蔵人頭

（　）で記されている人物は辞退者で、次項の人物がその代役

だし次の三条朝での献上も含む）。もっとも、舞姫貢進の記録を確認できない年が何年もあるので、もう数人増える可能性はある。一方、献上していない六人の大半に、そうできない特別の事情もあったのである。すなわち、蔵人頭を経験した藤原道頼は二十五歳で夭折しているし、同じ道隆の息・伊周は流罪になるなど、問題があった。源頼定は、一条帝時の東宮（三条帝）の麗景殿尚侍（綏子）との不義密通があり[16]、帝に舞姫貢進する者としては不適切と言うべきであろう。また、源扶義は参議に任官してから三年後に卒している。

　かような事情を勘案すれば言うまでもなく、またそうでなくてもこの高い比率は無論、偶然というわけにはいかない。五節舞姫の貢進者には、蔵人頭あるいは蔵人経験者が、率先して選ばれていると見なければならないだろう。五節舞は元来、神や天皇に感謝・服従・臣従・恭順の意を表明する作法として、袖を振り舞う芸態の舞だったと考えられ[17]、皇権の神秘性・不可侵性とも密着しており、大嘗祭・新嘗祭に催される五節舞の儀式は、言うまでもなく天皇・皇室の存在意義にも関与する重大な宮廷行事であった。だから舞姫選定は、天皇自身に深く関

わるものとして、摂関体制になろうと天皇主導で行われるものであった。当然、帝と、近侍する蔵人頭や蔵人たちが主体的に取り組んだと考えられる。禁中を総掌し詔勅を伝宣する蔵人は、五位だけでなく六位でも禁色を許されており、かなり名誉な役であった。陣の座で決められた事を、天皇が形式的に追認するといったことではない。常に宮中にいて、天皇の御側向きの用事を務めている蔵人頭らは、天皇の格好な相談相手であるとともに、五節の儀についても、立場上細かいことを知っているわけで、過去の蔵人頭経験者で参議以上になっているものや、蔵人を経て国司となった者などは、舞姫献上者として真っ先に名前があがったと考えられるのである。

貢進者を決めているのは、左大臣などを中心とした陣の定めというよりは、天皇御臨席での天皇主導の定めであったのである。例えば、「貞信公記」延長二年（九二四）十月二日条に、「頭朝臣来、仰可進五節事」とあり、左大臣・藤原忠平のもとへ蔵人頭・平伊望が来て、忠平が五節舞姫を献上すべしという醍醐天皇の命を伝えている。また、「西宮記」が収録している「村上天皇御記」応和元（九六一）年十月二日条に、

遣蔵人珍材於左衛門督藤原朝臣第。仰可奉五節事。有所労依不参也。

と記されていて、村上天皇が蔵人珍材を左衛門督・藤原師氏（中納言）の家に遣わし、五節舞姫を献上するよう伝えさせている。また、同じ「村上天皇御記」康保三年（九六六）九月二七日条にも、次のように記されている。

遣蔵人永瀬於前大貳小野朝臣宅。問称老病不申可奉五節之由。永瀬来申云。仰旨相重　須奉五節。

村上天皇が蔵人永瀬を前太宰大弐の小野好古（当時は参議）の家に遣わし、老病を理由に舞姫献上を承諾しないことを問い質し、献上すべきことを重ねて伝えさせている。これらからわかるのは、舞姫貢進者は、帝が直接関わって決めていて、蔵人頭や蔵人が天皇の名代として、貢上者に伝えているということである。これは時代が下っても同様である。

「小右記」永祚元年（九八九）九月二一日条に、

参内、蔵人左少弁扶義仰云、可献五節、但唐衣之外不可令着織物綾、又陪従数輩重可禁過者、太皇太后宮・右衛門督道長、左大弁懐忠等同可献云々、

と記されている。これは参議実資に、蔵人・藤原扶義が一条天皇の勅命を伝えているところである。実資の舞姫献上だけでなく、他の献上者の披露、衣装や供人数の制限など華美にならぬような上意下達がなされている。ただし、一条天皇はこの時わずか十歳なので、舞姫選定に当たっては蔵人頭（藤原公任）が中心になって取り決めるところであろう。しかしこの時、蔵人頭公任も二十四歳と若く、一条天皇の外戚である摂政・藤原兼家に相談することなどはあったと考えられる。

また、「権記」長保元年十月一日条に、

有召参御前、被仰五節事内々可仰、欲待穢満日仰之、期日可漸近之由也、右大将・太皇太后宮大夫・生昌・済家等可献也、参院、奉謁左府、

と記されていて、蔵人頭の藤原行成が一条天皇に召され、五節の事を相談されている。ここで、舞姫献上者の名前が出ているが、蔵人頭の行成が予め人選して、ここで披露しているかのようである。この後、東三条院詮子のもとへ行き、それから左大臣道長に拝謁しているので、帝の御前には左大臣はいなかったわけで、舞姫選定が陣の定めで決められていないことは明らかである。

このことを端的に示すのだが、左大臣道長でさえ、舞姫貢進者であることを伝えられているくらいである。「小右記」長和四年十月五日条に、「以右大弁朝経依尹服不可献五節、左相府可被献之由被命云」とあり、参議・藤原朝経が昨日薨じた伯父の中納言時光の服喪のため、五節舞姫を献上できなくなったので、その代りに左大臣

道長が献じるよう、詔勅があったことが語られている。このことは、「御堂関白記」十月十五日条には、次のように記されている。

頭中将来云、右大弁依服非可奉五節、其代可奉五節者、申承由了、

蔵人頭で左中将の藤原資平から、道長は、藤原朝経の代わりに舞姫を献上するようにとの勅命を伝宣せられた。道長は承諾の由を申している。先の「小右記」によると、既に十日も前に、朝経に代わる道長という人選は、一部の者には知られていた。三条天皇の詔は、とっくに発せられていたはずである。しかし、道長のもとに直接伝えられたのは、十日も後とはどういうことであろうか。三条天皇と道長の確執は知られていることではあるが、それにしても尋常ではない。明白なのは、五節舞姫の献上には、左大臣の意向は反映されておらず、無関係であったということである。「小右記」十月十九日条で、道長は大納言実資らを前にして、このことに不満を抱いている様子が語られている。逆にいえば、五節に関しては、天皇が主導権を握る性格のものであったことがわかるのである。

五　摂津守惟光と近江守良清

以上の四までを踏まえると、いかに物語とはいえ、「少女」巻での五節舞姫の献上も、当然、冷泉帝の勅命によって決められたと見るべきであろう。もっとも、この時の冷泉帝は、賢帝とはいえまだ十五歳なので、蔵人頭らが相談に乗ったと思われる。「松風」巻において、光源氏の牛車に同車させ、また桂の院で和歌を唱和した頭中将がいたが、「少女」巻の時点での蔵人頭は別人であろう。しかし、冷泉帝に近侍するわけで、光源氏の息のかかった人物に違いない。すると、蔵人頭から光源氏への相談もあった可能性はある。

太政大臣・光源氏が献上した舞姫が、なぜ惟光の娘であったのかについて考えたい。惟光はこの時、摂津守兼左京大夫（従四位下相当）である。公卿が貢進する舞姫の素性はほとんどわからない。公卿分として出すため、実の父の名前を明示する意味がないためもあろうが、受領層のさしたる身分ではないことや、舞姫として人目に晒されることを憚り、名前を伏せる意味もあろう。太政大臣が公卿分として献上した舞姫が、摂津守の娘であることには問題がない。天慶元年に太政大臣・藤原忠平が献上した舞姫は、故伊予介（従六位上相当）・源相国の娘であった（「本朝世紀」）。また、正暦四年の中宮定子の舞姫は、左馬頭・藤原相尹（従五位上相当）の娘であった。だから、光源氏の出した舞姫は、相応の身分の者と言ってよい。受領分としては良清が舞姫を出していたが、惟光自身が、受領分として舞姫を出しても何らおかしくはないのである。ではなぜ、光源氏が公卿分として貢上したのか。しかも惟光は、光源氏の要請にもかかわらず、娘を舞姫にしたくなかったのである。これは、惟光独自では舞姫を出さなかったことを推測させる。むろん、舞姫献上は勅命であり、もし受領分として惟光に要請（という命令）があったなら、よほどの理由がなければ拒絶できなかったはずである。

つまり、惟光が娘を舞姫として出すことは、単に、昨年停止された五節儀を華やいだものにするだけではなく、惟光の娘の舞姫自体に意味があったと考えなければなるまい。それは、夕霧の思い人となる物語性と深く関係していると考えられる。

源氏物語での惟光の役割は、みごとに徹底している。光源氏と夕顔の関係に深く立ち入り、若紫の君の引き取りまでこれまた深く関わり合う。さらに、朧月夜の素性を探り、花散里訪問に随行した。明石の君への初めての訪問にも付き従い、須磨からの上京後、末摘花の様子を報告した。住吉詣での折には、明石の君が来合せていることを光源氏に告げた。つまり惟光の役割は、女君と光源氏の、恋の仲立ちに関することがほぼすべてである。

もう一人の光源氏腹心の部下である良清は、もっぱら明石の君と光源氏を繋ぐ役割だが、須磨での仕事についても次のように触れられていた。

近き所どころの御庄の司召して、さるべきことどもなど、良清朝臣、親しき家司にて、仰せ行ふもあはれなり。（須磨一八八）

都と違って須磨では、荘園の管理人を指導するといった雑務までこなさざるを得ない良清の姿が、感慨を催すように描かれている。明石の君に懸想していた良清と違って、惟光は、常に光源氏の恋のために奔走していて、職務上の役柄が描かれることは皆無に近い。だから、若く魅力的な惟光の娘が舞姫となるのは、やはり恋の物語と関係していたと考えても不思議ではない。世代は親から子へと移ってきている。しかも、五節儀の展開の前までは、夕霧の成長の物語が長々と語られていた。舞姫儀は結果的に、光源氏の息子に自分の娘を提供することになるわけだが、惟光が、光源氏の代わりに、その息子に恋の仲立ちができる最たるものは、自分が夕霧の恋のために奔走するのではなく、できれば娘との婚姻を推し進めるか、それを望むことである。惟光は、娘を宮仕えに出すことよりは、夕霧に差し上げたいと思っている。

良清の方は舞姫を献上して、豊明の節会の後に唐崎で祓をするところを最後に、源氏物語での登場を終える。しかし惟光は、「梅枝」巻で、既に宰相になっていることが知られ、その息子は光源氏の家人となっており、親子二代に亘って光源氏に仕えていくことになる。惟光は良清と違って、乳母子としての運命共同体的立場を貫いていた。

では、惟光が摂津守で、良清が近江守という設定は、どういう意味があるのだろうか。モデルでもいるのだろうか。このことに関して次のことは看過できない。五節儀がすべて終わった後、そのまま宮仕えするようにとい

う帝のご意向があったが、皆いったん退出する。その時、

近江のは辛崎の祓、津の守は難波といどみてまかでぬ。（少女六四）

と記されているのである。「河海抄」が、「辛崎難波七瀬の随一也。仍近江摂津国司たてまつる舞妓此所禊尤有便宜乎」と記しているように、唐崎（辛崎）と難波は、ともに七瀬の祓の場所として最も著名であり、それぞれが当地の国司ゆえ、最も望ましい禊の場を占有することができるのである。さらに、「花鳥余情」が、

前斎宮帰京の時は於難波有祓前斎院退出しの時は於辛崎修祓これみな神事をとく解除なり五節の難波からさきのはらへこれに思なすらへ侍り

と記しているように、斎院、斎宮の退下の時、それぞれ難波、辛崎にて祓をすることに准えて、五節舞姫が神事の解除をしたと言っている。難波・辛崎は由緒ある修祓の場所であり、惟光、良清の舞姫を斎宮、斎院に准えているというわけではないが、権威付けにはなりそうである。もっとも、触れられてはいないが、按察大納言らの娘も同様の場所で祓をしたと思われる。しかし、惟光、良清の二人の舞姫には後れを取ることになろう。彼らがそれぞれ摂津守、近江守であることは、このことと関連していたのであろうか。摂津と近江は内外の貿易の二大拠点であり、二人の配置はそれを押さえているといった見方もある。(18) 惟光は、既に「澪標」巻で難波に縁があった。光源氏、明石の君それぞれが住吉参詣をしようとしたが、明石の君は源氏一行の盛儀を見て、せめて難波で祓だけでもしょうと取って返した。それを知った源氏は不憫な気持になる。

御社立ちたまひて、所どころに逍遥を尽くしたまふ。難波の御祓などよそほしう仕まつる。堀江のわたりを御覧じて、「いまはた同じ難波なる」と、御心にもあらでうち誦じたまへるを、御車のもと近き惟光うけたまはりやしつらむ、さる召しもやと例にならひて懐に設けたる柄短き筆など、御車とどむる所にて奉れり。

（澪標三〇六）

光源氏は住吉を後にして、難波の祓などは特におごかな儀式で勤められる。明石の君を思いやって、光源氏はつい、難波という歌枕から澪標の歌「わびぬれば今はた同じ難波なる身をつくしても逢はむとぞ思ふ」（『拾遺集』）を口ずさむ。惟光が聞きつけ、機転の利く彼は、こんな時のために準備してある筆などを源氏に差し上げる。それで源氏は明石の君に歌を詠む。明石の君から返歌が来るが、ともに、身を尽くして恋慕するという、巻名にもなった「みをつくし」を詠みこみ、明石の君の歌は「難波」も詠みこんでいた。古来、「澪標」（水脈を知らせる杭）は難波が有名であり、この場面は、住吉参詣→難波→澪標という脈絡で成り立っている表現と言えよう。明石の君と光源氏の愛の行方と絡まるそこに、惟光が関与しているのである。惟光と摂津との関わりは、こんな形で既に深かったと言えよう。

六　惟光のモデル

では、摂津に関わる惟光のモデルは存在したのであろうか。良清の方はいかがであろう。「少女」巻あたりがいつ書かれたかは判然としないが、寛弘年間の早い時期までを念頭に置いてみる。良清は、近江守兼左中弁で蔵人経験者である。寛弘元年（一〇〇四）に、近江守・藤原知章（『権記』）は一旦舞姫献上が決まったが、事情があってすぐ藤原説孝に代えられている。しかし、三年後に舞姫を献上している。藤原知章は、左中弁には任官していないようだが、蔵人は経験している。

一方、惟光と同じ摂津守兼左京大夫で、民部大輔（「須磨」巻）の経験者でもあり、源氏物語成立期までに、五節舞姫として娘を出したような者は存在したであろうか。長徳元年（九九五）に舞姫を出し、長徳三年に摂津守を確認できる（『小右記』他）藤原理兼がいる。一方、長保元（九九九）年十月以降、左京大夫を確認できる（『権記』）源明理がいるが、こちらには舞姫献上の記録はない。また、「栄花物語」二一巻「後くゐの大将」に、内大臣・藤原教通室が男子を出産した折、「五節の君、故参河守方隆が娘衛門大夫致方が妻ぞ参りたる」（『栄花物語』三七八）とあるように、五節舞姫として出たことのある故三河守・藤原方隆女が、乳母となっている。ところが、方隆が三河守という記録は一切なく、富岡甲本はここを、「つのかみまさたゝかむすめ」としており、「摂津守方正が娘」ということになる。乙本は、「まさたかむすめ」とあり、「まさたかゝむすめ」の脱か「まさたゝかむすめ」の脱か明らかではない。前者なら「方隆が娘」、後者なら「方正が娘」となる。しかし方隆は長徳四年（九九八）卒（『尊卑分脈』）とあり、教通室の出産の治安三年（一〇二三）より二五年も前に死去している。方正の方は、わずか二年前の治安元年の死去であり、「栄花物語」のこの辺りの記事との関連で、より相応しいように思われる。また、方隆の経歴等に関してはほとんどわかっていないが、方正の方は、諸書からかなりのことがわかっている。長保三年正月に「従四位下」（『権記』）、寛弘二年六月に「摂津守」に任ぜられている（『御堂関白記』他）。「民部少輔」にも任官している（『尊卑分脈』）。娘を五節舞姫として出して、摂津守、民部少輔経験者というのは、形式的には惟光に近い。ただし、左京大夫に就いた記録はない。「従四位下」は惟光の左京大夫と同じである。

しかし、如上の人物たちと惟光との接点は、それら以外のことで見出すことができない。こういう中で、ぴったりではないが、他にいっそう相応しい人物が浮かび上がってくる。それは、紫式部の夫・藤原宣孝の実兄の説孝である。寛弘元年に「摂津守」として舞姫を献上している。寛弘元年二月に、摂津守・説孝は住吉の神人と揉め事を起こしている（『御堂関白記』他）ので、任官は少なくとも前年以前の早い時期と考えられる。紫式部が夫宣孝と死別した長保三年四月以降、源氏物語の執筆時期と思われる長保四年前後に、説孝が摂津守であった可能性は高い（この前後の摂津守が誰であったかは記録類からは見出せない）。左京大夫などには就いた記録はないが、惟光同様、「従四位下」（「職事補任」）であり、説孝室に「源典侍」がおり、彼女に中宮彰子から舞姫装束が贈られている（「御堂関白記」）。当然、舞姫はこの源典侍腹と思われる。惟光の娘は、藤典侍と呼ばれ夕霧室ともなった。むろんこれらは、源氏物語とは無関係の「典侍」の偶然の一致かもしれないが、説孝はこの時点までに「五位蔵人」や「左中弁」の経験もあり、こちらは良清の方の経歴にも似ている。説孝の経歴を、惟光と良清の二人に分割したかのようである。

紫式部にとって義兄であり、受領分として五節舞姫を出す摂津守説孝と妻・源典侍は、「少女」巻での同様の惟光の姿やその娘が藤典侍となる展開にイメージ化された可能性はあろう。惟光の娘を、光源氏の公卿分の舞姫とする時、少なくとも、紫式部の脳裏に、五節舞姫献上の実態は過ったと見るべきであろう。その時、亡き夫の兄・説孝の舞姫献上に関することどもを念頭に置いたことが、なかったとは言い切れないのである。

七　筑紫の五節と惟光の娘

この五節舞姫の設定は、夕霧の舞姫への思いと密接に関連していた。それに、この「少女」巻を中心とした須磨流謫前後の物語に、光源氏が筑紫の五節を思い出したり、関わりを持ったりする断続的な挿話があることは、看過できないのである。まず「花散里」巻で、光源氏は中川の女と歌の贈答をした後、「かやうの際に、筑紫の五節がらうたげなりしはや」（二五五）と思い出している。これぐらいの階層の女といった扱いや考えが源氏の心にはあった。さらに「須磨」巻で、父・大宰大弐が任期を終えて上京するのに伴うのだが、この時はむろん、下向した時（約四年前か）も、筑紫の五節は独身だと考えてよかろう。彼女は、須磨に居る源氏のもとの素通りを忍びず、和歌を使いに持たせた。女の方からの贈歌なので、さすがに気が咎めてもいる。むろん源氏からの返歌もあり、過去の恋が振り返られている。

「明石」巻での帰京後、源氏は明石の君に手紙を送るが、その折、「かの帥のむすめの五節、あいなく人知れぬもの思ひさめぬる心地して、…」（二七五）として、筑紫の五節は身分違いの恋にあきらめの気持ちを秘めて、やはり源氏に贈歌しているのである。光源氏は懐かしく思い出すが、かようの軽々しい恋愛沙汰を慎む気持になっている。それに引き続き、花散里にも手紙を送るといった程度であることが示されている。都に召還され、権大納言に昇進した源氏にとって、筑紫の五節はむろん花散里でさえ、遠景の女となっている感がある。

「澪標」巻で、源氏は花散里を訪れ、その流れで五節の君を思っている。身分的には、花散里は先の中川の女や五節の君より上位に属するのだが、日陰の女のイメージは彼女たちに共通するものであり、五節の君と花散里はセットで源氏の脳裏に浮かぶようである。

かようのついでにも、かの五節を思し忘れず、また見てしがなと心にかけたまへれど、いと難きことにて、え紛れたまはず。女、もの思ひ絶えぬを、親はよろづに思ひ言ふこともあれど、世に経んことを思ひ絶えけり。心やすき殿造りしては、かやうの人集へても、思ふさまにかしづきたまふべき人も出でものしたまはば、さる人の後見にもと思す。（澪標二九九）

また会いたい気持はあるものの、世の重鎮となりつつある光源氏は、五節の君などのもとに通うことはほとんど無理と考えている。過去に契りを交わした相手であろうが、その程度の女ということでもある。五節の君の方は、源氏を恋慕する思いを断てず、親は思案して結婚話を持ちかけるが、人並に縁付くことを諦めている。多分、何年も前の五節の折、源氏と関係を持ち、忘れられず、また噂になったためか、独身のまま父と筑紫へ下ったのであろう。ここでの光源氏は、気楽にくつろげる屋敷を新築して、そこへこの五節の君や花散里のような人を集め住まわせて、思い通りに養育したいような子どもができたら、その世話役にでもと考えている。新邸については、既に二条東院の造営が記され（澪標二八四～五）、そこに、「花散里などやうの心苦しき人々」を住まわせる心積りだったと言えよう。だからその時点で、玉鬘、筑紫の五節といった気の毒な女君を、新邸に住まわせようと思っていた。この「思ふさまにかしづきたまふべき人」とは、いくつかの説があるが[19]、玉鬘と見るのが普通である。将来は、六条院に入居した花散里が玉鬘の世話をすることになる。二条東院に末摘花や空蟬（ただし尼となっている）は入るが、筑紫の五節は、結局は不遇のまま終わっていると見るべきであろう。

女として不遇だった筑紫の五節の代わりに、惟光の娘が、これまた光源氏に代わって、息子の夕霧の側室となり多くの子女を儲け、夕霧の、ひいては源氏一族の栄華を支える。とともに、受領出身の彼女も（惟光は参議に昇進するが）、光源氏の御曹司かつ後継者の妻という、この時代としては破格の地位を築くことになる。いわば、花散里、末摘花などの域にまで達せず、光源氏の厚遇から抜け落ちた五節舞姫という境遇の女が、同じ境遇の惟光女の人生を通して肩代わりされ、報いられるという物語でもあると言えよう。源氏物語には、かような物語は、夕顔に対する玉鬘、六条御息所に対する秋好中宮といった、不遇な親に対しての娘の厚遇という面などで見られる。後者は、夫の夭折がなければ中宮の道を歩んだはずの女君に代わって、罪の意識をも持つ源氏が、その娘を中宮にして支えるという、ある種の代償行為であった。これらには共通して、返報の論理が流れていよう。

光源氏と、せいぜい一、二度程度の関わりの愛人として、報いられることなく終わった筑紫の五節だが、舞姫は、同様の受領階層の男と結婚して生を送る例が見られた。筑紫の五節も、もし光源氏の懸想がなければ、そういう平凡で普通の生き方をしたであろう。しかし、帝の子を生み、女御・更衣への道を進むことが、ほぼ見られない現実に鑑みれば、受領出身の舞姫に華やかな生き方、結婚生活があるとしたら、典侍となり、かつ大臣となる夕霧の側室ではあるが子を多く儲けた、惟光女の歩んだ道なのではなかろうか。将来、その子息は権中納言となったり、匂宮室（六の君）となったりした。

「少女」巻で、光源氏が公卿分の五節舞姫を貢進する設定、しかも惟光の娘を出す設定の重要な意味は、宮中での権力構造上の問題などではなく、特殊な立場であった五節舞姫の生の問題であったと考えられるのである。

おわりに

「少女」巻の五節の儀は、大嘗祭ではないのに舞姫をそのまま宮仕えさせるという、史実では見られない仰せ言が出された。これによって舞姫貢進に競い合いと華やぎが生じたが、これは、養女の立后を核とする光源氏一族の輝かしい栄華と関わるものであり、その栄華に彩りを添えるものでもあったと言えよう。しかし舞姫自体は、いささかの名誉あるものでもなかった。惟光が娘を舞姫として出すことを嫌がったように、人目に晒され、華々しい結婚など望めず、優位性の誇示や権力争いなどとは、ほぼ無縁のものであったと言えよう。

舞姫貢進者には、蔵人頭・蔵人経験者が圧倒的に多い。特に一条朝の蔵人頭二十人のうち、特別な事情のないものは、ほぼすべて舞姫を献上しているのである。これは、彼らが率先して選ばれていることを意味している。舞姫選定は、陣の定めでの決定を帝が追認するものではなく、帝主導でなされる性格のもので、近侍する蔵人頭らが関わって人選すると考えられ、五節儀を知悉する蔵人頭や蔵人経験者が、舞姫を献上する者の大多数を占めるのも肯けるのである。源氏物語でも、おそらく若い冷泉帝に蔵人頭らが進言して、舞姫献上者を決めたものと思われる。そこに光源氏が多少関わった可能性はあろう。五節儀は、帝王・皇室を言祝ぐ重要な宮廷行事であり、冷泉王朝とそれを支える源氏一族の繁栄にも関連するものと捉えることができる。ここに、光源氏自身が舞姫を貢進する意味の一つがあったと考えられるのである。

一方、五節儀の後の宮仕えは、そのまま帝との共寝を意味するものではなかった。「少女」巻からは、そのようには読めないのである。光源氏が公卿分として舞姫を出し、それが惟光の娘であることは、源氏物語の中の恋物語に関わって重要な意味をなしていた。それは、光源氏の厚遇からは抜け落ちた筑紫の五節の代わりに、惟光女が肩代わりされるかたちで、典侍になるとともに夕霧室として、舞姫としては破格の人生を歩んでいくという、一種の返報の論理によるものであったと考えられる。一方そこに、やはり五節舞姫を貢進した紫式部の義兄である摂津守・藤原説孝と、その室・藤典侍がイメージされていた可能性もあろう。

(1) 三善清行「意見十二箇条」(『日本思想大系 古代政治社会思想』(昭五四) の書き下し文による。
(2) 塚原明弘「光源氏の摂政辞退と夕霧の大学入学―「澪標」巻と「少女」巻の政治的背景―」(『源氏物語の鑑賞と基礎知識』少女　平十五・三)
(3) 宇多天皇「寛平御遺誡」(『日本思想大系 古代政治社会思想』(昭五四)
(4) 注一に同じ。
(5) 萩谷朴『紫式部日記全注釈』下巻 (昭五四) 五二頁
(6) 大日本古記録本「御堂関白記」寛弘元年十一月一五日条
(7) 槙野廣造『平安人名辞典―長保二年―』(平五)
(8) 新日本古典文学大系「後拾遺和歌集」一〇九六番歌の詞書。

(9)「宇津保物語」の「内侍のかみ」巻は特に錯簡が目立つが、引用本文の把握に関しての異同はない。
(10) 群書類従本(十六輯)「古今和歌集目録」
(11) 服藤早苗「五節舞姫の成立と変容―王権と性をめぐって―」(「歴史学研究」第六六七号、平七)
(12) 玉井力「女御・更衣制度の成立」(「名古屋大学文学部研究論集」史学十九、昭四七)、陸朗「桓武天皇の後宮」(「國學院雑誌」七七巻三号、昭五一)
(13) 注十一に同じ。
(14) 淵江文也『源氏物語の美質』(昭五六)第三章の「論註乙女」二四八頁による。そこでは、「或いは弘徽殿女御分として叔父左衛門督が扱った五節かも知れない」と記すだけで、何の論証もされていない。憶測に過ぎないと言えよう。
(15) 松井健児『源氏物語の生活世界』(平十二)二一四頁。
(16)「河海抄」「栄花物語」などに記事がある。藤本勝義『源氏物語の想像力』(平六)一七二頁以下。
(17) 注十一に同じ。
(18) 注二に同じ。
(19)「源氏物語の鑑賞と基礎知識」(澪標　平十四・十)一〇六〜七頁。

第六章　源氏物語と五節舞姫——舞姫の貢進者

はじめに

五節舞姫の献上者の決定権が時の権力者にあり、献上は新任の参議等上達部がなすことが決まっていたといった考えを出されている三上啓子氏の論[1]は、本論文の第五章と重なる問題を多く孕んでいるが、本章では三上氏の論への批判を中心にしつつ、舞姫の貢進者について改めて検討したい。

一　五節舞姫貢進者の決定権

三上氏論では、五節舞姫の多くの献上者を表示し、当年の参議以上の任官者や前年任官者、さらに当年・前年の叙位者にもそれぞれ印をつけている。

しかし先ず、決定権が権力者にある点に問題がある。三上氏は、それを示す史料として「小右記」永祚元年(九八九)九月十九日条にある、摂政・藤原兼家が実資に舞姫を献ずべきことを告げている点をあげている。しかし、ここの文章にあるが、兼家は実資に「密かに」告げているのである。前章で詳述したように、決定権は帝にあるが、当代の一条帝はこの時まだ十歳に過ぎず、兼家が蔵人頭などと相談してある程度の差配をするのは仕方のないことであろう。だからといって決定権が権力者にあったとは言えないのである。三上氏は引いていないがこの九月二十一日条では、蔵人の藤原扶義が一条帝の勅命を実資に伝えており、五節儀は皇権の神秘性・不可侵性とも関連する天皇・皇室の存在意義にも関与する重大な宮廷行事なのであり、あくまで帝が主導権を握る性格のものなのである。同じ一条帝の長保元年（九九九）十月一日条（『権記』）では、蔵人頭の藤原行成が帝に召され、五節の事を相談されていて、舞姫献上者の名前が出ている。そこに左大臣・道長の影はないと言ってよい。先に述べたので繰り返さないが、道長でさえ舞姫貢進者であることを蔵人頭から伝えられている時もあるくらいである。

尚、三上氏は永祚元年の例以外に、万寿二年（一〇二五）九月の道長の介在も指摘しているが、ここは藤原摂関家の傀儡政権であるまだ十代の後一条帝に替わり、道長が差配しているところであろう。しかし、先の永祚元年の例から三十六年も後の、しかも源氏物語成立からだいぶ時が経った事例をあげるところに、他に都合のよい史料のないことがかえって分かるのである。

二　舞姫貢進者の条件

次に問題となるのは、新任の上達部が献上者になることが決められていたとする点である。先の永祚元年九月二日条に「今年必依可献也」とあり、三上氏は藤原実資の舞姫献上が決まっていたと見ている。確かに実資はこの年の二月に参議として任官しているし、如上の摂政・兼家から実資への言葉があった。しかし、既に三善清行が「意見十二箇条」(2)で記しているように、大嘗祭の折を除いて(つまり新嘗祭の時は)貴族たちは舞姫を出すのを辞退しがちであった。大嘗祭では貢進された舞姫は皆、叙位に与れるが、新嘗祭ではそれがなく、しかも献上にはかなり財力も要求されるので、尻込みするのは当然とも言えた。だから、自ら進んで献上する者が出ない以上、しかも帝が幼少なら尚更、蔵人頭・蔵人らが権力の座にある者と相談して事を進めざるを得ない場合はあろう。永祚元年の例はこのことが当てはまると言えよう。当然、新任上達部という慶賀に値する者に、そのお鉢が回るのはいかにもありそうなことである。彼らは断りにくい状況にあるわけだから。

さらに大事なことは、新任者が必ず舞姫を献上しているかというと、そうとは言えない場合が少なくないのである。さらに三上氏は、五節舞姫献上者として、当年や前年の「叙位」した者の名前を挙げているが、どのような根拠によるのか明らかにしていない。「叙位」も献上者の資格と考えておられるのだろうが、これは、新任者以上に例外が多く、ほとんど意味をなさないと言ってよい。

例えば円融天皇の永観二年に、内大臣(権大納言の間違いであろう)・藤原朝光と中納言(これも参議の間違い)・藤原佐理を出しているが、「公卿補任」によれば朝光が正月七日に従二位から正二位へ、佐理が八月九日に正四位下から従三位へ位階があがっている。この理由で舞姫献上者に選ばれたとしているのだが、三上氏の論ではこの裏付け史料が出されていない。叙位だけなら他にもいくらでもいる。例えば同年の佐理と同じ八月九日に、権中納言・藤原保光が従三位から正三位に上がっているし、同日に参議・藤原為輔がやはり従三位から正三位に位階が上がっているのである。なぜこの二人ではなく、先の二人が舞姫献上者となったのであろうか。この説明は全くされていない。おそらく、献上者の二人がただ叙位に与かっていた、という理由だけであろう。

三　舞姫貢進者の問題点

以下、これらの問題となる事例を、三上氏が掲げた表の年次に沿って具体的に見ていきたい。

○永祚元年二月二十三日に権大納言から内大臣となった藤原道隆や、同日に権中納言から権大納言に昇進した藤原道兼、さらには参議から権中納言に昇進した源伊陟ではなく、前年の永延二年に非参議から権中納言に任官した藤原道長を献上者としているのはなぜであろうか。なぜ当年に昇進した三人ではなかったのか、この理由も不明である。こういう説明を三上氏は一切していない。

○正暦元年に左大臣・源雅信が献上しているが、前年・当年とも新任でも昇進でもないのになぜかもわからない。また、当年五月十三日に新任参議となった藤原道頼や、八月三十日に非参議となった藤原有国ではなく、前年に正四位下から従三位となっただけの参議・藤原時光が献上者となったのはなぜか。これも不思議であり、三上氏の論では説明がつかないのである。

○長徳元年　献上者は、権大納言から右大臣となった藤原道長、中納言から大納言となった藤原公季、新参議の源俊賢の三人となっている。しかし当年は、疫病によって上達部が多数死去したことで知られる年であり、死者を除いて、昇進した者は何人もいたのである。中納言から権大納言となり六月十九日に大納言に転じた藤原顕光、同日に権中納言から中納言に上がった源時中と藤原懐忠、非参議から中納言に特進した藤原隆家、さらに八月二十八日に参議から権中納言になった藤原実資の五人を数えることができる。彼ら計八人の中から三人の献上者が選ばれたのはなぜなのか。他の五人の中から選ばれなかったのはなぜかなど疑問も多いが、三上氏の御論からは何もわからないのである。

○長徳四年　前年に大納言から内大臣に上った藤原公季が献上しているが、他に中納言から大納言になった藤原道綱、中納言から権大納言になった藤原懐忠、参議から中納言になった藤原時光がいるのに、なぜ公季だけが献上なのかはやはり不明である。

○長保元年　新任の参議などはいない年。しかし位階に関しては、舞姫を献上した中納言・藤原実資を除いても、正月七日に参議・藤原公任が正四位下から従三位に、同・藤原齊信が月日は不明だが従四位上から正四位下に上っている。にもかかわらず、官職・位階ともに一昨年、昨年と変わらない大納言・藤原道綱が献上しているのはなぜであろうか。

○長保二年　この年も新任参議等はいないが、位階が上がっている者は何人もいる。しかしこれも、官位が全く前年と変わっていない中納言・藤原時光と参議・藤原懐平の二人が献上しているのも説明がつかない。正月に、右大臣・藤原顕光が従二位から正二位へ、大納言・源時中が正三位から従二位へ、中納言・平惟仲が従三位から正三位へとそれぞれ上がっているのである。

○長保三年　この年は内裏焼亡により五節舞などは停止となった。ただその前に、三人の新任中納言・参議が献上者に選ばれている。しかしやはり、他に新任上達部がいるのである。八月に、権大納言から大納言へ上がった藤原懐忠、中納言から権大納言になった藤原実資、参議から権中納言になった藤原斉信である。なぜこちらの三人ではなかったのか、やはり疑問である。

○長保五年　三上氏は、この年藤原隆家が権中納言に再任されて、舞姫を献上したとしているが、隆家の前中納言から権中納言への再任は、「公卿補任」によれば、前年の長保四年となっている。三上氏は何に基づいて長保五年としたのか、史料名を記さないので不明と言うしかない。もう一人の献上者である参議・藤原行成も当年叙位として、それにより献上者に選ばれたとお考えのようだが、従三位から正三位に上がったのは十一月五日であり（他にもこの日に位階が上がった者は、藤原懐平、菅原輔正、藤原忠輔、平親信がいる）、五節定めは遅くとも十月には行われるので、叙位による献上者と行成を結びつけるのは無理がある。叙位では、権大納言・藤原実資が二月二十六日に従二位から正二位へ、大納言・藤原懐忠が正月七日に正三位から従二位に、中納言・平惟仲が正月七日にやはり正三位から従二位に上がっている。これらが献上者となっていない理由も説明がつかない。

○寛弘元年　この年正月二十四日に参議から権中納言に昇った源俊賢がいるのに、なぜ俊賢ではなく、新任でもなく叙位にも与っていない藤原有国が献上しているのかの説明もない。

○寛弘四年　この年も全く昇進等のない源俊賢が今度は献上している。他に昇進者はいないが、叙位は参議以上で三人いるし、非参議も一人いる。正月二十日に、権中納言・藤原隆家が正三位から従二位に、参議・藤原行成が正三位から従二位に、参議・源経房が正四位下から従三位に、さらに非参議の平親信が正三位から従二位に上っているのである。三上氏の考え方からすれば、源俊賢ではなく、彼らの誰かが献上してもいいことになろうが、この年の献上者の名前としては、三上氏は俊賢一人をあげている。しかし何の史料に基づいたものなのか不明である。私は「権記」寛弘四年十一月十四日（中の丑の日―新嘗祭）条に、行成が近江守・藤原知章の許へ牛車を遣わせているところから、他にも同様の例があり、少なくとも知章は五節舞姫を献上していると考えたのだが、あるいは行成自身が献上者で、近江守の娘を差し出させたのかもしれない。しかし、寛弘元年に公卿分ではなく殿上分として、既に近江守であった知章が献上者となっていた（ただし知章は美福門造営のため献上が停止され、替わりに摂津守・藤原説孝が献上した）。ゆえに寛弘四年も、殿上分としての献上かと考えた。ともあれ、この年は、俊賢と知章の二人が献上したとすれば、あと二人が献上したはずで、如上の四人のうち二人が献上したとしても、あと二人がいるわけだから、やはり俊賢が献上した理由がどこにあるのか説明される必要はあろう。
○寛弘八年　大嘗祭の年だが、冷泉上皇崩御により停止された。決められていた献上者は、全て官職・位階とも昇級がないので、これもなぜこの三人なのかが不明である。

四　光源氏の舞姫貢進

三上氏はこの後も長暦三年（一〇三九）まで表示していく。しかし、源氏物語に絡ませて論を展開するのに、その成立後の約三十年の例を分析する必要はなかろう。

このように見てくると、新任の上達部が舞姫を献上することになっていたとする考え方は、そのまま是認するわけにはいかなくなるのがはっきりする。何人も新任者がいる時、どのような基準で献上者が選ばれているのかが不明であり、新任者以外も献上しており、必ずしも新任上達部が舞姫を献上することになっていたとは言えないことがわかる。むろん、なり手のいない献上者ゆえ、上達部に栄進した者に割り当てるのは考えられることではある。

前章で詳述し本章でも触れたように、献上者は必ずしも新任上達部ということではなく、むしろ、蔵人頭の経験者が優先的に選ばれる仕組みがあったと言うべきであろう。むろん蔵人頭経験者は非常に多いので、彼らが全て舞姫を献上するわけではない。しかし如上、縷々指摘してきたように、例えば三上氏の論理では新任や叙位ということで献上者となってもおかしくない長徳元年や長保二年の源時中や寛弘四年の平親信などは、記録にある限り一度も献上者となっていないのである。その理由の一つに、彼らには蔵人頭の経験がないということがあったと考えられるのである。

次に、光源氏が舞姫を貢進したことについて触れておきたい。太政大臣になった年の献上ということで、三上氏は新任ゆえと見ているが、史上、摂政などを兼ねない太政大臣は名誉職的性格が強く、他の上達部と同様に扱うことにも疑問を感じる。なによりも三上氏の表では、源氏物語成立以前に太政大臣が舞姫を献上した例を一例も挙げていない（ただし文章中に一例指摘している）。記録上指摘できる献上者は、前章の私の表では延喜十九年（九一九）から約百年の間で、わずかに一例のみである。それは天慶八年（九四五）の太政大臣・藤原忠平の例（「貞信公記」）である。しかし、忠平はその年や前年に太政大臣になったわけではない。献上した年より九年も前の承平六年（九三六）八月十九日に任じられているのである。唯一のこの例を無視して、光源氏の新任太政大臣ゆえに舞姫を献上したとするのはいかがなものであろうか。

光源氏の献上とそれが惟光女であることとは、源氏物語の展開上不可分のものなのである。光源氏の献上は、冷泉帝御代を寿ぐ五節儀の華やぎを弥増すことになろう。しかし、より重要なのはむしろ惟光女の存在と言えよう。惟光は娘を舞姫に献上することを嫌がっていた。光源氏のために、その公卿分として差し出すことでさえである。まして惟光が自ら献上するなどほとんど考えられなかったのである。光源氏のために惟光女が舞姫となり、彼女に夕霧が関わっていくという展開のためにも、光源氏の献上という筋立ては必要であったのである。これらについても既に前章で詳述しているのでこれ以上は省略したい。

五　舞姫への夕霧の懸想

最後に、夕霧が惟光女と関わっていく展開について、夕霧が舞姫と通じることになれば、帝へのタブーを犯すことになるという考え方を問題視したい。といっても、この問題も既に前章で詳述しているし、「少女」巻で、舞姫を皆そのまま宮中に留めるということが、決して帝との共寝を意味してはいないことも、もうこれ以上は繰り返さない。ここでは違う視点からの論を援用して拙論を補強したい。それは和歌の方法を切り口とする門澤功成氏の論考である。(3)

夕霧は、五節舞姫である惟光女を見て懸想し、歌を詠みかけた。

「あめにます豊岡姫の宮人もわが心ざすしめを忘るな

みづがきの」とのたまふぞうちつけなりける。（少女六一）

門澤氏は、この歌の本歌である「みてぐらは我がにはあらず天にます豊岡姫の宮のみてぐら」（拾遺和歌集・神楽歌）について、我と懸け離れた豊岡姫の幣の神性を歌う神楽歌を引用するのは、自分（夕霧）と懸け離れた存在としての五節舞姫を捉え、惟光娘との隔たりの大きさを強調した表現と見ている。必要以上に強調しているとも述べている。

また門澤氏は、実際に五節舞姫に懸想した私歌集等の用例を検討し、表現に類型的な面が見られる点などを指摘して、五節舞姫に懸想することは、破ってはならない禁忌を犯すといったものでもなく、恋の類型としてごくありふれた設定と考えている。舞姫への懸想の歌が思ったより多くあり、説得力のある考察になっていると思われる。塚原明弘氏が五節舞姫と通じることは「帝へのタブーを犯すことになる」(4)と捉えていることに対して、それよりむしろ、大人の世界の意向を過剰に気にする夕霧の幼さが強調されていると考えている。高級女官である典侍となり、将来、夕霧の子を多く産み、側室として寵愛されるとともに、夕霧ひいては光源氏一族の繁栄に寄与する惟光女との出会いなのだが、雲居の雁との恋愛同様に不器用な展開を見せていた。しかし、光源氏の過去の舞姫—筑紫の五節とのやり取りが「少女」巻で刻まれることによって、夕霧と惟光女との恋物語の新たな展開の可能性が定着していると言ってよい。

この時の夕霧はまだ十二歳に過ぎず、恋においても幼さが目立つ。一方、まめ人でありながら、いかに仲を引き裂かれた雲居の雁との問題があるにせよ、舞姫に執着し懸想する姿は夕霧像から逸脱している印象を受ける。無理をしているといった感じがするのである。まめ人・夕霧の惟光女への執着はやや異常であり、ほとんど恵まれた結婚への道を歩めない舞姫からすれば、夕霧・五節舞姫との結合と、彼女の破格の待遇は、既にレールが引かれていたと考えてよかろう。それは、既に遠い過去となり、成ることの決してない筑紫の五節との恋を振り返り、贈歌する光源氏の姿と、いまだに光源氏への愛を捨て切れていない、やや恨みを含んだような筑紫の五節の返歌の織りなす取り返しのつかない恋模様が、夕霧・惟光女の関わりに被さってくる微妙な物語展開からも考えられるのである。

光源氏と筑紫の五節の間には、「須磨」巻で光源氏流謫時に、父・大宰大弐との上京途次の五節が光源氏へ贈歌したり、「明石」巻で京に召還された光源氏へやはり歌を送ったりし、それぞれ光源氏が返歌するといったやり取りがなされている。さらに「澪標」巻で、光源氏は花散里を訪れた折に筑紫の五節に思いが及ぶ。


かやうのついでにも、かの五節を思し忘れず、また見てしがなと心にかけたまへれど、いと難きことにて、え紛れたまはず。（澪標二九九）

内大臣となり実質的な最高権力者となった光源氏には、会いたいという思いはありながら、五節風情の女と人目を忍んで会うようなゆとりはなかった。どの例からも、もう光源氏と筑紫の五節が縒りを戻す可能性はほとんどないことが知られるのである。一度は逢瀬を持ち心惹かれ、いまだに光源氏を忘れられない五節だが、幸せになる道はほぼ閉ざされていた。

おわりに

光源氏は、思い通り育て上げたい子ができればその世話役として筑紫の五節なども新邸に住まわせたい、という気持を持っていた(澪標二九九)。しかし、結局、花散里は玉鬘の世話役となったものの、五節が迎えられることは決してなかった。「少女」巻の五節儀は、そのような物語の発展性が既に閉じられた後なのである。薄倖な筑紫の五節への成らなかった光源氏の厚遇の肩代わりとして、夕霧の惟光女・五節舞姫への懸想の物語展開はあったと言えよう。三上氏の論を批判しつつ、改めて、源氏物語における五節の舞姫の物語の意味について確認した次第である。

(1) 三上啓子「五節舞姫献上者たち—枕草子・源氏物語の背景—」(『国語国文』七〇巻六号　平成十三・六)
(2) 日本思想大系『古代政治社会思想』(昭五四年)「意見十二箇条」による。
(3) 門澤功成「『源氏物語』少女巻の五節舞姫—光源氏・夕霧の対照性と和歌の働き—」(『早稲田大学大学院文学研究科紀要』第四十八輯第三分冊　平成十五年・二月)
(4) 塚原明弘「『少女』巻の五節—夕霧のかいま見をめぐって—」『源氏物語と古代世界』平成九年　新典社)、同「光源氏の摂政辞退と夕霧の大学入学—『澪標』巻の政治的背景—」(『源氏物語の鑑賞と基礎知識』少女　平成十五年三月)

第七章　光源氏の官職――栄進の独自性と歴史認識

はじめに――若年での栄進

源氏物語には、現実性に乏しい物語展開が見られる反面、絵空事とは決して言えない物語性も数多く見られる。貴族の官職の栄進について見ると、現実には、摂関家など一部の者が若年で栄達して行く反面、名門出身でも、多くの者たちはせいぜい中年になってやっと参議、老年で中納言あたりに到達というケースが普通である。例えば、関白・太政大臣にまで登り詰めた藤原兼通の一男・顕光は、天延三年（九七五）に三十二歳で参議になるが、中納言に四十三歳、大納言には五十二歳、そして五十三歳で右大臣になるが、左大臣・道長の下、実質的な権力を持つことがなかったのは、周知の通りである。兼通の二男・時光の場合は、天延四年、二十九歳で参議になったのはいいが、中納言になれたのは五十歳の時で、実に二十年以上かかつているのである。しかも六十八歳で死ぬまで、中納言のままであつた。関白頼忠の一男・公任も二十七歳で参議になるも、権大納言になるのが四十四歳で、そのまま五十九歳で致仕した（本章の年齢表記は「公卿補任」による）。

一方、源氏物語では、桐壺巻での左大臣は、後の巻からの逆算で、三十二歳の若さで既に任官していたことが分かる。しかしその息・頭中将は葵上の兄とすると、遅くとも任参議が三十一歳、権中納言が三十四、大納言が三十六、内大臣が三十七歳となるが特に早いわけではない。今上帝の外戚である髭黒でも右大臣となるのは四十歳を越していた。

表4

	参議	権中納言	中納言	権大納言	大納言	内大臣	右大臣	左大臣	太政大臣
光源氏	19歳			28		29			33
夕霧	16		18（注）		25		（30代）		
左大臣								32以前	63
頭中将	（31）	（34）			（37）	（38）			（44）
柏木	24,5		31,2	32,3					

（注）夕霧は藤裏葉巻で任「中納言」と記されるが、若菜上巻で「権中納言」とも示されている。

しかし光源氏の場合はそれらとは比較にならない。表4のように十九歳で参議となり、二十八歳で権大納言、二十九歳で内大臣など若くしての栄達は、いかにも大ヒーローの現実離れした栄華物語といった趣である。また夕霧の出世も、光源氏に勝るとも劣らず早い。十六歳で参議、十八歳で中納言、二十五歳で大納言、そして三十代で右大臣となり、第三部では他の追随を許さぬ最高権力者となっている。しかし、このような出世の早さも、決して史実にないわけではない。むしろこれはこれで、いくつも例が見られるのである。

表5のように、藤原時平は寛平三年（八九一）に二十一歳で参議、二年後の二十三歳で中納言、さらに二十七歳で大納言、昌泰元年（八九八）に二十八歳で内覧の宣旨を受けており、翌年二十九歳で左大臣に達している。

道長は従三位・非参議（二十二歳）、権中納言（二十三歳）、権大納言（二十六歳）、右大臣・内覧（三十歳）、左大臣

表5

	非参議	参議	権中納言	中納言	権大納言	大納言	内大臣	右大臣	左大臣	太政大臣
時平		21歳		23		27			29	
忠平		21	30	31		32		35	45	57
高明		26	34	35		40		53	54	
兼明		31	40	42		54			58	
道隆	32		34		34		37			
伊周		18	19		19		22			
道兼		26	26		29		31	34		
道長	22		23		26			30	31	52
頼通	15		18		22		26		30	70

（高明、兼明の二人は源氏、他は藤原氏）

（三十一歳）となっている。特に早いのが伊周で、十八歳で参議、十九歳で権中納言となり、しかも同じ年に権大納言となり、周知のように二十二歳の若さで内大臣に昇っている。光源氏よりずっと早い出世である。大臣にはならなかった人物で、中納言等の任官年齢だけを比較すれば、表示してないが、二十五歳で夭折した道頼（道隆一男）は二十四歳で権大納言、失脚したが隆家は十七歳で権中納言になっており、これも光源氏より早い。

頼通などは、従三位・非参議が十五歳、権中納言が十八歳、権大納言が二十二歳、摂政・内大臣が二十六歳という若さである。ただし任権大納言以下は、源氏物語成立後のことではある。このように並べ立てれば、光源氏などの早い栄達も、決して現実離れしたものではないことがわかる。しかも道長の任左大臣までや、伊周の任内大臣の例は、昔のことではなく、だいたい紫式部が二十歳前後から二十代半ばぐらいまでの出来事であった。さらに、長徳の変による伊周の失脚は、紫式部と父・為時が越前下向する長徳二年（九九六）のことであり、この事件により越前下向が遅れ、長旅には苛酷な真夏になってしまつた、といういきさつがあった[1]。伊周の急転直下の失脚と、これを契機の道長の政権掌握という歴史の大きな転換点に、自己の人生の旅にも関わって遭遇した紫式部にとって、これらは脳裏に刻み込まれたことであろう。だから、伊周や道長の若年での栄達あるいは失脚などは、光源氏や夕霧のそれに何らかの形で影を落としている、と考えられても不思議はない。

では、光源氏の栄達の早さは、如上の摂関家などの世襲的なものと同類なのであろうか。むろんそうではない。ではどのように捉えればよいのか、このことを念頭に源氏物語の独自性を考えていきたい。

一　源氏一族の栄達

光源氏や夕霧は言うまでもなく、なによりも摂関家ではない。源氏物語はむしろ権力を持つ藤原氏を凌駕する源氏・王族の栄華の物語であった。このことと関連して、意外に見落とされがちなのが平安初期の事例である。淳和帝の天長八年（八三一）、嵯峨帝第三源氏の源常は、二十歳で従三位・非参議、二十一歳で中納言、二十七歳で大納言、そして承和七年（八四〇）に二十九歳で右大臣となっている。政権を担当するのは、三十三歳で左大臣になってから十年間である。平城上皇挙兵の挫折後、嵯峨から淳和・仁明に至る三十年以上は、大家父長としての嵯峨領導の政治的に安定した親政の時代であった。嵯峨の子女が臣籍降下して政界にも進出し、源常が左大臣になった承和十一年、大納言に四十一歳の藤原良房がいたが、第一源氏の信（三十五歳）が中納言（後に左大臣）、第六源氏の定（三十歳）が参議、第二源氏の弘（三十三歳）が前参議であり、これら源氏が藤原氏に対抗する大きな勢力を占めていた。

これはむろん、摂関政治以前の時代であり、外戚政策とは無縁の親政期のことである。源氏物語では、朱雀帝の御代に藤氏の右大臣が外戚政治を行ったが、それも桐壺院崩御後、左大臣が致仕した（賢木巻）後から朱雀退位までの、せいぜい五年ほどである。その後、光源氏が実質的権力を握って、途中内大臣に譲るも、内大臣側は帝や東宮の外戚ではなかった。天下は光源氏の意のままと言ってよい。光源氏は、実子が冷泉帝という秘密を帝自身が知っている上、帝の中宮が養女（秋好）であり、東宮に明石姫君を入内させる。その東宮が即位して、外戚である髭黒が政権を担当するも、髭黒北の方は光源氏の養女（玉鬘）であり、今上帝の東宮には明石中宮腹が立っているという状況で、准太上天皇として悠々自適の生活を送っているとはいえ、これまた光源氏の影響力は強大である。光源氏亡き後の第三部でも、その鬚黒は死去しており、夕霧右大臣が中宮の兄、東宮の伯父として君臨しており、源氏一族の権勢・栄華は当分揺るぎそうにない。

光源氏誕生前から親政は明らかであり、源氏物語の終わりまでおおよそ八十年近く、その政権の大半を、元来摂関家とは対極にある源氏・王族が掌握し続けるわけである。ほんの一握りの藤原氏が権力を独占し、一族だけのために国を私する時代性からすれば、多少の曲折はあっても、光源氏を中心に理想的な政治を行ったと捉えうる世界は、極めて特殊なものと言えるのである。良房・基経の前期摂関政治や道隆・伊周の時代、あるいは道長・頼通の後期摂関時代のような、親政とは無縁の時代性は、とてもそのまま源氏物語に持ち込むことなどできるはずもない。ただ、準拠とする事例がないわけではない。澪標巻で光源氏が内大臣となり、実質的摂政職を固辞して、致仕していた六十三歳の太政大臣に譲った後、

世の中の事、ただなかばを分けて、太政大臣、この大臣の御ままなり。（澪標巻三〇一頁）

として、世を治める人物が併存する状況が示されているが、「河海抄」は、藤原時平と菅原道真の事例をあげる。源氏物語が延喜・天暦の治を重要な準拠とする以上、これは当然のことではあるが、すぐに道真が失脚することなどを考えると、むしろこの事例の前の、時平の父・基経の死後の事例の方がふさわしい。良房・基経の三十年に及ぶ摂関政治が終わる折、この機に宇多帝が親政を志向したが、例えば寛平三年（八九一）、その親政を支える左大臣は、かの源融で、右大臣は藤原氏傍流の良世であった。宇多帝は寛平五年、これも傍流の藤原高藤の娘・胤子との皇子・敦仁親王を立太子させ（後の醍醐帝）、摂関家の外戚への道を封じたのである。この時、参議の藤原時平はまだ二十一歳であった。

そして、これ以前の事例として、先にあげたものがある。すなわち、仁明帝の承和十五年（八四八）、左大臣・源常（二十七歳）と右大臣・藤原良房（四十五歳）が並び立ち、この関係は文徳帝の仁寿四年（八五四）、源常の死まで続く。良房はこの段階までは、帝と常に調和を図っていた。この源常は「文徳天皇実録」によれば、「操行深沈」（行いが沈着）等で、嵯峨帝の寵愛が他の皇子に比べ特別で、「容儀閑雅。言論和順。才能之士」ともあり賛美

されている。彼の母は更衣であり、これも光源氏と同じである。ただし、「讒佞之徒。悪而不親」と、かなりの悪評も記されている。「文徳実録」の撰修者が、基経やその父で太政大臣・良房によって参議に登用された南淵年名、大江音人らなので、割り引く必要もあろう。

ともあれ、このようないくつもの歴史的事象が、源氏物語の準拠として錯綜しており、どれか一つだけを取り上げてもたいした意味をなさない。確かに延喜・天暦時代を主に念頭に置いた準拠論は、作り物語と歴史との間に橋を懸け、源氏物語が、虚構と史実との緊張関係によって成立していることを、明らかにしたものとして評価されよう。(2)

二　参議にして大将の兼任

ここでは先ず光源氏を中心に、源氏物語での官位昇進に注視し、時代性を見つつもその独自の意味を考えていきたい。紅葉賀巻で藤壺が立后した折、「源氏の君、宰相になりたまひぬ」(三四七)とあり光源氏も参議に昇進した。そこで、

帝おりゐさせたまはむの御心づかひ近うなりて、この若宮を坊にと思ひきこえさせたまふに、御後見したまふべき人おはせず、…　(紅葉賀一一四七)

と語られ、桐壺院は退位の心積もりで新東宮に冷泉院を考えるが、その「後見」つまり「政治的に後援すべき人物」(新日本古典大系本「源氏物語」脚注)の不在を言う。これは藤壺を立后させた理由の一つだが、当然、光源氏の任参議も冷泉院後見としての将来を見据えた処遇であった。退位後も桐壺院は幼い冷泉院を心もとなく思い、

御後見のなきをうしろめたう思ひきこえて、大将の君によろづ聞こえつけたまふも、…　(葵十七)

として、二十二歳の光源氏に依頼するのである。光源氏はここで初めて、近衛中将から大将に昇進していたことが知らされる。近衛大将は大変な重職なので、まず中納言や大納言が兼任するものだが、光源氏は参議で兼ねている。源氏物語では、光源氏の中納言任官のことはいっさい示されていない。「河海抄」は、大将を参議で兼任する平安時代の例を、いくつもあげている。ただしその全てが平安初期の事例である。例えば、嵯峨帝の弘仁三年（八一二）、藤原冬嗣（三十八歳）は左大将（正四位下）となっている。弘仁七年、文室綿麿（五十二歳）は右大将（従三位）、淳和帝の天長七年（八三〇）、藤原吉野（四十五歳）も右大将（正四位下）となっている。これらは平安中期と違って、上達部が十人程度しかいない時の例である（中期には二十人前後はいる）。大納言や中納言の数も少ない。藤原吉野の時は、権大納言の清原夏野（四十九歳）が左大将兼任であり、中納言は中務卿を兼務の直世王（四十五歳）一人だけであった。参議の誰かが大将を兼ねてもおかしくはなかった。さらに天長十年、橘氏公（五十歳）が非参議（従三位）で右大将になっているが、「公卿補任」は、氏公が帝の外舅のためと注し、右大臣まで昇った。いわば特別扱いであることが分かる。清和帝の貞観八年（八六六）、藤原常行（三十一歳）が右大将（正四位下）となるが、常行は右大臣良相男であり、この時の左大将は権大納言・藤原氏宗（五十七歳）であり、中納言は源融（四十五歳）と、七人の参議を超えて任官した基経（三十一歳）の二人しかいなかった。

このように、参議にして大将を兼務する事例は平安初期に限られ、大臣や大・中納言の兼官が普通のところ、上達部の数が少なかったり、権力者の一族などの理由で特別に任じられるものであった。源氏物語では、光源氏のこの例について、朱雀院の言葉で次のように語られていた。

宮の内に生ひ出でて、帝王の限りなくかなしきものにしたまひ、さばかり撫でかしづき、身にかへて思したりしかど、心のままにも驕らず、卑下して、二十がうちには、納言にもならずなりにきかし。一つあまりてや、宰相にて大将かけたまへりけむ。

（若菜上二十六）

桐壺帝の寵愛を一身に受けて生い育ったが、光源氏は驕り高ぶることなく、二十歳前には中納言に就くこともなかったとする。そして、「二つあまりて」つまり二十一歳の時、参議で大将を兼官したと言う。ここは、十八歳で中納言となった夕霧のスピード出世と比較しているところではあるが、光源氏は十代で中納言になっていたとしても当然という言い方である。しかも、参議で大将を兼ねても少しも驚いた様子はない。それは、この直前の、朱雀院の病気見舞いに、光源氏の使者として訪れた夕霧の若年ながらも堂々として、しかも細心の注意を払った理知的な言動が賛美される文脈と関連する。侍女たちは、この若者のすばらしさを絶賛する。しかし「老いしらへる」（年とって惚けた）としながらも、光源氏が夕霧の年齢の頃は、比較にならぬほど卓越した存在であったと言う老女房たちの言葉を受けて、朱雀院はそれを具体的に肯定していく。むろん、女三の宮降嫁の対象として最もふさわしくかつ唯一の存在が、四十歳になる光源氏という展開への重要な要素をなしていた。

光源氏は、十代で納言に昇進しても当然の力量・器量・人徳を備えた人物として、朱雀院から明言された。だから尚更、参議でありながら右大将を兼任しても、ごく当たり前のこととして示されたのである。これは、先に例示した歴史上の大将兼任の参議たちの場合に比べると、その違いは明瞭である。彼らは、彼らの人徳や才覚で大将を兼任したわけではなかった。あくまで、平安初期の特殊事情や帝の外舅などといった理由によるものであった。光源氏の世界は、そのような俗物性等を超越したところに存在するという独自性を持っているのである。

三　右大臣一派の専権

藤壺を立后させ、冷泉院を東宮にした桐壺院であったが、自分の亡き後の政界がどうなるかを十分察知していたため、朱雀帝に次のように遺言した。

弱き御心地にも、春宮の御事をかへすがへす聞こえさせたまひて、次には大将の御事、「はべりつる世に変らず、大小のことを隔てず何ごとも御後見と思せ。…かならず世の中たもつべき相ある人なり。さるによりて、わづらはしさに、親王にもなさず、ただ人にて、朝廷の御後見をせさせむと思ひたまへしなり。その心違へさせたまふな」と、あはれなる御遺言ども多かりけれど、女のまねぶべきことにしあらねば、この片はしだにかたはらいたし。（賢木九十五～九十六）

特に、光源氏を「御後見」と考えよと言い、必ず世を治めることのできる相のある人と、かの高麗の相人の言をなぞる言葉が続く。光源氏に「朝廷の御後見」をさせようという考えを、朱雀帝にはっきりと伝えたのである。右大臣による外戚政治が確実に進み、光源氏が軽んじられることを予見しての遺言であつた。これはむろん、光源氏の失脚と都への召還といった、大きなドラマを見据えた上での状況設定ではあろう。にしても、寵愛する息子のこととはいえ、ここでも上皇から高い評価を受ける光源氏の造型は、例えば関白・道隆が、後のことではあるが、女性問題で花山院に矢を射掛ける伊周のような軽率な人物を、自分の息子ゆえに二十二歳で内大臣にするような時代性とは、隔絶した独自性を標榜するのである。

桐壺院の遺言への朱雀帝の対応は、次のように語られた。

帝は、院の御遺言たがへずあはれに思したれど、若うおはしますうちにも、御心なよびたる方に過ぎて、強きところおはしまさぬなるべし、母后、祖父大臣とりどりにしたまふことはえ背かせたまはず、世の政御心にかなはぬやうなり。（賢木一〇四）

朱雀帝には、遺言を遵守する気持が大いにあり、光源氏への心寄せも強かったといってよい。しかし、まだ年が若い上に柔和な性格で、毅然としたところのない帝は、母・大后や祖父の右大臣が思い通りにする政に反対できず、御心に添うようにはできないとする。若いといっても二十八歳になっており、年齢的若さはまずほとんど理由になるまい。朱雀帝の年齢以上の気弱さ、脆弱さが目立つ。ただし、弘徽殿大后は言うに及ばず、右大臣も「いと急にさがなくおはして」（賢木九八）と記されており、性急で思いやりに欠ける、自己中心的な人物であることははっきりしている。つまり、帝の意志とはかかわりなく、自分や一族のために政治を利用する、摂関政治の悪習がここに滲み出ていると言ってよい。

　帝の気持は、亡き桐壺院の遺志に添うよう、あくまで純粋である。左大臣が、右大臣の横暴な振る舞いに嫌気が差し辞職する折も、

　帝は、故院のやむごとなき重き御後見と思して、長き世のかためと聞こえおきたまひし御遺言を思しめすに、棄てがたきものに思ひきこえたまへるに、かひなきことと、たびたび用ゐさせたまはねど、せめてかへさひ申したまひて、籠りゐたまひぬ。（賢木一三六）

として、何度も辞表の受理を拒み、慰留した。しかし、それをも振り切り辞退する左大臣の固い決意は、どうにもならぬ右大臣一派の専横の極まりを物語るのである。しかも、朱雀帝が朧月夜に語る言葉の中に、

　今まで御子たちのなきこそさうざうしけれ。春宮を院ののたまはせしさまに思へど、よからぬことども出で来めれば心苦しう。（須磨一九八）

とあるように、今まで皇子誕生がない代わりに、桐壺院の遺言にもあった冷泉院を養子とする（賢木一二四）という思いがあるが、それとは対照的な廃太子の工作が浮上しているとある。この辺りは、極めて政治的な機密事項に触れるので、まさに「女のまねぶべきことにしあらねば」（賢木九六）で、おぼめかされているが、私的な状況

とはいえ、帝自身によって廃太子事件の暗示がされるのは、そこに、歴史的事実としての摂関家の醜悪な暗躍が重ねられてくるのである。親政を守ってきた嵯峨上皇の死後、わずか二日後に勃発した承和の変で、無実の罪によって東宮・恒貞親王が廃太子となったことは、ここで誰もが想起する事件であった。

そのような忌まわしい過去が、朧化された表現から立ち昇ってくること自体、桐壺院崩御後の摂関制的な政の、重大な欠陥が晒されていると言ってよい。

この悪役的な右大臣一派のために、光源氏や頭中将らは蹴落とされていくという構図ができあがる。むろん、光源氏の自業自得による失脚という物語の流れはある。しかしこの失脚も、政治レベルでは、あたかも右大臣一派の失態のような印象さえ与えてしまうのである。光源氏が「白虹日を貫けり。太子畏ぢたり」として、謀反心があると当て擦られたところは、次のような表現に直続していた。

大宮の御兄弟の藤大納言の子の頭弁といふが、世にあひはなやかなる若人にて、思ふことなきなるべし、姉妹の麗景殿の御方に行くに、大将の御前駆を忍びやかに追へば、しばし立ちとまりて、…　（賢木一二五）

この短い文章の中には、いくつもの右大臣一派の動静が詰まっている。それもいずれも、ここで初めて出されたことである。まず弘徽殿大后の兄弟、つまり右大臣の息子が大納言になっていること。この時点では、藤大納言の上には、父・右大臣と左大臣しかいないし、先に引いたように、左大臣は数カ月後には辞職するわけだから、権力の中枢を右大臣一派がほぼ占めていることが分かる。さらに大納言の息子の若い頭弁が、今でも随一の貴公子と言ってよい光源氏を皮肉るほど、時流に乗って得意然としている様が見える。「頭弁」は、仮に右大臣の孫でなかったとしても、まず参議任官は保証されていると言ってもよい要職である。中枢への道を歩んでいると考えられる。この姉妹が朱雀帝の麗景殿女御となっていることも示されている。つまり外戚政治を行っている右大臣、あるいはその息子が、次の東宮（当然、冷泉院の廃替も考えて）を狙って入内させたのである。朧月夜尚侍だけでなく、確実な長期政権獲得のさらなる手が打たれていると捉えられよう。

頭弁の当て擦りの語りには、このような独占的な摂関的背景が滲み出ているので、右大臣一派のマイナス・イメージが強まると同時に、光源氏の来るべき失脚は、同情されるとともに、女性関係での批判の対象にはなっても、政治的にはむしろその逆で、右大臣側の自己中心的な欠陥がいっそう喧伝される結果となるのである。

四　内大臣・光源氏

流謫後の須磨で光源氏は暴風雨に遇うが、その二月十三日の夜、朱雀帝の夢枕に故桐壺院が立つ。朱雀帝を睨み、遺言を守らず光源氏を不遇な目に合わせていることで恨んだ。その後、太政大臣（前の右大臣）の死が伝えられ、朱雀帝や大后が病となる。帝は譲位を考え、結局は、大后の反対を押し切り、ついに光源氏召還の詔が発せられた。その折のことは次のように語られている。

内裏に御薬のことありて、世の中さまざまにののしる。当帝の御子は、右大臣のむすめ、承香殿女御の御腹に男御子生まれたまへる、二つになりたまへば、いといはけなし。春宮にこそは譲りきこえたまはめ、朝廷の御後見をし、世をまつりごつべき人を思しめぐらすに、この源氏のかく沈みたまふこといとあたらしうあるまじきことなれば、つひに后の御諫めをも背きて、赦されたまふべき定め出で来ぬ。（明石二六一〜二）

病気で譲位を考える朱雀帝の皇子は、まだ二つの承香殿女御腹という。女御の兄は鬚黒で、父は右大臣である。つまり、死んだ太政大臣の前官職・右大臣に就いている人物である。結局は、右大臣一派に皇子誕生はなかったことがはっきりする。このことが、冷泉院を廃立できなかった理由の一つではあろう。尚、ここでの新たな右大臣存在は、前右大臣が太政大臣になった後、前に取り上げた藤大納言は右大臣に昇進できなかったということである。つまり、鬚黒の父が大納言として存在し、当帝の唯一の皇子を生んだ女御の父として、藤大納言を抑えて右大臣に昇ったものと考えられる。いわゆる右大臣一派の衰退が浮き彫りにされた。

そして、即位する冷泉院（即位時十一歳）の後見として政治を執り行う、つまりは摂政としての役割を担えうる人物・光源氏の、その不遇の境遇を、惜しく不都合のこととして否定する。

光源氏は帰京後、員外の権大納言になり、翌春、冷泉即位の折、

源氏の大納言、内大臣になりたまひぬ。数定まりてくつろぐ所もなかりければ、加はりたまふなりけり。（澪標二八二）

として、左・右大臣がいるため、令外の官の内大臣に就任したことが示されている。さらに、この文章に引き続き、

やがて世の政をしたまふべきことなれど、「さやうの事しげき職にはたへずなむ」とて、致仕の大臣、摂政したまふべきよし譲りきこえたまふ。

とあり、光源氏は摂政すべきところを、そのような重職には力不足という理由で固辞し、引退していた前左大臣に譲る。左大臣は六十三歳という老齢の身により断るが、結局、辞退し切れず太政大臣となった。

この時、なぜ光源氏は摂政職（厳密に言うと、史上藤原氏だけが就いてきた「摂政・関白」という言葉は当てはまらない）を固辞したのか。表現上は、光源氏の謙譲の美徳が目立つ。実際的にはどうなのか。史上、内大臣の事例は、醍醐帝の昌泰三年（九〇〇）、大納言・藤原高藤が六十三歳で就いてから後は、円融帝の天禄三年（九七二）の藤原兼通任官まで途絶える。その後は、源氏物語成立時までに道隆、道兼、伊周、公季が就任している。兼通は、天禄

三年十一月二十七日に内大臣になり、同日に関白となっている。四十八歳といえど、「公卿補任」は、大納言を経ず中納言から大臣になった例として、その異常さを指摘している。兄・伊尹の死により、兼通が後を襲った形であるが、いかにも不自然である。道隆は、永延三年（九八九）二月十三日に内大臣（三十七歳）に就任、翌年五月八日に関白、五月二十六日に摂政となっている。道兼は、正暦二年（九九一）九月七日に内大臣（三十一歳）、長徳元年（九九五）四月二十七日に関白となるも、五月八日に死去している。伊周は、長徳元年三月九日に内大臣（二十二歳）となり、五月五日に内覧の宣旨を受けたが、翌年失脚した。公季は伊周の失脚後、長徳三年に内大臣（四十一歳）となり、長和五年（一〇一六）までずっとそのままであつた（道長左大臣、顕光右大臣も同じ）。

これらを見ると、任内大臣は、左右大臣のポストに空きがない時、公季を除いて、近い将来、摂関につけるためのステップであることが分かる。ただし、公季が約二十年内大臣であった例を除いても、道兼は、内大臣就任後、関白まで三年半以上もかかっている。また道隆でも、関白まで一年三カ月近くかかっている。伊周は二カ月弱で内覧職に就いたが、摂関にはなれなかつた。

つまり、平安前期の兼通を例外として、内大臣就任と同時に摂関に就く例はないのである。光源氏は任内大臣が二十九歳の二月で、実質的な摂関に就くのが、太政大臣の死による三十二歳（薄雲巻）の春なので、三年経っている。おそらく、二十九歳にして内大臣と摂関を同時にという、現実離れした設定は避けられたものであろう。

山中裕氏の、(3)

（光源氏の）内大臣に同時に摂政も与えたかった。…（中略）…しかし、明石から帰還したばかりの源氏を、それではあまりに超世間的というべき地位に置き過ぎる。作者は、史実および現在の世相をよく検討しての結果、まず源氏に内大臣の地位を与えたのは、後に太政大臣にする前提としてであった。史上に兼通の例があるとはいえ、ここでは内大臣のみにしておかねば物語の効果からいっても、やや不自然である。といった指摘が当てはまろう。ここでは、光源氏はすぐ摂関が務まるだけの力量・才覚等十分備わっている、との評価を表すこと自体に意味があった。それを、光源氏自身によって辞退させるという設定が大事である。光源氏はあくまで、人間的な魅力を持ち大半の者から共感を得る人物なのである。このような描き方は、自己の一族繁栄のために、若年だろうが、能力・経験がなかろうが、肉親を破格の地位に就けるといった、歴史上の権力者への批判になっていると言えるかもしれない。

五　太政大臣・光源氏

光源氏は、太政大臣の死によって代わりに政界の中心となる。十四歳の冷泉帝の補佐役でもある。この時の光源氏の気持は次のように語られていた。

またとりたてて御後見したまふべき人もなきを、誰に譲りてかは静かなる御本意もかなはむと思すに、いと飽かず口惜し。（薄雲四四一）

他に後見役として適任者がいないので、年来の出家の願いも叶えられないという思いは、まだ他に任せられない事情があるということでもある。他者に任せれば、かえって静かな出家・隠遁生活を送れないのである。これは、この年の秋の司召の折に分かってくる。

太政大臣になりたまふべき定めあれど、しばしと思すところありて、ただ御位添ひて、牛車聴されて参りまかでしたまふを、帝、飽かずかたじけなきものに思ひきこえたまひて、なほ親王になりたまふべきを思しのたまはすれど、世の中の御後見したまふべき人なし、権中納言、大納言になりて右大将かけたまへるを、いま一際上がりなむに、何ごとも譲りてむ、さて後に、ともかくも静かなるさまに、とぞ思しける。
（薄雲四五七）

光源氏を実父と知った冷泉帝は、厚遇することを考えるが、光源氏は、親王はおろか太政大臣位も断る。光源氏には思惑があると言うべきであろう。太政大臣などの極官は、何度か拝辞した後に任じられがちだが、ここは、そのような形を借りていながら、実は、光源氏自身の深謀が感じられなくもない。冷泉帝が、親王や太政大臣位を勧めたのは、政界での実権を持たせるためではない。あくまで帝位に近づけるためである。帝の実父が臣下と言うわけにはいかない。これらがこの時点で光源氏の固辞で実現できなかったのは、言うまでもなく、あくまで秘事ということに因る。光源氏としては、名誉職的な太政大臣よりは、まだ政界で実権を握る方がはるかに重要であった。秋好中宮冊立や源氏一族の栄華的基盤構築の思惑があろう。もっとも、歴代の太政大臣が摂政や関白を兼ねている例は少なくないので、太政大臣が必ずしも名誉職とは言い切れない面もある。しかし、源氏物語での太政大臣という官職は、光源氏自身が就任した後の生活を見れば、決して政権のトップにあるとは言えない。

歴代の太政大臣は、斉衡四年（八五七）の良房（五十四歳）、元慶四年（八八〇）の基経（四十五歳）、承平六年（九三六）の忠平（五十七歳）、康保四年（九六七）の実頼（六十八歳）、天禄二年（九七一）の伊尹（四十八歳）、天延二年（九七四）の兼通（五十歳）、貞元三年（九七八）の頼忠（五十五歳）、永祚元年（九八九）の兼家（六十一歳）、正暦二年（九九一）の為光（五十歳）と、八人全てが四十五歳以上である。いかに物語とはいえ、光源氏が三十二歳でいきなり太政大臣就任となれば、浮き上がった存在ということになろう。

また、摂関と太政大臣に同時に就く例はまったくない。兼通は関白・内大臣から、基経、伊尹は摂関・右大臣から、忠平は摂関・左大臣から、実頼、頼忠は関白・左大臣から、それぞれ太政大臣になっている。兼家は摂関となって右大臣を辞している。為光は関白（すぐに摂政）道隆の陰で、死ぬまでの一年弱、太政大臣であっただけで、まさに名誉職と言ってよい。この為光を最後に、源氏物語成立時までに太政大臣は出ていない。道長は、長徳二年（九九六）から長和五年（一〇一六）までの二十年間、ずっと左大臣で通した（後一条即位時に太政大臣に就く）。

このように、太政大臣自体には摂関と同等の政治的な重みはないと言ってよい。源氏物語での薄雲巻で死去した太政大臣（昔の左大臣）は、摂政と太政大臣職に同時に就いている。これは、政界に復帰し摂政となるには、元左大臣としては太政大臣になるしかなかったからである。むろん、左大臣職が空いていれば、そこに復職すればいいのだが、左・右大臣ともに埋まっていた。尚、明石巻で死去した太政大臣（元の右大臣）は、いつ太政大臣になったか不明だが、右大臣のまま摂関的地位に就いたのは確実である。元の頭中将は、藤裏葉巻で、光源氏が准太上天皇になった後に、源氏に替わって太政大臣となっている。後述するように、執政者としての内大臣を六年ほど務めた後である。若菜上巻での、女三の宮の婿選びの折、この太政大臣が嫡男・柏木のためにあれこれ画策しているが、ほとんど何の効果もなかった。どう見ても権勢家の印象に乏しい。「太政大臣」職は政権からの実質的引退のイメージさえある。もう一人、鬚黒も太政大臣に就いたが、光源氏没後のどこかの時点である。竹河巻では既に没している。若菜下巻の今上帝即位の折、

左大将、右大臣になりたまひてぞ、世の中の政仕うまつりたまひける。（若菜下一六五）

とあり、右大臣に昇進し、新帝の唯一の外戚として政務を執ることになる。「細流抄」は「関白になり給ふ也」としている。この時、夕霧も大納言に昇り、翌春には「左大将」（一八七）とあるので、遅くともこの時までには、鬚黒の左大将位を継ぎ、いっそうの高位に就いている。「いよいよあらまほしき御仲らひなり」（一六五）として、夕霧と鬚黒の親密さも示されていて、近い将来、鬚黒の後の政権担当者であることが明らかになっている。東宮

を擁する明石中宮の外戚として右大臣となり、匂宮巻では既、最高権力者として君臨している。むろんその前には、右大臣・鬚黒が太政大臣となり、政界から実質的に退去したことが知られる。鬚黒亡き竹河巻の八、九年の間に、その子息たちには一人も参議となっているものがなく、鬚黒は比較的若くして死去したことが窺える。

光源氏に、三十二歳の若さで任太政大臣の話が持ち上がり、さらに、後に太政大臣職に就くという物語展開は、光源氏を准太上天皇にするための前提的な意味もあろう。准太上天皇の前段階として、実際的に考えられるのは、皇族復帰がない以上、太政大臣職しかないはずである。

六　内覧・光源氏

結局、光源氏が太政大臣になるのは、秋好中宮が冊立された直後であった。

源氏のうちしきり后にゐたまはんこと、世の人ゆるしきこえず、…　（少女三一）

とあるように、世間の反対もあり、この中宮冊立はかなり難しいものであった。だから光源氏は、この決定まで は政界の中心にいなければならなかった。自分の娘を擁立する権大納言（元の頭中将）へのバトンタッチは、この 決定の後となるのは当然である。

大臣、太政大臣にあがりたまひて、大将、内大臣になりたまひぬ。世の中のことどもまつりごちたまふべく、譲りきこえたまふ。　（少女三一）

光源氏は、執政の実務を昇進した内大臣に譲った。しかし内大臣は、冷泉帝の中宮位を光源氏方のものとされたので、一族の栄華を志向すれば将来を期するしかない。つまりは、九歳の東宮への近い将来の入内のことを考えるほかない。しかしすぐに、期待していた雲居の雁の、夕霧との恋の問題が表面化する物語が続くのである。

雲居の雁の入内は諦めざるをえなくなる。光源氏の栄華の物語に翳りはないのである。

では、死んだ太政大臣（元の左大臣）に代わり、内大臣時代に政務を行った時、光源氏は摂関でなければ何であったのか。太政大臣は藤原氏なので、摂政職についたと言ってよかろう。源氏物語には、摂関に代わる「後見」という言葉を駆使する虚構の論理があるとする見方があるが[(4)]、摂関に代わって、後見を職掌のように見るというのは、この時代にはまず馴染まない。享受者は、後見を別の言葉に置き換えて受け入れていたと思われる。なぜなら、摂関に代わる「内覧」という言葉があるからである。内覧職は摂関と違って、必ずしも藤原氏だけが就くものではなかった。

昌泰元年（八九八）、藤原時平と菅原道真に内覧の宣旨があった。内覧は、太政官より文書を奏聞する前に内見する役で、関白と同じように万機の政を行った[(5)]。紫式部が二十代で、父・為時とともに越前に下向する前年の、長徳元年（九九五）から、源氏物語成立後の長和四年（一〇一五）までの二十年以上、道長は摂関ではなく内覧職にあった。

光源氏は実質的には、この内覧職にあったと受け取られていると見るべきではなかろうか。「後見」は当然、具体的な政治的事象に踏み込もうとしない源氏物語の朧化した言い方の一つであり、享受者は、実態のある内覧職として受けとめていたであろう。むろん、藤原氏が独占する摂政・関白と光源氏を結び付けるのは無理であろう。

おわりに

光源氏が、若くして最高権力者の道を歩んだ物語は、歴史的にそのような事例はあるにしても、本質的には決して踏襲しているわけではない。大事なことは、この時代の特に藤原摂関家が、世襲によって次々に凡庸な子息たちを引き立てていったこととは、むしろ対極にある行き方が標榜されている点である。光源氏の栄達は、決して家柄、世襲などに因るものではない。光源氏自身の資質・才能・人間的魅力が高く評価されることから、彼が望むと望まざるにかかわらず、押し上げられて行く結果となっているのである。若くして重要なポストに就き、政を治めるにふさわしい人物であることが、前面に出ているのである。摂関家の世襲制などはむしろ批判されているとも考えられるのである。これは、源氏物語に流れる歴史認識であると言ってよい。光源氏はわざわざ、夕霧を四位にせず六位からスタートさせている。為政者として必要な学問的な力を自らの手でつけさせ、真の実力者として成長させていこうとしている。光源氏の目の黒いうちはいいが、後には、親の七光りでは決して周囲もついてこず、いずれ衰退していくということをはっきり認識していた。ほんの一握りの藤原氏が、特権的に外戚・外舅政治を行う政治形態は、自ずと批判されていると言ってよい。なによりも、政治的な権力や栄達に固執せず、為政者としての才覚・人徳を有するにもかかわらず、常に、恋や風流事のみやびやかな営みに憧れる光源氏の生き方が、権勢掌握に汲々とする輩―右大臣一派や雲居の雁の父・内大臣らに留まらぬ、歴代の権力者たち―を相対化し、批判するのである。

（1）藤本勝義『源氏物語の人ことば文化』（平十一）四一七～八頁。
（2）篠原昭二『源氏物語の論理』（平四）「『源氏物語』と歴史意識―冷泉院をめぐって―」一七四頁。
（3）山中裕『平安朝文学の史的研究』（昭五三）八五頁。
（4）加藤洋介「冷泉―光源氏体制と『後見』―源氏物語における准拠と〈虚構〉―」（「文学」平元・八）

（5）　和田英松『新訂　官職要解』（講談社学術文庫　昭五八）四九頁。

第八章　源氏物語における親に先立つ子・逆縁をめぐって

はじめに

女三の宮との密通が光源氏に発覚した後、柏木、光源氏ともに互いを避けて面会することもなかったが、朱雀院五十賀の試楽の折、やっと参上した柏木への光源氏の皮肉の言により、柏木は病に沈む。「柏木」巻冒頭で、衰弱する中での柏木の心内が次のように語られていく。

大臣、北の方思し嘆くさまを見たてまつるに、強ひてかけ離れなむ命かひなく、罪重かるべきことを思ふ心は心として、また、あながちにこの世に離れがたく惜しみとどめまほしき身かは、…（柏木巻二八九頁）

快復の兆しのない柏木の病に嘆き悲しむ両親を見て、柏木自身は、無理をしてこの世に留まる気はないが、親に先立つ罪の重さも意識している。この罪の重さは、「仏罪の重さ」（新編古典全集本「源氏物語」の頭注）とする一方で、「不孝の罪」（古典集成本の頭注）ともある。親より先に死ぬつまり逆縁の罪とは、はたして仏罪なのかあるいは不孝の罪なのか、両方なのかまた別のことも考えられるのか。例えば「蛍」巻で、玉鬘に懸想する光源氏は、

「思ひあまり昔のあとをたづぬれど親にそむける子ぞたぐひなき」と歌を詠み、「不孝なるは、仏の道にもいみじくこそ言ひたれ」と言う。自分に冷淡な玉鬘に、「不孝」は「仏の道」でも厳しく戒めているとする。では「不孝」は、かように仏罪としてごく普通に考えられていたのであろうか。また、「不孝」は確実に認識されていたのか。

本章では、源氏物語の重要な局面で何度か描かれる逆縁に関わる嘆きが、どのような考え方に基づくものなのかを探るものである。

一　柏木の不孝の罪

落葉の宮の邸で養生する柏木を、両親は自邸に引き取ろうとする。この時の母北の方は、子供たちの中でもとりわけ柏木に会いたく、また頼りにしているとして、実家に移るように強く促す。それを受けて柏木は落葉の宮へ次のように言う。

心地のかく限りにおぼゆるをりしも見えたてまつらざらむ、罪深くいぶせかるべし。（若菜下二八三）

もう最期と思われる時に、親に会わないのは罪深く気がかりとするが、この罪に関しては「不孝の罪を言う」（新古典大系本の脚注）とあり、また「親に先立つ死は最悪の不孝と考えられた。しかも親の立ち会わない子の臨終は、罪障がいっそう深い」（新編古典全集本の頭注）と記されている。この考えの出所は一体何であろうか。仏典か儒教か不明である。もっとも「孝」「不孝」に関しては、「論語」は言うに及ばず「孟子」にも、例えば、「孟子曰く、仁の実（＝真髄―筆者注）は、親に事うる是れなり」、あるいは「孟子曰く、事うる熟れか大なりとなす。親に事うるを大なりとなす」[1]などと記されている。

一方、死の直前、見舞った夕霧に対しての次の言葉には出典がある。柏木は早くあの世に行きたいとして、次のように続ける。

さるは、この世の別れ、避りがたきことは、いと多うなむ。親にも仕うまつりさして、今さらに御心どもを悩まし、君に仕うまつることもなかばのほどにて、身をかへりみる方、はた、ましてはかばかしからぬ恨みをとどめつる、…　（柏木三一五）

死ぬとなればそれはそれで心残りなことが多くあるとして、先ず、親への孝養も不十分で、今になって心配をかけ、君（帝）に仕えることも中途半端、さらに我が身を顧みても、思い通りにはならなかったことの恨みを残したとする。ただし、これらを「おほかたの嘆き」として、それ以上の、密通とその露顕に関わる悩みがあることをほのめかす。女三の宮との不義密通の物語の顚末は、柏木の生と死に直接結びつくものゆえ、死を前にした親や君などへの心残りは世間並みの嘆きということになろう。しかし、逆縁の悲しみは、親子の情愛という強い絆からくる人間の宿命であり、他のものと単純に比較はできないものと言えよう。

この「親にも仕うまつりさして、…君に仕うまつることも…、身をかへりみる方、…」は、「岷江入楚」の指摘もあるように、「孝経」（古文孝経）巻頭の「開宗明義章」に次のように記されているもの(2)に拠っている。

身體髪膚、之を父母に受く。敢て毀傷せざるは、孝の始めなり。身を立て道を行ひ、名を後世に揚げ、以て父母を顕はすは、孝の終りなり。夫れ孝は親に事ふるに始まり、君に事ふるに中し、身を立つるに終る。

「身を立て」とは、高い地位につき有名になるといういわゆる「立身出世」とはニュアンスが違う。儒教では、身を修め徳を磨き、人間として立派になることを意味する。もっとも柏木の場合は、立身の意でも通じるが。傍線部にある「親」に先ず仕えることが第一で、「君」に仕えるのが中間に位し、「身を立」つ、すなわち立派な人物になることで孝を成し遂げるとするところを、柏木はその順に挙げて、いずれも不十分な状態で終ることを嘆いているのが、ここでは明らかである。

二　儒教と仏教をめぐって

「孝経」は、養老令の学令で、「孝経・論語は学者兼ねて習へ」あるいは「孝経・論語は皆兼ねて通すべし」[3]と明記され、大学の必修科目となっていた。孝養の精神が、日本の貴族社会にどこまで染み透っていたかは別にしても、この柏木の言葉には孝経の一部がよく熟れて引用されていると言ってよい。

一方、仏教の経典では「孝養」の精神はどのように表れているのか。先ず「観無量寿経」[4]に、

彼の国に生れんと欲する者、当に三福を修すべし。一には父母に孝養し、師長に奉事し、慈心殺さず、十善業を修す。

と出ている。「彼の国」すなわち極楽浄土に生れたいと思う者は、第一に父母に孝養を尽し、師に仕え、生けるものを殺さず、不殺生や不偸盗など十善を行うこととする。すなわち極楽往生を欲する者の修すべき三福（世福―世間での道徳上の善行、など三善）の真っ先に「孝養父母」を挙げている。また同経の中で仏は「中品下生」である「善男子・善女人」つまり「父母に孝養」を尽くし、「世の仁慈」を行った者は、死して「西方、極楽世界」に生れると告げる。

一方、孝養を説く「仏説孝子経」も「父母恩重経」[5]も生れた時からの、子への父母の慈愛を記していく。特に「父母恩重経」は、その子が不孝の子として父母を悲しませる非を具に記していく。まさに孝養のための仏典である、しかし、どちらもインド原典のない、中国人の手による偽経と考えられている。インド社会にはなかった

「孝」の観念と実践が、中国では仏教が伝来する数世紀も前に、儒教の家族制度によって絶対権威として制度化され、一般化していた。[6] しかも源氏物語などに、この「仏説孝子経」や「父母恩重経」が引用された形跡はない。「観無量寿経」の当該部も同様である。むしろ孝養に関しては、仏典ではなく儒教の影響によるものと言えるかもしれない。

しかし、田中徳定氏[7]は、「薄雲」巻における夜居の密奏に関して示された冷泉帝の罪をめぐって考察し、実父・光源氏への不孝の罪が仏教的罪として意識されていたことを示された。さらに田中氏は、『扶桑略記』所引の「道賢上人冥途記」の記事を参照し、源氏物語成立以前に「不孝」が堕地獄の因となることが仏教者の側から説かれていたとし、『涅槃経』の中で、父母への不孝が堕地獄の因となることを述べていることも指摘している。つまり、もともと儒教思想の根本的な考え方である「孝」「不孝」は、仏教とない交ぜになった形で浸透したものと考えられている。

三　朱雀院の「子ゆえの闇」

では、本章で中心的に扱っている「逆縁」に関しても同じことが言えるであろうか。柏木の死の直後、

大臣、北の方などは、まして言はむ方なく、我こそ先立ため、世のことわりなうつらいことと焦がれたまへど何のかひなし。　（柏木三一九）

とあり、柏木の両親は、「世のことわりなう」つまり親が先立つというこの世の道理とは逆の順序を、恨み嘆いている。ここでは逆縁自体を、仏教的あるいは儒教的見地から恨んでいるわけではない。ともかく愛息の夭折を嘆き悲しんでいるのである。この「世のことわり」は、女三の宮の出産後の不例や、彼女自身の懇願もあって下

山した朱雀院の光源氏への言葉の中にも出てきていた。

世の中を、かへり見すまじう思ひはべりしかど、なほ、まどひさめがたきものはこの道の闇になむはべりければ、行ひも懈怠して、もし後れ先だつ道の道理のままならで別れなば、やがてこの恨みもやかたみに残らむとあぢきなさに、この世の譏りをば知らで、かくものしはべる。（柏木三〇四）

出家の身で、娘のことをひどく心配する朱雀院は、既に仏道者として問題を抱えている。それほどまでに朱雀院にとって、女三の宮の行く末は煩悩を断ち切れぬ対象であった。「後れ先だつ道の道理のままならで」すなわち逆縁にして死別したならば、「この恨みもやかたみに残らむ」、会うこともなく死別した恨み・怨念が朱雀院・女三の宮互いに残ろうと言う。先の引用では「ことわり」とあったが、法師である朱雀院の言ゆえ、「道理（だうり）」という漢語的表現となっている。この怨念が残るというのは、小学館新編全集が「妄執は永劫に残ろう」としたり、新潮集成が「父娘ともども成道の妨げになろうか」と注するように、先ず仏教的な意味合いとして捉えるところであろう。ただし、逆縁を仏教的大罪とする経典にはなかなかお目にかかれない。なによりも「逆縁」という言葉自体が、仏教的には違う意味で使われているのである。

順縁即ち悪師悪友等の遮難及び誘惑、并に誹謗正法等の逆事が却て入道の縁となるを云う。(8)

あるいは、

事物の原因となる因縁の性質が結果（特に仏果）の性質と同じものを順、反対のものを逆と呼ぶ。ここから、仏道を志す機縁となる間法などの善事を順縁、修行を妨げるような悪事を逆縁というが、転じて謗法などの悪行がかえって仏法に近づく縁となることをも逆縁というようになった。(9)

などとあり、ここで言ういわゆる逆縁とはかけ離れた意味をなす。後者はこの後に「また俗に」として初めて、

「親が先に死んで子供がその供養をする順当な在り方を順縁、反対を逆縁、さらに生前仇だった者を供養する場合なども逆縁と称した」と出てくるに過ぎない。これはどの仏教関係の辞典類でもほとんど同様である。

つまり俗に言う逆縁、子が親より先に死ぬ不孝を、何によって最大の仏罪と規定するのかは不明である。確かに逆縁は不孝ではあるが、子が先立つことは意外に多いのである。極端な例が嬰児や幼児の死亡率の高さである。医学の未発達の時代―平安時代も言うに及ばず―の宿命である。病気での夭折が数え切れない時代に、逆縁の不孝を声高に言ってもさしたる意味はなかったとも言えよう。

四　先立たれた親の恥

もっとも、先立たれ後に残された親としての思いはそう単純ではない。「貞信公記」天暦二年（九四八）二月十九日条に、「左大臣始めて参入し殿上人を定め奉る」とあり[10]、左大臣・藤原実頼の久方ぶりの参入と、殿上人の定めが示されている。ここに割注で次のように記されている。

去年数子亡逝す。恥と思ふ所有りて久しく参入せず。私（実頼）に記す。

そして数子の傍注に「敦敏・述子・源高明室」とある。実頼はこの時、従二位・左大臣（兼左大将）の四十九歳で、康保四年（九六七）に関白・太政大臣に就いている（「公卿補任」による）。息子の敦敏は前年十一月十七日に卒去し、その前月に述子（弘徽殿女御）が卒している。この述子の死に関して「日本紀略」[11]は、

女御藤原述子東三条第にて卒す。年十五。疱瘡の間の産生に依るなり。弘徽殿女御と号す。左大臣女なり。

と記しており、この年流行した疱瘡（天然痘）に罹った上でのお産により命を落としたことが知られる。わずか十五歳であった。述子は、天慶九年（九四六）十二月に、十三歳にして東宮であった村上帝に入内しており、実

頼の期待の大きさを表していた。これら何人もの子をほとんど同時期に失えば、この時代であれば、そこに前世の因縁・宿世を感じ取るのも自然であろう。前世の悪業をまざまざと突きつけられたといった「恥」を感じて、左大臣でありながらというよりむしろ左大臣ゆえに、長らく出仕しなかったということであろう。

一方、『孟子』には、

孟子曰く、不孝に三あり。後なきを大なりとなす[12]。

と記されており、不孝の三つの種類の中でも、子孫のないことを最大なるものとしている。自分の子の死は逆に親には、最大の不孝を見つめていることになる。だから実頼にとって、子供が次々に死んでいくことは、儒教的精神に悖るものという認識があったのかもしれない。

五　「人の親の心は闇にあらねども」

ここで視点を変えて、先の下山した朱雀院の言にあった「まどひさめがたきものはこの道の闇になむはべりければ」に注目したい。ここに引かれている藤原兼輔の著名な「後撰和歌集」歌は、比較的長い詞書とともに、次のようにあった。

太政大臣の、左大将にて、相撲の還饗し侍ける日、中将にてまかりて、事終りて、これかれまかりあかれけるに、やむごとなき人二三人許とゞめて、主、酒あまたゝびの後、酔にのりて、子どもの上など申けるついでに

人の親の心は闇にあらねども子を思ふ道にまどひぬるかな

これは、「大和物語」四十五段にも、兼輔が入内した娘・桑子を案じて醍醐帝に奉った歌として出ている。後

撰集詞書の太政大臣・藤原忠平が左大将で、兼輔が中将である時期は、桑子が入内した時期に重なるので、この歌で「子を思う道」に惑う子とは、入内した桑子のことと見るべきであろう。どちらかといえば、男子より女子の方を、親はより気遣うとは言えよう。朱雀院が女三の宮を案じるように。

この歌は、源氏物語の中で、引歌として最も多い二十六例も使われていることで知られている。親の子に対する情愛、それも宿命的に人間を規制するその強さを詠う。現世を離脱した者でさえ、その闇からは抜け出せないと言えよう。朱雀院のような、絶対的に他の範とならねばならぬ法皇でさえ、子を思う闇に縛されたのである。後に残される子の行く末に不安を感じるのは、親の自然の感情である。まして逆に、その子が先立つ可能性が強ければ、親として冷静でいられるはずはない。

ここでの朱雀院の思いは単純ではない。女三の宮にもし先立たれたら、妄執が永劫に残るという仏教的な見地は、仏道者である朱雀院ゆえむろん重要だが、子ゆえの闇に暮れ惑うことは仏教以前の人間の根源的な命題なのである。朱雀院は格段に子ゆえの闇に暮れた人物であった。「人の親の心は闇に」歌が、特に女三の宮に関して何度も使われているのである。例えば出家後、紫の上にも直接手紙をしたためて、「闇をはるけで聞こゆるも、をこがましくや」(若菜上七五)と記して、娘への厚志を願っている。また、懐妊した女三の宮へ、「こまやかなること思し棄てて世なれど、なほこの道は離れがたくて」(若菜下二六七)こまごまと手紙を書いている。女三の宮は、降嫁した当座こそ十四、五歳であったが、既に二十一、二歳になっているわけで、現世離脱している朱雀院の娘への情愛あるいは執着は、やや度が過ぎているような印象を受ける。宇治八の宮は、後ろ髪引かれるはずの二人の娘への情愛を断ち切って、現世を離脱した。八の宮の潔さと比較すれば、朱雀院はかなり女々しいと言える。仏教徒が子ゆえの闇に惑い、会わずに娘に先立たれたら妄執が残ると言うのも分かるようでいて、朱雀院はその実、女三の宮が死ぬとまでは思っていない。尼にした後の生活のことまで、こまごま思案しているのである。妄執が永劫に残るなどというのも、娘かわいさに修行の途中で下山してきた言い訳に聞こえよう。朱雀院は、光源氏が女三の宮を冷遇してきたことはもとより、女三の宮の懐妊にも既に不審を抱いていた(若菜下二六七)。だから下山する時から、尼にする蓋然性の高さを感じていたはずである。女三の宮の逆縁の罪自体には朱雀院の目は行ってない。朱雀院にとって逆縁は、自分の子ゆえの闇に暮れた延長上にしかありえないのである。朱雀院の下山の本質はまさに子ゆえの闇なのである。

六　桐壺更衣の母君の「心の闇」

この「人の親の心は闇に」歌を引くもので、子の夭折と絡んだものが他にもある。葵の上死後の、

大臣の闇にくれまどひたまへるさまを見たまふもことわりにいみじければ、…(葵四八)

として、葵の上の父・左大臣が、子ゆえの「闇にくれまどひたまへるさま」を光源氏が見て、当然のこととして痛ましい気持ちで「のぼりぬる煙はそれと分かねどもなべて雲居のあはれなるかな」なる歌を詠んでいる。残された者の悲しみが語られるだけで、ここにも、逆縁の不孝を表すどのような言葉もない。左大臣はともかくも、葵の上が物の怪に取り殺されたという享受者の共通認識があり、先立つ子の不孝という発想はなく、むしろ葵の上は被害者的な立場にあったと言えよう。

また、桐壺更衣に先立たれた母北の方の悲嘆に関しても、「人の親の」歌が何度か引かれている。更衣の葬送の折、「車よりも落ちぬべうまろびたまへば」(桐壺二四)とあるように、母君の悲しみは言語に絶するものがある。勅使として靫負命婦が訪れた時、母君が、「闇にくれて臥ししづみたまへるほどに」(二七)として泣き暮ら

しているうちに、手入れがされなくなった邸内が荒れ果ててしまったとある。「今までとまりはべるがいと憂きを」ともあり、生きながらえていることの辛さが表される。帝から光源氏と一緒の参内を促されるが、次のように答える。

寿（いのちなが）さのいとつらう思ひたまへ知らるるに、松の思はむことだに恥づかしう思ひたまへはべれば、……（桐壺二九）

「寿さのいとつらう」以下は、『荘子』巻五（外篇天地篇）の「寿ければ則ち辱（はづかしめ）多し」に拠り[13]、また「松の思はむことだに」以下も、「古今六帖」の「いかでなほありと知らせじ高砂の松の思はむことも恥づかし[14]」を引いている。これらのことから、母君の長寿を恥じる気持ちが出てはいるが、仏教的なニュアンスはあまりなく、子に先立たれたことにより、老残の身を曝すことの恥を噛み締めていると思われる。母君は実はこれだけではなく、靫負命婦を相手の話の中で、最初と最後に「人の親の」歌を引き、愚痴のように長々とした物言いを続けるのである。

くれまどふ心の闇もたへがたき片はしをだに、はるくばかりに聞こえまほしうはべるを、私にも心のどかにまかでたまへ。…（中略）…よこさまなるやうにて、つひにかくなりはべりぬれば、かへりてはつらくなむ、かしこき御心ざしを思ひたまへられはべる。これもわりなき心の闇になむ。（桐壺三〇〜三一）

宮仕えの中で横死のような形で死んだ娘を思えば、寵愛した帝を恨む気にもなるという言い方は、夭折した子の不孝などではなく、死んだ娘への愛情と不憫な気持ちから、取り返しのつかぬ絶望的な「心の闇」を晒しているのである。先立つ不孝といった見地からではなく、むしろ更衣は、人為的な不慮の事故に近い被害者といったニュアンスがある。仏教的な宿命観などはむしろほとんど感じられない。思えば桐壺更衣の死ぬ前に、帝との今生の別れの場面が物語展開の焦点となっているので当然ではあるが、後に残される母親への更衣の不孝の思いなども、全く描かれることはなかった。

おわりに

こうして見てくると、源氏物語の中でも一部、儒教的精神と仏教がない交ぜになった形での不孝が示されていると思われるが、逆縁の不孝あるいは罪が声高に言われることはないと言えよう。それは一つに、病気等での夭折が数えきれない時代に、逆縁の不孝を言うことの無意味さとも関係しよう。源氏物語の中の逆縁は、単一なものではなく、状況に応じた複雑さを持つものであり、一つの思想や考え方では片付けられない様相を呈している。それでも柏木の場合だけは、確かに自ら招いた事件によるものであり、本人も「不孝」を意識しているように、避けることは可能であった。一方、桐壺の更衣や葵上の死は、本人たちにさして罪はなく、むしろ被害者的な立場にあり、「不孝」や「仏罪」を持ってきて説明しても、それは単に形式的なものでしかないと考えられるのである。残された親は、死んだ娘への愛情と不憫な気持ちから、絶望的な「心の闇」を晒している。朱雀院にとって逆縁は、子ゆえの闇に暮れた延長上にしかありえないと言えよう。源氏物語における逆縁の悲しさは、仏教や外的思想によらぬ、むしろ人間の原点にある親子の情愛という絆の強さに起因する、根源的なものであったと言えよう。

(1) 岩波文庫『孟子』離婁上(平五)の書き下し文による。

(2) 新釈漢文大系『孝経』(昭六一)の書き下し文による。
(3) 新訂増補国史大系『令義解』により、私に書き下した。
(4) 岩波文庫『浄土三部経』の「観無量寿経」により、私に書き下した。
(5) ともに『大正新脩大蔵経』(経集部と擬似部)による。
(6) 例えば中村元『仏教経典散策』(平十)「II大乗の経典」二二二頁など。
(7) 田中徳定「『不孝』とその罪をめぐって—『源氏物語』にみえる「不孝」とその罪の思想的背景—」(「駒澤国文」三二号 平七・二)
(8) 『望月佛教大辞典』(昭十一)「逆縁」の項。
(9) 今泉淑夫『日本仏教史大辞典』(平十一)「順縁・逆縁」の項。
(10) 大日本古記録「貞信公記」により、私に書き下す。
(11) 新訂増補国史大系「日本紀略」により、私に書き下す。
(12) 注一に同じ。
(13) 岩波文庫『荘子』外篇天地篇(昭六八)の書き下し文による。
(14) 『新編国歌大観』第二巻「私撰集」(昭五九)により、適宜漢字を当てる。『校證古今歌六帖』(石塚龍麿・田林義信編)を参照する。

第九章　「幻」巻の舞台をめぐって——喪家・二条院

はじめに

「幻」巻の舞台はどこなのか。夙に待井新一氏の論[1]があり、また後藤祥子氏[2]は、過去の論考を取り上げまとめつつ、一つの解釈を出している。両者に共通する結論は、幻巻の終わりまで、光源氏は二条院を主居としていたということである。そのための細かい分析がなされているのだが、なにしろ幻巻の本文中に、二条院や六条院と明確に分かる記述がないわけで（光源氏が女三の宮などを訪れた時だけは別として）、どうしても捉え方の問題になろう。おそらく、なぜはっきり記されていないのかも、問われるべきことだと思われる。本章では、かような未だ解決していない問題を、死者が馴染んでいた屋敷・喪家の問題を新たに取り入れて、解明を試みたい。

一　喪家について

二条院は、紫の上が、幼い頃から六条院入居までの長い期間住んでおり、光源氏が須磨退去の折、財産分与の形で紫の上に贈られたものかと思われる。それは、若菜上巻で、光源氏四十賀のための薬師仏供養の折、紫の上は、精進落ちを二条院で行ったが、そこに、

わが御私の殿と思す二条院にて、その御設けはせさせたまふ。（若菜上九三頁）

と記されており、また御法巻で、紫の上が法華経千部供養を「わが御殿と思す二条院にて」（四九五）催したとあることに繋がろう。

六条院造営後、紫の上は春の町に住んでいたが、光源氏四七歳正月の女楽の直後に発病し、転地療養の意味もあって、三月に二条院に転居した。その後、朱雀院の五十賀の試楽を機会に、紫の上は十二月に、二条院から六条院に帰って来た。そして、右に引いた御法巻での法華経千部供養の時、また二条院に行き、病が重くなることによりそのまま、三月から死ぬ八月まで二条院に居続けることになる。紫の上の生涯において、通算で二条院に約二十年、六条院に一五年弱居住したことになる。しかも、より長い二条院では、須磨退去の一時期を除いてほとんどを常に光源氏と共に住んでいたのである。六条院での大半は、特に正妻・女三の宮に気を使いながらの鬱屈した日々であつた。

二条院は、紫の上がそこで死ぬのにふさわしい邸であったと言えよう。

人の死に関して、この時代の高級貴族は七七日（四九日）間、喪に服し、忌み籠りするのが当然であった。しかし、死者の家族などがどこに籠もるかは、そう明白なわけではない。このことは、紫の上の死後、光源氏がどこに籠居すべきか、あるいは籠居したかを考える上で、見ておく必要を感じる。

例えば、天徳元年（九五七）六月六日に、右大臣・藤原師輔室の一品・康子内親王が、「右大臣坊城第」（『日本紀略』）で薨去した。康子内親王は天暦九年（九五五）師輔のもとに降嫁して、坊城第に主居し、そこで薨去した。

四日後に「西八条東河嶋辺」に葬送し、七月二二日に法性寺で四九日の法事を行っているが、遺族は坊城第に籠居し服喪したはずである。八月七日の「九暦抄」に、

令三陰陽頭保憲鎮二坊城家一。此事雖レ及二数度一、依二去六月凶事一、重所レ令レ行也。

とあり、陰陽師・賀茂保憲に、死穢の坊城第を払い清め、鎮止させている。そうしないと、すぐには右大臣邸で慶事を催すことができないためでもある。

このことは、次の例とも関わってくる。正暦元年（九九〇）七月一日に、藤原兼家が東三条院の南院で死去したが、この十月五日同じ南院で、一条帝の中宮に冊立された定子の本宮の儀が行われた。このことについて「小右記」は、「申時許参二彼宮一」の割注に、

南院、故入道摂政薨逝砌也。已是喪家。可レ尋。

と記している。この南院が、それまでの定子の里第であるとともに、まだ新しい御所（里第）が竣工していなかった(3)としても、定子の祖父の兼家が死去して、僅か三か月しか経っていない同じ邸宅での、かような儀式の挙行は、問題とされていることが分かるのである。

尚、引用部に「喪家」とあるが、これは喪に籠もる邸あるいは寺をいう。当然、死去したその邸であることが少なくないが、そこで亡くなったわけではなくとも、死者にとって馴染みのある邸を「喪家」とすることが多いようである。

例えば、「小右記」によれば、万寿四年（一〇二七）八月一三日、病の皇太后妍子は快復を祈るため、里第の枇杷殿から法成寺に移り、さらに九月七日には、今南殿に渡っている。妍子は九月十四日、この今南殿で崩御した。「栄花物語」によれば、法成寺にあって妍子は、しきりに枇杷殿に帰りたがったが、

いかでか御病の起こりし所へはおはしまさん。御物の怪の思はせたてまつるなめり。
（「たまのかざり」一二八頁）

として、法成寺に近い今南殿（「小右記」にもこうある）に移されている。つまり、そこで崩御したとはいえ、ほんの一時しか滞在していない今南殿が、喪家になることは当然なかったのである。その枇杷殿に、四九日まで住み続け、服喪することになる。(4)妍子の娘・禎子内親王は、十月二八日の七七日の法事の折、枇杷殿から法成寺の阿弥陀堂へ出向いている。このことは、「小右記」で次のように記され、批判の対象になっているのである。

又云、「今暁一品宮渡二坐御堂一、不レ可二還給一」者。人々云、「孝子七々間不レ去二喪家一。而不レ満二其日一、被二他所去一」者。

「孝子」は、四九日間「喪家」を去らず籠居すべきなのに、その期間を満たず他所に渡ったことが問題にされているのである。十月二八日は、実際には四九日に五、六日早いので、繰り上げて行ったものであろう。四九日の法事を早く行った場合、実際的な正日までは「喪家」に籠居すべきものであったと考えられる。

二　服喪期間をめぐって

喪葬令(5)によれば、服紀は、君（天子）、父母、夫などに一年、祖父母、養父母に五か月、曾祖父母、外祖父母、伯叔父姑、妻、兄弟姉妹、夫の父母、嫡子に三か月などとなっている。源氏物語では、例えば葵の上の死に関して、死去は八月一四日、場所は左大臣邸で、源氏は、

御法事など過ぎぬれど、正日まではなほ籠りおはす。（葵五四）

とあるように、七七日の法事は過ぎても、正日（実際の四十九日目）までは籠居していることが示されていた。こ

の七七日も、繰り上げて行ったと考えられる。その後、左大臣邸を去っても、源氏は、「無紋の表の御衣に鈍色の御下襲、纓巻きたまへるやつれ姿」（六七）で、妻の服喪期間の三か月を喪に服していることが分かる。それは、紫の上との新枕後、まもなく新年となることからも言えるのである。

　八の宮の場合は、八月に阿闍梨の山寺に籠もりすぐ死去していて、喪家は当然のように、ずっと姫君たちと住んできた宇治の山荘であり、姫君たちはそこに忌み籠もっている。服喪期間は一年であり、翌年の八月まで喪服姿である。その時、「御服などはてて、脱ぎ棄てたまへるにつけても、…」（総角二四二）と語られている。

　大君の死は十一月であり、薫は、七七日の間その年末いっぱいまで、宇治の山荘に籠もり喪に服するのである。

　　かりそめに京にも出でたまはず、かき絶え、慰む方なくて籠りおはするを、世人も、おろかならず思ひたまへることと見聞きて、内裏よりはじめたてまつりて、御とぶらひ多かり。（総角三三二）

大君は薫にとって妻ではない。いかに八の宮の娘といえど、父亡き今となっては、世間的には、薫の側室の対象にさえならない程度の女でしかない。だから、この薫の、かりそめにも京へ帰ることのない宇治への忌み籠もりは、異常なことといってよい。と同時に、薫の大君への並大抵ではない執心ぶりに、驚愕しつつも、帝をはじめ多くの高級貴族から弔問があることになる。いかにそうでも、定めがあり、婚姻関係を結んでいない相手のために、喪服を着ることまでは許されてはいない。「限りあれば、御衣の色の変らぬを、…」（総角三三一）として、薄紅色の衣の袖を涙で濡らすしかないのである。

　この薫の悲嘆ぶりや宇治への籠居は、紫の上亡き後の光源氏の状況を考える時、大いに参考になる。まず、紫の上は、源氏が三か月以上服喪する対象ではなかった。「令集解」には、「夫為レ妻服三月。次妻无レ服也」とあり、これに従えば、いかに女三の宮が出家したとはいえ、紫の上は正妻というわけにはいかないので（女三の宮降嫁以前でさえ正妻と見られてはいなかった)、服喪の要はないことになる。仮に服喪三か月としても、紫の上の死は八月一四日なので、年内に喪は明けるはずである。しかし、源氏の悲しみの深さは図り知れず、年を越しても、実質的には喪に服しているのと同じである。定めにより除服はしていても、死後七か月も過ぎた翌年三月でも、

みずからの御直衣も、色は世の常なれど、ことさらにやつして、無紋を奉れり。(幻五三〇)

として、「無紋」の直衣を着ているのである。先に触れた葵の上の場合と同様ではあるが、あの時はまだ三か月の服喪期間中(だから下襲は鈍色)であった。今回は、明らかに尋常ではない。新年となって、忌みは明けているわけで、源氏邸にも当然年賀の客が大勢訪れる。しかし、ごく親しい兵部卿の宮を除いて、誰とも会おうとはしない。このことは二月になっても同様である。むろんこれは、悲しみに沈む源氏の精神的な問題である。要するに、源氏は実質的には喪に服しているのと同じなのである。

三　喪家・二条院

以上のことは、大君を亡くした薫の場合に酷似しているといってよい。薫は、宇治の山荘を喪家として籠もったが、源氏も当然、紫の上の私邸たる二条院に籠居した。二人の共有の思い出の籠もる二条院の意味がある。六条院ではありえない。

もっとも、二条院を喪家としていることは、本文中からも分かる。紫の上が二条院で死んだ後、源氏がそこを出た形跡はない。周知のように、紫の上の匂宮への遺言として、

大人になりたまひなば、ここに住みたまひて、この対の前なる紅梅と桜とは、花のをりをりに心とどめても て遊びたまへ。さるべからむをりは、仏にも奉りたまへ。(御法五〇三)

とあるように、将来、二条院に住み、西の対の庭前の紅梅と桜を大切にして、（紫の上の死後）仏にも供えよと語られている。翌春、この遺言を覚えていた匂宮は、

「母ののたまひしかば」とて、対の御前の紅梅とりわきて後見ありきたまふを、…（幻五二八）

として、紅梅の世話をしている。桜についても、

若宮、「まろが桜は咲きにけり。いかで久しく散らさじ。木のめぐりに帳を立てて、帷子を上げずは、風もえ吹き寄らじ」と、かしこう思ひえたりと思ひてのたまふ顔のいとうつくしきにも、うち笑まれたまひぬ。（幻五二九）

と語られており、源氏らはこの時点までは二条院に滞在していることが分かる

もっとも、この匂宮の桜についてのエピソードの前にある、「春深くなりゆくままに、御前のありさまいにしへに変わらぬを、…」から、舞台を六条院とする考え方がある。このことに関しては、先の待井新一氏[6]が整理して、見解を述べているので、ここでは多くは触れない。「細流抄」は、「春深く」の注に、ただ「是より六条院の事なり」としているだけで、その理由を述べてはいない。おそらく一つには、この場面の自然描写が六条院の春の町を思わせるためであろう。二条院の前栽についてより、四季の町を持つ六条院の具体的な景物の描写が、圧倒的に多いので無理はない。新編古典全集本の頭注は、「この叙景は二条院のものとも考えられるが、六条院の春の殿の庭前としても矛盾はない」としている。しかしそのために、桜のエピソードは、匂宮が幼稚なために二条院と六条院の区別がつかないためとする。だとすればなぜ、それが分かるような書き方をしないのかが問題となろう。六条院とも記されていないし、匂宮が幼いためにといった書き方もされてはいない。自明のことだから記されていないとはとても思えない。少なくともある時点までは、確実に二条院が大事な舞台になっていたのだ

から。

一方、この場面の後、源氏が匂宮を連れて、女三の宮のもとに出向くところも、この問題と関わっている。

いとつれづれなれば、入道の宮の御方に渡りたまふに、若宮も人に抱かれておはしまして、こなたの若君と走り遊び、…
（幻五三一）

ここでの「渡り」や「人に抱かれて」という表現が、一つの邸内での行動のようなニュアンスを与えるところからも、この段階より前に、源氏は六条院に移っていると見られたりする。しかし、待井氏は、「渡る」の用例を検討して、二条院と六条院の間を源氏が往復する場合にも「渡る」が用いられていることは明らかとしている。一方、「人に抱かれて」も、牛車で移動してき後の六条院邸内でのことと取ることができるのである。

さらに、源氏が、女三宮の所から明石の上のもとを訪れ

夜更くるまで、昔今の御物語に、かくても明かしつべき夜をと思しながら、帰りたまふを、女ものあはれにおぼゆべし。
（幻五三五）

として、昔の思い出話や今の世間話で語り明かすような格好で、そのままここに泊まってもよいのだがと思いつつも、帰って行くところもポイントになっている。明石の上の方へは、「夕暮の霞たどたどしくをかしきほど」（幻五三二）に訪れて、長い時間話し込んではいない。この引用部に「夜更くるまで」とあるのは、「かくても明かしつべき」に掛っていき、ここに夜更けまでいたわけではない。しかし、夜にはなっているようで、帰っていくのに同じ六条院の中ならばおかしいことではないが、二条院では遠いということでもあろうか。

ただここも、源氏の紫の上を偲ぶ思いの強さが、こういう形で表されているところとして解釈できるのである。紫の上亡き後の源氏にとっての二条院は、どこにいても戻って行くところと見るべきではなかろうか。もっとも

「いとつれづれなれば」として、他の女君のもとへ渡っていくのも、正月、二月までには考えられなかったことではある。源氏も、紫の上の死の失意のためではない、いわゆる心清き現世離脱に向けての心の準備をしていて、意識的に立ち直ろうとしているプロセスにあると言ってよかろう。

四　光源氏の二条院籠居

この後、帰邸した源氏は、

さてもまた例の御行ひに、夜半になりてぞ、昼の御座にいとかりそめに寄り臥したまふ。（幻五三六）

とあるように、いつものように勤行をし、夜中になって昼の御座所で仮眠を取るのである。夜に帰ってきても仏前でのお勤めを欠かさない源氏の姿は、自分自身の心清き出家のためと、紫の上の菩提を弔う意味があろう。ここに「例の御行ひ」とあるように、これは日常化していることである。この勤行については実は、御法巻の源氏の二条院滞在が確実な時期から、同様の記述があるのである。四十九日の籠居中に、次のように記されていた。

Aすくよかにも思されず、我ながら、ことのほかにほれぼれしく思し知らるること多かる紛らはしに、女方にぞおはします。仏の御前に人しげからずもてなして、のどやかに行ひたまふ。（御法五一七～八）

源氏は、紫の上死去の衝撃から気強いしっかりした気持もなくなり、虚けた状態だと自身に認識されるので、その気持を紛らわそうとして、「女方」つまり気楽な女房たちのいる部屋で過ごすことにする。「仏の御前」でわずかの女房だけを控えさせて、心静かに勤行をする。

これは、翌春の次の描写に受け継がれていく。

B例の紛らはしには、御手水召して行ひたまふ。埋みたる火おこし出でて御火桶まゐらす。中納言の君、中将

の君など、御前近くて御物語聞こゆ。（幻五二四）

Aの引用部とBの引用部にそれぞれ傍線を付したが、「紛らはし」は、ともに、悲しみを紛らわそうとすることであり、一つにはそのためにも「行ひたまふ」という行動が必要とされたのである。Aの引用部に「女方」とあったが、Bにも中納言の君や中将の君を側に控えさせている。先の六条院から帰邸した夜の源氏の勤行は、これらと同一線上にあり、やはり場所は二条院と考えるのが最も自然なのである。

しかもこれは、これだけに留まらない。八月の紫の上の一周忌前後に、同様の次の記述がある。

御正日には、上下の人々みな斎して、かの曼荼羅など今日ぞ供養ぜさせたまふ。例の御行ひに、御手水まゐらする中将の君の扇に、…（幻五四四）

ここにも、「例の御行ひ」とあり、また、「御手水まゐらする」とあるが、Bの引用部にも「御手水召して」とあり、同じ場所で同じことをしていると言えるのである。やはり女房の中将の君などを側に控えさせて相手をさせている。源氏の勤行は習慣化しており、ずっと変わらず二条院の同じ部屋での同じ状況が語られていると考えられよう。

紫の上の服喪期間、明石の中宮は匂宮とともにそのまま二条院に籠居していた。明石中宮にとって、紫の上は養母にあたり、喪葬令によれば五か月の服喪に当たる。七七日を過ぎたら喪家の二条院に留まらなくてもよいのだが、服喪期間が残っている中宮がそのまま内裏に参内できるはずもない。

后の宮は、内裏に参らせたまひて、三の宮をぞ、さうざうしき御慰めにはおはしまさせたまひける。（幻五二八）

これは先に引いた、匂宮が紫の上の遺言を守って二月に「対の御前の紅梅」の世話をする場面の、直前に位置しているところである。ちょうど五か月の服喪期間が終わったところで、明石の中宮は、源氏の慰めのために匂宮を二条院に残して宮中に帰参した。ここで、匂宮の例のエピソードがあり、その直後に、ここからは六条院という説のある「春深くなりゆくままに」が来るのである。その中に、

山吹などの心地よげに咲き乱れたるも、…（幻五二九）

とあるが、この山吹をめぐり、六条院の女三の宮のもとで源氏は、

対の前の山吹こそなほ世に見えぬ花のさまなれ。（幻五三一）

と言っている。この「対の前」は、先の匂宮のエピソードにある二条院の「対の御前の紅梅」の「対の御前」と受け取るのが自然である。ここを、六条院の紫の上の住まいというように変えてしまうのも妙な話である。

五　二条院の自然描写

ここで、幻巻の自然描写について触れておきたい。待井氏は、この巻に、花橘、蓮、撫子、菊があげられていることについて、こういった様々な植物が前栽にあるのを、六条院の東南の町・春の御殿と解するには、かなり躊躇を感じるし、他の巻に例証を求めることはできないとし、一方、二条院の庭前の植物には、特にその種類において何ら制約はないわけで、この点でも六条院と見るより二条院と解する方が無理が少ないというように考えている。(7)もっともなことであるが、春の自然に関しても、六条院の春の町だけでなく二条院でも、例えば、

三月の十日なれば、花盛りにて、空のけしきなどもうららかにものおもしろく、仏のおはする所のありさま遠からず思ひやられて、…（御法四九六）

とか、

ほのぼのと明けゆく朝ぼらけ、霞の間より見えたる花のいろいろ、なほ春に心とまりぬべくにほひわたりて、百千鳥の囀りも笛の音に劣らぬ心地して、もののあはれもおもしろさも残らぬほどに、…（御法四九七）

というようにその絢爛たる美しさ、すばらしさが描かれているのである。

また、幻巻の夏の記述に次のようにあった。

いと暑きころ、涼しき方にてながめたまふに、池の蓮の盛りなるを見たまふに、「いかに多かる」などまづ思し出でらるるに、つくづくとおはするほどに、日も暮れにけり。（幻五四二）

また、二条院での描写として、紫の上が危篤後に小康を得た六月の暑い頃、源氏に促されて病臥の身を起こして蓮の花を見る若菜下巻の場面で、

池はいと涼しげにて、蓮の花の咲きわたれるに、葉はいと青やかにて、露きらきらと玉のやうに見えわたるを、「かれ見たまへ。おのれ独りも涼しげなるかな」とのたまふに、起き上がりて見出だしたまへるもいとめづらしければ、「かくて見たてまつるこそ夢の心地すれ。…」と涙を浮けてのたまへば、みずからもあはれに思して、

消えとまるほどやは経べきたまさかに蓮の露のかかるばかりを

とのたまふ。

契りおかむこの世ならでも蓮葉に玉ゐる露の心へだつな（若菜下二四五）

として、同様に「池」の「蓮」の花盛りのことが示されていた。この二つの事例は、巻も時間も隔たってはいるが、密接に関連があるように思われるのである。幻巻では「いかに多かる」として、「伊勢集」(8)の「かなしさぞまさりにまさる人の身にいかに多かる涙なりけり」を引いている。この歌の詞書に「式部卿宮失せさせたまひて、

四十九日はてて、…」とあるように、七七日後でも悲しさが癒されないことを詠んでいて、源氏の心境に見合う引歌ではある。しかし、「池の蓮の盛り」を見てすぐにこの歌が引かれているのはなぜだろう。新編古典全集本の頭注は、「池の蓮の露の玉から涙を連想し、この歌の句を思うか」としている。そう考えるしかないところではあろう。にしても蓮の花の盛りを見て、「露」という言葉がないのに、表現されていないその露を媒介に「涙」を詠む歌（それも露という言葉は使われていない）を引いているのである。この場面はいかにも言葉足らずの感じがする。

ところが、若菜下巻の二条院での引用部分を媒介にすると、幻巻のこの場面が、生き生きとしてくるのである。そこには、源氏・紫の上二者の、蓮の花をめぐる思い出深いやりとりが語られていたのである。ほんの一、二か月前には仮死状態であった紫の上が、蓮の花を見るために身を起こすのを見て、嬉し涙を目に浮かべる源氏に、紫の上は自分から「消えとまる」の歌を詠みかける。女からの贈歌は、特別の意味を持つことが多い。ここは、この源氏の言動に、自分の残り少ない命の思いと源氏の心情に絆されて、胸が一杯になり心細い思いを吐露したのである。紫の上の歌は、消え残る「蓮の露」のようにはかない自らの命のことを詠む。源氏の答歌は、「蓮葉」に来世の一蓮托生を契るのである。この源氏の一蓮托生の約束は、紫の上の歌に促された格好でなされていると言ってもよい。目の前に蓮の花が咲いている中で、危篤状態にもなった紫の上が、自分から「蓮の露」を歌い込めば、男の答歌は自ずと一蓮托生の契りを詠まざるをえないと言えよう。あるいは紫の上は源氏に、死後も極楽で同じ蓮の葉の上にと言わせたかったのかもしれない。

ともあれ、幻巻の「池の蓮の盛り」を見ての源氏の思いには、明らかに蓮の露からの涙の連想があり、源氏の脳裏には、若菜下巻のこの「蓮の露」の思い出が去来していた可能性がある。そうすれば、幻巻の「いと暑きころ」の舞台も、二条院であることがより望ましいと言えるのである。

六　二条院での独り住み

五月雨の頃、源氏は夕霧に、

独り住みは、ことに変わることなけれど、あやしうさうざうしくこそありけれ。（幻五三九）

と言っている。この「独り住み」に関わって、幻巻の舞台を二条院と考える後藤祥子氏は、「六条院のあるじである源氏が、共住みの紫の上を喪った後で、女三宮を寝殿に住まわせながら、東の対で一人住みするものであるかどうか」と疑問を示し、また、「東の対に耐え住む紫の上が亡い今、源氏は六条院に長居する場処を持ち得ない。家あるじにとって一人住みとは、対の屋に住むことではないであろう」と述べている(9)ことは看過できない。

この「独り住み」は、例えば、玉鬘に求婚する兵部卿の宮について、

兵部卿宮、はた、年ごろおはしける北の方も亡せたまひて、この三年ばかり独り住みにてわびたまへば、…（胡蝶一七〇）

とあり、また、降嫁後の女三の宮を忘れられぬ柏木を、

督の君は、なほ大殿の東の対に、独り住みにてぞものしたまひける。（若菜上一四七）

とするように、妻を持たず、隔離された状態でのいわゆる独居を言っている。源氏のように、同じ邸内の夏の町の花散里、冬の町の明石の上といった妻が他に住み、春の町の寝殿に女三の宮が居住する状況を「独り住み」と言えるのであろうか。

このように見てくると、源氏は、紫の上の死後ずっと、二条院に住み続けていると考えるのが合理的と思われ

る。しかし、問題が残らないわけではない。紫の上の死後、二条院からまた六条院に移り住んだという記述はないにしても、例えば、源氏が女三の宮や明石の上の所へ、たいして造作もかけず、短時間のうちに出掛けているという印象を覚えることなどがある。これは、先にこの問題について説明したこととは別に、幻巻全体に言えることだが、行事や人の移動など、特に人事に関して簡略な記述がなされていることと関係しよう。源氏の心情や言動にだけ焦点が合わされているといってよく、付随的な事柄は最小限しか記さないという、この巻の文体の特徴を念頭に置く必要があろう。例えば、正月の人々の参賀、明石中宮の内裏還御、四月の更衣、葵祭、五月の夕霧の訪問、七月の七夕、八月の紫の上の一周忌、九月の重陽の節句、十一月の五節、童殿上と夕霧の子息らの訪問などきわめて簡略な記述しかないのである。

こういう事と同類のものとして、三月の源氏の女三の宮方への参上、明石の上方からの帰邸などがある。むろん、葵祭や七夕などには、源氏は背を向けているわけだから、それらの記事がほとんどないのは不自然ではない。しかし、源氏の喪失感と悲嘆をテーマとする展開に、人々の移動の様子などを描く意味はほとんどなかろう。明石の中宮の還御は言うまでもなく、夕霧の訪問さえ、触れれば面倒なことになろう。夕霧の邸は三条殿であり、二条院は程近いとはいえ、大納言兼左大将の要職にある夕霧が、まさか一人二人の供の者だけで源氏のもとへ来れるはずもない。その度に、牛車を仕立てて、ある程度の行列を連ねねばなるまい。この巻では、そのようなことは一切省略されている。これは源氏が六条院へ渡った時も同様であろう。特にそのようなことを仰々しく描く意味は全くないのである。

それにしても、紫の上死後、二条院にずっといることを、もっと明確に記してもよいのではないのか、といった物足りなさも出てこよう。第二部になり、いかにほとんど六条院の自然描写が記されなくなったとはいえ、享受者には、四季の町の華麗な自然の推移の印象は強く残っている。幻巻で、かの玉鬘十帖のように一年間を自然に則し月ごとに描いていけば、六条院をイメージするのも無理はない。しかし、玉鬘十帖では、源氏が四季の町の女君たちのもとへ出向き、自然が賞賛されていたが、幻巻では、源氏があちこち経巡るわけではなく、同じ邸の中で移動せず、経巡る自然を見ていた。

おわりに

光源氏は六条院の盟主である。紫の上亡き後でもこれに変わりはない。そこには、尼姿とはいえ女三の宮もいれば他の妻もいる。その源氏が、喪家とはいえ二条院に七七日をとうに過ぎ、一周忌も過ぎ、実に一年数か月も籠もったままというのは、いかにも尋常ではない。現実的には考えられないことである。

紫の上の葬式を即日行った（御法五一〇）ことも、史実としての例は見当たらない。(10) 普通、葬式には死後数日以上は間を置く。これはこの時代、死を確認する作業としても大切であった。葵の上の場合、死後二、三日様子を見ていたが死相が現れ断念している。夕顔の場合も同様な表現がされていた。紫の上の場合は、現実的には美が損なわれることを恐れたものかと思われる。愛妻との思い出深い邸内にずっと籠居して、いかに空洞化したとはいえ、本拠の六条院と妻たちをいつまでも顧みないのは、紫の上への絶大なる愛とその喪失感の大きさを表すには申し分のないことであり、源氏物語のロマンではあるが、当世随一の貴紳であり、権勢家である公人としての光源氏ということでは、いかにも女々しく褒められたものではない。心清き現世離脱が近付いていたとしても、やはりいずれ六条院には戻らねばなるまい。光源氏の晩年は、彼の死後、

故院の亡せたまひて後、二三年ばかりの末に、世を背きたまひし嵯峨院にも、六条院にも、さしのぞく人の

心をさめん方なくなんはべりける。（宿木二九五）

と語られている。そこには、二条院のことは触れられていない。光源氏の本邸はあくまでも六条院であったのである。私人としての源氏にとっては、二条院は不可欠の住まいであるが、公人として社会的には当然、六条院の存在意義は大きい。幻巻で源氏の居住する邸がもう一つ判然としないのは、むしろ六条院ともとれるような、おぼめかした描き方がなされていたと言えるのかもしれない。

（1）待井新一「源氏物語幻の巻の解釈―二条院か六条院か―」（「国語と国文学」昭三七・十二　後に小町谷照彦編「源氏物語の鑑賞と基礎知識　御法・幻」平十三・十一に転載）
（2）後藤祥子「哀傷の四季」（秋山虔・木村正中・清水好子編『講座　源氏物語の世界　第七集』昭五七）
（3）角田文衛「二条宮」（朧谷寿・加納重文・高橋康夫編『平安京の邸宅』昭六二）
（4）例えば史料大成「水左記」承保四年九月一五日条に、宰相中将の母の死後、関係者が宰相中将邸に向かい七七日まで居住すべきということが記されている。
（5）新訂増補国史大系「令義解」巻九「喪葬令」による。
（6）注一に同じ。
（7）注一に同じ。
（8）和歌文学大系十八「伊勢集」による。
（9）注二に同じ。
（10）朧谷寿『平安貴族の葬送の様態―平安時代の公卿の死・入棺・埋骨―』（平十三）（「九暦抄」「小右記」の引用文には私に句読点、返り点を付した。）

第十章　女二の宮を娶る薫――「宿木」巻の連続する儀式

はじめに

「宿木」巻は「そのころ」なる書き出しで始まり、今上帝が、女二の宮の薫への降嫁を図るという筋立てが導入された。この縁談と絡んで匂宮と六の君の結婚問題が進展する。当然、中の君の悲嘆の様子も描かれていく。匂宮と六の君の結婚三日夜の儀が華やかに行われ、中の君への夜離れが続く。中の君は宇治へと心が赴き、薫に帯同を願う。既に恋慕の情を抱いている薫は、自己抑制できず中の君に迫る。しかし中の君の懐妊のしるしの帯が、薫を思い留めさせた。その後、中の君は薫に浮舟の存在を明かす。そして、権大納言兼右大将に昇進した薫の後見で、中の君の男子出産と盛大な産養が催される。さらに若宮の五十日の祝いがあり、女二の宮の裳着と薫との結婚、藤花の宴、薫邸への降嫁といった晴れの盛儀が続く。そして最後は、浮舟を垣間見た薫の思いに触れられる。

亡き大君への思いから、中の君さらには浮舟へという薫の心の揺曳が、物語の核（コア）であるには違いない。

しかしでは、連綿としためでたずくめの儀式は何のために描かれていくのか。薫の栄えある結婚は、大君が結婚を拒否した一つの理由（いずれ薫は高貴な正妻を迎えるという）が実証されたものでもあろう。にしても内親王降嫁までを設定するのはなぜであろうか。没落皇族の大君を圧倒する程度の正妻なら、高級貴族の娘でいいはずである。あるいは先々、大君の形代として、顔は酷似していても精神的に満足できない浮舟の所へ、世間体も気にしてあまり通って行かないその理由付けにしても、またあるいは、受領の後妻の連れ子に堕した浮舟の孤立感を強め、浮舟物語を規制する意味でも、特に内親王の婿とまでなる必要があるとはとても思えない。本章は、宇治の物語で初めて大々的に描かれた華やかな儀式―特に薫への内親王降嫁の、その意味するところを考えようとするものである。

一　晴れの儀式

この巻の儀式のほとんどは通過儀礼である。しかも裳着、結婚・三日夜の儀、懐妊・出産、産養、五十日の祝いという具合に、成人式から結婚、出産という、物語としては若い世代の限られた段階でしかない儀式なのである。源氏物語では、結婚の前後に限らぬ恋愛、それもかなり込み入った、将来どうなるか分からないような状況が描かれてきた。だから、このように若い一時期の通過儀礼では、この先はどのように物語が展開するか予断を許さぬものなのである。しかし宿木巻では、薫、匂宮さらに中の君まで、将来の予測できる状況が描き出されたと言ってよい。薫は内親王との婚儀によって栄華的な道筋が明確になった。匂宮は、最高権力者・夕霧の娘との結婚で、将来の帝への道がしっかりと引かれた。中の君は、薫の後見で匂宮の男子を生んだことから、「幸い人」へのレールが敷かれた。

それぞれかなり明確になった栄華的な道筋と言ってよい。この後、八の宮からも認知されなかった浮舟が薫を惑わしても、薫の人生に何ほどの問題も投げかけないという予測が成り立つ。浮舟自身の苦悩の世界は、宇治の物語として、なくてはならない重要な問題であることは疑いない。しかしだからといって、彼女の苦悩に深く関わった薫と匂宮の人生に、なにがしかの狂いが生じるとは思えない。浮舟の人生は、薫と匂宮の都での栄えある世界とは相容れないものなのである。

まず匂宮・六の君結婚は、薫と女二の宮の縁談を耳にした夕霧が、匂宮の方に乗り換えることから生じた。しかし、いままでの物語の描き方では、このようなことはいっさい記されていなかった。椎本巻では、匂宮が六の君との結婚に乗り気でないのを、夕霧は不愉快に思っていた。また総角巻では、匂宮が紅葉狩を口実に、宇治の中の君を訪れようとするが、夕霧息の衛門督の報告により匂宮は禁足状態となり、帝や明石の中宮らにより六の君との結婚が取り決められた。だから、この「宿木」巻で示された結婚の経緯とはかなり違いがある。薫の年齢で見ると、椎本巻で二四歳の春、総角巻でその冬、宿木巻のその時点は二四歳の冬なので、形式的には矛盾はない。しかし、夕霧が匂宮を婿に考えていたのは前からのことで、薫二四歳の冬になって、女二の宮との縁談が持ち上がったから、仕方なしに急に匂宮の方に鞍替えしたわけではない。内容的には明らかに問題がある。それは、宿木巻に至って新たに出された女二の宮降嫁の設定によって、他の筋立てが規制されたということであろう。だから、女二の宮の件はなくとも、既に総角巻の時点で、匂宮・六の君結婚はほぼ成り立っていたのである。つまり女二の宮降嫁は、匂宮・六の君結婚のための設定ではない。少なくとも、そのためだけの設定ではないと言えよう。

匂宮・六の君三日夜の儀は、既に言われてきたように、天暦二年（九四八）十一月二四日の重明親王・師輔女登子結婚の三日夜の儀を準拠としている。

宵すこし過ぐるほどにおはしましたり。寝殿の南の廂、東によりて御座まゐれり。御台八つ、例の御皿などうるはしげにきよらにて、また小さき台二つに、華足の皿どもいまめかしくせさせたまひて、餅まゐらせたまへり。（宿木巻四一四頁）

で始まる記述は「花鳥余情」の引く「吏部王記」に、

夜更漸深、向右相府亭、所住之東南封廂東頭西向設座。以朱臺六基及銀器辦饌、菓子等安座右。（下略）

とあり、二者の表現や展開の仕方がほとんど一致している。ここでは一々具体的箇所を示さないが、共通する点をあげると、まず、重明親王が右大臣・藤原師輔邸を訪れた時間に、匂宮が同じく右大臣・夕霧邸を訪れている。また婿の御座の位置もだいたい同じだし、師輔邸の台盤六つと銀の皿に対して、台盤八つと銀の皿、小さな台盤二つと様器（儀式用の食器）に対して、やはり小さな台盤と華足つきの皿が用意されている。師輔息の左少将伊尹が盃を捧げ、祝膳に奉仕するのに対して、夕霧息の頭の中将がまさに同様にしている。しかもどちらも二度、三度と盃が巡っている。さらに禄についても、重明の方は五位、六位などに、匂宮の方は四位、五位、六位の者に、細長を中心に袴なども添えている。おまけにどちらも、親王家の雑役の「召継」（匂宮の方は「召次」）などにも過分の祝儀が振る舞われているのである。源氏物語の作者が「吏部王記」を参照していたことは疑いない。それは源氏物語の古注、特に「花鳥余情」だけでも約四十条もの（「河海抄」でも同じくらい）「吏部王記」関係記事が見られることからも言えよう。(1)

「吏部王記」は、中の君が男子を出産したその産養の準拠にもなっているのである。

五日の夜は、大将殿より屯食五十具、碁手の銭、椀飯などは世の常のやうにて、子持の御前の衝重三十、児

の御衣五重襲にて、御襁褓などぞ、ことごとしからず忍びやかにしなしたまへれど、…（宿木四七三）

これも、「花鳥余情」の引く「吏部王記」天暦四年七月七日条の(2)、村上帝の女御・安子が出産した憲平親王（後の冷泉帝）の産養の以下の記事を準拠としている。

是夕、藤女御有産養事、産婦饌衝重十六合・破子食七荷・屯食八具・碁手銭二萬、賜物児衣・襁褓各五重、…

一々指摘はしないが、いかに産養の儀式の類型があるにしても、類似の表現が目立つ。安子も先の登子同様、師輔の娘である。しかも安子は登子の実姉である。この師輔の関わりは実はこれだけでは終わらない。次の藤花の宴の準拠とも絡んでくるのである。

二　天暦年間の準拠

女二の宮の裳着の後、薫は婿として迎えられ、さらに薫邸（三条宮）への降嫁の前日、飛香舎（藤壺）で藤花の宴が華やかに催された。

南の廂の御簾あげて、倚子立てたり。公事にて、主の宮の仕うまつりたまふにはあらず、上達部、殿上人の饗など内蔵寮より仕うまつれり。右大臣、按察大納言、藤中納言、左兵衛督、親王たちは三の宮、常陸の宮などさぶらひたまふ。（宿木四八一）

これも、「花鳥余情」の引く「西宮記」に拠っている。

天暦三年四月十二日於飛香舎有藤花宴以殿上御椅子立南廂有毯代南廂東一二三間奏簾垂母屋前立四尺屏風三帖同廂西中戸東面東一間障子…

既に、宿木巻との対応が具体的にあげられているので[3]、ここでは省略する。ただし、次の宿木巻本文は「西宮記」の記事との関係で重要なので、少し扱うことにする。

故六条院の御手づから書きたまひて、入道の宮に奉らせたまひし琴の譜二巻、五葉の枝につけたるを、大臣取りたまひて奏したまふ。（四八一）

かつて光源氏が女三の宮に差し上げた琴の譜を、夕霧が取り継ぎ奏上している。これは「西宮記」の、

大臣取御杖　源朝臣取二御琴譜一進二御前一奏云延喜御時御琴譜云

に拠っている。「大臣」は時の右大臣・師輔であり、「源朝臣」は中納言・源高明である。宿木巻では奏上したのは右大臣・夕霧であるが、「西宮記」では源高明となっている違いはあるが、天暦三年の藤花の宴では、師輔が特に重要な役割を占めている。そもそもこの宴の場所である藤壺の女御は安子であり、師輔女であった。「延喜御時…」は、醍醐帝が御女・勤子内親王に琴（箏）の譜を賜ったことを指す。勤子は師輔へ降嫁したことで知られる。

降嫁のことは後で触れるが、ともかく宿木巻での晴れやかな儀式—三日夜の儀、産養、藤花の宴—に共通項がある。それはいずれも①村上帝の天暦二〜四年のそれぞれの儀式を準拠としている。②史実より盛大に描かれている。③それらの史実が右大臣・藤原師輔とその娘に関わっているというものである。天暦年間をすべて準拠としている理由も、この共通項を通して見えてくると思われる。最初の三日夜の儀の六の君は夕霧女であり、師輔女・登子に準えている。登子は姉の安子に比べれば、この儀式の盛大さにもかかわらず、あまり華やいだ人生を歩んだわけではなかった。

重明親王の死後、村上帝の寵を受けたが、女御となってもいないし男子を儲けることもなかった。宿木巻の儀

式の時点から三年後の夢浮橋巻の終わりまで、六の君は匂宮の子を生むことはなかったが、登子をイメージすればそのような将来が見えてくる。そこまで暗示しているとは言わないが、冷泉・円融二帝の母となった華やかな中宮・安子の妹だからなおさら、栄えある三日夜の儀式が空しいものとして映った可能性はある。それを重ねる六の君の結婚の将来は、意外にも、中の君の後塵を拝することになるのかもしれない。物語の筋立てとしては、この結婚によって中の君が圧倒され悲嘆に沈むが、薫の中の君への接近が、匂宮を六の君から引き離し中の君とより親密になるといったものだが、これはいかにも物語的な展開であって、大事な点は、三日夜の儀以前に既に中の君が匂宮の子を身籠っていたことである。

薫の中の君への移り香がいかに強烈で、匂宮を中の君のもとに引き留めることになろうが、匂宮の男子を生まなければ、夕霧女には太刀打ちできないのである。盛大な三日夜の儀式の後に、中の君の出産とそれこそ盛大な産養がくることの意味は大きい。こちらの準拠は、将来の帝を生んだ時の中宮・安子のものだからなおさらである。次期東宮と目される匂宮の第一子、それも男子の産養であり、しかも、権大納言兼右大将で内親王を娶る薫が後見するわけだから、この儀式の意味は重い。

そして次に、藤花の宴での薫の晴れ姿がくる。光源氏の女三の宮への琴の譜贈与の事跡は、過去に源氏物語中に描かれたことはなかった。それをここで初めて明らかにする意味は、少なくとも光源氏の物語の方にあるとは思えない。過去には何の意味もなさないであろう。光源氏への女三の宮降嫁が振り返られ、薫への女二の宮降嫁の因縁を思わせるかのようである。そして何よりも準拠としての事跡の意味がある。醍醐帝が勤子に賜り、そのことを勤子の婿となった師輔が奏上させている。

宿木巻では、夕霧が奏上しているが、婿の薫に代わった所作であり、本来なら、尼である母に代わって薫が奏上するところである。女三の宮をめぐる過去が封印され、光源氏と薫の父子二代に亙る皇女降嫁の慶事が、師輔の事跡（父忠平、さらに子の兼家も降嫁させている）を重ねながら描かれているのである。勤子の婿となった師輔だが、その後、醍醐帝の内親王の雅子、康子の二人をも降嫁させていた。雅子は勤子の同母妹であり、康子は師輔との間に将来太政大臣となる公季を生んでいる。この時代、皇女降嫁といえば、いやでも師輔のことが胸裏を過ったはずである。後藤祥子氏は、[4]

師輔の皇女たちへの求愛は、帝の婿という社会的地位の晴れがましさより、純粋に皇女その人への憧慕にもとづいており、柏木の場合でいうならば、…（中略）…女三の宮との密通事件に逸脱していった際のありように近く、また、「夕霧」巻における夕霧の心情とも近いものであろう。

と述べ、藤原良房が嵯峨皇女潔姫を賜ったようなおもむきとは、かなり様相を異にしているとした。おそらくこの通りであろう。薫の場合は確かに、帝王側の裁可で降嫁が決められた潔姫の例に近いが、皇女降嫁を発生させる状況はまったく違う。潔姫の場合は他氏への初めての降嫁例であり、良房の父・冬嗣と嵯峨院の同盟関係や、より強い政治的紐帯をもたらす方策の可能性が強い[5]と言えよう。皇女降嫁は、源氏物語の中で既に三件の前例があり、薫への降嫁は、特に光源氏への女三の宮降嫁の例に状況が似通っていた。内親王の母・女御の死と、母方の後見のなさ、さらには、一人残された内親王が高貴ゆえに男性貴族の好色の対象となる世相など、身の処し方の難しさが降嫁の引き金になっている。

師輔への三人の皇女降嫁は天慶から天暦年間であった。師輔女・安子の藤花の宴に限らず、同じく師輔女・登子の三日夜の儀や、安子出産の産養といった天暦年間の例を準拠とした時には、薫への皇女降嫁と相俟って、自ずと三人もの皇女を迎えた師輔のことは、源氏物語の本文を通して透かし見られたに違いない。

三　薫の権勢

もともと薫は現世離脱志向が強く、権勢掌握などには背を向けていた。しかし徐々に、宮廷の栄華的世界に組み込まれていき、自身もそれに背を向けなくなっていく。仮に大君の生存中でも、内親王降嫁を断ることはなかったであろう。藤花の宴の折、

笛は、かの夢に伝へし、いにしへの形見のを、またなきものの音なりとめでさせたまひければ、このをりのきよらより、または、いつかははえばえしきついでのあらむと思して、取う出たまへるなめり。（宿木四八一〜二）

と語られていることに注意したい。過去の夕霧の夢で、柏木が伝えてほしいと言った形見の笛の音が、かつて今上帝から称賛されたことがあるので、薫は、これ以上晴れがましい時があろうかと思い、横笛を取り出して吹き立てるのである。薫にとって自邸へ皇女を迎えるその前日の宴は、人生最良のものであった。そのことを薫自身が意識しており、自ら積極的に栄華的世界に入り込んでいっているのである。薫は過去とは違い、世俗的な華やかな世界に適応しているのである。女二の宮を三条宮に迎え取った後に、いくら相変わらず亡き大君を忘れ切れないなどといっても、それは、階級社会のトップレベルにまで昇り詰めようとして、その世界にどっぷり浸かってしまった薫にとって、たいした意味がないことは明らかである。浮舟の薫にとっての存在意義は、既に分かっていたとも言えよう。このもて映やされる薫に対して按察大納言は、「我こそかかる目も見んと思ひしか、ねたのわざやと思ひゐたまへり」（宿木四八三）として、自分こそ皇女の婿になることを望んでいたのに無念と思い、薫への妬みを露にする。

など時の帝のことごとしきまで婿かしづきたまふべき。またあらじかし。九重の内に、おはします殿近きほどにて、ただ人のうちとけさぶらひて、はては宴や何やともて騒がるることは。（四八三～四）

在位中の帝が仰々しく婿として引き立てることまで批判し、帝の御座所の程近くまで臣下の者が出入りし、宴だの何だのともて映やされているとは、などと非難し不平を漏らしている。この内容は検討外れではないが、当の本人が、できれば自分がこのような光栄に浴したいと思っていたわけだから、やっかみばかりが目立つし、逆に嘱望された薫の繁栄ぶりが際立つのである。この按察大納言は「腹立つ大納言」（四八五）と記されているように、多分に揶揄的に描かれている。

それでは結局、薫への女二の宮降嫁やそれに関わる晴れの儀式は、何のために描かれたのか。その理由を知るためにさらに、宿木巻前後の権力構造に目を向けたい。実質的に権力を握っているのは右大臣・夕霧である。夕霧の子息は、「匂兵部卿」巻で既に

御子の衛門督、権中納言、右大弁など、さらぬ上達部あまたこれかれ乗りまじり、いざなひたてて、六条院へおはす。（三四）

とあり、描き方から「衛門督」「権中納言」「右大弁」はいずれも上達部であると考えられる。この時の薫は二十歳で宰相中将であった。椎本巻では薫二三歳の時、

御子の君たち、右大弁、侍従宰相、権中将、頭少将、蔵人兵衛佐などみなさぶらふ。（一七〇）

として、やはり夕霧の子息たちが出てくる。この右大弁は、三年経ってはいるが、匂兵部卿巻での右大弁と同じ人物と見なければなるまい。匂兵部卿巻の右大弁は少なくとも夕霧の三男と見るべきで、その彼がここでは最初に出てきており、先の長男（と思われる）衛門督や次男の権中納言がなったとは思われない。竹河巻でクローズア

ップされた夕霧息・蔵人少将は、その巻末で「二十七八のほどの」（一一二）宰相中将になり、総角巻で匂宮の宇治への紅葉狩の折、「左の大殿の宰相中将参りたまふ」(6)（二九二）とあるのと同一人物と見られる。これは竹河巻末の翌年に当たり、薫二四歳の時である。椎本巻では「権中将」と出てきた（五男と思われる）人物である。そして紅葉狩に、明石の中宮の命で「宰相の御兄の衛門督」が「ことごとしき随身ひき連れて」（二九四）やってくる。この衛門督は、四年前の匂宮巻の「衛門督」かどうかはわからない。しかし、史実としての左衛門督は中納言か権中納言が兼任し、右衛門督は権中納言か参議が兼任する例がほとんどであるので、この衛門督もせいぜい中納言でしかないことがわかる。もし匂兵部卿巻の衛門督と同一人物なら、夕霧の長男にしてはいかにも出世が遅い。

宿木巻では、夕霧の子息はほとんど登場しない。藤花の宴では、

右大臣、按察大納言、藤中納言、左兵衛督、親王たちは三の宮、常陸の宮などさぶらひたまふ。

（宿木四八一）

とあり、夕霧に次ぐ有力貴族が並んでいるが、なぜだか夕霧の子息は出ていないのである。按察大納言は柏木の弟で、紅梅大納言と言われた男である。藤中納言は鬚黒と元の北の方との長男で、竹河巻ですでに「藤中納言」（六五）として登場している。その時薫は一五歳なので、藤花の宴の時点から十年以上前である。左兵衛督は藤中納言の弟だが、玉鬘腹である。竹河巻で「右兵衛督」（一一三）とあった者で、それから三年経って右から左に昇ったわけだが、何にしろ鬚黒一族の出世は遅いと言ってよい。

夕霧の子は、この時点でどれほどの地位についているのか。この時五二歳の夕霧が二十歳の時、既に子供が数人生まれている（若菜上巻）ので、長男は三十歳を少し越えたところであろう。最高権力者の嫡男なら大納言クラスになっていてもおかしくない。しかし、登場が少ないというだけでなく、肝心な儀式に大事な役割を担って

はいないので、いかにも影が薄い。少なくとも、夕霧を継いで近い将来為政者になるという感じは全く受けないのである。夕霧自身が、いかに今上帝の外戚でないとはいえである。この辺りには、何か作為的なものを感じる。光源氏―夕霧ときた源氏一族の政治的後継者として、夕霧の子がなってもおかしくないのに、注目される者が全くいないというのも、かえって不自然とも言える。藤原道隆が伊周を一九歳にして権大納言にし、二二歳で内大臣にしたり、道長が頼通を一八歳で権中納言にし、二六歳で内大臣、三十歳で左大臣にした事例(7)はやや極端にしても、夕霧が自分の子に次代を担わせるという意志を全く感じさせないというのも、奇妙なものである。それでいて、自分の娘を東宮妃にしているし、次期東宮候補の匂宮を婿取りすることに、躍起になっていた。それは、後継者にふさわしい息子がいないことを、逆に晒しているような感じも受ける。息子が中納言兼衛門督なら、地位をアピールするとしたら当然「中納言」と記すのに、「衛門督」としか書かないので印象も薄くなろう。

四　ポスト夕霧

それでは誰が夕霧の後継者なのか。それは当然、薫以外には考えられないのである。宿木巻の華麗な儀式を据えた物語展開が、そのことを如実に語っている。むろん按察大納言ではない。外戚とは無縁であり権力の道筋から外れている。しかもこの時点で、既に五六、七歳という老齢である。なによりも、先に触れたように「腹立つ大納言」が象徴するように、いかにも人望がなさそうで、人の上に立つ器量があるとは思われない。この人物が政権を担当するようになると考える享受者は、まずいないであろう。

薫は、参議に一九歳、中納言に二三歳、権大納言に二六歳でなっている。光源氏も一九歳の時には参議で、権大納言に二八歳でなった。夕霧は一六歳にして参議、二五歳で大納言になっている。薫の栄進は夕霧より遅いが光源氏より早い。道長は権中納言に二三歳でなり、権大納言に二六歳でなっているので、薫は、道長とここまで同じということになる。光源氏はさらに二九歳で内大臣となり、夕霧は三十代で右大臣となり、実質的な台閣の首班となっている。夢浮橋巻で薫は二八歳なので、夕霧に替わって三十代でそうなる可能性が強い。

今上帝は、宿木巻時点で四七歳で既に在位二八年が経つ。源氏物語では、朱雀帝は約十年、冷泉帝は一八年、桐壺帝は二十数年と思われ、今上帝が最も長い。平安朝の帝で、在位期間の最も長いのは（三条帝までで）醍醐の三四年、次が桓武と一条の二六年、さらに村上の二二年、清和の一九年、円融の一六年と続く。これらと比較しても今上帝の在位期間の長さは目立つ。夢浮橋巻の最後の時点では、在位三十年となっている。退位は近いと見るべきであろう。その時は、明石の中宮腹の東宮が即位することになり、新帝の伯父として夕霧が一層権力を握ることにはなろう。しかし、夢浮橋巻で夕霧は五四歳となり、新帝即位の時点では、早くとも五十代半ばを越えてしまう。光源氏が五三歳ぐらいで死去しており、夕霧もこの時代としてはかなりの老齢ということになる。だから自分の息子を後継者とするなら、直ぐにも手を打たなければなるまい。夢浮橋巻以後早い時期に、もし夕霧が物故することにでもなれば、夕霧の一族の将来は決して明るくはない。しかも既に、夕霧の子息には御呼びもかからない帝の婿の口が、望んでいるわけではないのに薫にはかかり、皇女降嫁が実現してしまったのである。新東宮には匂宮が立てば、匂宮の男御子を生んでいる中の君の後見であり、匂宮と殊の外親しく、匂宮の異母妹の婿でもある薫の前途は洋々たるものと言えよう。朱雀院の意を汲んで女三の宮をバックアップした今上帝ゆえ、その意を汲んで匂宮が女二の宮の後ろ盾となり、薫の格は一層上がると思われる。勤子内親王を娶った師輔は、その年天慶元年（九三七）六月、三一歳で七人を飛び超して権中納言となった。[8]師輔―兼家―道隆―道長と続いていく権力掌握の道程ができたと言ってよい。いかに師輔の父・忠平が摂政太政大臣にまで昇り詰めたとはいえ、皇女を娶る師輔という人物の器量の大きさがなければ、先は知れている。薫もそのような評価がされているわけである。宿木巻において、薫が政界の中枢に躍り出る重要な基盤が構築されたのである。

おわりに

宿木巻には、①匂宮・六の君三日夜の儀、②中の君出産と産養、③薫への女二の宮降嫁と藤花の宴などの儀式が華やかに描かれた。これは宇治を舞台とし、現世離脱志向の強い薫と没落皇族の娘との関わり合いを、憂愁に閉ざされた中で描く物語にあって、宮廷社会の栄華的世界を大々的に表面に出すという性格の違いが際立つものであった。かような展開は、①によって中の君の立場が弱くなり、彼女の宇治回帰志向と薫への依存という新たな物語要素が生じ、結果的に匂宮を中の君に引き付け、②と絡んで中の君が幸い人としての道を歩み始める物語を導き出した。そこには当然、中の君を後見する薫の③が密接に関連した。そして新たに浮舟の物語をも引き出すことになる。この①②③の儀式は、すべて「吏部王記」や「西宮記」が記す村上帝天暦年間の実際の儀式に準拠していた。さらにいずれも、皇女の婿となった藤原師輔に直接関係する儀式であった。

この中で特に、③の薫を主体とした物語展開は看過できないものがあった。そこには皇女の婿となり栄華の道を歩んだ師輔が見え隠れし、薫の栄華的世界がそこに適応していく薫自身の姿と相俟って、明確に刻印されているのである。今上帝から直接仄めかされたり、促されたりするような、歴史上ほとんど類例のない薫への皇女降嫁を華麗に演出する展開は、大君の結婚拒否の思いを正当化したり、浮舟との身分・境遇上のギャップをはっきりするためだけのものでは決してなかった。内親王降嫁という設定までを必要とした理由は、薫自身のステータスを可能な限り高めるところにあった。それは薫がさして関心をもっていないことではあるが、権力構造の中に組み込み、次期政権担当者としての確実な道筋を付けることであった。平安朝の享受者は、宿木巻でポスト夕霧は間違いなく薫であることを確信したはずである。それは、薫が望んだものではないにも拘わらず、光源氏の次代の後継者として歩まざるを得ぬ宿命だったと言ってよい。だから、この後に受領の後妻の連れ子として登場してくる源氏物語最後のヒロインの運命は、三角関係や入水などといったその形はともかくとして、ほとんど想像のつくものであったと言えよう。浮舟のほぼ類例のない悲劇の物語を導くためにも、薫は大君の時以上に際立った栄光への道を歩んでいる必要があったのかもしれない。そして、二六歳にして内親王を降嫁させるほどの人望のある貴公子が、血を受け継がぬにもかかわらず、光源氏の直系の後継者として次代を担うという、一筋縄にはいかぬ物語が、終章に向かって内面的にさらなる展開を遂げるのである。

（1）史料纂集本『吏部王記』解説（4『源氏物語』の注釈書と「吏部王記」）による。
（2）ただし憲平親王の誕生は、「日本紀略」「一代要記」などから天暦四年五月二四日とすべきなので、産養も七月ではない。「九暦〈九暦逸文〉」によれば五月二六日が産養第三夜。
（3）小学館新編日本古典全集「源氏物語」付録「漢籍・史書・仏典引用一覧」。
（4）後藤祥子『源氏物語の史的空間』（昭六一）一〇二〜三頁。
（5）今井久代『源氏物語構造論』（平一三）第一編「物語世界と平安王朝――史実の脈絡、物語の論理」三七頁。
（6）この夕霧が左大臣であることは問題が多い。宇治十帖を通じ「右大臣」とする大部分の本文に従い、夕霧の源氏物語での極官を右大臣とする。
（7）平安朝貴族の年齢は主に『公卿補任』による。

（8）　勤子内親王降嫁は「一代要記」に天慶元年とある。

第十一章　浮舟物語の始発――「東屋」巻の構造と史実

はじめに

浮舟の母・中将の君は、八の宮に母子ともに認知されず、受領の後妻となり、浮舟を伴い陸奥や常陸に下向した。陸奥守の任期が終わり上京した折、中将の君は、浮舟が無事成長していることを八の宮に伝わるようにしたが、八の宮は取り上げることはなく、むしろきわめて冷淡に突き放した。それからまた、夫が常陸の介（実質は守と同じ）となり下向した。その後、「宿木」巻で浮舟二十歳の春に上京し、中将の君は浮舟と一緒に中の君の邸に顔を出した。

大君そっくりという浮舟に薫は強い関心を抱き、弁の尼に仲立ちを頼んだ。その後、薫・浮舟の関わりは、身分等の差があるのですぐに結ばれるかと思われたが、意外に簡単には進展して行かなかった。身分の差がかえって薫に世間体を気にさせたということである。

東屋巻に入ると、その浮舟をめぐる結婚問題が生じ、それもまた一筋縄ではいかない展開となる。常陸の介の娘としての浮舟に求婚する左近少将、さらに仲人らの存在は、受領階層の世界と関わって異彩を放つ。薫と浮舟の関係の進展の遅さは、この受領の娘との結婚にこだわる少将の問題を絡ませることと、密接に関わっている。逆にこの問題を描くために、薫・浮舟結合を遅らせているかのようである。浮舟のさすらいの人生は、東屋巻頭からの物語によって、かなり複雑な様相を呈することになる。これらの展開があることによって、以後の浮舟の入水への道などの、想像を絶する物語が可能となったとも言えよう。

本章は、浮舟物語の始発部の特に左近少将の受領の娘との婚姻問題を中心に、少将、常陸の介、仲人といった脇役たちの生動する姿を、支える論理や史的事例を探りつつ捉え、浮舟物語の基盤を築いていく展開を理解しようとするものである。

一　浮舟物語始発の状況

まず、薫が、弁の尼に浮舟との仲立ちを依頼した時のことについて押えて置きたい。

「昔の御けはひに、かけてもふれたらん人は、知らぬ国までも尋ね知らまほしき心あるを。……このわたりにおとなふをりあらむついでに、かく言ひしと伝へたまへ」などばかりのたまひおく。「母君は、故北の方の御姪なり。弁も離れぬ仲らひにはべるべきを、……いま、さらば、さやのついでに、かかる仰せなど伝へはべらむ」と聞こゆ。（宿木巻四六一頁）

亡き大君に少しでも似ている人なら、知らない国であろうが探しに行きたいと言い、まして、浮舟は大君と血縁関係にあるとし、薫は弁の尼に、自分の意向を浮舟側に伝えることを頼むのである。弁は、中将の君が大君らの母の姪であり、自分とも縁続きであることを言う。つまり、中将の君と接触しやすい立場にあり、事実、浮舟の細かい情報も入手しているのである。浮舟と薫を結びつける具体的な仲立ちとしては、この弁が最適と言うことになろう。

この後に、薫は権大納言に昇進し、さらに女二の宮の婿となり彼女を自邸に迎えるという、栄えある状況が語られていく。それでも大君が忘れられず宇治へ出向き、そこで来合わせた浮舟を垣間見るという展開となる。「ただそれと思ひ出でらるるに、例の、涙落ちぬ」（宿木四九三）として、大君に酷似する浮舟の姿に心を揺さぶられ、落涙するのである。そして、次のように薫の心中表現が続く。

あはれなりける人かな、かかりけるものを、今まで尋ねも知らで過ぐしけることよ、これより口惜しからん際の品ならんゆかりなどにてだに、かばかり通ひきこえたらん人を得てはおろかに思ふまじき心地するに、まして、これは、知られたてまつらざりけれど、まことに故宮の御子にこそはありけれと見なしたまひては、限りなくあはれにうれしくおぼえたまふ。ただ今も、はひ寄りて、世の中におはしけるものを、と言ひ慰めまほし。（宿木四九三〜四）

先の、顔・目元・髪の生え際といった具体的な容姿を踏まえて、ここでは浮舟の全てが大君に生き写しであることに大きく心を打たれている。浮舟よりずっと身分の低い大君の縁者でも、これほど似た人を手に入れるのなら、疎かに扱うことなどできないだろう、まして浮舟は、認知されなかったとはいえ、まことに故八の宮の子であったのだ、として感動しているのである。女二の宮の降嫁後にもかかわらず、この浮舟よりもっと低い身分の女でも、薫が愛情の対象と考えていることは看過できない。

ここで薫は、弁の尼に前に依頼した件について問い質す。弁は中将の君に伝えた模様を告げる。弁も、薫の内親王との結婚前後の時期を避けたため、報告が遅れたことを言う。

かの母君に、思しめしたるさまはほのめかしはべりしかば、いとかたはらいたく、かたじけなき御よそへにこそはははべるなれなどなんはべりしかど、…
（宿木四九四〜五）

恐れ多いお身代わりと答えた中将の君としては、承諾というより途惑いの気持ちが強かったと考えられる。浮舟は、初瀬詣の帰途の中宿りとして宇治の山荘に来たわけだが、中将の君は今回は同行していない。薫は弁に、「独りものすらんこそなかなか心やすかなれ。かく契り深くてなん参り来あひたると伝へたまへかし」（四九五）と言って、浮舟に、来合せたことを伝えさせた。独りならかえって気兼ねがいらないと言う薫のこの時の気持ちは、浮舟と親しく話したいということに違いない。弁も、この時口ずさんだ独詠と言ってよい薫の歌「かほ鳥の声も聞きしにかよふやとしげみを分けて今日ぞ尋ぬる」を、浮舟の方へ伝えた。しかし、あれほど薫が心を動かされた浮舟とのやり取りが、全く記されずしてこの場面と巻が終わる。薫のこの時の情熱は、直接会いかねないほどのものと言ってよい。しかし、東屋巻の内容を見る限り、ここでのやり取りに関しては記述すべき何事もなかったかのようである。何の関わり合いもなく、薫がおとなしく帰っていったとは思われない。しかし、直後の東屋巻頭では、

筑波山を分け見まほしき御心はありながら、端山の繁りまであながちに思ひ入らむも、いと人聞き軽々しうかたはらいたかるべきほどなれば、思し憚りて、御消息をだにえ伝へさせたまはず、…
（東屋十七）

と記され、浮舟と会いたい気はあるが、「端山の繁り」と喩える浮舟風情への執心は、人聞き悪く、世間から軽々しい振る舞いと批判される、といったことを恐れる始末である。さらに、薫は浮舟へ手紙さえ取り次がせていないと明記されている。先の宿木巻末とこの東屋巻頭の扱い方の違いは、少々不自然と考えられる。その間に、薫への内親王降嫁などがあったのならば話は別である。先に触れたように、それら薫の婚儀と栄達が描かれた後

に、浮舟への執着が具に語られていたのである。東屋巻頭で薫の「端山の繁り」の思いを出すくらいなら、宿木巻末での、身分の差などを歯牙にもかけず、すぐにでも浮舟に直接関わっていきかねないほどの薫の気持ちを、なぜ具体的に描いたのか。東屋巻での、受領層とそこに関わっていく人間の分厚い生態は、薫と浮舟を簡単に結びつけることを拒むリアリティーを晒している。薫が、受領の後妻の連れ子などにうつつを抜かすわけにもいかないことは、確かによく分かるのである。しかしそれなら、なぜ、薫と浮舟がすぐにも結ばれそうな状況を、肝心の薫の側から描いたのであろうか。

それは、浮舟が大君そっくりであることを、薫自身の目を通して認めさせるためであろうか。だとしても、身分・境遇の大きな差を超越しても、浮舟に並々ならぬ愛情を注ぐかのような思いを、薫に抱かせる必要はなかったのではなかろうか。つまり、その不自然さはなぜ齎されたのか。いかにもそのまま、大君の身代わりの女君との恋物語が進展していくかのような印象を与えておいて、実際はそう簡単にはいかぬ、むしろ、享受者の意表をついて受領の世界に引き摺りこむ方法であろうか。例えば、尚侍として出仕して冷泉帝の寵愛を受けるような印象を与えた玉鬘の、直後の真木柱巻頭でのどんでん返しや、光源氏が心身ともに栄華の極みを迎えた大団円直後の、暗雲を呼ぶかのような若菜上巻頭の暗い色調などのような、源氏物語で取られる手法の一種なのであろうか。

二　左近少将の求婚

薫が世間体を考えて足を踏み出せない時、浮舟の母・中将の君も逆に、高貴な薫との結婚にはきわめて消極的であった。このことは、先の薫の「端山の繁り」の思いと並列的に記されていることに留意する必要があろう。東屋巻の冒頭は、浮舟物語の基底を明示しているのである。既にこの時点で、一筋縄ではいかない物語性をはっきり指し示していると言えよう。波乱含みの物語を大いに予想させる筆致なのである。むしろ、浮舟物語の新たなる展開、と言うよりは実質的な始発と考えられる。内親王の婿となってもさして喜びを抱かず、いつまでも亡き大君を忘れない薫の精神の動きからすれば、宿木巻末は、浮舟との新たな恋の展開が語られることが予想されたと言ってよい。しかし、いかに思っていようが、権大納言兼右大将となった薫が個人的に行動することの限界があることは、分かり切ったことでもある。現実に即すれば、内親王の婿が浮舟ごとき女に執着するなど許されるはずもなかった。だから、宿木巻末は、現世離脱志向を持ち女君を寄せ付けなかった薫が、法の師・八の宮の意志を継ぐかのような長女・大君に惹かれていった浪漫性の、その延長上にあるかのようである。東屋巻はその逆に、受領層を含みこむ貴族世界の、薫、浮舟、中将の君、左近少将、常陸の介、さらには仲人などの現実的な生態が語られ、相応に奇麗事では行かない人間の生き様が描かれるのである。

先ず、中将の君が常陸の介との間に五、六人もの子を儲けていることが語られ、受領の後妻としてその世界にとっぷりと浸かっていることが知らされる。この娘の一人を、左近少将が浮舟から乗り換えて妻とするわけである。さらに何人もの幼子の存在は、中将の君の煩雑な生活と、それゆえに浮舟一人に掛かりっきりになれない母の哀切さとも関わってくる。そして次に、常陸の介の人間性や生活ぶりが知らされる。

守も賤しき人にはあらざりけり。上達部の筋にて、仲らひもものきたなき人ならず、徳いかめしうなどあれば、ほどほどにつけては思ひあがりて、家の内もきらきらしくものきよげに住みなし、事好みしたるほどよりはあやしう荒らかに田舎びたる心ぞつきたりける。……豪家のあたり恐ろしくわずらはしきものに憚り怖ぢ、すべて、いとまたなく隙間なき心もあり。（東屋十九）

上達部の血筋やかなりの資産の保有、派手な装飾、風流がるわりに粗野で田舎びた感じ、さらには高貴な権勢家に対して恐れ煩わしく思い、気兼ねして、それでいて抜け目なく用心深いといった常陸の介は、受領の一典型と言ってよかろうか。

それに引き続いて、常陸の介の娘に求愛する左近少将が登場する。

左近少将とて、年二十二三ばかりのほどにて、心ばせしめやかに、才ありといふ方は人にゆるされたれど、きらきらしういまめいてなどはえあらぬにや、通ひし所なども絶えて、いとねんごろに言ひわたりけり。

（東屋二〇）

性質や学問では好意的に見られているが、経済上の不如意が強調され、通い所との縁が切れたのも、嫁方がさして裕福でなく少将を十分援助できなかったためと、容易に想像されるのである。すなわち、常陸の介の娘に求婚する左近少将は、はなから、その財力を当てにしていることが明白なのである。

この縁談を、中将の君は浮舟の相手として良縁と考え、話を進めることになる。日取りが決まってからも、どうせならもっと早くと促す左近少将の結婚を急ぐ気持ちは、良縁を逃したくなく、一日でも早く婿として遇されたいといった貧乏性や、出世から遠ざかっている焦りなどが左右していよう。この催促を受け、中将の君は縁談を取り次いだ仲人に相談をする。この男は、「はじめより伝へそめける人」（二二）とあり、「妹のこの西の御方にあるたよりに、…」（二五）と記されるように、浮舟に仕えている女房の兄である。中将の君は、仲人に少将のことを「並々の人にものしたまはねば、かたじけなう心苦しう、…」（二二）と言うが、これは中将の君の単なる謙遜ではなく、左近少将の父が「故大将殿」（二八）であることを意識したものと言えよう。少将が近衛大将の息子という設定がなされていることの意味は、いったいどこにあるのか。さらに、この仲人とはどういう人物であるのか。これらの問題は、東屋巻の物語展開にとって看過できないものと考えられる。

仲人から、浮舟が常陸の介の実娘ではないことを知らされた少将は、急に機嫌が悪くなり、いいかげんな話をもってきたとして仲人を詰る。すると仲人は「くはしくも知りたまへず。女どもの知るたよりにて」（二二三）として、女どもの知っているつて（つまりは自分の妹）で関わったので、まさか常陸の介（ただし仲人は「守」と言う）が他人の娘を養っているとは思わなかったなどと言い訳をする。浮舟は容貌も気立てもよく、母親が、身分のある人と結婚させようと大事に育てていると聞き、そこへ少将から、その家の娘との縁談を仲立ちしてくれる者はいないかと言われたので、つてがあると申したので、いいかげんなと言う咎めを受ける筋合いは決してないと、居直るのである。この時に仲人は「腹悪しく言葉多かるもの」と評されているように、あまり好意的には描かれていない。この辺りからの仲人の言動には、捏造・したたかさが伺われ、浮舟から常陸の介の実娘に乗り換える展開を躍動的に成り立たせていく。左近少将の方も「いとあてやかならぬさまにて」ともあるように、きわめて世俗的な本性を表し、この二人の、さらに仲人と常陸の介のやり取りは、中流以下の貴族の生態を生き生きと照らし出すのである。

左近少将は仲人にあれこれ言う中で、「源少納言、讃岐守などのうけばりたる気色にて出で入らむに、…」（二二四）として、既に常陸の介の婿になっている左近少将より少し劣った身分の者たちの存在にまで触れて、自分の肩身の狭さに言い及ぶ。俗物根性丸出しで、目的が実利主義的結婚でしかないことが明確に晒されるのである。この後に仲人のことが、「この人追従あり、うたてある人の心にて、これをいと口惜しうこなたかなたに思ひければ」とし記されており、媚びへつらう、質がよくない男で、縁談がまとまらないことを残念に思い、まだ結婚に早い常陸の介の娘への乗換えを勧めるのである。仲人は常陸の介のもとへ行き、左近少将が常陸の介を賛美しているかのような嘘も交えた巧みな弁舌により、介は、すっかり少将の婿取りに気持ちを動かされることになる。

この後に、常陸の介は、先にも触れた少将の父を「故大将殿」と言い、自分はその家来筋であったとして、その息子から望まれたこの縁談を申し分ないと考えるわけである。それにもより、仲人は調子に乗ってあることないことを喋る。少将を誉めるだけではなく、

来年四位になりたまひなむ。こたみの頭は疑ひなく、帝の御口づからごてたまへるなり。（東屋二九）

あるいは、

上達部には、我しあれば、今日明日といふばかりになし上げん。（三〇）

などと、少将が今すぐにでも栄達するかのように、しかも帝の言葉として捏造するのである。

このようなやり取りがなされていき、結局、浮舟の方は破談となり、物語は新たな局面を迎えることになるが、これまでの展開のポイントとなる点の実在性を、時代背景を考えつつ次に分析したい。

三　受領の娘との結婚（一）

左近少将が受領の婿となるわけだが、まず源氏物語の時代に、かような結婚はよくあることなのかを考えてみたい。時代を反映したものと思われがちだが、実際にはどうであろうか。『栄花物語』巻五「浦々の別」に、次のような文章がある。

但馬の中納言殿は、…伊予守兼資の主の女をいみじう思いたりしを、いつしかとのみあはれに恋しう思さるべし。（「浦々の別」二八〇）

花山院への放射事件で藤原伊周・隆家兄弟は失脚するが、出雲権守として配流された隆家は、妻である伊予守源兼資女に早く会いたいと思っていて、上京後、隆家は兼資の邸に身を寄せることになるが、兼資の別の娘に、

「大殿（道長）の源中将」が通って来ていた。

五月三四日のほどにぞ京に着きたまへる。兼資朝臣の家に中納言上りたまへれど、大殿の源中将おはすとて、…いみじう忍びてぞおはしける。（「浦々の別」二八七）

この源中将とは源成信のことで、「権記」長保三年（一〇〇一）二月三日条の成信の略伝には、

従四上行右近衛権中将兼備中守源朝臣成信、入道兵部卿致平親王第二子、母入道左大臣源雅信之女也、当時左丞相猶子也、…

と記されており、村上帝の皇子・致平親王の子で、母は源雅信女で、同じ雅信の娘に道長の室・倫子がおり、その縁で道長の養子になったと想像される。「栄花物語」巻四「みはてぬゆめ」にも、

兵部卿、この左大臣殿の外腹の女に住みたてまつりたまひて、男宮たち二人おはしましけるを、一所は、この大納言殿の御子にしたてまつらせたまひて、少将と聞えしおはす。（二〇五）

とあり、成信の出生等について記されている（この大納言は道長）。成信は、長徳二年（九九六）正月五日に「東三条院昇殿」を許され（「小右記」）、「権記」長徳三年八月一日条に「民部権大輔」、長徳四年十月二十二日条に「右近権中将」とある。「権記」長保三年二月四日条に、出家時の年齢が二十三歳と記されている。栄花物語に「少将」とあるが、これは不明であるが、民部権大輔になる前後に近衛少将であった可能性はある。先の「浦々の別」での隆家召還は、長徳三年のことであり（上京は五月三、四日とあるが、「小右記」によれば四月二十一日）、その前から成信は兼資女の婿であったことになり、その頃、成信は近衛少将であったとも考えられる。もし通い始めたのが長徳二年なら、十八歳ということになる。

一方、伊予守・源兼資については、「権記」長保四年八月六日条に卒伝がある。

正四位下源朝臣兼資卒、年四十三、故参議従三位惟正卿第三男、母従三位藤原國章卿女也、自近江掾叙位、経治部輔、任薩摩守、以治迹叙一階、其後頻任美濃、重任伊与、任終年諸郡之吏・長幼入洛、請以其治能重任、任中兼左馬権頭、…

これによると、兼資は国司としては薩摩守が始めであり、任期切れの時に、その国の諸郡の役人や庶民の大人、子供が上洛し、善政を行った兼資の重任を願い出ている。「頻任」とあるので、それで重任したものと思われる。これを裏づけるように、「日本紀略」永延元年（九八七）七月二十六日条に次のようにある（私に書き下す）。

美濃國百姓数百人、陽明門に於て守源遠資の任を延ぶるの由を申請す。

「権記」の「長幼入洛」は、この「美濃國百姓」のことと言えよう。すると兼資は、永延元年に美濃守の任期切れであったが、百姓らの嘆願により重任となったことになる。ただし「日本紀略」では、源兼資ではなく「源遠資」とあり、「小右記」正暦四年（九九三）二月二十二日条にも「伊予守遠資来」とある。しかし、「本朝世紀」長保元年（九九九）三月二十九日条には、「伊与守源朝臣兼資」が、岩清水臨時祭の勅使となっていることが記されている。また「権記」長保二年正月三日条にも「伊予守兼資」とある。おそらく長徳年間に、「遠資」から「兼資」に改名したと考えられるのである。

また、長保二年二月三日条に「左馬権守兼資朝臣」とあり、先の兼資の卒伝にあった「任中兼左馬権頭」に当ると考えられる。つまりは、兼資が伊予守にして左馬権頭を兼ねていたわけである。「権記」長保四年四月十日条には、「伊与守明順朝臣」「前司兼資朝臣」と記されており、兼資は伊予守を退いていることが知られる。すなわち兼資は正暦四年以前から伊予守であり、長徳二年前後に重任となり、さらに長保元年ぐらいからまたもう一期赴任したと考えられる。

成信は、近衛少将か民部大輔かあるいは右近権中将の時に、相手は伊予守・源兼資の娘に通った。成信自身の氏素性は決して卑しくないが、いかに若いとはいえ少将などの地位では、重任などで国司を切れ目なく務めていて、財を成している兼資女の婿となるのも不思議ではない。この件に関連して、「枕草子」には次のように記されている。

成信の中将は、入道兵部卿の宮の御子にて、容貌いとをかしげに、心ばへもをかしうおはす。伊予の守兼資が女忘れて、親の伊予へ率て下りしほど、いかにあはれなりけむとこそ、おぼえしか。暁に行くとて、今宵おはして、有明の月に帰りたまひけむ直衣姿などよ。（枕草子「成信の中将は」）

「女忘れて」の箇所は、「女忘れで」と言う説もあり[1]、意味が正反対になるので扱いは多少複雑だが、「枕草子」では、親に連れられて伊予に去っていく兼資女との別れを悲しみ、未練を持つ成信の姿を魅力的、好意的に点描していることは確実である。かような成信の描き方を見ると、仮に、伊予守女とは当初その蓄財を当てにした関わり方であったにせよ、女への情愛が募ったものとも受け取れよう。

この辺りは、浮舟から常陸の介の娘に乗り換えた左近少将には、決して触れられない面である。左近少将については、あくまで自分の出世に受領の財産を利用しようとしている俗物として、描き切っているのである。

四　受領の娘との結婚（2）

「小右記」長和四年（一〇一五）七月十一日条に、

今夜備中守藤原知光、以右少将公成為聟云々、

と記されており、右近少将・藤原公成が、備中守の婿になったことが知られる。公成は、この時点で父は権中納

言・実成、祖父は内大臣公季であり（「公卿補任」）、権門の御曹司のようにも見える。しかし、左大臣・道長の時代が長く続き、道長息・頼通が権大納言となっており、位階では公季と同じ正二位であり、公季の政権担当としての先行きは、きわめて望み薄の状況であった。事実、二年後の寛仁元年にはこの頼通が摂政、さらに二年後には関白となり、以後、治暦四年（一〇六八）に弟の教通に関白位を譲るまで、実に五十年に亘って最高責任者として君臨することになる。つまり公季の一族は、常に道長一族の後塵を拝したのである。「大鏡」公季伝には、「帝・后立たせたまはず」と記されている。

公成自身は、長和二年六月二十三日に任右少将、翌年三月二十八日に兼近江権介となり、後に、右権中将、蔵人頭などに昇進し、万寿三年（一〇二六）十月六日、二十八歳で参議となっている（「公卿補任」）。しかし、備中守知光の婿となった長和四年は十七歳という若年であり、将来の参議昇進への確実な保証があるとはいえず、受領の財を当てにした婚姻関係を望んでもおかしくはなかった。

受領の娘と婚姻関係を結んだ者として、他に、参議・藤原資平の息子の資房がいる。「小右記」治安三年（一〇二三）正月二日条に、

今夜資房密々可罷通備前守［経相ヵ］女、…

とあり、備前守女に通い、十七歳で従五位上の左兵衛佐程度であるが、一ヶ月後には右近少将となっている（「小右記」「公卿補任」）。この婚姻の露顕《ところあらわし》は、通例よりだいぶ遅く、十日以上後の正月十七日に行われている。「小右記」で父・資平の言葉として、次のように語られている。

今日資房差大蔵丞章経為書使、淵酔、纏頭、初露顕、今夕有饗禄儲云々、婚姻後朝當不宜日、仍雖及数日、今日吉日、仍用後朝作法云々、

婚礼の儀式に従い、大蔵丞・藤原章経を後朝の文の使いとして差し向け、露顕の儀をとり行うが、今日まで後朝の作法を行う吉日がなかったとしている。普通三日目に催すと見られるが、遅れることはいくらでもあった。(2)あるいは、先の通い始めの時に「密々」とあったので、正式な結婚とするのは何日も後だった可能性もある。

備前守経相は、「小右記」「御堂関白記」などによると、紀伊守や丹後守を歴任し、治安二年正月に備前守に任ぜられている。資房の父・資平は三十八歳の正三位・参議といえど、まだ三十二歳の従一位・関白・左大臣頼通、さらに二十八歳の正二位・内大臣教通ら、道長息たちが太政官の中枢を占めている状況からすれば、資房の将来は、決して明るいとは言えなかった。しかも隠然たる勢力を持つ道長自身が、五十七歳で健在であった。ゆえに、近衛少将になるかならないかと言った程度の資房が、受領を歴任し、財力のある国司の婿となるのは、むしろ当然であったと言えよう。尚、資房の母が、受領の娘(近江守藤原知章女)であることも関係していよう。しかも知章が、この結婚の十年前の長和二年冬に卒去していた(「小右記」)。資房は、幸い参議にまではなれたが、それ以上の昇進はなかった。

もっとも、少将程度の者なら誰もが受領の娘と結婚したわけではない。「小右記」治安三年六月二十三日条に次のようにある。

宰相従右兵衛督許又来云、為訪彼聟取事所罷向、今夜先可着裳者、聟右近少将実康、

藤原公信の息・右少将実康と、正三位参議・右兵衛督・藤原経通女との結婚のことが記されている。公信はこの年、従二位権中納言となるが、その父は太政大臣であった為光である。しかも兄は、道長時代からずっと太政官の要職にあって、道長らの信頼の厚い正二位大納言・斉信であった。実康の母は、従三位参議・藤原正光女でもある。氏素性・境遇では、先の資房より恵まれていたと言えよう。だから、受領の財産を当てにせずとも、出

世の見通しがあったのかもしれない。しかし、この時点より九年後の長元五年八月二十八日に実康は卒去しており、栄達は叶わなかった。年齢は不明だが夭折と考えられよう。

もっとも、嫁方の方から、積極的に婿に望むということはむろんいくらもある。当時十七歳で右近中将・藤原長家を、大納言・藤原斉信が婿として迎えようとした。「小右記」治安元年十月二十四日条によると、来月九日の斉信女の裳着に引き続いて婚礼を行うということだが、

去四月妻亡、一周忌間可無他志、而不知彼指意、偏所経営云々、

とあるように、長家はこの四月に妻と死別しており、その一周忌がすむまでは再婚の意志はないとし、そのような思いを知らずに結婚の段取りを整えていることを、批判的に記している。道長が仲介をしてもうまくいっていない。しかし、二日後には、長家の書状が正式に斉信女のもとに届けられているし、十一月二十三日条では、既に婚儀がなされたことが示されている（「小右記」）。長家は道長息であり、斉信が婿にしたいのも頷ける。道長一族との絆を強固にしたいわけである。このような政略結婚はいくらでもあった。

五　仲人をめぐって

ところで、東屋巻で、常陸介と左近少将の間で暗躍する仲人の立場だが、この人物の少将との関わり方や口の利き方からすると、身分的に少将よりかなり下位とも考えられない。仲人に関して、現実にはどのような人物がいかに存在するのであろうか。

前章で取り上げた道長息・長家だが、妻を失って一周忌前の結婚を渋っていたが、その妻とは時の中納言・藤原行成女であった。その婚儀は、「左経記」寛仁二年（一〇一八）三月十三日条に、「今夜侍従中納言殿中将君取

因縁…」とある。このことに関しては、「栄花物語」に次のように記されている。

侍従中納言の御むかひ腹の姫君十二ばかりなるを、またなう思ひかしづきたまひ、生れたまひけるより、心ことに思しわきてありけるを、この中将の君を、さてもあらせたてまつらばやと思しなりて、さべき方より便りして、殿の御気色たまはらせたまへば、「雛遊びのやうにて、をかしからん」などのたまはせて、にくからぬ御気色を伝へ聞きたまひて、にはかにいそぎたちたまふ。

（巻十四「あさみどり」一四八）

行成の正妻腹で十二歳ほどの姫君の婿として、十四歳の長家を考えるのも、むろん当人たちの意志には無関係の政略結婚にほかならない。道長が、実際に「雛遊び…」と言ったかどうかは別として、行成と道長の間に入って結婚を仲立ちした人物がいたと言えよう。ここでは、「さべき方より便りして」とあるように、しかるべき筋を媒介にして道長の意向を尋ねている。その人物を特定できないが、常識的には、中納言が道長相手に縁談を進めようと言うのだから、両者に親しく、しかもあまり身分が低いというわけにはいくまい。

特例的に身分の高い仲人の例として、「小右記」治安三年六月二十三日条が語る次の場合がある。

亦密語云、以四位侍従師房為因縁事、取気色可告事、若不許者何為、若有宜気撰吉日欲申消息者、此事従女房方頻有懇切之御消息、而不報左右、先着裳後相次可想定事也、

ここは、関白・左大臣・藤原頼通が参議・藤原資平に、密かに語って云うところであり、頼通が、四位侍従・源師房と、藤原実資の娘の結婚の仲介をしょうとしているのである。それは、師房は具平親王男であり、同じく具平親王女の隆姫が頼通室となっている関係から、つまり、頼通が義弟のために一肌脱ごうとしているわけである。婚姻のことを、もし実資が承諾するなら、吉日を選んで正式に申し込もうと考えている。既にこの件は、隆姫方から何度も細やかな消息があったようで、実資は重々承知していることであったが、正式の返事をしていな

かった。つまり、実資にとってこの縁談は、あまり気乗りがしないものであったと言えよう。いかに関白室の弟といえど、政治的な力のない、しかも既にとっくに他界している親王（『日本紀略』寛弘六年七月二十八日「薨」）の息子では、たいした意味を感じなかったと思われる。結局、痺れを切らしたのか、先々師房は道長女・隆子と結婚することになる。

結婚の仲人として、比較的多いと思われるのが、年配の受領で家司的な立場の者である。『御堂関白記』長和元年（一〇一二）四月二十七日条に、道長男・教通と藤原公任女の婚礼のことが、次のように記されている。

此夜左三位中将為太皇太后大夫因縁、彼宮西対有此事云々、共五位八人、六位二人、随身等・雑色十人遣之、知章朝臣、此外乗車後、

教通は十七歳にして正三位・非参議・左中将であり、翌年には一気に権中納言となる。公任は、従二位・権大納言・太皇太后太夫である（『公卿補任』）。この記事は、『小右記』の四月二十八日条にも、「於件宮西対、去夜行婚礼、女十三、」と記されており、さらに、四月三十日条にも、

季信朝臣云、三位中将共近江守乗車相従、其外五位八人・六位二人者、

と記されている。ここで注意したいのが、『御堂関白記』にもあった近江守・藤原知章のことである。婚儀に赴く教通の牛車に、近江守が同車しているのである。これはいったい何を意味しているのか。『御堂関白記』の「知章朝臣」については、「受領クラスの老練な人で、教通に同車して、いろいろと作法などを教えたりした」[(3)]と注されている。知章は、加賀・筑前・伊予・近江守を歴任しつつも、賀茂臨時祭の使いとなったり（『御堂関白記』寛弘二年十二月六日）、道長の春日詣に付き従い（寛弘四年二月二十八日～）、道長の金峰詣のため、精進所で長斎に籠ったりしている（寛弘四年閏五月十七日～）。又、長和元年五月二十三日に、道長が息・顕信の受戒に列するため比

叡山へ登った時にも、知章は供をしており、道長の命により僧綱らに禄を給している。同日条の「小右記」には、「相府家司知章」と明記されている。だから、知章は受領とはいえ、家司として道長に近侍するかなり親しい者であったと言えよう。いわゆる「家司受領」で、主家の雑務に奉仕し政務の補佐を行ない、また財物を入れ、その見返りに受領拝務の機会を与えられた(4)。

一方、「小右記」寛弘八年九月十五日条に、(実資養子の)資平の近江・丹波等兼国のことを、「以近江守令達左相府」とあるように、知章から道長に話を通させてもいるし、長和元年六月初めの道長病悩の折、実資と道長の間に立って、ただ知章のみが使いをしている(「小右記」)ことからも、知章は、実資とも懇意にしていることが分かるのである。

教通を婿とした公任は、言うまでもなく実資と同じ小野宮家であり、婚儀の直前に、実資から衣装などを借りるなど、日頃から近い関係であった。ゆえに、この結婚の仲立ちをした人物は、知章の可能性がかなり高いと言うべきであろう。

一方、次に示す事例も受領が仲立ちとなっていると思われる。「小右記」長元元年(一〇二七)十一月二十五日条に、

経季書以経孝朝臣遣左中将兼綱女、無返事、……入夜左兵衛督来、良久清談、今夜経季朝臣通左中将兼綱女、祖父但馬守能通一向経営、

とあり、左中将・藤原兼綱の娘に、この当時蔵人・美作権守・藤原経季が通って、婚姻関係を結んだことが記されている。経季は、この時十八歳で、この数ヵ月後の長元二年三月十一日に左近少将に任じられている(「公卿補任」)。父は実資の甥の経通だが、実資の養子となっている。この記事に、「祖父但馬守能通一向経営」とあるよ

うに、この婚姻の一切を設えたのは、兼綱女の祖父である藤原能通であることが知られる。能通は、「御堂関白記」寛弘五年十月十七日条に、敦成親王家司として、他の十人とともに名が記されていた。又、道長家司とも言われ(5)、内大臣・教通の家司にもなっている（「小右記」万寿二年二月二十一日条）。とともに、実資とも親しく、実資は能通女（兼綱室）の死の折に弔問している（「小右記」万寿二年二月九日条）。又、能通は、息・実範が蔵人に補せられた慶事を、実資のもとに来て伝えたり（万寿四年二月四日条）、実資も、「唐暦一部」四十巻を貸与する（万寿四年六月十五日条）など、能通が実資邸に出入りすることが多く、二人は昵懇の間柄であったと言えよう。婚姻対象の両者に深く関わりをもっており、仲人として相応しい存在であると考えられる。彼もまた、あちこちの高官の邸に出入りする、家司受領であった。

さらに能通は、道長男・頼宗と実資女・千古の結婚にも関わっていると思われる。「小右記」長元二年閏二月二十五日条に、次のように記されている。

但馬守能通談話云、春宮大夫頼宗有便宜者可漏息中将事者、報云、只今左右難報、取諸身大事也、

春宮大夫・頼宗が息子の中将・兼頼のことについて考えるところを告げたことを、能通が実資に伝えている。実資は、諸々にとって大事なことゆえ即答はできないと答えている。これは、後日のやり取りから、兼頼と実資女の結婚問題に関することであることが分かる。「小右記」同年八月になると、既に結婚の日取りなど、具体的なことが記されているので、前々からこの縁談が持ち上がっていたことは確かである。八月二十六日条には、

両納言相議小女事、可調女装束人々書出、大略十一月中擇吉日可遂、

とあり、実資は、一族の二人の権中納言・経通、資平とあれこれ相談し、十一月中の吉日の婚儀を決めている。九月二十日条では、陰陽師・賀茂守道に日取りを占申させ、十一月一日と二十六日を事細かに比べ、過去の同条

件の吉日での、道長・倫子の婚儀の日まで引き合いに出させ、二十六日を最適の日として選び出させている。実資のこの結婚への並々ならぬ思いが伝わってくるのである。

かような縁談の仲立ちには、家司受領として貴族の邸によく出入りし、あちこちの情報を得て、それを告げ知らせ、自身も顔をつなぎ次の任官に便宜を図ってもらうなど、利害関係のある人物が適していると考えられるのである。

六　「東屋」巻の仲人をめぐって

源氏物語の中では、女三宮の降嫁の相手として、朱雀院に光源氏を強く推挙する女三宮の乳母とその兄・左中弁も、光源氏と女三宮を結ぶ仲立ちと言える。

この御後見どもの中に、重々しき御乳母のせうと、左中弁なる、かの院の親しき人にて年ごろ仕うまつるありけり。この宮にも心寄せことにてさぶらへば、参りたるに会ひて物語するついでに、…（若菜上二十九）

左中弁は光源氏に長年親しく仕えていて（六条院の院司と考えられる）、乳母の兄であることからか、女三宮にも心を寄せて仕えているとある。仲人として最適と言えよう。既に乳母は、女三宮の婿としての光源氏に気持ちが動いており、左中弁には取り持ちを依頼するような格好になっている。この兄妹は、女三宮と光源氏の結びつき以外にはほとんど関心を持っていないかのようである。既に考察したことだが[6]、女三宮・光源氏の結婚は、この兄妹の名誉・権勢を得ることにも繋がると言えよう。降嫁後の不安については切り捨て、朱雀院には光源氏が必ず承諾する旨、強調的に告げている。左中弁という官職は、参議以上を望むのが難しいものになりつつあった背景のもとに、栄達のためには絶好の機会でもあるこの結婚問題に、積極的に関わっていったと考えられる面もあるのである。
一方、末摘花と光源氏を繋ぐ大輔命婦も、女性ではあるが仲人と言えるのではないか。この命婦は、末摘花の父・常陸宮邸を実家としており、命婦の父・兵部大輔が常陸宮の縁者と考えられる。そして、光源氏の乳母の娘でもあり、二人の仲を取り持つには格好の人物と言えよう。

故常陸の親王の末にまうけていみじうかなしうかしづきたまひし御むすめ、心細くて残りゐたるを、もののついでに語りきこえければ、「あはれのことや」とて、御心とどめて問ひ聞きたまふ。「心ばへ容貌など、深き方は知りはべらず。かいひそめ人疎うもてなしたまへば、さべき宵など、物越しにてぞ語らひはべる。琴をぞなつかしき語らひ人と思へる」と聞こゆれば、…

（末摘花二六六〜七）

仲人口とまでは言えないまでも、末摘花について、物の弾みでつい光源氏の気を引いてみるのだが、末摘花の救いがたい欠点を知っている命婦は、具合の悪いことは当然、伏せている。末摘花の気性や容貌など詳しいことは知らないと言っているのは、とぼけているわけで、後に、光源氏が末摘花の琴を聞くときも、「命婦、かどある者にて、いたう耳馴らさせたてまつらじと思ひければ」（二六九）とあるように、末摘花がぼろを出さぬよう、これ以上演奏を勧めないようにするなど、なかなかのしたたか者である。
仲人とは言えないが、女性としては「紫式部日記」によれば、頼通と具平親王女の縁談の折、親王家と親しい関係にある者として、紫式部自身も道長から相談を受けている。
では、「東屋」巻での、左近少将と常陸の介女との結婚の仲人は、どの程度の身分の男と見られようか。少将に近侍しているといっても、口の利き方が割合横柄で、主従関係にあるようにも見えない。おそらく、父・大将の生前から出入りしている、と言うよりも大将の家司のような男ではなかったかと思われる。家司は院司、親王家司、摂関家司、大臣家司などのほかに、近衛大将家にも存在した。大将家の家司は摂関家に準じていて、上家司・下家司などがあった。(7) 家司あるいは上家司はおおよそ四位、五位の者がなり、下家司は六位、七位の者がなった。(8)「夕顔」巻で、光源氏が夕顔を連れて行った「なにがしの院」の「預り」(管理人)は、「睦ましき下家司にて殿にも仕うまつる者なりければ」(一六〇)とあり、光源氏と親しい下家司で、左大臣家にも出入りしている者と記されている。又、「栄花物語」巻三十「つるのはやし」に、後一条帝が、道長の死の前の望みである、法成寺の造営に奉仕した者に報いたいとの言葉から、次のような宣旨を下したと記される。

　関白殿の上の家司因幡前司庶政をば、頼明が代りの美濃になさせたまひ、下の家司左衛門尉為長をば、使かけさせたまふ宣旨下させたまふ。（「つるのはやし」一五八）

関白頼通の上家司で前因幡守を美濃守に任じ、下家司の左衛門尉・為長を検非違使兼務にさせたと言う。これらのことは、「公卿補任」寛仁三年条で、道長の出家に関わって記されており、為長については「以左衛門志豊原為長補検非違使(雖無其闕依造塔行事也)」とあり、「栄花物語」とほぼ同じ内容と言えよう。又、「小右記」万寿四年十一月二十六日条にも記されており、「左衛門志豊原為長為検非違使之宣旨下」とあり、「公卿補任」同様、左衛門尉ではなく「左衛門志」とある。「日本紀略」の同日条では「左衛門少志」と記されている。実際には、ここより数年後の長元三年(一〇三〇)五月十四日条(「小右記」)に、「左衛門志為長」と出ており、翌年の三月十日条に初めて「左衛門尉為長」、十三日条に「検非違使為長」と記されていて、左衛門尉と検非違使を兼務していることが分かる。つまり、「栄花物語」は、豊原為長の後の官職を、先取りして記したものと想像されるのである。

衛門尉は、大尉で従六位上、少尉で正七位上ぐらいであるが、衛門志だと、正八位下以上で、せいぜい従七位上あたりであり、少志だと正八位下と、かなり低い。関白家司であり、出家している道長のもとへも出向いており、実資邸へも使いで来ることがある、気安く使いやすい信頼されている下役である。大尉にはなっているが、せいぜい五位止まりで、うまくしても、受領の守というより介あたりになるぐらいであろう。

ただし、豊原為長は、かなり無茶なこともしているようである。「小右記」万寿二年八月十二日条に、次のように記されている。

禅閤以左衛門志為長令取豊楽殿鵄尾、豊楽守衛士云、有指宣旨歟、陳不可取詞、為長打調衛士、遂取下鵄尾、…

道長の命により為長は、大内裏・豊楽殿の大棟の両端に取り付けてある鵄尾を、止める守衛を打擲してまで取り下ろした。鵄尾の原料の鉛を、道長建立の法成寺の瓦の料とするためらしい。このことを聞いた実資は、道長の暴挙に憤慨している。

このように家司は、虎の威を借る狐のような一面を持ち、位階以上の張り出しの良さと、したたかさを持っていたとも考えられる。

東屋巻の仲人も、せいぜい衛門志や兵衛志か少尉あたりの者であったと思われるが、態度の大きさも感じられる。妹が常陸の介の娘(浮舟)の侍女であることからも、その程度のものと思われる。直接、常陸の介の所へ出入りしているとしてもおかしくはないが、常陸の介といっても前司である。だが、莫大な蓄財によってか、さしたる猟官運動もしていず、「豪家のあたり恐ろしくわづらはしきものに憚り怖ぢ」(東屋十九)とあったように、むしろ、権勢家には近付かないようにしているかのようである。また僻遠の地へ、受領として赴任する意欲はないし、その必要もないといった、引退し悠々自適の日々と言ったところであろうか。であれば、この仲人が出入りする意味はない。なによりも、常陸の介の実娘との結婚しか考えていなかった少将が、浮舟から乗り換えるという設定は大前提といってもよく、そのためには、仲人が常陸の介宅によく出入りしていながら、浮舟が実娘ではないことを知らなかったとしたら、あまりにも不自然になろう。妹が浮舟の女房であるという設定は、苦肉の策とも言えよう。だから、このことを知らなかったとするのも、やや不自然ではあるが、直接は知らないわけで、少将への言い訳としては通用しなくもない。新編古典全集本の頭注には、「この仲人は、常陸介家において浮舟がいかなる存在であったかを知らぬはずがない。…浮舟が中将の君の連れ子であったのが初耳であるかのように陳弁したのは、言い逃れであろう」とあり、こんなところであろうが、であれば、はなから実娘の方に渡りをつけた方が得策であったろう。まあなにより、妹が浮舟付の女房ゆえに、こちらの方が手っ取り早く確実であったとは言えよう。なんといっても、浮舟が少将ごときに乗り換えられ、母子共に屈辱的な憂き目に晒され、止むに止まれず中の君を頼っていき、そして…、といった浮舟物語の重要な展開の基盤構築のために、ここまでの具な展開は不可欠であったと言ってもよかろう。

この仲人に付与された独自の条件は、決して軽んずることができないのである。

七　婚姻の仲介をする出家者

東屋巻頭で、薫は外聞を憚って浮舟へ消息を直接伝えることはしていないと記されていた。しかし、弁の尼は薫の意を酌んで中将の君に度々言ってよこした。宇治の御堂の完成を聞き、自ら出向いた薫は、弁に改めて浮舟への仲介を頼むことになる。その時、弁は、中将の君からの手紙に浮舟が三条の小家に隠れて住んでいるとあったことを伝えた。薫は、弁が直接浮舟のもとへ行き、仲介をしてくれるよう頼んだ。その時、弁は、

仰せ言を伝へはべらんことはやすし。今さらに京を見はべらんことはものうくて。宮にだに参らぬを。（東屋八六）

と答え、気の進まぬことを告げる。さらなる薫の説得にも「聞きにくきこともこそ出でまうで来れ」と、尼の身で男女の仲を取り持つといった、聞き苦しい噂の立つのを危惧している。しかし結局、薫の依頼を断れず京へ出向くことになる。後日、弁は薫の用意した車で、三条の浮舟宅に出向き、そこへ宵過ぎる頃に薫が訪れ浮舟と契りを結ぶわけだから、弁の尼が薫と浮舟の仲立ちをしたのは間違いない。

一方、横川の僧都の妹尼も、死んだ娘の替わりに、婿であった中将と浮舟を結婚させようと本気で考えていた。このように、男女の仲を取り持つ仲人のような役割を、現世離脱した者が担うことは、この時代、あってもおかしくないことなのであろうか。

前に触れたように、実資女・千古が結婚するが、これより前に千古には縁談があったが、破談になった事実がある。その件の仲立ちが僧侶であったと見られることから、次に先ず、「小右記」万寿四年正月九日条を示したい。

中納言事従定僧都并藤宰相許有可擇吉日之消息、依有禅室気色者、

中納言とは道長男・長家で、千古との結婚話が具体化しており、「定僧都」（定基僧都）らから婚儀の吉日を選ぶよう連絡がある。翌日には、陰陽師・賀茂守道に吉日を「来月廿三日甲午、時亥」と時間まで勘申させ、これを「定僧都」に知らせている。そして実資方では婚儀の具体的な準備を始めている。しかし十一日になると、

廿三日事可延廻由定基僧都以式光有消息、太為奇、…

と、定基僧都の方から唐突に、二十三日の婚儀の延期を言ってきた。この後、実資の困惑と憤慨が示されていく。

この結婚に関して間に立っている定基僧都とは何者なのか。

先ず、長家は、既に寛仁二年（一〇一八）に中納言・行成女と結婚した。しかし三年後に妻と死別し、大納言・斉信女と再婚した。しかし又、万寿二年（一〇二五）にその妻とも死別した。そして、長家の新たな結婚問題が、「小右記」万寿二年十一月三日条に、次のように記された。

宰相乍立両度来云、権大納言女事以定基僧都令申禅門、其報如泥者、是政職朝臣所談、大納言密々談政職云々、以新中納言可為聟事也、大略無許容歟、人々謀計不可知耳、

権大納言・行成が、自分の娘と長家の結婚について、定基僧都から道長に申し入れさせたという。「人々謀計」とは、この記事の前後から、既に長家と実資女の結婚話がある程度なされていた中での、唐突な行成女の件の浮上から、実資は、裏面での謀計を予測したのであろう。十一月十六日になり、定基僧都が実資のもとへ来て、次のように言っている。

如今無変改気、但被仰彼人、申忽不思立由、又権大納言面申、被答云、法師口入無便、但下官先日示此事、已許諾了、至今只可被示彼人歟者、如此御詞似放埒者、

長家は、行成女との結婚に乗り換える気はないし、道長も、法師（定基僧都）が先に行成女を長家の嫁にとの申し入れを媒介したことを、不都合なことと言い、既に実資女（千古）との結婚を約束していると伝えてきた。しかし、実資は道長のこの言葉を「似放埒」と捉えており、あまり信用してはいないようである。法師が結婚問題の口入をすることの不都合を言っているようではあるが、「小右記」の記事を見る限り、定基僧都がかような結婚問題の仲立ちを含め、俗事に関わって道長と実資らとの間を行き来しているのは、紛れもない事実であり、何を今さらといった趣である。かような俗事に法師が関わり合うのは、それほど珍しいことではない。事実、他

の法師でさえ、長家の縁談については細かい情報をもっているのである。十一月三十日に実資のもとに資平が来て、次のような話をしている。

高尊師云、今日謁永円僧都、密語云、中納言長家事、禅室北方云、禅室契約下官了者、

長家と千古の結婚を、道長は実資に約束するということを道長北の方（倫子）が言った、と語ったのは永円僧都であり、このことを資平に告げたのは永円と話をした高尊師だという。ここには定基僧都以外の二人の僧侶が介在している。道長の周りには、俗事まみれの僧侶が何人もいるようである。寛仁三年（一〇一九）三月の五十四歳での出家以来、既に六年以上経つにもかかわらず、頼通がまだ三十歳前後と若いためもあり、政治的にも多大な影響力を持っており、道長にお伺いを立てるには、自然と先ず取巻きの僧侶たちにということになるせいもあろう。にしても、男女の問題まで半ば公然と語る僧侶たちの存在は注意してよい。

十二月三日には、実資女との結婚は、長家とその母・明子が承諾したこととの情報があり、又、次のようなことも実資の耳に入った。

一昨禅閤被命新中納言事、有可然之気色、定基僧都在彼御前同所聞、其後問僧都、云最似許容、

道長も承諾するようであり、その御前で道長の意向を聞いている定基僧都によると、ほぼ承諾されたようだとのことである。そして、十二月六日に、長家自身の気持が人伝に伝えられる。それによると、実資女との結婚を承引するが、前妻の一周忌以降にしたいとある。同様のことは十二月十五日にも伝えられている。そこには、長家は亡妻をいまだに忘れられずにいるともあった。その後は、最初に引いた万寿四年正月の婚儀の日取りと延引の件に至るわけである。

定基僧都に関しては、道長第での法会に常に奉仕しており、寛仁四年（一〇二〇）十一月七日、病の道長を見

舞う時、実資は定基（この時は律師）に参入の由を申し入れているし、実資の養子の参議・資平が修理大夫を不服とした時、定基から道長に伝えてもらっており、定基は資平に、道長がそれを是認する方向であることを報じている。又、例えば治安三年七月二十九日に、実資男・資頼が、道長に献物する時にも接触しており、八月八日に資頼の昇殿を道長に懇請するに、定基僧都に言い置いてもいる。このように、定基は実資方とも懇意にしていると言えよう。だから実資女と道長男の縁談の仲立ちとしては、法師ではあるが、むしろ道長が出家しているので法師ゆえに尚更、相応しい立場にあったと考えられるのである。

八　左近少将の父・故近衛大将

東屋巻に初めて登場した左近少将の父は、故大将とされていた。大将は太政官の高官が兼務するのが普通であった。源氏物語では、薄雲巻で頭中将が大納言の時に右大将を兼務していた。夕霧は、若菜下巻で大納言兼左大将であり、薫は、宿木巻で権大納言兼右大将となっている。では、史実としてはどうであるのか。

平安初期から、左大将は、ほぼ左大臣か右大臣が兼任している。右大将は、大納言の兼任が多い。宇多帝の寛平五年（八九三）、従三位中納言・藤原時平が右大将を兼ねたが、「公卿補任」に、中納言にして大将の例と特記されているように、大将兼官の中納言は稀有の例であった。このような例は、安和三年（九七〇）中納言・藤原兼家が右大将となるものなど、きわめて少ない。天徳元年（九五七）、左大臣・藤原実頼が病により左大将を辞すると、大納言兼右大将の藤原顕忠が左大将に転じ、替わりに中納言・藤原師尹が右大将を兼任した。天徳四年、顕忠が右大臣になるが、左大将はそのままであり、康保二年（九六五）に右大臣・顕忠が死ぬと、大納言・源高明が左大将を兼ね、翌年高明が右大臣となるが、左大将はそのまま変わらずで、大納言・師尹が右大臣となるも、右大将はそのままである。それでも、ポストが変わるにつれ、左大将、右大将兼任は移動することが多い。

では、源氏物語の時代はどうであろうか。紫式部の夫・宣孝が死去し、源氏物語を書き始めたと考えられる長保三年（一〇〇一）頃は、左大将は内大臣・藤原公季の兼官で、右大将は大納言・藤原道綱の兼任となっている。しかし、公季はこれ以後、長和四年（一〇一五）十月まで左大将のままである（『公卿補任』）。公季は既に、大納言の時の長徳二年（九九六）九月に左大将を兼任しているので、約二十年間、左大将を兼任していたことになる。道綱の方は、長保三年のうちに右大将を辞しており、替わりに権大納言・藤原実資が兼務した。その後、実資は治安元年（一〇二一）に六十五歳で右大臣になったが、右大将はそのまま兼務で、長久四年（一〇四三）十一月に八十七歳で辞するまで、実に四十二年間右大将を務め続けたのである。又、公季の替わりに左大将になった権大納言・頼通が、寛仁元年（一〇一七）に道長に替わって二十六歳にして摂政となると、左大将位を二十二歳の弟の権中納言・教通に譲った。そして教通は、権大納言、内大臣、右大臣となり、さらに左大臣となった翌々年の康平五年（一〇六二）四月、六十七歳で辞するまで、実に四十五年間、左大将であり続けたのである。左大臣位は、治暦四年（一〇六八）、教通に替わって関白となるまでそのまま続けている。

だから、源氏物語が書き出される前後から、完成した後まで、左大将は内大臣（公季）が務めており、右大将は大納言か権大納言が兼務していたことがはっきりしている。東屋巻で、少将の父が故大将であったわけだが、まず、大納言程度の者の兼官だと考えるべきであろう。少なくとも大臣ではなかったとは言えよう。大臣であれば当然、「故大将」ではなく「故大臣」と記されるはずだからである。

次に、源氏物語のように大将の息子が少将で、受領の娘と結婚した例を考えてみる。『公卿補任』によると、円融帝の貞元二年（九七七）権大納言・藤原朝光は左大将を、権中納言・藤原済時は右大将を兼官した。永延三年（九八九）朝光が病のため左大将を辞すと、一時的に内大臣・道隆が兼任したが、翌年、済時が右から左大将に移り、右大将には権大納言・道兼が兼官した。朝光は、長徳元年（九九五）三月二十日に、四十五歳・大納言で薨去したが、参議二年、中納言三年、大将十三年、閑院大将と号したとある（「公卿補任」）。又、同年四月二十三日、済時も五十五歳・大納言で薨去している。参議六年、中納言九年、大将十九年（右十四、左五）、小一条院大将と号した。朝光の父は、貞元二年に関白・太政大臣で薨じた兼通で五十三歳であり、朝光は二十七歳であった。済時の父は、安和二年（九六九）に左大臣で薨じた師尹で五十歳であり、済時はまだ非参議で二十九歳だった。

つまり、二人とも基経-忠平-師尹あるいは忠平-師輔-兼通と続く藤原氏の名門の流れのうちにあり、父がもう少し長生きするか、帝の外戚として権勢を掌握するかしていれば、大納言止まりにはならなかったであろう。氏の長者の一族といっても、得てしてそんなものではある。問題はその後の代である。済時男・通任は、済時の死の二年前の正暦四年（九九三）三月十日に、右少将に任じられている（「小右記」）。済時の死んだ年に従四位下に叙せられるが、「公卿補任」は「少将労」と記しており、少将を何年か続けていることが分かる。つまり源氏物語の少将と境遇がよく似ているのである。その後、通任は三十九歳の寛弘八年に参議に昇進するが、ずっとそのままで、権中納言に上がったのは、長元八年（一〇三五）で、既に六十二歳になっていた。

朝光男・朝経も、父の死の前年の正暦五年に右権少将に任じられ、父の死後もしばらく少将のままである。長和四年（一〇一五）二月に、四十三歳で参議になり、極官はやはり権中納言であった。同じ朝光男の相経は、「権記」長徳元年十月一日条に「左近少将」として御修法に奉仕している。しかし、長徳四年六月六日に左近少将のまま出家している（「小記目録」）。さらに、もう一人の朝光の息・登朝は、「小右記」正暦元年十月二十九日条に、

「大納言息右少将登朝」の名が見える。正暦四年七月二十八日の相撲御覧の折にも、右出居少将として名前が出ている。その後、全く記録に現れなくなるので早死にしたものと思われる。

このように見てくると、故近衛大将の子は、若い頃は少将程度であり、将来、参議に昇進しても、長生きをしてせいぜい権中納言止まりであることが分かる。そのような人物は、栄達のためにも受領の娘の婿となることは不思議ではないのである。

因みに、朝光男の朝経は、実際、備後守・藤原奉職女と結婚しており、その間に誠任と基房が生まれている。誠任は、「小記目録」寛仁四年（一〇二〇）四月十日条に、「左少将誠任、依疱瘡、卒去事」とあり、父・朝経が参議になる五年前に死んでおり、父の年齢からすると誠任は二十歳前後の間違いなく夭折であった。基房は、「小右記」に少納言（万寿元年正月七日条ほか）や阿波守（長元二年八月二十七日条）となっている記事があるが、参議にまで昇ることはなかった。尚、阿波守であった長元二年の記事は、その七月四日に五十七歳の権中納言で死んだ父・朝経の弔問へのお礼に、右大臣の実資邸へ来たものである。そこで基房は、父が納言在任中いつも言っていたこととして、実資の諷諫があることにより昇進できその恩を忘れられないと、七十三歳の実資に告げている。関白・太政大臣・兼通から既に四代目となって、完全に受領階層に堕してしまった基房には、死んだ父の言葉を出して、七十三歳にもなっている実資に追従するしかなかった、といったところであろう。

おわりに

権大納言に昇進し、内親王の婿となり彼女を自邸に迎えた薫が、にもかかわらず宿木巻末で、浮舟を身近に透き見した折、大君に酷似する姿に感動し落涙し、この浮舟以下の身分の女でも是認するような気持ちを抱いた。

しかも、母親が同行していないのでかえって気安いとして、弁の尼に取次ぎを依頼している。当然すぐにここで、薫は浮舟と親しく話をしているところであろう。しかし、二人のやり取りが語られることはまったくなかった。直後の東屋巻頭では、浮舟風情との関わり合いは、きわめて世間体が悪いとして、薫は浮舟へ手紙さえ取り次がせていないと明記されている。この巻末と巻頭の薫の心情や状況のギャップは何に由来するのか。

前者は、栄達や内親王降嫁にさえ背を向け、ひたすら大君のゆかりを求めて彷徨するかのような、元来もっていた現世離脱志向や浪漫性の延長上にあったものかもしれない。後者は逆に、内親王の婿となり、栄華の道に踏み込んでしまった薫の、むしろ現世執着志向の自然な反映で、左近少将、常陸の介さらには仲人ら下流貴族の、奇麗事ではない現実的な生態が具に描かれることによって、この薫の浮舟への扱いが、むしろ自然なものとして正当化されているとも考えられるのである。むしろ積極的に、下流貴族の姿があることによって、際立ったさすらいの人生を歩まざるを得ないような、浮舟の物語は進展できるという、なくてはならぬ状況の設定の構成されることが、薫の態度の変化を生み出したと言うべきであろう。

東屋巻で、左近少将は受領の娘の婿となることを強く望んだが、紫式部の時代前後に、実際そのような結婚をしている事例が結構あった。名門貴族ではあっても、特に道長一族が政権を掌握していた時代は、先の見通しが立たず、大臣にまで到達するのは先ず無理であり、大納言・中納言に任じられる保証もなかったと言ってよい。売位売官が公然と行われていた時代なので、栄達を確実にするという意味での良縁に恵まれぬ者たちは、大国等を渡り歩いて蓄財をなした受領の婿になり、その財力を利用して出世しようと考えても何ら不思議はなかった。例えば、権中納言・藤原実成の息子である左近少将・公成は、備中守の婿となっている。参議・藤原資平男の左兵衛佐（一ヶ月後に右近少将）資房も、備前守の娘と結婚している。

常陸の介の娘と結婚した左近少将の父は近衛大将であった。史実として同様の境遇の事例も当然見られるのである。大納言・藤原済時は左大将を兼官していて、長徳元年に死去するが、その前後、息子の通任は右近少将であった。又、左大将を兼官していた藤原朝光も、病気で大将を辞し、長徳元年に大納言で死去したが、息・朝経は、父の死後も右権少将であった。しかも朝経は、備後守・藤原奉職の娘と結婚しており、その間に少なくとも三人の息子が生まれ育っている。朝経は舅の財力の御蔭か、なんとか権中納言までは昇っている。しかし息子の代は受領階層に定着した。

貴族の結婚の仲人に関しては、弁の尼が薫と浮舟の仲立ちをしたように、この時代、僧侶が実質的な仲人である例もあるが、普通は、日頃から両家に出入りしている、身分はそれほど高くはない、家司受領の務める事例が目立つ。道長男・教通と公任女の仲立ちを、公任方とも親しい道長の家司兼近江守が務めており、又、蔵人・美作権守・藤原経季と左中将・藤原兼綱女の結婚も、両者に親しい但馬守・藤原能通が仲人をしていると考えられる。

左近少将と常陸の介女の仲人の場合は、少将の父・大将の家司であった衛門・兵衛尉か志程度の男であったと思われる。道長や頼通邸に出入りしていた下家司の、豊原為長の例が示したように、身分が低いにしては押し出しが強く、したたかさを身につけていると言えよう。自己の利益を守り、出世の機会を窺うような手合いと考えられる。東屋巻の仲人の姿から、いわば、下流貴族の末端に連なる者の、強靱とも言える生き方が伝わってくるのである。

このように、東屋巻の左近少将やそこにへばり付く仲人などの生き方を地で行った例があり、それらの時代性を基盤として、浮舟物語の始発段階での物語の状況、浮舟の由って来る風土・境遇が、リアルに具に築き上げられているのである。浮舟が、当代の皇女の婿となっている薫や、次期東宮と目される匂宮のような貴公子の思い人として翻弄され、入水への道を歩まざるを得なかった、そのさすらいの人生の基盤が丁寧に描かれることによって、浮舟の悲劇の必然性や意味がより確かなものとなり、実在性のあるものとして受け入れられたと考えられるのである。

---

(1) 新潮古典集成「枕草子」や講談社学術文庫「枕草子」などが「女忘れで」と取っている。この問題について、それぞれが注などで説明を加えている。
(2) 中村義雄『王朝の風俗と文学』(昭四七年) 一六三頁。
(3) 山中裕編『御堂関白記全註釈(長和元年)』(昭六三年) 七一頁。
(4) 森田悌『受領』(昭五四年) 一五六頁。
(5) 佐藤堅一「封建的主従制の源流に関する一試論」(安田元久編『初期封建制の研究』昭三九年)
(6) 藤本勝義『源氏物語の想像力』(平六年) 一三九頁以下。
(7) 新訂増補故実叢書本「拾芥抄」による。
(8) 和田英松『新訂官職要解』(昭五九年) 二六五頁。
(尚、引用した「本朝世紀」は新訂増補国史大系本、「左経記」は増補史料大成本による。)

第十二章　浮舟の母・中将の君論——認知されない母子

はじめに

八の宮は、中将の君との間に浮舟を生したにもかかわらず、母子ともに認知しなかった。このことを中将の君は、不本意なこととして長い年月忘れることがなかった。八の宮はなぜ認知しなかったのか、またそれは一般的に見て当然のことなのか、中将の君はどのように理解しているのかなど、問題は残る。またそのことと関連して、中将の君の考え方や生き方、浮舟への思いはどのようなものであったのか、改めて考えてみる必要があると思われる。本章は、中将の君の境遇や考え方などを、源氏物語の中だけでなく史実にある同様の女性たちをも参照して、浮き彫りにしようとするものである。

一　中将の君と八の宮

中の君を通して初めて浮舟の存在を知った薫は、弁の尼から、浮舟や中将の君について具体的に聞くことになる。

故宮の、まだかかる山里住みもしたまはず、故北の方の亡せたまへりけるほど近かりけるころ、中将の君とてさぶらひける上臈の、心ばせなどもけしうはあらざりけるを、いと忍びてはかなきほどにもののたまはせけるを、知る人もはべらざりけるに、女子をなん産みてはべりけるを、さもやあらんと思すことのありけるからに、あいなくわづらはしくものしきやうに思しなりて、またとも御覧じ入るることもなかりけり。あいなくそのことに思し懲りて、やがておほかた聖にならせたまひにけるを、はしたなく思ひてえさぶらはずなりにけるが、陸奥の守の妻になりたりけるを、一年、上りて、その君たひらかにものしたまふよし、このわたりにもほのめかし申したりけるを、聞しめしつけて、さらにかかる消息あるべきことにもあらずとのたまはせ放ちければ、かひなくてなん嘆きはべりける。（宿木巻四五九〜四六〇頁）

八の宮が中将の君を召したのは、北の方の死から間もない頃で、まだ宇治に侘び住まいをする前のことであった。周知のように橋姫巻の段階では、

心ばかりは聖になりはてたまひて、故君の亡せたまひにしこなたは、例の人のさまなる心ばへなど戯れにても思し出でたまはざりけり。（橋姫一二一）

と記されているように、北の方の死別後は女性関係とは完全に縁を切った俗聖という描き方がされていた。その時点では、「おそらく作者の念頭にも浮舟は存在せず、物語の世界の進展がこの人物の新登場を要請することになった」（新編古典全集本「宿木」四五四頁の頭注）と考えられたりする。だとすればなおさら、八の宮にとって中将の君と浮舟は、きわめて軽い存在である必要もあろう。召人などは女性関係の中に入らないから、不自然ではないという考え方も可能ではある。そうだとしても、今頃になって認知した女子がいたというのでは、やはり不自

然になろう。

八の宮にとって、最愛の北の方死去による悲しさ、寂しさを紛らわす一時の慰みとして、身近にいた、しかも北の方とは血縁関係にある中将の君に手を出した、といった説明はできなくはない。しかし、当の中将の君にとっては不本意なことであり、仕方なしに受領の後妻になったが、意に染まぬ後半生を送ることになる。そのためもあって上京の折、生まれた浮舟が無事育っている旨、八の宮側へそれとなく知らせたが、八の宮は冷然と突き放し、まったく歯牙にもかけない扱いぶりであった。

不本意に感じる中将の君には、これも弁の尼の情報であるが、「母君は、故北の方の御姪なり」(宿木四六一)とあるように、自分は八の宮北の方の姪であるという血縁関係が作用していると思われる。北の方は大臣とその北の方との間の娘、つまり由緒正しい名家の令嬢であった。八の宮の北の方が、中将の君の両親のどちらと兄弟・姉妹なのかは不明だし、北の方と同母か異母かも記されてはいないが、中将の君にとってはこの血縁関係は、自分さらに浮舟の立場の拠り所となっていると考えられる。認知してくれてもいいのではないかとの思いがあると考えられる。陸奥国から上京して来た時(多分四、五年後)に、八の宮に浮舟のことを知らせようとしているので、自分はともかくとして浮舟はこのままでは、受領の後妻となった自分の単なる連れ子に過ぎないということを、焦慮しているとも考えられる。せめて浮舟だけでも、八の宮の娘として扱ってほしいという思いが強かったのであろう。当然、浮舟の将来を思い煩っているからである。ただし、中将の君としては、浮舟の異母姉・中の君が、匂宮の妻としての扱いを受けていることから、八の宮の血を引く浮舟も引けを取らない者として見るようになる。この時に、単に八の宮の娘と言うことだけでなく、北の方の姪であることがかなり作用していると思われる。これは、中将の君なりのプライドを表わしていよう。北の方の姪という設定の意味はそこにあろう。

では八の宮の方は、なぜ中将の君母子にけんもほろろの対応をしたのか。そのことをはっきりさせる意味でも、中将の君と似たような事例を、まず源氏物語の中から拾い出してみたい。

二　頭中将にとっての夕顔

中将の君のように、高級貴族との間に子を生した一人に夕顔がいる。頭中将との間に玉鬘ができたのだが、結局は頭中将の北の方（右大臣の四の君）の脅しにより、母子ともに行方不明となる。雨夜の品定めで頭中将の体験談として語られたわけだが、当初、頭中将は、

いと忍びて見そめたりし人の、さても見つべかりしけはひなりしかば、ながらふべきものとしも思ひたまへざりしかど、馴れゆくままにあはれとおぼえしかば、絶え絶え、忘れぬものに思ひたまへしを、さばかりになれば、うち頼める気色も見えき。（帚木八一）

と言うように、長続きする仲とは思っていなかった。つまりは一時の浮気の相手ぐらいの気持ちなのである。しかし通っていくうちに情が移って、途絶えがちながらも忘れ難い女になっていったと言う。ともあれ夕顔は、氏素性がはっきりしないというより、何にしても今は取るに足りない身分でしかないわけで、頭中将が自然に遠ざかり、全く顧みなくなってもおかしくはないのである。

親もなく、いと心細げにて、さらばこの人こそはと事にふれて思へるさまもらうたげなりき。かうのどけきにおだしくて、久しくまからざりしころ、この見たまふるわたりより、情けなくうたてあることをなむさるたよりありてかすめ言はせたりける、後にこそ聞きはべりしか。（帚木八一〜八二）

ここで、夕顔には親がなく大層心細い状態であることが示されている。夕顔が恨みごと一つ言わないのをいい

ことに、頭中将はほったらかしにしがちであった。これは、夕顔の性格によるものではあるが、頭中将にとって彼女はたまに訪れて逢瀬を楽しむ程度の軽い存在でしかないのである。しかし、頭中将の北の方の情け知らずの嫌がらせにより、恐れた夕顔は跡形もなく姿を消してしまった。

あはれと思ひしほどに、わづらはしげに思ひまどはす気色見えましかば、かくもあくがらさざらまし。こよなきとだえおかず、さるものにしなして長く見るやうもはべりなまし。かの撫子のらうたくはべりしかば、いかで尋ねむと思ひたまふるを、今もえこそ聞きつけはべらね。（帚木八三）

ここでも頭中将は、夕顔がうるさいぐらい付きまとう様子を見せてくれたら、行方知れずにしてしまうようなことはなかったと後悔している。この程度の存在なのに、なぜ北の方は夕顔ごとき女を脅したのだろうか。頭中将が夕顔に熱をあげて、北の方を蔑にしているとは思えない。右大臣の娘であり弘徽殿女御の妹でもある北の方は、一族のさがな者の質を受け継いでいるものではあろう。しかし、夕顔ごとき女に嫉妬する点もあったと思われる。それは、既に幼くして魅力的な姫・玉鬘を生していることによるものであろう。大臣クラスではなくても高級貴族ならば、誰しも、姫君がいれば大事に育てて、将来入内させようと目論むものである。かわいらしい姫といったことは、北の方も聞き知っていて、将来に禍根を残さぬように、抹殺にかかったといったところではなかろうか。しかし現実的には、夕顔風情にそこまではするまい。右大臣の娘ならではの、おおよそ大人げない振る舞いとは言えようが、光源氏と夕顔や玉鬘物語といった後の物語の展開を考えて、夕顔失踪が必要とされたものでもあろう。

仮にここで夕顔が失踪しなかったとして、玉鬘がそのまま成人して入内するとしても、夕顔の亡き父が三位中将止まりなので、氏素性として物足りないのは明らかである。明石の姫君が紫の上の養女となったような処遇がなければ、入内しても玉に瑕として軽んじられる点があり、たかが知れていよう。しかし、正妻四の君が、玉鬘を養女としたとしても、さがな者の四の君が玉鬘を愛しむとはとても思えないのである。
すなわち、娘を生んだ夕顔も、中将の君の場合と本質的にはあまり変わらず、高級貴族にとって浮気の対象、慰み者程度の位置しか占めていなかったのである。左大臣の嫡男である頭中将は蔵人頭という要職にあり、大臣への道を歩んでいるのは間違いない。三位中将止まりの父、さらに母さえいない夕顔母子を、どのような理由にしろ軽んじた頭中将の所作は、むしろ当然であったと言えよう。

三　明石の姫君の乳母

澪標巻で、明石の君が姫君を出産したと聞き、田舎のあちらでは、しっかりした乳母もいないと思い、光源氏は乳母を選び明石へ送る。

故院にさぶらひし宣旨の娘、宮内卿の宰相にて亡くなりし人の子なりしを、母なども亡せてかすかなる世に経けるが、はかなきさまにて子産みたりと聞しめしつけたるを、知るたよりありて事のついでにまねびきこえける人召して、さるべきさまにのたまひ契る。（澪標二八七）

宮内卿の宰相は上流貴族である。母を宣旨と設定するのは、蔵人に勅旨を伝えるなどのかなり教養豊かで格の高い上﨟であり、その娘が后がねの乳母としてふさわしいためであろう。その娘は、両親とも死別し不如意な上に「はかなきさまにて子産みたり」とあり、頼りない有様、すなわち夫から顧みられずに出産したとある。夫とはいえない男で、その娘を単に遊び相手程度に考えて関係を持ったということである。いかに上達部とはいえ父は死去し母親まで亡ければ、男側としては何の得るところもないわけで、子ができれば知らん顔をするのはよくあることと言ってよい。「枕草子」一二〇段「はづかしきもの」に次のような文章があるのは、この場合によく当てはまろう。

いみじうあはれに心苦しう、見捨てがたきことなどを、いささかなにとも思はぬも、いかなる心ぞとこそ、あさましけれ。…ことに頼もしき人なき宮仕へ人などをかたらひて、ただならずなりぬる有様を、きよく知らでなどもあるは。（「はづかしきもの」）

清少納言の男性観の一端が示されているところで、一夫多妻制での男の非情さを言っている。非常に気の毒な境遇の、見捨てがたいような相手の女を、全然気にも留めない男を非難している。格別頼りにする身寄りもない宮仕えの女房を口説いて、妊娠した後は、全く知らぬ顔をしている男もいると記している。

明石の姫君の乳母も、「上の宮仕時々せしかば、見たまふをりもありしを、…」（澪標二八八）とあり、桐壺帝の時代に宮中に仕えていたことがわかる。参議の娘なので、父の生前に中級以下の女官になるはずはないので、これは当然、父の死後のことであるに違いない。その後、殿上人クラスの男に言い寄られ、身よりのない娘は男を当てにしたものでもあろう。「枕草子」にある懐妊して捨てられた女と、極めてよく似ているのである。

先に引用した本文に引き続き、宮内卿の宰相の娘に関し次のように記されている。

まだ若く、何心もなき人にて、明け暮れ人知れぬあばら家にながむる心細さなれば、深うも思ひたどらず、この御あたりのことをひとへにめでたう思ひきこえて、参るべきよし申させたり。（澪標二八七）

年若で世情に疎いというこの書き方から、この女が男に騙されやすいという印象をも与える。あばら家での心細い不如意な日々ゆえ、光源氏に関わるということがあるにしても、この乳母の件を前後の深い考えもなく受諾したとする。これらから、この女は男にとって都合のよい慰み者以上にはなれない存在と考えられる。生まれた子が認知されるどころではない。しかしさすがに、光源氏の姫君の乳母ということで、あまり頼りないのでは困るわけで、「いたう衰へにけり」と記しながらも、すぐ後で逆に、「人のさま若やかにをかしければ、御覧じ放たれず」（二八八）と、女の魅力を表わしている。さらに、光源氏との和歌のやり取りで、「馴れて聞こゆるをいたしと思す」（二八九）と、源氏が感心したような機転の利いた返歌を送っている。

ともあれ、上達部の娘でもかような境遇の女は、男との間に子を生しても捨てられる例となっているのである。

四　筑紫の五節、中川の女、近江の君

何ばかりの御よそひなくうちやつして、御前などもなく、忍びて中川のほどおはし過ぐるに、ささやかなる家の、木立などよしばめるに、よく鳴る琴をあづまに調べて掻き合はせ賑はしく弾きなすなり。…大きなる桂の樹の追風に祭のころ思し出でられて、そこはかとなくけはひをかしきを、ただ一目見たまひし宿なりと見たまふ。ただならず、ほど経にける、おぼめかしくや、とつつましけれど、過ぎがてにやすらひたまふ、をりしもほととぎす鳴きて渡る。催しきこえ顔なれば、御車おし返させて、例の惟光入れたまふ。

（花散里一五四）

花散里のもとへ出かけた光源氏は、いわゆる中川の女の家を通りかかる。一度だけ逢ったことがある程度の女で、賑やかに弾く琴の音が耳にとまり、源氏が思い出すといったところである。躊躇していると、ほととぎすが誘うかのように鳴くので、源氏は牛車を押し戻させて中川の女と和歌のやり取りをした。この程度の女は、光源氏にとって取るに足らない者であることは明らかである。この直後に筑紫の五節を想起していることからも、中流以下の貴族の娘と考えられよう。一回きりで長らく関係が途絶えたことからも、光源氏の浮気の対象でしかな

かったと言えよう。仮に中川の女が源氏の子を生んだとしても、おそらく認知されなかったであろう。根っからの受領階層出身では、軒端の荻と同様に、光源氏も何度も関わり合うことはしないと言うべきであろう。光源氏が、受領層でも深く関心を払うのは、夕顔、空蟬、明石の君など皆、没落したが元は上流貴族出身であるためである。末摘花の面倒を見続けるのも、彼女が皇族出身であることが重要である。

中川の女との歌のやり取りの後、光源氏は、

かやうの際に、筑紫の五節がらうたげなりしはや、とまづ思し出づ。（花散里一五五）

として、同じ受領層の筑紫の五節を思い出す。この程度の階層の女といった扱いや考えが、源氏の心にはある。筑紫の五節の父は大宰大弐であり、受領階級であることははっきりしている。須磨巻で、任期を終えた大宰大弐と一緒に上京する折、失脚して須磨にいる源氏のもとを素通りするに忍びず、和歌を送っている。源氏も返歌をして過去の恋が振り返られている。

「琴の音にひきとめらるる綱手縄たゆたふ心君しるらめや

すきずきしさも、人な咎めそ」と聞こえたり。（須磨二〇五）

綱手縄に託して光源氏に引かれて揺れ動く心を表わし、女の方から恋心を詠んだことを気にしている。五節の舞姫となった折に源氏と逢瀬を持ったが、身分違いのためか長続きせず、独身のまま父と筑紫へ下ったのであろう。源氏が召還され帰京して権大納言に昇進した後、また五節から和歌が届けられる。

かの帥のむすめの五節、あいなく人知れぬもの思ひさめぬる心地して、まくなぎつくらせてさし置かせけり。

須磨の浦に心をよせし舟人のやがて朽たせる袖を見せばや

手などこよなくまさりにけり、と見おほせたまひて、遣はす。（明石二七五）

源氏へのひそかな恋心も諦めた感じであり、使いにも誰からとは言わせず、そっと手紙を置かせた。無論、源氏は五節からとは分かり返歌をしている。

飽かずをかしと思ししなごりなれば、おどろかされたまひていとど思し出づれど、このごろはさやうの御ふるまひさらにつつみたまふめり。（明石二七六）

昔、たまらなくかわいいと思ったことのある五節なので、便りを受けてひとしお懐かしく思い出すが、この頃はそのような恋愛沙汰はまるで慎んでいるとする。この「さやうの御ふるまひ」は、軽率な浮気ごとで、取るに足りない相手との関わり合いは男君の沽券に関わるのである。

第五章で既述したように、五節舞姫の貢進は、公卿分と受領分があるが、公卿分でも自分の娘を差し出すことはまずなく、家臣等の娘である場合がほとんどであった。人目に顔などを晒す舞姫は、所詮その程度の存在でしかなかった。

もし、五節との間に子どもができていたら、源氏は認知するだろうか。仮に認知するにしても、その子どもは、源氏一族のためにかなり役に立つような能力、美貌等を備えていなければなるまい。結婚させる時だけではなく、何にしても身分のある女君の養女とする必要があろう。受領の娘のままでは、源氏や源氏一族にとってマイナスとなるに違いない。明石の君の場合、祖父が大臣であったという毛並みの良さが設定されていたし、姫君を紫の上の養女とした。

近江の君は母が誰かも分からないような、頭中将の落胤であり、これをわざわざ探し出して、あわよくば帝や東宮に入内させようとの目論見があった。しかし周知のように、近江の君は和歌一つ読めず笑い者となり、頭中将（その時は内大臣）自身が俗物ぶりを天下に晒し、笑い者となるのである。光源氏なら、いかに子が少なくても決してすることのない体たらくである。そもそも、おそらく女房風情の生んだ娘である近江の君を、入内させることなどできるのであろうか。高貴な女君の養女にしたところで、せいぜい上達部の側室か殿上人の妻がいいところである。五節の場合はまだ、父が九州一円の最高権力者である大宰大弐であった。しかしそれでも、五節に光源氏の娘がいたとしても、常識的には女御としての入内は無理であろう。

五　藤典侍の場合

一方、同じ五節の舞姫を経験した藤典侍の場合は、夕霧の側室になったが惟光の娘であった。夕霧の子を多く生んで一族の繁栄に寄与するのだが、惟光が参議となった（梅枝巻に既に宰相となっていることが記されている）ことが重要である。典侍という女官の実質的な最高位に就くこと自体が、筑紫の五節はもとより、他の受領出身の娘たちとの違いをなしていた。藤裏葉巻での賀茂祭の折、

藤典侍も使なりけり。おぼえことにて、内裏、春宮よりはじめたてまつりて、六条院などよりも、御とぶらひどもところせきまで、御心寄せいとめでたし。（藤裏葉四四七）

とあり、内侍所からの使者となっており、帝、東宮、光源氏からもお祝いの品々が置き所のないくらい届けられるほどの人望があった。それでも、夕霧との間の子が、

夏の御方は、かくとりどりなる御孫あつかひをうらやみて、大将の君の典侍腹の君を切に迎へてぞかしづきたまふ。いとをかしげにて、心ばへも、ほどよりはされおよすけたれば、大殿の君もらうたがりたまふ。（若菜下一七八）

として、花散里の養子となっている。容貌や人柄もほめられており慈しまれていて、光源氏もかわいがっている。

子がいなく淋しい花散里のたっての願いから養子としたのではあろうが、夕霧の正妻・雲居雁腹の子ではないのである。正妻腹の男子なら、いかに六条院東の町の女主人とはいえ、花散里程度の女君の養子にはしないであろう。また匂宮巻に、光源氏亡きあと夕霧は六条院が寂れることのないようにとして、

> 丑寅の町に、かの一条宮を渡したてまつりたまひてなむ、三条殿と、夜ごとに十五日づつ、うるはしう通ひ住みたまひける。（匂兵部卿二〇）

とあるように、花散里のいた東の町に落葉の宮を住まわせ、三条殿にいる雲居雁の二人の間を一晩おきに月一五日ずつ通ったという。几帳面でまめ人ぶりを発揮しているいかにも夕霧らしい点を、やや揶揄的に記しているのであろう。しかしでは、藤典侍への扱いはどうなのであろうかということになる。無論、大げさに書いているのであり、藤典侍のもとへ全く行かないはずはないであろう。しかし藤典侍は、このような書き方がされてしまう程度の存在でしかないとは言えるのである。後に匂宮と結婚する六の君は、この藤典侍腹であるが、落葉の宮の養女となっていたのである。そうしなければ、匂宮の北の方とはなれまい。ましてや将来、匂宮が東宮あるいは帝となったとしたら、とても歴とした女御としての入内はできまい。六の君との婚儀の後、匂宮の後朝の文の返歌を「継母の宮」すなわち落葉の宮が六の君に代って書いている。「あてやかにをかしく書きたまへり」（宿木四一〇）とあり、地の文ではあるが、匂宮の落葉の宮ひいては六の君への評価や気持ちが反映されている。内親王が養母ならではと思われる。

醍醐天皇から一条天皇の御代までの七代に、女御・中宮となった約三十人のほぼ全てが、父は天皇、親王か摂関、大臣であり、母も同様に正妻、内親王、親王女である。しかし、約十五人の更衣の場合は、ほぼ全てが父は大納言、中納言、参議の者である。[1]

このように見てくると、なまなかの氏素性では、女御としての入内は無論、高級貴族の妻（正妻だけでなく側室）への道は険しいといってよい。以上は、中将の君の氏素性に近い源氏物語に登場する女たちを取り上げたのだが、では、史実としては具体的にはどうであったのか。次にこの点を事例を示して考えてみたい。

六　道長家女房・大納言の君

寛弘五年（一〇〇八）九月十一日、敦成親王誕生の折に、御湯殿の儀で御迎え湯を担当し、十一月一日の御五十日の祝いの日には若宮の陪膳役を務めるなど、中宮彰子付きの上﨟女房として重視されている大納言の君について考えてみたい。彼女は源廉子といい、その祖父は左大臣・源雅信であるが、父は左大弁・源扶義である。但馬守・源則理に嫁したが別れ、父が亡くなっていることもあり女房として出仕した。紫式部とも親しく、里居の述懐の折、大納言の君を、「夜々は御前にいと近うふしたまひつつ、物語したまひしけはひの恋しきも、…」（「紫式部日記」五八）として、贈歌している。大納言の君の返歌について、「書きざまなどさへいとをかしきを、まほにもおはする人かなと見る」（五八）として、万事申し分のない人と紫式部は見ている。容貌等に関しては、「消息文」の直前で次のように評している。

大納言の君は、いとささやかに、ちひさしといふべきかたなる人の、白ううつくしげに、つぶつぶと肥えたるが、うはべはいとそびやかに、髪、丈に三寸ばかりあまりたるすそつき、髪ざしなどぞ、すべて似るものなくこまかにうつくしき。顔もいとらうらうしく、もてなしなど、らうたげになよびかなり。（七五〜七六）

髪の美しさから色白の顔の愛らしさ、身のこなしの可憐さなどまで、紫式部の目を通して絶賛されている。道長は、こんな大納言の君を放っておけなかったのであろう、何年何月は不明だが彼女を召人とした。「栄花物語」

では、そのいきさつを次のように記している。

中宮には、このごろ殿の上の御はらからに、くわがゆの弁といひし人の女いとあまたありけるを、中の君、帥殿の北の方の御はらからの則理に婿取りたまへりしかども、いと思はずにて絶えにしかば、このごろ中宮に参りたまへり。かたち有様いとうつくしう、まことにをかしげにものしたまへば、殿の御前御目とまりければ、ものなどのたまはせけるほどに、御心ざしありて思されければ、まことしう思しものせさせたまひけるを、殿の上は、こと人ならねばと思し許してなん、過ぐさせたまひける。見る人ごとに、「則理の君は、あさましうめをこそ見ざりけれ。これをおろかに思ひけるよ」などぞ言ひ思ひける。大納言の君とぞつけさせたまへりける。（巻八はつはな三六七〜八）

「くわがゆの弁」とは不詳だが、左中弁経験者の源扶義と考えられ（ただし同じ源雅信息の時通とも）、その娘（中の君）が廉子である。一度、源則理と結婚したが夫婦仲が絶えてしまった。則理は権大納言・源重光男だが参議に至ることはなく、越後権守（「権記」長徳四年七月九日条）や因幡守、美作守、但馬守などを歴任した、いわゆる典型的な受領層であった。彼と別れ女房として出仕したのであり、さしたる身分の女ではなかった。この引用部では、「紫式部日記」の記述にはない道長の大納言の君への思いが記されており、それに対して道長北の方の倫子は、「こと人ならねば」として、倫子の兄弟・扶義の娘ということで、咎めだてすることはなく見逃していたとある。歴とした道長の正妻である倫子にとって、大納言の君などたいしたことはないといった思いなのでもあろう。大納言の君が、どの時点で道長の愛人になったのかは、定かではないが、「紫式部日記」の寛弘五年の時点でも大納言の君は単なる女房に過ぎないのである。

もしもこの大納言の君と道長との間に子ができたとしたら、道長はどのような扱いをしたであろうか。仮に認知するにしても、その子は身分のある女君の養子とすることになるのではなかろうか。そのままで道長の子として公にすることは、左大臣道長としては考えにくいのである。例えば、道長が養子とした源成信は、父は致平親王、母は左大臣源雅信の娘で、倫子の姉妹でもあり、養子とする条件は揃っていたと言えよう。

この大納言の君の置かれている立場は、実は、八宮の召人・中将の君と同じなのである。

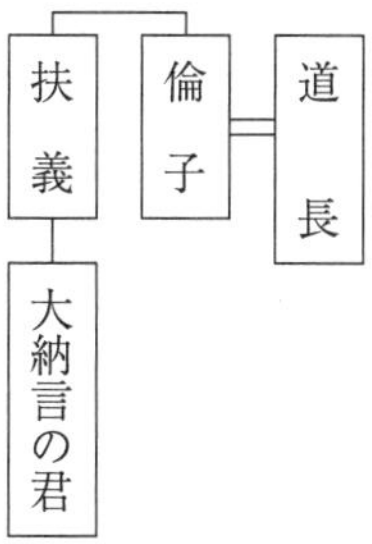

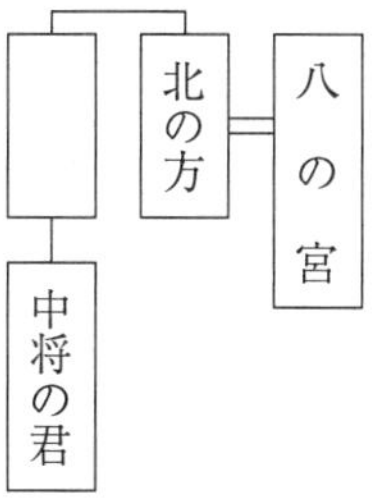

系図にしてみると一目瞭然だが、この二つの系図の型が酷似しているのが分かる。大納言の君は倫子の姪であり、中将の君も北の方の姪である。大納言の君の父が仮に扶義ではなく時通でも、結果は同じである。ただし時通の方は、倫子と同母（藤原朝忠女・穆子）である。中将の君の親の方は、八の宮北の方の兄弟なのか姉妹なのかは不明である。道長が大納言の君に近付いたのは、倫子の姪であった点も関係していると思われる。それゆえ道長は、大納言の君の恵まれない境遇を知悉しうる立場にあったと言えよう。中将の君の場合も、八の宮は北の方ゆかりの女ゆえ関わったと考えられ、道長の場合と同様なことが言えそうである。北の方死去の後、その喪失感と悲しみを癒すために北の方のゆかりの女と関わったと想像されるのである。

七　藤原為光女・四の御方

藤原道長の召人となった他の女に、太政大臣・藤原為光女がいる。彼女に関しては、「栄花物語」がまず次のように記す。

四、五の御方々もおはすれど、故女御と寝殿の御方とをのみぞ、いみじきものに思ひきこえたまひける。「女子はただ容貌を思ふなり」とのたまはせけるに、四、五の御方いかにとぞ推しはかられける。

（巻四みはてぬゆめ一九〇）

為光が大納言の時に、花山帝に入内して寵愛されたが懐妊して薨去した忯子と、寝殿の御方と呼ばれた三の御方の二人を、父為光は大事にしていた。しかし、他に四の君、五の君といたが、この二人は「器量が良くないため」さしてかわいがられなかった。三の御方は、

御かたちも心もやむごとなうおはすとて、父大臣いみじうかしづきたてまつりたまひき、女子はかたちをこそといふことにてぞ、かしづききこえたまひける、その寝殿の御方に内大臣殿は通ひたまひけるになんありける。

（みはてぬゆめ二二八〜九）

と記されており、やはり容貌（心も）がとても優れているとして、為光が大切に世話をすることが語られており、そこへ内大臣伊周が通って来たとある。この文章に引き続き、「かかるほどに、花山院この四の君の御もとに御文など奉りたまひ、気色だたせたまひけれど」として、花山院が四の君に懸想文などを差し上げ、求愛したが、院とはいえ出家しているので当然のように承諾しなかった。しかし院自ら度々訪れた。ここで、四の君に通うのを、まさか四の君とは考えず、自分が通う美女の三の君への懸想と思いこみ、いわゆる花山院放射事件が起こり、

伊周・隆家が失脚する。少し史実と合わないところもあるが、こういった三、四の君をめぐる展開は基本的には是認できるのである。

その後、花山院が崩御（『権記』寛弘五年二月八日条）し、

かの花山院の四の御方は、院うせたまひにしかば、鷹司殿に渡りたまひにければ、殿聞しめして、かれをもがなとは思しめしけれど、思しもたたぬほどに、殿の上ぞつねに音なひきこえさせたまひけれども、いかなるべいことにか、思し立ちがたかりけり。（巻八はつはな四三四）

とあり、さらに、

殿の上の御消息たびたびありて、迎へたてまつりたまひて、姫君の御具になしきこえたまひにしかば、殿よろづに思し掟てきこえたまうしほどに、御心ざしいとまめやかに思ひきこえたまふ。（はつはな四五六）

と記されていて、道長が、女房というより情人として所望したが、故太政大臣の娘としては、何にしても受け入れられるものでなかろう。しかし、道長北の方・倫子が何度も便りをすることを通して、道長家の女房として出仕して姫君（妍子）の相手役となった。その後、道長の召人となる。ただし、『栄花物語』には、家司などを定め、ちゃんとした扱いをしたと記されているので、これが事実なら、単なる召人というわけではない。しかし、『尊卑分脈』には「御堂殿妾」とある。『大鏡』には、

四の御方は、入道殿の俗におはしましし折の御子産みて、失せたまひにき。（為光伝一八二）

と記されており、道長の子を生んですぐに死去したことが知られる。『栄花物語』には、そのことの記述は一切ない。おそらく道長の情人として早くに懐妊しただろうから、死去も早く、家司などを設けるなどの扱いも、どれほどのものであったか疑問である。女房としての出仕は、実際的には道長の召人となることをも意味したであ

ろうから、かなり受諾を断っており、道長が交換条件として家司などの件を提示したとも考えられよう。だから、本当に四の御方が召人以上の扱いを受けたのかは定かではない。三の御方などに比べて、繰り返し不美人と記されている四の御方に、家司を決めるまでして道長が執着するというのも不自然である。道長については讃美一辺倒の「栄花物語」が、為光への道長の敬いとその娘への思いやりの一端を強調しているのでもあろう。

八　中将の君の造型（一）

このように見てくると、中将の君のような女房風情の者が、権門や宮家の女房から、側室などの召人以上の地位に就くというのは、かなり無理があることが分かる。このことは、中将の君自身も分かっていたはずである。しかし、八の宮から自分とともに娘まで認知されないことに、執拗に拘り続けるのである。というより、浮舟が八の宮の娘であることに拘泥しているといった方がよかろう。このことは、具体的にはどのように展開していくのか、宇治の物語にとってどのような意味があるのか、を念頭に置きながら中将の君造型の意味するところを追究したい。

八の宮が、中将の君と浮舟を認知しないことが当然であることを、中将の君自身は本当には理解していなかった。身分の低い女とその子を認知することは、過去には帝への道を進んだ可能性のあった八の宮家と、八の宮のプライドが許すはずはなかった。これらを中将の君は理解しようとしない。女房根性といってもよかろう。特に、中の君が匂宮の妻として幸い人の道を歩んでいることが、一層、中将の君の思いに影響を及ぼした。無論、浮舟の分相応な相手として左近の少将を考えたが、常陸介の実子でないことから破談となったことが、中将の君の発想の転機とはなっていた。しかしそれが、中の君とその生活への接近を促し、匂宮や薫のすばらしさを知り、さらには浮舟を拒否した少将の、匂宮の前では卑屈で問題にならない様をも目の当たりにした。ずっと燻っていた浮舟のための一種の上昇志向が、一気に頭をもたげてくるのは、これらの体験が新たな契機になってはいる。しかし実は、左近の少将を常陸介の実娘の婿として迎えることになり、常陸介邸に居場所がなくなった浮舟を、中の君に預けることにした時点で、既にそのような中将の君の思いは萌しており、中の君に接した折には、かなりはっきり形をなしていたのである。

若君の御あつかひをしておはする御ありさま、うらやましくおぼゆるもあはれなり。我も、故北の方には離れたてまつるべき人かは、仕うまつると言ひしばかりに数まへられたてまつらず、口惜しくてかく人に侮らるると思ふには、かく、しひて睦びきこゆるもあぢきなし。（東屋四二）

匂宮との間の子の相手をしている中の君を羨ましく思う中将の君は、中の君の母（故北の方）との血筋を意識して、侍女として仕えたばかりに八の宮から軽んじられた過去を反芻している。中将の君と中の君は、大分年の差はあるが従姉妹同士であり、中の君と浮舟は異母姉妹である。いわば、八の宮家の強い同族意識が生じていると言えよう。ある程度の上昇志向があってもおかしくはない。しかし、そのような中将の君の考え方が常に的を射ていたかは疑問である。

中の君に預けられた浮舟に匂宮が言い寄った時、それを聞いた中の君は、次のように思った。

「例の、心憂き御さまかな。かの母も、いかにあはあはしくけしからぬさまに思ひたまはんとすらむ。うしろやすくと、かへすがへす言ひおきつるものを」と、いとほしく思せど、いかが聞こえむ、さぶらふ人々もすこし若やかによろしきは見棄てたまふなく、あやしき人の御癖なれば、いかでかは思ひよりたまひけんと、あさましきにものも言はれたまはず。（東屋六四）

例によっての匂宮の情けない振舞いと感じ、真先に、浮舟のことを託していった中将の君の思惑に思いが至る。今までも、若くてまああの容貌の侍女は放っておかない、尋常ではない匂宮の癖を知悉していて、ほとんど諦めているといった趣である。中の君でさえこうなっては何を言っても無駄なことが分かっているので、手を拱いているのである。ここだけでなく以後の展開からも、中の君が浮舟に対して不愉快な気持ちを抱くところは全くない。中の君は自分自身のことを、

わが身のありさまは、飽かぬこと多かる心地すれど、かくものはかなき目も見つべかりける身の、さははふれずなりにけるにこそ、げにめやすきなりけれ、今は、ただ、この憎き心添ひたまへる人のなだらかにて思ひ離れなば、さらに何ごとも思ひ入れずなりなん、と思ほす。（東屋七〇）

と見据えている。中の君は、没落皇族の娘としての辛酸を嘗めてきて、望みもしない匂宮の妻となった後も同様の思いをしてきたが、子どもに恵まれたこともあって、不安を抱えながらも心は安寧を保ってきている。求愛してきた薫が諦めてくれれば、もう気がかりはないとする。もともと、宇治に埋もれて生涯を送るはずであったという身の程を、十分弁えているために、落ちぶれずにすんだことに満足しているかのようである。だから、匂宮の好色で浮気な性癖にも、汲々とすることなく、むしろ泰然として囚われるところがない。このような中の君の心情は、中将の君には全く理解されていない。中宮の病により匂宮が出仕した後、中の君は浮舟を呼んで絵を見せたりして慰める。亡き大君そっくりの浮舟に涙ぐみ、薫の相手として浮舟はどうあったらよいかなど、「このかみ心」で思いが至るのである。

しかし、浮舟が匂宮に迫られたことを聞き、驚愕した中将の君はすぐに次のように思った。

人もけしからぬさまに言ひ思ふらむ、正身もいかが思すべき、かかる筋のもの憎みは、あて人もなきものな

り、とおのが心ならひに、あわたたしく思ひなりて、夕つ方参りぬ。（東屋七五）

匂宮と浮舟のすぐ側にいて浮舟を守った乳母から事情を直接聞いたので、中将の君も大事には至らなかったことは知ったわけだが、それでも、中の君が浮舟に嫉妬すると考えている。男女関係での嫉妬は、身分の高下に無関係と思う中将の君の考えは、間違いではないが、中の君と浮舟の立場の違い、何よりも中の君の心情を全く理解していないところからくるものである。また、新編古典全集の頭注も引いているが、「源氏物語新釈」(2)ではここを、「ねたみには貴人もなしなほ人に同しときたのかたのねたみ深き心におして云也」と注しており、中将の君自身の妬み深い心による考え方と記している。八の宮の子を生しても、八の宮に歯牙にもかけられなかったが、「幸い人」と評される浮舟の異母姉・中の君の幸福を目の当たりにして、一層強まったと思われる中将の君の羨む心などの心情を、無理なく忖度した批評と言えよう。

九　中将の君の造型（二）

浮舟を引き取りに中の君のもとへ出向いた中将の君は、浮舟について中の君が「いとさ言ふばかりの幼げにはあらざめるを、…」（東屋七五）と言ったことを、「姉の夫を横取りできる年齢であるくせに、の意を含むものと受け取った、と解しうる」（新編古典全集本頭注）とまでは言えないにしても、すぐに中将の君の心情等が「心恥づかしげなる御まみを見るも、心の鬼に恥づかしくぞおぼゆる。いかに思すらんと思へば、えもうち出できこえず」と記されており、内心気が咎めていて、中の君が、匂宮・浮舟の関係についてどう思っているか忖度すると、中の君に何も言い出せなくなっているとあるところからも、中将の君は、今回の事件を中の君は快く思っていないと考えているのは確かである。

中将の君の造型は、八の宮に関わる、現在では特に中の君の動静についての見方や心情において、やや極端になされていると言ってよい。中の君に託した浮舟を、ここでやや一方的に引き取るのはともかくも、中の君が浮舟に嫉妬するといった中の君への近視眼的な偏見を、当然、中将の君自身は全く気付かないという、いわば語り手の突き放した描かれ方がされていると言えよう。それはこの後の中将の君の心中表現からも分かるのである。

親、はた、まして、あたらしく惜しければ、つつがなくて思ふごと見なさむと思ひ、さるかたはらいたきことにつけて、人にもあはあはしく思はれ言はれんがやすからぬなりけり。心地なくなどはあらぬ人の、なま腹立ちやすく、思ひのままにぞすこしありける。（東屋七八）

我が子・浮舟が、八の宮の血を引いて魅力的なことを何度か思い返しているが、母親の言うままに行動して、子どもっぽい頼りない点に思いが至っていないのは、親馬鹿の内ということになる。中の君が間近で浮舟に接し、大君と比較して、

かれは、限りなくあてに気高きものから、なつかしうなよよかに、かたはなるまで、なよなよとたわみたるさまのしたまへりしにこそ、これは、まだ、もてなしのうひうひしげに、よろづのことをつつましうのみ思ひたるけにや、見どころ多かるなまめかしさ劣りたる、ゆゑゆゑしきけはひだにもてつけたらば、大将の見たまはんにも、さらにかたはなるまじ、など、このかみ心に思ひあつかはれたまふ。（東屋七三）

と、浮舟の欠点を見出しており、今後の薫との関係の希薄さを暗示するかのようであるのと、大分違うのである。中の君の目は、浮舟の幼さ頼りなさと、引っ込み思案を見通していて、大君に比較して優美さも劣っているし、重々しい雰囲気がほしいと思っている。薫の相手としての大君を念頭に置くので、一層欠点が目につくのではあろうが、高級貴族の伴侶としては物足りないと考えているに他ならない。結果的には、ここで中の君が危惧した

通りの展開となっていく。中の君は、八の宮のもとで上流貴族の教育を受けてきて、匂宮のもとでは無論その世界を見続けてきているが、中将の君は、長い間、受領の後妻として陸奥や東国での生活を余儀なくされ、浮舟を正当に比較するにもその環境にないまま今に至ったわけで、浮舟を相対的に評価できずにいると言えよう。

中将の君についても、先の傍線部のように、分別がないわけではないが、腹立ちやすく、少し自分勝手なところがあると地の文で説明されているのである。このような中将の君の欠点は、受領階級に堕したまま、長い年月を送って来たための卑屈さと、八の宮の北の方との血縁を盾とした、地に足の着かない高望みを生じさせることに繋がるであろう。中将の君は、中の君と比べ浮舟をさほど遜色がないと考えているふしがあり、また、前述したように、中の君が浮舟に嫉妬するといった的外れな考え方もするのである。

匂宮が、浮舟を仮に寵愛したとしても、だからといって浮舟が、六の君や、中の君（薫に貢献され匂宮の子を生んでいる）に取って代わるなどということはまずないことが、中の君にははっきり理解されているのであろう。それは、匂宮が六の君を迎えた経験などを通して、自分がいかに取るに足らない存在なのかが身に沁みており、中の君の身に付いたこの世界の「常識」と言ってよかろう。

しかも匂宮は、浮舟程度の女房などにすぐ手を出し、飽きるとさらに次の女に向かうといった典型的な好色な男であることが、中の君には、もう分かり過ぎるほど分かっていたのである。こういった点に、中将の君の考え方との大きな隔たりがあった。無論、中将の君はこのことを全く分かってはいない。中の君はただ浮舟をかわいそうに思うだけなのである。中将の君が、高級貴族の寵愛を受けるにふさわしいと感じている浮舟は、果たしてそれほどの女君であったのか。

十　浮舟の限界（一）

薫は、初めて浮舟と契りを結んだ後、浮舟を宇治へ伴うが、道中、亡き大君の思い出に耽る薫にとって、浮舟は早くも物足りない存在となっている。

強ひてかき起こしたまへば、をかしきほどにさし隠して、つつましげに見出したるまみなどは、いとよく思ひ出でらるれど、おいらかにあまりおほどき過ぎたるぞ、心もとなかめる。いといたう児めいたるものから、用意の浅からずものしたまひしはやと、なほ、行く方なき悲しさは、むなしき空にも満ちぬべかめり。（東屋九六）

牛車の中から外を眺める浮舟の目もとなどは、亡き大君を自然と思い起こすほど似ているのだが、薫には、従順であまりにおっとりし過ぎているのが頼りないと感じられた。大君の方は、ひどく子どもっぽいところがあるものの、分別のあるしっかりした女君であったと思っている。この大君については、既に中の君も、

故姫君の、いとしどけなげにものはかなきさまにのみ何ごとも思しのたまひしかど、心の底のづしやかなるところはこよなくもおはしけるかな、……（宿木三八四）

として、表面的には何かにつけ頼りなさそうに思ったり言ったりしていたが、心の底はこの上もなくしっかりしていたと評していた。薫の大君の見方とほぼ同じである。それに比べると、薫にとって浮舟は肝心なところでひどく物足りないことがはっきりしている。「行く方なき悲しさ」（やり場のない悲しさ）は、果てしない空に満ち溢れそうだと思うのである。薫の癒されることのないかなり絶望的な思いが滲み出ている。浮舟は、容貌こそ大君に酷似していても満足に受け答えもできず、薫の心を慰める女ではなかった。薫の心は晴れずかえって悲しさが

一層募るのである。

宇治に着いた後、薫は浮舟の着物に目がいく。

女の御装束など、色々によくと思ひてし重ねたれど、すこし田舎びたることもうちまじりてぞ、昔のいと萎えばみたりし御姿のあてになまめかしかりしのみ思ひ出でられて。（東屋九八）

中将の君が、きれいな配色を考えて仕立てて、重ねて着させているようだが、少し田舎じみたところが感じられて、やはり、大君の着こなしの上品で優雅な様ばかりが思い出されている。母親べったりで主体性がまるで感じられない浮舟というより、貴族生活の必需品である着物に関しての、中将の君自身の田舎じみた教養の程度が晒されているといってよい。さらに、

故宮の御事ものたまひ出でて、昔物語をかしうこまやかに言ひ戯れたまへど、いとつつましげにて、ひたみちに恥ぢたるを、さうざうしう思す。（東屋九九）

として、薫は、おとなしい浮舟を話に乗せようとの配慮からか、故八の宮の思い出話を細やかに冗談を交えて話すが、浮舟は大層遠慮がちで、ただ恥ずかしがっているばかりであり、薫も張り合いがなく物足りなく思うのである。いつも感銘を受けるような応対をした大君との違いが際立つばかりである。音楽に関しても、琴や箏の琴を持って来させるが、浮舟がこのような技量に劣っていることは、薫には既に自明のことになっている。

ここにありける琴、箏の琴召し出でて、かかること、はた、ましてえせじかしと口惜しければ、独り調べて、…。宮の御琴の音のおどろおどろしくはあらで、いとをかしくあはれに弾きたまひしはやと思し出でて、「昔、誰も誰もおはせし世に、ここに生ひ出でたまへらましかば、いますこしあはれはまさりなまし。親王の御ありさまは、よその人だにあはれに恋しくこそ思ひ出でられたまへ。などて、さる所に年ごろ経たまひ

しぞ」とのたまへば、いと恥づかしくて、…

（東屋九九〜一〇〇）

浮舟が琴を弾くこととは無縁だと残念に思い、一人で弾いて、胸に沁みるばかりに弾いた亡き八の宮の琴の音色を思い出している。そして、誰もが在世中の昔、浮舟もここで成長したのだったら思い出深いものとなっただろうと言い、どうしてあんな田舎に長年暮らしたのかと面と向って言い残念に思っている。さすがの浮舟も、自らの経歴に恥じ入っている。この薫の言葉は、大君の代りにはとてもなれそうもない浮舟の貴族的教養や嗜みのなさの元凶が、幼少の時からの田舎暮らしにあると思い、残念あるいは無念の気持ちがつい溜息のように出てしまったというところである。

それでも、それほどひどく見苦しく気の利かない女とも思えないので、宇治では思い通りに通って来れないことを、薫は今から辛いとも思ってはいる。と同時に引き続き、またしても、浮舟の相手にしがいのない教養の無さが示されてしまうのである。

琴は押しやりて、「楚王の台の上の夜の琴の声」と誦じたまへるも、かの弓をのみ引くあたりにならひて、いとめでたく思ふやうなりと、侍従も聞きゐたりけり。さるは、扇の色も心おきつべき閨のいにしへをば知らねば、ひとへにめできこゆるぞ、おくれたるなめるかし。事こそあれ、あやしくも言ひつるかなと思す。

（東屋一〇〇〜一）

今は九月の中旬であり晩秋なのに、浮舟は夏扇である白い扇をまさぐりながら物に寄り臥していた。琴の関連だけではなく、その扇に触発される格好で薫は「楚王の上の…」と朗誦した。「和漢朗詠集」にある「班女閨中秋扇色　楚王台上夜琴声」は、漢の成帝の愛妃が他の妃のために寵を奪われ、夏の白い扇が秋になって捨てられるのに喩えて嘆いた故事であり、薫は深く考えずについ口にしたが、内容を考えすぐに後悔する。しかし、捨てられる女の嘆く詩句であることを全く理解できない浮舟や侍女の侍従は、ただ薫の朗誦の素晴らしさに聞き惚れているだけである。そこを、琴を弾くのではなく弓を引くような東国の片田舎に馴染んできたので、として皮肉られている。侍従の言動を皮肉っているようではあるが、「侍従も」とあり、当然、浮舟も同じ思いと取らねばならない。さすがに、浮舟を表面に出さないようにして、その不調法さを直接表すことは避けているに過ぎないのである。白い扇を持っている浮舟は、扇の色にも心をとめるべきこの詩句の故事を知らないので、ひたすら薫を誉めているというのは無教養を晒している、と語り手は評している

浮舟の将来を暗示した詩句ゆえに、薫の後悔はあったが、肝心の浮舟は無教養ゆえに詩句の意味するところを全く理解できないので、何とも思いが至らないわけである。これは、将来と言うよりも、今の薫との関係自体が、既に継続・発展しようのないことを如実に示しているとい言えよう。

この直後に弁の尼と薫の贈答歌があり、東屋巻は閉じられる。

　里の名もむかしながらに見し人のおもがはりせるねやの月かげ

薫のこの歌は、大君に酷似する浮舟が面変りした別人に見え、大君への思いが一層深くなっていることを言っている。とても大君並みにはなれない浮舟の限界が露呈されているのである。

十一　浮舟の限界（二）

浮舟を連れて薫が宇治へ來る時、侍従も付き従ったが、牛車の中での薫と弁の尼の大君を偲ぶ様子に違和感を抱いていた。

　かたみぞと見るにつけては朝露のところせきまでぬるる袖かな

と、心にもあらず独りごちたまふを聞きて、いとどしぼるばかり尼君の袖も泣き濡らすを、若き人、あやしう見苦しき世かな、心ゆく道にいとむつかしきこと添ひたる心地す。忍びがたげなる鼻すすりを聞きたまひて、我も忍びやかにうちかみて、…　（東屋九五〜六）

侍従としては、女主人・浮舟の結婚ということで喜ぶべき道行きに、尼が付き従っていることだけでも憎く思っていたのに、泣き濡れる不吉さまで加わり見苦しさを感じ、厄介な事情があるような気にはなる。しかし無論、薫・弁の尼の悲しみの真相を知らぬ侍従は、ここでは突っ伏している浮舟と並んで、薫らの思いを決して共有できない蚊帳の外の人間として位置付けられている。

如上指摘した侍従に関する表現から、侍従の存在は、浮舟の思いや教養の無さ、さらには大君への薫の激しい執着といった、薫にとって忘れようもない濃密な過去への理解が全くない浮舟と、その世界の代弁者でもあると言えるのである。無論、浮舟は自分が大君のゆかりであり、大君そっくりであることから薫に請われていることぐらいは知っていよう。しかし、それへの特別の思いなどもとより抱いてはいない。浮舟の思いの具体的な表現がないからなどではなく、中将の君の思いのまま動かされてきた浮舟には、次巻の浮舟巻以降とは違って、主体的に物事を判断する能力が欠けていると言うべきであろう。貴族的教養もなければ自己表現力もない、ただの頼りない女人に過ぎない。流されるままに生きていると言ってよい。

薫は、既に東屋巻頭で、

筑波山を分け見まほしき御心はありながら、端山の繁りまであながちに思ひ入らむも、いと人聞き軽々しうかたはらいたかるべきほどなれば、思し憚りて、御消息をだにえ伝へさせたまはず、…　（東屋一七）

として、受領の連れ子となっている浮舟程度の女に執着することの世間体の悪さを、はっきり意識していた。内親王を正室として持つ権大納言兼右大将の要職にある薫としては、むしろ当然の考え方であろう。さらに、浮舟と契りを結ぶ直前でも、

文はやすかるべきを、人のもの言ひいとうたてあるものなれば、右大将は、常陸守のむすめをなんよばふなるなども、とりなしてんをや。（東屋八七～八）

として、弁の尼に、常陸守の娘風情に言い寄っているなどと取り沙汰されると言って、手紙をやることさえ、拒んでいるくらいである。浮舟をまだ直接知らない段階でのこの薫の考え方は、契りを結んだ後の浮舟の欠点により一層増幅され、如上、述べてきたように、今後の薫・浮舟の関係性の希薄さと浮舟の悲劇を無理なく確実に導くことになるのである。

浮舟は、貴族的な教養もさして身につけていず、琴を弾くなど音楽的素養もない。この時点ではろくな和歌さえ詠めない。性格的にも極めて頼りない。これらのことを、中将の君はよくよく分かっていたはずである。しかし、八の宮の血が流れているので、相応の幸せな結婚ができると思っていることには重大な錯誤がある。娘を買い被っている。そういう描き方である。そういう女として中将の君は造型されている。当初、左近少将を婿として迎えようとしたわけで、それは正しい選択ではあった。しかし、受領の娘に求婚する少将程度の男が、受領の財産目当てであることは常識の部類であると言ってよい。受領の後妻として長年月その世界にいた者としては、よく理解していない重要な面があったわけで、中将の君の頭には、八の宮の娘の母という上流貴族への思いが常に去来していたとも考えられるのである。

中の君の幸い人としての様子を直接見て、さらに匂宮や薫の高雅さ素晴らしさを垣間見た直後から、中将の君の浮舟を見る目が狂い出すのである。匂宮・中の君夫妻を見て心が乱れ、

わがむすめも、かやうにてさし並べたらむにかたはならじかし、…　（東屋四四）

として、このように高貴なお方に浮舟を並べてみても、遜色はないと考えるのである。さらに匂宮に迫られた後、浮舟を引き取って三条の小家に移した後、

親、はた、まして、あたらしく惜しければ、つつがなくて思ふごと見なさむと思ひ、…　（東屋七八）

とあるように、浮舟をこのままにしておくのがもったいなく惜しいので、何とか支障なく望み通りに結婚させたいと考えている。匂宮の求愛の仕方はどう考えても浮舟を軽んじたやり方で、またその程度にしか世間でも見られないのに、そのことに対してさして考えが及ばないのはやはり問題であろう。この中将の君でもさすがに、現実的に薫を浮舟の対象と考えると気後れはしている。

当代の御かしづきむすめを得たてまつりたまへらむ人の御目移しには、いともいとも恥づかしく、つつましかるべきものかな、と思ふに、…　（東屋八二）

降嫁させた当代の内親王を見た薫の目には、浮舟がどう映るかを危惧してはいる。しかしそれは、この後にくる薫と浮舟が結ばれた後の展開を暗示するものでもあり、中将の君の期待感が薄らいでいるというものではないのである。

おわりに

中将の君・浮舟母子を八の宮が認知しなかったのは、むろん北の方死後、八の宮の現世に背を向ける気持ちが非常に強いため、その気になれないということもあろう。だが、それとは無関係に、源氏物語での夕顔、明石の姫君の乳母、さらには子を生さなかった筑紫の五節、中川の女、近江の君などの例に鑑みても、当然のことであ

った。夕顔は、頭中将にとって浮気の対象、慰み者程度の位置しか占めていなかった。明石の姫君の乳母は、宮内卿の宰相の娘でも、父母を亡くし不如意な生活を送っていると、関わりを持つ男にとって利益になることが何もなく、遊び相手位にしかならず、子どもができても知らん顔をされるわけである。さらに、史実・古記録などの事例を検討すると、例えば道長家の女房の大納言の君（源廉子）、藤原為光女・四の御方なども、道長等の子を生んだとしても、そのままでは決して認知されない可能性の強さが晒された。特に大納言の君の例は、道長北の方・倫子の姪にあたり、これは八の宮の北の方の姪にあたる中将の君と類型をなしており、しかも、道長は倫子の血筋の大納言の君ゆえに、情報も知悉していて近付いたように、八の宮は、亡き北の方の血縁ゆえに中将の君に関わったといえる点も、状況がよく似ているのである。ともに、侍女であるとともに召人の位置から這い上がることは、まず考えられないのである。

中将の君は、受領の後妻に堕して、浮舟はその連れ子として左近少将程度の男からも侮られる運命にあった。しかし、中の君に預けた浮舟が匂宮に言い寄られた後に、中将の君は、中の君が浮舟に嫉妬しているものと思い込むような、的外れな考え方をする女であった。それは、中の君の苦悩に満ちた半生への理解と、浮舟などが厚遇されることはまずない高級貴族の世界への認識が、かなり欠落している世間知らずと言ってよい中将の君の造型と関わっていた。上流貴族の外側の人間の、いわば女房根性からの発想しかできなくなった女の限界を描いているとも言えよう。八の宮の娘ということからの浮舟への買い被りは（自分が八の宮北の方の姪ということも関わっているが）、貴族的な教養がないことはもとより、きちんとした応対も自己主張もできない頼りない娘であることから、悲劇的な道を歩ませることになる。浮舟のそのような点は、当然、分かっていたはずなのに、薫から強く請われて、その相手にふさしいかのような錯覚を抱いてしまう。薫が大君の替わりに、そっくりの浮舟を求めていたことは、中将の君はむろん分かっていた。しかし、薫が姿かたちだけでなく、精神的な面でも大君の形代をほしがっていたことなど、全く念頭にはなかったのである。もし、そのような認識があるなら、浮舟への貴族的な教育を熱心に施していたはずである。琴も弾けない、幼稚な和歌しか詠めない、田舎じみた着物を着せてしまうなど、薫に限らず、あるレベル以上の男性貴族からは本当には相手にされないということが、ほとんど分かっていなかったのである。

内親王を正室とし、権大納言兼右大将である薫は、はなから浮舟ふぜいの女との噂が立つのを恐れていた。まして、貴族的な教養等の劣っている浮舟を厚遇する謂れはない。薫と浮舟が契りを結んだ直後から、既に、薫は浮舟には冷めていたのである。顔が酷似しているというだけで、大君の代りには決してなれないことが初めから明瞭であった。八の宮に認知されなかったことを長い年月不満に思い、拘り続けたにしては、浮舟のための貴族的な教育を怠って来たと言わざるを得ない。身近にいる乳母も田舎者然として、とてもそのような教育を行える者とは思えない。中将の君が、浮舟を薫のような貴公子と結婚させたいと思い、またその道を歩ませたのは錯誤であり、浮舟の悲劇的な道筋は偶然によるものでは決してなかった。何よりも中将の君の人間性を主体としてそこに、薫らが絡んで、必然的に付けられたものと考えられるのである。

（1）　角田文衛『日本の後宮』（一九七三年、学燈社）の主要官女表による。
（2）　賀茂真淵全集（第九巻）の「源氏物語新釈」による。

第十三章　宇治十帖の引用と風土

はじめに

源氏物語の文章は、歌枕のイメージによってなされていることが多く、例えば、「宇治川」などを含む文章は、いずれも歌枕の感覚によって進められ、散文と実景と歌と、三者三様で、巧みに一つの世界が構成されるといった指摘[(1)]がなされている。

本章では宇治の物語の引用について論じるのだが、ここで扱う引歌の核や歌枕の一つは「木幡山」あるいは「木幡の里」である。宇治の物語では、橋姫巻で八の宮が都の邸の炎上により宇治に移り住むとすぐに、

峰の朝霧晴るるをりなくて明かし暮らしたまふに、この宇治山に、聖だちたる阿闍梨住みけり、…（橋姫巻一二七頁）

とあり、ここに引かれる、

我が庵は都の辰巳しかぞ住む世をうぢ山と人は言ふなり

雁の来る峰の朝霧晴れずのみ思ひ尽きせぬ世の中の憂さ

という「古今和歌集」雑歌の二首によって、現世から弾き出され鬱屈した人間が住むといった、宇治の地の性格付けがなされていると思われる。そこへ八の宮を法の友として通う、現世離脱志向の強い薫と、展開していく宇治の姫君との恋物語は、一筋縄ではいかないことが予想できたと考えられる。将来の東宮と目される匂宮と姫君との恋もまた、障害の大きさからして、うまくいくとは思われなかったであろう。

これらの障害は、単に身分・階層の懸隔だけによるものではなかった。都と宇治との空間はかなり大きな問題として、立ち塞がっていたのである。これは宇治という地点だけの問題なのではない。そこへ着くまでの難儀さが、物語の随所で示されているのである。都の貴公子の前に立ちはだかる険しい山道、それが木幡山であった。

それと、源氏物語の中に直接文章として出てくるわけではないが、木幡山とともに巨椋池が行く手を阻んでいたはずである。そのため、この時代の旅人は最短距離の行程がとれず、巨椋池を避けて迂回して、宇治への道を歩んだのである。すなわち、別稿で考察(2)したように、木幡山中を南下するのではなく、東へ迂回して下って行き、石田森付近からこんどは南西へと歩を進めなければならなかった。当時、初瀬詣などで洛中から南下する時は、このルートをとるのが普通である。道綱母、清少納言、赤染衛門、孝標女などは、少なくとも一～数回初瀬へ出向いている。紫式部も初瀬詣をした可能性は少なくない。つまり、宇治への道を歩いた経験があると思われるのである。そうすれば、実景が生かされている可能性がある。仮にその経験がなかったとしても、木幡山や巨椋池のことを聞き知っていないはずはない。源氏物語に巨椋池のことがいっさい描かれてなくても、何の不思議もない。なぜなら、どの作品にも巨椋池のことはまず記されていないからである。それはそれで理由があろう。このことは後で触れることになる。

本章は、源氏物語が引歌などをいかに生かしているか、あるいは、引きつつもいかにそれを乗り越えて、独自の世界を作り出しているかを、主に宇治への道に関わって探るものである。

一　物語の季節の背景

宇治を舞台にした物語には、夏の場面がほとんど描かれていないとはよく言われることだが、ここから物語内部の特殊な意味を見出そうとするのは、少し問題があろう。宇治の物語が開かれる時、実は既にそこには、現代的感覚をはるかに越えた規制がされていたということを、私たちは忘れがちである。王朝人は自然の摂理の中で、日々生活を営んでいた。物語の展開も間違いなく自然の影響を受けていたと言ってよい。すなわち、例えば、長雨の降り続く時節に遠出は控えざるを得ないし、真夏の長旅も避けるべきであった。日常的に王朝人が順守していたことは、源氏物語の中でも踏まえられていたと言えよう。源氏物語に実在性が重んじられていることは言を俟たない。霖雨の頃に木幡山を越えて宇治に通うなどといったことが物語に出てくれば、源氏物語のような作品では問題になろう。例えば、梅雨の頃の京都がどのような状況にあったかを理解していれば、このことは自明である。

①「日本紀略」天徳三年（九五九）五月十六日「近日。霧雨不㆑晴。洪水入㆓京都㆒」

②「日本紀略」応和二年（九六二）五月廿九日「洪水汎溢。京路不㆑通。鴨河堤壊破」

③「日本紀略」長保五年（一〇〇三）五月廿日「仁王會延引。去夜大水入㆓京中㆒之故也」

この②にもあるように、鴨川が氾濫することはよくあり、③のように「仁王會」のような重要な仏事が延引となることもあった。また、台風や天候不順による暴風雨の被害も定期的に起きているのである。

④「日本紀略」延長七年（九二九）七月廿六日「依二大風洪水一停二止召合事一」
「扶桑略記」同年同日「従二午後一大風暴雨。終夜殊烈。京中損壊不レ可二勝計一。鴨河葛川邊。人物流亡。鴨河堤潰断。末流入二東京一。舎屋類溺損尤多。山崎橋六間断壊了」

⑤「権記」長保二年（一〇〇〇）八月十六日「夜来大雨、鴨河堤絶、河水入洛、京極以西人宅多以流損、就中左相府不レ別二庭池一、汎溢如レ海、参入人々、束帯之輩、解二脱履襪一、布衣・布袴之者、上括往還云々、卿相或騎馬、或被二人負一云々」

④の「扶桑略記」にあるように、おそらく台風襲来によると思われる被害は甚大で、建物の倒壊だけでなく、鴨川や葛（桂）川の氾濫により人間や建物が流され、南の山崎橋では六つの柱間が破壊されている。一方⑤でも、賀茂川の洪水による京極以西の人間や住宅の被害は大きく、ここでは、左大臣道長邸の池が溢れ、海のようだとしている。参上した束帯姿の貴族たちは履物を脱ぎ、布袴姿の者たちは裾上げして括り、高級貴族は馬に乗るか、人に背負われて運ばれたことが記されている。

ここまでひどくなくとも、長雨となると都大路もぬかる道になり、人の往来も途絶えてしまう。舗装はもとより石畳さえない。車で行こうとすれば、轍は泥まみれ、はまり込んだら動かない。雨は容赦なく洩る。従者たちは不平たらたらであったろう(3)。

次に表示したのは、源氏物語に関わる時代の（A）梅雨に関係した洪水（B）台風による洪水の事例(4)である。どちらも陽暦換算した月日の順に並べてみた。（A）では十二例中十例までが陰暦五月に起きている。いわゆる五月雨の時節を正直に表しているのである。（B）では一部、天候不順による長雨ゆえの洪水も含まれているだろうが、ほぼ台風シーズンは陰暦八月下旬までであることが分かる。

（A）梅雨に関わる洪水

①延喜　九年（九〇五）五月十九日（陽暦六月十四日）
②延長　二年（九二四）五月　七日（陽暦六月十六日）
③安和　元年（九六八）五月　廿日（陽暦六月二三日）
④寛平　八年（八九六）五月　九日（陽暦六月二七日）
⑤長保　五年（一〇〇三）五月十九日（陽暦六月二七日）
⑥安和　元年（九六八）五月廿六日（陽暦六月二九日）
⑦天徳　三年（九五九）五月十六日（陽暦六月二九日）
⑧天慶　元年（九三八）五月廿六日（陽暦七月　一日）
⑨正暦　三年（九九二）五月廿六日（陽暦七月　四日）
⑩正暦　三年（九九二）六月　一日（陽暦七月　八日）
⑪応和　二年（九六二）五月廿九日（陽暦七月　八日）
⑫延喜十四年（九一四）六月十五日（陽暦七月十五日）

（②は「日本紀略」と「扶桑略記」により、他は全て「日本紀略」による）

（B）台風に関わる洪水

①寛弘　七年（一〇一〇）　七月　六日（陽暦八月二四日）

②天暦　三年（九四九）八月　一日（陽暦九月　一日）
③天元　三年（九八〇）七月十五日（陽暦九月　二日）
④延長　七年（九二九）七月廿六日（陽暦九月　七日）
⑤永祚　元年（九八九）八月十三日（陽暦九月二十日）
⑥長保　二年（一〇〇〇）八月十六日（陽暦九月二三日）
⑦正暦　元年（九九〇）八月廿八日（陽暦九月二四日）
⑧延喜十八年（九一八）八月十七日（陽暦九月二九日）
⑨康保　二年（九六五）八月三十日（陽暦十月　二日）
⑩天慶　七年（九四四）九月十一日（陽暦十月　五日）
⑪康保　三年（九六六）閏八月十八日（陽暦十月　九日）

（①は「日本紀略」と「御堂関白記」、④は「日本紀略」と「扶桑略記」、⑥は「日本紀略」と「権記」、⑪は「一代要記」と「日本紀略」により、他は全て「日本紀略」による）

巨椋池周辺に限定すると、だいぶ新しい事例だが「巨椋池干拓誌」(5)によると、寛永七年（一六三〇）頃から嘉永三年（一八五〇）八月二四日まで九例の洪水が氾濫図で示されている。それらはいずれも陰暦の七月〜八月で、陽暦では八月中旬〜九年下旬の台風と重なつているのである。例えば、正徳二年（一七一二）八月十八日（陽暦九月十八日）の洪水は「続史愚抄」(6)に次のように記されている。

今夜。暴風雨。木津淀洪水。水越淀橋上可四尺。八十年来水云。

このような季節や気象条件によって、古人の生活は大きく左右された。それでも台風の場合は予測がつかないことと、一過性のものであることから、台風シーズンにひどく行動が規制されるわけではない。しかし梅雨と炎暑の夏場は、著しく外出、特に遠出が避けられたのである。例えば藤原道長や頼通は「御堂関白記」や「小右記」によれば、二十回以上宇治方面に出向いている。寛弘二年十月九日、長和二年十月六日、長和元年十一月六日、寛仁元年十月二五日といった初冬などの、比較的安定した時節が選ばれている。陰暦五月・六月・七月では一度しか宇治へ出掛けていない。しかも、五月雨の時期には一度も出向いてはいないのである。先に触れた道綱母、赤染衛門、孝標女などの初瀬詣も、時節が（「蜻蛉日記」「赤染衛門集」「更級日記」などから）判明するもの九例に、五月雨や盛夏の頃のものはない。

それ故、宇治の物語にその時節がほとんど描かれないのは、むしろ当然なのである。宇治を舞台に、主に恋物語が描かれる橋姫〜浮舟の巻々には、薫・匂宮らの宇治行が二九回出てくる。[7]それらの月を見ると、正月—一回、二月—五回、三月—一回、四月—二回、五月—〇、六月—一回、七月一回、八月—五回、九月—七回、十月—三回、十一月—一回、十二月—二回というようになっている。[8]やはり五月雨の頃だけは一度もないのである。長雨の頃は、まず洛中を通り抜けることからして難しい。源氏物語全体の中での梅雨の時節は、光源氏が花散里を訪れる五月雨の「晴れ間」（花散里・澪標巻）といった条件が付けられることになる。「五月雨はいとどながめ暮らしたまふより外のことなくさうざうしきに」（幻五三九）と表現するのも当然なのである。物語をなすなら、雨夜の品定めのようにどうしても室内的にならざるをえない。宇治十帖では、浮舟と契って恋に溺れた匂宮も、宇治へ通いたくとも長雨ではどうしょうもなかったことが示されている。

雨降りやまで、日ごろ多くなるころ、いとど山路思し絶えてわりなく思されければ、……　（浮舟一五七）

これは、五月雨ではなく春の霖雨なのだが、長雨時に山道を越えての通いは不可能であり、諦めざるをえぬことが分かるのである。牛車は動かなくなるし、馬も危険である。しかも木幡山だけでなく、行く手に巨椋池が待ちかまえていた。

巨椋池は周囲十六粁、面積七九四粉という広大な湖といってよく、古くは、宇治川、木津川、桂川が直接流入していた。霖雨時には一層水嵩は増し、仮に橋があったとしても、通れなくなるのは目に見えていた。現在の六地蔵の周囲は、明治二十一年測量の「京都・伏見市街図」(9)で見ると、木幡山を下りる山際ぎりぎりまで、全て水田と湿地帯なのである。中に比較的大きな池（石田池）と二つの小池が含まれている。平安時代ここは巨椋池東北部をなしていて、橋（櫃川の橋）が架かかっていたのは、六地蔵よりもっと東北の小栗栖の近くであった。(10)長雨が続けば、ここは当然一面の湖となり、足止めを食うことになろう。

巨椋池は、古く万葉集巻九（一六九九番）に「巨椋のいり江とよむなり射目人の伏見が田居に雁渡るらし」と詠まれている。しかしこの一首以降、全く歌に詠まれることがなかったのか、応永二年（一四一五）の冷泉為尹の「おほくらの入江の月のあとに又ひかり残して蛍とぶなり」(11)まで作例は残っていない。(12)また、「おほくら」と詠んでも「をぐら」と詠んだ例は見られない。巨椋池はなぜこのように、歌に詠まれたり、物語に出てきたりしなかったのか。歌や物語だけでなく、かなり宇治や初瀬方面に出掛けている道長の「御堂関白記」や、「小右記」「権記」にもまず出てこないのである。

それは、いままで述べてきたようなことが、深く関わっていると思われるのである。巨椋池は木幡山と宇治の間にある、いかにも田舎臭い土地柄というイメージがあろう。道長は、建立した浄明寺がある関係で、巨椋池東岸（現在の宇治市木幡）を何度も訪れているが、巨椋池に触れた記事は全くない。何の関心も示していないのである。むろん「御堂関白記」には簡略な記事が多く、また感情表現も少ないのだが、環境や立地条件等を考慮し、宇治の木幡での浄明寺建立を一人で決めたわけで、巨椋池のことが頭になかったとはとても考えられないのである。おそらく風光明媚な所とは言いがたく、むしろ殺風景で、藤原一族の墓所としての要素・機能だけが重視されたと言った方が当たっていよう。この場所自体は高台にあり、たとえ巨椋池が氾濫しても心配はない。洛中からはかなり遠回りだが、醍醐寺方面から来る比較的平坦なルートもある。巨椋池は、洛中からの最短ルートにあっては、都人にとって、木幡山とともに行く手を阻む障害物でしかなかったのである。田舎臭く風光明媚でもなければ、歌枕にもなりようがなかった。

一方、この時代の木幡山と宇治との間、すなわち巨椋池の東側は実は、宇治川が幾筋にも分流していたのである。

万葉集には、

○もののふの八十宇治川の網代木にいさよふ波の行くへ知らずも　(二六四)
○もののふの八十宇治川の速き瀬に立ち得ぬ恋も我はするかも　(二七一四)
○宇治川の瀬々のしき波しくしくに妹は心に乗りにけるかも　(二四二七)

というように、「八十宇治川」と詠む歌は幾つもあり、当時の巨椋池に宇治川が分流し注ぎ込んでいたことを示してもいる。「宇治川の瀬々」も、当時から流れは速く幾筋も分流していたので、瀬が多かったことを表しており、岸辺にひっきりなしに打ち寄せる波「しき波」とも相俟って、広大な範囲を占める宇治川を彷彿とさせるのである。

厳密に言えば、幾筋もの宇治川の支流が巨椋池に流れ込んでいたわけだが、巨椋池の本体は西方にあったので、その東側は巨椋池ではなく、宇治川と呼んでいた可能性がある。そうすると、ますます巨椋池は諸作品に取り上げられないということになる。

二　「木幡山」の引用

宇治の物語での和歌の引用は、例えば引歌の情趣をそのまま取り込むという類いとは少し趣が違うものが目立つ。例えば、浮舟と契った匂宮は、二月の半ば近く再び宇治を訪れる。やや季節外れの春の雪が降り積もっていた。

京には、友待つばかりの消え残りたる雪、山深く入るままにやや降り埋みたり。常よりもわりなき稀の細道を分けたまふほど、御供の人も泣きぬばかり恐ろしうわずらはしきことをさへ思ふ。（浮舟一四八〜九）

この「友待つばかりの消え残りたる雪」のところには、周知のように「白雪の色分きがたき梅が枝に友待つ雪ぞ消え残りたる[13]」が引かれている。この歌は若菜上巻でも、女三宮との新婚時に、女三宮に和歌を贈った後の光源氏の様子を、

白き御衣どもを着たまひて、花をまさぐりたまひつつ、友待つ雪のほのかに残れる上に、うち散りそふ空をながめたまへり。（若菜上七一）

と語ったところに引かれている。ここは引歌そのままに、白梅をもてあそびながら、淡く雪の消え残る庭前や、ちらちら降り添う空を、ぼんやりと眺める雅やかな光源氏の点景がなされている。明らかに引歌は、優艶で情趣的な場面設定に生かされているのである。

ところが浮舟巻の場合、そんな雅な情趣などの域を超えた苛酷な山の深雪なのである。そうでなくてさえ難儀

な木幡山越えなのに、今回は特に供の者も泣き出したいくらいであった。都の中だけ風流な春の淡雪も、ここでは受け入れられるはずもないのである。「稀の細道」にも引歌「冬ごもり人も通はぬ山里のまれの細道ふたぐ雪かも」[14]がある。しかしこの歌は「白雪の…」歌の世界とはだいぶ趣が違う。この中の歌語「山里」は元来、見捨てられた土地の印象が強く、王朝貴族の日常世界から隔絶した場所という意識で受け止められていたようで、例えば古今集で描き出された「山里」は、都の華やかな貴族の生活とは対極的な暗鬱の世界をイメージさせる。[15]人跡の「まれの細道」と「ふたぐ雪」との相乗作用で、木幡越えという宇治への道程の暗鬱さをよく表現しているのである。これはこの場にふさわしい引歌と言えるのである。

引歌「白雪の…」の世界を逆転したところに宇治並びに宇治への道が存在したのである。

この匂宮の再度の宇治訪問は、都から宇治への道筋を語ったのだが、逆に宇治から木幡山を越える帰路の場合にも、如上のような例がある。物語の順序としては前後するが、匂宮が初めて宇治を訪れ、浮舟との恋に酔いしれ、不充足の気持のまま帰京する折、次のように語られていた。

　風の音もいと荒ましく霜深き暁に、おのがきぬぎぬも冷やかになりたる心地して、御馬に乗りたまふほど、引き返すやうにあさましけれど、御供の人々、いと戯れにくしと思ひて、ただ急がしに急がし出づれば、我にもあらで出でたまひぬ。この五位二人なむ、御馬の口にはさぶらひける。さかしき山越えはててぞ、おのおの馬には乗る。水際の氷を踏みならす馬の足音さへ、心細くもの悲し。（浮舟一三六）

この「おのがきぬぎぬも…」の前後に「しののめのほがらほがらと明けゆけばおのがきぬぎぬなるぞ悲しき」（『古今集』恋三）が引かれている。この引歌は別れの悲しさを詠いながらも、「ほがらほがらと明けゆけば」といった歌ことばなどから、相思相愛の恋人との甘美な後朝の歌を表していると言える。しかし浮舟巻の表現は、この「しののめのほがらほがらと…」を踏まえつつも、「風の音もいと荒ましく霜深き暁に」というように荒涼たる背景を伴い、「おのがきぬぎぬ」についても「冷やかに」と添加されることによって、この恋の成就の難しさが晒されたと考えられるのである。

ここの引用文の中の「さかしき山越えはててぞ、…」の山は、むろん木幡山であり、行きとはまた違って、帰り道に立ち塞がるような険しい木幡山の存在は、後ろ髪引かれる匂宮の思いを滲ませるとともに、匂宮と浮舟の今後の仲を隔てる空間を象徴するかのようである。

また「御馬に乗りたまふほど」「御馬の口」「おのおの馬には乗る」「馬の足音」といった馬に関わる表現の裏側には、万葉集巻十一の、「山科の木幡の山を馬はあれど徒歩より我がこし汝を思ひかねて」(二四二五)を原歌とする「拾遺和歌集」雑恋の、

山科の木幡の里に馬はあれど徒歩よりぞ来る君を思へば

が見え隠れする。どちらも、馬で来るのが当然だが、足音で二人の仲が知られることを憚り徒歩でやって来たということである。匂宮の場合はむろん徒歩で来れるはずもない。次期東宮に目される匂宮が、浮舟のような女に熱中し、しかも木幡山を越えてまで会いに行くというわけで、直に世間に知られることが目に見えているのである。無理な恋の典型的なかたちは、背景にあるこの歌が、歌の内容と裏腹に炙り出していくのである。

この「山科の木幡の山を」歌は、既に、宇治の物語の初めの方から、何度か引歌とされてきた。八の宮の死後の晩秋、宇治へ匂宮の手紙を使者が届け、大君のその返事が木幡山を越えて届けられる。

A御使は、木幡の山のほども、雨もよにいと恐ろしげなれど、さようのもの怖ぢすまじきをや選り出でたまひけむ、むつかしげなる笹の隈を、駒ひきとどむるほどもなくうち早めて、片時に参り着きぬ。

また、八の宮の一周忌後の八月の末、中の君と契った匂宮は、新婚三日夜に薫の勧めによりかなり無理をして宇治へ出掛ける。

B「同じ御騒がれにこそはおはすなれ。今宵の罪にはかはりきこえさせて、身をもいたづらになしはべりなむかし。木幡の山に馬はいかがはべるべき。いとどものの聞こえや、障りどころなからむ」と聞こえたまへば、ただ暮れに暮れて更けにける夜なれば、思しわびて、御馬にて出でたまひぬ。（総角二七七）

Aでは、雨も手伝っての木幡山の恐ろしさに、物怖じしない者が使者に選ばれていることが、殊更書かれている。馬で一気に山越えをしているという書き方からも、「山科の」歌が引かれているのは確かだが、この「笹の隈を、駒ひきとどむるほどもなく」のところには、古今集巻二十（神遊びの歌）の、「ささのくま桧隈川に駒とめてしばし水かへ影をだに見む」が引かれている。この歌も原歌は万葉集で、巻十二に、

さ檜隈檜隈川に馬留め馬に水かへ我よそに見む（三〇九七）

とあるのによる。桧隈川に馬を止めて水を飲ませて下さい、その間、あなたの姿を遠くから見ておりましょう、というように、元来この歌は相聞歌である。遠く「葵」巻では、例の車争いの直後の、六条御息所の屈辱的な思いと光源氏への未練がない交ぜとなっている場面に、

ものも見で帰らんとしたまへど、通り出でん隙もなきに、「事なりぬ」と言へば、さすがにつらき人の御前渡りの待たるるも心弱しや、笹の隈にだにあらねばにや、つれなく過ぎたまふにつけても、なかなか御心づくしなり。（葵二三）

と語られていた。馬を止めてこちらを振り向いてほしいといった御息所の心の思いとは裏腹に、光源氏はすげな

く通り過ぎて行く。相思相愛の恋歌を前提とすることによって、かえって御息所の悲痛な心中が晒されるところである。相聞歌の精神を踏まえた引歌表現となっているのである。

しかし椎本巻では、匂宮が帰って行くのならともかく、使者が馬に乗って帰るわけで、この引歌は形だけを借りているかのようである。ただし、相聞歌の精神を少しでも考えるなら、馬を止めて休むことさえできない木幡山の恐ろしさは、恋の大きな障害であることを象徴的に語っているとも言える。引歌の精神を切り返した表現は、宇治の恋物語の今後の展開に暗い影を落とすことになろう。

Bの方は、「山科の」歌をそのまま使った表現がされてはいる。薫は、匂宮が馬で宇治へ出向くのは人目につき、危険でもあるとして、牛車で行くことを勧める。引歌の精神は人目を気にするとともに、徒歩ででも会いに行くという強烈な愛情表現にあった。匂宮の場合は、夜が更けてしまったとはいえ、無理をして馬で行くしかないところに、恋物語としての限界があると言えよう。明石中宮からも諫められていて、なかなか出立できずに夜も更けたわけである。

匂宮の身分や好色な性情も相俟って、彼の出歩きの限界はここでもはっきり示されている。これらを象徴的に「木幡山」の「馬」は語っているかのようである。

木幡山についてのA、Bの引用はともに、恋歌の甘美な内容を切り返し、それと対極的な波乱含みの現実を見据えることになろう。

中の君は早蕨巻で都に引き取られることになるのだが、その後の精神的苦痛は周知の通りである。その中の君は上京の途中、次のように感慨を催す。

道のほど遥けくはげしき山道のありさまを見たまふにぞ、つらきにのみ思ひなされし人の御仲の通ひを、ことわりの絶え間なりけりとすこし思し知られける。七日の月のさやかにさし出でたる影をかしく霞みたるを見たまひつつ、いと遠きに、ならはず苦しければ、うちながめられて、

ながむれば山より出でて行く月も世にすみわびて山にこそ入れ　（早蕨三六三〜四）

中の君は、「遥けく」として京までを遠い道のりと思い、木幡山を「はげしき山道」と感じるところから、たまにしか訪れなかった匂宮の不実を少しは許す気持になる。しかし春の霞んだ情趣的な月を眺めても、むろんそれを愛でる気にはなれず、山から出てまた山に入る月のように、自分も虚しく宇治に戻らざるをえないのではないかというように、鬱屈した気持が広がるのである。中の君にもやはり、木幡山は、人間関係を阻む急峻な山というイメージを与えたのである。

一方、浮舟をめぐって薫と弁の尼が語る東屋巻で、弁は、浮舟が粗末な三条の小家で暮らしているのも気の毒で、宇治がもう少し近ければそちらに預けるのにとして、「荒ましき山道に、たはやすくもえ思ひたたでなんはべりし」（東屋八六）と言う。薫もそれを受けて、「人々のかく恐ろしくすめる道に、まろこそ古りがたく分け来れ」と答える。この「荒ましき山道」も「恐ろしくすめる道」もむろん木幡山を形容している。

また、匂宮が薫と偽って浮舟と契った翌朝、女房らは薫が訪れたと思い、「あなむくつけや。木幡の山はいと恐ろしかなる山ぞかし。例の、御前駆も追はせたまはず、やつれておはしましけむに、あないみじや」（浮舟一二九）として、恐ろしいと聞く木幡山の怖さを再認識するのである。ここでは、追剝が出没する暗いイメージも添加されている。

このように宇治の物語で一貫して固定した負のイメージを付与されている木幡山は、歌枕としては珍しいと言ってよい。もっとも「木幡の山」も「木幡の里」も「能因歌枕」には出ていないので、狭義の歌枕ではあろう。

もともと相聞歌であったので、歌枕として人口に膾炙されてもおかしくはない。しかし源氏物語のかような引用の方法は、一層、暗い木幡山のイメージを決定づけたものと思われる。

もっとも、知られているように、この木幡山は、万葉集にある原歌で詠われている木幡山とは少し場所が違っていた。「古事記」中巻で、応神帝が「宇遅野」で国見をした後、「木幡の村」で「麗美しき嬢子」と結ばれ、「宇遅能和紀郎子」の出生が語られている。この現在の宇治市木幡が、古代の木幡なのである。具体的には、JR奈良線木幡駅の東側の丘陵（御蔵山など）を指す。[16] 宇治へ行くのに、御蔵山辺りを通る必要はないのである。そこは「木幡の里」とも示されていたように、源氏物語でいう険しい木幡山のイメージとはほど遠い。万葉集の相聞歌として詠まれても不自然な場所ではないのである。

源氏物語ではこれらのことを、おそらく知りつつ、相聞歌の精神を巧く生かすとともに、逆転して、男女の間に聳立する木幡山のイメージを形作ったものと考えられるのである。

おわりに

本章では、宇治十帖での引用と、その引用に関わる背景となる風土をめぐつて、主に「木幡山」に焦点を絞り考察を試みた。

宇治の物語の引用の方法の独自性は、情趣的、相聞的な引歌の世界を逆転して、困難な恋と関わる暗鬱な宇治への道などを表現するところに、その一端が窺えたのである。「木幡山」に関しては、万葉集の原歌の強い愛情表現を逆手にとる、それと対極的な男女の絶望的な結び付きなどの風土的象徴、記号として、間を阻む険しく暗い負のイメージが表現化されたと考えられた。無理な恋の典型的な姿が、文章の背景にある「木幡山」の引歌を通して、歌の内容とは裏腹に炙り出されたのである。

(1) 奥村恒哉「源氏物語の歌枕」(『源氏物語講座』第五巻　昭四六)
(2) 藤本勝義「木幡山から宇治へ—宇治十帖の風土—」(紫式部学会編『源氏物語の背景』平十三)
(3) 高橋和夫『日本文学と気象』(昭五三)一四四頁
(4) 用例検索には加納重文編『索引資料総覧(平安時代)』(昭五九)をもとに調べており、事例を網羅しているわけではない。当然もっと多くの例があるはずなので、あくまで参考として表示した。
(5) 『巨椋池干拓誌』(巨椋池土地改良区発行　昭五六追補再版)
(6) 新訂増補国史大系『続史愚抄』による。
(7) 大軒史子「源氏物語『宇治』の風土」(『青山学院女子短期大学総合文化研究所年報』第二号　平六)
(8) 橋姫巻の「秋の末」、東屋巻の「秋深し」は九月とし、椎本巻の「夏」は六月とした。
(9) 日本歴史地名大系『京都府の地名』(昭五六)所収の「京都・伏見市街図」(二万分の一仮製地形図復刻版)
(10) 注二に同じ。
(11) 「新編国歌大観」(第四巻)の「為尹千首」による。
(12) 久保田淳・馬場あき子編『歌ことば歌枕大辞典』(平十一)「巨椋の池」の項。
(13) 「和歌文学大系」十七「家持集」による。
(14) 「和歌文学大系」二十「賀茂保憲女集」による。
(15) 小町谷照彦『古今和歌集と歌ことば表現』(平六)二七七~八頁。
(16) 注二に同じ。

第二編

王朝文学の夢・霊・陰陽道

第一章　源氏物語と夢・霊・陰陽道

はじめに

陰陽道における夢解き・占夢書には、貞観十三（八七一）年に陰陽師・滋岳川人が、勅により撰進した「六甲」をさらに撰進したとされる「新選六旬集」があり、中国古代で行われていて日本に伝わった「六甲占夢」などがある。[1]しかし、近代以前の夢解き自体が信頼できないものであり、きわめて画一的な内容のそれらには大きな問題があった。本章では、王朝文学に表れる夢想・夢告に関しての陰陽道との関連や、物語展開上の独自な位置付けに注視して、源氏物語を中心に、王朝文学での位相を見据えようとするものである。

一　占夢する陰陽師

夢占いは元来、陰陽師の仕事とは言えない。夢解きを職業とする者がいないわけではなかった。しかし専門の夢解きとして著名な人物はいなかったと言ってよい。なぜなら非科学的でほとんど無意味な夢占いに、権威はなかったのである。陰陽師も同類ではあろうが、陰陽道では主に、凶兆があった時に、不吉な事象を未然に防ぐべく祭・祓を行ったり、行事や遠出等の吉日を卜占し選定したりするわけで、貴族の生活に必要なものとして深く浸透していった。だから、夢想の内容が行事を行うかどうかに関わったり、夢想が信じるに値するかどうかなどといったような時に、陰陽師の占夢がなされがちである。

例えば、「小右記」永延二年（九八八）十一月十四日条で、祭使である藤原高遠の見た、賀茂臨時祭を延引すべきという夢想により、慶滋保遠と安倍吉平の二人の陰陽師に延引すべきか否かを占わせている。結果は、夢想通りに延引すべしと占申している。また、永祚元年（九八九）三月十五日条では、春日行幸をすべきかどうか陰陽家に問うのだが、その前提の一つに「不快之夢想」があった。

さらに、永祚元年七月十三日条では、実資が昨夜の夢想の吉凶を、僧の円照に占わせている。その結果、今日以後二十五日以内などに慶賀の事があると占申されている。この僧は歴とした有識なる僧侶であるが、陰陽師のような役割を演じている。この円照を、呪詛を請け負いがちな法師陰陽師と言っていいかは不明だが、このような僧は存在した。同じ永祚元年五月十三日に、円融上皇のための夢想があったことを、実資に伝えたという東大寺の僧であった義蔵も、「遠行忌日」であることを勘考（永祚元年八月十一日）したり、実資女の重態に易筮をして、具体的な占申をしている（正暦元年七月八日）し、実資が二条邸を手放そうとした時も、義蔵の易筮によって中止となっている（正暦元年十月十六日）。

同じく「小右記」長保元年（九九九）十一月二十九日条では、太皇太后（昌子内親王）還宮の日を、一旦、十二月五日の吉日と定めたが、その日は重く慎むべきという御夢想により、賀茂光栄らが占い、十二月七日と定め直している。また寛弘八年八月九日条には、丹波守・大江匡衡が、夢想により易筮を考えていることが示されている。さらに治安三年（一〇二三）閏九月一日条で、実資は顔の傷についての夢想を、信じてよいか否かを陰陽師・中原恒盛に占わせている。「御堂関白記」寛弘元年（一〇〇四）八月二十二日条では、中宮の大原野社行啓について、或る者の夢想告があり、旱魃などのこともあり、安倍晴明や賀茂光栄らに占筮させている。結果は、延引を吉として行啓を停止している。

一方、「小右記」寛弘二年十一月九日条にある「夢物忌、只閇西門」や長和四年（一〇一五）四月二日条の「今日夢想物忌、依閉門殊慎」、四月四日条の「今日夢想慎、依閉華蟄居」、また「御堂関白記」寛弘八年十一月七日条に、人の夢想により「籠居物忌」とあるが、これらの夢想による物忌には、陰陽師が介在していたと考えるべきであろう。「西門」だけを閉ざしたり、ことごとく閉ざしての蟄居などといった処置を、実資や道長の個人的な判断で対処したとは考えにくいのである。

二　夢告・霊告

陰陽師の占夢の例はかように少なくないのだが、漢文記録類には意外に、夢合せ・夢解きの記事がほとんど見られない。さらに夢の内容についての卜占がない場合もかなり多い。それは実は、夢自体に、占いを要請しない夢告としての絶対性が存在したためと考えられるのである。多くは夢を見た本人が、場合によっては知人が夢を解読してしまうのである。例えば「権記」長保三年五月二十六日条の、「来八月十五日可重慎」という行成の夢は、陰陽師を呼ぶまでもないきわめて具体的な凶夢であった。実際、三カ月近く後のその日は籠居して慎んでいるのである。寛弘二年九月二十九日条では、長大な夢の内容が記されている。「阿弥陀如来」などが何度も出てきて、夢中でも甚だ尊いと思っている吉夢であり、行成自身、将来の慶事を当てにした吉兆として、書き留めたものであったと言えよう。占夢などの必要もなかったのである。寛弘五年三月十九日条では、中宮彰子の男子懐妊の夢を見ている。このことに何の卜占などの必要があろう。

これらの最たるものは、夢の記事に「夢想告」「夢告」と記されるものである。「小右記」永祚元年十一月二十三日条では、「今日大原野祭、依夢想告不奉例幣、仍解除也」とあり、夢想告により、実資は大原野祭に例幣を奉らないこととした。また、正暦四年(九九三)閏十月六日条で、内大臣・藤原道兼が、菅原道真に太政大臣位を追贈すべしとする夢を見て、このことを関白・道隆に伝えている。この夢は「夢告」あるいは「託宣」といった表現もされている。後日実際、道真へ追贈がなされている。寛弘二年正月十四日条では、「今暁夢想告云、今明不外行者、仍不参八省」とあり、外出禁上の夢想告により、実資は八省へ不参としている。同じく「小右記」長和二年三月四日条には、左大臣・道長が「夢想告」により上表している記事がある。いずれの例も絶大な夢の力が示されている。

元来、夢は神仏という他者が人間に見させるもの、神的なものとして信じられた(3)と考えてよい。「蜻蛉日記」天禄元年七月二十日頃、法師が銚子の中の水を作者の右の膝に注ぎかけるという夢を、石山寺の御堂で見た作者は、仏がお見せになる、すなわち霊験を呈する夢告と受け取っている。物語、特に「源氏物語」では、重大な筋が夢告によって展開することが少なくない。

例えば明石入道の「姫が中宮になり、またその腹に東宮が誕生して、自分自身は極楽往生間違いなし」といった、めでた尽しの夢は全て実現していくことになる。もっともこの夢の一件は、大願成就した後で明かされるのではあるが。一方、須磨での大暴風雨の折、源氏がまどろんだ夢に「そのさまとも見えぬ人」(須磨巻二一八頁)が現れる。後に、明石入道も、源氏と同じ時に同様の夢を見たことが知らされる(明石二三一)。また、源氏の第二の夢として、入道が舟で源氏を迎えに来る前の時点で、故桐壺院が生前のままの姿で立ち、「住吉の神の導きたまふままに、はや舟出してこの浦を去りね」(明石二二九)と言う。そして入道の迎えにより、源氏は明石へ渡った。先に触れた入道のめでた尽しの夢に関わってくるのである。さらに、朱雀帝の夢に故院が現れ、睨みつけられることになる。

この故院の霊出現は、結局は都への召還に繋がるわけで、源氏にとっては守護霊と言ってよく、源氏への「住吉の神の」云々の言葉は、まさに夢告・霊告であり、神の託宣に近い性格のものと言えよう。

三 「宇津保物語」の霊と夢

故桐壺院の霊は、守護霊としても機能しているが、この点に関して、「宇津保物語」の例をあげたい。「蔵開上」巻冒頭で、仲忠が京極の旧邸で、大きく立派な蔵を見出す。しかしその周りに、蔵に近づいたために命を落とした人の屍が数知らずあった。どうやっても開かない頑丈な鎖がかけてある蔵を、仲忠は造作もなく開けるのだが、その時、仲忠は、「この蔵、先祖の御霊開かせたまへ」(蔵開上三二八頁)と言って祈る。蔵が開いた時、仲忠は、「これは、げに先祖の御霊の、われを待ちたまふなりけり」と思うのである。その後仲忠は、蔵の中にあった俊蔭の遺文集のことを朱雀帝に奏上した時、いままで報告しなかった理由として次のように言う。

かの書の序にいひて侍るやうにも、「唐の間の記は、俊蔭の朝臣のまうで来るまでは、異人見るべからず。その間、霊添ひて守る」と申したり。俊蔭の朝臣の遺言、前の書は、「俊蔭、後侍らず。文書のことは、わづかなる女子知るべきにあらず。二、三代の間にも後出でまで来ば、そがためなり。その間霊寄りて守らむ」となむ申して侍る。それに慎みて、今まで奏せで侍りつる。

(蔵開上四三七~八頁)

俊蔭が遣唐使として在唐していると信じていた俊蔭の父（清原の王）の日記に、俊蔭帰日まで他人が見ることを禁じ、その間、霊が添って守ると記されていたと言う。また俊蔭の遺言にも、二、三代の間に子孫が生じたら、その男子にこの書物をとらすべきで、その間は、霊が寄って守ろうと記されていたとも言う。それを聞いた帝は、

朝臣の読みて聞かせむには、その霊ども、よも祟りはなさじ。（四三八）

として、仲忠がそれらの書物を読んで聞かせるなら、よもや霊も祟らないだろうと言う。その後、そのように仲忠は、帝の御前で先祖の遺文を読み、感動を与えることになる（蔵開中四四九以下）。

ここで示される霊は、清原一族にとっての守護霊と言えよう。霊そのものは語らないが、いわゆる祖霊であり、一族の長老である清原の王が、霊のことを伝えているのである。これは、成仏とは無縁の霊であるが、桐壺院の霊がそうであったように、守護霊は諸刃の剣であり、蔵を霊が守り、仲忠を歓迎し、子孫ではない者が近づくと殺害するという両極端に振舞うのである。ただし清原の一族でも守るべきことを遵守しなければ、祟りを招来するに違いない。この俊蔭の遺文集に関わって、最終巻の「楼の上下」巻で以下のような展開がなされた。七夕に仲忠は母・俊蔭女と娘・いぬ宮で秘琴を弾く。すると奇瑞が生じ、仲忠は俊蔭の遺文集の中の詩を読誦する。その夜、俊蔭女が亡父の夢を見る。俊蔭は夢の中で、本日の来訪者に必ず会うようにと告げる。来訪者は、俊蔭女が仲忠を出産した時、献身的に世話をした嫗の弟と孫たちであり、彼らへの俊蔭女・仲忠の報恩がなされることになる。このことが気がかりで、俊蔭の魂は完全には浄化されていなかったと言えよう。後に、嵯峨の院は、仲忠を大臣にし、京極邸で大饗をさせたら、「むかしの霊も、少しうれしと見るべきを」（楼の上下六一〇）と言う。俊蔭自身は、中納言を追贈された。このようなプロセスを通して、俊蔭の霊の鎮魂も完成したと言ってよい。

夢告や遺言に関わる「宇津保物語」の他の例をあげる。「国譲上」巻での「大臣召」の折、左大臣となる源正

頼は、世捨て人のような源宰相実忠を中納言に推挙する。その理由に、実忠の父・故太政大臣・源季明の、息子を頼むとした遺言をあげる。正頼の息子が昇進して、実忠らの昇進が遅れたなら、

この朝臣の霊の見はべらむことなむ、いと悲しうはべる。(国譲上一一七)

として、帝に、季明の霊がどう見るかと考えると、ひどく悲しいなどと奏するのである。遺言はかなりの重みをもつ。この季明の霊が成仏しているかどうかは分からないが、遺言を守らなければ、霊が出現して恨み言を言う可能性はある。源氏一族の高官を増やしたいと思ってもおかしくない正頼は、それを逆手にとっているとも言える。しぶしぶ帝も、実忠を中納言に上げざるを得なくなるのである。

四　兄妹の恋と身に添う霊

霊が蔵や遺文集に寄り添って守るという、その霊のかたちは、「宇津保物語」だけに固有のものではない。他のもの(特に人間)に霊魂が寄り添うのは、よく見られる現象と言える。「篁物語」の中で、異母兄妹の恋と悲劇が描かれているが、妹は死の直前、次の歌を詠む。

消えはてて身こそ灰になりはてめ夢の魂君にあひそへ　(三三頁)

この「夢の魂」の「の」は「に」の誤写(古典文学大系本注)と考えるべきである。またこの歌は「玉葉集」(十一恋三)にもある。下の句で、あなたの夢の中で、私の魂はあなたに寄り添ってくれと言っており、実際その通りとなる。

(死んだ)その日のようさり、火をほのかにかきあげて、泣き臥せり。あとのかた、そゝめきけり。火を消ちて見れば、そひ臥す心ちしけり。死にし妹の声にて、よろずの悲しきことを言ひて、泣く声も言ふとも、

たゞそれなりければ、もろともに語らひて、泣く〳〵さぐれば手にもさはらず、手にだにあたらず。（三四）

死んだ妹が、火を消すことによって、身近に添い臥す感じがして、妹が悲しいことを語るが、姿かたちはなく、当然手に触れることはできないとある。ここは、闇と明かりの世界が交錯する間隙に現象する「もの」ということで、既に、夕顔物語との関連を指摘したことがある(4)が、その中で、生ある者の与り知らぬ異界の不可思議な現象を、不可思議な状況のまま描くものとも述べた。これは先の、「宇津保物語」の霊についても言えることである。

ここは、その後さらに、次のように語られていく。

花・香たきて、遠き所に、火をともしてゐたれば、この魂なん、夜な〳〵来て語らひける。三七日は、いとあざやかなり。四七日は、とき〴〵見えけり。この男、涙つきせず泣く。その涙を硯の水にて、法花経を書きて、比叡の三昧堂にて、七日のわざしけり。その人、七日はなしはてても、ほのめくこと絶えざりけり。三年すぎては、夢にも、たしかに見えざりけり。（三四〜三五）

篁はこのように、妹の様々な追善供養を続けており、時を経て、夢の中でもはっきりとは見えなくなったとあり、霊が成仏に近づいたと考えられるのである。この寄り添う霊は、むろん、「宇津保物語」の祖霊と同一視できないが、どちらも親愛感のある対象には害を及ぼさず、むしろ好意的に接していた。

この兄妹の恋は、周知のように「宇津保物語」でも描かれていた。宰相中将・源祐澄が妹・あて宮（藤壺）と、むかしの懸想人の話をした折、あて官への恋に苦しみ死んだ同母兄・仲澄のことが話に出て、あて宮は、仲澄が常に夢に出てくることを告げ、

かの君は、ものを思ひしけにやあらむ、身の苦しきことをなむ見えたまふ。（蔵開上四一二）

として、死ぬまで執を残したせいか、成仏できずに苦しんでいる様子で夢に現れると言う。その後、祐澄は両親（右大臣正頼・大宮）のところで、「故侍従の、藤壺の御夢に、思ひの罪に道ならぬやうに見えはべる」（四一五）などと告げる。この世へ執を残した罪で冥途の道に迷っているようだとする。そして仲澄のための、読経や妄執の罪を除去する旨の願文の作成を勧めた。こうして、四十九日間、七日ごと布七匹ずつを誦経料に当て、追善供養を行った。仲澄の場合も、あて宮への執心ゆえ成仏できず、常にあて宮の夢に出てくるのは、「篁物語」の妹がそうであったように、霊としてあて宮の身に添っているとも言える。このように人の夢に現れ、この世への未練を彷彿とさせたり、苦しげな様子を見せたり、極楽往生できぬ苦悩を訴えたりする形は、物語にしばしば出てくるが、記録類にも記されている。これらをさらに次に扱いたい。

五　夢に現れる故人

まず、成仏していないから夢に現れた例としては、「小右記」永祚元年（九八九）十二月二六日条で、円融上皇は、故関白・兼通が成仏できずに大苦悩を受けている旨の夢想を得ている。参院した能書家の藤原行成に、すぐに法華経を書写させ、兼通のために追善供養を行っている。また寛仁二年（一〇一八）十一月三十日条に、

今暁先妣見給夢中、仍修諷誦道澄寺

とあり、実資はこの暁、亡母を夢に見、寺で読経を修めている。母は播磨守・藤原尹文女で、三十年以上前に死去しており、十一月十三日が命日に当たり、実資は、毎年この日にほとんど欠かさず法事を行い、菩提を弔っている。この夢を見た後に諷誦を修するわけだから、冥福を祈るということである。実資の頭には、亡母はもしかすると成仏していないという思いがあったはずである。夢は、極楽往生しているような楽しげなものではなかっ

たと思われる。

故人が夢に現れても、それだけでは成仏しているかどうかは判然としない。要は現れ方である。例えば、「権記」長保五年（一〇〇三）十一月二十五日条の行成の夢に、小野道風が出てきて、書法を伝授するものや、寛弘六年九月九日条の、故典薬頭・滋秀真人が、行成に紅雪を飲ませるといった夢などは、故人の苦しげな様子とは無縁の、むしろ明るい内容であり、往生していないこととは関係がない。さらに、次の「大鏡」の例などは、往生していることを明確に表す夢となっている。すなわち、天延二年（九七四）の天然痘流行で、故太政大臣・藤原伊尹の息である挙賢・義孝兄弟が同じ日に死去したが、その後、賀縁阿闍梨の夢に二人が現れた。賀縁は、兄の方は「いたう物思へるさまにて」、弟の義孝は「いと心地良げなるさまにて」（二五〇頁）姿を見せたので、義孝に、気持ちよさそうな様子の理由を問う。義孝は、「時雨とは蓮の花ぞ散り紛ふ何ふるさとに袂濡るらむ」と詠み、蓮の花の散り乱れる極楽にいることを示す。また、小野宮の実資も、義孝が「今遊極楽界中風」なる詩句を口ずさみ、極楽に生まれ変わったと考えられる夢を見ている。一方、たいそう物思いに沈んでいる様子だった兄・挙賢は、往生していないと考えるのが普通である。

では、「源氏物語」での霊はどのように扱われているか。夢枕に立つなどして、成仏していない故人に、先に触れた桐壺院や、藤壺、六条御息所、柏木、八の宮などがいる。彼らは皆、現世に執を残していた。逆に、夢などに現れず、往生していると考えられるのは、桐壺更衣、葵の上、紫の上、光源氏などである。一方、夢に出てきたが、往生しているのかどうか判断が必要な者もいる。夕顔や末摘花の父・常陸宮の場合がそうである。それを先ず次に取り上げたい。

六　夕顔と常陸宮の場合

夕顔の死後、四十九日の法事が営まれたその夜、光源氏の夢として、次のように語られている。

ほのかに、かのありし院ながら、添ひたりし女のさまも同じやうにて見えければ、荒れたりし所に棲みけんものの我に見入れけんたよりに、かくなりぬることと思し出づるにも、ゆゆしくなん。（夕顔一九四）

これは明確な描き方ではないが、某の院で枕元にいて夕顔を取り殺した女も、そのままの姿で夢に出てきたとあり、当然、夕顔も夢に現れたと言えよう。光源氏は、廃院に棲む妖物が自分に見入るついでに、夕顔を取り殺したのだと受け取ったのである。これが、後の「玉鬘」巻では、次のように夕顔の乳母の夢に出てくる。

夢などに、いとたまさかに見えたまふ時などもあり。同じさまなる女など添ひたまうて見えたまへば、なごり心地あしく、なやみなどしければ、なほ世に亡くなりたまひにけるなめり、と思ひなるもいみじくのみなむ（玉鬘九〇～九一）

ほんの時たま、夕顔が夢に出てくることがあるとして、そこに某の院の物の怪の女が寄り添っていて、「なごり心地あしく、…」は、目覚めた後まで気分が悪く、しかも患ったりするということで、夕顔の生存を諦める気持ちになっているところである。ここでは、夕顔の生死に関わって示されているのだが、夢での夕顔のこのような現れ方は、極楽往生とは程遠く、いまだあの世を彷徨っている印象が強い。ここは、乳母が夕顔の死を受け入れざるを得なくなる段階を示すものの、死を確信するには至っていないわけで、例え死んで成仏していないと思われても、この時点で、追善供養を行えるはずもないのである。

次に末摘花の亡父・常陸宮について考えたい。末摘花は、須磨から召還された光源氏の訪れを、ひたすら待ち望むのだが、女房たちも次々に彼女を見捨て、ついに乳母子の侍従までも、さがな者の叔母に連れ去られる。雪に埋れる廃屋のような住まいで、末摘花は一人物思いに沈んで暮らしていた。花散里を訪れようとする折、偶然、末摘花の邸の側を通りかかり、光源氏はやっと思い出すことになる。この時、末摘花の昼寝の夢に父宮が現れる。

ここには、いとどながめまさるころにて、つくづくとおはしけるに、昼寝の夢に故宮の見えたまひければ、覚めていとなごり悲しく思して、漏り濡れたる廂の端つ方おし拭はせて、ここかしこの御座ひきつくろはせなどしつつ、例ならず世づきたまひて、

亡き人を恋ふる袂のひまなきに荒れたる軒のしづくさへ添ふ

も心苦しきほどになむありける。（蓬生三四五）

まずなによりも、この夢に父宮が現れた時間と、光源氏が花散里を訪ねようと出かけた時間の関係が重要である。光源氏は、「艶なるほどの夕月夜」に出かけているが、末摘花の夢は、昼寝の折であり、光源氏の出発より何時間か前ということになる。末摘花は、昼寝から覚めて、雨漏りのした廂の間を拭かせ、御座を整えるなどする。これは図らずも、光源氏を迎える準備となっているのである。「例ならず世づきたまひて」とあるように、いつもとは違い人並な気持ちになっている。詠んだ歌も真っ当である。父宮が夢に現れたことは、光源氏の訪問と関わっていると考えられるところである。「娘の不幸な境遇を救おうとしての出現」[5]とか、「父宮の霊威が夢を通して現実に働きかけ、結果として光源氏を引き寄せた」[6]とか言われる。では、これらのことをどう考えたらよいのか。まず、夢自体は、「明星抄」が言う「瑞夢」なのか。末摘花にとって夢見は悪くなかった。悲しく思ったのも、夢が覚めた時、懐かしい父の姿が現実のものでなかったためとは言えよう。父宮はあの世を彷徨っている感じではないし、この後、追善供養のことも描かれないので、既に成仏していると考えることはできる。しか

し、源氏物語の中で、故人が夢に出てきた他の例の全ては成仏していないのである。桐壺院しかり、藤壺しかり、柏木、八の宮しかりである。一方、ここでの文脈から、夢に父宮が現れたことが引き金となって、末摘花が救われたという点は看過できない。

故父宮が娘の夢枕に立ち、娘を救うという構図を考えると、故桐壺院が光源氏の夢枕に立ち、結果的に光源氏を救うという形に似ている。その例では、桐壺院が光源氏に具体的な指示を与えている。末摘花の場合にはそれらは全くない。描き方からすると、常陸宮が、何か具体的な言葉などを伝えたようには思われない。ただ、夢が覚めた後の彼女の行動に、普段との違いが見られたわけである。これはやはり、夢に現れた父院によって行動が促されたと考えるべきであろう。

七　末摘花の亡父

この巻での末摘花の変貌が指摘されて久しい。その理由は、関係を持った女君には、ずっと経済的援助などをしていく、光源氏の理想性を語ることに連なろう。没落していても元は高貴な出の女君なら、引き取るなどして面倒を見るという、一夫多妻制を前提とした時の、一種の男君の理想を示しているのであろう。しかし、それだけでは決してない。なぜなら、「末摘花」巻での物語は光源氏の失敗談であり、滑稽譚でしかない。破格の醜女である彼女を、わざわざ引き取る必要があるとは思えない。六条院や二条東院を彩る女君たちの中に、一人破格の者を加えて、物語を面白くするという目論見が仮にあったとしても、それはたいしたことではあるまい。重要なことはむしろ、「蓬生」巻の内容そのものであろう。この巻を通して、末摘花自体が変貌をしている。明らかに滑稽談ではない。彼女は真っ当な歌を詠むし、しっかりした考えを示し、意思表示をしている。何があっても、ひたすら光源氏の訪れを待ち続ける健気さが、特に大事である。光源氏が引き取る女君が、以前のままの末摘花では、ほとんど意味がない。いくら心長い理想化された光源氏でも、あのままではリアリテイがない。しかし、失脚した光源氏を見捨てるどころか、ずっと思いを抱いて、どんな困難にも抗して待ち続ける薄幸な女君の存在は、魅力的な物語性を有する。過去の末摘花の特性を少しは持っていても、性格、教養、意志力など肝心な点は変貌させる。そのことによって、光源氏が情に絆され、彼女の健気さに感銘を受け、二条東院への引き取りは、さほどの不自然でなく行われうるのである。だから、「蓬生」巻の物語は、周りから何を言われようが、家を守り、光源氏をひたすら待ち、もしそれがなされなければ、朽ち果てる家に殉じるに違いなかった、その彼女の姿を描くことそのものに最も重要な意義があったと言うべきである。だから、二条東院への入居後の彼女を描くことには、初めから意が払われてはいなかったと見るべきであろう。つまり、入居後は、以前のように、滑稽の対象としての役割―ほとんどどうでもよい―があるだけで構わなかったのである。

ゆえに、光源氏の訪問前後に、彼女の一層の常識的な言動が描かれるのは、光源氏の彼女引き取りへの重要なステップとなるわけで、作為的な文脈と言えよう。そこに父宮を夢に見るという設定が必要とされたのであろう。父宮が夢に現れた後、あたかもその霊が末摘花に乗り移ったかのように、彼女は世間並みの女君として動くのである。ぎりぎりの状況にまで追い詰められた彼女の夢に、亡父が現れ、しかも時間的にはその数時間後に、待ち続けた光源氏が訪れたということは、父の霊のなせる業といった考え方もできよう。その辺のことを、この巻では触れようとはしない。霊による救済といった点を強調する姿勢がないと言ってよい。だからこれ以上、亡父に関する描写自体がない。だが、亡父の霊による救済の一面があるのなら、「宇津保物語」の場合の祖霊とは違って、個人霊である亡父は極楽往生していないと見るべきであろう。娘の行末を気遣って、いつまでも往生できない亡父という構図は、八の宮の場合に近いとも言えよう。桐壺院、藤壺、柏木さらにこの八の宮が夢に現れ、成仏できていないことが明確に示されるのは、そのことが、以後の物語展開に深く関わるからである。八の宮の場合は言うまでもなく、遺言を守らず中の君に不幸な結婚をさせて、亡父にこの世に執を残させたという罪障意識が、大君の死の物語に重要な要素となったのである。

しかし、末摘花の場合、物語での亡父の存在意義は希薄と言ってよい。亡父の霊によって、彼女自身が大きく変貌したわけでもない。「蓬生」巻の初めから、彼女は既に変貌していた。初めは「末摘花」巻と同じように単なる笑いの対象でしかなく、亡父が夢枕に立つところから変貌するのなら、これはこれで不自然なおかしな話になってしまう。亡父の霊威によって、光源氏が彼女の邸に導かれたといった展開をはっきりさせたなら、ややばかばかしいことになろう。彼女の存在を忘れ切っていた光源氏が、他の女（花散里）のもとを訪れる途中で偶然思い出すということこそ、「末摘花」巻を知っている者たちにとって、自然な展開なのである。かような偶然の機会が訪れるには長い月日が必要であった。だからこそ都に戻ってきても、末摘花が困窮のどん底に追い詰められるまで、光源氏は訪れようもなかったのである。これはきわめて必然的な展開と言ってよい。筋の展開上、亡父の霊の導きはなければなくても、さほど困ることはなかろう。ただ、窮した彼女が夢に亡き父を見ること自体は、この哀感に満ちた物語のクライマックスとして決して軽んじられるものではない。

常陸宮はやはり、成仏してはいなかったと言うべきであろう。物語の法則ではそう捉えるしかない。しかし、「蓬生」巻はそのことを強調する性格の物語ではなかった。だから、亡父のことにさらに触れることはしていない。亡父の霊威によって動かされる物語ではないのである。

八　夢に現れない紫の上

紫の上の死後、悲嘆に沈む光源氏は、せめて夢の中ででも彼女に会いたいと思う。

雪降りたりし暁に立ちやすらひて、わが身も冷え入るやうにおぼえて、空のけしきはげしかりしに、いとなつかしうおいらかなるものから、袖のいたう泣き濡らしたまへりけるをひき隠し、せめて紛らはしたまへりしほどの用意などを、夜もすがら、夢にても、またいかならむ世にかと思しつづけらる。（幻五二四）

紫の上追慕に暮れる光源氏は、過去の女性関係で彼女を嘆かせたことを悔い、今の春寒の時節とちょうど同じ頃の、女三宮降嫁三日目、雪の降った明け方のことを思い起こし、その時の紫の上の魅力的な様子・心遣いから、夢の中ででも、もう一度いつになったら見ることができるのかと、夜通し思い続けるのである。しかし夢の中でさえ、いつまで経っても会うことはできない。初冬になって時雨がちな日々、涙にくれる光源氏は、空を渡る雁の翼を羨ましく思い、次の歌を詠む。

大空をかよふまぼろし夢にだに見えこぬ魂の行く方たづねよ（幻五四五）

夢の中でさえ現れない紫の上の魂の行く方を捜し出してくれと、幻術士に重ねる雁に訴えるのである。この歌は周知のように、光源氏始発の巻で、亡き桐壺更衣を恋い慕う桐壺帝の、「たづね行くまぼろしもがなつてにても魂のありかをそこと知るべく」（桐壺三五）なる歌と同様、長恨歌を背景に、光源氏最後の巻で、同様の感情を共有し呼応するものであった。むろん「幻」の巻名の所以となっている。だから、光源氏の悲しみや切実な思いが集約されたような、象徴的でかなり重要な和歌と言ってよい。そこに、会いたくても夢の中でさえ会えない辛さが表されている。このことは注意されてよい。

では、なぜ紫の上は夢に現れないのか。むろん、誰の夢にも出てくることはない。紫の上は間違いなく極楽往生していると考えるべきである。光源氏によって出家こそ許されなかったが、替わりに仏道に帰依し、仏教の教理に精通し、法華千部供養をも行うほどの厚い求道心を抱いていた。現世への執を残さず、静かに死を迎えたと言ってよい。

だから夢に現れるとしても、先に述べた「大鏡」の義孝のように、極楽で心楽しい日を送っているといった類のものになるに違いない。そのような紫の上の姿を、光源氏が夢に見たとしたらどうであろうか。光源氏の悲しみがいっそう募ることになろうか。いや、むしろ逆に、慰められたり、一蓮托生を志し、極楽で蓮の葉に座る紫の上の隣に、自分も早く行きたいと思うのではなかろうか。むしろ心安らかな仏道修行を、希望を持って志向し、悲しみを喜びに変えようとするといったことが想像されるのである。

これは、光源氏の人生の終わりを描くに、安易な展開と言うべきであろう。光源氏は、最後まで悲しみに沈み、長い月日を経て、やっと出家と死を迎える準備をするところへ辿り着くという物語の終章こそ、源氏物語にふさわしい閉めなのである。

九　大君の夢に現れない八の宮

八の宮の死後、その遺言に違えて中の君を結婚させたことを悔い、病床につく大君は、八の宮が諌めた言葉を悲しく思い出し、次のように思い続ける。

罪深かなる底にはよも沈みたまはじ、いづくにもいづくにも、おはすらむ方に迎へたまひてよ、かくいみじくもの思ふ身どもをうち棄てたまひて、夢にだに見えたまはぬよ。（総角三一一）

「罪深かなる底」とは、極楽往生の対極を言ったもので、あの求道心厚かった父宮は往生しているのが当然だが、いくらなんでもその反対側―地獄に沈んでいることはあるまいと言った表現と捉えられる。しかし、たとえどんなところだろうが、父宮のいるところへ行きたいと思う。大君は、今の苦しみから逃れられるなら、あるいは父の側ならどこでもよい気持ちになっている。なによりも、亡父に会いたがっている。だからこそ、父宮が夢にさえ現れないことを嘆いているのである。

八の宮は、しかし中の君や阿闍梨の夢には姿を現した。今の場面のすぐ後に、昼寝から覚めた中の君は、

故宮の夢に見えたまへる、いとものの思したる気色にて、このわたりにこそほのめきたまひつれ。（三二一〜二）

と大君に語る。この引用の直前に「いささかもの思ふべきさまもしたまへらず」ともあるように、大君とは違って中の君は、物思いなど全然なさそうな面持ちであり、苦悩とともに死に向かう大君とは対照的である。引き続き大君は、なんとしても夢にでも会いたいと思っているのに、自分の夢には現れないことを言う。この夢の中の八の宮は、思い煩うことがあるといった暗い表情で出現した。明らかに、この世に執を残し、成仏していないことを示している。

重態となった大君を、薫が身近に看護するところへ来た阿闍梨は、故宮のことを語り、「さりとも涼しき方にぞ」として、いくらなんでも極楽往生していると推察していたが、先ごろ見た夢のことを語った。

俗の御かたちにて、世の中を深う厭ひ離れしかば、心とまることなかりしを、いささかうち思ひしことに乱れてなん、ただしばし願ひの所を隔たれるを思ふなんいと悔しき、すすむるわざせよと、いとさだかに仰せられしを、……（総角三二〇）

俗体の姿で現れ、現世を深く厭離して出家し、未練は何もなかったので、極楽浄土へ行けると思ったのに、少し心にかかることがあったため、成就できないという悔恨を晒し、阿闍梨に追善供養を依頼したのである。それを聞いた大君は、父宮の極楽往生の妨げになっているという自責の念に、いっそう駆られるのである。そして、「いかで、かのまだ定まりたまはざらむさきに参でて、同じ所にも」として、往生が決まらぬ父宮のいる所へ行き、ともに中有に迷うことを辞さないほどの気持ちになっている。この死を望む強い思いは、彼女の死への道筋が最終的に確実につけられたことを意味しよう。せめて夢の中ででもお会いしたいという、この強い願いは、それさえ叶えられない時、父宮のいる所へ行ってずっと一緒にいたいという願望、それも病床にある彼女にとって現実性のある思いに動いていくのは自然であろう。このことは、大君にだけ、亡父が夢にも現れなかった理由の一つである。さらにもう一つは、先に述べた光源氏にとっての紫の上の場合と、ちょうど対照的な例をなすものと考えられる。もし、大君の夢に八の宮が出てくるなら、どのような姿であろうか。言うまでもなく、中の君や阿闍梨の場合と同様に違いない。沈痛な面持ちで、亡父が夢枕に立つならば、大君の辛さはいかばかりであろうか。中の君や阿闍梨に父宮の夢での様子を聞いた時でさえ、つまり人伝でもその衝撃は大きかったのである。まして自分自身が夢を見たら、罪障意識で絶望の淵にまで追い詰められ、そのまま死去することになろう。

中の君は、夢見の直前に記されていたように、物思いなどなさそうな人柄から、憂いに満ちた亡父に接しても、大君ほど深刻に悩むはずもない。阿闍梨には、追善供養を頼む意味で夢枕に立ったという大事な意味がある。大君には、求婚し続ける薫との結婚問題も絡んでいる。大君の、結婚を拒む生き方には、八の宮の考え方や遺言が深く関わっていた。大君の死には、複雑にいくつものことが絡み合っていた。八の宮が夢枕に立てば、大君の死にとって、そのことが殊更強調されることになろう。亡父への強烈な罪障意識が特にアピールされ、薫との恋物語がぼやけてしまうとも思われる。大君は、薫に看取られながら、それも最後は薫に姿かたちを見られ、死後にも、長い年月大君の影を求めてさすらうという、強い印象を残してこの世から去っていく物語である。大君は、夢でも父宮を見るわけにはいかなかったと言うべきであろう。

このように八の宮の夢は、成仏できぬ八の宮の苦衷が、大君の上にはっきりと形をなさしめ、遺言に反して中の君を結婚させた咎めや、薫を拒否し通す決意と絡まるのである。さらに大君の自責の念を一層強め、死を必然化するのである。看取る薫に中の君を頼むことも、大君亡き後の物語展開を促すことにもなろう。宇治の物語に流れる結婚拒否の倫理と絡み合い、大君物語を終焉に導くことになるが、それもそれで完全に終わるわけではなく、その後の、大君を求めての薫の彷徨の物語をも紡ぎ出すのである。むろん八の宮の夢告だけがそれらを導くわけではないが、夢告や託宣のこの時代に及ぼす影響等を思えば、物語の中での役割は現代人の想像以上に大きいと言うべきである。八の宮が夢枕に立つことは、かように重要な物語展開を導く要素であった

おわりに

古記録類などを見ても、陰陽師の夢占いの例は少なくない。しかし、陰陽師に委託する吉凶日の判断や、祭・祓の儀式、不可思議な現象の原因や結果の予測などの、膨大な事項に比べれば、陰陽師が占夢に携わることなどかなり少ないと言ってよい。それは、夢自体の持つ、いわゆる夢告・霊告としての絶対性が、夢解きをさほど必要としないことによるところが大きいと言えるのである。王朝文学においても、夢想・夢告・霊告はしばしば物語展開の重要な要素となっている。「宇津保物語」や「篁物語」の霊が添う展開や、源氏物語の故人が夢に出現し、物語を動かしていく様など、看過できないものであった。そういう中にあって、光源氏が夢に現れてほしい

と切に思っても、決して出てこない故紫の上や、そう願っても大君の夢にだけは現れない故八の宮などの例は、物語の複雑な展開と深く関わっていた現象であったのである。

(1) 第二編第六章「平安朝の解夢法」で扱っている。
(2) 「法師陰陽師」に関しては繁田信一『呪いの都　平安京』(平十八) に詳しい。
(3) 西郷信綱『古代人と夢』(昭四九)「夢を信じた人々」二三頁。
(4) 藤本勝義『源氏物語の人ことば文化』(平十一) 第一編第一章「夕顔造型——その性情と死——」三〇〜三一頁。
(5) 日向一雅『源氏物語の主題』(昭五八) 二三〜二四頁。
(6) 「源氏物語の鑑賞と基礎知識（蓬生・関屋）」(平十六・一〇) 八一頁。

第二章　平安朝の陰陽思想

はじめに

本章では「源氏物語」の生まれた時代を具体的に正確に把握し説明すべく、「陰陽思想」について、平安時代中期の状況を事実に即して把握しようと思う。尚、本章ではフィクショナルな文学作品での例を重視せず、漢文日記や史書の事例を具に検討することになる。

いかに平安中期のこととはいえ、陰陽思想の伝来は上代に溯るわけで、平安前期までの状況はある程度踏まえる必要はあろう。[1] 陰陽思想は古代中国に生まれ、陰と陽の二種の気の消長により、宇宙の現象、万物の生成・消滅を説明するものである。これは、万物が木火土金水の五つの要素からできており、その盛衰により、諸現象が定まるという五行説と結び付いた。五行の「行」とは、五つの基本的な物質が宇宙あるいは天地を行り動くことで、既に紀元前に、陰陽思想は陰陽五行説として知られ、中国人の一つの世界観をなしていた。これが日本に伝来し、特に神秘的な側面が中心となり陰陽道として、その信仰が広まっていくことになる。

一　陰陽思想の伝播

日本への確実な伝来は「日本書紀」（巻二二）によれば、七世紀の推古十年（六〇二）十月と考えられる。百済の僧・観勒が、陰陽五行説に依拠したと考えてよい暦本、天文、地理、遁甲・方術の書を推古朝廷に献上し、何人もの学生が観勒について学んでいる。遁甲は一種の占星術ともいわれ、方術は卜占に深く関わる。これらが陰陽道の基礎となっていく。壬申の乱（六七二年）後、律令国家の下で中務省に陰陽寮が設けられた。律令によれば陰陽寮の組織は、次のように記される（「令義解」巻一職員令）。尚、本章中の引用は以下ほぼ全て、私に書き下した。

頭一人。天文・暦数・風雲の気色、異有れば密封奏聞する事を掌る。助一人。允一人。大属一人。少属一人。陰陽師六人。占筮し地を相ることを掌る。陰陽博士一人。陰陽生等を教ふることを掌る。陰陽生十人。陰陽を習ふことを掌る。暦博士一人。暦を造り、及び暦生等を教ふることを掌る。暦生十人。暦を習ふことを掌る。天文博士一人。天文気色を候ひ、異有れば密封し、及び天文生等を教ふることを掌る。天文生十人。天文気色を候ふことを習ひ掌る。漏尅博士二人。守辰丁を率ゐて漏尅の節を伺ふことを掌る。守辰丁廿人。漏尅の節を伺ひ、時を以て鐘鼓を撃つことを掌る。使部廿人。直丁二人。

つまり陰陽道、暦道、天文道、漏尅の四分野の職掌から成り立っている。特に陰陽寮なる名称や、それぞれの博士のほかに陰陽道のみ陰陽師を六人置いていることからも、陰陽道―占いを中心とする方術方面に力点があるのが分かる。

これら陰陽寮の職員が手にする陰陽書は、陰陽思想伝来から平安初期まで、全て中国から伝わった書物である。

日本人の手になる陰陽書は、貞観十六年（八七四）五月卒した（「日本三代実録」五月二十七日条）滋岳川人のものが最初である。(2)しかも平安半ばまでには、安倍晴明『占事略決』などわずかに過ぎない。それほど日本の陰陽道は、外来の陰陽思想そのものであったといっても過言ではない。もっとも平安初期、儒教に影響を受けた嵯峨帝は、呪術的陰陽道を軽視、次の淳和帝もそれに倣った。しかし藤原氏台頭に従い、呪術面が重視されるようになる。それは、村山修一氏の「平安朝歴代災異件数一覧表」(3)から分かるように、災異天変、物怪等の事項の上奏が仁明朝から増大し、文徳・清和・陽成・光孝朝とその件数が激増していることからも言えよう。

災異・凶兆の類いには、例えば「文徳天皇実録」嘉祥三年（八五〇）四月六日条に「魚虎鳥有り東宮の樹間を飛び鳴く。何を以て之を書かむ、異を記すなり」、仁寿元（八五一）年五月二四日条に「死蛇有り。南殿の前に在り。頭に傷處有り。物有りて之を噛むに似たり。何を以て之を書かむ、異を記すなり」などとあるように些細な事を取り上げ、卜占の対象としている。いずれも最後に、異なるがためにかようなことを書くのだという断りを記す。また「日本三代実録」貞観八年（八六六）四月十八日、若狭国で「公文を納印する庫竝びに兵庫鳴る」という現象を、陰陽寮は遠国からの来襲による兵乱天行の災いをなす兆しとして「警衛兼災疫を防ぐ」ことを訴えている。これらの些事は平安中期になると、「異を記すなり」などといった断りもなく、歴とした怪異現象として示されていく。

陰陽寮からの働きかけも目立つようになり、貞観五年三月十五日に陰陽寮勘考の奏状で、今年は「天行（天の運行）の疫」があるはずゆえ、予めの修善の必要性を訴えた。それにより五畿七道諸国に、仁王経講説を秋の収穫期まで続行するよう詔が下されている。さらに諸国のあちこちに、正式に陰陽師が置かれたり加えられたりしていく。「類聚三代格」（巻五）によると、貞観十四年（八七二）五月二日の太政官符「応改権史生為陰陽師事」にて、出羽に「陰陽生」を初めて置き「陰陽師」と号することが示されている。また貞観十八年七月二一日の太政官符では、下総国には陰陽師がいないので占いができず、どのように決めたらよいか困ることがあるので、「史生」を減じ「陰陽師」を置くことが記されている。さらに元慶六年（八八二）九月二九日付けで陸奥鎮守府に陰陽師が置かれ、寛平三年（八九一）七月二十日付けで常陸国に史生を減じ陰陽師が置かれた。

そして延長五年（九二七）十一月二六日、勅により藤原時平らによって「延喜式」が撰進されたが、そこには多くの陰陽道の行事も記されている。陰陽道の祭祀として、既に行われている鬼気祭や五龍祭など以外で、御本命祭は年に六度、三元祭は三度、平野竈神祭は毎月癸日のうち吉日を選んで行うというように明記された。こうして日本の陰陽道(4)は、藤原北家さらには摂関家が権力を把握していく過程と、歩調を合わせるかのように成長し、源氏物語の描かれる時代には、陰陽道信仰なくしては貴族の日常生活を説明できない程の発展を遂げた。

二　陰陽師の活躍

陰陽道信仰は、特に吉凶卜占主導で凶事災厄に関心が集中しがちである。陰陽師の職掌として、まず①占いがある。動物の不審な行動、神社や建物等の鳴動、天変地異等の怪異現象や、霖雨・旱魃等の異常気象といったものの原因・対策・近い将来の見通しなどを示す。次に②勘申がある。多くは行事等の日時を吉凶を判じて擇申するのだが、むろん占いが関わる場合もある。そして③祭もかなり多い。生まれた年の干支の本命祭、死生を司るとされる泰山府君祭、雨乞いの五龍祭ほか多岐に亙る。また④祓も日常化されている。七瀬祓や上巳の祓等のほかに、河原でしばしば行われるものなど多い。さらに⑤反閇がある。出行時などに行い、邪気を払う特殊な足の踏み方をする呪法である。

①　占い

まず①占いについていくつか具体例を見たい。

○「貞信公記」承平元年（九三一）閏五月七日条「霧雨久しく降り、諸人多く愁ふ。若しは祟り有るかと占はせしむ。占申して云ふ、穢に依り艮坤の神社の致す所か、てへり。検非違使を遣はし見検せしむ」これは、長雨が続き、多くの者が困っているし、何かの祟りかとも疑われ占わせる。北東や南西の方角の神社の穢れによるものと占い出され、検非違使に検分させている。その結果、三日後に「比叡社の近邊に死有り」という報告がなされている。

○「貞信公記」承平元年八月六日条　牛が大内裏の侍従所に入り松の枝を折るという怪を占わせる。占いの結果は「侍従所の申以下丑未卯酉年の人に病患有り。期は三十日内及び十月節丙丁の日なり」とある。生年により病気にかかる心配があるので、以後三十日以内などに十分気を付けるようにという。

○「日本紀略」天暦三年（九四九）七月二日条「紫宸殿巽の角の桜の樹」に「虹が立つ」怪。しかし占いの結果は「咎無し」、また同日「豊楽院承観堂の上に鷺集まる」の怪。こちらは「失火兵革」の恐れが占申された。

○「日本紀略」天元三年（九八〇）十二月五日条　陰陽寮に、賀茂臨時祭を行うか否かを占わせる。占いは「不吉」として「停止」された。

○「小右記」永祚元（九八九）年五月七日条　実資の病気（高熱と頭痛）の時に「光栄・陳泰朝臣等を以て其の咎を占はす。事の祟り有り」とある。陰陽師として名高い賀茂光栄や藤原陳泰らに占わせたところ、祟りがあるという占申。何の祟りかは具体的に記されてはいないが、実資は方違えをしたり、法師に祈願や法華経を読誦させたりしている。

○「小右記」長保元年（九九九）十月十四日条「昨日晴明朝臣を以て他處に渡り給ふべきの御占有り。頗る宜し、てへり」これは太皇太后（昌子内親王）の病気により、安倍晴明に他所への移御を占わせたもので、結果は転地療法を是としている。

○「権記」長保元年十二月九日条　一条帝の眼病について県奉平が占申して、山城霊巌寺の妙見堂の祟りとする。そこで妙見堂を検分させると、檜皮等の破損が報じられ、修理職に修理させることになる。

○「権記」寛弘八年（一〇一一）九月二日条　縫殿寮の高殿の梁上に一対の鳩がいた怪について陰陽師・安倍吉平に占わせた。吉平は「大吉」と言う。

かような事例から分かるように、占いに関しては、主に社会の日常から外れた出来事、現象について、科学的、医学的に解明できないこの時代、その原因・理由や近い将来の見通し等を、占いの力に頼ることによって解決しようとするものである。当然、複数の陰陽師に占申させることもよくあり、平安半ばには賀茂氏と安倍氏が中心となった陰陽道は、拠るべき陰陽書の内容や占いに微妙な違いもあり、占申に違いが出ることも時折あった。例えば、「御堂関白記」寛弘七年八月廿四日条に記される、多武峯の怪異についての占申で、安倍吉平は「慎むべき由」を申すが、賀茂光栄は慎む必要はないと申して、食い違いを見せている。後日、再度二人を召した藤原道長は、光栄の申すところに理あり、吉平のは「頗る不当なり」としている。といってもこの二人の陰陽師が道長らに重用されることに変わりはなく、「御堂関白記」に吉平五十数回、光栄四十回近く、「小右記」に吉平一六〇回以上、光栄七十回ほど出てきている。(5) いかに陰陽師が必要とされたかが分かる。

② 勘申

行幸をはじめとしていろいろの行事等の日時勘申は日常化されていた。

○「北山抄」天慶九年（九四六）五月廿日条「右大臣外記に仰す。陰陽寮を召し、伊勢斎宮を卜定する日を澤申せしめよ」右大臣藤原実頼の命で、陰陽寮が斎宮卜定の日を勘考することになる。

○「貞信公記」天暦二年（九四七）三月廿日条　村上帝の新造「清涼殿」遷幸の日を陰陽寮に勘申させる。その結果「来月九日と定め申す」とあり、事実その日に遷幸がなされた。

○「九暦」天暦四年五月廿四日条　憲平親王（冷泉帝）誕生により、「臍の緒竝びに御哺乳日時」の勘申で、陰陽助・平野茂樹と陰陽権助・秦連は「今日辛酉の時辰二點　若しくは午の時二點」と擇申する。さらに「御沐浴の時」や「初めて御衣を着給ふ日時」などを勘申している。

○「日本紀略」貞元元年（九七六）五月十四日条「陰陽寮を召し、造営竝びに遷宮の日時を勘申せしむ」（三日前の五月十一日の内裏焼亡による。）

○「小右記」天元五年（九八二）三月五日条　光栄に女御遵子の立后の日時を勘申させる。「来十一日癸卯、時酉二點」とある。

○「権記」長徳四年（九九八）十月廿七日条　藤原行成が右大弁昇進後の「結政初参の日」を擇申させている。「明後日甲寅、吉なり」と勘申。実際その日に初参している。

○「御堂関白記」寛弘元年（一〇〇四）六月廿日条　道長の仏像造営について、安倍晴明は今日は「滅門」の日として止める。よって造営は延期された。陰陽道の「三箇悪日（他に太禍と狼藉）」の一つの滅門日なので造仏に不適とする。

○「御堂関白記」寛弘五年九月廿八日条　「光栄・吉平等を召し行幸の日を問ふ。来月十三・十六・十七日等、吉日の由を申す」一条帝の皇子（敦成親王―母は道長女彰子）誕生により、道長邸への行幸の日時撰申である。ここは「小右記」同日条に「左府内々に光栄・奉平・吉平等を召し、来月行幸の日を問ふ。十六日吉日の由を申す、てへり」と記されており、「十六日」に決められたことが分かる。事実この日行幸がなされている。

○「小右記」寛弘八年十一月廿五日条　実資男の元服の日時を光栄に勘申させている。その内容は「明年正月廿六日、甲午、時戌の二點、若しくは亥の二點」と記されている。

このように行幸や新内裏造営の日時等、公的な儀式に限らず、貴族のやや改まった出来事などに様々な勘申が行われており、占い同様、日常生活に行き渡っていることが知られる。しかも一度決めた日時を変更するなど、陰陽師の占いや勘考に振り回されるといったこともしばしば起きている。例えば「御堂関白記」寛弘四年正月十四日に「春日詣」の日を光栄が勘申して、三月三日としたが、正月十九日になって光栄は、その日は「宜しからず」として、改めて三月二十日と勘申した。しかし正月二十一日に、今度は「先日勘申せし春日へ参るべき日等宜しからず、他日を用ゐるべし」と言ってきた。そこで道長は吉平も呼び、二人に勘考させると、「春の間宜しき日なし」と答えた。改めて二月四日になって、道長は吉平を呼びまた勘申させた。すると来る二十九日がよいと答えた。結局、二月二十八日に出立し、二十九日に春日の社頭に参っている。このようにいくつかの事情が重なり、日時が二転三転することもそう珍しいことではない。

一方陰陽師ではなく、当事者の都合で日時に変更を来すこともある。「小右記」長保元年（九九九）十一月二七日条に、病気により他所へ移御していた太皇太后（昌子内親王）の還宮が、懸奉平等の勘申で十二月五日の吉日に決まったとある。しかし十一月二九日条に、太皇太后は今暁、十二月五日は重く慎むべしという夢想を得たし、前日の邪霊も同じことを告げたとして、五日の還御は不都合ということで、七日に変更になっている。光栄もそう言ったとある。しかし実際は、この日の二日後の十二月一日に、太皇太后が崩御する。

また道長のように、陰陽道を厚く信仰してきたこともあり、一家言ある人物として陰陽師の方を動かす場合があった。「御堂関白記」長和二年（一〇一三）六月二七日に、道長は光栄に、新大納言・頼通、新中納言・教通の着陣の日時を勘申させている。候補の七月三日について光栄は、その日が「大禍日」ゆえ不都合とするが、道長は「大禍日忌むべきにあらず。二月丙午の日、是着座吉日なり」と言う。その後、上達部が何人か来合わせた時、光栄は、道長の言うことはすこぶる理に適っていると申し、七月三日に決まった。このところを「小右記」の六月二八日条は、道長が「二月丙午大禍なり。而るに貞信公着座せさせ給ふ。其の例を以て次々人々着座す。今彼の例に依って敢へて忌むべからず」と記している。「貞信公記」によれば確かに、延喜八（九〇八）年二月五日（丙午）貞信公忠平が着座している。有職故実には、陰陽師より藤原氏の氏の長者の方がずっと詳しいのは当然であろうが、道長の場合は、陰陽道特に吉凶日に対して、日頃から強い関心を抱いているゆえの意見なのである。

③　祭

陰陽道の祭の数はかなりある。ここではそのうち重要なもので、事例が比較的多いものを取り上げる。

本命祭―これは本人の生年に中央に配される本命星を祭るもので、個人により当然その日に違いがある。「貞信公記」を記した藤原忠平は元慶四年（八八〇）庚子の年生まれであり、道長は康保三年（九六六）丙寅生まれなので、それぞれ庚子や丙寅の日に本命祭を行う。先にも触れたが、「延喜式」によれば年六回ということになるが、きっちり行っているかまでは分からない。しかし、年に複数回の記録が残されている場合もある。

○「貞信公記」延喜十九年（九一九）六月五日条「庚子、…暁、本命祭」

○「貞信公記」延喜二十年二月七日条「庚子、本命祭」この年は他に六月十日、十一月十三日の計三回の記録がある。

○「御堂関白記」寛弘元年（一〇〇四）閏九月十五日条「丙寅、…光栄朝臣本命祭に奉仕す」

○「御堂関白記」寛弘七年六月十九日条「仁統本命供を初む。光栄、祭常のごとし」

道長の本命祭は常に賀茂光栄が行っているが、それとは別に法師が行う「本命供」には、興福寺の僧で造暦経験のある仁統が奉仕している。仁統は宿曜師ともいわれる。「本命供」の方は専ら実資が行っている（「小右記」長和二年九月廿八日〈丁巳〉、同五年三月十三日〈丁巳〉他）。

泰山府君祭―寿命と福禄を支配する陰陽道の神を祭るものである。安倍晴明が出て、泰山府君を陰陽道の主神とし、その修法は、社壇を構え天地陰陽五行の行事をなし、あるいは、千寿万歳を祈禱して祭文を唱え、秘符霊章鎮札を取り扱う秘密の儀式とされる。(6)

○「小右記」永祚元年（九八九）二月十一日条　皇太后・詮子の急病により、安倍晴明を泰山府君祭に奉仕させる。

○「権記」長保四年十一月九日条　行成は、晴明を泰山府君祭に奉仕させる。

○「小右記」長和二年二月廿五日条「今夜、吉平朝臣を以て泰山府君祭を行はす。余祭場に出て奠礼に従ふ」

ここでは実資自身が「祭場」に出ていることが分かる。

鬼気祭―疾病・疫病の流行に対して疫鬼を祀り悪霊の祟りを防ぐものである。

○「貞信公記」天暦元年（九四七）五月十四日条「建礼門前にて鬼気祭を修む」

○「小右記」正暦四（九九三）年六月四日条「今夜陳泰朝臣を以て鬼気祭を行はす。家中上下悩み煩ふ者衆し。仍って行はせる所なり」　家族だけでなく、身分の上下に拘わらず家中の者が病気になっているための鬼気祭である。

○「御堂関白記」寛弘元年六月八日条　道長が鬼気祭を行わせる。前日から激しい頭痛に襲われていたためと思われる。

○「小右記」長和二年八月十三日条「今夜季の鬼気祭に当たる」とあるように、実資は季節ごとに行わせたと見られる。

五龍祭―いわゆる雨乞いの祭といってよく、主に神泉苑など水辺が祭場になる。陰陽五行説と関わって五色の龍形の作り物を祀る。

○「貞信公記」天慶二（九三九）年七月二日条　祈雨のため「陰陽寮をして五龍祭に修せしむ」

○「日本紀略」正暦二（九九一）年六月十四日「陰陽博士安倍吉平」が五龍祭に奉仕する。

○「御堂関白記」寛弘元年七月十四日条　降雨なき日が続き、祈雨のため安倍晴明が五龍祭に奉仕する。

招魂祭―死者を弔うとともに病人の快復を祈る祭で、後世には招魂続魄祭と呼ばれるものである。

○「小右記」正暦元年七月七日条　実資は痢病で重態の娘のために、縣奉平に招魂祭を行わせている。

○「権記」寛弘五年三月廿四日条　行成は妻の病のため吉平に招魂祭を行わせている。

④　祓と⑤　反閇

祓は、精進潔斎や触穢、災厄、罪障を除去するためだが、上巳の祓や七瀬の祓など慣習化されたものがあり、水辺で行うことが多い。禊はその一種。上巳の祓は、三月最初の巳の日に行った。七瀬とは初め、賀茂川の七地点で帝の形代である人形を流したものだが、七瀬の範囲が洛外に広がり、道長らも陰陽師に行わせるようになる。

○「小右記」寛和元年（九八五）四月十八日条「光栄朝臣を以て女房の為に解除せしむ。産事の遅々たるに仍る」　実資室の出産の遅れのために、賀茂光栄に祓い浄めさせている。翌日には同じことを安倍晴明にも行わせている。

○「権記」長保四年三月九日（乙巳）条　敦康親王の上巳の祓に光栄が奉仕。道長や行成が供をする。

○「権記」寛弘七年閏二月二日条　敦康親王らの、死去した伊周の除服の祓。陰陽頭・惟宗文高が奉仕。

○「御堂関白記」寛弘八年二月十六日条「鴨川に出て解除す。今日より七箇所解除なり。陰陽師光栄朝臣に禄を給す」　道長の七瀬の祓の初日で光栄が奉仕した。十九日には鳴滝で安倍吉昌が、二十日には耳敏川でやはり陰陽師の大中臣師実が奉仕している。二三日には道長は松崎へ出向くが、「雷電数度」により戻っている。

○「御堂関白記」長和二年十一月廿日条　この六月五日、中納言・藤原忠輔の薨去により着服した道長が、この日除服する解除に光栄が祓いをする。ただし道長は物忌のため、替わりに家司・平重義に道長の冠、直衣等を河原へ持たせている。

反閇には移徙法や出行儀礼等の側面があり、具体的な作法については小坂眞二氏の詳細な論考[7]がある。事例としては行幸等出行時での呪法が目立つ。

○「九暦」天暦四年（九五〇）七月十日条　女御安子や皇子らが師輔の東三条第へ移る折、その出門時に陰陽助・平野茂樹が反閇を行っている。

○「小右記」天元五年（九八二）五月七日条　中宮遵子入内の儀の折、賀茂光栄が反閇に奉仕。

○「小右記」永詐元年（九八九）二月十六日条　一条帝の円融寺朝覲行幸の折、安倍晴明の奉仕。「巳の時、南殿に於て反閇に奉仕す」

○「権記」寛弘二年八月十三日条　道長が東三条第へ渡る、また為尊親王室が鴨院に移る「戌時」（「御堂関白記」同日条にもあり）に、安倍吉平が反閇に奉仕している。

○「御堂関白記」長和二年正月十日条　東宮（敦成親王）の枇杷第への朝覲行啓の折、賀茂光栄が出発時に反閇に奉仕。

三　平安中期の陰陽道に関する事項の表示

このように陰陽師が直接関与する行事・儀式・慣習は相当数に達する。次頁以下では、これらを職掌ごとに表示して、陰陽道がいかに深く幅広く、貴族の日常生活に絡み合っていたかを示したい。尚、本章は源氏物語の生まれた時代そのものを把握するところに眼目があるので、平安時代の早い時期や中期以降の事例は省略することとする。

表6　①占い

年月日	内容	出典
延長四年（九二六）八月五日	霖雨の祟りについて（陰陽寮等の占）	貞信
承平元年（九三一）四月十一日	内裏触穢について（陰陽寮等）	貞信
承平元年（九三一）閏五月七日	霖雨の祟りについて	貞信
承平元年（九三一）八月六日	侍従所に牛が入り松の枝を折る	貞信
承平二年（九三二）正月廿九日	鹿が中陪に入る（陰陽寮）	貞信
天慶二年（九三九）七月八日	祈雨について（陰陽寮等）	貞信
天慶八年（九四五）七月二日	旱魃による（陰陽寮等）	貞信
天慶八年（九四五）七月五日	祈雨について（陰陽寮）	貞信
天暦三年（九四九）七月三日	豊楽院承観堂上に鷺集まる	紀略
天徳三年（九五九）二月七日	水晶の数珠での占い（賀茂忠行の占）	朝野
天徳四年（九六〇）十一月廿日	御殿や御竃神の鳴動（陰陽寮）	紀略
康保二年（九六五）二月廿七日	白虹による（陰陽寮）	紀略
天禄二年（九七一）五月二日	弁官東庁に虹立つ	紀略
天禄三年（九七二）二月廿五日	結政屋上に人の足音	紀略
天禄三年（九七二）三月廿九日	侍従所南庭の桜樹が無風で折れる	紀略
貞元元年（九七六）二月廿五日	但馬国の神社に鳥、鵄が集会	紀略
貞元元年（九七六）二月廿六日	興福寺幢鳳形の上に水鳥	紀略
貞元元年（九七六）五月廿日	内裏焼亡について（陰陽寮等）	紀略
天元三年（九八〇）十二月五日	賀茂臨時祭を行うか（陰陽寮）	紀略
寛和二年（九八六）二月十六日	官正庁戸内に虹	紀略
寛和二年（九八六）六月一日	霖雨による（陰陽寮等）	紀略

永延元年（九八七）三月十六日	賀茂社発掘の古銭について	紀略
永延二年（九八八）閏五月廿七日	璽の御筥の上の鼠の糞について	小右
永祚元年（九八九）五月七日	実資の病気（賀茂光栄、藤原陳泰ら）	小右
正暦五年（九九四）四月卅日	清涼殿御読経の座の机上に狐が上る	紀略
長保元年（九九九）七月十六日	一条帝の歯痛（安倍晴明）	権記
長保元年（九九九）十二月九日	一条帝の眼病（縣奉平）	権記
長保二年（一〇〇〇）八月十九日	鼠の害（晴明）	権記
長保四年（一〇〇二）十月一日	東大寺の鐘・大仏の湿潤状態	紀略
長保五年（一〇〇三）八月廿一日	敦康親王の病気（晴明）	権記
寛弘元年（一〇〇四）四月廿六日	行成邸の侍廊に戌の剋に牛が上る	権記
寛弘元年（一〇〇四）八月廿二日	中宮（彰子）大原野社行啓の停止	御堂
寛弘元年（一〇〇四）九月廿五日	多武峯の鳴動（晴明）	御堂
寛弘三年（一〇〇六）十月十一日	御所の帝御前に山鶏が入り来る	御堂
寛弘六年（一〇〇九）十二月七日	雷鳴について（陰陽寮等）	権記
寛弘七年（一〇一〇）八月九日	宇佐へ神宝を奉る者の触穢について	御堂
寛弘七年（一〇一〇）八月廿四日	細殿に牛が上ることと多武峯の怪異	御堂
寛弘八年（一〇一一）三月十一日	道長が金峰山へ使者を遣わすこと	御堂
寛弘八年（一〇一一）五月九日	敦康親王方の天井で瓦礫を投げる音	権記
寛弘八年（一〇一一）九月二日	縫殿寮に鳩一双が入る怪（吉平）	権記
長和元年（一〇一二）四月十日	東三条院の井戸に厭物（光栄、吉平）	御堂 小右
長和元年（一〇一二）五月四日	除目の折に蜈蚣《むかで》が出現	小右
長和元年（一〇一二）六月十四日	道長の病気（瘧病と見られている）	小右
長和元年（一〇一二）六月十六日	春日社で倒木の如き大音響	小右

長和元年（一〇一二）閏十月十八日	法興院積善寺の昨年に続いての焼亡	御堂
長和二年（一〇一三）二月五日	宇佐使の発遣を見合わせるかどうか	小右
長和二年（一〇一三）五月廿日	東宮（敦成）の病気（光栄、吉平ら）	御堂
長和二年（一〇一三）七月一日	御樋殿《ひどの》無風にして顚倒	小右
長和二年（一〇一三）七月六日	中宮（妍子）の出産時（陰陽師）	御堂
長和二年（一〇一三）七月七日	明日予定の沐浴の適否（光栄）	御堂
長和二年（一〇一三）八月廿五日	実資の女児の病気（光栄、吉平）	小右
長和四年（一〇一五）十一月十一日	外記庁に虹が立つ（吉平）	小右
寛仁二年（一〇一八）閏四月廿五日	狼の死と内侍所神鏡鳴るの怪異	小右

表7　②勘申

年月日	内容	出典
天慶七年（九四四）九月十四日	季御読経を行うべき日（陰陽寮）	九暦
天慶九年（九四六）五月廿日	斎宮卜定の日（陰陽寮）	北山
天暦二年（九四七）三月廿日	新造の清涼殿への村上帝遷幸の日	貞信
天暦三年（九四九）七月十七日	神今食の日と御体御卜の日（陰陽寮）	九暦
天暦四年（九五〇）五月廿四日	誕生した憲平親王の臍緒、哺乳日時	九暦
天暦四年（九五〇）六月廿六日	村上帝の行幸の日（陰陽師等）	九暦
天暦四年（九五〇）七月十四日	皇子（憲平）の命名日時（平野茂樹）	九暦
康保元年（九六四）三月九日	日本紀を講ずべき日時（陰陽寮）	紀略
貞元元年（九七六）五月十四日	内裏火災による造営、遷宮の日時	紀略
天元五年（九八二）三月五日	女御遵子の立后の日時（光栄）	小右

永延二年（九八八）閏五月廿七日	代厄祭と防解火災祭の日時	小右
永祚元年（九八九）二月十一日	皇太后詮子の病による尊勝法等の日	小右
永祚元年（九八九）二月十三日	来月の春日行幸不快について（光栄）	小右
長徳三年（九九七）六月十七日	東三条院への行幸の日時（晴明）	権記
長徳四年（九九八）三月五日	金剛般若御読経の日時	権記
長徳四年（九九八）十月廿七日	行成の右大弁昇進後の結政初参の日	権記
長徳四年（九九八）十一月一日	伊勢例幣と祈年穀奉幣の日（陰陽寮）	権記
長保元年（九九九）七月十六日	一条帝歯痛による御祭の日時	権記
長保元年（九九九）十一月七日	防解火災御祭の日時（晴明）	権記
長保元年（九九九）十一月廿五日	金剛般若経転読の日時（陰陽寮）	権記
長保元年（九九九）十一月廿七日	太皇太后（昌子内親王）の還宮の日	小右
長保二年（一〇〇〇）正月廿八日	女御彰子の立后の日時等（晴明）	御堂
長保二年（一〇〇〇）二月十六日	法興院への行幸の日時（晴明）	御堂
長保二年（一〇〇〇）五月十四日	東三条院病気による修法の開始日	権記
長保二年（一〇〇〇）八月十八日	新造内裏への一条帝遷御の日時	権記
長保二年（一〇〇〇）十二月十六日	東三条院への憑霊で陰陽道祭の日時	権記
長保三年（一〇〇一）正月十六日	除目の間の御修法の日時（光栄）	権記
長保三年（一〇〇一）二月十六日	臨時仁王会の日時等（光栄）	権記
長保三年（一〇〇一）三月四日	御心喪の御除服の日時（吉平）	権記
長保三年（一〇〇一）三月廿五日	不断金剛般若御読経の日時（陰陽寮）	権記
長保三年（一〇〇一）五月十九日	疫病攘除のための諸社御祈りの日時	権記
長保三年（一〇〇一）十二月四日	道長に廣瀬龍田祭の日時勘文を奉る	権記
長保四年（一〇〇二）三月十九日	内裏火災について（秦正邦、晴明ら）	権記

寛弘元年（一〇〇四）六月廿日	道長の仏像造営について（晴明）	御堂
寛弘二年（一〇〇五）六月十三日	賀茂社殿に鵄《とび》が入り死ぬ	権記
寛弘二年（一〇〇五）十一月十七日	内裏焼亡による遷幸の場所と日時	小右
寛弘二年（一〇〇五）十一月廿二日	内裏焼亡の祟りについて（陰陽寮）	小右
寛弘二年（一〇〇五）十一月廿九日	賀茂臨時祭、官奏、除目等の日時	小右
寛弘二年（一〇〇五）十二月卅日	伊勢奉幣の日時（縣奉平）	権記
寛弘三年（一〇〇六）七月十七日	敦明親王の元服日（光栄）	御堂
寛弘三年（一〇〇六）十一月廿五日	還宮の日時	御堂
寛弘四年（一〇〇七）正月十四日	春日詣の日（光栄）	御堂
寛弘四年（一〇〇七）正月十九日	春日詣の日を改めて勘申（光栄）	御堂
寛弘四年（一〇〇七）二月四日	春日詣の日（吉平）	御堂
寛弘四年（一〇〇七）六月十六日	天変での臨時仁王会の日時（吉昌ら）	権記
寛弘五年（一〇〇八）二月十一日	花山院崩御の葬儀等の日時（吉昌）	権記
寛弘五年（一〇〇八）七月九日	中宮彰子の御産による内裏退出日	権記
寛弘五年（一〇〇八）九月廿八日	道長邸への一条帝行幸の日（光栄ら）	御堂 小右
寛弘六年（一〇〇九）三月六日	権中納言昇進の行成初参の日（奉平）	権記
寛弘六年（一〇〇九）九月十六日	臨時仁王会の日を改めて勘申	権記
寛弘七年（一〇一〇）正月十六日	尚侍妍子の東宮入内の日時（光栄ら）	御堂 小右
寛弘七年（一〇一〇）二月一日	敦成親王の道長邸への移御について	権記
寛弘八年（一〇一一）三月十九日	昨日顚倒した垣の壁を塗るか否か	小右
寛弘八年（一〇一一）六月七日	一条帝譲位の日（陰陽師ら）	権記 御堂
寛弘八年（一〇一一）六月廿五日	一条院の御葬送雑事の日時（光栄）	権記
寛弘八年（一〇一一）十一月廿五日	実資男の元服の日時（光栄）	小右

寛弘八年（一〇一一）十二月廿一日	廿五日の季御読経の點日について	権記
長和元年（一〇一二）四月廿七日	女御娍子の皇后の宣命伝達の日時	御堂
長和元年（一〇一二）六月四日	大嘗会行事所雑事始めの日時	御堂
長和二年（一〇一三）正月十六日	中宮妍子の遷御の日時（陰陽師）	御堂
長和二年（一〇一三）五月九日	天皇祈年穀奉幣の日（吉平）	御堂
長和二年（一〇一三）六月廿七日	昇進の頼通・教通の着陣日時（光栄）	御堂　小右
長和二年（一〇一三）七月一日	御樋殿の顚倒について（吉平）	小右
長和二年（一〇一三）八月十日	実資女児の着袴の日時等（光栄）	小右

表8　③祭

年月日	内容	出典
延喜二年（九〇二）六月十七日	祈雨のため五龍祭	紀略
延喜十五年（九一五）十月十六日	建礼門前で鬼気祭（疱瘡を除くため）	紀略
延喜十八年（九一八）十二月一日	忠平の本命祭	貞信
延喜十九年（九一九）六月五日	忠平、暁に本命祭	貞信
延喜二十年（九二〇）二月七日	忠平の本命祭	貞信
延喜二十年（九二〇）六月十日	忠平の本命祭	貞信
延喜二十年（九二〇）十一月十三日	忠平の本命祭	貞信
延長二年（九二四）五月三日	忠平の本命祭（嘉枝奉仕）	貞信
延長二年（九二四）七月三日	忠平の本命祭	貞信
延長三年（九二五）三月八日	忠平の本命祭	貞信
承平二年（九三二）七月十六日	内裏で属星祭（天文異変の祈り）	貞信

天慶二年（九三九）三月廿二日	忠平、太一式祭を行わせる（陰陽師に）	貞信
天慶二年（九三九）五月十六日	八省院に於いて太一式祭	貞信
天慶二年（九三九）七月二日	祈雨のため五龍祭（陰陽寮）	貞信
天暦元年（九四七）八月十四日	建礼門前で鬼気祭	貞信
応和元年（九六一）六月廿八日	祈雨のため五龍祭（陰陽寮）	紀略
天元五年（九八二）四月十二日	実資、鬼気祭を行わせる（奉平）	小右
天元五年（九八二）七月十日	五龍祭を定める	小記
永延二年（九八八）七月四日	実資女児の病のため鬼気祭（晴明）	小右
永祚元年（九八九）二月十一日	皇太后詮子の病による泰山府君祭	小右
正暦元年（九九〇）七月七日	実資女児重態による招魂祭（奉平）	小右
正暦元年（九九〇）七月八日	実資女児のため鬼気祭（陳泰）	小右
正暦二年（九九一）六月十四日	この日より三日間、五龍祭（吉平）	紀略
正暦四年（九九三）六月四日	実資の家中、病気蔓延のため鬼気祭	小右
長保元年（九九九）九月十六日	実資の病のため鬼気祭（光栄）	小右
長保四年（一〇〇二）十一月九日	行成、泰山府君祭と招魂祭をさせる	権記
寛弘元年（一〇〇四）四月廿九日	行成、宅神（鎮）祭を行わせる	権記
寛弘元年（一〇〇四）六月八日	道長の頭痛のためか鬼気祭	御堂
寛弘元年（一〇〇四）七月十四日	祈雨のため五龍祭（晴明）	御堂
寛弘元年（一〇〇四）七月十六日	祈雨のため五龍祭（晴明）	小記
寛弘元年（一〇〇四）八月十四日	道長の本命祭（光栄）	御堂
寛弘元年（一〇〇四）閏九月十五日	道長の本命祭（光栄）	御堂
寛弘二年（一〇〇五）二月十八日	実資具合悪く重厄につき泰山府君祭	小右
寛弘五年（一〇〇八）三月廿四日	行成室の病による招魂祭（吉平）	権記

寛弘七年（一〇一〇）六月十九日	道長の本命祭（光栄）	御堂
長和二年（一〇一三）二月廿五日	実資、泰山府君祭をさせる（吉平）	小右
長和二年（一〇一三）六月六日	道長の本命祭（光栄）	御堂
長和二年（一〇一三）八月十三日	実資、季の鬼気祭をさせる（文高）	小右
長和二年（一〇一三）十二月九日	道長の本命祭（光栄）	御堂
長和四年（一〇一五）五月廿九日	道長家門にて鬼気祭	御堂
寛仁二年（一〇一八）六月四日	神泉苑にて五龍祭（吉平）	御堂 小右

表9　④祓

年月日	内容	出典
寛和元年（九八五）四月十八日	実資室のお産の遅れにより（光栄）	小右
寛和元年（九八五）四月十九日	実資室のお産の遅れにより（晴明）	小右
長保元年（九九九）十一月五日	行成、河原で祓、奉幣（奉平）	権記
長保二年（一〇〇〇）四月九日	行成、河原で解除（奉平）	権記
長保四年（一〇〇二）三月九日	敦康親王、上巳の祓（光栄）	権記
長保四年（一〇〇二）十二月七日	行成、亡妻七七忌後の禊（奉平）	権記
長保五年（一〇〇三）三月三日	敦康親王、上巳の祓	権記
長保五年（一〇〇三）八月廿九日	敦康親王の病に祓（光栄）	権記
寛弘元年（一〇〇四）三月九日	道長・敦康親王、上巳の祓（光栄）	御堂
寛弘元年（一〇〇四）八月廿八日	行成と妻、粟津浜で（奉平）	権記
寛弘二年（一〇〇五）十月廿九日	敦康親王、道長ら八島祓（光栄ら）	権記 御堂
寛弘三年（一〇〇六）三月三日	敦康親王、上巳の祓	権記

寛弘四年（一〇〇七）三月十六日	道長第門扉修理時の伏龍在門による解除	御堂
寛弘四年（一〇〇七）七月一日	松崎（七瀬の一つ）で解除（奉平）	御堂
寛弘四年（一〇〇七）十二月廿日	行成女誕生の折、七瀬の祓（光栄ら）	権記
寛弘五年（一〇〇八）九月廿五日	行成男誕生の折、七瀬の祓（七人に）	権記
寛弘七年（一〇一〇）閏二月二日	敦康親王ら除服の祓（文高）	権記
寛弘七年（一〇一〇）三月二日	道長、上巳の祓（賀茂川で）	御堂
寛弘八年（一〇一一）二月十六日	道長、賀茂川で解除（七瀬の祓初日）	御堂
寛弘八年（一〇一一）二月十九日	道長、鳴滝で解除（吉昌）	御堂
寛弘八年（一〇一一）二月廿日	道長、耳敏川で解除（大中臣師実）	御堂
寛弘八年（一〇一一）三月八日	道長、上巳の祓	御堂
寛弘八年（一〇一一）八月廿三日	行成、除素服の祓（大中臣実光）	権記
長和元年（一〇一二）三月十四日	道長、七瀬の祓（七人の陰陽師）	御堂
長和元年（一〇一二）四月十一日	東三条院の井戸に厭物あり、解除	御堂 小右
長和元年（一〇一二）閏十月十六日	宇佐使発遣、吉平が御禊の奉仕	御堂
長和二年（一〇一三）四月十一日	道長、風病で解除（吉平）	御堂
長和二年（一〇一三）五月四日	中宮妍子出産前の御禊（陰陽師三人）	御堂
長和二年（一〇一三）六月八日	道長、竈神の祟りにより解除	御堂
長和二年（一〇一三）六月十一日	道長除服、その解除（光栄）	御堂
長和二年（一〇一三）十一月廿日	賀茂臨時祭に神馬使を立て解除	御堂

表10　⑤反閇

年月日	内容	出典
天暦四年（九五〇）七月十日	女御安子ら中御門家に移る出門時に	九暦
天徳四年（九六〇）十一月四日	村上帝、冷泉院へ遷御の折（保憲）	紀略
天元五年（九八二）五月七日	中宮遵子入内の儀の折（光栄）	小右
永祚元年（九八九）二月十六日	一条帝朝覲行幸の折、南殿で（晴明）	小右
長徳三年（九九七）六月廿二日	東三条院への行幸の折（晴明）	権記
長保元年（九九九）七月八日	一条院の北の対渡御の折（晴明）	権記
長保二年（一〇〇〇）十月十一日	一条帝新内裏遷御の折（晴明）	権記
寛弘二年（一〇〇五）三月八日	中宮彰子、大原野社詣の折、後宮で	小右
寛弘二年（一〇〇五）八月十三日	為尊親王室、鴨院へ移る等の折	権記 御堂
寛弘七年（一〇一〇）二月廿日	尚侍妍子、東宮入内の折（光栄）	権記
長和元年（一〇一二）六月八日	道長が土御門第の御堂に渡る折	小右
長和二年（一〇一三）正月十日	東宮敦成、皇太后御所へ朝覲行啓の折	御堂
長和二年（一〇一三）三月廿日	皇后娍子、内裏参入の折（吉昌）	御堂
長和五年（一〇一六）三月廿三日	三条院、枇杷殿寝殿への移徙の折	御堂
長和五年（一〇一六）六月二日	後一条帝が新造一条院へ遷御の折	御堂

（陰陽師名など字数等の関係で略した箇所もある。出典は貞信―貞信公記、紀略―日本紀略、朝野―朝野群載、小右―小右記、御堂―御堂関白記、北山―北山抄、小記―小記目録）

これら陰陽師の職掌に関しては、占いや勘申、祓などが必ずしも別々に機能しているというわけではない。勘申が陰陽書等を基にしている場合だけでなく、当然、占いを経たものということもある。例えば、表6の「小右記」長和二年七月一日条に、御樋殿（便所）が無風なのに顚倒した時、安倍吉平は占い等を経て、三条帝のご病気ではなく口舌の予兆と勘申している。一方、占いの結果の内容如何で祓を行うこともある。表6の「小右記」長和元年四月十一日条（「御堂関白記」も同日条）に昨日、東三条院の井戸に餅数枚や人髪などの厭物が沈んでおり、吉平、光栄が「呪詛」の気を占申した。そこで河頭で祓がなされている。

また、占いにしろ勘申にしろ、該当日が吉・凶日とどう関わっているかが極めて重要である。例えば表7の「小右記」寛弘八年三月十九日条で、実資が、顚倒した垣の壁を塗るか否かを勘考させている。吉平は、今は土公神の差し障りはないが、土用の間なので公事を行うべきではなく、土用後の大将軍遊行の間にすべきだと勘申している。この年の春の土用は三月九日から二六日まであり、立夏の二七日以後の「大将軍遊行の間」という条件が付けられるので、だいぶ先まで壁塗りはできないことになる。また、表9の「御堂関白記」寛弘四年三月十六日条は、道長第の南大門扉の修理の時、門内に伏龍があるので、懸奉平に祓わせている。伏龍は三月節の日より百日は門内にあり、人の宅神は伏龍に乗じて行うから、これを避ければ吉、犯せば凶とされるので、解除させているのである。(8) 一方、儀式等吉日を積極的に選ぶ必要がある場合も極めて多い。表7の「御堂関白記」寛弘七年正月十六日条で、尚侍妍子の東宮（居貞親王）入内の日を、光栄、吉平らは二月二十日と勘申しているが、この日は庚子で、移徙吉日、出行吉日、嫁取吉日というように、入内には最高の日である。(9)

この吉凶日を前面に出した物忌、方違えといった陰陽道の禁忌の思想は、この時代の貴族の日常生活を大きく規制した。例えば「権記」によれば、藤原行成の物忌が、多い時で一カ月に十二回（寛弘二年六月）や十回（同十月）もあり、行成の行動が規制されているのである。(10) この物忌や方忌等の禁忌をここで取り上げたならば、陰陽道の事例は計り知れない分量となっただろう。

ここで取り上げてきた占いから反閇までの事例の量は、提示したものより実際は、はるかに多い。これら平安中期、特に長和二年頃までは「貞信公記」や「御堂関白記」、「日本紀略」に記されているその大半を取り上げ、また、「権記」もかなり多くをピックアップした。しかし「小右記」などはそれほど多くを取り上げたわけではない。「陰陽寮」や「陰陽師」なる言葉、陰陽師の名前などが記されていないために、具体的に表の中には記さなかったが、勘申や祓がなされているなど、陰陽師が介在していると思われる箇所もかなりある。天変地異が続いたり、疫病流行も多く記されているので、原因や予兆を知るための卜占・勘申なども結構あったはずである。

さらに大事なことは、これら漢文記録類には、散逸して現在全く伝わっていないが、記されていたはずの多くの記事があったはずだし、残されていても、筆者の病気その他の事情で記録されていなかったり、省略されたりしている場合が多いのである。

おわりに

結局、実際には私が表示した記事よりはるかに多い、むしろ比較にならない膨大な量の陰陽道関係の出来事が生じていたはずである。つまり、源氏物語の時代は、貴族たちが陰陽道を信仰することが日常化しており、むしろ陰陽道によって生活が絡み取られているといっても過言ではないほど、浸透していたのである。受領たちも任地には、吉凶事項その他が書き込まれた頒暦を持参していた。(11) なによりも任地赴任に当たっては、越前守・藤原為時が紫式部を伴っての長徳二年六月五日の出発がそうであるように、ほぼ全ての受領は出行吉日を選んでおり、各種忌日や天一神・太白神の遊行方向を避けて出立していたのである。

では源氏物語や紫式部と陰陽道の関係はどうであるのか。この点についても既に私見を述べているので[12]、ここでは省略するが、一言すれば、源氏物語では祭、祓、物忌、方違え等、陰陽道に関するものが結構扱われているにもかかわらず、陰陽道・陰陽師の影は薄いと言えよう。それは、紫式部が陰陽道に好意的ではないことや、陰陽師への不信感と関係していると思われる。考えてみれば、この時代、今で言う迷信だらけの信仰に、あれほど日常生活の隅々まで規制されていれば、聡明・博識で、先見の明もあると思われる紫式部が、陰陽道をさほど信仰しなくてもあまり不思議はないのである。道長らの信仰は、一つには、天変地異、怪異現象、悪夢、疾病流行など不条理なものへの恐怖心、無力さからくるもので、怨霊を恐れるのに類似しており、目に見えぬ陰陽道の神等を畏怖しており、禁忌を破ることによる祟りを恐れていることがあろう[13]。一方、陰陽道は権力者の権威を示し、政治の無能を糊塗し、社会の固定化を図るため信条化されたもので、これが有職故実の形をとり、先例を重んじるとは云いながら、権力者の都合勝手によって様々に変形され、あるいは新説が創案され、いわゆる陰陽道の国風化となったもの[14]ならば、尚更、一介の受領階層に堕して久しい紫式部が、陰陽道に背を向けたがるのも頷ける気がする。父のように文章生出身者が、まだ栄達できた時代を準拠・背景に始まった源氏物語、また、藤原摂関家と対極にあるような一世源氏をヒーローとする奔放な恋物語自体が、既に陰陽道と相容れない性格をもっていたのかもしれない。

（1）陰陽思想に関する文献は、村山修一『日本陰陽道史総説』（昭五六）、中村璋八『日本陰陽道書の研究』（昭六〇、平十二に増補版）、村山修一・下出積與・中村璋八他編『陰陽道叢書　全四巻』（平三〜五）などがあり、本章の以下の概観では参考にした点が少なくない。
(2) 注一の中村璋八氏の著書一〇頁。
(3) 注一の村山修一氏の著書八五頁。
(4) 日本の陰陽道史については、特に注一の村山修一の著書が有益である。
(5) 「御堂関白記」「小右記」ともに大日本古記録本の索引による。
(6) 注一の村山氏著書二八八頁。
(7) 小坂眞二「陰陽道の反閇について」(注一の『陰陽道叢書』第四巻)
(8) 注一の中村氏著書の「暦林問答集」による。
(9) 注一の中村氏著書の「陰陽雑書」による。
(10) 物忌、凶日など禁忌に関しては、藤本勝義『源氏物語の想像力』(平六)第三編「源氏物語と陰陽道信仰」や本論の第二編第五章「藤原道長と陰陽道信仰」で扱っている。
(11) 藤本勝義『源氏物語の人ことば文化』(平十一)第四編第二章「紫式部の越前下向の日—長徳二年六月五日出発—」
(12) 注十の拙著による。
(13) 注十の拙稿(本編第五章)で扱っている。
(14) 注一の村山氏著書一九〇頁。
(「類聚三代格」は新訂増補国史大系本による。尚、「貞信公記」「日本紀略」「小右記」「御堂関白記」等の引用に関しては、私に書き下した。)

第三章　御霊信仰と源氏物語

はじめに

御霊信仰と源氏物語の関わりを述べていく前に、次のようなことを先ず考えたい。平安朝では、その優雅な貴族社会の印象とは裏腹に、常に事件が起きていて、それが、貴族や庶民を恐怖のどん底に落とすような大きな社会問題となっていることが少なくなかった。それは疫病流行であり、天変地異、地震、洪水、日照りによる飢餓であり、さらには火災、怨霊跳梁などである。源氏物語ではこの中で、疫病や洪水、飢餓などは決して描かれることはない。これらは頻繁に起こり、庶民だけでなく高級貴族もその犠牲となっている。例えば、源氏物語の成立に程近い事例を示せば次のようになる（特に断りのない「　」は「日本紀略」による）。

●長徳元年（九九六）「天下疫病」三月〜六月で八人の公卿の死。殿上人などの死者は多数。
●長徳二年　七月「天下飢渴」
●長徳四年　五月頃から「赤斑病（あかもがさ）」「京師男女死者甚多」何人もの高級貴族の死。

●同年　洪水　九月一日「依霖雨一条堤壊、鴨河横流、入府如海」（「権記」）
●長徳五年「天変災旱」、「赤斑瘡疫」（「扶桑略記」）これらにより長徳を長保と改元。
●長保二年（一〇〇〇）八月一六日「洪水」、「鴨河堤絶、河水入洛、京極以西人宅多以流損」（「権記」）
●同年「今年冬。疫死甚盛」
●長保三年　二月「旱魃」
●同年　三月「疾疫」、四月二十日「疫癘」により「夭亡之者多」（「権記」）、五月九日「天下疾疫」により「御霊會」
●長保五年　五月一九日「洪水」
●寛弘元年（一〇〇四）七〜八月「祈雨」「旱魃」などにより長保を寛弘と改元。

これらは、源氏物語の世界とは性格を異にする相容れないもので、美的対象にはならぬものであった。しかしこれらこそ、御霊信仰と深く結び付いた社会問題なのであった。それが描かれないなら、源氏物語に御霊信仰は入る余地がなかったのであろうか。

一　御霊信仰と「須磨」「明石」巻

まず、よく引き合いに出される貞観五年（八六三）五月二十日に開催された、神泉苑での御霊会を一瞥したい。これは朝廷が主催したもので、「日本三代実録」は、六霊座の前に花果を供え、金光明経や般若心経を読誦させ、楽や舞を演じさせたとし、神泉苑の四門を開き、広く民衆に出入りを許したと記し、次のように続けている。

所謂御霊者。崇道天皇。伊豫親王。藤原夫人。及観察使。橘逸勢。文室宮田麻呂等是也。並坐レ事被レ誅。冤魂成ㇾ癘。近代以来。疫病頻発。死亡甚衆。天下以為。此災。御霊之所ㇾ生也。

定期的にと言ってよいほど、数多くの死者を出してきた疫病は、「冤魂」のなすところと明記されている。個人の霊が特定の個人やその一族に祟っていく憑霊現象とは違って、御霊信仰自体は、ここで取り上げられている六人（五人とも）の御霊―政治的謀略・冤罪で非業の死を遂げた者の死霊が、疫病・天災等、広く社会的災害をもたらすと考えられるところに発する。だから、先に挙げた疫病・洪水・旱魃などが源氏物語的世界にそぐわないことに関連して、御霊信仰も源氏物語で取り扱われることはないと言えるかもしれない。確かに、廃太子や無実の罪で任地やそこへの途中、恨みを呑んで死んだ者の魂を慰撫するといった、典型的な御霊信仰は光源氏の世界とは相容れない題材であろう。

しかし、最後の御霊となる菅原道真の事例は看過できない。神泉苑での御霊会以後に、道真は冤罪で大宰府に左遷され、延喜三年（九〇三）に任地で病死した。延喜九年に三九歳で死んだ藤原時平、時平の強い後押しで東宮となり、二一歳の若さで病死した保明親王、さらに立坊して二年後にわずか五歳で死んだ時平女が生んだ保明の子・慶頼王など、道真の怨霊の祟りと考えられた。そして延長八年（九三〇）、前年の洪水やこの年の疫病、さらには降雨のない月日が続いた六月二六日午三刻、京の西方・愛宕山の上より黒雲が起こり、突然雷声が轟き清涼殿に落雷、大納言・藤原清貫らが死亡するという有名な事件が起こった。醍醐天皇もこの落雷の衝撃から寝込み、九月には譲位し、この月のうちに崩御した。これらも雷神・菅公の仕業と信じられた。

この菅公説話と源氏物語との関係については、早く「河海抄」「花鳥余情」「岷江入楚」などに指摘があり、今井源衛氏はこれらを検討し、菅公の故事が源氏物語の素材となった事情を考察している。(1) また後藤祥子氏は、源氏物語の制作時代、菅公説話は過去の出来事でなく、現実的恐怖であったとし、また光源氏の京召還の場面の準拠として、道真を考えるべきだとした[2]。一方、田中隆昭氏は「寛平御遺誡」を踏まえ、醍醐帝の父・宇多への不孝が道真の悲劇を引き起こしたが、源氏物語では朱雀帝と源氏の桐壺院への孝が、源氏の歴史上例のない復帰をもたらしたと語るとしている[3]。

「須磨」巻での三月上巳の祓の折、急に暴風雨となるが、その後、特に雷について次のように記されていく。

○海の面は、衾を張りたらむやうに光り満ちて雷鳴りひらめく。（須磨巻二一八頁）

○なほ雨風やまず、雷鳴り静まらで日ごろになりぬ。（明石二二三）

○雷の鳴りひらめくさまさらに言はむ方なくて、落ちかかりぬとおぼゆるに、あるかぎりさかしき人なし。（明石二二五）

○いよいよ鳴りとどろきて、おはしますに続きたる廊に落ちかかりぬ。炎燃えあがりて廊は焼けぬ。（明石二二七）

これらの描写には、おどろおどろしい雷鳴と落雷が示され、実害も出ており、先にあげた醍醐帝の清涼殿への落雷という菅公の故事が重ねられている、あるいはそれが享受者に想起されたと見るべきであろう。また、朱雀帝が桐壺院の亡霊に睨みつけられる場面は、

三月十三日、雷鳴りひらめき雨風騒がしき夜、帝の御夢に、院の帝、御前の御階の下に立たせたまひて、御気色いとあしうて睨みきこえさせたまふを、かしこまりておはします。（明石二五一）

と描かれているように、やはり雷鳴激しく、場所も清涼殿であり、菅公伝説に拠っているところであろう。また、菅公が清涼殿に現れ醍醐帝にまみえた「北野天神縁起」の条との関連も看過できない[4]。「政治的失脚者の霊の怒りは、結局国民の目に映じたる政治の可否についての批判であった[5]」という考え方を源氏物語に当てはめると、

光源氏の失脚と須磨流謫に関しては、これが言えそうである。

二　御霊信仰と前坊

先に触れたように、醍醐帝の皇子・保明親王の夭折は、菅原道真の怨霊によると見られた。この前坊・保明親王は、「葵」巻の六条御息所の亡き夫・前坊に重ねられていた。「前坊」は、平安時代の特に源氏物語までの文学作品、史書・記録の類いが全て示しているように、東宮在位中に夭折した保明親王をイメージさせるものであった。[6] 源氏物語の享受者は、「前坊」に関して、夭折した保明親王のことを無理なく思い浮かべたはずである。

これと同時に、「前坊」なる表現から、菅原道真の怨霊に取り殺されたという菅公説話を思い浮かべたとも考えられる。「日本紀略」延喜二三年（延長元年）三月二一日条は次のように記している。

子刻。皇太子保明親王薨。年廿一。天下庶人莫レ不ニ悲泣一。其聲如レ雷。挙レ世云。菅帥霊魂宿忿所レ為也。

「菅帥霊魂」が示すように、保明親王が薨じた時、誰もが道真の死霊のなすところだと考えたのである。この約一か月後、道真を本官の右大臣に復し、正二位を追贈する詔が発せられた。道真霊を慰撫する所作である。「前坊」は、かような過去を背負った重い表現と言えよう。

では、六条御息所の生霊事件をどのように扱えばよいのか。道真霊との関わりを考えて理解すべきであろうか。これは六条御息所を、保明の御息所で重明親王と再婚し徽子を生んだ貞信公（忠平）女に準えることとも関連してくる。徽子女王は斎宮経験者で、後に村上帝の女御となり規子内親王を生み、規子も斎宮となり、母娘ともに伊勢へ下向したという周知の事実がある。これは「賢木」巻冒頭付近の準拠となっているわけである。だからここは、徽子を中心にして準拠が重層しているところであり、[7]「前坊」と「六条御息所」の関わりは、偶然に出された物語要素ではないのである。

「大鏡」時平伝に次のように記されていた。

先坊（＝前坊　藤本補う、以下同じ）に御息所参りたまふ事、本院（＝時平）の大臣の御むすめ具して三四人なり。本院のは亡せたまひにき。中将の御息所ときこえし、後は重明の式部卿親王の北の方にて、斎宮の女御（＝徽子）の御母にて、そも亡せたまひにき。いと優しくおはせし。（七三～七四）

時平女は仁善子で、保明との間に次期東宮となる慶頼王を生んでいる。中将の御息所とは時平の弟・忠平女の貴子である。ただし、重明親王と再婚したのは忠平女ではあっても、貴子ではなく二女の寛子と見られる。(8)これらのことを踏まえた上で田中隆昭氏は、

『大鏡』の語る伝承では、中将御息所と呼ばれた忠平女が前坊の御息所であり、前坊の薨後重明親王に再嫁して徽子を生んだとする。前坊妃六条御息所と斎宮になった姫宮、御息所を通いどころとし、斎宮をやがて養女とする光源氏の物語を語る源氏物語は『大鏡』の語る伝承によっていると考えるべきである。(9)

として、「大鏡」記載の菅公の怨霊に関わる時平、忠平一族の伝承が、源氏物語にとり込まれていたとされた。源氏物語は史実とは異なる大鏡の記述と同じ伝承を取り入れていると考えるべきであろう。だから、事実は貴子ではなく、寛子であろうと、それはたいした意味はない。保明と死別した御息所が重明親王と再婚し、徽子を生んだという伝承が大事である。

三　貴子と六条御息所

この貴子を「大鏡」忠平伝は、

女君一所は、先坊の御息所にておはしましき。

として、前坊（＝先坊）の御息所と明記し、時平伝では、貴子は死んだ東宮・保明を恋い悲しみ、保明の乳母が夢で故人を見たと聞いて、

時の間も慰めつらむ君はさは夢にだに見ぬ我ぞ悲しき

という悲痛な歌を詠んでいる。夢の中でさえ前坊に会えない悲しみを嘆訴している。貴子は、応和二年（九六二）十月一八日に五九歳で薨じている（『日本紀略』）。保明への入内は、延喜一八年四月三日のこと（『貞信公記』）で、保明一六歳、貴子一五歳の時である。父・右大臣忠平は、いまだ三九歳にしてこの時の台閣の首班であった（時平は既に九年前に没している）。すなわち東宮の正夫人として、将来の中宮が約束されていると言っても過言ではなかった。事実この後、忠平は実に三十年間最高権力者として君臨し、摂政・関白太政大臣にまで昇り詰めたのである。しかしこの時から五年後、保明は二一歳にして急逝した。貴子は二十歳で未亡人となり、中宮への夢が潰えたのである。

この貴子の半生は、六条御息所のそれとそっくりである。貴子を六条御息所に重ねているのだから、それはむしろ当然であろう。六条御息所は、娘・斎宮と別れの櫛の儀のため参内した折、

御息所、御輿に乗りたまへるにつけても、父大臣の限りなき筋に思し心ざして、いつきたてまつりたまひしありさま変りて、末の世に内裏を見たまふにも、もののみ尽きせずあはれに思さる。十六にて故宮に参りたまひて、二十にて後れたてまつりたまふ。三十にてぞ、今日また九重を見たまひける。（賢木九三）

として、父大臣が自分に中宮の夢を託し、大切に世話をしてくれた頃を思い起こし、運勢も尽きた今、宮中を見て悲嘆に暮れるのである。これはまさに保明亡き後の忠平女の心情を付度し、六条御息所に仮託したかのような

描写である。そしてしばしば取り沙汰されてきた「十六」「二十」「三十」という年齢表記の問題がある。既に私見を述べたことがあるので[10]、ここでは今まで触れなかったことのみ取り上げる。「河海抄」以来の指摘がある、「入時十六今六十」で始まる例の白氏文集の新楽府「上陽人」の「十六」はここでは大事であろう。貴子の入内も一五歳であった。さらに「上陽人」が記さない前坊との死別の「二十」歳は、どう解釈するのか。これはまさに、貴子が前坊・保明と死別した年齢と一致するのである。貴子を六条御息所に重ねる読みは、ここからも可能である。

結局貴子は、重明親王と再婚した。しかしそこでの生活も、平穏なものとは言えなかった。時の右大臣・師輔女の登子が重明室となったのである（「花鳥余情」の引く「吏部王記」による）。しかも関白・太政大臣であった父・忠平が、この翌年薨ずるのである。登子の実姉は村上帝後宮で最も勢力のある安子であった。そもそも重明親王と登子の婚儀は、「花鳥余情」が引く天暦二年十一月二二日の「吏部王記」の記事として、「夜詣右丞相坊門家、娶公中女」と記されており、さらに二四日に、三日夜儀式の模様が盛大に描かれている。それは、源氏物語「宿木」巻で匂宮・六の君の結婚三日夜の儀の準拠となっているくらいであった。忠平女は師輔女・登子に圧倒されたと考えてよい。

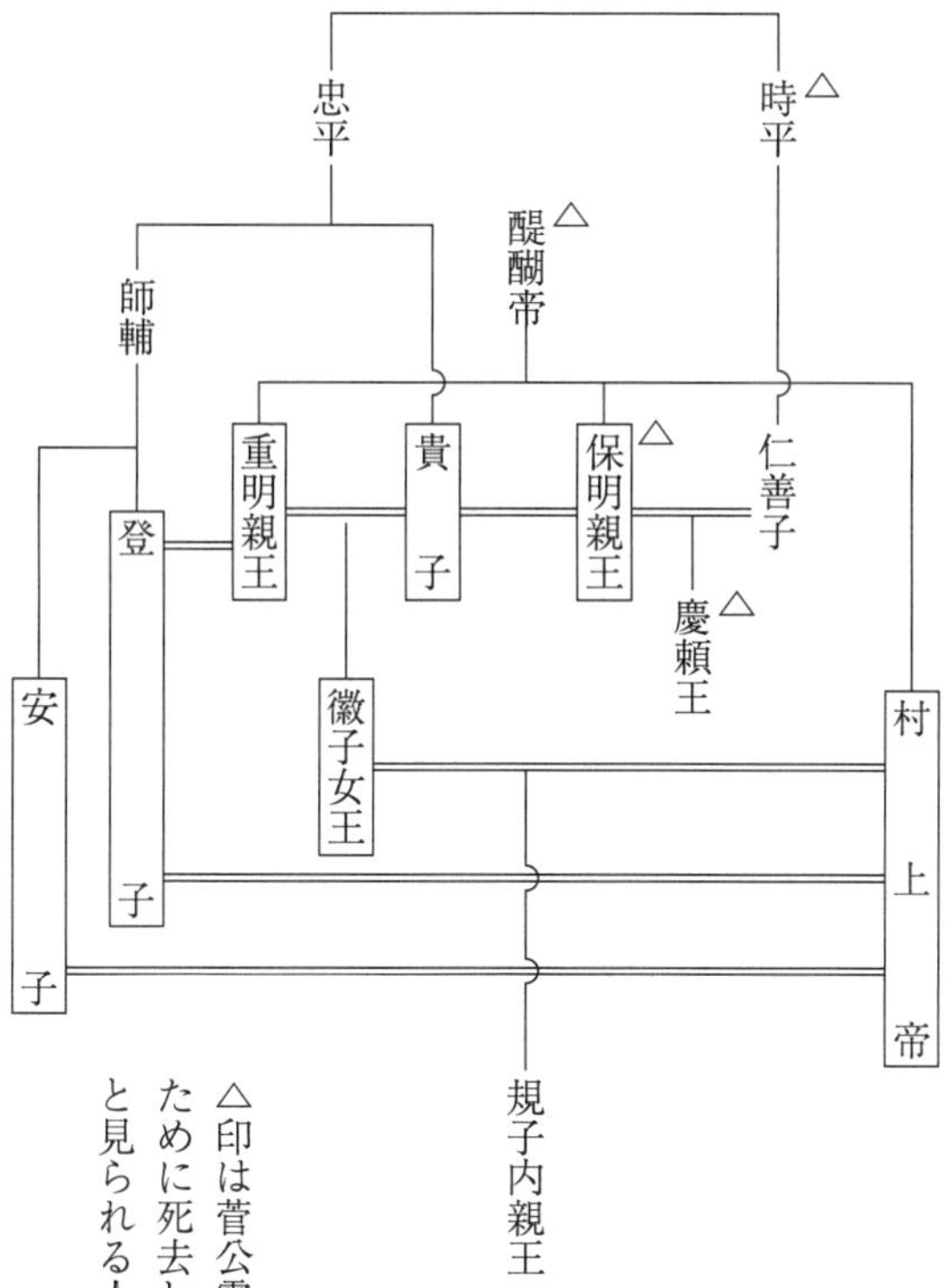

△印は菅公霊のために死去したと見られる人物

この場合の重明親王は光源氏であり、登子は葵の上に相当しよう。中宮への道が閉ざされた不運な貴子は、今度は重明の北の方の座からも蹴落とされるのである。この貴子の心情は察するに余りあろう。怨念が兆しても不思議はない。六条御息所の生霊事件への道筋は既につけられていたのかもしれない。

四　登子と徽子

一方、前坊の御息所・貴子とは別に、重明と貴子の間の娘・徽子も、源氏物語にとって、きわめて重要な存在である。徽子が村上帝へ入内し、将来斎宮となる内親王（規子）の母となることは、「葵」「賢木」巻の物語展開にとって見過ごし難いことである。「親添ひて下りたまふ例ことになけれど、いと見放ちがたき御ありさまなるにことつけて、…」（賢木八三）とあり、伊勢へ下向する六条御息所・斎宮母子の準拠として、「日本紀略」貞元二年（九七七）九月一六日条の「伊勢斎宮規子内親王従二野宮一禊二西河一。参二向伊勢斎宮一」、同一七日条の「伊勢斎王母女御相従下向。是无二先例一」なる記述は夙に有名である。

村上帝の生前、徽子への帝寵の薄さはかなりはっきりしていた。まして、帝亡き後さらに齢を重ね、娘と別れて都に留まる意味がなかったと思われる。「栄花物語」に「式部卿宮の女御、宮さへおはしまさねば、参りたまふこといとかたし」（「月の宴」四一頁）と記された帝寵の薄さについては、「斎宮女御集」にそれを嘆く歌が多く見られ、また「拾遺和歌集」にも、

天暦御時、承香殿の前を渡らせ給て、こと御方に渡らせ給ひければ

かつ見つゝ影離れ行く水の面にかく数ならぬ身をいかにせん（八七九番）

として、自分の殿舎を素通りして、村上帝が他の后妃のもとへ渡るのを慨嘆する歌がある。「賢木」巻の著名な「はるけき野辺を分け入りたまふよりいとものあはれなり」（八五）ではじまる光源氏の野の宮訪問の段に、「松風すごく吹きあはせて、そのこととも聞きわかれぬほどに、物の音ども絶え絶え聞こえたる、…」とあるところは、周知のように、娘・規子とともに伊勢下向する前に徽子が詠んだ「琴の音に峰の松風通ふらしいずれのお（を）

より調べそめけん」（「拾遺和歌集」四五一番）によっている。だから、源氏物語の作者が、光源氏から顧みられなくなった六条御息所の嘆きを形作るに、徽子の慨嘆を材料にしたことは想像に難くない。

しかも村上帝の後宮には帝寵を競う多くの后妃がおり、中でも師輔女の安子は、天暦四年五月に憲平親王を生み、その七月には早くも立坊となる（後の冷泉帝）。安子の存在は徽子にとって大きな壁であったろう。この安子が選子内親王を出産する前後、第一皇子・広平親王の外祖父である元方大納言の死霊が憑き、果てに安子を取り殺した話は「栄花物語」に記され、よく知られている。元方はこれ以前にも東宮・憲平親王に憑依し、さらに村上帝、冷泉帝、冷泉院女御・超子などに次々と取り憑いていった[11]。安子の薨去は応和四年（九六四）四月（「日本紀略」）である。徽子は安子の死をどのように感じたであろうか。ある種の安堵感があったかもしれない。だが安子の死は、次の新たな女性の台頭を決定づけたのである。

村上帝は、三で触れた安子の実妹・登子を、既に見初めていた。「大鏡」師輔伝は、

まこと、この后の宮の御妹の中の君は、重明式部卿宮の北の方にておはしまししぞかし。その親王は、村上の御同胞におはします。この宮の上、さるべき事の折は、物見せ奉りにとて、后の迎へ奉りたまへば、忍びつつ参りたまふに、帝仄御覧じて、いとうつくしうおはしましけるを、いと色なる御心癖にて、……（一三七）

と語り、非常な色好みの帝が、重明親王の北の方である登子に心を動かすところを示している。これは「栄花物語」でも同様に記されている。

上はつかに御覧じて、人知れず、いかでいかでと思しめして、……（月の宴三五）

「大鏡」では、登子が重明の北の方として、二人の姫の母となっているともある。この登子が重明の死後、村

上帝の寵を受けることになる。この時、村上帝の女御であるとともに、重明の娘でもある徽子はどのような気持ちを抱いたであろうか。言うまでもなく登子は、徽子の継母である。重明在世中から帝の思い人であったかどうかはともかくとして、実母・貴子のライバルとして、快からず思っていたはずの継母が、よりによって村上帝の寵を受けるとは。運命のいたずらというよりは、またしてもといった思いの方が強かったのではなかろうか。登子は、

御かたちも心もをかしう今めかしうおはしける、いろめかしうさへおはしければ、……（月の宴三六）

と表されているように、心立てもよい当世風の華やかな魅力的な女性で、帝はそれこそ、寝ても覚めても登子を侍らせ、

世の政を知らせたまはぬさまなれば、ただ今のそしりぐさには、この御事ぞありける。（月の宴五一）

と言った具合に溺愛した。当然のように、

世になく覚えおはして、他女御・御息所嫉みたまひしかども、かひなかりけり。（大鏡一三八）

として、他の后妃たちから嫉視されることになろう。この辺りの「栄花物語」や「大鏡」の筆致は、あたかも「桐壺」巻冒頭の桐壺帝が更衣を寵愛するくだりのような印象を与える。「桐壺」巻を下敷きに描いているところでもあろうが、そのように脚色するほどに、登子は存在感があったのであろう。

五　六条御息所造型の基盤

大事なことは、重明の北の方としてかなり華やいでいた登子が、仮に重明死後だとしても、村上帝の寵愛を受けたことに対して、村上女御であり、重明の娘でもある徽子が、心穏やかでいられるとは到底思えないというこ

とである。「葵」巻で生霊と化す六条御息所造型の基盤に、この女性たちの関わり、柵を想定することは無理なことではなかろう。いかにも物語性のある題材と言えよう。男をめぐる女たちの苦悩と相克の物語が生じても不思議ではない。先に貴子を重ねたように、ここでは徽子を六条御息所に重ね、村上帝を光源氏に、登子を葵の上に重ねることから、未曾有の生霊の物語が生まれたのかもしれない。

貴子は、五九歳の応和二（九六二）年十月まで生きたので、登子が重明に嫁したのは言うまでもなく、村上帝に寵愛されたことも知悉していよう。すなわち、曾ては自分の、後には娘の、男の愛をめぐって心休まらぬ状況が続いたと考えられる。故父大臣が、六条御息所のために葵の上に取り憑いたように、貴子が、徽子のために登子に憑依したという展開も想定される。「宮廷の男の世界の『もののけ』を、源氏物語では女の世界の物の怪に転換する。夕顔巻で源融の霊を女の霊に変えたと同じように、葵巻では道真の霊を六条御息所の生霊に変えている[12]」という指摘がある。一方、「九暦逸文」天暦四年六月一五日条では、醍醐帝の元服の折、為子内親王と基経女・穏子の二人の入内が図られた時、為子の兄・宇多は母・斑子女王の命で、穏子の参内を停めたことが記され、続けて次のように書かれている（私に読み下すなどした）。

其の後、彼の妃内親王幾ばくならずして産によりて薨ず。其の時、彼の東院の后の宮（斑子女王）浮説を聞きて云はく、「中宮母氏の寃霊により、此の妖有り」と云々。

つまり、為子のお産での死は、穏子の母（基経室）の怨霊によるものとしているのである。ここには、自分の娘が蔑ろにされた恨みを、寵を争う相手に向け、憑依し取り殺すという構図が示されているのである。これらのことからも、貴子・徽子母娘が二人とも、その愛憎のドラマに絡んでいたのではないかと考えることができるのである。

すなわち、「葵」巻に「前坊」と示され、菅公の怨霊説話が想起された時に、「六条御息所」には、前坊の御息所（貴子）や、やはり御息所であった徽子をめぐる複合的な物の怪の物語が包含されていたと想像される。そもそも、妻争いやそれゆえの女の愛憎と遊離魂の物語は、御息所が「前坊」夭折という不幸により未亡人となったところに発する。その「前坊」には初めから、言霊のように憑霊がこびりついていた。道真の霊により夭折した後に残された若き未亡人が、ひっそりと静かな生活を送ることは、端から無理な話だったであろう。当然のように、身分的に釣り合いのとれる男と再婚ということになろう。しかしその男が大層魅力的な上に、色好みであればなおさら他の女たちとの妻争いが熾烈なものとなろう。この時代なら密かに呪詛が行われた。陰陽師や法師などに依頼して、相手を蔑ろにしようとした。例えば、藤原保昌の妻が保昌の愛人に嫉妬し、厭物をその家に置かせたように[13]。源氏物語では、相手を積極的に陥れようとする呪詛の物語を取り入れることは決してしない[14]。懊悩のあまり、女の体から魂が遊離していく話、つまり一夫多妻制により愛を失い苦悩する女を、突き詰めて描こうとした。この先に自然に、遊離魂と憑霊の物語が展開していくのである。さらにこれらには、村上帝の中宮・安子に取り憑いた元方の怨霊の伝承が関わってくることも想像される。

一夫多妻制で、蔑ろにされる高貴な女は、家門を背負っていることもあり、人笑われ者として誇りを傷つけられ時、そのまま心穏やかに静かな生活を送ることなど、できるはずがなかったと考えられる。表面的には抑えられているようでいて、生易しいものではないことは想像に難くない。それを物語化すれば当然、奇麗事ではすまされない。愛憎・苦悩・嫉妬・怨念の渦巻くものにならざるを得まい。

おわりに

御霊信仰は、菅公伝説のかたちで源氏物語に影響を与えた。「葵」巻で「まことや、かの六条御息所の御腹の前坊の姫宮、斎宮にゐたまひしかば」（一八）と語り出された時、道真霊に取り殺された前坊・保明親王と、後に残されて数奇な生涯をたどる御息所の、魂の遍歴の物語が重ねられていたのではなかろうか。六条御息所の物の怪の物語は、御霊信仰に発し、そこに関わった何人もの人物や、想定される愛憎の生きざまを複合的に取り込んで創り出されたものと思われるのである。

(1) 今井源衛『紫林照径』（昭五四）「菅公と源氏物語」九〇頁以下。
(2) 後藤祥子『源氏物語の史的空間』（昭六一）三二頁。
(3) 田中隆昭『源氏物語　引用の研究』（平十一）「『寛平の御遺誡』と醍醐帝の不孝」六一頁。
(4) 新編古典全集本『源氏物語』付録「漢籍・史書・仏典引用一覧」。
(5) 肥後和男「平安時代における怨霊の思想」（柴田實編『御霊信仰』民衆宗教史叢書　第五巻昭五九）。
(6) 藤本勝義『源氏物語の想像力』（平六）四四頁。
(7) 注六の二〇頁。
(8) 増田繁夫「六条御息所の準拠—夕顔巻から葵巻へ—」（『源氏物語の人物と構造』論集中古文学5　昭五七）、田中隆昭『源氏物語　歴史と虚構』（平五）二九七頁ほか。
(9) 注八の田中氏の著書の二九七頁。
(10) 注六の二一頁。

(11) ただし史実として裏付けられるのは東宮への憑依だけである。藤本勝義『源氏物語の物の怪』(平六)一七二頁以下による。
(12) 注八の田中氏の著書二七九頁。
(13) 大日本古記録本「御堂関白記」長和四年七月二日条による。
(14) 注十一の拙著の四一頁以下。

第四章　栄花物語における陰陽道信仰

はじめに

平安時代中期に、藤原道長らに信仰され、擁護された陰陽道信仰は、摂関家の政治的優位とも関わり合って、社会にいっそう浸透したと言えよう。しかし、紫式部は陰陽道を厚く信仰しているようには思われず、紫式部日記や源氏物語での陰陽道や陰陽師の扱いはきわめて軽いものと考えられた(1)。しかし、フィクションである源氏物語に比べ、栄花物語での陰陽道・陰陽師の描かれ方は、やや大げさに言えば、栄花物語の史観とも関係すると思われ、分析してその位置を考究する必要があると言えよう。陰陽道信仰は、主に禁忌の思想として重きが置かれ、栄花物語では、陰陽師自身が道長と会話をするなどして登場し、特に物忌や方忌み・方違えの用例も少なくないなど、軽んじることはできないと言ってよい。

一　陰陽師の占申―転地療法

巻七「とりべ野」で長保三年のこととして、道長の病気が語られている。この時、道長は源相方邸に滞在中に重く患ったと記されている。

所替へさせたまはばおこたらせたまふべきよし、陰陽師ども申せば、さるべき所を合せて問はせたまへば、尚侍の住みたまひし土御門をぞ吉方と申せば、渡らせたまふ。…いと久しう悩みたまひて、おこたらせたまひぬ。（巻七「とりべ野」三三四頁）

長保三年とするが、実際は、「権記」や「日本紀略」の記事から、これは、前年の四月から六月末までの道長の病のことと考えられる。「とりべ野」の記事にもある「物の怪」も、「権記」では「二条殿（藤原道兼）御霊」（長保二年五月十九日条）とされ、また道長に憑依した物の怪が、道長の口を通して、故藤原伊周の復官・復位を要求している様も記されている。陰陽師の占いによる、転地療法のための土御門（尚侍・綏子の住居）への転居は、「権記」長保二年六月九日条に「左府亦自尚侍殿移土御門第」とあり、まだ病気が治っていない時に、尚侍の土御門の邸から道長の土御門殿へ戻っている。尚侍の邸に移ることによって、病が治ったとする栄花物語の記事とは違うのである。

栄花物語の描き方では、陰陽師の占申による転地が奏効したことが表されていると読めるのである。この記事の直後に、実はもう一つ、陰陽師の占いによる転地療養が描かれている。道長の兄・道綱（長保二年当時大納言）室（源雅信女）の出産に際して、

一条殿は凶しかるべし、ほかに渡らせたまふべう陰陽師の申しければ、吉方とて、中川に某阿闍梨といふ人

の車宿りに渡らせたまひて、生れたまひにたり。男子にてものしたまへば、うれしう思すほどに、やがて後の御事なくてうせたまひぬ。

（「とりべ野」三三五）

として、陰陽師の占申で、故源雅信の一条第から、吉方として某阿闍梨の別宅へ移徙している。男子出産で喜ばれたが、道綱室は後産がなく逝去した。ここは、「権記」長保二年七月三日条に「右大将殿北方昨日亡」とあり、先の道長の病気平癒が「権記」六月二十七日条にあることから、栄花物語も近接した出来事を続けて記していることが分かる。ここで生れた男子は、道綱の後継者として後に参議となる兼経であり（大鏡「兼家伝」にも触れられている）、この出産は、室の死と引き換えではあったが、道綱にとって大変めでたいものであった。転地先を占い出した陰陽師の効験や喜びは半ばではあろうが、むろん陰陽師を責める描き方は皆無である。

しかし後年、後一条帝の寛仁三年、五十四歳となっていた道長は病篤く、出家を強く望んだ。以前の病悩の折には、すぐれた験者、具体的には長谷の観修僧正や観音院の勝算僧正などがいたとし、続けて陰陽師については次のように記している。

陰陽師どもは、晴明、光栄などはいと神さびたりし者どもにて、験ことなりし人々なり。所替へさせたまひてよかるべきよし申しければ、故麗景殿の尚侍の家、土御門にこそは渡らせたまひておこたらせたまひにしかば、その例を引きて、「ほかへ渡らせたまへ」など、さるべき殿ばら申したまへど、すべてさらに、「行かんとも思ひはべらばこそは」とて、聞しめし入れず、ただ仏を頼みたてまつらせたまへり。年ごろの御本意、ただ出家せさせたまひて、この京極殿の東に御堂建てて、そこにおはしまさんとのみ思さるるに、……

（巻十五「うたがひ」一七三～四）

ここは、先の「とりべ野」での道長の病気の場合の、陰陽師による転地療養で快復したことを想起している。

しかし、その折に存在した安倍晴明や賀茂光栄といった、道長の信頼の厚い最高峰の陰陽師は既になく、道長は転居による療養を聞き入れることなく、ひたすら仏を頼りにしているのである。ここは、以後の道長の、仏法の教えに従った政により、万民を慈しんだ高徳ぶりが語られるとともに、剃髪するという文脈に続くところである。すなわち、出家と同時に病が平癒したという、仏道を厚く信奉してきた道長の功徳が示されるのである。当然、仏教の力は陰陽道のはるか上をいくのである。もっとも事実は、出家と同時に快復したわけではなかった。「小右記」寛仁三年三月二十一日に出家したが、すぐ「出家後又悩給」とあり、四月三日条にも、「入道殿重悩給」などと記され、「非常赦」が行われる始末であった。道長の出家以降の道筋が、この世の栄華のみならず、来世でも極楽往生するという、理想的な生き方を突き詰めて描く、栄花物語の特性をよく表していると言うべきであろう。ただし、巻三十「つるのはやし」で、臨終念仏に専心し、極楽往生への道を確かにした道長の姿とその死が語られた直後、

またの日、陰陽師召して問はせたまふに、「七日の夜せさせたまふべし。所は鳥辺野」と定めまうしてまかでぬ。

（「つるのはやし」一六六）

と記されており、前後の仏教的色彩に彩られた長い場面の中に、それでも陰陽師の役割を略することがない栄花物語の姿勢が感じられるのである。特に晩年の道長の生き方には、仏教の徳が中心に据えられ、それ以外の信仰は脇に追いやられることになる。しかし、陰陽道自体の意味は、栄花物語の中で決して軽んじられるわけではなかった。そのことは次の二でより具体的に扱うが、道長がじかに陰陽師と対話をする場面が構成されることによって、陰陽師が道長からいかに信頼されていたかが示されている。

二　陰陽師・賀茂守道

道長女・皇太后宮妍子の死をめぐっての場面（巻二十九「たまのかざり」）に注目したい。病床にある妍子の病状について、

よろづの陰陽師ども、十四日におこたらせたまふべき日に申したりける、…（「たまのかざり」一二九）

として、いずれの陰陽師も九月十四日（万寿四年）には治ると占申していた。しかし、

万寿四年九月十四日の申の時にうせさせたまひぬ。（「たまのかざり」一三二）

とあるように、その十四日に妍子は亡くなった。事実としてもその日に出家とともに入滅している（「小右記」）。十四日に治るという陰陽師の占いについては、古記録類には出てこない。むしろ、「小右記」八月二十八日条に「宿曜道證照師勘申云」として、

御慎殊重、至来月十四日御厄可想、御悩可及明年九月者、

と記されており、宿曜師の勘申とはいえ、当の九月十四日に至り、危険な状態を予告しており、さらに病気は、今後約一年に及ぶと占い出されているのである。陰陽師の占申が、宿曜師とまったく違っていれば、記録に残されていてもおかしくはない。しかし陰陽師のそのような勘申は記されてはいない。陰陽道を信奉する道長の、その娘である皇太后宮の病悩に、陰陽師の卜占がなかったとは考えにくい。宿曜師と同様の勘考がなされたと見るべきであろう。このあたりのことは、栄花物語では、妍子の死後、道長に語る陰陽師・賀茂守道の次のような言葉で示されている。

「御悩のはじめ、御祓などに仕うまつりしに、かからむとやは思ひかけさぶらひし。御占などはよろしから

ずさぶらひしかども、さばかりせさせたまひしことどもに、さりとも転ぜさせたまはじやとこそ、思ひたまへしか」とて、「心憂き御事」とぞ、涙も浮きてさぶらふ。「さてもとかくの日は明日にこそさぶらふめれ。関白殿御忌日なれど、それは忌ませたまふまじ。女院の御忌みの日のみなん避らせたまふべき。それにはた当らせたまはず。さらではえとみにせさせたまはじ」と申す。（「たまのかざり」一三四〜五）

占の結果は芳しくなかったが、病気快復のためにあらゆる手を尽くしておられるのを見て、いくらなんでも快復しないことはあるまいと思ったと言う。ここのところを、新編古典全集本の頭注は「道長の歓心を買うために実際の占の結果とは異なる報告をしていたか」と記している。あり得ないことではないが、事実はどうであろうか。歓心を買うためというよりは、陰陽師たち（おそらく複数の者たちに占わせたであろう）の卜占の違いや、気持ちの揺れ、願望などが入り混じったものと想像される。栄花物語では、治るべき日に死去したにもかかわらず、道長は親しく陰陽師・賀茂守道と対話し、如上の守道の言葉に異を唱えることなど全くなく、むしろ葬送の日時や場所などの守道の考えを、ただそのまま受け入れているのである。いかに専門家の言うこととはいえ、陰陽師の意のままに事は進められている。そこに違和感を抱くといった栄花物語の語りの方向性はない。「御堂関白記」から捉えられる、陰陽道を信仰した道長(2)の姿が重なってくるのである。

賀茂守道は先に触れた賀茂光栄の息であり、暦博士としても、「御堂関白記」に示されるところによれば、長保五年ごろから寛仁三年ごろまでの二十年近くは、造暦に携わっている。守道の署名のある（例「寛仁三年十一月一日従五位上行主計権助兼暦博士賀茂朝臣守道」）暦に道長が日記を認め、それらが現存しているのである。万寿四年正月二十七日には主計頭にも任じられており（「小右記」）、一介の陰陽師とは言えないほど重用されたのである。陰陽寮の最上位の官職たる陰陽頭よりこの守道の方が、位階が高く上座にあるほどであった(3)。

巻二十六「楚王のゆめ」では、道長女・嬉子（東宮敦良妃）が親仁（後冷泉帝）を出産後、薨去するが、その折、次のように守道が出てくる。

殿の御前は、やがてさし退いて、あさましくて臥させたまひぬ。主計助守道、おはします対の上に、御衣を持て上りて、よろづを申しつづけ招きたてまつる。（「楚王のゆめ」五〇七）

悲嘆のあまり道長もその場から離れ、具合を悪くし臥せってしまった。守道は、嬉子が横たわる土御門殿の東の対の屋根に、嬉子の着物を持って上り、いわゆる招魂の法を行った。ここは、「小右記」万寿二年八月七日条によると、

昨夜風雨間、陰陽師恒盛・右衛門尉惟孝昇東対上尚侍住所魂呼、近代不聞事也、…

と記されており、この招魂に携わったのは守道ではなく、他の陰陽師（恒盛）であったことが分かる。栄花物語では、おそらく事実を曲げて、道長の信任厚い守道が、招魂の作法を行ったとしたものと思われる。

もっとも守道も、「小右記」万寿四年五月十日条によれば、

一日蛭喰之間心神不覚、仍今夜令守道朝臣行招魂祭、

として、藤原実資の「心神不覚」により、招魂祭を行っている。さらに、万寿四年十一月三十日、道長の重態の折、

禅室招魂祭、去夕守道朝臣奉仕、人魂飛来、仍給禄、

とあり、守道は、死に際した道長の招魂祭を行い、「人魂飛来」という成果により禄を給されている。

一方、巻二十八「わかみづ」では、先に触れた妍子の病気の折、関白頼通が守道を呼びにやる。

さて参りたれば、かうかうおはしますよしを問はせたまへば、「御氏神の祟にや、土の気」など申せば、御

前にて御祓仕うまつる。「すべて物をつゆきこしめさぬなり。いと折あしきわざかな」とて、御祓、日に二三度仕うまつるべきよしのたまはす。さて御堂に参らせたまひて申させたまへば、「いと不便なることなり。なほなほさるべきさまに思し掟てよ」と申させたまふ。

（「わかみづ」九四）

頼通から依頼された守道は、土の犯しによる氏神の祟りということを占申した。ここで守道は、陰陽道の祭・祓を行った。頼通は法成寺の道長のところへ行き、妍子の病状を告げると、道長は、怠りなく祭・祓を行わせることを指示した。妍子の死は、まだ先のことではあるが、道長や頼通の陰陽師・守道への信頼度の高さが、はっきり示されていると言えよう。

三　陰陽師・陰陽道の位置

むろん、陰陽師の中で守道だけが重用されているわけではない。賀茂氏に対し、安倍氏も同様に厚遇されており、安倍晴明の子・吉平についても次のように描かれている。先に引いた巻二十六「楚王のゆめ」の、嬉子の死前後の場面で、親仁親王出産時に祓に奉仕した陰陽師として、

御祓の吉平、守道など声も涸れたりつる、皆禄賜ひて、世にめでたきけしきにて、皆まかでぬ。

（「楚王のゆめ」五〇二）

と、守道と並んで名が挙がっている。これは「小右記」万寿二年八月四日条に、二人が三日から伺候して祓に奉仕し、無事男子出産ということで、「吉平禄三疋、守道二疋」と記されて、それぞれ禄として絹を賜っている事実で裏付けられる。

しかし一転して嬉子の死によって、前述のように守道は招魂の作法を行い、次のように、吉平は入棺・葬送の

日などを勘申することになる。

吉平も涙にむせて、何ごともすがすがしうも申さで、からうためらひて申す。「今日こそは、まづ納めたてまつらせたまふべき日にさぶらふめれ」。「さてもかくておはしますべきにあらねば、いづ方にか率てたてまつるべき」と問はせたまへば、法興院は吉方にさぶらふめり、今宵法興院におはしますべう申す。御葬送は、この月十五日と申す。その定め申して、岩蔭にせさせたまふべきなど、こまかなる事ども申しつるも、あはれに悲しき御事どもにえ念じあへず、上の衣の袖もしぼるばかりなり。殿の御前にこの事どもくはしく申させたまへば、「さは夜さり参れ」と仰せたまひて、まかづるほど、一昨日、御祓の験あり、男御子平かに生れたまへる、これにまさることは何ごとかはとて、禄賜りてまかでし吉平ともおぼえず、ただ一二日のほどに、さは、かくこそありけれと、泣く泣くまかでぬ。

（「楚王のゆめ」五一一〜二）

なによりも、一介の陰陽師が嬉子の死に関して、関白頼通と対話し、御堂関白道長とも心情を共有しているように描かれている点は、注意されねばならない。安産や皇子の誕生のために、全身全霊をささげるかのように陰陽道の祭・祓を行い、果たさずして嬉子の死という結果を招き、父・道長や兄・頼通の悲しみを自身でも受け止め、無念さを噛み締めている体である。入棺や亡骸を移す場所、さらに葬送の日時を勘申する吉平も、懸命に心を落ち着かせ、気を静めて行っている。しかしこらえきれず、涙に濡れた吉平の様子は、痛々しいばかりに描かれている。そして最後に、こうなる運命だったのだと考え、泣きながら退出するのである。ここの文脈は、陰陽師の力量の乏しさなどを非難する方向性を全くもっていない。陰陽師自身に、嬉子の死ぬべき宿世を噛み締めさせているくらいである。栄花物語での陰陽師の位置が、どのようなものであったのかが窺われるところでもある。

巻八「はつはな」で、頼通と具平親王女・隆姫の結婚に際して、次のように記されていることにも注意したい。

中務宮の御心用ゐなど、世の常になべておはしまさず、いみじう御才賢うおはするあまりに、陰陽道も医師の方も、よろづにあさましきまで足らはせたまへり、…　（「はつはな」四三四〜五）

具平親王には学才があり、和歌などに優れていたことはよく知られている。陰陽道などの方面にも造詣が深かったことも予想されよう。しかし、物語、日記文学、随筆などの中で、陰陽道の学才を表立って取り上げることは、先ず考えられないと言ってよい。道長は、具平親王女と自分の息子の結婚を喜んでいるが、これは、「男は妻がらなり。いとやむごとなきあたりに参りぬべきなめり」（「はつはな」四三五）とする、道長の、高貴な女性との婚姻を重視する、著名な妻室観と絡んでいるとされるところである。だから、嫁の父・具平親王は絶賛されてしかるべきなのである。その親王が、陰陽道にも造詣が深いとするところに意味があろう。栄花物語の中では、陰陽道は認知された歴とした学問だったたと見られよう。

ただし、陰陽師の勘申が常に一定しているわけではない。当然、陰陽師によって対照的な占申を主張する場合がある。これは古記録などではしばしば見られるものである。栄花物語では、次のような例がある。巻四「みはてぬゆめ」で、関白道隆の死後、政権担当が道兼の上に傾き、関白になる直前の場面で、

粟田殿、夢見騒がしうおはしまし、もののさとしなどすればにや、御心地の浮きたるさまに思されて、陰陽師などに物を問はせたまふにも、「所を替へさせたまへ」と申すめれば、さるべき所など思し求めさせたまへど、また御よろこびなど、一つ口ならずさまざま占ひ申すを、あやしう思さる。　（「みはてぬゆめ」二二二〜三）

と記されている。道兼（粟田殿）の夢見が悪く、神仏などのお告げがあるからか、心が身に添わないような感じがして、陰陽師の占申により転地療養が考えられる。その折、陰陽師の占いの結果が一様でなく、慶事の前兆と

は言い切れない不安が漂うのである。この道兼の状態は、引用文に直続するところで、敵対勢力である伊周側の祈禱（呪詛が含まれよう）によると示される。転地療養に関しては、次のように記されていた。

栗田殿四月つごもりにほかへ渡らせたまふ。それは出雲前司相如といひける人の、年ごろかうののしらせたまふ関白殿にも参らで、ただこの殿をいみじきものに頼みきこえさせつるものの家なり。中川に左大臣殿近き所なりけり。父の内蔵頭助信朝臣といひける人の造りて住みける、池、遣水、山などありて、いとをかしう造りたてて、殿の御方違所といひ思ひたりける家なりけり。…（中略）…かくておはしますほどに、五月二日関白の宣旨もて参りたり。をりしもここにてかうおはしますを、家主も世のめでたきことに思ひ、人々もいみじう申し思へり。世の中の馬車、ほかにあらじかしと見えたり。（「みはてぬゆめ」二一三〜四）

この場面を「花鳥余情」は、源氏物語「帚木」巻で、光源氏が方違えをした中川の紀伊守邸の様子に準えているかのような記し方をしている。光源氏の方違えは、紀伊守邸で空蟬と出会う恋物語のための設定であった。確かに、方違えであり、場所が同じ中川にあり左大臣邸に近い（光源氏も左大臣邸から方違えしている）受領の邸であること、さらに、「水の心ばへなど、さる方にをかしくしなしたり」（『源氏物語』帚木巻　九三頁）以下の邸内の描写に共通するものがあることなどから、栄花物語が「帚木」巻を念頭に置いて描いていると思われる。しかし、光源氏の方違えが、受領の後妻との恋物語へと導く、単なる設定に過ぎないこととは違って、栄花物語の大きな特徴は、陰陽師の占申により方違えした出雲前司相如の邸で、道兼が関白の宣旨を受けたということである。この時点では、一時的な転居が慶事を呼び込んだのである。相如邸へ人々が参集するすさまじさと、相如の喜びの記述は、道兼に望みを託してきた一介の受領の、忠臣譚の片鱗を思わせる筆致であるが、むろんすぐに悲惨な結末が待っていた（相如邸への転居は「大鏡」も記しているが、古記録類には記述がない。しかし、系図上の記述ほかの具体的な表現から、事実に基づいていると考えられる）。道兼は、関白就任後わずか七日目に薨じ、「七日関白」などと称されたが、実際には、この年（長徳元年）の春から流行した疫病による死と考えるべきである。ここでの陰陽師の吉凶分かれる占申は、関白就任という慶事と、その直後の死を見越したものに他ならない。いわば、道兼の運命を予知したものという描き方と言ってよい。陰陽師の占申に問題があったのではない。むしろ陰陽師は吉凶交々の将来を見通していたことになる。それが、誰も予期しないあまりに近い将来なので、謎めいた占いとなったわけである。

四　物忌

源氏物語の物忌は、例えば、匂宮が浮舟のもとから帰りたくないための方便とするなど、物忌そのものの実態とかけ離れた口実として利用されることが多かった(4)。しかし栄花物語では、実態のある物忌が出されてくる。巻一「月の宴」では、村上帝の女御たちへの心遣いが示される中に、

御子生れたまへるは、さる方に重々しくもてなさせたまひ、さらぬはさべう、御物忌などにて、つれづれに思さるる日などは、御前に召し出でて、碁、双六うたせ、偏をつがせ、いしなどりをせさせて御覧じなどまでぞおはしましければ、皆かたみに情かはし、をかしうなんおはしあひける。（「月の宴」二〇〜二十一）

として、物忌（この場合は暦の上で予め決められていた村上帝の御物忌）が出され、その所在ない日に、御子を生んでおられぬ方などを御前に召して碁を打たせるなどする、情け深さが描かれている。また村上帝の病気の時、次のように記される。

時々につけて変りゆくほどに、月日も過ぎて、康保四年になりぬ。月ごろ内に例ならず悩ましげに思しめし

て、御物忌などしげし。いかにとのみ恐ろしう思しめす。（「月の宴」五八）

「康保四年」と明記されるが、この「五月二十五日」（これも本文中にある）、村上帝は崩御されるのでこの病は深刻であり、ここでの御物忌は暦日上のものではなく、御不例に際し、陰陽師の判断で忌み籠りがなされているわけである。むろん読経、修法なども行わせているが、陰陽師が病気快復を考え、勘申して物忌とその日を設定し、遵守する帝の姿は、栄花物語の中では、陰陽道信仰が浸透していることをはっきりと感じさせる。

巻五「浦々の別」では、花山院への放射事件の罪科が決められようとしている時に、

殿には、御門をさして、御物忌しきりなり。（「浦々の別」二三七）

として、内大臣・伊周らは、二条第で門を閉ざして籠居している。この少し後に、

年ごろ天変などして、兵乱など占ひ申しつるは、このことにこそありけれと、よろづの殿ばら、宮ばら、さるべく用意せさせたまふ。（「浦々の別」二三八）

とあり、天変地異が、すでに陰陽師らによって、兵乱の前兆と占申されていたことは、この放射事件に始まり宮中警固、さらに二条第が包囲され、伊周らが配流されるという不穏な事態のことだったと、世間に理解されるのである。

巻七「とりべ野」では、一条帝が中宮彰子に、

暮には疾く上らせたまへ。明日明後日物忌にはべり。御方にはえ参るまじ。（「とりべ野」三四五）

と言って、清涼殿の上の御局への誘いをかけている。明日明後日が物忌で籠居するため、今晩だけの夜伽を命じているところである。逆に見れば、物忌期間中は彰子を遠ざけるということである。陰陽道を遵守する姿勢がここにも見られる。一方、巻八「はつはな」での、敦成親王五十日の祝いの折、道長方から宮中の台盤所へ献上す

る折櫃物を、「明日よりは御物忌とて、今宵みな持てまゐりぬ」（四一九）として、一条帝の明日からの御物忌で、外から入れなくなるので、今晩のうちに全て宮中に運び入れてしまっている。

また、賀茂の臨時祭での祭の使いは道長男の権中将・教通だが、

その日は内の御物忌なれば、殿も上達部も、舞人の君達も、みな夜居に籠りたまひて、内裏わたり今めかしげなる所どころあり。（「はつはな」四二七）

として、当日はやはり一条帝の御物忌で、前の晩に、道長をはじめ皆、宮中に宿直をし翌日に備えている。「はつはな」の記事は、「紫式部日記」に因っているところ大であるが、この部分は次のようにある。

その日は御物忌なれば、殿、御宿直せさせたまへり。上達部も舞人の公達もこもりて、夜ひと夜、細殿わたりいとものさわがしきけはひしたり。（「紫式部日記」七〇頁）

両者を比べると、最後の部分の表現が、微妙に違っていることがわかる。「紫式部日記」では、女房たちの部屋のある細殿あたりが、一晩中たいそう騒がしいと言っているのである。つまり御物忌にかこつけて、公達らが女房の局に群がっている様を批判的に記しているのである。紫式部日記では帝の御物忌による謹慎そっちのけで、男女の交流がなされている点に注視しており、物忌の形骸化を晒すかのような筆致であった(5)。しかし栄花物語では、むしろ「内裏わたり」や「今めかしげなる」と言うように、一般化、抽象化し、決して批判の目を向けてはいない。同じ道長家を中心とした栄華を描くにもかかわらず、紫式部日記と栄花物語の執筆姿勢の違いが出ていると考えられる。

五　御物忌と内裏焼亡

巻十二「たまのむらぎく」で、新造の内裏への三条帝の遷御に関わって、次のように語られている。

かくて内裏造り出づれば、十月に入らせたまふ。……さて入らせたまひて、日ごろおはしまし渡るほどに、内の御物忌なりける日、皇后宮の御湯殿仕うまつりけるに、いかがしけん、火出で来て内裏焼けぬ。

（「たまのむらぎく」六六）

なぜか三条帝の御物忌の日に、火事で内裏が焼けてしまった。「御堂関白記」などでも、長和四年九月二十日に、三条帝が新造内裏に入御し、この十一月十七日に焼亡したことを記している。しかし栄花物語では、皇后娍子方の失火としたり、昼の火事とするなど、事実通りとは考えられない記事が少なくないところである。三条帝の物忌当日であったことも事実かどうか疑わしい。帝が物忌に籠っていたにもかかわらず、最悪の事態が発生したということは、内裏火災ひいてはこの御代の終焉の近さを象徴するものであったと言えよう。さらに、

末の世の例にもなりぬべきことを思しめすもことわりにのみなん。

（六七〜六八）

とあり、後の世の悪い例として、語り草になることへの三条帝の嘆きが語られている。ここは、新編古典全集本が「遷御直後の新造内裏焼亡は、治世が天に受けいれられなかったことの証」と注するように、道長と仲の悪かった三条帝の譲位を当然視する筆致と言えよう。これに直続して次の文が来る。

かかるほどに、御心地例ならずのみおはしますうちにも、もののさとしなどもうたてあるやうなれば、御物忌がちなり。

（「たまのむらぎく」六八）

三条帝の不例を告げ、「もののさとし」とそれによる頻繁な物忌を示す。凶兆として受け取られる、もののさ

としという超自然的な霊力などのお告げと、謹慎・籠居を余儀なくされる否定的な日々は、三条帝の退位を導くのである。先の内裏焼亡が御物忌の日であったことは、帝が籠居し謹慎しているにもかかわらず、凶事が起きているという、宿命的な出来事として象徴的であった。ここでは、その時点よりもっと日常化した、帝位にある最後の日々をはっきり示すのである。この場面の直後、三条帝は譲位し、道長の孫である東宮・敦成が後一条帝として即位した。

三条帝の例のように、物忌に関わって内裏が焼けた例は、栄花物語でもう一つある。ただしこの例は、帝やその御代の衰退現象とは無縁である。巻三十四「暮まつほし」で、後朱雀帝の御世に次のように記される。

その年、五節、臨時祭など過ぎて、「十二月のついたち、内裏焼くべし」とある御物忌の日、まして「今日明日」と申したるを、さしもやはと思しめし思ふほどに、二日と申したる果ての日焼けぬ。御方々出で騒がせたまふほど、恐ろしく言はん方なし。あさましきことをのみ思しめす。

（「暮まつほし」三一〇）

これは、十二月上旬に内裏が焼亡するという、陰陽師のとんでもない勘申が出されていて、後朱雀帝は「御物忌」に籠っているその直後に、本当に火災があったことが語られている。この勘申と内裏火災は、事実として裏付けられるものなのである。火災のことは、「扶桑略記」が長久三年の記事として次のように記している。

十二月八日。丑時。内裡焼亡。火起二右近衛陣北一。天皇儲弐遷二御太政官朝所一。

また、陰陽師の占申に関しても、「帝王編年記」が長久三年十二月八日のこととして、次のように記していた。

内裏焼亡。火起。安倍時親奏云。今夜火事可レ候。勅曰。可レ申二関白一。即参内人々相継成レ群。殿舎案レ水。淑景舎上有二光物一。其體如レ雷。忽以火事。……

前もって陰陽師・安倍時親の勘申がなされており、この日の夜の火災惹起が奏上されているのである。ゆえに、勅命により消火のための用意がなされている。そして予言どおり淑景舎の上が雷のように光り、あっという間に燃え上がったのである。この災害を、陰陽師は予兆し、ぴたりと的中させた。この後朱雀帝については、前代の後一条帝のすばらしさを指摘しつつも、「これはいとうるはしく、御かたちもいときよげに、才おはしまいて、よき帝におはしましけり」（「暮まつほし」三一七）あるいは「御かたちも御心ばへも軽々しからず、あるべきかぎりめでたくおはします」（三一八）として賛美している。

だから内裏の火災は、華やかな後朱雀朝にあって、その御代の盛衰とは関わりなく、陰陽師が占申し、まさにその通り現実化した際立った事例として、記述されたものなのである。

六　「もののさとし」と「御物忌」

三条帝に関する「もののさとし」と「御物忌がち」の組み合わせは、実は、栄花物語にもう一例あった。巻二「花山たづぬる中納言」で、愛妃・忯子の懐妊中での薨去で悲しみに沈む花山帝に関して、次のように語られる。

かくあはれあはれなどありしほどに、はかなく寛和二年にもなりぬ。世の中正月より心のどかならず、あやしうもののさとしなど繁うて、内裏にも御物忌がちにておはします。また、いかなるころにかあらん、世の中の人いみじく道心起して尼法師になりはてぬとのみ聞ゆ。これを帝聞しめして、はかなき世を思し嘆かせたまひて、…　（「花山たづぬる中納言」一三二）

寛和二年の正月から、世の中が不穏な状態で、「もののさとし」が頻繁にあり、当然のように花山帝も「御物忌」がちということになる。さらに、出家者の続出したことが示され、この後、帝は亡き忯子の懐妊したままの死の罪障深さを思い、自分も出家することが念頭に浮かぶことになる。確かにこの寛和二年は怪異現象が多く、出家者も続出したことは史書・古記録類で裏付けられている。だから花山帝の出家への道は、比較的自然に語られていく。しかし、「大鏡」花山紀や道兼伝が語る、道兼らの謀略による花山帝の出家と退位事件と比較すれば、栄花物語では、帝の自主的出家が強調されていることが歴然としている。栄花物語の語りの何たるかが明らかである。

ここは、源氏物語「薄雲」巻の次の部分が、同種の表現として引き合いに出されがちである。

その年、おほかた世の中騒がしくて、公ざまに物のさとししげく、のどかならで、天つ空にも、例に違へる月日星の光見え、雲のたたずまひありとのみ世の人おどろくこと多くて、道々の勘文ども奉れるにも、あやしく世になべてならぬことどももまじりたり。内大臣のみなむ、御心の中にわづらはしく思し知ることありける。（「薄雲」四四三）

世の中が天変地異等で不穏な状態と、「物のさとし」が頻繁であることなどから、光源氏の心の内が示される。栄花物語によく似ているのだが、相違点として、帝（源氏の不義の子・冷泉院）が物忌に籠居するなどといった表現がないことである。「もののさとし」等が続くと、国家的な問題として、大赦、改元など帝位に関わる事象に連なる。よって、栄花物語では帝の「御物忌」がちであることが記されている。天変地異などは、帝の悪政を戒めるべきものとの考え方は一般化している。「日本紀略」によれば、例えば、彗星など天変地異が続くことから、八月八日に永延を永祚と改元している。さらにその永祚二年を、十一月七日、「台風天変」により正暦と改元し、大赦を行っている。しかし源氏物語では、冷泉帝の咎という方向を決して取らないような配慮がされていると言えよう。そのことの一端が、物忌籠居を記さないことに表れているのである。

このように、ともに冷泉帝の皇子で、兄弟でもある花山帝と三条帝の退位直前の物語は、ともに「もののさとし」と「御物忌」がちであることの組み合わせから成り立ち、それらの御代の衰退と限界を如実に表していた。ともに藤原摂関家が担ごうとする近い将来の帝のためには、できるだけ早い譲位が望ましいわけで、脆弱な帝あるいはその御代であることを、意図的に晒していた。帝が物忌に籠居し続けると言う表現は、陰陽道をかなり強固なものとして設定する栄花物語の中では、帝位の存続への疑問の提示でもあったのである。

おわりに

このように、栄花物語での陰陽師の存在感はかなり強く、その占申は、病の快復に大いに役立ったり、仮に外れても、陰陽師への信頼感は、少しも揺るぎないものと言っても過言ではない描かれ方がされていた。陰陽師・賀茂守道や安倍吉平らが、道長や頼通と親しく対話し、心情を共有する場面もあり、一介の陰陽師であることを超えた、情味ある人間性を獲得していたとも言えるのである。これらを通して、陰陽師や陰陽道信仰への信頼度の高さが、否応なく強調されていた。また例えば、七日関白と言われた道兼についての占いが一様ではない時、それは、ごく近い将来、幸不幸が引き続き起きることを、逆に予兆していたことが語られるなど、決して、陰陽師らを批判的に見ることはなかった。

「もののさとし」や「御物忌」などに関して、同じ状況・場面を描く紫式部日記や源氏物語と比較しても、大きな違いが認められた。陰陽道に批判的なそれらに対して、栄花物語では好意的に描かれていたり、陰陽道信仰が確実に浸透していることを前提に、厳然として揺るぎない陰陽道的事象を利用して、道長などにとって相容れない帝の御代の衰退現象を晒すことなどがなされていた。おそらくこれらには、藤原摂関家とりわけ藤原道長が、厚く陰陽道を信仰し、陰陽師を重用していた事実が大きく作用していたと考えられるのである。

（1）藤本勝義『源氏物語の想像力』（平六）二五四頁以下。
（2）特に次章「藤原道長と陰陽道信仰」で扱っている。
（3）繁田信一『陰陽師と貴族社会』（平一六）二四五頁。
（4）注一の二六五頁。
（5）注一の二六八頁以下。

第五章　藤原道長と陰陽道信仰

はじめに

陰陽道信仰は、平安時代の人間生活をかなり規制していたと考えられ、物忌に代表される特に禁忌の思想は、貴族生活の中に日常化されていた。道長や実資ら高級貴族が陰陽道を信仰していたことは、「御堂関白記」や「小右記」などからわかり、ある程度具体的な考察もある。(1)特に道長の信仰は厚く、日記を書きつけた具注暦の吉凶の暦注を、よく見て行動していたようである。

父・為時に従って越前に下向した紫式部も具注暦（この場合は厳密に言えば頒暦）を見ていた。(2)しかし紫式部は、物忌等の陰陽道信仰（それらのほぼ全ては、現代的に見れば迷信と言ってよい）に、ある種の不信感を抱いていたと思われる。(3)もっとも、陰陽道は権力者の権威を示し、政治の無能を糊塗し、社会の固定化をはかるため信条化されたものであるとすると、(4)道長ら摂関家の陰陽道への帰依も頷ける面はあろう。しかし、あらゆる晴の行事、行幸、遠行等のたびに、陰陽師を召し、吉凶を占わせ、日程を決めるなど、これに費やすエネルギーの大きさを思うと、もっと本質的な理由があるように思われる。おそらくその一つに、天変地異、怪異現象、悪夢、疫病流行といった、古代社会での不条理なものへの恐怖心、無力さがあるように思われる。

本章は、そんな本質的理解のための前提として、「御堂関白記」を通して捉えられる陰陽道信仰、特に道長が気にしている凶日の一つ「帰忌日」をめぐって考察したい。

一　「御堂関白記」の帰忌日（一）

「御堂関白記」（以下、関白記と記す）に出てくる凶日としては、例えば「坎日」がある。「坎日」は「九坎日」とも言い、各月に一回、正月節は辰、二月節は丑、三月節は戌の日という具合に該当する凶日があり[5]、長和二年（一〇一三）七月廿七日条で、雨がひどいため相撲召合を延引するに当たって、「明日次日也、従明後日可有」として、廿八日が坎日のため、その日は避けられている。又、長和五年九月一日条にも、賀茂川での道長の禊が、坎日であるため、陰陽師・安倍吉平によって明日への延期が告げられている。

さらに「厭対日」という忌日があるが、道長自身は関白記に具体的にこの凶日の名を記してはいないが、このための制約と思われる例がある。

長保元年（九九九）七月十八日条に頼通の病の事が示されており、転地療養のため橘道貞の家に移ったが、その時「依無日宜用夜半時」と記されている。日が悪いため「夜半」の時間を用いて移居したわけだが、これは、十八日ではなく十九日に移ったことを意味する。一日の概念は寅の刻から丑の刻までであり、「禁秘抄」[6]では、翌日の御物忌のため前日に参籠する時、丑の刻以前でなければならないことを言う。「枕草子」（一三一段「頭の弁の職にまゐりたまひしに」）でも、「明日、御物忌なるに、籠るべければ、丑になりなばあしかりなむ」とある。これらによれば、頼通の移居は十九日の丑の一刻（午前一時）以後と考えられる。この十八日は戊戌で、道長自筆本の暦注には凶日として厭対日とあり、この日は移徙（転居等）の忌日として「吉日考秘伝」などに出てくる。病人の転地のためでも、わざわざ深夜まで待って出ていくのである。

さて帰忌日だが、「陰陽略書」[7]に、

是天掊星精也。一名帰化、一名帰来。其日黄帝不下堂、正月丑日云々不可遠行・帰家・入国・嫁娶、必得病死、已大凶。又云、入新室、皆凶。入官牀死、不出其月。

などと記されている。正・四・七・十月節は丑日、二・五・八・十一月節は寅日、三・六・九・十二月節は子日が凶となっていて、月に二、三回帰忌日が巡ってくることになる。関白記の暦例にも帰忌日については、「其日不可遠行帰家移徙呼女娶婦大凶」と記されている。関白記を通しては、特に「帰家」「遠行」「移徙」を凶としていると思われる。

関白記には「帰忌日」という言葉自体は三例しか出てこないが、本章では、関白記のかなりの部分を構成する、道長の左大臣かつ内覧時代の全ての帰忌日に該当する日の記事を検討することにする。すなわち長徳四年（九九八）七月（現存関白記の最初）から長和四年末までの約二十年弱の期間であり、三条帝御代の終りまでである。この中で、例えば長徳四年八月〜十二月末のように、具注暦だけで道長の書いた記事が全くない日々や、記事がある中で記事のない日が何日にも亘って続いている場合は、帰忌日として取りあげなかった。そうした操作をした上で、A、記事がある帰忌日は約二二〇回、B、記事がない帰忌日（前後には記事のある日が多い）約七〇回、計約二九〇回の帰忌日を対象として考えた。Bは、その日が凶日のために、道長らは表立った行動、例えば遠方に外出したり、大きな行事を行なったりしていないと考えられる。しかし記事自体がないわけだから、これは重視しないこととする。

Aの事例で目立つのは、例えば、寛弘二年（一〇〇五）三月十六日のように、

○為二作文一召二人々一。而春宮大夫悩事尚重、仍停止。従二未時一雨下。

（関白記本文の返り点、句読点は私に付した。以下同じ）

とあるものや、同年三月廿九日の、

○巳時許帥来。於二弓場殿一射弓。従二未時一作文。題花落春帰路。

とあるもののように、道長は外出せず、自邸で作文や射弓等を行なうものである。凶日ゆえに行動が狭められるので、自邸に籠るが退屈もするので、催事も行なうのであろう。

ただし、帰忌日以外に月に四日〜六日前後の物忌や、各種の忌日が何日かあるのが普通なので、帰忌日に内裏に出向き勤務するのはある。しかし遠方へ出かけることはまずほとんどない。「不可遠行」の遠行とは、具体的にはどのあたりからを指すのか不明だが、洛中では遠行とは言えまい。さして遠くはないが、一応洛外に属する法性寺や清水寺（後述する）に出向くのは遠行と考えられる。洛中なら一条内裏や冷泉院、東三条第などへ出かけても、帰忌日ゆえのさほどの支障があるわけではない。だから、内裏に前日候宿して、帰忌日に帰邸する例もなくはない。

しかしなによりも、前日まで遠方に泊っていて、帰忌日に帰邸する例はまず見られない。関白記の三例の帰忌日の中の一つは、長和二年八月十九日条に次のように記されている。

○一代一度仁王會、参二大内一。従レ寺女方同出、留二一条一。是依二帰忌日一也。参二大内一、事了後参二東宮一。……事了退出、参二皇太后宮一、退出、即入レ寺。

道長は、この八月十五日から、法性寺に五壇法修善のために滞在し、この日、一代一度仁王会のために内裏へ出向いた。普通なら自邸に戻り、そこから参内するのだが、帰忌日ゆえに、一条第に留まり、そこから参内し、東宮や皇太后宮へも参るが、最後はまた法性寺に戻っているのである。十九日は戊寅の日で、八月節の帰忌日に当たっている。

また、帰忌日の言葉はないが、長保元年八月四日条の次の記事も同類である。

○暁従㆑出㆓清水㆒、宿㆓惟親宅一夜㆒。

前日まで清水寺に泊っていた道長は、この日、藤原惟親宅に泊っている。翌五日に「従惟親家今朝渡」ともあり、翌朝には道長邸に戻っており、惟親宅に泊る特別の理由は考えられない。清水を暁に出ているくらいだから、自邸に遠いための中宿りなどでは決してない。この日の干支も甲寅で、帰忌日を避けたためと言えよう。

二　「御堂関白記」の帰忌日（２）

一方、次の寛弘六年八月廿日（壬寅）条に記されている「帰忌日」はどう考えればよかろうか。

○参㆓大内㆒。定㆓仁王會僧名㆒、退出。入夜詣㆓法性寺㆒。會㆓修法開白㆒、還来。是依㆓帰忌日㆒不㆑宿也。

法性寺の修法のために、道長は夜に法性寺に出向いている。関白記には、何度も道長が法性寺に泊る例があるが、ここでは、夜中にわざわざ自邸に帰っているのである。もし前日、法性寺に泊っているなら、この日は帰忌日ゆえ、自邸に帰ることはできない。「帰忌」とは天掊星という星の精で、帰忌日には地上に下り来て、人家の門にいて、人の家に帰り来るを防ぐ日[8]とされている。これは先の長和二年の例がよく示していた。

ただしこの日は、無理をしても法性寺に出向かなければならなかったということであろう。しかし帰忌日は

「不可遠行」の日でもある。先の例でもはっきりしているように、法性寺は遠行の対象となっている。遠行としないためには、その日のうちに帰って来ることという、ある種の逃げ道があったと考えるべきであろう。陰陽道信仰には、逃げ道が割合ある。例えば「物忌」とあっても、出かけなければならぬ時は「覆推」によって軽い物忌となり、ほとんど支障がなくなる場合が少なくない。かまわず物忌が破られることもある。なによりも、陰陽師自身が誤まった占申をすることさえある。所詮、迷信なので、結果的には問題がないことが多いので、こんなこともあると思われる。

遠行しても、何とかしてその日のうちに帰邸すれば、帰忌日の凶に該当しないといったところであろう。また帰忌日は移徙忌日でもある。転居・旅行等を禁じるわけだが、ここはむろん転居ではないので、宿泊を伴う出行がタブーと取れば、このことも関係してこよう。以上のことから、次の例も同様に考えることが可能である。

道長は長和元年五月廿三日（庚寅）に、息・顕信の受戒に列するために、比叡山に登った。

○従二東坂一登レ山、付二梨本房一。催二新發受戒事一。午後登二戒壇一。

この時のことは「小右記」の廿四日条に、「左相府昨日寅剋許出京、騎馬自二東坂一登山、卿相・殿上人・諸大夫騎馬前駆、従二檀那院辺一以レ石投二前駆一」又、「巳剋許致二梨下房一」さらに「事了申時許経二初道一下山、途中遇二甚雨一」などと記されている。

それぞれの傍線部が示すように、まず「寅剋許（午前四時頃）」騎馬にて出京し、「巳剋許（午前十一時頃）」叡山の東塔の梨下房に着き、そこで顕信の受戒の事があり、次いで「午時（正午頃）」東塔の戒壇院に登った。全てが終り「申時許（午後四時頃）」下山した。つまり、道長ら一行数十人（「小右記」）は騎馬で早朝出発し、約七時間もかけて東塔に登り、またその日のうちに京に戻ったのである。帰りの方が少し速いかもしれないが、途中「甚雨」に遇っており、夜道ともなるので、六時間ほどで帰れたとしても夜十時頃となる。かなりの強行軍であり、なぜ途中で中宿りしなかったのか不思議でもある。

例えば寛弘元年八月十七日、延暦寺不断念仏会のため、道長は早朝に叡山に登っている。しかし一泊する予定で出かけているのである。先の例同様、上達部ら付き随う者も多い。この日はいくつかの僧房に分散して宿泊している。翌日は「辰剋（午前八時頃）」（「権記」同日条）下山している。法会の時間に合せて早朝に京を出発するのは当然としても、このように一泊するのも当然である。

又、長和二年五月一日条に、道長男・教通が前日比叡山に行き、坂下で一泊し、この朝登山して舎利會に列したことが記されている。

もっとも道長は、長和元年四月五日に叡山に登り、その日のうちに下山している。この時は顕信に会うためのもので、「巳時登着、未時還」とあるように、四時間ほどの滞在で下山している。法会ではないため、午後二時頃にはもう下山を始めている。翌日には擬階奏や賀茂祭を控えて斎院御禊前駆定などの公務もあり、宿泊するわけにもいかなかったのであろう。実資は「小右記」で、この登山を祭という神事の前の叡山行きとして、不快の思いを抱いている。道長も予め、叡山には饗応をせぬように言っているようで、のんびりする気はなく、日帰りは予定の上で計画を組んでいたと考えてよい。

結局、長和元年五月の強行軍は、その日が帰忌日であることによって、説明がつくことになる。遠行あるいは旅行・宿泊を禁じた帰忌日のため、なんとしてもこの日のうちに帰邸したかったのであろう。この時、山憎が騎馬の列に投石しており、叡山への騎馬登山の例なしとして、「小右記」は「相府当時後代大恥辱也」と記す。また天台座主・覚慶も、投石は三宝の為すところだと言っている。この年四七歳の道長が、かくまでして牛車や輿

ではなく騎馬によったのは、その日のうちに帰るための時間的制約があったためであろう。(9)

三　「御堂関白記」の帰忌日（3）

もう一例、関白記に記される帰忌日は、次の寛弘三年十一月二七日条である。

○頭中将来仰云、明日除書尚可二奉仕一。他人可レ無レ便者。奏云、奉二仕除目一後十二箇年未レ申レ障。而此度上表後、即奉仕有レ憚。即被レ仰云、尚奉仕者。申二可レ参由一。欲レ参間帰忌日也。上表後参内可レ無レ便。可レ忌由人々云。問二光栄朝臣一處、可二重忌一由。仍以二三位少将一、奏二此由一被レ免了。

この場合はやや複雑である。この前日、道長は、左大臣職を辞す上表をし却下されている。帝は廿七、廿八日の両日御物忌のため、道長に参籠して廿八日からの除目に奉仕するよう要請した。廿七日になり、頭中将を使として再度要請があったが、道長は、この十二年、支障を来して除目に奉仕しなかったことはないとして、今回は上表後すぐの奉仕は具合が悪いとして拒絶した。しかし帝からさらに要請があり、今度は仕方なく受諾して参内しようとした。しかしその時、帰忌日であることに気付いた（多分、具注暦を見たのであろう）。それで新たに、上表後の参内が不都合で、忌むべき由、周囲の者も言っている。そこで陰陽師・賀茂光栄に見てもらうと、重く慎むべきと言う。それで、このことを奏上し、除目奉仕が免じられたということである。却下されたとは言え、辞表を提出した直後に、官吏任命に携わる除目の上卿を務めるのは不自然である。ここでは、それが帰忌日ゆえ重く忌むべきこととされているのである。

この場合は、遠行して宿泊できないケースとは違う。先にも触れたように、勤務先である内裏に候宿することは、特に問題はない。

例えば長保二年正月十一日の帰忌日に、

○候大内、

とあり、又、同年二月十八日条にも、

○参内、宿候、院参、

とあり、さらに寛弘元年三月六日条に、

○未時許参内、候宿、

と記されている。これらは、簡略な記事からも、特に候宿しなければならぬ理由があったとは考えにくい。帰忌日に規制されず、宿泊しようが帰宅しようがかまわなかったと言うべきであろう。

さらに、除目に絡む次の例は参考になろう。寛弘六年九月十三日条に、

○従二今日一有三召仰除目一、参内、其儀如レ常、戌時了、候宿、

として、翌日「除目儀了」ともあるように、除目前後は帰忌日に関係なく候宿しているのである。だから先の寛弘三年の例も、帰忌日ゆえに候宿できないから、参内しないとしているのではない。先に引いた「陰陽略書」の中に、「入官牀死」と記されていたことに注意したい。「陰陽略書」の他の記事の中に、「移徙日」「嫁娶日」「出行日」などと並んで「入官日」「着座日」の項目があり、それぞれ吉日、忌日が示されている。「着座日」の中に「臨官者、著座之義也」と記されており、また、「陰陽雑書」の中に「著座吉日」の項があり、そこに「初参日」「参官忌日」の語もあり、具体例として貞信公や道長、頼通らの任官、着座の年月と干支が示されている。例えば道長は、「永延二年正月廿九日丁卯、任権中納言。同年二月十九日丙午、著座」とあり、それぞれが吉日であることを言っている。

このように見てくると、道長が除目に臨むのを忌むのは、任官・臨官・着座と関連する入官を凶とする帰忌日であれば、むしろ当然と言えるのである。あるいは上表直後であるので、この除目は一旦辞職の意を表した道長の再任官をも意味するということで、帰忌日「入官」は死を招くとする、陰陽道の禁忌に抵触すると考えられたとも言えよう。

このように検討してくると、道長がいかに帰忌日に拘っていたかが鮮明になる。関白記の記事からはっきりしているが、行幸、重要な宮廷行事、遠行等は、往亡日、凶会日、炊日、帰忌日などの凶日には、ほとんど行なっていないのであり、行幸等の日程を占申する日でさえ、凶日を避けることが多いのである。晴の儀式等に吉日を選び、凶日を避けるのは当然とは言える。しかしこれらを徹底すれば、人間の行動自体が規制されることになるのである。

道長のような時の最高権力者が、このように陰陽道信仰に緊縛されると、政治・社会に悪影響を及ぼすことは想像に難くない。先の比叡山登山にしても、道長男・顕信に会いに行ったり、受戒に列するためという、道長個人の問題と言ってもよい出来事のために、上達部・殿上人等、数十人が早朝から夜まで付き随うという、異常事が現象しているのである。道長の他の私的な催事、遊び事にも、同様に高級貴族が参加していることも、関白記などからはっきりしているのである。

おわりに

関白記の中から、先に触れたように、約二九〇日もの帰忌日、特にAの約二二〇日を一つずつ見ていって、そのほぼ全てが、前日までに遠行して宿泊していて当日帰宅するといったケースがないことを確かめた。さらに当日遠行することさえ数例しか見当らず、しかも、その日のうちに帰邸するという徹底ぶりがわかった。二二〇例を越える帰忌日の95％以上に、遠行等が見られないのは、むろん偶然事などではない。

平安中期に見られる国司の任国赴任の日が、三四例中三三例まで、陰陽道の「出行吉日」に当っているという事実が思い出されるところである。[10]

本章で考察した範囲で言えば、道長は、帰忌日に異常なほど神経を使っており、できる限り遠行を避け、仮に遠出した場合、その日のうちに無理してでも帰邸しようとし、また前日以前から遠出をしている時は、この忌日には決して帰ってこないよう心がけていたのである。そのためには、いつも具注暦を見て行動を考えていたことが知られるのである。

これは道長が、目に見えぬ陰陽道の神を恐れているからであり、禁忌を破ることによる祟りを恐れていることを意味する。「小右記」や「権記」を見ても、実資や行成がそこまで陰陽道を信仰しているようにはとても思われない。道長は時の最高権力者として、他の高級貴族とは違った立場・考え方からの発想をしていた面があると考えられる。歴代権力者に政治的敗者の怨霊が憑依するパターンがあったが、生涯病気がちであった道長の心には、常におぞましい怨霊の恐怖心が底流していたと考えられた。[11]

陰陽道の凶日を恐れ慎む道長は、実は、この怨霊を恐れ続けることと同類の心理状態にあったことが想像されるのである。怨霊を避けるに、さして積極的な手立てがあるとは言えないが、同様に陰陽道信仰も、主に禁忌の思想により、消極的に慎み憚るしかないのである。あとは、怨霊の場合の加持・祈禱のように、陰陽道の祭・祓等を行なわせて、物忌・方忌・方違をするといったようなことにしかならないのである。しかし、かような信仰に身を置くしかない道長の、最高権力者ゆえの保守性と孤立した悲哀が感じられもするのである。

（1）村山修一『日本陰陽道史総説』（昭五六）第六章「宮廷陰陽道の様相」一七九頁以下。
（2）藤本勝義『源氏物語の人ことば文化』（平十一）三七三頁。
（3）藤本勝義『源氏物語の想像力』（平六）二七三頁。
（4）注一の一九〇頁。
（5）中村璋八『日本陰陽道書の研究』（昭六〇）の中の「簠簋内傳」による。
（6）新訂増補故実叢書「禁秘抄考註」による。
（7）注五の中村氏著書の中の「陰陽略書」による。
（8）内田正男『暦と時の事典』（昭六一）五〇頁。
（9）他に例えば、寛弘元年九月七日に、道長は琵琶湖西岸の辛崎へ解除のため赴いたが、「晩景」に帰ってきたことも、この日が帰忌日であることと関係している可能性がある。
（10）注二の四〇八頁以下。
（11）藤本勝義『源氏物語の〈物の怪〉』（平六）一六四頁。

第六章　平安朝の解夢法

はじめに

平安朝に生きた人々にとって、夢見は、その内容によって大きな意味を持った。漢文記録等に頻出する「夢想」は夢告げとして、人々の精神や生活を規制することが多かった。例えば「権記」長保三年（一〇〇一）五月二六日条に「此夜夢来八月十五日可重慎」とあるが、その八月十五日条には「有所慎籠居」と記されており、三ヶ月前の夢告げを遵守し、行成は当日行動を慎み、自宅に籠っているのである。このような例は枚挙にいとまがないくらいである。本章で扱う課題は、それらの提示や分析にではなく、平安朝文学・文化を理解するための背景として、もう一歩踏み込んだ、夢合せ・夢解きの現象や、解夢法に関わる分析を行なうところにある。陰陽道書における夢占いや、解夢書をめぐって、あるいは夢解きの実態など、多様な角度からの分析を試みたい。

一　「新撰六旬集」の占夢

夢解きは基本的に陰陽師の仕事ではない。夢解きの根本理論は、陰陽道書では扱われない。ただ、貞観十三年（八七一）に陰陽師・滋岳川人が勅により「六甲」を撰進した、それをさらに撰進したものとする（実際には中世以降の成立）「新撰六旬集」が、干支等の組み合せによるそれぞれの日の占夢を示している。この書は、六壬式占という占法（他に亀卜・易筮などがある）に則っており、上が円形、下が方形の回転可能な天地式盤を用い、主として天盤の十二支と地盤の十二支を用いる。(1) 例えば「新撰六旬集」(2)の最初に次のように記されている。

甲子 一勝先臨酉為用、将青龍、卯朱勾、子后白卦、四時三光、春亦三光、正月・七月、高蓋駟馬。占恠夢、四時就婦女、財物及宅内有奸人、若正月・七月、就官有慶、若就孕勤行、期四十日、及五・八月壬癸日、年酉、子孫。占病、春夏貴神祟、秋冬立王時、道路鬼祟、解謝有應也。暮時膰地、卦三交也。卦四時三光。占夢、春夏依財物、有大驚、秋冬立王時、有病事、慎期四十日内、及五・六・八月庚辛日也。酉卯年女人當之、慎之。
占病、……（以下略）

「占恠夢」部の前の記述や、「占夢」の前の「暮時……卦四時三光」が、占いの根拠を示す部分（課式部分）である。その中の「青龍」は、十世紀末に成立した安倍晴明撰「占事略決」(3)の中の「十二月將所主法第四」に、

前五青龍木神、家在寅、主錢財慶賀、吉将。

とある吉将で「錢財慶賀」と関わっている。又、「子」は、やはり「占事略決」の中の「十二月將所主法第五」に、

十二月神后水陽神、吉治存子、為北辰、主婦女陰私事。

とある「神后水陽神」のことで吉神である。さらに「后白」はそれぞれ「天后」「白虎」で、

後一天后水神、家在亥、主後宮婦女、吉将。

あるいは、

後五白虎金神、家在申、主疾病死喪、凶将。

と記される吉将と凶将である。前者は「後宮婦女」とあり、後者は「疾病死喪」と関わってくる。すなわち、占いにある「財物」「就官有慶」は、「青龍」と関連し、「四時就婦女」や「若就孕勤行」（懐妊のこと）は、「天后」や「神后」と関わっていると思われる。又、「有病事」は「白虎」の関係であろう。

　しかし、これらの占夢の最大の欠点ともいうべき問題点は、多様な夢の内容に応じた占夢ではないことにある。特定の日の特定の時間の「佐夢」には、結局は夢の細かい内容にかかわらず、画一的な夢判断がなされるのである。だから、この占夢法が行き渡るはずもなく、他の陰陽道書で、同類の占夢が扱われることもほとんどなかった。記録類に多く出てくる諸社寺で起った怪異や災害・天変地異等の占申を、安倍氏・賀茂氏という陰陽道の二大家を中心に、他氏陰陽師や法師陰陽師を含めて行なっているが、物忌の期日等、陰陽師によって違った指摘がなされがちである。吉事・凶事はほぼわかっているにもかかわらず、占法の違いなどから、三者三様の占申がなされもするのである。[4]

　まして、千差万別の夢の内容をほぼ無視した、月日や時間の干支等の組み合わせでの占夢に依存するとしたら、それもおかしな話である。「小右記」永祚元年（九八九）七月十三日条に、法師陰陽師と思われる法師の占夢のめずらしい例が出ている。実資が「去夜」の「夢相」を「難レ知二吉凶一」として円照已講に相談している。円照は「有二慶賀事一歟」としてその期日等を推断している。夢の内容には触れていないが、当然、吉夢としても、こう

いった期日は夢の内容に無関係の占断なのである。
一方、十一世紀初め頃までに成った「政事要略」（新訂増補国史大系本）に、陰陽師・弓削是雄の夢解きのことが記されている。「弓削是雄式占有二徴験一事　善家異記」と題され、「内竪伴宿禰世継」の「悪夢」を是雄が占うわけだが、「令下是雄一占中夢吉凶上。是雄転レ式」とあり、式盤を使った六壬式占によるものと思われる。しかし、この占夢の内容は「今昔物語集」（巻二四―十四）にもあり、非現実性の強い説話の類である。六壬式占による諸怪異現象の占断は、平安中期以降かなり行われていくが、占夢に関しては、「新撰六旬集」を見てもわかるように、まれに「就官有慶」「貴人后妃慶事」などの吉事もあるが、基本的には「占恠夢」なので、「貴人死喪」「内乱」「口舌」「父母病死」「後宮女争」「疾病」「息子疾病」「失財物」といった凶事ばかりが目立ち、わざわざ陰陽師に占夢を依頼しに来る者もいなくなるだろう。夢見は怪異現象と違って、きわめて個人的なものでもあり、いくら「慎」の「期日」等を指摘されるにしても、謝礼を払ってまで不吉な事を言われに行く者は、ほとんどいないだろう。

この画一的な夢判断は、古代中国で行なわれていたと考えられる「六甲占夢」と通じるものがある。文王の子、武王の弟として知られる周公旦の解夢書と言い伝えられるものを邦訳したとされる「夢卜集要指南」の中に見られるものを示したい。「夢卜集要指南」は「周公釈夢諺解」と記されているが、宝暦四年（一七五四）の序文のあるもので、中国伝来の解夢書によっているのは確かといってよいが、古代中国のものをどれだけ正確に伝えているかは定かでない。江戸時代の習俗等が取り入れられているものもあるからである。ただし、句読点を施した漢文と、その下にその和訳を示す形式からも、資料とする価値はあろう。「夢卜集要指南」[5]の中の「鮮《トクノ》レ夢《ユメヲ》尅《コク》應《ヲウ》篇《ヘン》」に「六甲夢占」として次のように記されている。

表11

甲《キノエ》子《子》ニ	夢《ミレハ》他家ニ 有《リ》ニ遠行一	甲子の日夢見れば他の人遠方、ゆく事あり
丙《ヒノヘ》子ニ	夢《ミレハ》東家ニ 主《ル》レ失《フコトヲ》レ財ヲ	丙子の日は東方の家に財宝を失ふ事あり
戊《ツチノヘ》子ニ	夢《ミレハ》自家ニ 有《リ》ニ官職一	戊子の日は手前の家に官職を進む事有
庚《カノヘ》子ニ	夢《ミレハ》自家ニ 有《リ》ニ酒食一	庚子の日は自分の家に酒食の事あり
壬《ミヅノヘ》子ニ	夢《ミレハ》東家ニ 有《リ》ニ口舌一	壬子の日は東方の家に口舌事あり
乙丑《キノトノウシ》ニ	夢《ミレハ》西家ニ 有《リ》ニ酒食一	乙丑の日は西方の家に酒食の事あり

これが干支の組み合せで六十例出てくるわけだが、表から分かるように、夢の具体的内容にはいっさい無関係で、干支による暦日だけを問題にする占夢である。

又、この「六甲夢占」に引き続いて、「十二直日鮮《クノ》レ夢《ヲ》占」として次のように示される。

表12

建《ケン》《タツ》	夢《ミレハ》主《ル》レ有《ルコトヲ》二大財一	たつの日夢見れば 大に財宝を得事有
除《ヂヨ》《ノゾク》	夢《ミレハ》主《ル》レ有《ルコトヲ》二疾病《ヲ》一	のぞくの日夢みれば やまひ事あり
満《マン》《ミツ》	夢《ミレハ》求《メテ》レ謀《コトヲ》 遂《フ》レ意《ニ》	みつの日夢みれば はかり事心にしたがふ
平《ヘイ》《タヒラ》	夢《ミレハ》主《ル》二百事吉《ナルヲ》一	たいらの日夢みれば 万事みな吉なり

これも「建」から「閉」まで、十二例出されているが、この表からも「十二直」のそれぞれの日だけが問題になっていて、夢の内容にはいっさい無頓着なこと「六甲夢占」と同じである。先の「新撰六旬集」はもう少し複雑とはいえ、本質的には同類である。これらの解夢法が、一般人に広く受け入れられるはずもないのである。むしろ「夢卜集要指南」の釈夢篇があげる、具体的な夢の内容に則した解夢例の方が参考になる。例えば次のように記されている。

○天開《ハ》口舌《アリ》 事不《スラ》レ成《ラ》 (天ひらくと夢みれば必ず口舌ごとあり諸事心をついやせども成就せざるなり)

○日月照《セハ》レ身《ヲ》得《ル》二官職《ヲ》一 (日月我身を照らしたまふと夢見れば官職を得るの吉事あるなり)

○日月交触《スレハ》　孕婦吉《ニ也》（日月の蝕するを夢見れば必ずはらみ女子よろこび事あり）

これらは、先の六壬式占や六甲占夢のような陰陽道に基づく解夢法ではない。中国の典拠、故事を前提としたものが少なくない。なによりも吉夢が多い。陰陽道の中心は、物忌、方忌等が示すように禁忌の思想であり、凶の夢判断が多いのは当然である。「夢卜集要指南」等については後述する。

陰陽師の夢に関する仕事としては、むしろ次の例のような占いにあると言ってよい。つまり、「小右記」永延二年（九八八）十一月十九日条で、祭使・内蔵頭藤原高遠が、賀茂臨時祭を延引すべしという夢想を得た時、陰陽師の慶滋保遠と安倍吉平に延引すべきかどうかを占わせている。又、「小右記」治安三年（一〇二三）閏九月一日条で、実資の顔の傷についての夢想―焼き柘榴の皮と桃核の汁をつけると良い―を、信じてよいかどうか陰陽師・中原恒盛に占わせている。

ともに、いかに夢告を受け入れる時代背景があるといえど、個人の判断で決めかねる重大事（後者は、間違うとかえって傷を悪化しかねない）ゆえ、陰陽師の卜占が要請されたのである。

では、平安朝の占夢は、誰がどのように行なったのであろうか。そのことを次に扱っていきたい。

二　古記録の夢解き

「二中歴」[6]の第十三に「陰陽師」として、先にあげた川人（滋岳）、奉平（懸）、賀茂氏の忠行・保憲・光栄・守道ら一族や、安倍氏の晴明・吉平等、そうそうたる名前が二十七人記されている。又、「宿耀（曜）師」として、法蔵、仁宗、仁統、證昭ら三十人の名があげられている。彼らは「小右記」等にも名前が出てくる著名な人物が多い。さらに、「易筮」として、弘法、浄蔵ら二十六人の名が記され、一方、「相人」として、洞昭ほか二八人の

名がある。しかし「夢解」として名があげられているのは、
世児《ヨチコ》　世千成《ヨチナリ》　院讃　都々　横頭
のわずか五人にすぎない（振り仮名は原文による）。しかも、「宿曜師」らの、いかにも法師など、それらしい名に比して、正体不明といった名前である。院讃が法師のような名であるが、あとは非貴族的、むしろ庶民的な名前なのである。彼らの名を記録類から見出すことは、まずできない。身分、社会的地位が低いため記されない、といったことはあろう。しかし、「夢解」等占夢者を表すことばも、ほとんど記録類には出てこないのである。たしかに、「蜻蛉日記」には夢解きが出て来ている。しかし、「権記」「小右記」等に多くの具体的な夢が示されているが、夢解きの専門家の姿はほとんど見られない。むろん夢想・夢告のほとんどは、夢解きの必要はない。それらを受け入れるかどうかの問題である。

一方、夢解きする時の解夢法はどのようなものであったのか。後に触れるが、解夢書の類がこの時代行き渡っていたとは考えにくい。特に貴族階級や僧侶等を除くと、庶民的な夢解きらの手に、解夢書があったとはとても考えられない。夢解きのような職業が成り立つためには、権威付けは不可欠であり、そのために拠所となる学識・経験、さらには解夢書等に則った確かな解夢法が必要であろう。

では、実際、夢見に対してどのように対処しているのかを見ることにする。

①「権記」長保三年（一〇〇一）四月廿四日条

早朝惟弘来云、去夜夢予詣二金峯山一、得二金帯・金劔一。吉想也。

橘惟弘の見た夢を記し、吉夢としているが、金峯山参詣と金帯・金劔を得たとなれば、誰でも吉夢と判断できよう。常識の領域といってよい。

②「小右記」治安三年（一〇〇四）七月十九日条

（藤原資房の病気の折）去夕令レ祈二申東寺一。有二二夢想一。経相夢大鳥来食二大蛇一飛去。是即以二尋汲一令レ轉二読孔雀経一之験也。大鳥孔雀也。

これは源経相の夢に、大鳥が現れ大蛇を食らい、飛び去ったのを、孔雀経転読の効験としているが、大鳥＝孔雀＝孔雀経という類推による単純な夢解きがされており、これも頭で考えられる範囲のものである。

③「御堂関白記」寛弘元年（一〇〇四）七月十一日条

今朝被二御夢一。飲酒御覧せり者。即奏云、雨下歟、酉時許奏、天気宜、退出後、午後小雨下。有レ事レ感。有二雷声一。

日照りが続く時の一条天皇の飲酒の夢に対して、道長が「雨下るか」と夢解きをし、それが的中したもの。これも酒を飲むことから雨を類推したわけで、②と同類ともいえる。ただし道長は、次の例からもわかるが、占夢に強い関心を持っていたようである。

④「権記」長保二年九月四日条

「宿所で衣装を解いた時、右少弁が束帯姿で太政官文書を請印のため持参した」という藤原行成の夢を、九月六日に道長に話すと、「是吉想也。努力亦莫レ語二他人一」と言い、そのついでに道長は、入道相府（兼家）の弱冠の時、初叙位を給された夜の夢のことを示したとある。

大弁の前でも文書に捺印することがないのに、まして少弁が捺印を請うことに夢の中でも驚いている。この時、正四位下・右大弁といえ、参議にもなっていない行成としては、大それた夢であったろう。道長が、従一位・摂政太政大臣にまで昇りつめた兼家の若年期の夢を持ち出したのも、この年二月の彰子立后に当って、大いに協力した行成と親密な関係にあった道長なれば、尚更頷けよう。ここで道長は、この吉夢を決して他人に語るなと諭すが、これも道長の夢占いへの関心の強さの表れといえよう。

九世紀末に成立した菅原道真編「類聚国史」(7)に、仁寿三年（八五三）九月卒の僧延祥の見た夢について次のように記されている。

延祥曰。夢臥二七重塔上一。爾レ時三日並出。光照二身上一。護命曰。吉不レ可レ言。慎勿レ語レ人。

七重塔の上に臥し、身を光に照らされるといった瑞夢に対し、師僧の護命は、吉夢を他人に語ってはならないと諭すのである。人に語るなということは、何による知識なのか。保延二年（一一三六）以前に成立したと考えられる賀茂家栄撰「陰陽雑書」(8)に「不語夢日」という項目があり（一般陰陽道書で夢について触れるのは、ほぼこのことに限られる）、次のように記されている。

正未申戌、　二申酉居巳、　三申酉戌、　四未卯午亥、　五子卯午亥、　六子丑卯亥、
七辰卯子丑、　八寅辰亥、　九寅卯戌、　十辰巳、　十一申未戌、　十二午未亥、
又説、　四未卯午亥、　八辰子寅、　九寅辰亥、
子日見夢向南、五反拝除二千罪、得十萬福。
丑日見夢向北、六反拝除四百罪、得三百福。
寅日見夢向南、五反拝除二千罪、得一千福。
（以下略）

正月では未・申・戌の日、二月では申・酉・亥・巳の日に見た夢を人に語ってはいけないなどとするわけで、吉夢だけを常に人に語るなといっているのではない。

又、永仁二年（一二九四）以前にはおおよその内容は成立していたとされる「拾芥抄」(9)の「養生部第三十九」に「夜勿レ説レ夢」ともある。

一方、占夢書では、先の「夢卜集要指南」が、

又《タ》夢之善悪並《ヒニ》勿《レハ》レ説《クコト》為レ吉《ト》（又いはく凡そ夢はその善悪とともに必ず人に語るべからず則ち悪夢化して吉と成るなり）

と記し、吉・悪夢ともに他人に語るなとしている。

これらからも、道長が行成に吉夢を人に語るなと言ったのは、何に基づくか判然としないが、陰陽道に厚く帰依していた道長が、陰陽道書の影響を受けていたことはありうるが、解夢書を（直接見たのではないにしても）媒介にしたとも考えられるのである。

一方、このことと同時に、兼家の昔の夢をも大切にしていることは、道長が夢解きに関心を持ち、そのために夢の事例をストックしていた可能性をも示しているのである。それが③や④の即座に夢判断を行なっている基盤になっていたとも考えられるのである。

⑤「小右記」長元二年（一〇二九）九月廿四日条

実資の夢想で、清涼殿の東廂で関白頼通と「懐抱臥間」として、次のようにある。

余玉茎如レ木、所レ着之白綿衣太凡也。恥加しと思程夢覚了、若可レ有二大慶一歟。

夢の中でも恥ずかしいと思うほどの内容なのに、ここに記すのは、大慶を予想できる瑞夢だったからであろう。ここだけではわからないが、この日の直前に関白頼通が辞表を出していることと関連していると思われる。漢文記録での「慶事」の大半は栄達を意味する。ここもわざわざ占夢させるまでもない吉夢と解せるものであったろう。

⑥「権記」長保四年二月九日条

今夜室女夢与レ余共見二明月一。

妻が行成と一緒に明月を見る夢を見たとするわけだが、それを聞いた行成が、わざわざ記したのは、吉兆と見たために違いない。日や月に照らされる夢から吉事を予想するのは、むしろよくあることと言ってもよかろう。しかし、ここでは、具体的にどんな吉事を考えたのか。それはこの時点では定かではない。例えば先にあげた「夢卜集要指南」では、前に触れた、

日月照《セハ》レ身《ヲ》得《ル》二官職一（日月我身を照らしたまふと夢見れば官職を得るの吉事あるなり）

という解夢例が示されている。あるいは「夢卜集要指南」などの中国系の占夢書と違い、独自に発達した(10)と言われる「夢合延寿袋大成」(11)には、

よくさへたる月見のていを夢に見れば男女ともに心の楽しみ多しとしるべし

とも記されている。しかしこれらの夢解きでは、夫と妻の二人が関わるわけではない。一方、現在見ることのできる夢占い書としては最も古い「諸夢吉凶和語鈔」（「夢卜集要指南」はこの増訂本）には、

A與二婦人一共《ニ》坐《レハ》大《ニ》吉《ナリ》（女とならびゐると夢見れば万事さいはひ有りてよし）

というのがある(12)が、この「大吉」は、これが「夢二夫妻産孕《ゆめみるふさいさんようを》一篇」の中に記されていることから、妻の懐妊を暗示しているのである。「夫婦が共に居る」夢は妻の妊娠の兆しということになる。さらに「夢卜集要指南」「鮮《クノ》レ夢《ヲ》雑占」の中に、

B夢《ミレハ》二月照《スヲ》レ身《ヲ》妻有レ娠《ムコト》（月輪我身を照らし給ふと夢見れば妻妾はらむことあるなり）

と記されており、このBにAを付随させれば、妻が行成と共に月に照らされたという夢は、妻の懐妊を予兆する

のである。

この当時、高級貴族の大半が、入内する女子を持つことを期待していたが、この時、従三位参議・右大弁で三十一歳の行成が、かような思いを抱いていたとしても、きわめて自然なことである。事実、この夢から約八ヶ月後の十月十四日に女児が誕生している。仮に予定日頃に生まれたとすれば、一月頃懐妊ということになる。これが、もう少し前なら尚更、二月九日の夢見の時点で、既に行成の妻の妊娠の可能性は知られていたと考えられる。ならば、二月九日の夢は、懐妊・出産という吉事が確かにイメージされていたと言えるのである。ただし、女児誕生の二日後、母子ともに死去するのだが（母は赤痢で）。

つまり、行成が妻の夢を記したのは、かような吉事を予兆したからであり、その背景に、「夢卜集要指南」のような占夢書などを基にした知識があったことが想像される。むろん、平安中期にかような占夢書の類が普及していたとまでは考えにくい。しかし、次の三以下で述べるように、平安末期〜中世には、少なくとも、一部で使用されていたと考えられるのである。

三　周公解夢書

源氏物語「浮舟」巻に、次のように記されている。

（母君）寝ぬる夜の夢に、いと騒がしくて見えたまひつれば、誦経所どころせさせなどはべるを、やがて、その夢の後、寝られざりつるけにや、ただ今昼寝してはべる夢に、人の忌むといふことなん見えたまひつれば、おどろきながら奉る。（浮舟一九四頁）

これは、浮舟が入水を決断した後の浮舟巻末付近で、母・中将の君が夢の中で、胸騒ぎのするような浮舟の様子を見て、心配のあまり書いた手紙である。母が娘の死を予感していることを示し、「人の忌むといふこと」――具体的には、不吉で死を予感させるような病身などを、夢で見たことがわかる。ここは、現代の注釈書類がこぞって、次の「河海抄」所引の一行を引いている。

解夢書日夢見病人必死

この「解夢書」が具体的に何であるかはわからないが、この白文の書き方から、中国伝来かそれに類するものであることは想像される。「諸夢吉凶和語鈔」には、次のように病人と死とを結合させた解夢例が出ている。

○病人来往走《シレハ》　主《ル》レ死《ヲ》（病人走りゆくと夢見れば必ず死すること有りてわろし）
○病人装束《レハ》　主《ル》二死亡《ヲ》一（病人装束する夢見れば必ず、死のうれひ有りてわろし）
○病人哭《スレハ》　疾　未《タ》レ得《ス》レ痊（病人泣くと夢見れば万事とのはずして病有るものはいえがたし）

このような解夢例を記した解夢書の類があったことが推測されるのである。

又、「若菜上」巻での次の明石入道の夢に関しても参考となる事例がある。

…わがおもと生まれたまはむとせしその年の二月のその夜の夢に見しやう、みづから須弥の山を右の手に捧げたり、山の左右より、月日の光さやかにさし出でて世を照らす、……（若菜上一一三）

明石女御が男御子を出産したことを聞き、入道は深山への入山を決め、最後の消息を明石上宛に送った。明石上が生まれようとした時の夢語りで、この夢は正夢となるまで秘められていたのである。この例とともによく引き合いに出される「蜻蛉日記」の、

いぬる五日の夜の夢に、御袖に月と日とを受けたまひて、月をば足の下に踏み、日をば胸にあてて抱きたま

ふとなむ、見てはべる。これ夢解きに問はせたまへ。

（下巻一九〇頁）

という石山の殺断ちの法師の夢がある。仰々しい夢なので夢解きさせなかったが、来合わせた「夢合はする者」に他人の話としてさせると、作者が女子を産み、后などにして、思い通りの政治を行なうといった類の夢解きをした。これらの夢は普通、「過去現在因果経」に因るとするが、それだけとはいえない。日や月は、中国の史書などに王侯の出生の兆しとしてよく見られる。さらに「夢卜集要指南」が、

○抱《キ》三負《ヘハ》日月一貴《キコト》侯王（日月をいだき負ふと夢見れば必ず高官又は大名のごとく尊き身となるなり）

○呑《メハ》二日月《ヲ》一主《ル》レ生《スルヲ》二貴子《ヲ》一（日月を呑むと夢見ればかしこき男子をもふくる事あり大に吉事なり）

と占夢例をあげているように、日や月を手の内にすることを高い位に就くことの吉兆としている。この後者の「呑日月……」は、一般占い書ではあるが夢占いが大部の量を占め、かつ現存類書では最も古く、宝永六年（一七〇九年）の序文のある「八卦蓬萊鈔」(13)にも、

夢に日月をのむと見ればたつとき子を生む

と記されている。これは実は、「花鳥余情」も引いているという事実がある。明石入道の夢語りについて、「過去現在因果経」を長々と引き、「……山の左右より月日のさし出たるは月は中宮日は東宮にたとふれはあかしの上の御女中宮にたちて東宮を生給へき瑞也……」として、明石女御が中宮、生れた御子が帝への道を進むという解夢をした後に、

又夢に日月を呑とみるは必貴子を生ともいへり

と記しているのである。これは、「夢卜集要指南」の記す「呑日月……」なる漢文をほぼ書き下す体であり（「八卦蓬萊鈔」も同様）、何らかの中国系の夢占い書の存在を暗示するのである。

しかも、明石巻で、故桐壺院に夢の中で睨みつけられ、光源氏のことなどあれこれ言われた朱雀院に対して、弘徽殿大后が「雨など降り、空乱れたる夜は、思ひなしなることはさぞはべる」と言ったことについて、「河海抄」は、

周公解夢書曰周礼六夢
一曰正夢　二曰悪夢　三曰思夢　四曰寤夢　五曰喜夢　六曰懼夢
此内《ニ》無風之夜無憂喜酔之時分明為正夢云々

と注しており、「周公解夢書曰」と明記しているのである。「夢卜集要指南」は、

釋《ス》二六夢《ヲ》一
周禮曰《ニク》六夢《トハ》一曰《ニク》正夢謂《フ》二無《クシテ》レ感《ズル》而自《ラ》夢《ミルヲ》一也……二曰《ニク》噩夢有《テ》レ所《ニ》二驚愕《スル》一而夢《ミル》也……三曰《ニク》思夢因《テ》二于思憶《ニ》一而夢《ミル》也……四曰《ニク》寤夢因《テ》二覚《ムル》時《ニ》所《ニ》レ為《ス》而夢《ミル》也……五曰《ニク》喜夢因《テ》レ所《ニ》二喜好《スル》一而夢《ミル》也……六曰《ニク》懼夢因《テ》二于恐畏《スルニ》一而夢《ミル》也《ナリ》

として、周公解夢書の同様の解説付きの六夢を記している。この「夢卜集要指南」の影響を受けている「夢合長寿鑑絵抄(14)」の序では、六夢をもっとすっきり、次のように「河海抄」と同じように示している。

周禮に六夢とて夢に六あり一に正夢二に噩夢三に思夢四に寤夢五に喜夢六に懼夢といふ

「河海抄」の成立は一三六二年であり、このように日本の中世には、何らかの中国系の夢占い書が存在した可能性がある。正夢とは、喜んだり悲しんだり、心に欲する所もなく感じるところもない状態で、自然に夢に見たことを指すとする解説だが、「河海抄」の引用の中の「此内無風之夜……」は、まさに、「夢卜集要指南」などが示す「正夢」の意味と同じなのである。もっとも明石巻の弘徽殿大后の言ったことはこの逆であって、だから「正夢」ではなく信じるに足らないと言っているのである。

それでは、「河海抄」の時点より早い鎌倉時代や平安時代に、夢占い書は存在しなかったのか。この点を次に扱いたい。

四　夢書をめぐって

平安時代最末期から鎌倉時代初頭にかけての九条兼実の記録「玉葉」(15)の、寿永三年（一一八四）六月廿六日条に、次のような記事がある。

此日、天文博士廣元持　来奏案。太白犯　井云々。文云、天子浮㆑船失㆓珍宝㆒云々。為㆓西主㆒不快之変歟。又廣元云、今旦寅刻夢想云、余夢、今両三日之中可㆓昇天㆒云々。余披㆓夢書㆒之處、上天者為㆓萬人之主㆒。又得㆑官得㆑財、最吉云々。

天文博士・廣元が天文奏に関する話のついでに、今日の午前四時前後に見た夢想について語っている。それは兼実がこの二三日中に「昇天」する夢であるとする。昇天はむろん死ぬことではなく、天に昇り天帝に近付くことを意味する。傍線部「余披㆓夢書㆒……」は、同じく廣元の夢中のことと取れなくはないが、この具体的で念の入った表現の二文は、後に兼実自身が夢書を披見した結果を記したものと見るべきだと思う。上天（天帝・上帝といった意で使っている）は万人の主であるということと、これは栄達と富貴獲得の最吉夢であることが示されているとしている。

この「夢書」とは具体的には何をさしているのか定かではないが、当然、解夢書のことであろう。「夢書」という書物は、既に中国の「隋書」(16)巻三十四（経籍志二十七）に次のように出てきている。

占夢書三巻京房撰占夢書一巻崔元撰竭伽仙人占夢書一巻　○占夢書一巻周宣等撰新撰占夢書十七巻并目録夢書十巻○解夢書

二巻…○雑占夢書一巻

「玉葉」が記す「夢書」がこれらの系統のものか、これらを現在見ることができないので不明というしかない。しかし「玉葉」の記す夢解きの部分から知られることもある。「玉葉」の作者兼実は、長い間、摂関の地位につくことを望んできた。多くの夢のことが記されているが、そのほとんどが、任摂関を予見する吉夢ばかりである。しかし、右大臣の地位に長く留まり、何年も「吉夢」にすがりながらも、なかなか夢かなえられず、平家滅亡後やっと後鳥羽天皇の摂政となった。その間、兼実の望みを知っている妻や親しい者たちが、兼実のための吉夢を見たと言ってきて、それを兼実は記したりしている。だから、引用した天文博士の夢も同類で、兼実の摂関への栄達を予兆するものなのである。その方向でも、「上天」の夢はこの上ないものといえよう。

明の時代の陳士元の書いた「夢占逸旨」（全八巻）の巻三に「天者篇」があり、そこに、

天者群物之祖至尊之位故日天子者天帝之子也(17)

と記されている。天は万物の祖とするのは、「玉葉」の「万人の主」とするのに類似するし、「夢占逸旨」ではこれに引き続き、「乗レ龍上レ天」「上レ天為二天帝所一レ怒」などといった、宋の神宗、漢の光武、許楊などの天に昇る夢として述べられている。しかし、かような事例が具に記されているだけで、細かい解夢がなされているわけではない。

だから「玉葉」の言う「夢書」は、「夢占逸旨」の系統（「夢占逸旨」が影響を受けたと思われるもとの本の）とは、あまり関係がないように思われる。

むしろやはり、周公解夢書の系統のものかと思われる。それは「夢卜集要指南」に「第一　夢二天文一篇」（天の事を一切夢見るの部）があり、そこに「上天」や「天」に関わる具体的な占夢例がいくつも出ており、「玉葉」の

引用の傍線部と関わってくると見ることができるからである。例えば、次のように記されている。

○上《テ》レ天《ニ》取《レハ》レ物正侯位《ニ》（天にのぼりて物をとると夢見れば其人高き官位にのぼる事あり大によし）
○飛上《テ》レ天《ニ》者主《トル》二冨貴《ヲ》一（我身飛びて天にのぼると夢見れば次第に冨貴の身となるなり）
○生《シテ》レ翼《ヲ》飛《ヘハ》レ天《ヲ》主《ル》レ得《ルヲ》レ官《ヲ》（我身につばさを生じて天を飛びめぐると夢みれば官録を得るの喜び有り）
○上《リ》レ天《ニ》上《レハ》レ屋《ニ》得《ル》二冨貴《ヲ》一（高天にのぼり家屋に上る夢見れば財宝に富み位貴事を得る）
○抵《イタル》レ 天《ニ》者《ノハ》 大貴吉利《ナリ》（高天にのぼりたると夢見れば莫大なる貴人となる万事吉事を得てよし）
○登《ノボリ》レ 天《ニ》下《リ》来《ルハ》 主《トル》二位落《ルコトヲ》一（天にのぼりたれどもかゑって下界にさがると夢みれば我身零落す）

〈後の三例は「諸夢吉凶和語鈔」にあり〉

いずれも、天に昇ることと、官を得たり、財を得たりすることを結びつけているのであり、この解夢のパターンはまさに、「玉葉」の「夢書」の記すところと一緒なのである。

このように見てくると、平安末期には、中国伝来の本をもとにした何らかの解夢書―たぶん周公解夢書系統のもの―が、ごく一部の高級貴族あるいは僧侶などの手元にあった可能性が考えられるのである。

ただし、そのような解夢書が、貴族なら貴族の間に流布していたとは考えられない。無論それは、記録類にそれを感じさせる記事がないことからも言える。例えば「台記」(18)では、時々、年末等にその年読んだ書物を列記している。康治二年（一一四三）九月三十日条には、この何年もの間に読んだ膨大な量の書籍名・巻数が記されている。「経家三百六十二巻」「尚書十三巻抄」「周礼十二巻抄」「史記五十一巻」「漢書九十二巻」「新唐書帝紀十巻」「新楽府二巻」「孔子家語廿巻」「御覧百卅八巻」など、全部で七十数書「都合一千三十巻」が示されている。しかし、そのなかに夢占いに関する書籍名は全くない。ただ天養元年（一一四四）十二月三十日条の後に「天養元年所レ学」として「周易巻第一」「周易一部十巻」「周易正義一部十四巻」などをあげ、最後に、「以上百十九巻之内、親見七十三巻」と記した中に、「混林雑占自筆抄不二懸勾一」という書物の名が見られるが、この占いの本の中に、あるいは夢占いに関わる部分があったかもしれない。「台記」の筆者・藤原頼長は、「愚管抄」の中で、慈円から「日本第一大学生」と評される程の博学な人物であったが、その読書対象に占夢書の類がないのは、やはりそれらがほとんど流布していないことを示すものと言えそうである。

さらに、「台記」天養元年七月九日条に次のように記されていることにも注目したい。

去七日寅刻夢。吉凶問　占夢者。下女人也、俗呼二鳴夢説一曰大吉也。俗曰大吉也。

頼長が七日の寅刻に見た夢想（内容は記されていない）の吉凶を占わせている。その「占夢者」は「下女人」で「俗に夢説と呼び鳴る」とする。占夢者を俗に夢解きと呼び慣らわしていると、わざわざ記すのは、逆に、「夢解き」という占夢者が、高級貴族の間であまり利用されていないことを物語っているとも言えよう。諸記録に常に登場してくる「陰陽師」などとは、全く比較にならないほど、貴族の間で市民権を得てはいないことがわかるのである。夢解きはそれだけ社会的地位が低い、いわば占夢者の権威がないことが示されているのである。事程さように、解夢は難解で当てにならなかったとも言えよう。平安時代の夢判断は滑稽とも言える程、非科学的なものので、解夢書、夢解きを問わず、厳然とした寄るべきものが存在するはずもなかった。吉凶を具体的に占っても、具体的であればあるほど結果を伴わず、解夢を願った者の信頼をなくすことになる。当っても偶然でしかないわけだから、夢解きとしての職業が成り立つはずもなかったのである。

おわりに

平安朝の解夢法は、陰陽道によるもの、中国伝来の占夢書に基づくもの、常識や経験から吉・凶を判断するものなどが考えられた。中国伝来の系統の夢解きの根拠として、中国の故事や帝王・諸侯の出生譚や逸話などがあったことも考えられる。陳士元の「夢占逸旨」にも、それらの事例が多く見られる。

又、俗信による夢判断も当然ある。例えば「権記」寛弘八年七月十二日条に、行成が以前に見た一条帝崩御に関わる夢想について記している。それは夏の末の夢で、大雪が天より降ることに、天皇崩御を予見するとともに、「俗以二夏雪之夢一為二穢徴一也」と記しており、「夏の雪」を凶兆とする俗言があったことが知られる。あるいは又、時代は下るが、「春記」[19]長暦四年（一〇四〇）八月二七日条に「南殿上見レ在二大虵一」と記され、「永昌記」[20]嘉承元年（一一〇六）七月二五日条には、「御格子上有二小蛇一、……神事有レ蛇或為二吉相一、……」ともあり、蛇を吉兆と見る考え方があることが示されているのである。

一方、本章の二で、道長が夢の事例をストックしていた可能性に触れたが、そのような例として、「台記」康治元年（一一四二）五月十五日条で、藤原行成が家屋崩壊の夢を見て、程なく死去したことのほか、御所や法勝寺九重塔の崩壊の夢と人の死を結びつける例を記していることなどあげられる。

しかし、夢解きの姿が稀に見られても、市民権を得ているとはほとんど考えられないように、解夢の拠所となり、占夢を権威付けるものが確固として存在することはなかった。それは、現代でも夢の本質が解明されたとは言えない「夢」そのものの、不可思議な現象に因るところが大きいと言ってよい。仮に吉夢と占い具体的に予兆したとしても、科学的根拠がないわけだから当然外れることが多く、人々は訳の分らないまま、夢に惑わされ続けることになるのである。それはなによりも、夢は夢見る者の作り出したものではなく、夢を見るのは魂であり、夢見るものから独立した存在であり、又、夢の送り手は神であると見なされていたことに発するからと思われるのである。[21]

（1）小坂眞二「陰陽道の六壬式占について（上）―その六壬課式七二〇局表―」（「古代文化」三八巻七号　昭六一・七）

（2）「新撰六旬集」の引用は中村璋八『日本陰陽道書の研究』（昭六〇）の校訂本文による。引用部は一八四頁。

（3）「占事略决」の本文引用も注二に同じ。

（4）小坂眞二「物忌と陰陽道の六壬式占―その指期法・指方法・指年法―」（古代学協会編『後期摂関時代史の研究』平二）

（5）「夢卜集要指南」は東北大学狩野文庫本による。尚、訓点等は原文のままで、邦訳は適宜、私に漢字を当て、送り仮名を付すなどした。他の占夢書も同様である。

（6）改定史籍集覧本「二中歴」による。

（7）新訂増補国史大系本「類衆国史」による。

（8）「陰陽雑書」の引用は注二の中村氏著書の校訂本文による。引用部は一一一～二頁。

（9）新訂増補故実叢書本「拾芥抄」による。

（10）江口孝夫『日本古典文学夢についての研究』（昭六二）四〇七頁。

（11）「夢合延寿袋大成」（天保十一年版）は早稲田大学蔵本による。

（12）「諸夢吉凶和語鈔」（正徳三年版）は東北大学狩野文庫本による。

（13）「八卦蓬莱鈔」は東北大学狩野文庫本による。尚、注十の江口氏著書（四〇七、四三四頁）では、「八卦蓬莱鈔」は、中国渡来の夢占い書の原典となった「周公釈夢」に拠ったと見るべきで、かつ、日本に伝わる古くからの夢占いの痕跡も見られるとする。

（14）「夢合長寿鑑絵抄」は安政四年刊の東北大学狩野文庫本による。

（15）国書刊行会本「玉葉」だが、本文はすみや書房刊（昭四一）の復刻版による。

（16）和刻本正史『隋書（一）帝紀志』（古典研究会　昭四六）による。

（17）『藝海珠塵』所収の「夢占逸旨」による。尚、注十の江口氏著書に「夢占逸旨」の解説がある。

（18）史料纂集本「台記」による。

（19）増補史料大成本「春記」による。

（20）増補史料大成本「永昌記」による。

（21）西郷信綱『古代人と夢』（昭四九）五二～五三頁。

（本文中に引用した「権記」「小右記」には、私に返り点を付した。）

第七章　源氏物語の夢想――王朝の夢告の実態との関連

はじめに

夢は、平安時代の人々にとって、大きな意味を持つことが多かった。夢の内容によっては、精神生活を規制することが頻繁にあったのである。しかし、こういった夢に対する当時の考え方や、夢の実態の把握は、それほどされているわけではない。文学作品の中での夢の現象をあれこれ言うことは少なくない。しかし、漢文記録類の夢を調査するものはあまりない。(1) 前章では解夢法を主眼として考察したが、一方、文学作品での夢を云々する前提として、当時の社会での夢が、いかなる位置を占めていたのかを把握する必要はあろう。

源氏物語などが、物語展開の中に、夢を位置付けていることの意義を云々する前に、それはいかなる必然性があったのか―つまり、現実社会と関わりがあったのかを問題にする研究はこれまでほとんどなかった。本章では、源氏物語の長編的契機として夢や夢解きが用いられていると思われるのは、いかなる夢の原理に則っているのか、といった本質的な問題をも考えて、平安朝文学―特に源氏物語の特性を考えようと思う。

すなわち、思想・信仰・習俗等に関連した源氏物語の文学的特性を、その作品内部だけを弄くり回して捉えることにはあまり意味がないことを認識し、時代性を十分考慮して探ろうとするものである。いわば、歴史との往還を通して作品を考察するという、当り前のことをしようとするだけである。

そのこともあって、まず次の一では、源氏物語等の夢の考察に入る前に、夢の現われ方、受け取り方の実態を見てみたい。

一　夢の実態

夢の中でも、夢告げ・夢想がどのように記録されているかをあげる。

①「小右記」永祚元年（九八九）十二月二六日条

参院。忽令レ書ニ写一部法花経一、為ニ忠義公一今日供養、…御夢想内有下受ニ大苦悩一之告上。仍俄所レ被レ始也。

この例は、本編第一章で少し触れたが、円融上皇が故藤原兼通のために、法華経を書写・供養し、昼に読経、夜に懺法を行ったことが記されている。円融上皇の夢の中で、兼通が往生できず苦患を味わっている旨訴えられ、追善供養が求められたためである。関白太政大臣であった兼通は、円融帝の貞元二年（九七七）十一月八日、五十三歳で薨去している（「公卿補任」）。だからこの夢想は、兼通死後十年以上も経ってのものである。現世に執を残したのか、罪障深かったのか、いまだに極楽往生できないでいると考えられたわけである。こういった考え方は類例も多く、この時代の普遍的なものであった。だからこの場合、当然のように筆者・実資も、何ら違和感を抱いてはいない。

②「小右記」正暦四年（九九三）閏十月六日条

（道兼の実資への言葉）一昨夜夢、菅丞相有下可レ贈二太政大臣一之夢上、昨・一昨物忌、仍今日詣二関白一申二此由一、早可レ奉レ贈二太政大臣一者。

内大臣道兼が、菅原道真に太政大臣位を追贈すべきという夢想を得て、関白道隆に贈官を進言したことを記す。実際、その月の十九日にはこのことが決まっている。実資はその夢想の内容が、太政大臣位を追贈した左大臣時平と同等にせよ、ということではないかと「思慮」する。この年は疱瘡が流行し、既に五月二十日に、生前右大臣だった道真に、「左大臣正一位」を贈っていた（『日本紀略』）。御霊信仰を背景に、疱瘡の流行と結びつける道真霊を慰撫すべく、閏十月に再度追贈したのである。この夢想は、冤罪により道真を失脚させた張本人である時平と、官位を同等とするという意味（と実資は受け取っている）で、周囲に感慨を催させている。夢想の意味は重いのである。

③「権記」長保五年（一〇〇三）十一月二五日条

此夜、夢逢二野《ママ》道風一。示云、可レ授二書法一。言二談雑事一。

これは行成が小野道風に会い、書法の伝授を受けたという夢で、既に四十年近く前に死んでいる道風の顔も知らないわけだが、三蹟の一人、能書家の行成ならではの夢と言うべきであろう。夢想にすがる時代性を考えると、夢中とはいえ伝説的な小野道風に出会ったということで、行成は書の道での自信を深め、一方、得意げにこの夢のことを吹聴したのではなかろうか。

④「権記」寛弘二年（一〇〇五）二月六日条

甚雨。夜来有二夢想一。仍召二神官一令レ祓、陰雲忽収、青天見。有レ感也。

春日社に詣でた行成は、昨夜来の雨について夢想を得、それによって神官に祓いをさせたところ、たちまち天気が回復したことを記している。夢告げの霊威に、行成は身震いしたことだろう。

⑤「御堂関白記」長和元年（一〇一二）五月一日条

賀茂祭雖レ有二触機事一、神御心尚可レ有レ祭也。是則斎院下部弁院御夢催事度々見給云々。……前年小野太政大臣夢想同レ之。

賀茂祭に関して、触機の事があったが、斎院・選子内親王や下部の、祭を催すという夢想により行なったことを記す。そして、太政大臣・実頼の同類の夢想のことも示されている。実頼は天禄元年（九七〇）五月に薨じているので、四十数年以上前の夢想のことが記されているわけで、「夢想」の影響力の大きさが窺われるのである。

⑥「御堂関白記」長和二年二月二六日条

（頭書）「八月寅時」通夜雨降、暁方有二両度夢想一。

道長の二度の夢想は不吉なものであったらしく、翌三月の三日条に、明救僧都に修善を行わせていることが示されている。この夢想の具体的内容は、「小右記」の同年三月一日条に、次のように記されていることからわかる。

近江守来語次云、去月廿六日夜左府見下可レ被二重鎮一之夢上。夢寤詣二仏前一、被レ致二祈請一。夜中重示二八月重厄之由一、有二恐怖気一者。

道長の見た夢は重く慎むべしというもので、来たる八月が重厄であることを重ねて示されたという。「御堂関白記」の頭書にある「八月寅時」はそのことを記していたわけで、寅時が特に不吉な時間帯になるのであろう。道長は、自分に不都合なことや不吉なことなどを記さぬところがあり（2）、自分には分る暗号のように、「八月寅時」とだけ記したが、「小右記」の記事によって知られたのである。恐ろしさもあってか、道長は側近の藤原知章

（近江守）に漏らしたのである。その後、道長は、八月まで毎夜念誦堂で精進するとも記されている（「小右記」同年三月七日条）。夢想の力、恐るべしと言えよう。

⑦「小右記」万寿二年（一〇二五）十月二〇日条

或云、前日院女房夢。入道殿男子・女子可レ死者。尚侍相二合夢想一。其後関白以下有二恐懼一云々。

小一条院の女房が道長子女は死ぬという夢を見たことが示されている。この年八月五日に道長女・嬉子が薨じており、この夢と符合することに関白頼通以下が恐懼しているともされる。信じたくない不吉な夢想だが、既に二ヶ月少し前に道長女が死んでいるわけで、道長の子女が戦々競々となるのも無理はない。

このように様々な夢想が受け入れられ、この時代の人々の生活を規制することがあった。夢想は、人間のこれからの言動に制約を与えたり、その引き金になったりもした。「権記」長保元年八月十九日の行成の夢は、「蔵人頭を辞職すべし」というもので、九月七日の辞状の上表はそういう例の一つである。もっともその辞状は却下されてはいるが。夢を受け入れるのは、なによりも夢という現象の摩訶不思議さにより、それが正夢となったりするなど、将来に期待を抱かせる霊的神秘性があるためである。将来への期待とは、現世利益志向のものには栄達が望まれ、来世では当然極楽往生への願いである。

正夢に関しては、例えば「権記」長保三年二月三日条に、行成が夢に源成信の出家を告げる書状を受け取り、覚めた後、あわてて宮中や道長邸等を巡り、成信本人から「正夢也」と言われるところがある。事実、二十三歳の成信は翌日三井寺で、藤原重家と共に出家を遂げたのである。

又、「権記」寛弘五年（一〇〇八）三月十九日条の行成の夢に、諸僧宿徳が多く参入し、中宮彰子の男子懐妊が示されている。同年九月十一日に敦成親王出産があるわけで、行成にとつてまさに正夢であった。九月十一日条に「仏法之霊験也」と記した行成の胸中に、当然、三月十九日の「諸僧宿徳……」が反芻されていよう。紫式部日記は、中宮出産の栄華的日記執筆を、道長側から依頼されて書かれたものであろうが、道長側は男子出産を確信しているからこそ、紫式部に依頼したに違いない。その前提に、行成の夢想を道長が聞いたかどうかは別として、陰陽師らに占わせて、男子誕生、将来の帝誕生が示されていたと考えるべきであろう。

ただし、次のように信じたくない、信じられない不吉な夢の例もある。「権記」長保三年五月二一日条に、行成は、

今日以後五位已上可レ亡者六十人、汝在二其中一。

として、死を予告される。すぐに「夢通二虚実一」と記し、当らぬ夢があることを言い、当然、受け入れようとはしない。死ぬべき者が六十人という多数により、一人や二人死なぬ者がいても不思議はないといった考えが巡ったかもしれない。しかし不安に戦くのも当然で、神仏の加護を期待し、五十日間もの仁王経講説を依頼するのである。さらに五月二六日に「来八月十五日可二重鎮一」なる夢想を得る。前の夢想の流れから、八月十五日は特に死の危険性が強いと受け取られよう。その八月十五日にはまさに「有レ所レ慎籠居」と記されている。これらによって、行成は死の呪縛からほぼ解放されたと言ってよい。

又、「小右記」長和五年五月十八日条に、心誉律師の夢想として、故大僧正観修や上臈の僧らが、道長の「明年必死」を告げたことが示されている。病気がちで、明年五二歳の道長の死は、夢でなくとも予想されてもおかしくはない。心誉はすぐさま祈禱をするが、この夢想が的中するのではないかと思っている。道長にこのことは伝わっていないようだが、結局はこの夢は当らなかった。しかし、もともと仏道に帰依する心の厚い道長のこと、夢想がはずれても、長年の道長の善行が延命を生んだと、周囲には受け取られるところであろう。

このように、夢を近い将来の予兆として位置付けている時代には、「以二虚夢一来三告處々一、以二其事一為レ便者」（「小右記」正暦四年三月十八日条）とあるように、作り事の夢を貴族に示し、それで謝礼を得る僧侶なども出現した。それらは多くは吉夢であろうし、聞く方としても悪い気はせず、疑わしいと思っても、お捻りを与えることはあったはずである。

一方、自分自身の見た夢告げに、不信感を抱く者もいないわけではなかろう。それは、将来への期待感が強く、何度も夢想によって期待し、そのたびに裏切られていくといった体験が絡んでいると思われる。「蜻蛉日記」の作者などはそれに該当しようが、その夢については後述する。

二　更級日記・蜻蛉日記の夢想

更級日記の夢は、単に記録性からのみ云々することのできない固有の性格を持っていると考えられる。例えば、源氏物語全巻を入手して貪り読み、例の「后の位も何にかはせむ」と思っている後に、作者は夢に、「いと清げなる僧の黄なる地の袈裟着たるが来て、法華経五の巻をとく習へと言ふ」（三五頁）と見たが、全く無視したと記す。また、物語にばかり熱中していると、夢で、「このごろ皇太后宮の一品の宮の御料に、六角堂に遣水をなむ造ると言ふ人あるを、そはいかにと問へば、天照御神を念じませと言ふ」（三七）と見たが、やはり、人にも語ることがなく、何ら気にとめることもなかったとしている。この作者十四歳の出来事を、書かれている通りに受け取ると、このような具体的で細かい夢の内容を、無視したにもかかわらずなぜそこに記したのか、という矛盾が感じられるのである。

作者の晩年に再構成したと思われるこの作品は、当然、その時々のメモ類を前提としているに違いない。特に、ここにあげた後者の夢など、実際に作者が見た夢を記したと思われる内容と言ってよい。

しかし問題は、本当に物語を貪り読んでいる時に見た夢なのかどうかである。そんな時に、仏道に帰依する気の全くない十四歳の少女が、具に夢を記すとは思われない。もし記述通りにその時点で見た夢なら、気になるからこそ記したはずである。又、物語などに熱中するあまり、現世享楽主義的な点を周囲から注意されたり、少しは自分自身でも感じるところがあったり、そのような日々を反省することがあるなどするからこそ、「天照御神を念じませ」などという現世執着を咎める夢想を得たのだと考えられる。

そうでなければ、これらの夢の一部は創作であるか、違う時に見たものを、作者の考える展開のもとに、効果的にそこに配置したものと言えよう。

ただし、清水寺の夢告げの次にある初瀬の夢想は、代参した僧の夢ということで、事実と考えられる。もっともその夢は、僧の作りものである可能性がなくはないが。ただこの夢は、吉凶両方が示されていることから、作者らは信憑性のあるものとして受け入れた可能性は強いと思われる。長谷観音に奉納するための一尺の鏡を持参した僧は、夢に、鏡の片面に倒れ伏して泣き悲しむ人の姿が見え、もう片方には、真新しい御簾の下から華やかな出衣が見え、庭前で梅や桜が咲き、鶯が鳴き渡るという明るく楽しい風情が映し出されていたことを告げた。吉凶両面が如実に示されたわけだが、例によって作者は、「いかに見えけるぞとだに耳もとどめず」と記し、自分の将来の運勢に関心を持っていないことを表している。しかし、代参の僧の夢想の記述はきわめてこと細かに示されており、明らかに意図的な表現と考えられる。この時点より二十数年後の康平元年（一〇五八）、作者五一歳の時、夫・俊通の死に立ち会い、

ただ悲しげなりと見し鏡の影のみたがはぬ、あはれに心憂し。（一一二四）

というような述懐に結びつけるべき構成のもとに、設定されていると見ることができるのである。泣き悲しむ人の姿はむろん、夫の死を暗示していることになる。

「更級日記」最後の夢は、著名な「天喜三年十月十三日の夜の夢」（一〇八）で、作者の家の庭前に「阿弥陀仏」が立ち、「のちに迎へに来む」と言う、限りない吉兆を表わしていた。この夢は、周知のように、実は夫の死の三年前のものなのに、作者は意図的に、夫の死の記述後に書いている。この夢で、自己のこれまでの人生の総決算をしようと試みているように思われ、全体的に作品のおおよその見取り図を用意しておいて、それにそって執筆し、夢も選びぬいて位置付けている、すなわち夢を効果的に枠組に使って作品を構成していると考えられるの[3]である。日記というスタイルをとりながらも、物語的展開や構成がなされ、そこに夢が生かされているのである。このような夢の方法や構成の仕方は、源氏物語の影響によるところが大きかったと考えられる。

一方「蜻蛉日記」や「宇津保物語」の夢想は、源氏物語になにがしかの影響を与えていると見ることができる。「蜻蛉日記」の夢は十例ほどあるが[4]、作者三五歳位までは全く記されてなく、兼家との愛に真に絶望するようになると、夢の記述が出てくると見られる。天禄元年（九七〇）七月の石山寺での夢は、

この寺の別当とおぼしき法師、銚子に水を入れて持て来て、右のかたの膝に沃かくと見る。（一二五頁）

と記されている。この「銚子」「膝にいかく（注ぐ）」から、抑圧された願望・欲望と関わらせる見方があるが、この夢の存在は、そのような意味を担わされてはいまい。むしろ現下の懊悩からの救済を暗示する、霊験譚的な夢告げとして受け取られていたであろう[5]。作者は目を覚ました後、「仏の見せたまふにこそはあらめ」（一二六）と思い、一層しみじみと感慨を催し、悲しく思われるのであった。兼家との仲が険悪な状態で、その苦哀からの解放を求めた石山詣にあって、見るもの聞くもの全てが涙をさそう、悲しみの対象となるものばかりであつた。

「更級日記」の清水・初瀬詣のような、夢告げを得ることを目的とする旅ではなかったにせよ、道綱母は毎夜、石山寺の御堂に上り、祈りを捧げている。石山寺の本尊は現世利益を目的とした観音菩薩だから、作者も、死後の極楽往生などを考えていたわけではなく、近い将来の幸せを祈願したものと思われる。だからこの夢想は、仏の見せたものとして感慨深かったわけだが、同時に悲しさをも感じているのは、兼家との関わりがかなり絶望的であり、兼家を頼りにすることや、今後の夫婦生活がなまなかなことでは良い方向に向かわないことを知り尽しているためでもあろう。あるいは、執筆時の回顧的心情が投影されているのかもしれない。

天禄二年四月の夢は次のようにあつた。

二十日ばかり行なひたる夢に、わが頭をとりおろして、額を分くと見る。悪し善しもえ知らず。七八日ばかりありて、わが腹のうちなる蛇ありきて、肝を食む、これを治せむやうは、面に水なむいるべきと見る。これも悪し善しも知らねど、かく記しおくやうは、かかる身の果てを見聞かむ人、夢をも仏をも、用ゐるべしや、用ゐるまじやと、定めよとなり。（二三八～九）

長精進の折の二つの夢想で、前者は出家した夢で、これ以前に、仏を念じ「とく、(御弟子に)しなさせたまひて、菩提かなへたまへとぞ」（二三八）と記していたわけだから、この時点での作者の願いが受け入れられたことを意味するはずである。しかし、続けて、夢の吉凶が分からないと記しているのは、出家が作者の本心からのものではないということと関わろう。後者はよく知られた夢で、胎内で蛇が肝を食むのは、フロイト流の精神分析的解釈では、性的フラストレーションを示すものでもあろうが、先の石山寺での夢告げ同様、「沃る」(注ぐ)が使われており、絶望的な思いを救済する方向性が示されていると捉えるべきところであろう。しかし作者にとっての現実は、一条の光明も見出せないほど、日々、懊悩に苛まれるもので、これらの夢想を信じて、素直に明るい希望を明日に抱く気にもなれないほど、追い詰められていたと思われる。何度となく期待を抱きつつ、ことごとく裏切り続けられれば、なまじの明るい夢告げなど、心から信じる気にもなれまい。ここには、道綱母の累積した暗い体験と、鬱屈した固有の人間性が大きく作用しているのである。夢想を基本的に信じないということでは決してないのである。

「蜻蛉日記」下巻の天禄三年二月の、前章の三でも少し触れた「穀断ち」の法師が作者に関して見た夢は、

御袖に月と日とを受けたまひて、月をば足の下に踏み、日をば胸にあてて抱きたまふとなむ、見てはべる。

これ夢解きに問はせたまへ。（一九〇）

と記されている。夢解きに尋ねろと言っているが、夢合せするまでもなく、めでた尽しの夢であることが誰にでも分るものである。作者が「おどろおどろし」と思うのも当り前である。ばかばかしいと思って放っておいたところ、ちょうど夢解きをする者が来合せたので、他人の話として夢判断をしてもらったら、帝・朝廷を意のままにするような権勢を得るといったことを言われたとある。この展開は話がうますぎるように思われる。あまりに大げさな夢なので、誰にも占わせないでいた折も折、そこに夢解きが来た、というところが空々しい。その後、夢合せがおかしいのではなく、夢想を言ってよこした法師が疑わしいとも記している。このあたり、権勢とは無縁の将来を経験した上での脚色があるところであろう。虚夢であるかどうかは別として、大吉夢を鵜呑みにはできないほど、将来は見えていたと言えるかもしれない。又、侍女の夢として、

この殿の御門を四足になすをこそ見しか。（一九一）

と語られたことや、作者自身の夢として、

右の足のうらに、男、門といふ文字を、ふと書き付つくれば、驚きて引き入ると見しを問へば、……

ともあるところは、「大臣公卿いできたまふべき夢なり」と夢判断がなされている。どうかと思いつつも息子・道綱の将来の思いがけない幸運を期待する気持も表しているのである。道綱が一人前に見えてくるとしても、日記擱筆後のことと言ってよく、その時点でさえも、作者の道綱に対しての期待感はあったはずである。

「蜻蛉日記」の作者は、決して夢告げを信じなかったのではない。むしろ、吉夢に裏切られてもなお、夢想にすがろうとする、夢告げに希望を繋ごうとする姿勢が見られるのである。来世を志向するなら、仏道に帰依すればよいが、道綱母は、兼家との幸せな夫婦生活、繁栄、息子の栄達といった現世での夢を追い求めている。その時、ままならぬ日々にあって当てにするとしたら、吉兆を示すべき夢想以外にはなかったと考えられるのである。

三　明石入道と光源氏の夢想

「蜻蛉日記」の「穀断ち」の法師の夢と似通ったものとして、源氏物語「若菜上」巻の明石入道の夢がある。明石女御が男御子を出産し、明石一族の栄華の極致を確信した入道は入山するが、その折、明石の君宛に最後の消息を書いた。前章で述べたことなので簡略に記すが、「みづから須弥の山を右の手に捧げたり、山の左右より、月日の光さやかにさし出でて世を照らす、…」（若菜上一一三）という瑞夢は、正夢となるまで秘められていた。既に若紫巻にて、良清の口を通して、明石の君の将来について入道が特別の考え（高き志）を持っていることが語られていた。「蜻蛉日記」やこの入道の夢は、普通、「花鳥余情」が引く「過去現在因果経」に因るとする。ただそのような夢想は、経文によらずとも、王侯の出生を暗示する日や月は、中国の史書などにもよく見られるし、この夢程度の解夢は、源氏物語の作者などにとっては、常識の域であったとも考えられるのである。この夢は、

（一九一）

それら先蹤を超えた入道の人生や生涯の核を回顧的に包含する、緊密な構成を示しているとはいえ、決して源氏物語の独自性が際立つといったものでもなかった。それは夢想を享受する時代性が確立し、記録類にも文学作品にも、既に記されており、平安朝の人々にとって、とっくに共有されている神秘的な現象であったからである。

「若紫」巻の光源氏の夢は、源氏物語の三つの予言の一つとして、長編的契機をなす重要なものとなっていた。

中将の君も、おどろおどろしうさま異なる夢を見たまひて、合はする者を召して問はせたまへば、及びなう思しもかけぬ筋のことを合はせたり。「その中に違ひ目ありて、つつしませたまふべきことなむはべる」と言ふに、……（若紫二三三～四）

源氏が帝王の父となることや、須磨流謫をも暗示するあまりに有名なこの夢占いは、長編物語の必然的な展開の読みを領導するコードとなっているのである。これは重大な密事であるため、他人の見た夢というわけにはいかない。源氏自身が見た夢であり、夢解きにより、源氏が自らの将来の運勢を認識すること、特に藤壺の生んだ御子が自分の子であることを確信するエピソードは、なくてはならぬ物語要素なのである。

この重要な夢と夢占いも、決して源氏物語独自の創造物というわけではない。若紫巻のものに比べ、スケールも小さく、物語構成上も冗漫さが目立つにしても、次の宇津保物語「俊蔭」巻の夢に、その先蹤がある。

俊蔭女が仲忠を出産した後、老侍女の夢語りが次のようにあつた。

いとうつくしげに艶やかになめらかなるくけ針に、縹の糸をぞ、左糸・右糸に縒りて、一尋片脇ばかりすげたるを、鵜ぞ君の御前に落としつる。その針をぞ、いとかしこく行ひさらぼへる行者ぞ、君の御下がひの衽に、つぶつぶと長く縫ひつけて立ちぬる。さてとばかりあれば、その針落としつる鷹は、この針を求むるやうにて、そのわたりを翔りて見るに、君持給へりと見て、御袖の上にゐて、さらに立たずとぞ見たまへし。

あやしさに、夢合はする人に合はさせはべりしかば、『いとかしこき夢なり。その見えけむ人は、上達部の御子生みて、つひにその子の徳見むものぞ。もし、自然に中絶ゆることやあらむ』となむ合はせし。

（俊蔭六八〜六九頁）

長々と引用したのは、これだけ具に夢の内容を語る長大な夢想は、物語では稀有なことのためでもある。これは「権記」などが記す長大な夢のようで、宇津保物語の作者が、当然、漢文記録を物するであろう男性であること、あるいはその記録性などと関係するのかもしれない。文学作品の中では、もっと短くても問題はないはずである。この夢は、小鷹が、糸を通した長い針を俊蔭女の前に落とし、それを行者が彼女の着物の衽《おくみ》に縫い付けるが、鷹は俊蔭女の着物に針がついていたと知り、その袖の上にとまるといったものである。後半の夢解きの部分は、上達部（兼雅）の子（仲忠）を生み、その子が幸せをもたらすということ、さらに、兼雅との仲が絶えることがあるかもしれないということを示す。これらの中で、仲忠によって幸せになるという点が、特に将来を見通す夢告げを表す。引用文の後に、「針にて見ゆる子は、いとかしこき孝の子なり」とあり、具体例が出されてもいる。この夢解きは、この後の仲忠孝養譚を牽引するものとなっている。もっともこれらの夢と夢解きが、緊密・巧妙に構えられた構想のもとに、後の物語展開を領導していくといった程のものではない。まず後見もなく、兼雅の訪れも絶えた状態で子を生み、悲嘆に沈む俊蔭女を慰め、将来にいささかなりとも希望を抱かせる働きがあろう。とともに落魄のヒロインの将来の幸せを、享受者に期待させ、読ませていく働きもあろう。その強力な媒介が、時代の共有する夢告げなのである。

尚、鷹の夢を吉とする占夢例は、江戸時代に成立したといわれる「一富士二鷹三茄子」と並べたてた俗諺によるもので(6)、平安時代などにはないと考えられる。記録類には鷹狩りの鷹として出てくるが、鷹の夢はまず出てこない。わずかに、例えば「貞信公記」延喜十八年（九一八）正月二七条に「―（脱字）寺誦経、鷹・馬夢」とあり、具体的には記されていないが、鷹や馬の夢を見たため、寺で誦経をさせているところから、凶夢として捉えられていることがわかる。

馬に関しては、例の周公旦の解夢書の系統である「諸夢吉凶和語鈔」(7)に、

○馬舞《マフハ》二庭前《ニ》一凶禍《キ》至《ヒル》（ていぜんにむままふと夢見ればあしき事生ずる）

○馬相《フニ》　闘者《タゝカフハ》　事不レ成《ナラ》（むまたがいにたたかふと夢見ればねがい事は成就せず）

といった凶兆が示されてはいるが、古事も示されており、「馬」だけでは吉凶の判断はできない。

○乗《ノル》二駿馬《ハシユンメ》一吉《ナリ》　駑馬《ハ》凶《ナリ》（むまにのると夢見ればよしおこりたるむまにのればわろし）

といった占夢例が表しているように、馬に関しては、具体的な内容によって吉凶どちらにもなると言えよう。また、針に関しても、「夢合早占大成」に、「針に糸を通すとみれば吉なり主人よりの恵みにあづかるべし」という吉兆が示されているし、針に糸をつけて男の着物に刺し、糸をたぐっていくと、三輪山の神であったという三輪山神婚説話もある。ただ厳密に言うと、俊蔭巻の具体的な夢の内容と針と係わりのある子は孝行とした夢解きが、何に基づくものかは判然としない。作者の見聞や伝承などによるか不明というしかない。

このように、解夢の根拠が明確ではないにしても、夢告げを媒介に物語が展開する方法は、比較的自然に考え出されたものと思われる。しかし、その夢の表現や扱い、それに関連する登場人物の造型の粗密の具合等によって、効果に差違は生じよう。前に触れたように、俊蔭巻の場合、こと細かな夢の記述が大きな効果をあげているとはとても言えない。

源氏物語の明石入道の夢は、長い年月夢語りをせずにきたことによって、一族の願いが叶うレールが引かれた。

つまり、吉夢を人に語ることを禁忌する考え方があったわけだが、入道の「ひかり出でん暁ちかくなりにけり今ぞ見し世の夢がたりする」(若菜上一一五)という歌もあるように、若宮誕生時に、初めて吉夢が語り出される意味があり、語られる必然性もあつた。しかも、日や月に照らし出されるといったポピュラーな夢と夢解きは、誰にも受け入れられる類のもので、明石一族と光源氏の栄華が保証された。

この入道の夢を除くと、源氏物語ではこと細かに夢の内容を示すことはない。若紫巻の場合は、「おどろおどろしうさま異なる夢」とだけ抽象的に記されているに過ぎない。物語の中で具体的な夢を記すことは、その解夢に、夢解きによって違いが出ては困るなど、付随的な問題が派生する可能性もあり(事実、解夢書によって、同じ夢でも解釈に違いがあるものがある)、かえって不必要な場合が少なくない。入道の夢は、異説の入る余地のない大吉兆であるからこそ、具体的に記される意味があったのである。

四　柏木の夢、内大臣の夢など

先の若紫巻にて、源氏自身が、夢で冷泉帝の父となることを暗示されるが、若菜下巻での柏木の見た猫の夢も、女三宮が柏木の子を懐妊することを示した。六条院での蹴鞠の折、猫につけてある長い綱を小道具として、柏木が女三宮を垣間見する場面が作られていた。その後も、その猫を柏木が手に入れ女三宮になぞらえて猫を抱くというように、一種の代償として、猫の存在は印象的であった。柏木の不義密通直後の夢は次のようにあった。

ただいささかまどろむともなき夢に、この手馴らしし猫のいとらうたげにうちなきて来たるを、この宮に奉らむとてわが率て来たると思しきを、何しに奉りつらむと思ふほどにおどろきて、いかに見えつるならむと思ふ。(若菜下二二六)

猫の夢が妊娠や出産と関わる事例は、まず見出すことができない。「細流抄」や「眠江入楚」が「懐妊の相」と見るのも、根拠が示されているわけではない。占夢書類から猫と妊娠を結びつける例はおろか、哺乳類の動物の夢と妊娠などを結びつける例さえ、ほぼ全くない。(8) つまり猫の夢を懐妊の相とするのは俗信によるということになる。柏木が女三宮に「あはれなる夢語も聞こえさすべきを」(二二八)と言ったり、女三宮と別れた後、「見つる夢のさだかにあはむことも難きをさへ思ふに」(二二九)と思ったりしているので、柏木は、猫の夢を懐妊の予兆と見ていることは明らかである。この予兆は、既に前提となっているので、俗信があったと見るのが自然ではある。

生まれた薫が自分の子であると柏木が知ることは、物語展開上どうしても必要なことであると言えよう。柏木の死の物語は、不義密通とそれを源氏が知ること、また源氏の柏木への痛烈な皮肉や柏木の病臥、出産後の女三宮の出家を柏木が知ることという具合に進展するが、薫誕生はその核になっていた。

源氏が冷泉院を自分の子と知ることと同じように、柏木は薫を自分の子と知っていなければならなかった。物語の究極の要素は不義密通に留まらず、不義の子が生まれ、それを知った関係者がどのように悩み、行動するかという点にあろう。柏木は夢想によって、女三宮との間に子が生じることを知り宿命の人生を反芻する。ここでもやはり、夢の役割は大きかった。

一方、蛍巻末に、内大臣(昔の頭中将)の見た夢について、次のように記されている。

夢見たまひて、いとよく合はする者召して合はせたまひけるに、「もし年ごろ御心に知られたまはぬ御子を、人のものになして、聞こしめし出づることや」と聞こえたりければ、「女子の人の子になることはをさをさなしかし。いかなることにかあらむ」など、このごろぞ思しのたまふべかめる。(蛍二一九〜二二〇)

内大臣は娘の弘徽殿女御や雲井雁などの不運を嘆き、幼くして行方知れずになってしまった玉鬘のことを思う。その直後にこの夢の記事がくる。この夢解きはむろん、玉鬘が源氏の養女となっていることを解き明かしているのだが、内大臣はそれでも全く気付くことがない。

この夢の内容は全く記されておらず、なぜかような解夢ができるのかはわからない。新編古典全集本の頭注は「実父を慕う玉鬘の遊離魂が内大臣のもとに通い、玉鬘の姿がその夢枕に立った」としているが、おそらくそうではあるまい。そうであるなら、美しい娘が父を慕うような風情で夢枕に立つわけだから、わざわざ「いとよく合はする者」といった夢解きとして評判の高い者を、呼び出すまでもない。内大臣自身に、ある程度のことは察せられるはずである。「…御子を、人のものになして」と具な夢解きをする以上、やはり、明石入道の夢や「俊蔭」巻の夢のような、事物に仮託された抽象性があったと思われる。なによりも、遊離魂となるほど、この時点で玉鬘が内大臣を慕っているとは考えにくい。源氏の細やかな心遣いに接し、内大臣に対しては「親と聞こゆとも、もとより見馴れたまはぬは、えかうしもこまやかならずや」(胡蝶一八三)と見ており、また、「父大臣などの尋ね知りたまふにても、まめまめしき御心ばへにもあらざらむものから、……」(同一九一)ともあるように、内大臣が自分にそれほど親身になるとは思えない、とする認識を示していたのである。さほどに源氏の存在感は大きく、玉鬘の心の中でも、実父・内大臣を圧倒していたと言うべきであろう。

この内大臣の夢は、同じ新全集の頭注が、「内大臣と玉鬘の再会が読者に期待される」、「……源氏の懸想はどう決着するか、次巻での新しい展開を読者に期待させて、この巻も終る」と記すように、源氏と玉鬘の特殊な関係が行き詰まって来た時、玉鬘の素姓公開という新しい物語展開を促す意味があった。この夢は源氏物語の展開の節目で生かされたものと言えよう。

次に浮舟巻末付近の、浮舟の母・中将の君の夢に関して取りあげる。

寝ぬる夜の夢に、いと騒がしくて見えたまひつれば、誦経所どころせさせなどはべるを、やがて、その夢の後、寝られざりつるけにや、ただ今昼寝してはべる夢に、人の忌むといふことなん見えたまひつれば、おどろきながら奉る。（浮舟一九四）

夢に、胸騒ぎのする有様で浮舟が現れたとし、昼寝の夢には、世間で不吉とするようなこと（浮舟が病人となっているなど）が示されたとする。浮舟が入水を決断した後、母は夢想によって娘の死を予感するところである。母ゆえの愛が示されるところでもあり、浮舟としても死への旅立ちで、残される母親だけが気がかりではあった。しかし、入水以外に選択肢のない浮舟は、「のちにまたあひ見むことを思はなむこの世の夢に心まどはで」（二九五）という、死後に見られるしかない母への別れの歌を詠んだ。恩愛の情をも切り捨てざるをえぬ浮舟の入水への最終的な段階は、この夢想を媒介に仕組まれたと言ってよい。稀有な入水への道を単線的に語るのではなく、その背景に男女の愛情関係やその縺れは、むろん母子の絆の問題を絡ませ、一筋縄では行かぬ浮舟の苦衷の物語を描破したのである。

一方、「手習」巻に至ると、失踪した浮舟は宇治院の裏手で倒れていたが、横川僧都の妹尼はそのことを聞き、次のように言う。

おのが寺にて見し夢ありき。いかやうなる人ぞ。まづそのさま見ん。（手習二八六）

また、

いみじくかなしと思ふ人のかはりに、仏の導きたまへると思ひきこゆるを。（同二八八）

ともあり、妹尼の死んだ娘の身代わりが得られるといったような、長谷寺での夢告げを信じ、妹尼は浮舟を献身的に看護する。浮舟の意識回復後も妹尼は浮舟を慈しみ、また、亡き娘の婿であった中将を、再び浮舟に通わせたいと思う物語内容など、夢想があることによって初めて自然に展開し得るものと言ってよかろう。中将の求愛が、浮舟の出家への契機になったことを考えると、この夢想の役割はかなり重要なものとなっていると言えるのである。このように夢告げは、物語展開に効果的に織り込まれているのである。

おわりに

見てきたように、源氏物語の方法として、あるいは物語展開の長編的契機として、夢想や夢解きが用いられる背景には、漢文記録や日記文学が示すように、夢に対する期待感の大きさや、予兆としての依存度の高さが日常化している時代性があった。だからそれらは、決して夢物語なのではなく、物語の虚構に真実味を与えるものとなっているのである。夢想は、将来の予兆であることが多いので、物語がそれを利用し、物語展開を領導する予言などを設定するのは、むしろ自然なことであったと言えよう。だから、源氏物語の夢の設定に際立った独自性があるわけではないが、物語の中できわめて有効に機能させられていた。源氏物語の夢想は、物語展開の節目で生かされ、物語の骨子として、あるいは予示・予言として、登場人物に将来の方向性が与えられ、又、物語のターニング・ポイントや展開の促進のためにも、なくてはならないものとして重要な役割を担わされていたのである。

（1）森田兼吉「『権記』の夢『小右記』の夢―女流日記文学の夢への序説―」（『日本文学研究』二二号　昭六一・十一）

は、数少ないこの手のものである。

（2）藤本勝義『源氏物語の〈物の怪〉』（平六）一六五頁。

（3）森田兼吉「夢よりもはかなき女流日記文学と夢」（佐藤泰正編『文学における夢』昭五三）

（4）注三に同じ。

（5）新潮古典集成「蜻蛉日記」一二六頁の頭注。

（6）江口孝夫『日本古典文学　夢についての研究』（昭六二）一六八頁。

（7）東北大学狩野文庫本「諸夢吉凶和語鈔」による。以下「夢合早占大成」も同文庫本による。

（8）漢詩大系第二巻「詩経」で、「小雅」の中の詩「斯干」に、「維熊維羆男子祥」とあり、熊・羆を男子が生まれる兆とするのが、唯一の例と考えられる。

（尚、「小右記」「御堂関白記」や「権記」の引用文には、私に返り点、句読点を付した。）

第八章　霊による夢告の特性

はじめに

古の時代の人々は、霊や夢想によって生活の一部（場合によってはかなりの部分）を規制されていた。夢が将来を予示するものと捉え、吉兆なら大きな期待を抱き、凶兆ならその内容によって潔斎し、忌籠もりしたり、寺社に読経、祓除等を依願したりするなど、日常生活に影響を与えることになる。その場合、何よりも時間的制約以上の精神的な重圧が、人間の心を襲うことになる。例えば前章でも触れたが、端的な事例としてあげると、「小右記」万寿二年（一〇二五）十月二〇日条に、道長の子女が男女を問わず死ぬ、という夢を小一条院の女房が見たことが記されている。この二カ月ほど前に道長女嬉子が薨じてもおり、関白頼通以下が戦々恐々としているとされている。また、九条兼実は「玉葉」の中で、任摂政を願い吉夢に望みをかけ、吉兆と思われる夢想を信じ、営々とそれに関する夢のことを記していく。ついには願いが叶うが、それまで長大な年月、飽くことのなく瑞夢に期待をかけ続ける。夢想にすがる時代・社会は判然としているのである。

本章で扱うのは単なる夢見ではなく、特に故人が夢の中で表す言葉・夢告、あるいは託宣である。夢の中での霊の言葉と、夢を見た者や聞いた者の対応に注目し、一方源氏物語での夢想とそれらとの関連を追究しようとするものである。

一　夢と夢告

まず、故人の夢告の前に、夢による予兆の例を少し見たい。「中外抄」[1]は「吏部王記」の記事を捉えて、

東三条は李部王の家なり。而るに、彼の王の夢に、東三条の南面に金鳳来りて舞ふ。よりて、李部王は即位すべきの由を存ぜらるといえども、相ひ叶はず。而るに、大入道殿伝領せり。その後、一条院鳳輦に乗りて、西の廊の切間より出でしめ給ひ了んぬ。

として、李部王すなわち式部卿であった重明親王の夢想について、あれこれ言及している。自邸である東三条殿に、金色の鳳凰が来て舞うという夢を見た重明親王は、即位できる瑞夢かと思ったが、それは実現しなかった。しかし藤原兼家がその屋敷を伝領し、そこで出生した親王が一条天皇として鳳輦に乗り、東三条殿から出られたことを取り上げ、先の夢は人のためではなく、その家のための吉夢であるとしている。自邸で舞う金鳳の夢を見た重明親王が、即位を期待するのはありうることである。それが実現しなくても、東三条殿から帝が誕生したことで瑞夢を正当化する考え方を、ここでは重視したい。

このような吉夢は文学作品でも扱われている。前章で既述した源氏物語での明石の君誕生に際しての明石入道の夢や、「蜻蛉日記」でも「右かたの足のうらに、男、門という文字を、ふと書きつくれば、驚きて引き入る」（二九一頁）という作者の夢が記され、息子・道綱の栄達への期待が示されていた。もう一例あげると、様々な学

問、芸道等に能力を発揮した定額僧・浄蔵が誕生する前に、母が「夢ミ天人来入ニ懐中一」（『扶桑略記』康保元年十一月廿一日条）として、懐中に天人が入り込むという吉夢を見た、その直後に妊娠したと記されている。その夢が高僧となる浄蔵の将来を予兆したわけである。

一方、単なる夢想ではなく、夢の中に故人が出て来て何らかの要求あるいは夢告を行う場合がある。時代は下がるが、「讃岐典侍日記」の作者・藤原長子の託宣に関する「長秋記」(2)元永二年（一一一九）八月二三日条の記事を見たい。

讃岐典侍自去年秋、時々稱前朝御靈□之由、吾為奉守護當今、常在内裏、而此間在中宮御方、是暫之懐妊也者、其後有御懐妊事、又此春比之於御懐妊事、已又申障害、於今者可皇子降誕之由、参内侍所朝暮所祈請也、其事已所叶、禁中人々可感悦者、其後果然、…

元永二年五月二十八日に皇子（後の崇徳帝）が誕生したが、この前年の秋、讃岐典侍は、自分に故堀河の御霊が乗り移っていると称し、その言葉を口寄せのように伝えた。常に宮中にあって今上（鳥羽）や中宮を守っているとし、中宮はやがて懐妊するという託宣を表した。果たして懐妊のことがあり、さらに堀河院の御霊は、皇子誕生の実現が叶うと称した。事実その通りになったのである。讃岐典侍の口を通して、御霊が予言を行うわけで、これは夢告そのものではない。霊が憑坐を通して言葉を吐く、よくある霊告の類いではあるが、悪霊が要求を出したり、加持祈禱を止めさせるために正体を現したりするものとは違って、近い将来の重要な予言、託宣を行っているのである。その意味で夢告に近いものと言えよう。

このように、故人が介在するしないに拘わらず、凶夢に脅え、吉夢に期待を抱く予兆等の夢想は、人間の生活の中に深々と根を下ろしていた。それは毎年のように天変地異・疫病・飢饉等に見舞われ、人間の力ではどうにもならぬ絶望的な状況からくる恐怖感・不安感を、決して払拭することのできない日常生活の中から、自然に生み出される現象であった。身分の高下、老若男女を問わず、疫病が蔓延し、洪水や台風により家屋敷や牛馬が被害を受け、なす術もなく多くの人命が奪われるような社会にあっては、精神的にすがり付くものを求める必然があろう。それは仏教であり、その他の信仰であり、夢想であった。特に御霊信仰は、平安中期前まで、それこそ一大社会現象として高級貴族から庶民までを巻き込んだ。

二　菅公霊の託宣

源氏物語へも、御霊信仰最後の御霊である菅原道真霊に関わる、いわゆる菅公説話が影響を及ぼしていた。既に本編第三章などでも述べているので、重複を避けるが、正暦四年（九九三）六月二十五日、「小右記」に記されているように、道真への正一位・左大臣の贈官贈位が示された。これは託宣によるものとされる。その託宣は、誰が受けたどのような内容のものかは判然としない。しかし例えば「天満宮託宣記」(3)によれば、「正暦三年十二月四日御託宣」として禰宜・藤原長子が託宣を示している。夢で雷神としての菅公の神託が語られている。そこには、東宮保明親王の薨後の贈位・贈官や延長への改元が、菅公の御霊鎮魂のためのものと受け取れる記され方がされている。今回の左大臣など贈官・贈位には直接触れられてはいないが、この託宣が深く関わっている可能性は強い。さらに、前章で既述した「小右記」正暦四年閏十月六日の、内大臣・藤原道兼が道真に太政大臣位を追贈すべきという夢を見て、関白道隆に申請した件について、実際にこの後、道真に太政大臣位が追贈されたことを思えば、この夢想は、神格化された菅公の夢告としての重みがあったと言えよう。

いわゆる悪霊が夢の中で追贈を望み、それが実現したとしても、世間の受け止め方は道真の場合のようにはいかない。例えば、三条帝の眼疾に伴って現れた賀静霊が贈位を望み、さらに「賀静霊依本執、懇切申可被贈天台座主之事」(「小右記」長和四年五月二十日条)として、天台座主の追贈を要求した。しかし当の天台座主らの反対に遭い、結局は僧正の追贈に留まった。憑依することによって苦しめ、見返りに追贈を要求することでは、万人が納得するはずもない。また、やはり「小右記」の長保二年五月二十五日条で、物の怪に取り憑かれた道長の口から、前帥(伊周)の復官・復位の要求が出された。しかし、悪霊が道長に言わせていると考えた一条帝は、それを承引しなかった。中関白家と親密で、わけても伊周の妹・定子を寵愛していた一条帝でさえ、不条理な要求としてこれを退けている。

清涼殿の落雷により貴族が死んでも、雷神としての道真霊が成立する前提に、讒言による失脚と、都に召還されることなく無念の死を遂げた者への深い同情、学者としての道真への敬愛の気持ち等が根底にあった。御霊信仰により霊魂の慰撫を志向する御霊会は、契機としては疫病・天変地異等による人間社会にもたらす災害にあった。しかし、讒言による理不尽な罪で非業の死を遂げた者への、同情のみならぬ為政者への批判がエネルギーとなっていた。もとより、単なる悪霊に同情し、それを理解することはあり得ないのである。

三　桐壺院の夢告

夢想は古事記の時代から記述されている。例えば、崇神天皇が神託を受けるためにしつらえた神床で、大物主の大神のお告げを夢見ているし、垂仁天皇は、御子が口をきけないことについて、夢で大国主神のさとしを受けている。あるいは建内宿禰命の夢に、気比神宮の祭神が現われてもいる。

夢のお告げの典型的なものは、例えば十二世紀後半の制作とされる「信貴山縁起絵巻」の詞書に表われている。

姉が弟・命蓮の居所を東大寺大仏に尋ねた時の、仏のお告げとして、

これより西の方に、南によりてひつしさるの方に、山あり、その山に、しうむ（紫雲）、たなびきたるところを、ゆきてたつねよ(4)

とあり、実際に、西南方の山（信貴山）に弟を行き当てることになる。

あるいは「住吉物語」に、長谷観音の験夢により、失踪した姫を住吉に行き当てることが出ている。このように、神仏のお告げにより、将来が予知され、知りたいことがわかるという類型がある。

源氏物語での神仏のお告げとしては、失脚した光源氏が、須磨で暴風雨に襲われた折、正体不明のものが夢に現れたのが代表的である。

暁方みな休みたり。君もいささか寝入りたまへれば、そのさまとも見えぬ人来て、「など、宮より召しあるには参りたまはぬ」とて、たどり歩くと見るに、おどろきて、さは海の中の竜王の、いといたうものめでするものにて、見入れたるなりけりと思すに、いとものむつかしう、この住まひたへがたく思しなりね。（須磨二一八～九）

有名な箇所なので詳しくは述べないが、この夢の中の正体の定かでないものが言う、召しがある宮とは、源氏が推測する竜宮ではなく、海神・住吉の神殿と見るべきである。源氏が明石へ渡り明石の君と結ばれる、きわめて重要な物語展開を導く神のお告げであることは言うまでもない。次の明石巻で源氏は、住吉明神に加護を乞い大願を立ててもいる。同じ頃に明石入道も夢で、「さまことなる物」（明石二三二）が「告げ知ら」せてくれたことがあったとして、舟の支度をして須磨の浦に漕ぎ寄せるようにという神のさとしに従ってやって来た。

さらに源氏の夢に、桐壺院が生前そのままの姿で現れ、

住吉の神の導きたまふままに、はや舟出してこの浦を去りね。（明石二二九）

と言う場面もある。ここは、住吉明神の夢告を理解できない源氏に、今度は、故桐壺院が夢枕に立ち、具体的に方向づけをするところである。桐壺院は長々と源氏に語るのだが、その最後のところで、「かかるついでに内裏に奏すべきことあるによりなむ急ぎ上りぬる」（明石二二九）と言い、朱雀帝への諫言を暗示し、源氏召還への展開を領導する。

先に引いた「天満宮託宣記」では、藤原長子の託宣に次のようにあった（一六三頁）。

我入滅乃後爾。清涼殿爾参し天帝皇爾封面天。具古事ヲ奏する爾。合レ掌天涙ヲ流給天。彼時乃事ヲ被レ宣留。然而臣下爾不レ令レ知寸。依レ無二皇威一奈り。

死後、菅公は清涼殿にて醍醐帝に対面し、自分を左遷した前後のことを奏上したが、帝は涙を流し、皇威なき状態を晒すばかりであった。これは、桐壺院の霊と対面した朱雀帝が、外祖父の大臣や母大后らの傀儡的な立場にあり、皇威がなく、光源氏召還を考えるも、すぐには決断できない状況を彷彿させる。ただし「天満宮託宣記」では、その後に改元と道真の復位・復官等のことが記されている。この引用部分は「北野縁起[5]」では、次のように記されている。

又、菅丞相清涼殿に化現して龍顔にまみえ奉りて。あやまたざるよしをのべ申給ひける時。御門おそれ給ひてこしらへ申給ふ事ども有けり。

やはり菅公は清涼殿に化現しており、桐壺院が朱雀帝の清涼殿に化現する設定を導くかのようである。霊化現から復位・復官へという道筋は、「明石」巻の朱雀帝の結論でもあった[6]。これらの夢告は、光源氏の復権と際立った栄華獲得への太い道を敷くことになる。

このように、夢告や夢枕に立つ霊魂が将来を予示・予知することは、超現実的なことと思われがちだが、夢想を信じ受け入れる時代性が、古代から連綿と続いていることを知れば、決して夢・幻のこととして享受されていたわけではないことがわかる。これは、源氏物語の作者が考え出した物語の方法とする以前に、時代の思想・信仰とそれを取り入れる背景が存在したことを念頭に置くべきであろう。むろん、住吉明神の夢告や桐壺院の霊告を、源氏が身の危険を感じるほどの大暴風雨を背景に、出現させるスペクタクルは、読者を引き込む、際立った物語世界の構築であることは言を俟たない。ただ、若紫巻の、源氏が帝の父となることや須磨流謫を暗示する例の夢占いが、決して源氏物語独自の創造物というわけでもなかったように、夢想を媒介に物語が展開する方法は、時代の共有を前提に、比較的自然に考え出されたものと想像できるのである。

四　柏木の夢告

柏木亡き後、一周忌が過ぎ、しみじみとした秋の夕暮れ、一条御息所・落葉宮母娘を見舞った夕霧は、落葉の宮の母・一条御息所から、柏木遺愛の笛を贈られた。その夜夕霧は柏木の夢を見る。柏木は、生前と同様の袿姿で出現し、その笛を取ってみて、

笛竹に吹きよる風のことならば末の世ながき音に伝へなむ
思ふ方異にはべりき。（横笛三五九〜三六〇）

と言う。つまり、夕霧にではなく、自分自身の子孫に伝えてほしいとする。この夢告は、柏木の不義の子のことを、夕霧に察知させる内容のものと言ってよい。光源氏にとって、いかに身内とはいえ、夕霧という第三者に女三の宮密通のことが察知されるという、重大な事態を導くこの夢想の設定は看過できないものである。この直後、

夕霧の若君の具合が悪くなり、雲井雁が、落葉宮にうつつを抜かす夕霧を当てこするエピソードがある。落葉宮という、雲井雁とは対照的な女君に魅了された夕霧の物語として、かような展開は必然的であり、笛を伝授された顚末に関わってくる意味はあろう。夕霧が落葉宮に引かれ、足繁く一条邸に通う結果として、笛を受けとることになるのだから、家庭騒動をも導くことになろう。しかしむろん、柏木が夢枕に立つことの重要な意味は、別のところにある。

まず、柏木がこの世に執を残したことがあげられる。源氏物語の展開は、六条御息所、藤壺、後で取りあげる八の宮などがそうであるように、成仏できない柏木を必然化しよう。柏木の夢告のことを思い続ける夕霧の心理描写として次のようにあった。

かのいまはのとぢめに、一念の恨めしきにも、もしはあはれとも思ふにまつはれてこそは、長き夜の闇にもまどふわざなれ。（横笛三六二）

無明の闇にさ迷う柏木の現世での執に思いを致すが、これは決して死んで解決のいくものではなく、生者に突き付けられるものとなっているのである。この笛は、宿木巻での女二の宮降嫁に関わる藤花の宴の折に、既に薫の手に渡っていることがわかる。だが、そのような遠い将来の問題ではなくこの時点での意味があった。夕霧はこの後六条院へ出向き、薫を見て柏木に似ている点を見出す。次は夕霧の視点で記される薫の美質である。

二藍の直衣のかぎりを着て、いみじう白う光りうつくしきこと、皇子たちよりもこまかにをかしげにて、つぶつぶときよらなり。なま目とまる心も添ひて見ればにや、まなこゐなど、これはいますこし強う才あるさままさりたれど、眼尻のとじめをかしうかをれるけしきなどいとよくおぼえたまへり。口つきの、ことさらにはなやかなるさましてうち笑みたるなど、わが目のうちつけなるにやあらむ、大殿はかならず思しよすらんと、いよいよ御気色ゆかし。宮たちは、思ひなしこそ気高けれ、世の常のうつくしき児どもと見えたまふに、この君は、いとあてなるものから、さまことにをかしげなるを、見くらべたてまつりつつ、…

（横笛三六四～五）

薫が柏木に似ているということだけでなく、綿々とその魅力が描かれ絶賛されている。傍線部のように、今上帝の皇子たちの凡庸な魅力に比べ、薫の際立った美しさが語られている。「光る」「きよらなり」など、ヒーロー・ヒロイン特有の美の極致を表す形容語が使われているのである。特に「光る」は言うまでもなく超越的な資質を示すもので、「光」「光る」ほか複合語も合わせて、源氏物語中に二十四例あり[7]、光源氏を除くと藤壺、冷泉院、紫の上、そしてこの薫にしか使われていないのである。ここまで描かれていると、不義密通の物語の後日談や閉めのレベルをはるかに越えた、いわば、薫が次代のヒーローとなる新たなる物語の誕生を暗示するかのようである。不義の子ゆえに複雑な状況を経て、薫が主人公となっていく道筋が想定される。

一方、柏木に似る薫のことを光源氏は必ず気づいているとして、夕霧は光源氏の胸中を探り、秘事の内幕を知りたいという強い思いを抱くのである。夕霧から夢語りを聞いた光源氏は、「その笛はここに見るべきゆゑある物なり」（三六七）と言って笛を預かることになる。いくら理屈をつけても、柏木の形見の笛を、光源氏が手元に置かねばならぬというのは無理がある。これは当然、夕霧が密通に関わる事情を知っていることを、ある程度予測した上での所作と考えるべきであろう。実際光源氏も、夕霧が不義の子について勘づいていると思っているのである。むろんそこには、決して自分の足を引っ張ることのない息・夕霧という気安さもあろうが、薫出生の秘密が、当事者を離れて第三者の察知するところとなるのは、物語の行く末を展望するに、重大な事態と言うべきである。物語は重要な局面を迎えていると言えよう。柏木の夢告は、自分が薫の実父であることを主張するかのようである。あるいは、現世離脱した女三の宮から不義の子へ、愛執の矛先を転じたかのようにして、結局は光源氏に、苦汁に満ちた柏木自身の生を突きつけたとも言えよう。柏木の夢語りをすることによって、夕霧が光源氏と対峙した時、物語の主体は夕霧に移っていることが感じられる。六条院の崩壊と光源氏の時代の終焉が、柏木の夢告を通して炙り出されたと言えるかもしれない。このように、柏木の夢告も、物語の大きな流れに深く関わってなされたものと言えよう。

五　夢での藤壺

終焉を迎える藤壺に関しては、

月ごろなやませたまへる御心地に、御行ひを時の間もたゆませたまはずせさせたまふ積もりの、いとどいたうくづほれさせたまへるに、……（薄雲四四五〜六）

と女房が源氏に告げるように、具合が悪くても勤行に精進し続け、いわば自分の身を削ってでも仏道に帰依する、厚い求道心を持っていたことがはっきりと知らされた。ともに、死に際して、物の分別のなさそうな者たちからも惜まれる慈愛深さを身につけていた。「をさめたてまつるにも、世の中響きて悲しと思はぬ人なし」（四四八）とあるように、徳の高さと、尼となってからの懸命な仏道修行とから、死後、極楽往生は当然と思われた。にもかかわらず藤壺は成仏できなかった。それは周知のように、朝顔巻で、源氏の夢枕に立ち、恨み言を吐くところに表れている。

ただし、その亡霊を呼び込むための設定は単純ではない。朝顔前斎院の堅固な拒絶により、源氏の懸想の物語がほぼ終りを迎えた後、「雪のいたう降り積もりたる上に、今も散りつつ、松と竹とのけぢめをかしう見ゆる夕暮れに、人の御容貌も光まさりて見ゆ」（朝顔四八〇）と記す著名な情景は、「この世の外のことまで思ひ流され」と続けられるように、死者の世界をも想起させる静謐さがあり、今は亡き藤壺の御前での雪山作り、さらに紫上を前にした藤壺の思い出話を導き出すのである。むろん紫上に対しても、藤壺との関係は秘事であるのだが、藤壺を思わず絶賛してしまう源氏は、藤壺を失った苦衷を抑え切れず、追慕の情の一端を口に上ぼせたかのようである。

紫上の「こほりとぢ石間の水はゆきなやみそらすむ月のかげぞながるる」の歌に対しての、源氏の「かきつめてむかし恋しき雪もよにあはれを添ふる鴛鴦のうきねか」の歌は、いわば返歌ではなく独泳歌というべきものである。庭前の雪景色を見ながら藤壺の思い出を紫上に具に語った後だけに、この歌が紫上に対して口に出されたとすれば、かなり具合が悪いと思われる。ここで、独り寝の鴛鴦の鳴き声に自らが転移され、添いとげることのありえなかった二人の関わりから、一方が他方を呼ぶという悲痛な心情が象られたのである。源氏は藤壺への思いをずっと引き摺ったままで眠りにつく。

入りたまひても、宮の御事を思ひつつ大殿籠れるに、夢ともなくほのかに見たてまつるを、いみじく恨みたまへる御気色にて、「漏らさじとのたまひしかど、うき名の隠れなかりければ、恥づかしう。苦しき目を見るにつけても、つらくなむ」とのたまふ。（朝顔四九四〜五）

源氏との噂が世間に広まっているとして恨むのは、紫上との睦言の中で、藤壺の具な様子が語られたことに、屈辱的な思いを抱いたためと思われる。死んで初めて、屈折してはいるが、源氏への愛を洩らしたものと言えよう。生前には決して、本音を表わすことができなかった藤壺の悲痛さが、こんな形で表されたものでもあろう。この時の源氏の衝撃の大きさは、傍の紫上が途方にくれるほど、涙を抑えることができないところによく示されている。源氏は、紫上そっちのけに、藤壺への思いに深く沈む。紫上は不審感を抱いたに違いない。しかし物語は、紫上の思いに触れず、あるいは構わず、源氏・藤壺の物語の閉めを突き詰めるのである。

行ひをしたまひ、よろづに罪軽げなりし御ありさまながら、この一つ事にてぞこの世の濁りをすすいたまはざらむ。（朝顔四九五）

求道心の厚かったあの藤壺でも、一つの秘事のために成仏できていないと源氏が知ることは、藤壺の恨み・悲しみあるいは罪を、源氏が身に負って生きていくことでもある。あれほど仏道に帰依し、徳も高かった藤壺が、いまだに冥界にさまよっていることを知り、源氏は愕然として、不義密通のおぞましさを噛みしめるのである。

源氏の夢に現れた藤壺の言動は、藤壺の物語の終焉を示すことだけに留まらず、源氏が改めて、自己の罪を見つめ、それを背負って生きていく今後の物語展開を、新たに導く性格のものであったと言えるのである。それはおそらく、紫上に子が生じぬことや、冷泉帝の皇統断絶などと絡んでいたと想像されるのである。藤壺の恨み言は夢告そのものではないが、この後の光源氏の行動を規制するので、夢告と同じ働きがある。あれほど徳の高かった藤壺でさえ極楽往生できないという衝撃は、光源氏の生き方、生き様に制約を与えることになる。藤壺との不義密通の罪を、藤壺ほどには感じていなかったかのような光源氏が、罪を背負って生きていかざるをえなくなる。むろん愛の対象ということもあるが、今後も随所で、藤壺を想起していくことになる。将来、若き正妻を柏木に奪われるという応報的な仕打ちは、光源氏の藤壺との過去を改めて突きつけることにもなる。藤壺にとっても柏木同様、この世における人間の特に男女関係での執は、死んで終わるものではないことを晒した。

六　八の宮の夢告

次に総角巻での、中の君や阿闍梨の夢に現れた、宇治八の宮について考えてみたい。八の宮の場合も、当然、現世への心残りの思いが成仏を妨げた。男女関係以外のこの世に残す、もう一つの大きな執である親子の情愛によって往生ができなかった。まず八の宮は、「いともの思したる気色」（総角三二二）とあり、ひどく心配そうな様子で中の君の夢枕に立った。中の君と契った匂宮は、身分柄、意のままに宇治を訪れることができず、紅葉狩の折も、中の君のもとに立ち寄ることができなかった。しかも、六の君との縁談が進められることの噂を耳にした大君は、絶望的な思いを深めていく。そんな折、中の君が夢を見る。

「故宮の夢に見えたまへる、いともの思したる気色にて、このわたりにこそほのめきたまひつれ」と語りたまへば、いとどしく悲しさそひて、「亡せたまひて後、いかで夢にも見たてまつらむと思ふを、さらにこそ見たてまつらね」とて、二ところながらいみじく泣きたまふ。（総角三二一〜二）

八の宮は「いともの思したる気色」すなわち、ひどく心配そうな様子で、夢枕に立ったのである。死者が夢に出てくることが、必ずしも成仏していないことを示すわけではない。要は現われ方である。八の宮の場合は、この世に執を残している—後に残った娘たちを気づかう—体なのである。大君にとって、中の君を匂宮と結婚させ、それが失敗に終ると見ての自責の念が、不安げな八の宮の姿により一層強まるところと言えよう。結婚拒否の思いを強めてきた大君だが、八の宮の遺言にそむいたという良心の呵責に苛まれ、重態に陥るが、身近に看護する薫を拒むことはなかった。死を望み、死を意識しているからに外ならない。

そして、特に重要なのが八の宮の師僧・宇治の阿闍梨における夢告である。

「いかなる所におはしますらむ。①さりとも涼しき方にぞと思ひやりたてまつるを、先つころ夢になむ見えおはしましし。俗の御かたちにて、世の中を深う厭ひ離れしかば、心とまることなかりしを、②いささかうち思ひしことに乱れてなん、ただしばし願ひの所を隔たれるを思ふなんいと悔しき、すすむるわざせよと、いとさだかに仰せられしを、たちまちに仕うまつるべきことのおぼえはべらねば、たへたるに従ひて行ひしはべる法師ばら五六人して、なにがしの念仏なん仕うまつらせはべる。さては思ひたまへ得たることはべりて、常不軽なむつかせはべる」など申すに、君もいみじう泣きたまふ。③かの世にさへ妨げきこゆらん罪のほどを、苦しき心地にも、いとど消え入りぬばかりおぼえたまふ。（総角三二〇～一）

生前、俗聖として厚く仏道に帰依していた八の宮のことだから、阿闍梨は①のように、いくらなんでも極楽往生しているものと考えていたのである。しかし、②のように、わずかに心にかかる一ふしのため、本願の浄土に行けずにいることを訴え、追善供養を願ったのである。これはむろん、姫君たちの身の上を案じるため以外の何ものでもない。しかも、姉妹ともに男性関係において不安が募る状況にあった。八の宮は娘たちを後に残してでも、長年の出家と極楽往生の願いを叶えたいと強く思っていた。それが叶えられない無念さは、娘たちを心配する気持ちとは別にあっただろう。この八の宮の夢中での言は、「いとさだかに仰せられしを」として強調され、八の宮が成仏していない事が、明確に、事実として受けとられることになる。八の宮の師僧として、ずっと指導してきた阿闍梨の語りゆえに、先の中の君の夢の段階を一段と押し進め、まぎれもない事実として客観化されていると言ってよい。八の宮は阿闍梨に往生のための追善供養を依頼する。これは基本的には、前章などで述べた「小右記」永祚元年十二月の円融院の夢で、「大苦悩」を訴えた故兼通のために（むろん子ゆえの闇に惑ったわけではなかろうが）、追善供養を行った例に近い。しかし八の宮の場合は、大君にそれを知らせ、父の遺言に背いて亡き父を苦しめているという、深い悔恨と罪障意識を起こさせる。だから、大君も③のように、八の宮の往生を妨げている自分の罪障の深さを反芻し、確実に死に導かれるのである。

このように八の宮の夢は、成仏できぬ八の宮の苦衷が、大君の上にはっきりと形をなさしめ、遺言に反して中の君を結婚させた咎めや、薫を拒否し通す決意と絡まるのである。さらに大君の自責の念を一層強め、死を必然化するのである。看取る薫に中の君を頼むことも、大君亡き後の物語展開を促すことにもなろう。宇治の物語に流れる結婚拒否の倫理と絡み合い、大君物語を終焉に導くことになるが、それもそれで完全に終わるわけではなく、その後の、大君を求めての薫の彷徨の物語をも紡ぎ出すのである。むろん八の宮の夢告だけがそれらを導くわけではないが、夢告や託宣のこの時代に及ぼす影響等を思えば、物語の中での役割は現代人の想像以上に大きいと言うべきである。八の宮が夢枕に立つことは、かように重要な物語展開を導く要素であった。

七　霊による夢告の絶対性

夢告は、物の怪が憑依し苦しめることによって要求を出すような霊告とは違い、受け取る側に畏怖心はあっても恐怖心はないのが普通である。菅公霊が象徴的であるように、御霊信仰の対象ともなる雷神すなわち神格化された絶対性があり、その夢告は神のお告げに近い霊性をもつ。まして道真逝去後、百年前後も経つ平安時代中期に、その復官・復位に抵抗感を抱く者はほとんどいなかった。源氏物語での桐壺院の夢告は、菅公の場合と違って絶対性を持つものではない。朱雀院の夢想を聞いた弘徽殿大后は、荒天の折など、何かそう思い込んでいるとそのような夢見をするのだ(8)（明石二四一）と言い放ち、その夢想を妄想の類いとしているのである。これははなはだ異端者的な考え方と言えるし、光源氏を憎む大后の物言いにより、一層その敵役としての性格を鮮明にし、享受者に反発を食らうことになったと思われる。光源氏の須磨流謫は決して史実にある讒言などによるものではなく、いかに謀反の疑いがないにせよ、朧月夜に関しての自業自得的な面があることは否めない。しかし、ヒーロー光源氏を不遇の目に合わせたままでいることは許されない。御霊として祀られる者の怒りなどは政治批判の現れでもあり[9]、桐壺院が朱雀帝を睨み諫言する展開は、朱雀帝御代の政治の批判にもなっていると言うべきであろう。

そのこともあり、源氏物語の論理の中では、光源氏側の人間たち（それは光源氏をヒーローとして読む享受者も含まれてこよう）にとって、桐壺院の夢告は絶対性を持つとも言えるのである。光源氏がどのような形で都に召還され（救済され）、また栄華の道を歩むかが、享受者の読みを指示するいわゆる物語のコードであり、また享受者の最大の関心事である。その時には既に、桐壺院の夢告は神格化されていると言うべきであろう。それは実は、菅公霊が桐壺院に重ねられることによって成り立つものでもあったと言えよう。これは、世間周知の菅公説話を利用して、物語展開を劇的に、複雑ではあるが円滑に運ばせる巧妙な方法であったと考えられる。桐壺院霊の登場は決して唐突なものではなかった。光源氏に関する朱雀院への遺言があり、光源氏・藤壺の不義密通と、東宮である冷泉院の不安な行く末のことがあり、そして暴風雨があった。出るべくして出現した桐壺院霊は、光源氏を明石へ行かせ、朱雀院に光源氏召還の詔を発せしめ、光源氏の近い将来と遠い将来の栄華の物語の道筋をつけたのである。

それに対して柏木や八の宮の夢告は、むろん神格化されているわけではない。藤壺の場合も同様である。しかし夢を見た本人は言うに及ばず、それを伝えられた当事者にとつて、夢想の内容は人生上の重要な意味を持ってくる。柏木の場合は、夕霧以上に光源氏が、八の宮の場合は大君が、その精神や生き方、考え方を大きく規制されることになる。その意味では夢告は絶対性を持ったとも言える。これらは、現実の人知の及ばぬ神秘性とそれへの畏怖心から、夢告が信仰の対象になっているとも言えそうな社会的な普遍性を前提にして、初めて成り立っているると言えるのである。

膨大な量の夢見の中で、故人や神・神格化された霊の夢告・託宣は、何やらわけのわからぬ夢の夢解きなどとは違って、基本的に実態のあるものとして受け止められ、社会的にも大きな影響を及ぼすことが少なくなかった。それは個人のみならず多くの人間の言動を規制するものともなっている。源氏物語の夢告は、この社会現象を利用して取り込み、重要な物語展開を領導し、重要人物の生に絡む、というより生を絡めとるかのように規制していく働きを持ったのである。

おわりに

霊による夢告は、御霊信仰、特に菅公霊の場合に象徴されるように、それを受け入れる普遍的な社会性があった。科学・医学の未発達な時代に、天変地異、疫病などを冤魂の成すところと考えれば、それらを回避するために宗教などに縋りついたり、御霊の鎮魂のために御霊会や官位の追贈などを行うのは自然の成り行きであった。この時代、毎年のように疫病や洪水、旱魃が起こり、庶民だけではなく貴族も多大な被害を蒙った。第二編第三章で扱ったが、それらは源氏物語の美的世界や精神にそぐわないこともあり、描かれることはない。しかし、それらをもたらす由因にも考えられてきた御霊の信仰が、受領、豪族、庶民に広く支持され、地方から京洛へと広まり、さらに人間の罪の恐ろしさと同時に反省心をも植え付けた(10)と考えられることからも、源氏物語の世界で、菅公霊を重ねる桐壺院の夢告などが大きな役割をなすのは意味のあることであった。朱雀院治世への批判や光源氏の救済は、広く享受者に受け入れられるものであったと言えよう。

漢文記録類に多くの夢の記事が見られるが、それらから、夢告・夢想に規制され、又、予兆特に吉兆を当てにし、凶兆に身構える王朝人の姿が浮びあがるのである。源氏物語の夢想は、そのような時代性の裏付けをもとに、物語の展開を導く重要な要素となっていると言えよう。桐壺院は、源氏の復権などの栄華的な将来への方向付けをし、藤壺の亡霊は、藤壺物語の閉めと同時に、源氏が罪を背負っていく物語をも導いた。柏木の亡霊は笛の伝授をめぐって、秘事が当事者以外の者に察せられる状況を生み出した。それは確実に、六条院崩壊の道筋の上にあったのである。夢想での八の宮は大君の死を確実にし、その後の薫の彷徨の物語を導き出すのである。

夢枕に立ったこの四者に共通している重要な点は、いずれもが現世に執を残し、その時点で成仏できなかったことである。桐壺院の執の内容は判然としないが、あとの三者ははっきりしていた。それらは、決して死して終結しない罪や恋愛の縺れや恩愛の情という、人間の原罪に関わる問題であった。死者が亡霊となり、深く関わった人物にそれを突きつけてくるのである。生者の将来を予知・予示し、人物を動かし、物語の展開を促し導くのは、夢告による死者の重要な役割であったのである。その時代に共有された夢の思想という背景なくしては、死者が生者の将来を領導するという、かような物語展開は考えられなかったと言えよう。

（1）　新日本古典文学大系「中外抄」（上）三一〇頁による。
（2）　増補史料大成「長秋記」による。
（3）　群書類従（第二輯）「天満宮託宣記」による。

（4）新修日本絵巻物全集（第三巻）「信貴山縁起絵巻」（昭五一）による。
（5）群書類従（第二輯）「北野縁起　中」一四二〜三頁による。
（6）後藤祥子『源氏物語の史的空間』（昭六一）二五頁。
（7）林田孝和他編『源氏物語事典』（平一四）三三二頁。
（8）藤本勝義『源氏物語の〈物の怪〉』（平六）八頁。
（9）肥後和男「平安時代における怨霊の思想」（柴田實編『御霊信仰』昭五九）
（10）菊池（所）京子「御霊信仰の成立と展開」（注九の編著に同じ）

第九章　栄花物語の夢——大鏡との相違

はじめに

本章は、本編で扱ってきたいくつかの平安朝や源氏物語などの夢をめぐる拙論との関連で、栄花物語における夢の記述を分析し、その意味を考察しようとするものである。特に大鏡の夢の記事を参照しつつ、栄花物語の夢の意義を明確にしたい。

夢は夢想、夢告などの言い方があるように、将来の予兆に関わるものが非常に多い。物語の流れの中でより意味のあるのは、この予兆を示す夢であると言えよう。それは、夢の内容が物語展開を導いていくことが往々にしてあるからである。だから日記文学などより、源氏物語など作り物語の方が一層、予兆を示す夢告げが重要な要素となっていると考えられるのである。例えば、本編第七章で既述したが、宇津保物語における、俊蔭女が仲忠を出産した折の、老侍女の長々しい夢語りは、将来、仲忠によって幸せがもたらされるといった夢解きがなされ、後の物語展開が期待されるものとなっている。もっとも、この夢と夢解きが、緊密、巧妙に構えられたものとまでは言えない。
それに比べると、源氏物語の夢告は、既に七章などで述べてきたように、物語展開の節目で生かされ、登場人物に将来の方向性が与えられ、物語のターニング・ポイントや展開の促進のためにも、なくてはならぬものとして重要な役割を担わされていた。このようなことを念頭に、歴史物語である栄花物語ではどのように考えられるかを検討したい。

一　高階成忠の見た吉夢

栄花物語には、例えば「夢の心地」といった比喩的に使う例などを省いても、約四十例の夢（御夢、夢見を含む）が出てくる。それらは、夢の内容が具体的に明示されるもの、抽象的なもの、ただ夢とだけあるものなど様々である。

予兆には吉兆と凶兆があるわけだが、栄花物語では吉兆が目にはつくが、凶兆を軸に物語が展開するものもいくつかある。凶夢が示された時、当然のように、その後の状況が吉と転じることは決してない。吉夢の場合は一概には言えない。そのまま将来的にめでたい結果を導くとは限らない。

例えば中関白家に関する吉夢は、目先は吉報を得ることがあっても、将来的には吉夢通りには行かなかった。花山院に矢を射掛けたことに端を発した伊周・隆家らの失脚・流罪に関わって、高階成忠の見た吉夢が、中関白家の将来の復権への希望を象徴していた。

定子の参内を促す成忠は、次のように夢のことを持ち出す。

①　たびたび夢に召し還さるべきやうに見たまへるに、かく今まで音なくはべるをなむ。なほさるべう思し

たちて内裏に参らせたまへ。御祈りをいみじう仕うまつりて、寝てはべりし夢にこそ、男宮生れたまはむと思ふ夢見てはべりしかば、このことによりて、なほ疾く参らせたまへと、そそのかし啓せさせむと思ひたまへられてなむ、多くは参りはべりつるなり。（巻五浦々の別　二七五頁）

この二つの夢は、伊周と隆家の都への召還と、定子に男宮誕生という吉兆を示すものである。この後、物語では定子が参内し、「二月ばかりおはしますほどに、御心地あしう思されて、例せさせたまふこともなければ、…」（二七九）として、定子懐妊のことを語る。そして成忠は、

② 二位かやうの御事を聞きて、いとどうれしう、夢の験あるべきと思ひて、いとどしき御祈りたゆまず。（二八〇）

とあるように、夢見の実現を確信し、より一層、祈禱に明け暮れる。さらに男皇子（敦康親王）誕生後、

③ 二位は夢をまさしく見なして、「かしらだにかたくおはしまさば、一天下の君にこそはおはしますめれ。…」と、つねに啓せさす。（二八四）

とあり、成忠は、自分の見た夢が正夢となったことで、皇子が健康に育てば帝となるはずとして、大切に育てることを定子に啓上する。さらに、皇子誕生による恩恵として、伊周・隆家召還の宣旨が下った。

栄花物語のこのあたりの記事は、長徳三年（九九七）を念頭に置いて書かれているが、実際には敦康親王誕生は、これより二年後の長保元年十一月七日のこと（「小右記」）である。しかも、この召還の宣旨は周知のように、東三条院詮子の病気快復を期しての恩赦によるものであり、事実と全く違うのである。

この事実の改変は、源氏物語の、朧月夜との密事発覚による光源氏の失脚と須磨流調に関する、一連の物語展開の強い影響によると考えられている。（注）源氏物語、栄花物語ともに、皇子誕生が動機となり都への召還がなされ

ているが、本質的な問題としては、二者の間に大きな隔たりがある。源氏物語では背景に、暴風雨や物のさとしなどがあるにしても、召還に関して実質的には、朱雀帝の夢枕に立った桐壺院の亡霊が物語を導いていた。朱雀帝には、何事をも光源氏を世話役として頼り、彼をしかるべく遇するようにとした桐壺院の遺言を順守せず、流罪同然の扱いをしていることに対する、強い自責の念があった。だから、弘徽殿大后の強力な反対があるにもかかわらず、召還の決断を下したのである。

栄花物語でも、このことに類するエピソードが全然ないわけではない。伊周・隆家配流が決まった後、伊周は、木幡にある父・道隆の墓を詣で、亡き父に哀訴する。その中で、

④　またかけまくもかしこき公の御心地にも、また女院の御夢などにも、このこと咎なかるべきさまに思はせたてまつらせたまへ。（二四四）

と言い、帝の心を動かし、また東三条院詮子の夢に現れ、自分が無実であるように思わせてほしいと訴えるのである。生前、最高権力者であった道隆の、その霊の力で、窮地を脱しようとしているのでもあろう。この道隆霊が、そのように夢に現れるといった展開は取られていない。人望が厚くなかった道隆の霊魂が、失政が示されている伊周のために、帝や女院の心を動かすといった展開は、もとより無理があろう。それは、大ヒーロー光源氏が復権し、栄華への道を歩むというプロットを大前提に、賢帝と称された桐壺院の霊が深く関わって行く物語展開とは比すべくもないことであろう。

道隆霊に変わるものが、成忠の夢見ということになる。この夢によって、成忠が定子に強く働きかけ、そのことが、定子懐妊、男皇子出産、さらには伊周らの召還といった慶事を招いたわけである。しかし言うまでもなく、この成忠自身にも問題があった。彼には敬語が全く使われていないことが端的に表しているように、道隆や伊周

以上に疎まれる存在であることは言を俟たない。その彼が、リードオフマンとなること自体に無理がある。中関白家の衰退はもちろん、慶事に関しても、成り行き上そうなっているといった、脆弱でエネルギーが感じられない物語展開となっているのである。結局は、先々彰子が敦成親王を生むことによって、敦康親王の東宮への道は閉ざされ、この夢の吉兆の限界がはっきり示される。そのことを、伊周は、

⑤　なほこの世には人笑はれにてやみぬべき身にこそあめれ、あさましうもあるかな、めづらかなる夢など見てし後は、さりともと頼もしう、……（巻八はつはな　四二九）

として、中関白家の非運を自嘲的に嚙み締め、望みを掛けた敦康親王が帝への道を進むはずの、吉夢の限界を悟るのである。この場面は、来るべき伊周の死を導くものでもあった。

二　教通室の死に関わる夢

内大臣教通室（公任女）が、治安三年（一〇二三）十二月二十七日に男子を出産（『小右記』）したが、巻二十一「後くゐの大将」の冒頭からの物語は、時期的にはほぼ事実に則っている。

⑥　今日明日にならせたまひにたれば、例の小二条にこそは住ませたまへるに、もののさとしなど、人々の夢にも騒がしう、またみづからもいとものの心細く思されて、……（巻二一後くゐの大将　三七七）

出産が今日明日に迫ったが、「もののさとし」などが人々の夢にも現れて騒がしく、教通室自身もひどくもの心細く思われるという状況が、巻頭から語られている。「もののさとし」は、神仏など目に見えぬもののお告げであり、何らかの形でもっての啓示を意味する。「さとし」は戒め諭す、警告の意味であり、悪い状況に対してのものである。例えば源氏物語に、「京にも、この雨風、いとあやしき物のさとしなりとて、…」（明石二二四）と

あるように、暴風雨などの自然現象、天変地異などで示されることが多い。

ただここで、「もののさとし」が「人々の夢」にも現れるとあるのは、どういうことなのか判然としない。「夢見騒がしうおはしまし、もののさとしなどすればにや」（巻四みはてぬゆめ　二一二）の例のように、もののさとしは夢とは別に独立して出現するのが普通である。ここの本文はあるいは、富岡家旧蔵本のように、「もののさとしげく、人々の夢なども騒がしう」とあるべきところかもしれない。ここの「例の小二条にこそは住ませたまへるに」の「例の」と「小二条」の間に、富岡本には、「三条になりたまう（なりたう―登任―が正しい）が家に渡らせたまふ。年ごろは」という文章があり、現存最古の完本である梅沢本（小学館新編古典全集本などの底本）の脱文ではないかと考えられている。このことからも、ここの箇所は、富岡本の本文に従いたくなるところでもある。

そうすれば、先に引いた巻四（みはてぬゆめ）の本文のすぐ後に「この殿の内にかやうのものの兆、御慎みあることを」（二一三）ともあり、御殿の敷地内でもののさとしが発生しているように、ここの「もののさとし」も、教通室の住まいである小二条殿の屋敷内で起こるものであることがはっきりするのである。これなら、官正庁に虹が見えたり（「日本紀略」寛和二年二月十六日条）、蛇が出てきたり（「本朝世紀」同日条）するなどのもののさとしと考えられる例があるので、自然に受け入れられるのである。

ともあれ、教通室は出産後、急に容態が悪くなり大騒ぎとなる。物の怪が疑われ、大々的に加持祈禱が行われ、物の怪や貴船明神が出現する。さらには小松の僧都の霊が現れ、加持祈禱の中止を訴える。物の怪は、激しい祈禱に堪えられず、調伏され、音をあげて、このように哀訴することはままあるが、ここでは祈禱中止の直後に教通室が死ぬので、小松の僧都の霊に謀られたと受け取られる。しかし、遺言一つない突然の死に、残された者は納得できず、口寄せの巫女を通して、教通室の霊の言葉を聞くことになる。しかし、確たる遺言もなかった。その後、次のように夢のことが出てくる。

⑦　かくて二三日あるほどに、前相模守孝義といふ人参りて、「夢に見えたまひつることこそさぶらひつれ。なほこの御有様は、人の仕まつりたることにこそあべけれ。御前の御座の下などを御覧ぜば、楊枝にてなん置きたると見えはべりつるなり。まことに楊枝さふらはば、まことところそは知らせたまはめ」と申せば、いと睦まじう思しめす人々いきて見るに、まことにありける。さは夢にも見ゆるものなりけり。

（後くゐの大将　三八四～五）

平孝義がやって来て、亡くなった教通室の御座の下などに、楊枝をさした何かが（楊枝で呪いの形を作って、という解あり）置いてあるという夢を見たと言う。そこで調べると、実際にそれがあり、正夢だったことが語られている。これはまさに呪詛によることを表しており、この後に、「御物の怪などのことも、傅の殿の北の方のしわざといひて、貴船のあらはれなどして」（三八五）とあるように、道綱女（道隆女とも）の呪詛に、貴船明神が応えて物の怪となり、取り殺したと説明されるのである。

この物語は、教通室の出産をめぐり、先ず、夢見の悪さによる凶兆が示され、それに照応して、出産後の彼女の死が語られた。そして最後に呪詛を示す夢が出され、それが正夢であったことで、ほぼこの話は幕を閉じる。夢で始まり夢で終わるという展開は、物語を夢が領導しているかのようである。しかし、この話の展開の興味は、彼女の死が、結局、何によるものかと、それを明らかにせずにはいられない遺族の気持ちを語るところにあった。一番知りたいことは、夢想によって明らかにされたわけで、夢の重要さは言うまでもない。それは、平安朝の、夢によって規制される時代性と密接に絡んでいる。

この話には、葬儀の後、彼女が教通の夢に現れ、「ともし火の光りはあまた見ゆれども小倉の山をひとり行くかな」という歌を詠むエピソードが続く。ここは、歌からもわかる通り、死んだ彼女の深い悲しみが表現されているとともに、教通の、妻を失った悲しみと哀悼の気持ちが表わされてもいるのである。かような死の物語には、あってしかるべきエピソードと言える。死後には、死者と残された者とは夢の中でしか関わりをもてないわけで、夢は最後まで意味をなしていたとは言えよう。

物語の骨子や、予言として、物語や登場人物を突き動かし、大きなうねりをもたらす源氏物語の場合とは同列に論じることはできないが、栄花物語でも、吉兆、凶兆を問わず、重要人物やその一族の盛衰あるいは生死の物語には、夢想が、その後の展開の性格を規制する重要なポイントとなっていることは否めないのである。

三　栄花物語の夢の様相

夢の内容を具体的に記述することは、漢文記録類に多く見られるが、物語類にはあまり見られない。源氏物語では、先にも触れたように、夢がきわめて重要な役割をなしているにもかかわらず、それはほとんど描かれていない。「権記」のように、長大なそれを記述するというのも、事実の記録という大前提があるとともに、予兆としての夢の意義への強い認識、つまり、将来のために記録するといった認識があるためであろう。

しかし、作り物語の類いは、夢の内容の具体性如何によっては、吉凶の判断がつけにくいなど、物語の展開上に支障を来す場合も有りうるのである。物語作家が夢を創造するに、躊躇せざるをえなかったと思われるのである。この時代に、夢解きを職業にする者は少しはいたようだが、本編の第六章で述べたように、夢解き書・占夢書などはほとんど普及していなかった。夢の具体的な内容を作り出すのに、物語作家の拠るべき書物などは、まずなかったと言ってよい。なによりも、夢の具体的な内容自体には、たいした意味がなかったと言えるのである。

もっとも、その内容の意味をあれこれ思案するといった話なら別だが。

栄花物語でも、夢の内容の具体的な記述は多くない。あっても、源氏物語の場合がそうであったように、吉兆なら吉兆がはっきりわかるような内容である。例えば、後三条帝の寵を受け懐妊した侍従宰相女（源基子）の夢をめぐって次のようにある。

⑧　もとより帝の御母になりたまふべき宿曜ものしたまふ、御夢にも、紫の雲立ちてなん見えたまひけるなど聞こえるを、…　（巻三八松のしづえ　四二五〜六）

一介の侍女が、帝の子を懐妊したことで、国母になる宿縁が言われ、彼女自身も「紫の雲立ちて」という吉夢を見たという。「紫の雲」は、既に巻六「かがやく藤壺」で、彰子の裳着の折、公任が「紫の雲とぞ見ゆる藤の花いかなる宿のしるしなるらむ」（三〇〇）と詠っており、吉祥だけでなく皇后の異称でもあることが示されていた。だからこの夢は、誰が判断しようが、瑞夢以外の何ものでもないのである。

もっとも基子の子（実仁親王）は、東宮にはなるが即位せず死去、基子も女御にはなるが后にはなれなかった。

また、巻三十「つるのはやし」では、道長の死後、威子の夢で、とても若く美しい僧が、「下品下生になんある」（二七四）と書かれた道長の手紙を渡す。あるいは、三井入道成信の夢にも道長が現れ、「下品といふとも足んぬべし」（二七五）と繰り返し言う。往生の九段階の最下位である「下品下生」で十分満足している道長の姿を語っている。その後に、奈良の僧・融碩の夢が、次のように記されている。

⑨　枕上にて御念仏しければ、融碩の夢に、九体の中台の御左の方の脇より、いとうつくしき小法師の出で来て、香炉を持て来て、殿の御前の御枕上に置きつと見て覚めにけり。その夢は、まだおはしましをり、人々にみな語りけり。　（二七五〜六）

九体の阿弥陀如来の中尊の脇から出てきた小法師が、香炉を道長の枕元に置いたという夢も、説明を加えるまでもなく、道長が極楽往生すること間違いないといった瑞祥を表している。これは、道長の死の二、三日前のこととしている。道長の極楽往生は、栄花物語では自明のことと言ってもよかろう。

このように、本人が現れて成仏を暗示したり、成仏を確信させるあからさまな瑞夢を語るなど、かような夢はストレートで単純な仕組みの上に成り立っていると言えよう。

四　大鏡の夢の特徴

大鏡になると、少しニュアンスが違ってくる。例えば伊尹伝での、後少将義孝の死をめぐるエピソードでの夢に関しては、それほど単純に描かれてはいない。日頃から仏道への信仰心が厚い義孝は、死ぬ前に母に、必ずこの世に戻って来るので、作法通りに死者扱いをしないようにと言う。しかしその死後、母は悲嘆のあまり、うっかり作法通り死人扱いしてしまったため、義孝は生き返れなかった。この母の夢に義孝が出てきて、「然ばかり契りしものを渡り川かへるほどには忘るべしやは」（大鏡一五〇頁）という歌を詠む。「あれほどお願いしておいたのに忘れるなんて、…」と言って恨むのである。

しかしその後、賀縁阿闍梨の夢に、やはり若死にした義孝の兄（挙賢）が、ひどく物思いに沈んでいる姿で現れたのに、義孝は、とても気持ちよさそうな様子だったので、阿闍梨は、母が義孝の方をとても恋しがっているのにという。その時、義孝は、合点の行かぬ様子で、「時雨とは蓮の花ぞ散り紛ふ何ふるさとに袂濡るらむ」という歌を詠んだ。時雨とは極楽では蓮華が散り乱れることをいうのに、故郷では、何が降り、母がなぜ泣いて悲しんでいるのかというこの歌から、かつてない極楽での至福の日々にある義孝には、そういうこの自分のことを思って、自分を愛した母がなぜ嘆き悲しむのか、全く理解できないでいることがわかる。さらに、小野宮実資の夢でも、義孝が、極楽の世界で花に囲まれ遊んでいる姿が示される

このように、夢で極楽往生が暗示されたり、確信されたりするということ自体は、栄花物語の場合とたいして変わりはない。しかし、まだ現世でやり残したこと（それも仏道修行に関わること）があるので、蘇生を強く望み、それに失敗すると、母の夢に現れ恨み言を吐いた人間が、あの世では極楽の愉悦の世界に浸っているという展開には、いわば捻りが加えられており、いまだにその死を悲しむ母親の恩愛の情の域を越えた、夭折した貴公子の生きざまという、大鏡らしい単純ではない屈折した人間の様態が描かれていると考えられるのである。

また師輔伝では、九条師輔の若かった時の夢が、次のように記されている。

朱雀門の前に、左右の足を、西・東の大宮に差し遣りて、北向きにて内裏を抱きて立てりとなむ見えつる。（一四二～三）

この夢自体は、栄華・権勢を誇る地位に就くという大変な吉祥を表しており、誰が聞いても、そのような夢解きをするはずである。しかし、この話は次のように続くのである。

御前に生さかしき女房のさぶらひけるが、「いかに御股痛くおはしましつらむ」と申したりけるに御夢違ひて、斯く子孫は栄えさせたまへど、摂政・関白えしおはしまさずなりにしなり。（一四三）

こざかしい侍女の、吉夢をまぜっ返す言葉が夢違うこととなって、子孫は栄えたが、本人は摂関の地位につけなかったという。この逸話は、事実としてこのようなことがあったというより、この後に、「夢語り」は決してするなという戒めが語られてもいるように、夢の予兆を当てにする時代性を利用して、師輔ほどの者が摂関につけなかったことを、説明していると見るべきであろう。

さらに兼家伝での、これも有名なエピソードだが、堀河摂政（兼通）が権勢を振っていた頃、ある者が兼家についての夢を見る。

人の夢に、かの堀河院より箭をいと多く束ざまに射るを、「いかなる事ぞ」と見れば、東三条殿に皆落ちぬと見けり。よからず思ひきこえさせたまへる方より負はせたまへば、「凶しき事な」と思ひて、殿にも申しければ、懼れさせたまひて、夢解きに問はせたまひければ、「いみじう吉き御夢なり。世の中のこの殿に移りて、あの殿の人のさながら参るべきが、見えたるなり」と申しけるが、当てざらざりし事かは。（二九二〜三）

兼通邸から射られた多くの矢が、全て兼家邸に落ちたという夢を、初め、凶事が起こると思い、兼家自身も恐れたが、夢解きは逆に、権勢があちらから全て兼家に移る吉兆であるとし、事実そうなったというエピソードである。取りようによって全く逆になりうる夢を出して、ここでも捻りを加えている。しかも、このエピソードの直前に、兼家の僭越な振る舞いが記され、そのため栄華や寿命が長く続かなかったことにも触れており、一筋縄では行かない人生の断面を示しているのである。

実頼伝での、三蹟で知られる藤原佐理の夢にまつわるエピソードも、その直後の彼の性格などの描写と相俟って、幅のある人物を表現している。大宰大弐の任果てて上京する途次、佐理は海がひどく荒れ、港で足止めを食ってしまう。その時の夢に三島明神が現れ、佐理が書いた社の額を懸けたいという頼みを伝える。承諾すると、急に晴れ渡り、順風が吹き、あっと言う間に三島に着き、佐理は約束を果たす。いかにも書の名人にふさわしい話である。ただこの話の構成は、神の出現の夢は予兆を語るという類型があるのを、ここでも転換して、海が荒れて船出できない理由を、神が釈明しているのである。しかも、佐理にとって大変名誉なこのエピソードも、それに直続して、彼が、愚図で怠け者のために大勢の前で恥をかいたという話が加わることによって、いかにも大鏡らしい複眼的で奇麗事を避ける人物形象がなされるのである。

一方、道長伝の中で、明子腹の顕信の出家前後の様子が、綿をたくさん入れた衵一枚を、急いで乳母に作らせるなどの逸話として語られているが、明子の見た夢について次のようにある。

高松殿の御夢にこそ、左の方の御髪を、半らより剃り落させたまふと御覧じけるを、斯くて後に、これが見えけるなりけりと思ひさとめて、「違へさせ、祈りなどをもすべかりける事を」と仰せられける。（二四七）

十九歳での突然の出家ということで、母親でも考えが及ばなかったのだろうが、出家を暗示するとしか考えられないような夢を、その予兆としてしっかり受け止めなかった明子の後悔が示されている。「違えさせ、…」は、悪夢を吉夢に変える夢違へなどを行えばよかったということで、出家を知ってからでは、全て、後悔先に立たずである。

この物語は、若年にして、栄達や恩愛の情を断ち切ってまで現世離脱した顕信の、明子や道長でさえ決して近づけぬ孤高の思いを伝えるのである。顕信のような人物にあっては、夢あるいはその予兆の無意味さ、空しさが、逆に際立つのである。

栄花物語では巻十「ひかげのかづら」で、この顕信出家について語っている。夢については記されておらず、顕信の決意の堅さと、残された者たちの狼狽ぶりや悲嘆の様が長々しく示されており、いかにも哀話といった趣である。道長も、事実に反しすぐ比叡山に登り、顕信に対面するという場面が設定され、栄花物語らしく道長の父性愛を強調するのである（大鏡では、事実に則って、四カ月後の受戒の折に登山させている）。

大鏡の夢で、悪霊が出現する例を取り上げたい。伊尹伝で、朝成中納言を謀った形で出世した伊尹と、その一族に祟る悪霊になった朝成が、道長の夢に出てくる。紫宸殿の後ろで、伊尹の血筋の頭弁行成を待ち構えていたので、道長は夢から覚めて、すぐに行成に連絡するが、行き違いとなる。しかし行成はこの日、たまたま常と違う道順で参内して無事であった。道長が夢のことを行成に告げると、行成は手をぽんと打って何も言わずに退出し、祈禱などをして暫くは参内もしなかったという。道長に夢のことを、事細かに聞き出すことや大騒ぎもせず、黙って必要欠くべからざることだけをし、悪霊を回避したのである。ここからは、その後に続く行成の、主に才覚に富んだ多くの逸話とも相俟って、憎めない瓢々とした人柄を感じ取ることができるのである。好人物の行成には、待ち構える悪霊を自然とかわしてしまうものが備わっているのか、凶兆を示したはずの夢が、行成には通じなかったのである。先にも触れたが、栄花物語には、凶夢を回避し、吉と転じる例は見当たらない。これは作品の主調とも関係するものと言えよう。夢にまつわる話でも、大鏡の場合は、杓子定規に物事を見ることがほとんどないその精神と深く関わっていたと言えよう。

おわりに

栄花物語の夢は、源氏物語の事例と同列に扱うことはとてもできないにしても、成忠の夢とそれに基づく行動のように、没落した中関白家の復権を図り、その物語の展開を途中まで導いたり、教通室に関わる夢のように、人の生死の物語展開の性格を規制する重要な要素となっているものがある。しかし総じて、ストレートで単純な仕組みの上に成り立っていると言えよう。

しかし、大鏡の場合は、夢にまつわる話は屈折した複雑な様態を示すものが多く、夢の予兆は、そのままの結果を導かず、一筋縄に行かぬ人生の断面が表出されることなどに因って、無意味さまでも示されるのである。これらはおそらく、九条家の発展や道長絶賛という単純な精神と、滲み出る豊かな批判精神による作品形象の違いに因るもの、あるいは人生や人間への本質的な眼差しの違いに因るものと思われるが、このことに関しての追究は、稿を改めたい。

注　山中裕『歴史物語成立序説』（東京大学出版会　一九六二）一三五頁。

第十章　源氏物語の物の怪――屹立した独自性

はじめに

　史書・記録類で記される「物恠（怪）」は怪異現象の類を意味し、憑霊の意の「もののけ」は「物気」と記すというのは、だいぶ前からの常識だが、本論では便宜上、最もポピュラーな「物の怪」で表記を統一する。

　源氏物語中の物の怪の物語は、きわめて異例な世界を築き上げている。物の怪という言葉一つを捉えても、源氏物語以前の文学作品には数えるほどしか出てこないが、源氏物語には五十を超える用例がある。しかも、成立が源氏物語以前と確かにいえる先行作品では、それが物語化されてはいないのである。何よりもそれらが、確固として源氏物語の展開に影響を与えている、という程に形をなしたものはほとんどないといってよい。

　筆者は既に『源氏物語の〈物の怪〉』（平成六年刊）で、源氏物語を中心とする平安時代の物の怪の様々な問題を追究したが、本論ではその拙著では言及していない物の怪の問題を、改めて追究していくこととする。まずは、物の怪の原型あるいは題材というものにも調べを及ぼして、物の怪の問題を考えていくことにする。

一　「もの」をめぐって

物の怪の「もの」について、よく引き合いに出される「大物主大神」に関わって、「古事記」[1]中巻（崇仁記）に、

この天皇の御世に、疫病多に起りて、人民尽きなむとす。しかして、天皇愁歎へたまひて、神牀に坐し夜に、大物主の大神、御夢に顕はれて曰らししく、「こは、わが御心ぞ。かれ、意富多多泥古をもちて、わが前を祭らしめたまはば、神の気起らず、国も安平らかにあらむ」。

とあり、疫病の大流行により大半の民が死んだ時、大物主が天皇の夢に現われ、自分の仕業であることを言い、祟りを鎮める方法を示すのである（「日本書紀」巻五も同様）。この大物主の「もの」を西郷信綱氏は次のように述べている。[2]

万葉集は「鬼」の字をモノとよませており、さらに記紀によれば大物主なる「もの」の総元締みたいな神、というより大「もの」が疫病をはやらせた時代があった。「もの」はアニミスチックな起源をもつ語、神より位の低い古い自然的霊格をさす。

例えば「万葉集」巻四（六六四）に、

石上降るとも雨につつまめや妹に逢はむと言ひてしものを（言義之鬼尾）

また、巻十一（二七一七）に、

朝東風にゐで越す波の外目にもあはぬものゆゑ（不レ相鬼故）滝もとどろに

などとあり、確かに「鬼」をモノと訓む仮名に用いる例が、万葉集に十一首見られるのである。九世紀の初め頃成立した「日本霊異記」にも、例えば中巻（第三）に、「物に託ひて」（物にとりつかれて）とある一方、中巻（第三

十四）に「鬼に託へるか」、巻下（序）に「鬼に託へる人」など、同じ意味なので、「鬼」を「モノ」と訓むべき例が出てくる。

「倭名類聚鈔」でも、「邪鬼」を「安之岐毛能」（悪しきもの）と訓んでおり、又、「鬼」を「和名於邇」としている。その「オニ」は「隠音」の訛りであり、鬼が隠れて形を顕わそうとしないことと関連することから、三谷栄一氏は、「もの」は形に見えない不思議な作用をなす霊力、清霊を指していたと見ている。[3]

尚、早く折口信夫は、[4]「もの」が「たま」から分化したものと考え、

たまに善悪の二方面があると考へるやうになって、人間から見ての善い部分が「神」になり、邪悪な方面が「もの」として考へられる様になったのであるが、猶、習慣としては、たまといふ語も残ったのである。

と見た。山折哲雄氏[5]もこの考え方を受け入れている。この「たま」については、死んで肉体とともに滅びる「心」とは峻別し、外界から人間の体の中に入ってきた一種のマナ、つまり呪術的・超自然的な力であって、死後も肉体を離脱して生き残る霊的なものと見ることができよう。[6]

「日本書紀」仲哀紀（九年九月）で、「和魂」「荒魂」をそれぞれ「にきみたま」「あらみたま」と訓じているが、同じ仲哀紀（元年十一月）で「神霊」を「みたましひ」と訓み、又「霊」を「みたまのふゆ」（生命力の活動）と訓み、さらに、敏達紀（十年閏二月）では、「霊」を「みたま」と訓んでいる。

一方、推古紀（十六年八月）では、「含霊」を「よろづのもの」すなわち「霊」を「もの」と訓じている例がある。これらの場合、「たま」は「みたま」とし、神格化され、「もの」は低次元に留まる道筋を示していると言えるであろう。

古く大物主らの祟り神のなすところとされた[7]疫病の流行は、平安期に至り、御霊信仰として広まることになる。

堀一郎氏は「大物主」に関して、精霊の偉大なる統率者の意とし、この神がすぐれた巫女にかしずかれるとともに、畏るべき役疫神としても現れ、憑依託宣に政治力を発揮した伝承が、平安朝最大の御霊神・北野天神と共通するとした。[8]この御霊信仰は、例えば「続日本紀」天平十八年（七四六）六月十八日条で、僧玄昉の死について藤原広嗣霊のなせるところとしたり、「日本霊異記」は、神亀六年（七二九）二月の長屋王の変で、自害した王の死骸を焼き砕き、河に放流した骨粉が土佐国に流れ着き、多くの百姓が祟りで死んだとするなどの、先蹤といえるものがあり、決して平安初期に初めて出現したものではなかった。[9]このような尋常ではない死に方をした人物の霊魂への畏怖・畏敬の念に支えられていたと言えよう。

本編第三章で取り上げたが、御霊会に関する文献上の初見は、周知のように「三代実録」貞観五年（八六三）五月二十日条に見られるもので、御霊として、崇道天皇、伊予親王、藤原夫人、橘逸勢、文室宮田麻呂の名があげられている。五人には特筆すべき二つの共通点があった。[10]それは謀反の罪として平安京を離れ、つまり異界に流され死んでいることである。疫病の流行は、内部から発生するのではなく、異界からやってきて破壊するものと考えられ、疫病などの発生という結果から御霊信仰が導き出され、その解消に御霊の奉祀がなされたと言えよう。

しかし御霊信仰も、菅原道真を経ると、例えば藤原元方の霊[11]のように、祟りをなす範囲がきわめて限られてくるのである。つまり御霊信仰とは別の、個人やその一族に憑依する霊が跳梁することになる。道真以後、そうした巨大な怨霊が出なくなったのは、一つの理由として、藤原氏の政界統一が完成し、以前のような犠牲者を出すべき機会をもたなくなったことがあげられよう。[12]道長と伊周ら中関白家の確執もあるが、伊周らが御霊として暗躍しなかったのは、前例に鑑みた道長の配慮があったとも思われ、伊周らを冷遇しきらなかったためとも考えられる。政治的失脚者の霊の怒りは、結局は、大衆の目に映じた政治への批判と同様なのであり、藤原摂関家の絶対優勢の現実の前に、以前のような批判も大きくなることはなかったとも言えよう。こうした御霊の時代を経た個人霊の跳梁する時代に、源氏物語は描かれたことになる。

二　河原院怪異譚

夕顔巻での物の怪事件の原拠は、「江談抄」や「今昔物語集」などにある河原院怪異譚に求められよう。「江談抄」では、宇多法皇が京極御息所と河原院に渡り、月明の夜、塗籠の戸を開けて融の亡霊が出現し、取り憑かれた御息所が半死の状態となったが、法皇が助け、車に乗せ還御の後、浄蔵大法師に加持をさせ蘇生させたことを伝える。この説話は源氏物語の古注の、特に「河海抄」などがほぼそのまま伝えてもいる。

これら河原院怪異譚は「江談抄」が最も古く具体的なものを示してはいるが、あくまで後世の説話である。源氏物語以前の資料としては、延長四年（九二六）七月四日に宇多法皇が、亡き源融のために諷誦を修した諷誦文がある。これは「本朝文粋」（巻十四）に「宇多院為二河原左相府一没後修諷誦文」(13)として、次のように記されていく。

右奉レ仰云。河原院者。故左大臣源朝臣之旧宅也。林泉卜レ隣。喧囂隔レ境。澤レ地而構。雖レ在二東都之東一。入レ門以居。如レ遁二北山之北一。是以年来尋二風煙之幽趣一。為二禅定之閑棲一。時代已不レ同二於昔年一。挙動何有レ煩二於旧主一。而去月廿五日。大臣亡霊忽託二宮人一申云。我在世之間。殺生為レ事。依二其業報一。堕二於悪所一。一日之中。三度受レ苦。劒林置レ身。……拷案之隙。因二昔日之愛執一。時々来息二此院一。揔為二侍臣一。不レ挙二悪眼一。況於二宝体一。豈有二邪心一乎。然而重罪之身。暴戻在レ性。雖レ無レ意二於害一レ物。猶有レ凶二於向一レ人。（以下略）

河原院は源融の旧宅だが、現在やかましい俗界を離れたこの奥ゆかしく閑静風雅な地で、禅定に入っている宇多院は、融生前の頃からずいぶん時が流れてしまったことなので、融の心を煩わすはずはないとする。しかし、融の死霊は跳梁した。宮人の口を通して、在世の間殺生をしたため地獄に堕ちたことを伝えている。地獄で受ける苦しみを語った後、その拷問にあっている間隙に、時々河原院に帰って、その時だけ安息に浸るとして、融の亡霊は、宇多院の侍臣にさえも悪眼を向けようとしないし、まして宇多院に邪心を抱くはずはないのに、「重罪の身」のため「暴戾在性」（性質が乱暴で道理に反する）として、人に対して災いを及ぼすと続ける。このあたりから、小林茂美氏は、おぞましい怨霊となる因果関係と、不如意に他人に取り憑く怨念の不可抗力を、物の怪自身が道徳的に反省し釈明するところなどは、六条御息所の原型と見ている。(14)

ところで、この諷誦文の基となる融の亡霊は、実際に出現したのであろうか。「貞信公記抄」の延長四年六月二十五日条にある「法皇御薬之事」ならびに「転読大般若経」の記事、さらに「河原院」に滞在する法皇への行幸の中止のことなどから、田中隆昭氏は、これが融霊出現と関わったことと見ている。(15)諷誦文の中の「去月廿五日」の日付や内容から考えてみて、これは首肯しうることと言ってよい。田中氏は、「なにがしの院」の物語は「諷誦文」の事実から、河原院説話に形成されていく過程で交渉をもったとして、この説話形式の過程を図示している。(16)それによると、諷誦文から「今昔物語集」「古本説話集」など、京極御息所が登場しない系列（これを私に仮にAとする）、「江談抄」「河海抄」「弘安源氏論義」の御息所を失うも蘇生する系列（同じくB）、さらに御息所の絶命を示す「異本紫明抄」「紫明抄」の系列（C）に分かれ、Bの系列の過程で源氏物語の夕顔巻が成り立つとされる。C系列は逆に、この夕顔の影響を受けていると指摘される。

確かに、「江談抄」での説話を夕顔巻と比較すると、細部でよく一致し、浄蔵大法師を召すところも惟光の兄の阿闍梨の場合に似通っている。もっとも、夕顔が取り殺されるところなどは、C系列の「紫明抄」などの御息

所の絶命を示すものに近く、「紫明抄」はそこを、

うちよりもののけはひして、御息所をとりてひきいれてたてまつるに、法皇おとろきていたきとゝめ給て、なにものなれはかくは、ととひ給に、融丸か候そかし、とてうちすてたてまつりけれと、御いのちはたえにけり、……

と記している。これらによれば、十一世紀初頭においては、「江談抄」と「紫明抄」を折衷した、より夕顔巻に近い形の河原院伝説が存在していた可能性はある。(17)

このような説話は「伊勢物語」六段（芥川の段）のように、荒れ果てた所で鬼が女を取り殺すといった話などとともに、巷間に流布していて、夕顔巻の背景になっていたと考えられよう。

尚、夕顔に取り憑いた物の怪の正体に関しては、現在でも様々な論義があり、明確な答えは出し切れないと言ってよい。ただし、葵上に憑依したものと同様の、六条御息所の生霊と断定することはできない。それは廃院に棲む変化の者ではあろうが、御息所のような高貴で不遇な女性を代弁するきわめて人間臭い「もの」であった。この物の怪については、原点に帰って、初出が大正十四年という山口剛氏の次の指摘(18)を、今一度味わいたい。

されば、「夕顔」の怪の如き、これをうつして、夢の如く、幻の如く、現の如く、六条御息所の如く、源氏心内の影像の如く、院内の妖怪の如くおもはしむる所、作者の最苦心した所であろう。

葵巻の六条御息所の生霊と同一視する読みは適切とは言えないが、夕顔巻の変化の者に御息所のイメージを重ねる読み方は不自然ではない。さほどに朧化された幻想的とも言える世界が形成されていると考えられる。

三　生霊と産時の物の怪

葵巻の御息所の生霊はきわめて独自性の強いものであった。死霊ではなく生きた人間の霊魂が憑依するという現象は、源氏物語以前には、「落窪物語」に「いきすだま」という言葉はあるが、その実態を物語・記録類を問わず把捉することはできない。葵巻の生霊事件は、その先蹤を求めることができないほどに、創造性の強いものであった。

もっとも古来遊離魂の思想があり、葵巻にも、「伊勢物語」(一一〇段)の、

　思ひあまり出でにし魂のあるならむ夜ふかく見えば魂むすびせよ

や、和泉式部の、

　もの思へば沢のほたるもわが身よりあくがれ出づるたまかとぞ見る　(「後拾遺和歌集」巻二十雑六)

なども引かれている。これらは、犬飼公之氏[19]が言うように、例えば「万葉集」東歌の、

　筑波嶺のをてもこのもに守部据ゑ母い守れども魂そ合ひにける　(十四巻三三九三)

など、母の監視から逃れ出て解放される魂の存在を詠う歌と共通するものではあろう。西郷信綱氏[20]は魂が本人の知らぬまに、しきりにあくがれ出るというようになったのも、本来集団的なものである魂が個人化され、個人化されることで肉体との間に不和を生じ、そこに安らいでいることができなくなったためである。

とし、この現象は主に平安朝になってからと見た。しかしこれらを、六条御息所の生霊とそのまま結びつけることには無理がある[21]。先の万葉歌や、伊勢物語や和泉式部の歌などは、魂の遊離に関する恋歌であり、悪霊の発動

と結合する遊離魂とはだいぶ趣を異にしている。このことについて、六条御息所が、葵上に自己の生霊や父大臣の死霊が憑依しているとの噂を聞き、次のように自分の心の在り処を探るのである。

身ひとつのうき嘆きよりほかに人をあしかれなど思ふ心もなけれど、もの思ひにあくがるなる魂は、さもやあらむと思し知らるることもあり。（葵三五〜三六）

この後、葵上と思しき姫君に狼藉を働くといった、夢の中での分身体験が語られるのは、深層心理的にいえば、個人的無意識の層の露呈であり、先ほどの歌の表現と同質のものとは見るわけにはいかない(22)と考えられるところである。

人をあやめる生霊の具体的な動静が、源氏物語以前に記されることがなかったのは、まずそれが、死霊跳梁の時代であったことと関わろう。憑霊の正体が判明しているものだけでも、寛和元年（九八五）の藤原元方（被憑者は円融上皇）、正暦四年（九九三）の師輔（同じく東宮女御娍子）、長保二年（一〇〇〇）の道兼（同道長）、高階成忠（同東三条院詮子）、藤原伊周の近親者（同道長）、道隆と道兼（同詮子）などがある(23)。尚、「栄花物語」等の歴史物語には、事実に反する物の怪出現の描写が多いので、物の怪研究の第一資料としては使えないのである。

死霊ではなく生霊として噂が広まるのは、その人物にとって大変な屈辱ともなり大問題となるわけで、死霊の場合と違って、そう簡単に実在というわけにはいかないのである。そして何よりも、生霊に替わる働きをなす、生存者の怨念を表す呪詛の横行によることが大きいのである。呪詛は、神仏に祈るなどして、怨恨を抱く相手に災いがかかるようにすることで、呪いをかけるために厭物を土中に埋めたり、相手の敷地や建物内に置いたりした。例えば、内大臣・藤原伊周の失脚と配流の理由の一つに、「咒二詛女院一事」（「小右記」長徳二年四月二四日条）とあり、東三条院詮子を呪詛したことがあげられている。これより一ヶ月近く前に、寝殿の板敷下より厭物が掘り出されているのである。また長徳二年十二月十五日には道長が呪詛され、長保二年五月には呪詛した安正が獄所で尋問されている（以上は「小記目録」）。

しかし源氏物語が、呪詛事件でなく生霊事件とした意義は大きい。呪詛と御息所の生霊の明白な違いは、前者に仕掛ける人間の能動性があり、後者には相手を陥れようとするそれがないことである。[24] 御息所は葵上を苦しめたり、無き者にしようという気持を持ってはいなかった。懊悩の果てに魂がむしろ自然に遊離し、御息所の自覚的意志とは無関係に葵上に取り憑く様が、丁寧に段階を追って描かれているのである。御息所の苦悩の必然と生霊出現の必然が、前代未聞の憑く側の、それも女性の立場から精緻に描破されたのである。これらの屹立した独自性に、確かな原型・話型があるはずもない。

ただし、懐妊している葵上に物の怪が取り憑き、結局取り殺すといった筋立て自体には、むろん類型が少なからずある。権門に嫁した妻の妊娠中や出産時に、怨霊が憑き出産を妨害するのは、政争上からも妻争い上からも考えられることである。平安時代の早い例をあげると、第一編第二章や本編第三章で述べていて重複するが、論の関係上、ごく簡略に触れると、「九暦逸文」[25] 天暦四年（九五〇）六月十五日条に、過去（九世紀最後）の事例として「延喜天皇（醍醐帝）始加二元服一之夜、東院后（班子女王）御女妃内親王（為子）并今太皇太后（穏子）共欲二参入一。…」とあった。すなわち、「日本紀略」寛平九年（八九七）七月三日の醍醐天皇の元服の時、光孝帝皇女の為子内親王と藤原基経女の穏子が入内しようとしたが、宇多上皇が母班子女王の命により、穏子の入内を停止させた。その後、入内した為子はお産により薨去したが、それは穏子の母（人康親王女）の怨霊によるという風説があったということである。この人間関係を系図で示すと一層わかりやすくなろう。

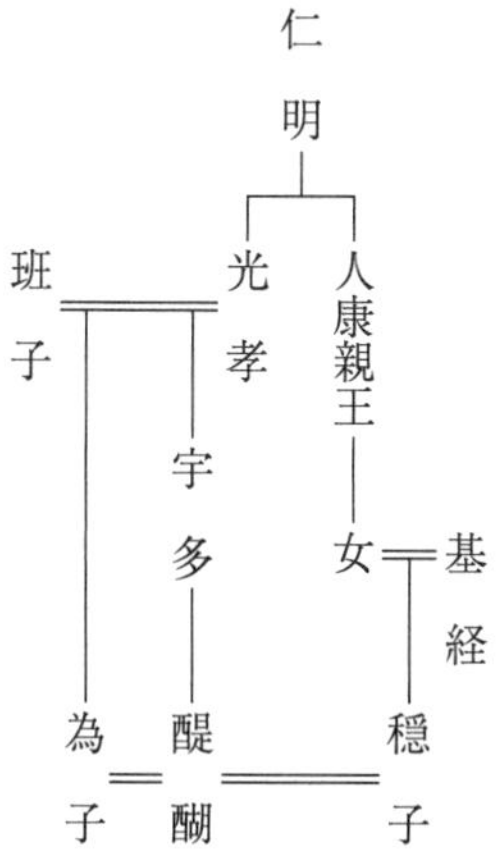

為子の死は入内から二年もたたない昌泰二年（八九九）三月十四日（「日本紀略」）であるので、醍醐帝の三十年に及ぶ帝位期間の、ほんの初期のことである。この為子の夭折と皇族側の皇子誕生がなかったことが、基経・穏子という藤原摂関家側の力を強めさせることになる。お産時にこのように、敵対勢力側の怨霊憑依を考えるのは常識でもあり、風説とはいえ、二者の入内事の確執から恨みを買い、このような悲劇を招くということは、いかにもありそうなことである。

また、「小右記」正暦四年二月六日条に、藤原実資室の妊娠に関わって加持をさせている記事がある。(26)

招二證空阿闍梨一令レ加二持女人妊事一。依二少邪気之恐一。

物の怪の疑いによる修法を行わせているのだが、この三日後、

女人自二今暁一重悩煩、辰時産。但兒夭了。

とあるように、生まれると同時に赤子は死んでいる。

又、「小右記」正暦四年閏十月十四日条では、東宮（居貞親王）女御娍子の懐妊に関わって観修が修法をした時、藤原師輔の死霊が出現し、小野宮（実頼）の子孫を滅ぼす強い意志を長々と語っていた。さらに、「権記」長徳四年（九九八）十二月三日条では、藤原行成室が男子を生んだが、後産が終わらず難渋していて、物の怪のなすところと見られている。しかし、

一念珠間平安遂了。邪気雖レ成レ妨、仏力依二無限一也。歓喜歓喜。

とあり、物の怪の妨げを仏力が屈服させ、無事後産も終わった喜びが示されている。(27)

このように、懐妊中や出産前後に憑霊現象が起きるのは、かなり確率が高かったと言ってよい。正体がたとえ不明でも、後継の男子あるいは将来入内する可能性のある女子出産は、その一族の繁栄に繋がるわけで、一族への政治的怨恨、または妻によって愛を奪われた女側の恨みが、怨霊憑依という形を呼び込むということは、容易に想像されるのである。

四　葵上出産時の生霊出現

葵上に取り憑いた物の怪は、異常なほど執念深く、なまなかのことでは正体を現すことがなかったが、さすがに厳しく調伏され、辛そうに泣き苦しんで、

すこしゆるべたまへや。大将に聞こゆべきことあり。（葵三八）

と言って、光源氏に話があるので祈禱をゆるめてくれと要請した。それに引き続いて、

「さればよ。あるやうあらん」とて、近き御几帳のもとに入れたてまつりたり。

とある。ここは、その直前の物の怪調伏までの苦労と、その効果が語られている文脈を受けているので、周囲の

者は、葵上の口から出たこの言葉を、調伏された物の怪の物言いと受け取ったのも当然である。いくつもの物の怪が調伏された中で、どうしても正体を現さないこの一つの「もの」に誰もが辟易していたわけで、よほどの事情がある物の怪とみられていたのである。だから、物の怪が光源氏に、何か恨み言でも伝えたいのか、要求でも出したいのかと考えられたのである。事実、物の怪の言い分を聞いてやると退散する例が、古記録類に出ている。

しかしその後に、葵上の父母は、葵上が源氏に遺言でもあるのかと受け取っていることが示されていた。又、当の源氏も、この後の面会の途中まで葵上自身だと思っていたのである。では、物の怪の言葉と思ったのは誰なのか。まず、出産間際の葵上の側にいたのは誰か。このことを考えるために、「紫式部日記」寛弘五年（一〇〇八）九月十一日の、中宮出産時を参照したい。この時中宮彰子は寝殿の北廂にいたが、周囲に多くの女房や僧侶が近侍しており、中宮の具合が悪くなろうと判断され、大半は他の部屋に出されている。結局、中宮の傍らには、母倫子、誕生する子の乳母となる讃岐の宰相の君、産婆役の内蔵の命婦、それに仁和寺の僧都、三井寺の内供の五人が控えた。二人の僧はいずれも倫子の近親者である。他にも僧侶はいたが、最後は、祈禱などに優れているといったことより、血縁関係で選んでいると考えられるのである（三井寺の内供はまだ三十歳前である）。

このことを念頭に置くと、左大臣の娘・葵上の側にも、しかるべき女房、僧侶が伺候したと想定される。先にも触れたが葵上の父母は、葵上が源氏へ遺言するかと見て、「少し退きたまへり」（三八）として、そばから少し退いているので、それまで葵上の身近な所に座していたことがわかる。父母が退く時には、女房たちは当然先に下がっているはずで、この間、わずかな時間しか経過していないと捉えるべきところであり、近侍して引き下がった女房の数はたかが知れているとするしかない。そうすると、葵上の傍らにいながら、僧や女房は物の怪の言葉と受け取り、父母の方は葵上自身の言葉と取ったのであろうか。前に葵上への憑霊が取り沙汰された時、六条御息所や紫上の名を真先にあげたのは女房たちであった。むろん、左大臣なども誰の怨念かを占わせているので、御息所は念頭にあったはずである。しかし現実に、葵上の口をついて出た言葉を、物の怪の物言いと判断し、その要求に従い源氏を几帳内に入れようとしたのは、一般女房のはずがない。一番敏感に反応し、物の怪に対処するのは祈禱僧である。先ず近侍した僧が、物の怪と判断したのは間違いない。いかに物の怪憑依を確信していたとしても、女房らが、葵上の口を唐突に出た言葉を、直ちに霊の物言いと受け取ったとは考えにくい。ここには、物語に書かれていない、加持僧の簡略な解説が媒介となっていたと見るべきであろう。物の怪の噂はいくらでもするが、物の怪と判断し対処する能力を、一般女房が持っているとは考えられまい。現に、左大臣・大宮という葵上の両親のように、娘の身の上を自分のこと以上に案じているのに、物の怪の言とは受け取っていないのである。女房たちは僧の判断を待って、あるいはそうではなくても一テンポ遅れて、そう考えたとは言えようが。

では葵上の両親は、なぜ物の怪の物言いとは考えなかったのか。葵上の傍らにいたのだから、僧や女房らの反応はわかっていたとしないと不自然である。これは、源氏を名指しし、いかにも辛そうに泣き苦しむ葵上を見て、臨終かと思い、親として堪えられぬ感情が先に立ったためと考えられるのである。

中宮彰子の父道長は、物の怪に取り憑かれていた娘の出産時に傍らにはいなかった。騒然とした周囲の状況に対処し、あれこれ指図していたのである。いかにも道長らしいとは言える。それに対して葵上の父左大臣は、大宮とともに心配そうに娘に寄り添っていた。いかにも慈愛深い好好爺といった左大臣らしさが示されているのである。すなわち、葵上自身の源氏への遺言と思ったのは、肉親の情愛によるものと読むべきだと思われるのである。

この後、源氏と物の怪の対話場面が続き、源氏自身が六条御息所の生霊と知ることとなる。さらに、生霊とのやり取りを周囲に知られたくない源氏は、近づく女房たちにはらはらするわけだが、女房が葵上のそばにまた来るのは、物の怪が源氏と話し、少し落ち着いたと感じ取ったためである。先にも触れたが、物の怪の言い分を聞くと退散するという発想があり、無事出産を迎えられるという判断もあったろう。

すこし御声も静まりたまへれば、隙おはするにやとて、宮の御湯持て寄せたまへるに、かき起こされたまひて、ほどなく生まれたまひぬ。（四一）

薬湯を運ぶ大宮は、源氏に話すことによって葵上自身が安心して落ち着いたと思っているようである。女房らとの思いの違いはこの段階でも示されていると言えよう。憑かれた者の口を通して物の怪が喋るという設定自体は、決してユニークなものではない。古記録類にはいくつも例がある。しかし既に触れたように、物の怪が死霊ではなく生霊であることは、その言動を記すことにおいて前代未聞である。しかも、御息所が葵上に乗り移って話すということ、源氏が葵上に憑いている御息所と対座するという場面こそ、この物語の独自性なのである。

例はいとわづらはしう恥づかしげなる御まみを、いとたゆげに見上げてうちまもりきこえたまふに、涙のこぼるるさまを見たまふは、いかがあはれの浅からむ。（三九）

葵上自身と思って接する源氏を、霊の取り憑いたがための、いつもとは違った熱いまなざしで見つめる葵上―それは御息所の霊のまなざしに他ならないが―に、いままでになく心を揺り動かされる源氏。つまり錯誤の上に成り立つ愛といってよい。六条御息所は葵上の立場にあり、葵上と同様に源氏の子を生みたかったはずである。当然、できれば正妻として。この場面は、霊媒である憑坐を介してでは意味をなしえないところであり、源氏・葵上・六条御息所三者が一堂に会することがあるなら、こんな形でしかありえないという、見事な創造性が示されていると思われる。御息所の霊は無論、源氏の良心の呵責の見せる幻影という見方もできよう。そのための、源氏だけが霊と対面する場面の設定の意味もなくはない。しかしそのことだけなら、憑坐との対話でも、人払いさえすれば可能なはずである（若菜下巻の御息所の死霊との対面はこのパターンである）。

源氏は、葵上があまりにひどく泣くので、後に残される両親や自分のことを考えてなのかと思い、慰めの言葉をかける。すると「いで、あらずや」と言って、御息所の霊は調伏される苦しみを訴えるのである。ここで初めて源氏は事の異常さに気づくのである。

五　物の怪の歌、物の怪の言葉

調伏された生霊が「すこしゆるべたまへや」と言い出す前の段に、六条御息所が、葵上に狼藉を働く夢を見るところがある。

Aとかくひきまさぐり、現にも似ず、猛くいかきひたぶる心出で来て、うちかなぐるなど見えたまふこと度重なりにけり。（三六）

この文章の少し前に、葵上に物の怪が取り憑き、苦しめていることが記され、その憑霊は御息所の生霊だとか、父大臣の死霊だとかの噂があることを聞き、御息所は次のように思っている。

Bx人をあしかれなど思ふ心もなけれど、y物思ひにあくがるなる魂は、さもやあらむ、と思し知らるることもあり。（三五〜三六）

このように思った根拠が、物語の文章としては前後しているが、先にあげたAの夢の内容なのである。これらは、生身の御息所が感じていることである。言い換えれば、御息所本人に則して語られているところである。

このA、Bは、葵上と源氏の側からA′、B′のように描かれていく。A′に相当するのは、生霊に取り憑かれ苦悶する葵上の様子であり、B′は、先ほどの「いで、あらずや」の会話文にある次の言葉である。

B′x′かく参り来むともさらに思はぬを、y′もの思ふ人の魂は、げにあくがるるものになむありける。（四〇）

これらは、Aとほぼ同じことを繰り返しているのである。結局は、葵上に取り憑こうとは思っていないのにとするx′は、葵上を不幸にする気はないとするxに対応しているのである。y、y′はともに、遊離魂の現象を自分自身が認識または確認しているところである。Bでは御息所の心の中でのことが、B′では源氏の前で吐露されているのである。つまり、生霊出現についての表と裏の両面が描かれているのである。

このy、y′には、先にも引いた和泉式部の引歌がある。

もの思へば沢のほたるもわが身よりあくがれ出づるたまかとぞ見る

この詞書に、「男に忘られて侍りける頃…」とあり、基本的な状況は御息所の場合に似通っている。ただし、御息所の生霊がy′で「もの思ふ人の魂は、げに…」と言うのは、何か妙である。御息所自身が言うのならわかるが、遊離魂自体が、「我が身からさまよい出るものだったのだ」などと発言するのは変である。引歌の場合はむろん、和泉式部自身が同様のことを思っているのである。

B′に引き続いて、葵上の口から出た初めての和歌（実は御息所の歌）がある。

なげきわび空に乱るるわが魂をむすびとどめよしたがひのつま

この歌も、先に引いた「伊勢物語」の「思ひあまり出でにし魂のあるならむ夜ふかく見えば魂むすびせよ」と発想が同じである。しかしこれも、生身の男が遊離魂について言っているのであり、御息所の歌は、彼女の遊離魂自体が魂結びを願うという体であり、普通ではない。魂の遊離を知った御息所自身が言うのが尋常のパターンなのである。

つまり、物の怪と化した人間ではなく、物の怪自身がこのような発言あるいは詠歌をすることは、破格のケースと言ってよい。これは要するに、物の怪が死霊ではなく生霊であるところから生じる現象と考えられる。生きている人間の身から魂が遊離するからこそ、人間も魂もどちら側からも、拘らざるをえないのである。死霊の場合はむろん元の身がなく魂＝霊しか存在していないので、魂の遊離自体について、あれこれ振り返るといったことはありえない。何よりも、生霊というものの実態が現実にはなかったために、魂の遊離について「げに」として振り返ってみるという、一クッションが必要とされたものでもあろう。この創出された生霊の特殊性ゆえの所作とはいえよう。

「権記」長保二年五月に記される藤原道兼や中関白一族の死霊は、道長の口を通してものを言っているが、まず、やれ粟田山荘を寺にしろとか、伊周を復位・復官させろとかいった要求に終始する。あるいは、憑かれた者の口を直接通してではないが、「小右記」正暦四年（九九三）閏十月の師輔の死霊のように、生前から実頼一族への恨みがあることを言うようなケースもあるにはあるが、生前の人間とそのまま一体化されることはない。あくまで死して後、怨恨が増殖され、生者の時とは比較にならないおぞましさが付与されるのである。

しかし御息所の生霊の場合、彼女自身と物の怪が一体化されているのである。物の怪を御息所そのものと重ねて受け取らざるをえない描き方と言えよう。源氏も物の怪の言動から、「ただかの御息所なり」（四〇）と思っている。もっとも、若菜下巻で出現する御息所の死霊も、多分に人間臭さがある。古記録類に出てくる政治的敗者の怨恨との違いは歴然としている。

尚、「なげきわび空に乱るる…」歌の下の句で、御息所は遊離した魂を元に戻してほしいと訴えていた。生身の御息所はまだこの時点では、葵上を取り殺さざるをえないような、ぎりぎりの所まで追い詰められてはいなかった。この後、葵上の出産と盛大な産養のことを伝え聞いて、本当に精神状態がおかしくなるのである。源氏は、歌の時点でなすべきことがあったのかもしれない。和歌での御息所の訴えは、源氏に救いを求めているに他ならない。以前は愛情を抱いていたはずの前坊の未亡人を、それなりに遇していれば、決定的な悲劇は生じなかったであろう。しかし、若年の奔放な源氏にはなすすべがなかった。この歌へもむろん返歌があろうはずはない。歌の直前の「もの思ふ人の魂は、げに…」の引歌として先に和泉式部の歌をあげた。実はその歌には、「奥山にたぎりておつる滝つ瀬のたまちる許ものな思ひそ」という返歌がある。貴船明神の歌と言い伝えられている。和泉式部が我が身から魂がさまよい出たと見た時、返歌は、それほどまでにひどく思い悩むなと諭すわけである。

このような返歌を源氏がしたとしても、事態が本質的に変わるとも思えないが、御息所との関わりにおいて、かような対処の仕方を日常的にとっていれば、御息所の苦悩も、最悪の事態を招くまでに追い詰められることはなかったと思われる。

六条御息所という人を得て、源氏物語は未曾有の生霊の物語を創造した。男への執着を断ち切れず生霊となった女の、おぞましさ以上に哀れさの漂う場面が構成された。

六　六条御息所の幻覚の構造

葵上出産と産養の盛大さにより、御息所の精神が一層追い詰められる場面―よく知られている芥子の香のエピソード―を次に分析する。

院をはじめたてまつりて、親王たち、上達部残るなき産養どものめづらかにいかめしきを、夜ごとに見ののしる。男にてさへおはすれば、そのほどの作法にぎはははしくめでたし。かの御息所は、かかる御ありさまを聞きたまひても、ただならず。かねてはいと危く聞こえしを、たひらかにもはたと、うち思しけり。あやしう、我にもあらぬ御心地を思しつづくるに、御衣などもただ芥子の香にしみかへりたり。あやしさに、御泔まゐり、御衣着かへなどしたまひて試みたまへど、なほおなじやうにのみあれば、わが身ながらだに疎ましう思さるるに、まして人の言ひ思はむことなど、人にのたまふべきことならねば心ひとつに思し嘆くに、いとど御心変りもまさりゆく。（葵四一～四二）

御息所に、物の怪調伏のために焚く芥子の香が染みついているということは、その場に御息所の生霊が居合わせたということを証するわけである。この生霊について、源氏の「心の鬼」の見せる幻影という見方はかなり前からあった。しかし、そのことについて本文を具に分析して、実証的に示すものはほとんどなかった。物語の展開はむしろ、御息所の苦悩を見据えていき、魂が体から遊離して生霊として葵上に憑依する様を、必然的に表現しているのである。だからこそ、幻影という以上はそのための分析があってもよかろう。

私見では、良心の呵責、心の咎めが作用した幻影とする、いわば韜晦された語り手の意識が覗き見られるとする見方を示したが、(28) このことを、生霊事件の最後的場面にある、如上の芥子の香のエピソードから考えたい。

結論的なことを簡単に言えば、いくら髪を洗ったり、着替えたりしても取れない芥子の香は、臭いがしないものが臭うという、御息所の一種の幻覚だということが、ある程度わかる仕組みになっているということである。御息所の精神状態が正常でなくなっていることから、こういった事態が引き起こされているということが、実は、かなりわかるように描かれているのである。

盛大な産養の様子を耳にして、御息所の心は千々に乱れる。産養は誕生後三日、五日、七日、九日目に行う祝宴であり、「夜ごとに見ののしる」とあるように、何回も盛大な祝宴が催され、御息所はそれを聞き知っているのである。つまり、出産後少なくとも五日以上は経っている段階の、御息所の心情が示されていることになる。その時、葵上の安産に対して嫉妬を通り越して、以前にはない怨念といってよい暗い気持が生じてくるのである。既にこの時点で、御息所の精神は異常の領域に入っていると考えてよい。この延長上に芥子の香のエピソードはある。だからこそ、芥子の香がどうしても取れないという幻覚が生じたのである。

なぜ幻覚と言えるのか。まず、ここでは、それほど芥子は焚かれていないのである。安産後、「山の座主、何くれやむごとなき僧ども、したり顔に汗おし拭ひつつ急ぎまかでぬ」（四一）とあるように、物の怪調伏の中心ともいえる天台座主や尊い僧侶たちが、退出してしまったのである。しかも得意げな顔つきで。むろん修法など改めて始めはするが、天台座主らが安心しきって帰ってしまった以上、残りの僧が、身を入れた加持祈禱などするはずもない。葵上の急死後、

ののしり騒ぐほど、夜半ばかりなれば、山の座主、何くれの僧都たちもえ請じあへたまはず。（四六）

と記されているように、天台座主らを招いても間に合わなかった。しかも、出産前のこれまで、葵上はかなり危険な状態にあったので、徹底した加持祈禱が行われていた。にもかかわらず御息所は、芥子の香が取れないという思いなど、全く抱いてはいなかったのである。

芥子焼きは、加持祈禱の護摩を焚く時、芥子の実（からし菜の種とも）を火中に投じ、物の怪調伏や息災、増益などを祈願するもので、「護摩」はもともと梵語で焚焼・火祭の意味がある。護摩を芥子焼きともいうようになる。物の怪が跳梁し被憑者（ここでは葵上）がきわめて危険な状態にある時、護摩は徹底して焚かれる。

故に、既に葵上に生霊が頻りに取り憑いて苦しめていたのだから、御息所は、身に染みついた芥子の香を気にしていなければなるまい。しかしそうではないということは、それは精神的な問題ということになろう。

つまりその時点では、御息所は、まだ異常な領域に深く入り込んではいなかったということになる。出産後五日以上経って初めて、芥子の香の件が生じたのは、予想外の安産の衝撃によって、日に日に追い詰められた御息所の精神が、ついに異常を来したことを晒したと考えるべきである。

芥子焼きや護摩についてはいろいろな事例がある。例えば、「貞信公記」延長四年（九二六）四月四日条に、

従二今夜一芥子焼、五箇日、泰師也、諸子参二向菩提寺一、今日七寺誦経、

と記されているが、これは藤原忠平室・源頎子の一周忌の折のことであり、芥子焼きは現世の滅罪と追善供養のためのものである。

また、「蜻蛉日記」で、作者は安和二年（九六九）閏五月末から体の具合が悪くなり、

見聞く人ただならで、芥子焼きのやうなるわざすれど、なほしるしなくて、ほど経るに、…　（中巻一七四頁）

として芥子焼きがなされたが、その効き目はなかったことが記されている。

「権記」長保二年（一〇〇〇）七月一日条にも、

請二順朝闍梨一、為二薬助一令レ行二芥子焼一、

とあったりするが、芥子の香に触れたものはない。

一方、「栄花物語」巻七に、詮子の石山詣のことが語られ、

例のやうに御祈り、修法などにもあらで、滅罪生善のためにとて、護摩をぞおこなはせたまふ。

（「とりべの」三三九〜三四〇）

として、いつもの修法などではなく、罪障を滅し、極楽往生を志向して護摩を焚いているとある。このように、修法を止め護摩を行うものとして、例えば、「小右記」長保元年十月六日条に、

今日修法不レ可レ令レ行、依二八専日一、後日為二滅罪一、以二阿闍梨慶祐一欲レ令レ行二護摩一者、

とある。太皇太后宮（昌子内親王）の病気に関して、予定されていた修法を、その日が神仏を忌む八専日であったため中止し、後日に護摩を行うことが決められている。死期が近い（二ヵ月後崩御）宮のために現世の罪を消滅させ、来世のための祈願がなされているのである。同じ密教の修法と護摩は、本質的な違いがあるわけではないが、護摩を焚くのはこの場合のように、極楽往生のための祈願としてなされることがある。

これら以外の例を見ても、芥子焼きに関わって臭いのひどさに言及したものは、まず見出すことはできない。臭いが染みついて取れなくなるほどのものではなさそうである。

源氏物語でも手習巻に、意識がほとんど不明の浮舟のために、

夢語もし出でて、はじめより祈らせし阿闍梨にも、忍びやかに芥子焼くことせさせたまふ。（手習二九二）

とあるように護摩を焚いている。ここは、浮舟の病を快復させることが目的なので、むろん来世のためではない。しかし、少しも良くならないまま月日が経ち、結局、横川僧都の修法によって物の怪が調伏され、浮舟は意識を回復する。芥子焼き自体はたいした意味をなしていないのである。

芥子の量については、例えば、「将門紀」[29]の天慶三年（九四〇）正月の記事として、次のようにある。

一七之間、所レ焼之芥子七斛有レ余、所レ供之祭析五色幾也、

これは、平将門の暴挙に対してその悪行を滅するために、寺院への祈りや修法を行うその一環として、七日間芥子を焚き続けたことを記している。問題は、この時焼いた芥子がなんと七石にも余るということである。一石は一八〇リットルなので、七石となると膨大な量となる。むろん大げさな表現をしているのではあろうが、それにしても尋常ではない。芥子の量をかなり割り引いたにしても、多量なことに変りはなく、芥子の香が強烈なも

のであるなら、これほどの量を焚いたのでは、そこら中が臭くて、それこそ髪を洗おうが着替えようが、染みついた臭いは取れなくなろう。

逆にいえば、芥子の香はたいしてひどいものではなかったことが、想像されるのである。先に触れたように、まして、御息所のそのエピソードの時点では、加持祈禱も小規模でしか行われていないし、当然、芥子が多く焚かれているとはとても思えないのである。だからこの段階で、御息所の生霊に染みついた芥子の臭いが、それほど取れないというのも妙である。

実はむしろ、妙なことと受け取られるように語られている、と言うべきかもしれない。

源氏物語を普通に読んでいくと、芥子の臭いがどうしても取れないとするそのことから、御息所の生霊こそまさしく、葵上に取り憑いて苦しめた張本人だという見方がなされるであろう。しかし述べてきたように、葵上への生霊憑依を御息所自身が確信するこのエピソードは、精神的に追い詰められ異常を来した御息所の幻覚であることを、享受者に察知させるような表現がなされていると考えられるのである。産養やその期間、加持祈禱と護摩・芥子焼きといった風俗・習慣を自明のこととしていた、もしくはかなり理解していたはずの源氏物語の享受者は、おそらく、述べてきたような物語の仕組みに気づいたと思われる。気づきつつも、生霊憑依のリアルな物語展開を受け入れ、堪能したものと考えられるのである。

最後に付言すれば、実は何よりも、葵上に取憑いたのは生身の御息所ではなく、その身からあくがれ出た魂なのであり、その魂が芥子の香を浴びて戻ってくるということは、かなり奇妙なことと言える。このことを御息所は認識できなかった。そのような分別さえつかない状況にあったということであろう。

七　女の霊の憑依

六条御息所の生霊・死霊を問わず、女の霊ということを少し見ることにする。柏木巻で、柏木の病に接し父大臣は、原因を知らぬままに多くの修験者を招き、修法などをさせるが、その時、

陰陽師なども、多くは、女の霊とのみ占ひ申しければ、…　（柏木二九三）

とあって、女の霊の柏木への憑依が占申された。このように「女の霊」と記すくらいで、男の霊の跳梁するのが常識の中で珍しい例である。記録類に頻出するのは政治的敗者の怨霊ということもあって、女の霊は稀有な存在であったと考えられ、女の霊とはっきりわかる事例は源氏物語以前ではほとんど目にすることはできない。だから、文学作品の中で辛うじて、次の「宇津保物語」の例は参考になる。「あて宮」巻で、仲純は妹あて宮への恋情が募り、あて宮の入内を知り落胆し、死をむかえることになるが、母大宮は正頼に次のように言う。

この頃、かくわづらふを、もの問はせつれば、女の霊となむいひつる。　（あて宮一二五頁）

これはむろん、仲純に物の怪が取り憑いているわけではないのだが、真相を知らぬ母宮などは、占いにより女の霊の仕業と知らされたのである。なぜ女の霊が憑いたと見ているのかは定かではない。柏木の場合は、この宇津保の例に拠っているとも思われるが、ともかく、「そこはかとなくものを心細く思ひて、音をのみ時々泣きたまふ」（柏木二九三）とある、さめざめと泣く女性的な様子がポイントとなっていよう。仲純の場合は「音をのみ泣く」という表現はないが、仲純の泣き悲しみがちな女々しさと関係づけられていると考える。(30)

ただし、女の霊が男ではなく女に取り憑くという六条御息所の先蹤は、なかなか見出すことはできない。道長女・寛子などに藤原顕光・延子親子が憑依するのは、ずっと後の万寿二年（一〇二五）のことなのである。女の

霊は男の霊にはない、妻争い・嫉妬・情念の揺らぎといった生々しさを持つと想像され、源氏物語はそれらを拡大深化させ見据えていく。

女に憑く男の霊の事例は、本章の三で例示した東三条院詮子への場合や、懐妊時の東宮女御娍子への憑霊などがあるが、それらは政治的な色彩が濃い。女の霊については、妻争いで対立していた他の室の死後、その死霊が恨みを抱いて、妊娠・出産時に憑くというケースも想像できなくはないが、源氏物語以前の先行作品や記録類から窺うのはまずできない。しかし、周知のように、紫式部の物の怪観を示すものと考えられる次の「紫式部集」四四・四五番歌は、参照する必要がある。

　絵に、物の怪のつきたる女のみにくきかたかきたる後に、鬼になりたるもとの妻を、小法師のしばりたるかたかきて、男は経読みて物の怪せめたるところを見て

亡き人にかごとはかけてわづらふもおのが心の鬼にやはあらぬ

　返し

ことわりや君が心の闇なれば鬼の影とはしるく見ゆらむ

亡き前妻が後妻に取り憑いたのを、夫が調伏するといった図だが、夫がこのように憑霊を見るのは、「心の鬼」すなわち、冷たくしていた亡妻に申し訳ない気持・良心の呵責の見せる幻影とする。四四番の紫式部歌に対する四五番歌は、誰の詠んだものか判然としない。女友達あるいは夫の宣孝とする説もある。宣孝なら源氏物語執筆前と見るのが常識である。ともあれ、紫式部自身の歌と詞書に、女に取り憑く女の霊の絵柄が出ているのである。屏風絵ならその断りのなされるのが普通であり(31)、これは物語絵の可能性がある。ならば、かような題材が物語にあったということになる。

つまり、現存する作品にはむろんかようなものはないのだが、源氏物語成立前後に、女の霊が女に憑くそれも前妻が後妻へという、後妻打ちの絵柄となる物語が存在していた可能性があるのである。六条御息所の生霊が葵上に取り憑くのは、前妻が後妻を苦しめる後妻打ちとは逆ではあるが、葵上より御息所の方が年長であり、また御息所の准嫡妻的位置から、広義の後妻打ちの例(32)としてよいかと思われる。

もっとも、だからといって、女の霊が後妻打ち的に現在の妻に憑くという話型が、はっきりした形で存在していたとも思われない。少し間違うと、かなり陰惨な展開となる題材ゆえ、物語の類型をなすまでには至らなかったと見るべきであろう。六条御息所の物の怪の物語は、被憑者ではなく憑者、それも女の境遇や性格・性情、心の動きを丁寧に見据えるという、前例のない画期的な方法によって豊穣な世界を創り上げたのである。それは言うまでもなく、際立った独自性を持つものであった。

次に、御息所の死霊により紫上が仮死状態になるが、源氏の必死の努力で蘇生し、又、死霊が正体を現すというクライマックスについて考えたい。紫上が死んだものとして御修法の壇を取り壊すという場面の直後に、物の怪の仕業と考える源氏は大願を立てさせ、ある限りの優れた験者を集めた。

すぐれたる験者どものかぎり召し集めて、「限りある御命にてこの世尽きたまひぬとも、ただ、いましばしのどめたまへ。不動尊の御本の誓ひあり。その日数をだにかけとどめたてまつりたまへ」と、頭よりまことに黒煙をたてて、いみじき心を起して加持したてまつる。（若菜下二三四）

初めの傍線部は不動尊の本誓で、「河海抄」が引く「不動義軌」に、「正報尽者能延六月住」（寿命が尽きても、六ヶ月間延命できる）とあるところであり、二つ目の傍線部は、それを受けて、不動尊のようにまことに頭から黒煙をたてて加持祈禱をするところである。ここには、怒りの形相を顕わにし一切の邪霊を降伏するという、密教で最も尊ばれる不動明王への信仰がある。これは、五壇の修法の折、中央に位置する不動尊の憤怒を喚起し、怨霊を封ずるものである。「紫式部日記」寛弘五年（一〇〇八）九月の中宮彰子出産の折、多くの物の怪が憑依し、騒然とした状況が描かれているが、

南には、やむごとなき僧正・僧都かさなりゐて、不動尊の生きたまへるかたちをも呼び出であらはしつべう、頼みみ、恨みみ、声みなかれわたりたる、いといみじう聞こゆ。

（一八〜一九頁）

とあり、大勢の高徳の僧侶たちが誦経、祈禱をするので、傍線部のように不動尊の姿が出現してしまいそうだとしている。この時も「五檀の御修法の時はじめつ」（一二）とあった。五檀の修法の初出は応和元年（九六一）と見られる。[33]「小右記」永祚元年（九八九）七月二三日には、実資女児の病のため、五大尊像などに祈願し、同二八日には七日間不動調伏法が行なわれている。ここでは一時的に「邪霊」が駆り移され、女児の具合が良くなっている。正暦四年（九九三）五月三日にも実資室の病のため、不動調伏法が修されている。このように病悩が憑霊現象によって起こり、怨霊を加持する僧の不動法によって霊媒に駈り移すという、儀式パターンが定まっていたことがわかる。[34]

先の引用の後の傍線部分だが、ここで、頭から黒煙を立てた人物は、「と、（言って）頭よりまことに黒煙をたてて、…」の文脈や敬語の関係、実際に加持をしている様子から験者と見るべきではあろう。しかし、（源氏が験者を）「召し集めて」に直続するここの文脈は、源氏と修験者の行動が、やや不分明である。不動明王のように頭から黒煙をふり立てて祈禱する不動調伏法の強調であり、五檀修法の雰囲気がよく映し出されているところ[35]であるが、そのことに留まらぬ源氏物語での意味があろう。「頭よりまことに黒煙をたてて」は、源氏が、紫上が死んだと諦めて修法などを止めた法師たちを鼓舞したことと直接関わっている。これは源氏の気持が験者に通じ

たというより、源氏の卓越した能力・霊威により、不動尊が験者に乗り移ったことが、紫上の蘇生となったことを表わすところと考えられるのである。このことは、直後に、調伏された御息所の死霊の言葉、

この人を、深く憎しと思ひきこゆることはなけれど、まもり強く、いと御あたり遠き心地してえ近づき参らず、御声をだにほのかになむ聞きはべる。（若菜下二三七）

とも関わってくるのである。紫上への憎しみはないとし、源氏に憑こうにも、神仏の加護が強く近づけないし、源氏の声さえかすかに聞こえるだけとする。この源氏の超人的聖性あるいは霊威が、紫上を蘇らせたと言ってよい。五檀の修法と不動法という組み合せによる物の怪調伏法が物語に取り入れられるのは、平安時代になってから普及したその類型に則っているわけだが、若菜下巻の中では、怨霊を近づけることさえしない源氏の霊威を、まざまざと感じさせる形で、独自な表現世界を築きあげたのである。だから如上の傍線部に関わる文脈も、あるいは意識的に、源氏と験者の言動の一体化の印象を与えたのかもしれない。ここでの源氏像は、「栄花物語」の、物の怪をほとんど寄せ付けないという、きわめて虚構的な道長造型（事実は、生涯物の怪に苦しめられたと言ってよい）に繋がることになる。

八　浮舟に憑いた物の怪

次に六条御息所以外の物の怪の中で、手習巻にて浮舟に憑いた法師の霊について考えたい。失踪した浮舟は、宇治院の裏手で発見されたが、一向に快復しないため、妹尼の懇請によって下山した兄・横川僧都の加持により、やっと意識を回復した。この時出現したのが法師の物の怪であった。

おのれは、ここまで参で来て、かく調ぜられたてまつるべき身にもあらず。昔は、行ひせし法師の、いささ

かなる世に恨みとどめて漂ひ歩きしほどに、よき女のあまた住みたまひし所に住みつきて、かたへは失ひてしに、この人は、心と世を恨みたまひて、我いかで死なんといふことを、夜昼のたまひしに頼りを得て、いと暗き夜、独りものしたまひしをとりてしなり。されど観音とざまかうざまにはぐくみたまひければ、この僧都に負けたてまつりぬ。今はまかりなん。（手習二九四～五）

この物の怪の言から、特に傍線部が暗示するように、もと修行を積んだ法師が、女色に迷って身を誤まり、結果的に怨霊に堕したことが想像される。ここは、文徳天皇の皇后・染殿の后に取り憑いた天狗と紺青鬼なる二種類の物の怪の伝承が考えられるところである。

「河海抄」はまず、次のように天狐（天狗）の例を「古事談」から引いている（以下、私に、返り点、句読点、「」を付した）。

貞観七年比、染殿皇后為二天狐一被レ悩稍経二数月一、諸有験僧侶無二敢能降レ之者一。天狐放言云、「自レ非二三世諸仏出現一者、誰降レ我。亦知二我名一」云々。爰相応和尚応レ召参入、両三日祗候無レ有二其験一。還二於本山一（中略）奉レ念二明王本誓一、合レ眼之間、非レ夢非レ覚明王示云、「我依二生々加護之本誓一、有二難レ去之事一、今顕二説其本縁一」。昔紀僧正真済存生之日、持二我明呪一。而今以二邪執一故堕二天狐道一、着二悩皇后一。（中略）」此告之後、不レ堪二感涙一、頭面接レ足礼拝恭敬。後日依レ召渡参。任二明王教誡之旨一、奉二加持一之間、結二縛天狐一。自レ今已後不レ可二復来一之由。帰伏之後解脱了。則皇后復二尋常一云々。

これは「古事談」[36]では、「相応、染殿ノ后ノタメ天狗ヲ退クル事（巻三ノ一五）」として載っている。染殿の后・明子に憑いた天狗を調伏できる者がいず、相応和尚が召されたが効き目がなかった。そこで相応は本山に還り不動明王に一心に祈請して、やっと、天狗は紀僧正真済の堕したものであることなどが示された。その教えに従い、相応は天狗を調伏し、后は快復したということが記されている。紀僧正真済は弘法大師の高弟と言われた高徳の僧であるが、紀氏出身のため、この伝説は生まれたと考えられる。文徳天皇の皇子・惟仁の母が染殿の后であり、同じく惟喬の母は紀静子であり、真済は惟喬のため祈ったが、結局、東宮争いに敗れた。后はその後、物の怪に悩まされるが、紀氏一族の怨霊の仕業と見られるのは自然で、明らかに、背景に紀氏と藤原氏の勢力争いを物語るもので、浮舟に憑いた好色の物の怪とは関係がなさそうである。[37] これに対して紺青鬼の方は、手習巻の怨霊にふさわしいとは言える。同じく「河海抄」は「或記云」として、次のように引いている。

むかし染殿皇后御なやみの時金峯山より久修練行の行者まいりて加持し奉る平癒の後本山にかへりて年来の行業を廻向して誓て鬼となれり紺青鬼といふつねに后をわつらはしたてまつりけるを智証大師ねんころに教誡し給けれは紺青鬼はちたる色ありてその坐にありなから灰のやうになりてきえにけり其後后もとのことくになり給けり云々

つまり、后の病気の時、加持を担当した金峯山の行者が、病を直して本山に帰った後、后に恋慕執着し紺青鬼となり、后に取り憑き悩ました。しかし、智証大師の教誡によって灰のようになって消えたという。

染殿の后に憑いた天狗（＝紀僧正真済）と紺青鬼（＝金峯山行者）の話を、「河海抄」は並記することによって、真済に関わる話を天狗譚として、紺青鬼譚とは区別しようとする態度を示しているとされる。[38] 紺青鬼譚の方は、「河海抄」にも示されている「善相公の記」すなわち三善清行著の逸書「善家秘記」に出ていたとされる。一方、天狗譚は、「相応和尚伝」貞観七年条を「古事談」が、ほとんどそのまま抜き出したものであって、「相応和尚伝」は延長元年（九二三）までに成立したと見られる。[39]

つまり、伝承される二つの話は、源氏物語の時代までに、数十年に渡って語り継がれてきたものと考えて差し支えないのである。
浮舟に憑いた物の怪を法師の死霊としたことの意味はあった。高徳慧眼の横川僧都がついに調伏した物の怪の正体が、よりによって、もと修行を積んだ法師であったことは、源氏物語独自の意味があろう。あるかなきかの状態の浮舟の加持のために下山しようとする僧都に、弟子など周囲の者たちは外聞などを気にして「仏法の瑕」となることを恐れさえしていた。さすがに僧都は、そのような世俗的な弟子たちを諭すのだが、後に浮舟に還俗を勧める（非勧奨説もあるが）契機となった、薫との対話の折、薫の思い人である女性を出家させたことを後悔したり、やや取り乱したりもするのである。(40) こういった事は、後に、出家した浮舟が薫に知られることなどによって、安らかな出家生活を営むことができなくなることとも関連すると考えられる。出家が、必ずしも精神的な安寧への道ではないことは、宇治の物語に至ってはっきりしてくるのである。

このような物語の精神と絡んで、法師の物の怪は出現させられたと思われる。修行を積んだ法師でさえも、女犯と関連して道を誤ったと言えよう。だから、天狗だろうが紺青鬼だろうが、形は何でもよい。ただ真済や金峯山の行者といった、修行を積んだ法師である必要があったのである。

僧侶の霊が女性に憑依する事例は、記録では裏付けられないが、「栄花物語」(41)に、内大臣教通室に小松の僧都の霊が憑いたというのがある。男性に取り憑いた例としては、「百錬抄」花山天皇の寛和元年（九八五）八月二九日条に、

太上皇御出家。廿九。法名金剛法。小記云。上皇御悩自令レ称給日。元方卿霊者所レ陳無レ知。又良源僧正之霊有下含ニ怨念一事上。云々。

とある。円融上皇の出家に関わって、元方卿の死霊が名乗ったり、良源僧正の怨霊が憑いたりしている。「小記

云」とあるように、「小右記」も記しているが、現存の「小右記」には、「又良源僧正之霊」以下がない。

また、源氏物語成立後になろうが、「小右記」長和四年（一〇一五）五月七日、八日、二十日、二二日、二三日に出てくる三条天皇に憑いた賀静の死霊はよく知られている。

しかし、女犯という破戒のケースはほとんど見当らない。染殿の后に憑いた法師の物の怪の話が伝承され、手習巻で原型・話型として取り入れられたのは当然と言えるかもしれない。

おわりに

このように見てくると、源氏物語における物の怪の原型、話型は、むろん、ある程度形をなして物語の中に入り込んだものが少なくない。しかしそれらの多くは、源氏物語の屹立した精神性・主題性に都合よく取り込まれている印象が強いのである。換言すれば、源氏物語の物の怪の物語は、それだけ、他に追随を許したり、伝承された話型に規制されたりすることの決してない、際立った独自性を刻印しているのである。それもあって、なにがしかの話型の片鱗さえも感じさせない物語展開、これも言い換えれば、原型さえほとんど探し当てることができない、卓抜な創造性のある文学作品として聳え立っていると言えよう。それは、作者が「物の怪」の文学を創始したという言い方にも置き換えられる。その根底には、物の怪とならざるを得なかった女の悲劇的な人生を、しっかりと見据える作者の確固たる姿勢あるいは信念がある。それは決して、一人、六条御息所だけの問題ではなかった。彼女は同じ境涯の女たちの代弁者でもあったのである。又、源氏物語の終盤になって登場した法師の怨霊も、出家や死によって幕を閉じた光源氏の物語を一層突き詰め、宗教による救済という問題にも立ち向う一つの主題を荷わされているかのようである。源氏物語の物の怪の意味は大きい。原型・話型あるいは類型を探り、それを還元する作業に留まる限り、源氏物語の物の怪に関してはさしたる意味はないと言ってもよいほどである。「物の怪」の文学は、作者の思想・精神の反映以外の何ものでもなかったのである。

（1）新潮日本古典集成本「古事記」一三四頁による。
（2）西郷信綱『増補詩の発生』（昭三九）三〇一頁。
（3）三谷栄一『物語史の研究』（昭四二）三六頁。
（4）折口信夫「霊魂の話」（折口信夫全集第三巻『古代研究』民俗学篇2）
（5）山折哲雄『日本人の霊魂観』（昭五一）三九～四〇頁。
（6）注二の三〇四～五頁。
（7）「祟り神」に関しては、斎藤英喜氏の「玉躰と祟咎―『御体御卜』あるいは天皇の身体儀礼と伝承――」「日本文学」平一・一）ほかの論考で、天照大神が祟り神の性格をもつことを述べている。また、それを受けた久富木原玲氏は、その天照大神の祟り神のイメージも、六条御息所が負っているとする（『源氏物語　歌と呪性』平九）二九四頁。
（8）堀一郎『我が国民間信仰史の研究（二）』（昭四一　五版）四六四頁以下。
（9）高取正男「御霊会の成立と初期平安京の住民」（柴田實編『御霊信仰』昭五九）六五頁。
（10）井上満郎「御霊信仰の成立と展開――平安京都市神への視角」（柴田實編『御霊信仰』昭五九）
（11）「小右記」寛和元年（九八五）八月二七日条で、円融上皇への憑依の記事があるが、栄花物語では、冷泉院、中宮安子、超子、村上・円融・花山帝らに取り憑いている。
（12）肥後和男「平安時代における怨霊の思想」（柴田實編『御霊信仰』昭五九）
（13）新訂増補国史大系本「本朝文粋」による。訓点は本文に付されているものによる。
（14）小林茂美『源氏物語論序説』（昭五三）二三八頁。尚、同書の中で「『融源氏の物語』試論」として、この諷誦文の分析をはじめ、河原院怪異説話の史実性と伝承性など詳細な論考がある。
(15) 田中隆昭『源氏物語　歴史と虚構』(平五) 九五頁。
(16) 注五の一〇一頁。
(17) 篠原昭二「廃院の怪」(『講座源氏物語の世界』第一集　昭五五)
(18) 山口剛「源氏物語研究――夕顔の巻に現はれたる『ものゝけ』に就いて――」(日本文学研究資料叢書『源氏物語Ⅲ』昭四六)
(19) 犬飼公之『影の古代』(平三) 一〇七頁以下。
(20) 注二の三〇五頁以下。
(21) 藤本勝義『源氏物語の物の怪』(平六) 一八頁。
(22) 注十五の二八四頁。
(23) 注二一の三六頁。
(24) 注二一の四六頁。
(25) 大日本古記録本「九暦」により、私に返り点・句読点を打ち( )内に注を加えた。
(26) 大日本古記録本「小右記」により、返り点・句読点を打ち、一部、語を補った。
(27) 史料纂集本「権記」により、返り点・句読点を補った。
(28) 注二一の二八頁。
(29) 新編日本古典文学全集本の「将門記」による。
(30) 注二一の一〇四頁。
(31) 木船重昭『紫式部集の解釈と論考』(昭五六) 八一頁。
(32) 島津久基『対訳源氏物語講話(6)』(昭二五) 一四三頁。
(33) 注五の一七二頁。
(34) 注五の一八六頁。

（35）注五の一九六頁。
（36）古典文庫「古事談」による。引用部は「二一一」
（37）岩瀬法雲『源氏物語と仏教思想』（昭四七）四九頁。
（38）神野志隆光「紺青鬼攷——特に真済をめぐって——」（「国語と国文学」昭四八・一）
（39）「群書解題」による。尚、「相応和尚伝」は続群書類従第五輯「天台南山無動寺建立和尚伝」として活字化されている。
（40）注二一の九七頁。
（41）新訂増補国史大系本「百錬抄」による。

結語

源氏物語の世界をよりよく理解するために、主に時代背景となる風俗・習慣、儀式、思想、信仰等について、史書・古記録・伝承の類を調査、分析するという方法を取り入れて行った。ただし、資料一辺倒ではなく、資料と作品との往還を通して柔軟に資料を駆使する必要があった。特に源氏物語は、例えば準拠があるにしても、史実等に寄り掛かりきりなどということは決してない作品であった。特に第一編の諸論考を通して、源氏物語は、史実や常識的な時代背景を重視しつつも、それらを超越する、あるいはずらすといった、他の追随を許さぬ独自性を一貫して具有していたことが明確になったと言えよう。

第一編第一章「桐壺帝の弔問と贈答歌」では、桐壺巻での場合とは逆の、母の喪に服す近江更衣への醍醐先帝の弔問歌（後撰集）を扱った。また、多くの皇子・皇女を生んでも女御にもなれなかった近江更衣の生は、桐壺更衣の不幸な物語に生かされたと言えよう。第二章「藤壺と先帝をめぐって」でも、藤壺に関わる準拠として皇女為子の場合をあげながら、それと相違して、挫折して叶えられなかった皇権の強化等の夢を、源氏物語の中で実現していくという独自性をも考察した。第三章「光源氏の元服と薫の出家志向」では、準拠にも紫式部自身の体験が生かされているとして、薫の出家志向には、若い公達の出家という史実が関わっていたと考えた。にしても、薫の厭世観の特殊性は源氏物語独自のものであった。第四章「斎宮女御と皇妃の年齢」では、帝より九歳年長の入内が決して不自然ではないこと、摂関制では外戚政治による権勢掌握を志向して、帝が成人するまで、娘が婚期を逸しても待ち続けるという事実があることを把握した。しかし実は、源氏物語はその時点で留まることはない。摂関制では権勢と栄華の掌握のためのものであるが、源氏物語では光源氏の色好みと冷泉帝の後宮の安寧を図って、年長での入内がなされるという、現実を超越した反俗的で、雅やかな浪漫的世界を形成していたのである。

第五章・第六章の「源氏物語と五節舞姫」に関しても、全体に共通する私の研究の姿勢と視点が端的に示されていると考えている。帝王・皇室を言祝ぐ五節儀は、冷泉王朝とそれを支える源氏一族の反映にも関係した。一方、舞姫の決して名誉にはならない立場を知悉している作者は、あえて光源氏に惟光の娘を貢進させることによって、舞姫としては卓越した将来を導く方途を考えていた。それは、光源氏が過去に舞姫を幸せにはできなかった、その返報として、同じ五節舞姫の惟光女が、最高権力者となる夕霧の妻への道筋を用意したのである。五節舞姫という華やかだが哀感に満ちた存在を、源氏物語の論理の中に組み込み、あくまで色好みの世界の中で描き、史実や常識的な時代背景を重視しつつも、それを超越する独自な世界を構築しているのである。

第七章「光源氏の官職」では、光源氏の若くしての栄達の類も史実にはあるわけだが、摂関家の世襲的なものとの違いを示した。それは、親の七光りとは違った、光源氏の力量・才覚さらには謙虚さなどを描いていることである。恋や風流事に憧れる光源氏の生は、権勢掌握に汲々とする輩を相対化し批判するのである。尚、従来の研究で問題視されてきた点だが、光源氏の立場は、「後見」を「内覧」に置き換えて享受者が受け入れていたと考えた。第八章「源氏物語における親に先立つ子・逆縁をめぐって」でも、源氏物語の逆縁が単一のものではなく、状況に応じた複雑さがあり、儒教的な不孝などではない親子の情愛の絆の強さが重視されているという独自性を指摘した。第九章「「幻」巻の舞台をめぐって」では、争点となっている紫の上死後の光源氏の居住邸について、私見では、古記録にある「喪家」の考え方を取り入れ二条院と見た。ただし、六条院の盟主たる光源氏が、一年数か月も六条院を留守にしていると明示することを避け、むしろ六条院居住とも取れるおぼめかした描き方がなされている可能性にも触れた。光源氏の紫の上への愛情の強さとは別に、その異常さを和らげる所作とも考えられる。このあたりも人間性の機微を描く源氏物語の独自な配慮と言えよう。

第十章「女二の宮を娶る薫」では、宿木巻の連続する華やかな儀式が、いずれも皇女の婿となった藤原師輔に直接関わるもので、宿木巻の展開にそれらが見え隠れすることによって薫のステータスが高められ、ポスト夕霧は、夕霧の息子ではなく薫であることが確信されることを指摘した。このような準拠も、あくまで源氏物語の独自な展開に利用されていると考えられるのである。浮舟の類例のない悲劇的な物語を導くためにも、薫は大君の時以上に、際立った栄光への道を歩んでいる必要があったと考えられる。

さらには、第十一章「浮舟物語の始発」では、八の宮から母子ともに認知されず、受領の後妻となった中将の君と、その連れ子ゆえ左近少将程度の男から婚約を破棄される浮舟の生を、下流貴族の視座から描破するその実在性を見据えたつもりである。特に、受領の経済的支援を露骨に求める左近少将や、彼と受領の娘との結婚の仲立ちを演じる男の、極めて俗物的でしたたかな性情や生き方の躍動する展開は、虚構の世界とはいえ、平安朝の時代背景に裏打ちされることによっている。もっともそれらは、源氏物語のリアルな描写により、生動していると言えよう。浮舟物語の基盤を見据えることによって、その悲劇の必然性や意味が、より確かになったと言える。

第十二章「浮舟の母・中将の君論」では、中将の君は、八の宮の血を引く浮舟を、自分も八の宮の北の方の姪に当たることも手伝って、貴族的世界のまなざしを碌に理解せぬまま買被り、浮舟の悲劇の一因をなしたと見た。中将の君の独自な造型は、大君の代わりには決してなれぬ浮舟の悲劇の道筋に、なくてはならぬものであったと言うべきであろう。この十一・十二章を通して、宇治十帖特有のこれらの人物が活躍する世界は、源氏物語の到達した一つの世界であったと考えられるのである。第十三章「宇治十帖の引用と風土」では、宇治の物語を生み出している地理的、風土的問題を扱った。その世界での引歌はいかに生かされているか、さらにいかにそれを乗り越えて独自な世界を作り出しているかをも考察した。「木幡山」には、万葉集の原歌を逆手にとる男女の絶望的な結びつきなどの風土的象徴、記号として、負のイメージが表現されていると考えられた。また、薫・匂宮らの三十回もの宇治行きが、全て梅雨期の陰暦五月を避けている点などからは、虚構とは言え、現実離れしていない源氏物語の姿勢が見て取れるのである。

第二編では、夢想、霊告、陰陽道といった、この時代の人々に極めて身近な信仰や思想的世界を扱ったが、それらは、古記録類などの資料による実態の追究によって、物語等の背景、さらにそれ以上となる性格のものであることが理解できるのである。

第一章「源氏物語と夢・霊・陰陽道」では、宇津保物語の守護霊や篁物語の霊が身に添う展開や、源氏物語の故人が夢に現れ、物語を動かしていく様態を分析した。その中で、逆に、肝心な人物の夢に故人が決して現れないことは、例えば、大君の夢に八の宮が現れないのは、薫が大君の影を求めてさすらうといった、今後の物語の複雑な展開と深く関わっていたと考えられる。第二章「平安朝の陰陽思想」は、陰陽道に関する占い、勘申、祭・祓などの実態を調査して、源氏物語の思想的背景と、逆に陰陽道を重視しない源氏物語の姿勢を考える一助としようとしたものである。日常生活の隅々まで規制する陰陽道を、保護し、帰依した藤原摂関家とは対極にあるような奔放な光源氏の生自体が、陰陽道とは相容れないものと言えるかもしれない。

第三章「御霊信仰と源氏物語」では、六条御息所の物の怪の物語へと発展する、その基盤には、実在人物である男女の愛憎のドラマが垣間見られたことなどを扱った。それら歴史的背景を把握するところから、一夫多妻制や階級社会による女性の悲劇を見据える源氏物語の、特に生霊の物語の本質的理解が可能となったと言える。他の資料の把握は、作品の表現を凝視して理解する、その手助けになるとともに、作品の本質的理解のためにも必要と言う認識を強めることになったのである。第四章「栄花物語における陰陽道信仰」では、栄花物語の史観とも関わってか、道長らに重用される陰陽師の姿や陰陽道について描いていて、重要な位置を占めていることを分析した。それは道長ら摂関家が陰陽道を厚く保護したことによろうが、三条天皇などの帝の衰退現象を、陰陽道を明らかに利用して語るなど、源氏物語との際立った対照性は明らかである。第五章「藤原道長と陰陽道信仰」では、紫式部時代の最高権力者である道長が、陰陽道を厚く信仰し保護したわけだが、管見によれば、それらを精緻に分析したものがほとんどなかったので、具体的に分析した。すると、陰陽道の凶日を異常なほど忌避する道長の姿が浮かび上がったのである。それは、生涯、物の怪を恐れ続けた道長の精神性と軌を一にすることが想像される。陰陽道に背を向ける奔放な光源氏らを創造した背景に、今後の課題ではあるが、これらが意識されていた可能性もあろう。

第六章「平安朝の解夢法」では、夢想、夢合せ・夢解きの現象や解夢法を基礎的、根本的な面から多角的に分析して、紫式部の時代の夢想・夢告に振り回される様態を提示した。これらは人間の言動を規制し、物語の世界でも、重要な展開に影響を及ぼしていた。それは次章以下の源氏物語や日記などで具体的に提示した。第七章

「源氏物語の夢想」では、蜻蛉日記、更級日記などのよく知られている夢についても考え、特に更級日記では、夢告などを無視したと書きながら、その実、気にしていた作者の人生の機微を考えた。源氏物語では、光源氏が帝の父となるという重大な夢想を、物語の核として設定するなどの独自性が捉えられた。第八章「霊による夢告の特性」では、特に故桐壺院・柏木・藤壺・八の宮といった重要な登場人物の夢告を扱う。それぞれが、源氏物語の展開を規制したり導いたりする、一種のターニング・ポイントとしての意義があったことを示した。第九章「栄花物語の夢」では、栄花物語と大鏡の描く夢想の違いを、あくまで源氏物語を念頭に置いて追究した。栄花物語の夢は、高階成忠に見た吉夢の限界、教通室の死に関わる夢など、個性的でありバラエティーに富み、また大鏡の場合には、人間を見据える屈折した複雑さがあった。しかし物語展開をも突き動かす源氏物語に比べ、個別的なものに終始していたと言える。

最後の第十章「源氏物語の物の怪」では、源氏物語における物の怪の物語には、河原院怪異譚や紺青鬼等の伝承も影を落としているが、それらに規制されない源氏物語の独自性が際立っていると分析した。葵巻の芥子の香のエピソードは、六条御息所の精神が最悪の状態であることを象徴するものであった。出産後数日を経て、芥子の香がそれほど焚かれなくなって初めて、体に染みついて取れないとする御息所は、幻覚作用に侵されていること、ひいては物の怪というものの実在を疑問視する方途を示していると考えられる。物の怪の実在した(と信じられていた)時代に、これは画期的な描写であると言うことができるかもしれない。このような考えは、如上の分析を通して生じたものであり、文学の本質を追究するとは、一つにこのようなことといった認識を持つようになったのだが、これは私の研究のささやかな成果と言えるかもしれない。

第一編・第二編を通して、ごく簡略に言えば、源氏物語は、主にその裏側に史書・古記録類等を取り入れることが多く、それらは源氏物語の表現に見え隠れし、源氏物語の豊潤な表現を構築し、また物語展開に実在性を持たせていた。しかし、源氏物語の世界は、それらの柔軟な摂取にもより、その領域に留まらぬ、それぞれの際立った独自性を形成していたと考えられたのである。

論文初出一覧

論文題目の次行には初出の出典を掲げた。ただし題目の一部は原題を変えた場合がある。尚、全ての初出論文の内容を書き改めた。

第一編　源氏物語の表現と準拠

第一章　桐壺帝の弔問と贈答歌―醍醐帝と源高明の母の贈答歌の媒介
日向一雅・仁平道明編『源氏物語の始発―桐壺巻論集』（竹林舎、平十八）

第二章　藤壺と先帝をめぐって―逆転する史実と準拠
「国語と国文学」（平十七・一〇）

第三章　光源氏の元服と薫の出家志向―紫式部時代の準拠
日向一雅編『源氏物語　重層する歴史の諸相』（竹林舎、平十八）

第四章　斎宮女御と皇妃の年齢
「源氏物語の鑑賞と基礎知識」（「解釈と鑑賞」別冊　薄雲・朝顔　平成十六・四）

第五章　源氏物語と五節の舞姫―惟光女の舞姫設定
森一郎・岩佐美代子・坂本共展編『源氏物語の展望』第四輯（三弥井書店、平二〇）

第六章　源氏物語と五節の舞姫―舞姫の貢進者

「青山学院女子短期大学紀要」第六二輯（平成二〇・十二）

第七章　光源氏の官職―栄進の独自性と歴史認識

坂本共展・久下裕利編『源氏物語の新研究』（新典社、平十七）、後に、上原作和・陣野英則編『テーマで読む源氏物語論』3（勉誠出版、平二〇）に転載。

第八章　源氏物語における親に先立つ子・逆縁をめぐって

永井和子編『源氏物語へ　源氏物語から』（笠間書院、平十九）

第九章　「幻」巻の舞台をめぐって―喪家・二条院

「源氏物語の鑑賞と基礎知識」（「解釈と鑑賞」別冊　御法・幻　平十三・十一）

第十章　女二の宮を娶る薫―「宿木」巻の連続する儀式

「源氏物語の鑑賞と基礎知識」（「解釈と鑑賞」別冊　宿木（後半）平十七・十）

第十一章　浮舟物語の始発―「東屋」巻の構造と史実

森一郎・岩佐美代子・坂本共展編『源氏物語の展望』第二輯（三弥井書店、平十九）

第十二章　浮舟の母・中将の君論―認知されない母子

森一郎・岩佐美代子・坂本共展編『源氏物語の展望』第九輯（三弥井書店、平二三）

第十三章　宇治十帖の引用と風土

王朝物語研究会編『論叢　源氏物語3―引用と想像力―』（新典社、平十三）、後に「源氏物語の鑑賞と基礎知識」（「解釈と鑑賞」別冊　浮舟　平十四・十一）に転載。

第二編　王朝文学の夢・霊・陰陽道

第一章　源氏物語と夢・霊・陰陽道

藤本勝義編『王朝文学と仏教・神道・陰陽道』（竹林舎、平十九）

第二章　平安朝の陰陽思想

講座　源氏物語研究（第二巻）『源氏物語とその時代』（おうふう、平十八）

第三章　御霊信仰と源氏物語

「源氏物語の鑑賞と基礎知識」（「解釈と鑑賞」別冊　早蕨　平十七・四）

第四章　栄花物語における陰陽道信仰

山中裕・久下裕利編『栄花物語の新研究』（新典社、平十九）

第五章　藤原道長と陰陽道信仰

「中古文学論攷」（早稲田大学大学院中古文学研究会）十九号（平十・十二）

第六章　平安朝の解夢法

河添房江・神田龍身・小嶋菜温子他編『夢そして欲望』叢書　想像する平安文学　第五巻（勉誠出版、平十三）

第七章　源氏物語の夢想―王朝の夢告の実態との関連

第八章　霊による夢告の特性

王朝物語研究会編『論叢源氏物語2　歴史との往還』（新典社、平十二）

第九章　栄花物語の夢―大鏡との相違

「日本文学」五四巻五号（平十七・五）

中野幸一編『平安文学の風貌』（武蔵野書院、平十五）

第十章　源氏物語の物の怪―屹立した独自性

増田繁夫・鈴木日出男・伊井春樹編『源氏物語研究集成』第八巻　源氏物語における伝承の型と話型（風間書房、平十三）の「もののけ―屹立した独自性―」を中心に「日本文学」五一巻三号（平十四・三）の「六条御息所の幻覚の構造」と、「国文学」四五巻九号（平十二・七）の「すこしゆるべ給へや。大将に聞こゆべき事あり」を含む。

あとがき

本書は、二〇一二年七月に早稲田大学大学院文学研究科から、博士（文学）の学位を授与されました拙論「源氏物語の表現と史実に関する研究」の内容を、ほぼそのまま収めたものです。学位論文の主査・副査のお三方の先生方、とりわけ主査の先生には、様々な面で大変お世話になりました。厚くお礼申し上げます。

早稲田大学には国語国文学専攻科で学んだ以外に、一九九八〜九年に本務校の内地研修制度を利用して、大学院で学ばせていただきました。本書は実は、大学院への内地留学時代に考察し発表した、あるいはそれをもとに後に発表した論考をいくつも含んでいます。その折、私を快く受け入れて下さった指導教授である中野幸一先生には、改めてお礼申し上げます。本書の全ては、最後に上梓した拙著『源氏物語の人ことば文化』（一九九九年）以降に活字化されたものです。この十数年にあちこちの雑誌、論文集に発表したものから成り立っています。

思えば、この十数年は長く、そのほとんどが本務校の学科主任の業務・会議等に追いまくられたと言えます。学期中にはよほど無理しないと、とても長い論文をものすることはできませんでした。だから大半の論文は、夏休み、冬休み、春休みに書いたものです。無論、長い休みと言っても、特に春休みは入学試験の時期であり、それに関する業務などがついて回ることは言うまでもありません。どの大学でも同様でしょうが、研究と授業をやっていればほとんどすむ、といった古き良き時代の大学教員の面影は、今は全くありません。本務校が改組改革を模索していました関係で、極端な言い方をすれば、毎日が会議、会議で明け暮れているといった感じでした。

一日に四種類の会議が入ることも珍しくはありませんでした。だから、時間の使い方が大事になるわけですが、生来の怠け者の私には、なかなかこれができませんでした。

それでも、いくつかの研究会へ出て、特に若い世代の研究者の発表に接することは、私の古びた脳に刺激を与えてくれましたし、中古文学会で編集委員として査読を受け持っていますと、やはり主に若い研究者の論文を読むことが、私自身の論考の反省にも役立つといった経験をさせてもらってきました。

特に、二十年以上継続して出させていただいた「御堂関白記」の註釈に関する研究会では、主催者の山中裕先生を始め、メンバーの方々に大変お世話になりました。本書に多くの古記録類を引用していますが、この研究会で学んだことが大いに生かされています。

常日頃から温かく見守り励まして下さる小町谷照彦先生や鈴木日出男先生をはじめ、これまで、多くの方々の学恩のみならず、いろいろなお心遣いに接することができ、研究を継続するエネルギーを得ることができました。厚くお礼申し上げます。

最後に、本書の刊行を快く引き受けて下さった笠間書院の池田つや子社長、橋本孝編集長、編集の実務をお取り下さった岡田圭介氏に感謝申し上げます。

二〇一二年八月　猛暑の日に

藤本　勝義

人名索引

（歴史上の人物・登場人物）

事項索引

（書名等を一部含む）

●は

●ま

●や

●ら

●わ

著者略歴

藤本　勝義（ふじもと　かつよし）

1979年　早稲田大学国語国文学専攻科修了。
　博士（文学）
現在　青山学院女子短期大学教授。

著書
　『源氏物語の〈物の怪〉―文学と記録の狭間』（笠間書院、1994）
　『源氏物語の想像力―史実と虚構』（笠間書院、1994）
　『長徳２年具注暦（復元・監修）』（武生市・紫式部顕彰会、1996）
　『源氏物語の人 ことば 文化』（新典社、1999）
　『好かれる女・嫌われる女―源氏物語の恋と現代』（新典社、2002）ほか。
編著
　『王朝文学と仏教・神道・陰陽道』（竹林舎、2007）ほか。

源氏物語《げんじものがたり》の表現《ひょうげん》と史実《しじつ》

2012年９月30日　初版第１刷発行

著者　藤本勝義

発行者　池田つや子

発行所　有限会社　笠間書院
〒101-0064　東京都千代田区猿楽町2-2-3
☎03-3295-1331㈹　FAX03-3294-0996
振替00110-1-56002

ISBN978-4-305-70676-8

シナノ印刷
落丁・乱丁本はお取りかえいたします。　（本文用紙：中性紙使用）
出版目録は上記住所までご請求下さい。
http://kasamashoin.jp